D1751446

Ruth Koelbl

Die Alchemistin von Aragon

Der Weg der Zeichen

Ruth Koelbl

DIE ALCHEMISTIN VON ARAGON

DER WEG DER ZEICHEN

HELIANKAR Verlag
Bücher des inneren Wissens

© 2009 by: HELIANKAR Verlag
Bücher des inneren Wissens

Erste Auflage August 2009
Alle Rechte vorbehalten
Layout: Dr. Wolfgang Koelbl
Lektorat: Dr. Wolfgang Koelbl, Dr. Ruth Koelbl
Covergestaltung: Dr. Wolfgang Koelbl
Fotos: Koelbl

Druck: cpi Moravia books

ISBN 978-3-9502556-3-8
Heliankar-Verlag
Sosua, La Mulata 3
Dominikanische Republik
www.heliankar.at
heliankar@heliankar.at

INHALT

Vorwort 7
Nimue 13
Aiina 14
Die Königin von Aragon 15
Im Château Bridan Sur La Mer 23
Im weißen Land des Nordens 34
Die Flucht 42
Der Weg durchs Gebirge 51
Im Dorf Pamplona 58
Grandmere Mathilde 63
Überfall am Bach 66
Im Palast von Saragossa 70
In Nardun gefangen 74
Der Weg zum großen Chassador 79
Die alte Mühle 83
Die Begegnung mit dem alten Volk 87
Die Geschichte vom weißen Magier
und dem bösen Zauberer 93
Der Tunnelweg 96
Die Verabschiedung 99
Die Nacht in der Herberge 102
Begegnung mit einem Baumelf 107
Vorbereitungen des Abes in Zargossi 111
Im Kloster Notre Dame Yves Sainte Marie 117
Auf dem Küstenweg 123
Am großen Stein von Magpud 128
Das Geheimnis von Nardun 134
In der Hütte des weißen Magiers 140
Maries große Lehrzeit beginnt 155
Philipps Ankunft in seinem Kloster 166
Der Geburtstag auf Samhain 171
Die Herausforderung Maries in der Nacht von Samhain ... 181

Die Lehre des Schwertes	190
Auf der Reise zum alten Volk	203
In der schwarzen Hütte	208
Gefangennahme im Kloster Isabellas Stift	214
Auf der Festung Nardun	218
Der Rückzug des alten Volkes	221
Die Entscheidung im Schloss	226
Der Rückweg zum weißen Magier	234
Die Befreiung durch den Tunnel	247
Die Lehre von der stärksten Kraft	255
Die Einkehr ins Selbst	265
Die Suche nach Raphael und die Gefangenschaft	271
Die Wiedervereinigung	291
Wieder beim Magier im Norden	302
Der Abe und der Überfall auf das Kloster Notre Dame	316
Der magische Kreis am Spiegelteich	332
Die Schlacht von Saragossa	346
Sieg und die Rückkehr der Königin	366

Vorwort

Ihr werdet mit dem Leib wieder auferstehen.
Findet das Geheimnis des salomonischen Tempels.
Anonyme Schrift, 3. Jahrhundert n. Chr.

Wir alle schreiben an der großen Schöpfungsgeschichte unseres Planeten und unserer Menschheitsgeschichte mit. Jeder Einzelne von uns hat Teil daran und schreibt durch seine Gedanken, Gefühle, Worte und Werke mit, und das seit Anbeginn des Menschengeschlechts. Alles wird gesammelt in der großen Bibliothek, - im Geistigen geht nichts verloren -, und alles verwandelt sich seit Urzeiten in der Entwicklung, die wir durchlaufen. Diese großartige Bibliothek, auch Hyperraum oder Akashachronik[1] genannt, gehört zum Innersten unseres Planeten. Und sie ist auch in unserem Innersten speichert. Wir haben alle potenziell diesen Zugang zum höher dimensionalen Raum, wo alles aufgezeichnet ist. Denn alles ist verbunden, auch wenn wir momentan noch der großen Illusion der Trennung aufliegen[2]. Und so ist auch alles Wissen nachfragbar. Wir sind mittendrin im Spiel und jeder schreibt in seiner Verantwortung an dieser großen Schöpfungsgeschichte mit.

Nur, den Zugang zu finden, ist nicht so einfach. Es braucht diese Erfahrung des „Nullpunkts" oder „Montagepunkts"[3], wo wir uns mit dem Hyperraum auf gleiche Schwingungsfrequenz bringen oder uns synchronisieren, um etwas dort abzurufen. Es ist notwendig, durch nichts unseren Sender stören zu lassen, zu welchem unser Planet Erde als Teil des Kosmos die Basisfrequenz bildet. Wir alle sind Geist, der immer wieder auf die Erde kommt und an diesem großen Schöfungs-

---
1 Morpheus, Matrix. Trinity Verlag
2 Morpheus, Matrix, Die Realitätenmacher. Trinity Verlag
3 C. Castaneda, Die Lehren des Don Juan. Fischer Verlag

plan mitwirkt, im Guten wie im Schlechten, in der „De-volution" wie in der E-volution[4]. Beide Aspekte von Entwicklung, einmal von oben herunter, einmal von unten hinauf, machen die Geschichte unserer menschlichen Entwicklung aus: Aus dem Göttlichen Einen sind wir in die Trennung gegangen und haben uns immer weiter gespalten und differenziert in die Physis, die Welt der Materie. Wir haben uns in all ihre Möglichkeiten hinein entwickelt. Ein gigantisches Potential an Schöpfung entstand so im Universum, auf unserer Erde.

Wir sind hinab gestiegen in das Reich des Todes, in die Materialisierung, und wir steigen jetzt wieder auf in das Reich des Lebendigen Geistes, wenn das letzte Dunkel gelebt, angenommen und wieder belichtet wurde. Viele Mythen und Sagen, auch die modernen phantastischen Romane wie „Herr der Ringe" und „Harry Potter", sind Teil dieser Schöpfungsgeschichte und „wahr". Es gibt nichts, was nicht wahr und real wäre, egal wie phantastisch es klingt, es sind nur verschiedene Dimensionen und Sichtweisen der Wirklichkeit, was hier angesprochen wird. So können wir viel aus diesen phantastischen Geschichten lernen, wenn wir sie richtig verstehen lernen, was in absehbarer Zukunft noch wichtiger sein wird. Wir müssen nur die Zeichen lesen lernen. Die Schleier zwischen der sichtbaren und unsichtbaren Welt lüften sich. Mehr und mehr taucht Wissen, altes Wissen - schon einmal Gewusstes und Bewusstes - aus unseren alten und uralten Erinnerungen der Menschheitsgeschichte und jedes Einzelnen auf. Und das ist gut so. Es zeigt und nährt unsere Wurzeln, die uns in unsere Kraft zurückbringen. Wie sollte sich eine Baumkrone entfalten, wenn nicht die Wurzeln und der Stamm des Baumes intakt sind und ihre Arbeit verrichten?

In meinem Buch, „Neun Pforten der Erkenntnis" werden diese Wurzeln und der Stamm, aus dem wir uns ernähren, in Geschichten aus verschiedenen Epochen entfaltet: Schlüssel-Momente oder Stationen der Entwicklung unserer eigenen Persönlichkeit. Der rote Faden ist die „Geschichte der Zwillingsschwestern Nimue und Aiina", die ein ganzes Zeitalter umspannt und durch neun Pforten einer Einweihung führt, wie das Leben sie schreibt. In dieser Geschichte wer-

---

[4] Armin Risi, Machtwechsel auf der Erde, Heyne Verlag, 2007

den exemplarisch die Entwicklungsstufen des Menschengeschlechtes durch den Lauf der Zeit entfaltet. Die Geschichte der „dritten Pforte der Erkenntnis" führt durch „die verschlungenen Pfade der Liebe", ihre Verstrickungen und ihre Lösung." Hier liegt der Schlüssel für die Liebe verborgen.

Und genau davon handelt der Roman „Die Alchemistin von Aragon". Doch wie kam Nimue dazu, „Alchemistin von Aragon" zu werden?

Ich erlaube mir, die Geschichte der beiden geistigen Zwillingsschwestern Nimue und Aiina kurz zu erläutern:

Der Beginn dieser Geschichte verläuft sich wie bei all solchen Geschichten im Nebel der Götterwelt, wo sie vermutlich von dem Siebengestirn der Plejaden auf die Erde kamen. Gewiss ist, dass sie schon früh auf der Erde weilten und dort zu den Unsterblichen gehörten, die im Licht wandelten (Devolution). Das heutige Menschengeschlecht entwickelte sich erst später unter der Obhut dieser Lichtgeborenen, denen auch andere Sternengeschwister nachfolgten. Als ihre Zeit beendet war, zogen sich diese Rassen gleich den Elben[5] in ihre Heimat zurück. Doch einzelne Gesandte oder Götterboten tauchten von Zeit zu Zeit wieder auf, um die Menschenkinder zu unterrichten und ihnen von Gott zu berichten. Gaben sie den Menschenkindern nicht die „Lichtsprache der göttlichen Schöpfung", die zugleich schönste Musik war? Ein himmlischer Klang, den jedes Wesen unmittelbar verstand, da noch alle im Herzen eins waren. Heute sind wir dabei, diese Einheit der Herzen erst wieder zu erwecken!

Nimue und Aiina wurden Meisterinnen der Klangkunst, später dann auch der Sprachkunst. Sie sangen so schön, dass man lange Zeit, ganze Zeitalter noch davon berichten sollte.

Als die Evolution des heutigen Menschengeschlechts begann, hatten sich Nimue und Aiina entschlossen, ihre Unsterblichkeit aufzugeben, und aus Liebe zu den Menschen ganz Mensch zu werden. So besiegelte sich ihr Schicksal und ihre Spuren verloren sich später nach dem Untergang von Atlantis in den ungezählten Inkarnationen menschlicher Entwicklung auf der Erde, bis heute. Jetzt, in dieser

---

5 R. R. Tolkien, Der Herr der Ringe, Klett-Cotta Verlag

großen Wendezeit, wo sich das Schicksal des Menschen entscheidet, ist ihre Erinnerung wieder wach geworden.

Jetzt, wo die Morgenröte eines geistigen Erwachens bevorsteht, lehrt uns ihre Geschichte, unsere Wurzeln zu begreifen und aus dieser wunderbaren Erfahrung, die uns stärkt und nährt, unsere Zukunft besser in die Hand zu nehmen.

Die Geschichte Nimues, die in diesem Roman als „Alchemistin von Aragon" erscheint, ist die Geschichte einer großen Einweihung in die Formen der Liebe. Jeder von uns geht diesen Weg der persönlichen Entwicklung auf seine Art. Diese Einweihung ist die lebendige Erkenntnis der Herkunft und Göttlichkeit der Seele, die dem Körper innewohnt und sich mithilfe des Leibes ausdrückt! Diese Erkenntnis ist eine Erinnerung, die wie „die Rose am Kreuz" des Lebens erblüht. Ist die Rose nicht das Sinnbild der Liebe und Beziehungen, die mitten im Kampf der Materie, das Kreuz, das Leben erst lebenswert macht?

So wird „Die Alchemistin von Aragon" in ihrem jungen Leben durch das Schicksal hart geprüft: Als junge Königin muss sie fliehen und gerät auf eine gefährliche Reise in ein unbekanntes Land, wo sie den großen Magier aus dem Norden sucht und auf den Schattentod stößt, den schwarzen Magier Zyan, der im weltlichen Leben eine hohe Kirchenstelle als Abe d'Albert bekleidet. Und wie sich die junge Königin verliert, genauso findet sie sich wieder in den Sternstunden des Lebens beim weißen Magier, dem Magicus Nordicus. Sie erinnert sich an das Licht und an ihren Auftrag. Leben wir nicht in dieser Zeit, jetzt?

Mythos und Wirklichkeit prallen hier aufeinander und enthüllen eine neue Dimension von Wirklichkeit, die jeder für sich selbst persönlich erleben kann und wird.

Diese Geschichte ist ein Gleichnis für jeden Einzelnen und seinen persönlichen Lebensweg.

Wie wird Liebe gelebt zwischen Mann und Frau, in der Polarität der Geschlechter und Rollen und ihren Entscheidungen? Würdest du für den Mann, die Frau deiner großen Liebe alles aufgeben?" – fragte der große Magier Brida[6].

---

6   vgl. Paulo Coelho, Brida

Was würdest du tun, was zählt für dich, um dein Leben sinnvoll zu machen? Auch angesichts des großen „Ratgebers", des Todes, der als einziger absolut sicherer Begleiter mit uns ein Leben lang unterwegs ist?

Wir stehen heute mehr denn je vor der Frage: „Was hat noch Bestand?" - Was hat heute noch Zukunft? - Und wie erreiche ich etwas?

In diesem Zeitalter, wo wir täglich die Nachrichten vom Niedergang der Wirtschaft, von Betrug und Zusammenbruch großer Konzerne und Systeme, von Lügen und falschen Aussagen von Politikern hören und uns in einer großen Welt- und nicht nur Wirtschaftskrise, sondern vor allem Bewusstseinskrise befinden, da stehen diese Fragen massiv im Raum: „Was hat heute noch Zukunft? Was zählt?"-

Das, was noch zählt, sind BEZIEHUNGEN. Das, was uns in die Zukunft trägt, sind echte, gelungene Beziehungen! Und das kommt nicht von ungefähr, dass dies heute so wichtig geworden ist. Unsere „Matrix"[7], wie alles so funktioniert, unsere Vorstellungen, unser Denken- alles "matrixgeprägt" -, hat sich inzwischen sehr weit von unserem „göttlichen" Wesen, von unserer Freiheit, der ursprünglichen Schöpfungsmatrix entfernt. Wir sind als Marionetten besser lenkbar als freie selbständig denkende Wesen. Wir stehen besser zu Diensten für die, die uns brauchen. Und Marionetten haben keine Gefühle, jedenfalls keine „echten", sondern nur „gemachte".

So haben wir uns von der Liebe und dem Fluss gelingender Beziehung oft weit entfernt.

Wie erreiche ich „eine gelungene Beziehung"? Indem ich, und etwas anderes kann ich nicht, meinen persönlichen Lebensweg gehe. Dies tut die „Alchemistin von Aragon". Sie geht ihren Weg außerhalb der Konventionen und macht so die Erfahrungen der Liebe in all ihren Facetten. Sie folgt dabei der Stimme ihres Herzens, wobei der Verstand hilfreich ist, aber nicht die Führung hat. So bleibt sie mit allem verbunden und steht in Beziehung. Das lehrt sie der große Magier aus dem Norden.

Sie lernt sich im Du zu erfahren, im Anderen, egal ob er ihr angenehm oder unangenehm ist. Gerade am Unangenehmen lernt sie be-

---

7   Vgl. Morpheus (alias Dieter Broers), Matrix, Trinity Verlag.

sonders viel, über ihre Schattenseiten im Spiegel des Bösen. Sie lernt, beide Seiten an-zu-nehmen, und daraus ihre Lehren zu ziehen.

Jeder Mensch unternimmt diesen Balanceakt zwischen ‚Krieg und Frieden' und ‚Selbstvertrauen und Ohnmacht', um das Ziel seines Lebens zu finden ...

Ohne das Schicksal, das geschickte Heil, (lat. salus = Heil) diese Zufälle, die mich auf meinem Weg vorwärts stoßen, das ständige Einpendeln zur Mitte hin, kommt kein Seiltänzer übers Seil. Dabei ist es nicht die Frage: „Wie halte ich meine Mitte?" Sondern die sinnvollere Frage lautet: „Wie komme ich wieder in meine Mitte, wenn ich hinausgefallen bin?"

Von all dem, seinen Auftrag zu finden und ihm treu zu bleiben, das Ziel nicht aus den Augen zu verlieren und in Selbsttreue und Verantwortung seine Lebensaufgabe zu erfüllen und dankbar zu sein für die Hilfen und die Widerstände auf diesem Weg, der immer lehrreich ist, - davon handelt die Geschichte dieses Buches.

Jede Pforte, die der Mensch auf seinem Weg der Entwicklung durchschreiten muss, schenkt ihm einen Lebensschlüssel (ankh: Schlüssel), mit dem sich der Himmel, und der liegt in unserem Bewusstsein (helios: Sonne), aufschließen lässt. Jeder Schlüssel wird zur rechten Zeit am rechten Ort erworben und schließt eine Pforte auf (kar: der Platz). So entstand „Helios-ankh-kar", oder einfach „Heliankar", ein Projekt, das dies sich zum Auftrag gewählt hat...[8]

Alle neun Pforten und ihre Schlüssel, die sie aufschließen, sind eine große Einheit. Sie bringen die „Reifeprüfung", wie es bei uns im Bildungssystem heißt, für das kommende Zeitalter, das den Aufstieg in die nächste Dimension verheißt.

---

8   **Heliankar** : 1. Seminare und Ausbildungen, wie „Schule für Bewusstes Sein" (SBS) und „Transpersonale Klangtherapie *nach Dr. med. Koelbl*"®. 2. Verlag Heliankar. *Bücher des inneren Wissens.* 3. Erforschung der Wurzeln unserer Kultur und Bewusstseinsforschung im physischen wie metaphysischen Bereich.

Zur Erinnerung an die alte Schöpfungsgeschichte von Nimue und Äüna

NIMUE

Nimue ist die, die den Mut in die Hand nimmt. Sie ist die, die Gott in der Dunkelheit sucht. Sie ist die, die in der Ausweglosigkeit nicht aufgibt. Und die, die die große Sehnsucht antreibt, die wahre Liebe auf der Erde zu finden.

Ihre Aufgabe ist es, Treue zu lehren, die Treue zum eigenen Auftrag, und Liebe mit Weisheit zu verbinden.

Sie ist ein Kind des Klanges, der aus dem Äther des Kosmos stammt und dem Wasser gleicht, das beständig fließt.

Nimues Wesen stammt aus diesem Lichtbereich von Kunst und Klang. Sie ist eng verbunden mit den Elementen Wasser und Luft, die die anderen Elemente verbindet und leise etwas zuträgt.

Ihre Kraft stammt aus den Quellen des Nordens, aus seiner Ruhe und Stille, die den Winter in sich trägt, die Zeit des Rückzugs und der Versenkung.

Nimue erscheint gemäß ihrer Art in den Farben hellblau, lila und gold und manchmal mit türkisem Schimmer um das Haupt, zart fließend in ihrer Gestalt. Sie nähert sich sehr leise und man spürt, wenn sie kommt, einen zarten Duft von Lotus.

Sie trägt einen goldenen Stab mit einer Mondsichel und hat einen silbernen Kelch von ihrem Stern bei sich. Auf der Erde stammt sie von den königlichen Inseln des Atlantiks.

AIINA

Aina-Wai-Hina, kurz Aiina genannt, ist die, die das Land schützt, das aus dem Wasser kommt und mit der Kraft des Windes darüber eilt und das Feuer entfacht.

Ihr Wesen als Erd- und Feuergeborene ist Transformation, Verwandlung durch die Materie hindurch. Und so verwandelt auch sie sich als Person gern oder versteckt sich. Sie weilt gern an besonderen Orten, wo sich das Feuer nicht nur übers Land, sondern auch ins Wasser ergießt. Sie liebt es, Dinge zu entfachen oder sich in Feuer zu verwandeln. Der Wind, der weht, wo er will, ist ihr geliebter Begleiter.

Ihr Wesen ist dionysisch[9]. Das bedeutet, die Kraft des Entstehens und Vergehens im Gleichgewicht entsprechen ihrem Wesen. Sie unterstützt den Jahreszyklus und gewährt den Menschen Fruchtbarkeit und reiche Ernte in Achtung vor allem Leben und der Natur.

Aiinas Kraft stammt aus den heißen Quellen und Vulkanen des Südens. Ihr Wesen ist feurig und sie liebt die volle Weiblichkeit und das Spiel der Geschlechter.

Aiina erscheint gemäß ihrer Art in schimmernden grün und rot Tönen, manchmal fließend in gold und violett. Sie ist etwas kräftiger in ihrer Gestalt, fließend in ihrer Erscheinung und nähert sich gern mit einem Windhauch, der warm übers Land zieht.

Auf der Erde fand Aiina ihre Heimat auf Hawaii, den 7 königlichen Inseln des Pazifiks. Um das Haupt trägt sie einen zarten Reif mit leuchtend roten Blüten des Lehua Baumes, der auf Hawaii in der Nähe des Vulkans wächst. In der Hand führt sie gern ein leichtes Schwert mit einem Drachengriff.

---

9   Vgl. Maya-Kalender, 31.12. 2012, dazu gibt es viele Prophezeiungen, viele Bücher, Schriften und Interviews (secret.tv)

Die Königin von Aragon

Marie schrie auf. Sie fuhr aus dem Schlaf hoch. Hatte sie schlecht geträumt? Nein, von unten hörte sie laute Stimmen und schwere Schritte. Sie drangen aus dem Königsgemach ihres Gemahls, aus dessen Vorzimmer. Wer war bei ihrem Gemahl? Marie schlüpfte aus ihrem Bett, warf sich ihren Umhang über und öffnete ein wenig die Tür. Ein kalter Windzug schlug ihr entgegen. Fernandez, der Oberbefehlshaber der königlichen Garde war bei Raimond, ihrem Gemahl und berichtete anscheinend von einem Kommando, wo etwas schief gelaufen war. Es fielen Namen, von einem Brand und einem Gemetzel war die Rede. Marie verstand nur Fetzen, plötzlich fiel der Name ihres Großvaters Jacques de Frigeaux, und dass sie unerwarteten Widerstand geleistet hatten, - Maries Herz raste und ihr wurde heiß und kalt. Sie schlich etwas näher. „Sie leisteten Widerstand, da haben wir alle getötet, auch die Frauen und das Gesinde" – „Schweig", donnerte Raimond, König von Aragon. „Kein weiteres Wort mehr hier. Es genügt, dass der Befehl ausgeführt wurde." Seine Stimme beruhigte sich wieder. „Jawohl", antwortete Fernandez und schlug die Stiefel zusammen. Zwei Minuten später schlug die Tür und Marie hörte Soldatenschritte, die sich entfernten. Der Kammerdiener begleitete ihn hinaus.

Erstarrt blieb Marie vor Kälte zitternd in ihrer Zimmertür stehen. Sie war wie gelähmt. Blitzschnell rasten ihre Gedanken durch den Kopf: „Was sollte sie tun, Raimond fragen, ihn zur Rede stellen, was auf dem Chateau ihres Großvaters, ihrer Familie passiert war?"

Raimond war es nicht gewohnt, seine Befehle zu erklären oder zu rechtfertigen, meist wies er sie ab und wurde wütend, wenn sie dennoch nachfragte. Sie hatte es sich abgewöhnt.

Schon vier Jahre waren seit ihrer Hochzeit und Krönung vergangen, aber Liebe hatte sich nicht zwischen ihnen eingestellt, wie ihre Mutter es ihr damals versprochen hatte, als sie bitterlich weinte und den damaligen Prinzen, diesen älteren, dunklen Mann nicht heiraten wollte, dem sie schon seit Kindestagen versprochen worden war. Ihre Familien waren einander verpflichtet, seit das Königshaus Aragon existierte. Ein höfliches, kühles Rücksichtnehmen war alles zwischen ihnen als königlichem Gemahl und königlicher Gemahlin. Keine Seltenheit, wie ihre Mutter sie später tröstete. Inzwischen war Mutter tot. Und Marie war zweiundzwanzig Jahre alt und eine junge, selbstbewusste Frau geworden, die trotz aller Schüchternheit ihren eigenen Kopf hatte, was ihr Großvater oft lächelnd bemerkte. Als Kind durfte sie mit ihm durch die Wälder streifen, was ihre Eltern später verboten. Sie liebte das, weil sie alle Pflanzen und Tiere liebte. Doch dann sollte sie im Hinblick auf die königliche Hochzeit standesgemäß erzogen werden und wurde auf eine Klosterschule geschickt, was bei ihr auf Widerstand und Tränen stieß. Nur Großvater hatte sie damals verstanden. Ihre Eltern nicht. Ihr Vater war Diplomat in französischen Diensten. Marie hatte so wunderbare Stunden mit Großvater verbracht. Ohne es zu verstehen, hatte sie durch ihn auf ihren Ausflügen die geheimen Zeichen der Natur zu lesen und zu deuten gelernt.

„Aber Großvater ist tot", hämmerte es in ihrem Bewusstsein und ein rasender Schmerz ergriff ihr Herz. Nein, das konnte nicht wahr sein. Und ihr Bruder Philipp, hatte er nicht gerade in diesen Tagen zu Besuch kommen wollen? Großvater hatte es ihr gesagt.

Marie rannte barfuß die Treppe hinunter und stürzte in das Zimmer ihres Gemahls. „Was ist mit Großvater und mit meiner Familie? Was hast Du angeordnet? Und warum?", schrie es aus ihr hinaus und sie starrte ihn aus weit aufgerissenen Augen an.

„Was willst Du? Ich habe meine Befehle", erwiderte Raimond kurz. Er stand angezogen vor ihr und wandte sich ab.

„Ich habe euch gehört. Was ist geschehen?", schluchzte sie.

Raimond kam auf sie zu und blieb mit seinen Stiefeln dicht vor ihr stehen, so dass ihre nackten Füße ein Stück zurückwichen. Er fixierte sie mit seinen leblosen Augen. Sein Atem war ihr unangenehm. „Sie wurden exekutiert, nachdem sie bei ihrer Verhaftung bewaffneten Widerstand leisteten."

„Alle?", hauchte Marie tonlos.

„Ja.", sagte Raimond kurz.

Marie schrie besinnungslos auf: "Ermordet - wofür?"

„Dein Großvater gehörte einer Geheimorganisation an, die des Hochverrats und der Ketzerei beschuldigt wurde. Durch ihren Widerstand haben die Frigeaux es selbst bewiesen.", sagte Raimond kalt. Herausfordernd gab er zurück: „Was willst du? Du bist die Königin und unversehrt. Geh zu Bett!" Er wandte sich ab und hatte nichts mehr zu sagen.

Marie verließ das Zimmer. Wie in Trance schritt sie die Stufen wieder hinauf. Die Kälte spürte sie nicht mehr. Auch nicht die Tränen, die über ihre Wangen rannen. Sie spürte nichts mehr. Ihre Gedanken überschlugen sich. „Was sollte sie jetzt tun?" Ohne Richtung durchquerte sie ihr Zimmer und begann sich wahllos anzuziehen. Alle möglichen Erinnerungen schossen ihr blitzartig durch ihren Kopf: Großvater in voller Kraft stand vor ihr, lächelte sie an und nahm sie in seine Arme. Einmal zeigte er ihr sein altes, wunderbar verziertes Schwert, das er als Auszeichnung von irgendwo erhalten hatte. Marie wusste es nicht. Er verwahrte es an einem sicheren Ort, weil es ein besonderes Kleinod war, wie Großvater sagte. Er war ein alter, friedvoller Krieger, der es nur zur Verteidigung einsetzte, wie er ihr einmal lächelnd erklärte, als sie danach fragte. Für sie als Kind war es ein Zauberschwert, weil es so schön glänzte und mit Edelsteinen und Gravuren in fremder Sprache verziert war. Damals war sie traurig und bedauerte, keine Junge zu sein. „Auch Mädchen können kämpfen", sagte damals Großvater zu ihr und hatte sie seltsam angeschaut.

Ihre Großmutter rief sie fröhlich zum Essen, das immer wunderbar nach frischen Kräutern duftete. Sie und ihr drei Jahre älterer Bruder Philipp spielten öfters Verstecken in den alten Räumen und Schränken. Einmal hatte sich Philipp in einer alten Holztruhe versteckt, wo sie ihn nicht mehr fanden. Da war Großmutter böse geworden. "Das ist sehr gefährlich! Was ist, wenn die Truhe nicht mehr aufgeht?", schimpfte sie, nahm dann aber ihren unglücklich dreinschauenden Enkel in die Arme. All das fiel ihr schlagartig ein. Ein ganzer Film rannte durch ihren Kopf. Er spielte auf dem Chateau Bridan sur la

Mer, dem Landgut der Frigeaux, das außerhalb von Saragossa, in den östlichen Hügeln auf der Meerseite lag.

Marie fand sich angezogen wie ein Mann in Jagdkleidung wieder und schritt leise die Treppe hinunter. Das hatte sie schon oft gemacht, wenn sie ungestört weg reiten wollte. Jetzt sicherte es ihr die Flucht aus dem Schloss.

In rasendem Galopp schoss sie auf ihrem schwarzen Hengst Tamino, der nur einen weißen Stern über den Augen hatte, durch die Nacht. Tamino kannte den Weg. Diesen wunderbaren Araberhengst hatte ihr Bruder ihr geschickt, als er aus dem Krieg aus Afrika heimkehrte. Normalerweise sollte sie ihn nicht reiten. Eine weiße Stute stand für sie im Stall, da der Hengst zu gefährlich schien. Die Nacht war klar und der Mond spendete ihnen sein sanftes Licht. Alles erschien wie in ein milchiges Schattenspiel getaucht. Noch nie hatte sie so schnell diese Strecke, einen Ritt von circa drei Stunden, zurückgelegt. Die knorrigen Bäume am Wegrand raschelten silbrig mit ihren dürren Blättern. An einer Wegkreuzung stand sie still. Aus der Ferne hörte sie das Meer. Tamino wieherte und wurde unruhig. Marie verließ sich auf ihn, er war klug. Sie lauschte in die Finsternis.

Sie ritt auf eine Kuppe und sah in der Ferne einen Feuerschein, wo ungefähr das Chateau liegen musste. Aus Vorsicht und um ungesehen dort anzukommen, nahm sie jetzt nicht den Hauptweg, sondern ritt eine steile Abkürzung durch die Berge, die näher zum Meer lag. Die kannten nur wenige. Hier musste sie langsamer reiten und genau aufpassen. Der Pfad war steinig. Der Mond schien, Gott sei Dank, hell und war fast voll. Zweige klatschten ihr ins Gesicht. Einmal trat ihr Pferd einen Stein los, der Geröll nach sich zog, das den Abhang hinunter lärmte. Tamino wieherte, als er rutschte. Nachts war dies ein halsbrecherischer Pfad.

Marie hatte schweißnasse Hände. Die Zügel rieben sie wund. Da öffnete sich unter ihr linker Hand die hochgelegene Ebene. Marie sah in der Mitte das Chateau liegen, ein mächtiger, dunkler Schatten, aus dessen linkem Flügel noch Flammen züngelten. Leute schienen da zu schaffen, sicher die Bewohner des anliegenden Dorfes, die auf Großvaters Gut arbeiteten. Sie hörte Stimmengewirr und Wasser klatschen. Mehrere berittene Soldaten säumten den großen Platz vor dem Chateau. Zwei lösten sich von der Gruppe und schienen auf sie zuzureiten. Hatte man sie gesehen? Da knackten Zweige direkt hinter ihr.

Ehe sie sich umwenden konnte, wurde sie vom Pferd gerissen. Sie fand sich und Tamino hinter einem großen Felsen wieder. Ein Mann hielt ihr den Mund zu, dass sie nicht schreien konnte. „Still!" flüsterte eine raue Stimme dicht an ihrem Ohr. Tamino rührte sich nicht. „Was in aller Welt fällt Ihnen...", Marie blieb der Satz im Hals stecken, ehe sie sich von ihrem Schreck erholen konnte. Zwei berittene Soldaten des Königs kamen jetzt näher. Sie sprachen, als suchten sie etwas. Ihre metallenen Gürtel mit den Schwertern blitzten im Mondlicht. Seltsamerweise hatte Marie keine Angst vor dem Fremden.

Sie versuchte ihm ins Gesicht zu schauen. Dunkelblaue Augen begegneten ihr, die ihr irgendwie vertraut waren. Woher kannte sie diese Augen? „Deine Haare glänzten im Mondlicht", sagte der Fremde. Erst jetzt fiel Marie auf, dass ihre Kappe sich gelöst hatte und ihre Haare offen waren. Ein goldener Schimmer fand sich in ihrem hellbraunen Haar, das in der Dunkelheit leuchtete. „Ich will zum Chateau", flüsterte sie eindringlich. „Meine Familie..." - „Pst!", machte er nochmals. „ Da sind überall Soldaten und die ergreifen jeden, der hier herumstreunt, und das wollen Sie doch wohl nicht?"

Er fasste sie um die Taille und zog sie an sich. „Was für eine mutige, junge Frau...", dachte er. Wie kam sie in aller Welt mitten in der Nacht hierher? Marie wehrte sich. „Lassen sie mich los!" Doch seine starken Arme hielten sie fest umschlungen. Er roch den Duft in ihrem Haar und auf ihrer Haut, die leicht feucht war vom schnellen Ritt. Sie duftete so gut.

Ihm wurde ganz warm in seinem Herzen, das er schon lange nicht mehr so gespürt hatte. Mit einer Hand öffnete er ihre Bluse, streifte ihr Gewand ab und berührte ihre Brüste. „Was für eine Nacht", seufzte der Fremde. Und trotz ihres Widerstandes vergrub er seinen Kopf in ihrem Haar, küsste sie auf die Stirn, auf den sich sträubenden Mund, auf ihre Brüste und drang schließlich sanft in sie ein. Marie wehrte sich mit Händen und Füßen. Laut zu schreien wagte sie nicht wegen der Soldaten. Ihr Rücken rieb sich an den Felsen wund. Was tat sie nur hier? Sie bekam kaum Luft. Was fiel diesem Menschen ein?

War er ein Wegelagerer oder Rebell? Immerhin hatte er sie vor den Soldaten gerettet, schoss es ihr durch den Kopf.

Trotz, nein gerade in ihrer Verweigerung löste sich allmählich ihr messerscharfer, kritischer Verstand und gab einem tief in ihrer Sehnsucht verborgenen Gefühl Raum. Ihr Widerstand ließ auf einmal nach, und sie gab sich schließlich seinen Berührungen hin, die so wohltuend und erregend waren. Sie verstand nichts mehr. Seine Küsse bedeckten ihren Körper. Ihre beiden Leiber lagen eng umschlungen nahe des Abgrundes in einem Gebüsch hinter einem großen Felsen, der sie schützte. Sie wurde weich und alles in ihr kam ins Fließen. Sie öffnete ihre Schenkel und umschlang auch ihn. Ihr ganzer Körper gab sich hin, er war ausgehungert nach Liebe und Zärtlichkeit, und der Fremde war sanft und leidenschaftlich. Sie verschmolzen miteinander zu einem Leib und einem Wesen hier in der Nacht. Ihre Brust glühte. Ihr Körper war heiß und fließend. Sie gaben sich und empfingen einander. Die Landschaft zum sie herum veränderte sich. Alles löste sich auf und vibrierte. Alles, selbst der Tod, der Mord, waren für diesen Augenblick unwichtig und vergessen. Die Zeit schmolz zu einer unendlichen Sekunde zusammen und schien stillzustehen. Sie vereinten sich. Nur der Mond lächelte unverändert auf sie nieder.

Als sie aufstanden und wieder auftauchten aus dieser Selbstvergessenheit, fiel ihr ein goldenes Kreuz in die Hände, das der Fremde offenbar getragen hatte. Starr vor Schreck erkannte sie es als ein Geschenk ihrer Eltern an ihren Bruder oder war es nur ähnlich? Wurde sie zum Narren gehalten? Sie schluckte und bekam feuchte Hände. Eine Lähmung befiel sie. Sie blickte dem Mann jetzt voll ins Gesicht und bat ihn leise, ihr seinen Namen zu nennen. „Philipp", sagte er und zog sich den Gürtel wieder zu. Das Kreuz hatte er noch nicht vermisst.

Sie biss sich auf die Lippen. Ihr Atem stockte, bevor sie tief Luft holte. Das durfte nicht wahr sein! Sie hatte sich mit ihrem eigenen Bruder geliebt. Unfreiwillig, nein, nicht ganz. Sie hatten sich beide nicht erkannt, entschuldigte sie sich. Und sie liebte ihn ja.

Hatte sie ihn nicht immer besonders geliebt und bewundert, ihren älteren Bruder? Aber sie liebte ihn gerade, wo er ihr fremd war, auch als Mann. Ihre Gedanken verwirrten sich. Ihn nicht als ihren

Bruder zu lieben, sondern als Mann, das war Sünde! So sagte es die Kirche und die Gesellschaft. Marie spürte das Blut in ihr Gesicht schießen. Ihr Herz schrie: Ich liebe ihn. Deshalb waren seine Augen ihr vertraut vorgekommen in der Dunkelheit. Sie hatten sich so lange nicht gesehen, zu lange. Was sollte sie nur tun? Sie haderte mit ihren Gefühlen und nestelte an ihrem Gewand, um es zu zu machen. Und das alles in diesem furchtbaren Augenblick!

Jetzt überkam sie wieder der volle Schmerz der Situation: Ihre Großeltern waren gerade ermordet worden, und sie wollte nach ihnen schauen. Wie viel Zeit war nur vergangen? Am liebsten würde sie Philipp um den Hals fallen und sich zu erkennen geben, weinte sie innerlich auf. Philipp half ihr bei ihrem Gewand und lächelte sie an. Seine Augen und sein freundliches, schönes Gesicht taten ihr gut. Er war groß und kräftig geworden in der Fremde, ein wirklicher Mann.

Jetzt fragte Philipp Marie nach ihrem Namen und umarmte sie nochmals leidenschaftlich.

„Antoinette", antwortete Marie, ehe sie begriff, dass sie log. „Antoinette, ein schöner Name", sagte Philipp. „Ich will zu meiner Schwester, hier ist nichts mehr zu helfen", fuhr er fort. „Ich war im Chateau", er machte eine Pause, die eine Unendlichkeit zu dauern schien. Seine Stimme hatte sich verdunkelt. „Ich musste aber sofort wieder fliehen, weil die Soldaten kamen und alles bewachten. Ich darf mich hier nicht blicken lassen."

„Lass uns zusammen noch einmal schauen! Auch meine Familie hat da gelebt und ist wahrscheinlich tot", bat Marie eindringlich und schnell.

„Ah, tut mir leid". Philipp nickte nur und schaute sie nachdenklich an. Was für eine merkwürdige Frau, dachte er, die nachts in Männerkleidern allein unterwegs ist... Woher kannte er sie nur so gut, obwohl sie fremd war? Wie selbstverständlich hatten sie sich geliebt, nachdem er sie so überfallen und sie sich gewehrt hatte? Wie hatte es ihn nur so überkommen können, sie einfach zu nehmen? Er fand keine Antwort. Er schämte sich etwas, wischte dieses Gefühl aber dann wieder weg. Es war anders.

Das Schicksal hatte sie unvermutet zusammengeführt und hier an diesem seltsamen Ort begegnen lassen in so einer furchtbaren Nacht, wo sie beide vor Spannung fast zersprangen. Es gab etwas Vertrautes zwischen ihnen, eine tiefe Resonanz, die er in ihren Körpern gespürt hatte. Sie passten zusammen. Das hatte ihn angezogen. Und obwohl sie fremd war, war sie seinem Herzen so nah. Unbegreiflich! Philipp war irritiert. Er schaute sie wieder an und sog ihren Anblick in sich auf. Er war ein junger Mann und sie war jung und schön, wie sie mit ihren schrägen grünen Augen und dem gewellten, langen goldbraunen Haar jetzt vor ihm stand und ihn ansah. Ihre Gestalt war so zart, aber doch kraftvoll fließend. Selbst in dem abgetragenen Jagdgewand fiel ihre vornehme Schönheit auf. Er liebte sie. Seltsam, wirklich seltsam, dachte er. Er hatte sie genommen und sie hatte sich ihm hingegeben. So etwas war ihm noch nie passiert. In all den Kriegsjahren nicht, die er fern der Heimat weilte, bevor er zur Bruderschaft der Schwarzen Raben gegangen war. Eigentlich hatte er sie nur vor den Soldaten schützen wollen, als er sie mit ihrem hellen Schopf sah. Philipp unterbrach seine Gedanken. Sie mussten jetzt weg.

Im Château Bridan sur la Mer

Nachdem sie ihre Pferde wieder eingesammelt hatten, die friedlich nebeneinander grasten, ritten sie zusammen in Deckung auf das Chateau zu. Den letzten Weg legten sie zu Fuß zurück, um keine Aufmerksamkeit zu erregen. Angst breitete sich in ihr aus, und Marie fühlte sich immer beklommener, je näher sie kamen. Das Herz schlug ihr bis zum Hals, in dem ein Kloß steckte. An einem Dorngebüsch riss sie sich ihr Gewand auf. Eine lähmende Stille lag in der Luft und lastete über dem Chateau. Die Menschen waren inzwischen verschwunden, das Feuer erloschen. Schutt und Asche, zerbrochene Säbel und Steine lagen überall im Weg. Blutlachen waren im Staub geronnen und getrocknet. Die Leichen der Bediensteten hatten die Dorfleute anscheinend schon abtransportiert.

Die Soldaten hatten sich entfernt. Ein beißender Geruch, wohl noch vom Feuer, lag in der Luft. Es war die kälteste Stunde vor dem Morgengrauen. Über dem Meer im Osten zeigte sich ein dämmernder roter Streifen Licht. Marie war froh, einen Mann an ihrer Seite zu haben. Und es war auch noch ihr eigener Bruder, dachte sie beklommen. Sie schritten leise auf die Eingangstür zu, an der ein erschlagener Wächter noch angelehnt in verdrehter Position mit verrenkten Gliedern wachte. Seine aufgerissenen Augen schienen jeden zu warnen, der hineinwollte. Er hielt noch eine Lanze in der Hand.

Hintereinander stiegen sie die breite Treppe zu den Schlafgemächern hoch, nachdem sie unten nur Schutt und zerbrochene Gegenstände sahen. Die Angreifer hatten ihre Arbeit gründlich gemacht. Die Angst ergriff immer mehr Besitz von Marie, ihr Schritt wurde mit jeder Stufe schleppender. Aber sie hielt sich hinter Philipp, dessen Schritt auch langsamer wurde. Ihre Finger krallten sich in das Holzgeländer. Er schnaufte jetzt.

Marie erinnerte sich an die Worte ihres Großvaters, die ihr jetzt ins Gedächtnis schossen: „Sei mutig, wenn du Angst hast. Dein Herz ist mutig. Folge ihm, es wird dich durch die Angst führen. Denn Angst ist wie ein dunkler Raum, den du durchqueren musst. Am Ende des Raumes wartet das helle Tor, das dich ins Licht führt, das du noch nicht kennst. Der Mut ist wie der tapfere Prinz, dessen Hand du ergreifst und der dich dorthin begleitet".

„Ich habe eine mutige Enkelin", hatte er einmal lächelnd zu einem alten Offiziersfreund gesagt, der auf Besuch kam.

Als sie oben im ersten Stock ankamen, intensivierte sich der Geruch von Rauch und Blut. Alles war zerstört, alle Türen ausgetreten oder ausgehängt. Es sah aus, als habe ein Orkan oder eine Feuersbrunst gewütet. Fenster gähnten als Löcher im Mauerwerk. Eine Dohle flog auf.

Im ersten Gemach fanden sie die Leichen der Dienerinnen, alle eng beieinander, als hätten sie so noch Schutz gesucht, bevor sie erstochen und erschlagen wurden. Grausig zugerichtet, kaum bekleidet, aus dem Bett gerissen, lagen sie da mit dem Schrecken in ihren Augen, verstreute Glieder, Blut. Marie wurde schlecht, sie musste sich übergeben. Sie ging hinaus. Im nächsten Gemach fanden sie schließlich ihre Großeltern. Sie lagen genauso erschlagen in blutig zerrissenen Nachtgewändern in der Nähe ihrer Betten. Sie hatten sich gar nicht wehren können, keine Waffe war hier bei Großvater oder Großmutter. Offensichtlich hatte man sie überrascht. Marie heulte auf vor Schmerz. Der Hausverwalter von Großmutter hatte als einziger ein Schwert in der Hand und lag vor Großmutter. Er war ihnen offenbar zu Hilfe geeilt und vor den Augen von Großmutter erschlagen worden. Großvater hingegen hing noch halb gefesselt an der Säule vor dem Bett, bevor man ihn augenscheinlich zu Tode gequält hatte. Seine Glieder waren verletzt, seine Augen schauten gebrochen, sein Körper war von blutenden Wunden bedeckt. Marie schluchzte hemmungslos und wurde von Grauen geschüttelt. Philipp nahm sie in die Arme und führte sie weg. Er riss sich mit aller Gewalt zusammen, um selbst nicht loszuheulen. Er stützte Marie und versuchte, sie wegzureißen. Sie war ganz starr vor Schreck.

Plötzlich zeigte sie auf Großvaters Gestalt und bemerkte unter Tränen: „Wie liegt er denn da? Schau doch, wie verrenkt!" Ihre Tränen erstickten ihre Stimme. Philipp zog sie weg.

Es waren doch seine Großeltern, die er geliebt hatte. Er war im Krieg gewesen. Aber das war anders, was die Soldaten seinen Großeltern angetan hatte. Sein Körper bebte vor Schmerz und Zorn. Das Szenario war nicht nur grausam, es war irgendwie mehr als eine geplante Ermordung und hatte nichts mehr mit einer fehlgeschlagenen Festnahme zu tun, was er die Soldaten hatte draußen reden hören, als er sich das erste Mal noch während des Feuers angeschlichen hatte. Aber da hatte er, Philipp erinnerte sich jetzt, auch andere dunkle Gestalten in Kutten die Treppen herunterkommen gesehen, wohl diese Mönchsritter, von denen er schon Übles gehört hatte. Sie bespitzelten im Namen der Kirche die Bruderschaften. Er spürte, wie Hass und Rachegefühle in ihm auflöderten. Er musste seine Großeltern rächen. Das war seine Aufgabe. Sein Vater war schon tot, seine Mutter kurz nach ihm gestorben. Er hatte nur noch seine Schwester Marie. So musste er etwas unternehmen, um das Morden zu beenden, die dunklen Machenschaften des Königs mit der Päpstlichen Priesterschaft, die alle Menschen der Ketzerei anklagten, die nicht absolut hörig in ihrer Gefolgschaft blieben. Deshalb war er schließlich auch der geheimen Bruderschaft der Schwarzen Raben beigetreten. Philipp atmete tief durch.

Im Vorraum erholten sie sich von diesem Anblick. In heftigem Weinen umklammerte Marie seinen Arm und drückte ihren Kopf an seine Brust. Er drückte sie an sich. Sie schluchzte „Armer Großvater, arme Großmutter! Sie sind tot, nein, sie wurden so grausam hingerichtet!" „Ich hasse ihre Mörder", brach es aus ihr heraus. Philipp schreckte aus seinem Schmerz auf.

Was hatte Antoinette gesagt? Oder besser Marie? Er hielt sie etwas von sich weg und schaute ihr ins Gesicht und dann dämmerte es ihm. Ihm wurde schwindlig. Das war zu viel auf einmal. Er setzte sich auf einen zerbrochenen Stuhl. Sie stand mit hängenden Armen vor ihm und stammelte nur: „Ja, unser Großvater und unsere Großmutter…" - „Marie?", sprach Philipp ungläubig.

„Ja", sagte Marie. „Ich bin's."

„Was haben wir nur getan?", fragte er tonlos.

„Ich wusste es auch nicht, bis ich schließlich das Kreuz neben dir entdeckte, als wir uns anzogen.", sagte Marie. Und sie gab ihm das kleine goldene Kreuz zurück.

Philipp atmete schwer durch. „Warum hast du dich nicht vorher zu Erkennen gegeben, als du es bemerktest?" – „Ich konnte nicht, war wie gelähmt, als ich das Kreuz sah", flüsterte Marie. Sie war froh, dass es jetzt draußen war, und keine Lüge mehr zwischen ihnen stand.

So konnten sie den Schmerz gemeinsam tragen, dachte Marie traurig. Ihr Herz verlangte, ja schrie nach Gerechtigkeit für ihre Großeltern, - dachte sie. Oder nur um ihre eigene, unendliche Trauer zu bekämpfen? Sie weinte auf. Die Bilder des Grauens zogen vor ihrem inneren Auge vorbei, immer wieder. Da fielen ihr wieder die verrenkten Glieder von Großvater ein. Und dass er sie immer gelehrt hatte, auf alle Zeichen, jede kleinste Geste der Natur und des Menschen zu achten.

Philipp versuchte sich zu sammeln, er konnte keinen klaren Gedanken mehr fassen. All die Jahre, die er seine Schwester nicht mehr gesehen hatte, wo er zum Mann gereift, der Krieg, die geheime Aufnahme in die Bruderschaft… Und jetzt hatte er in der Nacht nach der Ermordung seiner Großeltern mit seiner Schwester geschlafen. Sie hatten sich geliebt, nein, er hatte sie verführt. „Wie konnte er nur? Wieso hatte er nichts gemerkt? Was für ein Hohn des Schicksals, seine Schwester ihm so vorzuführen!" Er lachte trocken auf und stieß mit dem Kopf gegen die Wand. Das machte ihn auch nicht klarer.

Marie drängte ihn: „Lass uns nochmals zurückgehen zu den Großeltern. Da ist noch was" und sie zog ihn mit sich in das zertrümmerte Schlafgemach. Ihr Verstand arbeitete jetzt auf Hochtouren. Sie schaute sich fieberhaft um. Alles war durchwühlt. Hatten sie was gesucht? Hatten die Mörder deshalb Großvater gefoltert? Und Großmutter vor seinen Augen getötet? So wie sie lagen, könnte es so gewesen sein. Warum lag Großvater so? Der rechte Arm und der linke wie zur Stütze herangelegt zeigten in die gleiche Richtung und zwei Finger dazu. Sie zeigten nach Norden. Was war im Norden? Hatte Großvater im Tod ein Zeichen gegeben, für sie? Ihre Gedanken hämmerten und klopften alles ab, was sie wusste. Dann schaute sie auf den Boden, kniete sich neben seine Hand und berührte sie. Sie war blutig, auch die Finger, die sonst keine Wunde zeigten. Da entdeckte sie auf dem Boden unter der Hand ein gemaltes Zeichen, aus Blut. Fünf Dächer oder Ecken, die im Kreis liefen. Es war krakelig. Wann hatte Großvater es mit seinem Blut gemacht? Als er im Sterben lag? Marie schluchzte bei der Vorstellung und konzentrierte sich wieder auf das Zeichen. Oder war es nur Zufall, Dreck? „Nein, gewiss nicht!", sagte ihre innere Stimme.

Es war eine Art Fünfeck, nur offen. Vielleicht ein Pentagon? War nicht der Fünfstern das Zeichen für Magie und verborgene Weisheit? Was sollte das bedeuten? Jacques de Frigeaux hatte seiner Enkelin verschiedene Zeichen in ihrer Bedeutung erklärt, wenn sie irgendwo vorkamen. Aber was war das in der Mitte dieses Fünfecks oder Sterns? Eine seltsame Zickzacklinie. Marie drehte ihren Kopf und schaute aus verschiedenen Seiten auf dieses mittlere Zeichen. Eigentlich glich es einem Z und ein direkt angehängtes griechisches Sigma Σ. Ihr fiel nichts dazu ein. Man konnte es aber auch um 90 Grad gewendet lesen als die Buchstaben M und N, die übereinander standen. Ja, ein M und N übereinander. Und in ihrem Übereinander zeigten sie auch nach Norden! Das war's! Sie jubelte. Aber was hieß das? Was war gemeint? Jacques de Frigeaux hatte seiner Enkelin oft Sagen von Magiern aus alter Zeit erzählt. Und da war auch öfter eine Geschichte aus dem Norden dabei gewesen. Sie versuchte sich genauer zu erinnern.

Philipp rief nach ihr. Marie blieb hocken. Jetzt fiel es ihr ein: Großvater erzählte ihr einmal von dem großen Magier aus dem Norden! MN: **„Magicus Nordicus!"** Latein war die gebräuchliche Sprache der Magier, das wusste sie schon, als er sie unterrichtet und mit Latein gequält hatte. Nein, eigentlich fand sie Latein sehr interessant. Er hatte ihr auch erzählt, wo der große Magier herkam, nämlich aus einem christlichen Kloster, von wo er in den Norden geflüchtet war. Und dass er der letzte Magier oder Alchemist sei, der tatsächlich im Norden hinter den Bergen noch lebte.

Für Marie war das damals nur eine spannende und geheimnisvolle Geschichte gewesen. Aber vielleicht war das alles wahr? Und vielleicht war die Existenz des großen Magiers aus dem Norden wahr, auf den dieses Zeichen hinzuweisen schien. Großvater hatte immer wieder zu ihr über solche geheimnisvollen und unsichtbaren Dinge gesprochen mit der Warnung, zu niemandem darüber zu sprechen, da die meisten Menschen sie nicht verstanden und darüber lachten. Das hatte sie auch befolgt! Und jetzt war er tot!

Hatte Großvater ihr eine Botschaft hinterlassen über seine Mörder? Das konnte doch nicht sein oder doch? Marie war aufgewühlt und rief nach Philipp. Sie zeigte ihm das Zeichen und erzählte ihre Erinnerungen mit Großvater und was sie im Zeichen las. Philipp schaute sie ungläubig an. Er warf ein: Das kann alles Zufall sein! Oder schon länger dort auf dem Boden kleben." Marie kratzte und machte es nass. „Nein, unmöglich" sagte sie. Das ist Blut und ziemlich frisch, gleich wie auf dem Finger, wahrscheinlich aus der Wunde... Sie wandte sich ab und suchte weiter, fand aber nichts mehr.

Sie setzte sich und dachte nach. Laut sprach sie Richtung Philipp: „Aus dem Norden kommt die Weisheit, hat Großvater gesagt. Dort entwickelt sie sich aus der Ruhe und Stille. Und dort lebten auch früher die Druiden, von denen Großvater viel wusste. Sie waren Priester und Heiler. Sie waren große Kenner der Natur und Religion. Magier des Nordens!"

„Komm schon", drängte ihr Bruder, „Wir müssen weg! Die Soldaten kommen bald zurück!"

„Wo war nur Großvaters Schwert versteckt?" Marie wünschte es sich herbei. „Lass uns kurz nach dem alten Schwert von Großvater schauen! Schnell, es ist wertvoll". Marie klopfte gegen die Wände, ob da ein Versteck sein könnte, öffnete Schränke und Türen. Nichts. Philipp untersuchte die Bodendielen, sie fanden nichts. Schnell schweiften sie noch durch Haus. „Vielleicht haben es schon die Soldaten oder diese dunklen Mönchsgestalten mitgenommen!" sagte Philipp böse. Marie seufzte, „glaube ich nicht, Großvater war sehr umsichtig mit seinen Dingen, ich habe leider nicht gesehen, wo er es hernahm, als er es mir einmal zeigte". Die Zeit aber drängte.

Sie mussten hier weg und eine Entscheidung treffen, hämmerte es in Philipps Bewusstsein. Der Morgen war angebrochen, die Sonne längst aufgegangen und nachher würde es hier vor Soldaten wimmeln, die ihre Beute noch holen wollten…

Er packte Marie, riss sie hoch aus ihrem Nachdenken und sagte: „Wir müssen sie begraben! Überlassen wir ihre Leichen nicht dem König und seinen Soldaten, komm!" Viel Zeit blieb ihnen nicht.

Sie wussten, wo ihre Großeltern begraben sein wollten, im hinteren Teil des Gartens unter einer alten Eibe, die mit ihren ausladenden Zweigen viel Schatten spendete. Dort war eine steinerne Gruft vorbereitet. So schleppten sie vorsichtig ihre toten Großeltern und den Hausvorsteher in Gewänder und Tücher gehüllt hinunter. Marie hatte sie mit einem duftenden Öl ihrer Großmutter etwas einbalsamiert und ein Gebet gesprochen, bevor sie ihre Leiber in Tücher gewickelt hatten. Ihr Bruder drängte weiter.

Die anderen Toten bedeckten sie mit Tüchern und segneten sie. Für sie blieb keine Zeit, sie auch noch zu begraben. Nachdem sie die Großeltern in das steinerne Grab gelegt und es mit einem Stein versiegelt hatten, beteten sie noch gemeinsam unter der Eibe für die Seelen ihrer Großeltern und Eltern. „Mögen sie Frieden finden und sich in Gottes Wohnungen erholen", schloss Philipp feierlich und dachte bei sich: und ihren Tod werde ich rächen.

„Unsere Wege trennen sich bald", sagte er leise und nahm Maries Hand. „Ich gehe zu meiner Bruderschaft und es ist besser für dich, wenn du nichts darüber weißt. Ich gehe nach Süden. Dort ist es ruhiger, gibt es keine Inquisition. Die Menschen sind einfach und gläubig. Dort gibt es irgendwo ein altes Kloster, wo wir wohnen und Quartier haben. Soviel kann ich dir sagen. - Ich gebe dir mein Kreuz als Schutz für dich", sagte er liebevoll und legte es in ihre Hand.

„Ich begleite ich dich aber noch, bis du weißt, wohin", versprach er.

„Danke", sagte sie und nahm ihren silbernen Mond ab und gab sie ihm. „Möge sie dich segnen", sagte Marie. „Danke", sagte Philipp und küsste sie zart auf die Stirn.

„Nun lass uns reiten", sagte Philipp.

„Was ist mit dem Zeichen?", versuchte es Marie nochmals. „Wollen wir nicht gemeinsam schauen, was das von Großvater zu bedeuten hat?" und schaute Philipp an.

Der schüttelte nur den Kopf. „Ich mache das auf meine Art. Ich werde Großvater rächen. Das ist nicht deine Aufgabe. Meine Bruderschaft kämpft für Gerechtigkeit und Freiheit. Komm, ich begleite dich ins Schloss zurück."

„Raimond hatte den Befehl zur Verhaftung gegeben. Ich habe es zufällig gehört und er hat es nicht geleugnet, als ich ihn zur Rede stellte", sagte Marie ruhig.

„Was, er gab den Befehl zur Verhaftung?", empörte sich Philipp aufgebracht. Er konnte es nicht fassen. „So ein feiges Schwein. Schickt seine Soldaten zum Massaker an der eigenen Familie. Ich habe es immer geahnt, schon bei deiner Hochzeit, daß er ein feiger Mensch ist, der keinen Anstand kennt. Wahrscheinlich hat er auf diesen Bischof Abe gehört, der die Bruderschaften anfeindet und verfolgt." Schnaubend wandte er sich ab.

„Ich wollte, ich könnte mit dir kommen, auch ich kann nicht mehr zurück!", sagte Marie leise. Und begriff sogleich, dass das nicht ging und sie ihren eigenen Weg allein finden musste. Sie musste den Zeichen folgen, das war sie Großvater schuldig. Sie fühlte sich unendlich einsam und leer. Zurück und so tun als hätte es nichts gegeben außer einem Befehl des Königs, ihres Gemahls, wollte und konnte sie nicht. Auch wenn Raimond womöglich wiederum auf Anraten der päpstlichen Priesterschaft, vertreten durch den Abe oder des großen Königs von Frankreich gehandelt hatte, wie das schon öfter der Fall war. So sicherte er sich seine Macht als König von Aragon, dachte sie bitter.

Sie blickte durch diese Machenschaften des Königs und seiner Verbindungen nicht durch. Ihr Gemahl teilte nichts mit ihr, und sie hatte keine Macht. So wie ihre Familie ihren Einfluss seit dem großen Streit am Königshof verloren hatte, denn ihre politische Stellung im freien Königreich war damals an die Familie der d'Angus gefallen, denen der Abe diente.

Raimond hatte die Unabhängigkeit ihres kleinen Königreichs von Aragon verraten, die eine lange Tradition hatte, da das Königreich

Aragon recht abgeschlossen von Bergen und den beiden Meeren lag. Es war ursprünglich das Land der Freigeister gewesen, wie Großvater und ihre Eltern oft bemerkten. Aber die Zeiten hatten sich mit den Herrschern gewandelt. Der leichte Küstenzugang zum mittleren Meer hatte ihrem Volk gute Verbindung zu anderen Kulturen und Traditionen verschafft. Die Aragonier und mit ihnen die Templer und Katarer, die sich hier vielfach angesiedelt hatten, waren oft gute Seefahrer, gute Kaufleute und Gelehrte gewesen, die die Lehren und Weisheit des Ostens aufgriffen und sie mit dem aufsteigenden Christentum verbanden. So hatten sich auch die großen Bruderschaften gebildet, die dann plötzlich von der Kirche nicht mehr erwünscht waren. Sie wanderten in den Untergrund. Sie wussten noch, dass alles aus einer Quelle kam und Gott nur verschiedene Namen hatte. So hatte es ihr Großvater erzählt.

Aragon schien nun unter den Glaubenskriegen, die überall aufflammten und im Zeichen der dunklen Macht geführt wurden, in die sich ausbreitende Finsternis der mittleren Lande abzusinken. Licht und Schatten rangen schwer miteinander. Das Ahnenvolk der Aragonier lebte nur noch in den Bergen und hatte sich vor langer Zeit zurückgezogen, so daß es unsichtbar geworden war. Ab und zu sahen Menschen ihre Geister in den Pinienwäldern wandeln. Nur sehr wenige Menschen lebten im Gebirge als Alchemisten oder Wundertätige, die alte Traditionen noch kannten und heilkundig waren. Sie verkehrten noch regelmäßig mit dem alten Volk. So erzählten es die Alten aus den Dörfern. Marie hatte als Kind diese Geschichten von ihrer Amme gehört und der alten Magd Frida, die in der Küche der Frigeaux arbeitete.

Marie erinnerte sich: Der große Magier, der Alchemist, von dem Großvater erzählte, sollte im Norden leben, vielleicht in den Bergen der Pyreneios, in einem Teil, wo das alte Volk noch daheim war. Oder noch hinter den großen Bergen, im Nebelland Aquitaniens. Marie machte sich Gedanken, ob und wo er wohl lebte und wie sie ihn je finden könnte. Sie kannte sich da nicht aus. Auch sprach man vom Nebelland hinter den Bergen sehr mystisch, wo schon bald das große Meer, der Ozean beginnen sollte, denn niemand kannte es. Marie konnte sich nur aus dem Unterricht erinnern, dass das Nebelland ganz weit im Nordwesten liegen musste, in der Nähe des großen Nordmeeres. Es war sehr vage und geheimnisvoll. „Der Magier wurde in jungen Jahren selbst von der Kirche, vom Abt seines eigenen Klosters vertrieben und verbannt." So hatte Frida es ihr einmal erzählt. Die Leute berichteten auch, er wäre geflohen, als man ihn wegen seiner Naturstudien der Ketzerei anklagte. Es gab viele solcher Geschichten. Marie seufzte auf, als die Erinnerungen in ihr hochstiegen. Vielleicht kannte Großvater ihn damals näher?

Marie erzählte nun alles ihrem Bruder. Sie berichtete ihm von dem Blutzeichen, wie sie es deutete, und der Geschichte vom Magier aus dem Norden.

Währenddessen ritten sie zurück zum Schloss, wo sie ihre Sachen holen wollte. Philipp blieb aber in Bezug auf ihre Mutmaßungen und ihre Art, an diese Sache heranzugehen, skeptisch. Er hatte sich zu den Rebellen geschlagen und wollte den Mord politisch bekämpfen, und das war keine Frauensache.

Marie und Philipp hofften, ungesehen zum Schloss zu kommen. Der König musste schon weg sein. Er hatte Verpflichtungen und führte die Regierungsgeschäfte in Saragossa. Es war später Vormittag und die Grillen zirpten. Dann wollte Marie vorerst zu einer Tante mütterlicherseits reisen, die auf dem Land, ganz im Süden des Landes, in Estrella lebte. Dort konnte sie sicher und unerkannt unterkommen. Ihr Bruder würde sie ein Stück des Weges begleiten.

Marie und Philipp ritten auf das Schloss zu. Lautlos pirschten sie sich zu Fuß ab Sichtweite an das Anwesen heran. Es war das Sommerschloss des Königs auf dem Land in Navarra und wenig bewacht zu dieser Zeit. Idyllisch lag es auf einer sanften Anhöhe, ein altes schmuckvolles Chateau mit zwei Türmen und einem See im vorderen Bereich. Es lag in einem alten Park mit großen Laubbäumen umgeben von Wald und Feldern. Die Bauern waren auf dem Feld. Marie verschwand, als sie die Stallungen hinter sich gelassen hatten, in einem Nebeneingang, während Philipp in einem Versteck hinter den Stallungen wartete.

Ungesehen kam Marie, Königin von Aragon, in ihren Gemächern an. Ihre Zofe wartete schon ängstlich auf sie. Schnell wies sie die

Zofe an, ihre Sachen zu packen. Sie wusch sich, ließ sich etwas zu essen reichen, packte etwas für ihren Bruder ein, als sie ihren Beutel schon umhängen hatte und wandte sich zum Gehen.

Da wurde die Türe aufgerissen und zwei Soldaten erschienen mit Fernandez, dem Befehlshaber ihres Gemahls. „Abführen auf Befehls des Königs!", sagte dieser. Die Soldaten ergriffen sie, ihre Zofe weinte auf und sagte: „Es tut mir leid! Sie zwangen mich, sofort Bescheid zu geben, wenn Ihr kämt, und drohten, sonst meiner kleinen Tochter etwas anzutun", weinte die Zofe und schneuzte in ihr Taschentuch. Marie schnaubte. Sie kannte diese Soldaten. Es nutze nichts, sich zu wehren. Sie wurde abgeführt und hinuntergebracht. Die Soldaten stießen sie grob den Weg abwärts in das alte Turmverlies. Marie hörte die schwere Tür hinter sich zuschlagen und stolperte über einen Stein.

Es war dunkel im Inneren des Turms. Sie fiel und schlug mit dem Kopf auf. Dann war nichts mehr. Dunkelheit breitete sich aus. Die Zeit stand still.

Im weissen Land des Nordens

Aus dem Dunkel erwachte sie in einem hellen weißen Licht, das etwas milchig schien. Sie spürte nichts mehr und alles fühlte sich anders an. Ihr Körper war leicht und unverletzt.

Nimue erwachte in ihrem Bett und schaute aus dem Fenster, wo die Sonne den Himmel bestieg, rot färbte und in ihr Licht tauchte. Sie erhob sich gerade hinter den Bergen. Alles war hell und weiß. Marie war froh zu Hause zu sein, wusste aber nicht warum. Fröstelnd erhob sie sich von ihrem Lager, wusch sich das Gesicht und legte schnell ihr Gewand an. Großvater hatte schon Feuer gemacht und Tee gekocht. Jetzt bat er sie, zum Frühstück zu kommen. Am alten Tisch der Blockhütte weit oben im Norden der Erde wurde fröhlich gespeist, auch wenn das Mahl ganz einfach war. Getrockneter Fisch, etwas Fladenbrot, Butter und Wildbeerenmus vom letzten Sommer. Nach dem Frühstück griff Großvater zur Pfeife und setzte sich in den Lehnstuhl, um seine Morgenpfeife zu rauchen.

Nimue griff zur Harfe, die der alte Mann ihr reichte. Das Feuer knisterte im Kamin, die Dunkelheit wich dem noch blassen Licht des neuen Tags. Der alte Mann und sein Hund lauschten gern der lieblich klaren Stimme Nimues, die voller Ausdruck sang und im Gesang sich bewegte wie der lebendige Tag. Heute sang sie aus dem Hohen Lied der Erde den „Gesang des Nordens", den sie besonders liebte. Großvater hatte ihn ihr beigebracht und viele Geschichten dazu erzählt. Dieser Gesang stammte aus der Tradition des Mondtempels von Atlantis. Großvater stammte von dort und war einer der ältesten Priester und ein Eingeweihter. Wo war wohl Aiina, ihre Zwillingsschwester?

Nimue begann zu singen. Ihre Sehnsucht fand Ausdruck in ihrer Stimme, mit der sie sang:

Am stillsten Ort der Welt

Wo bist du hin – wohin? -
Als der Nordwind dich blies
Und mit seinem Feuer mein Herz zerriss?

Was trieb dich an, Fortzugehen,
ohne Ade oder ein Wiedersehen?
Lange weilte ich so. So lange.
Nur das Gefühl blieb.
Die Frage: „warum?" -
Die Zeitalter gingen.

Sie mehrten sich gleich Jahresringen
Des Akazienbaums – und zerrannen.
Berge wuchsen und gefroren zu Stein
Bis ihr Schicksal zersprang.

Nur ihre alten Gesichter schimmern noch heute
In ihren Berggipfeln im Abendrot.
Und das Meer hob sich und sank.
Bedeckte das mächtigste Land,
das für viele Zeitalter schwand.
Wasser gebar neues Leben, grüne Inseln -
Die im Morgennebel Jungfrauen gleich
Dem Wasser entstiegen.

Als wir nach so langer Zeit
Durch Schicksalshand geführt
Und endlich wieder sahen –

im leichten Sommerregen, der über
Unsre Gesichter rann -
In einem trocknen Land,
das fremd für dich und mich
Im Lavendelduft stand -
Da sagtest du:

„Wir treffen uns hier nicht das erste Mal." -
Unsre Augen suchten sich.
Sie tauchten ein ins blaue Licht
des Meeres, das sich in unseren Augen fand
Und alle Vergangenheit mit sich riss.
Groß ist die Liebe,
Die da spricht:
„Amor fati."

„Weißt du nicht,
Wann ich dich das erste Mal fand?
Ewig ist's, scheint mir, wenn ich deine Hand
Ergreife und zum Herzen führe –
Das wie ein Schiffchen tanzt
Unter dem Regenbogen auf dem Meer."
Die Sonne strahlt im goldenen Licht
Das da segnet und verspricht:

„Ich bin das Licht!"
„Ich liebe dich."

Fanden wir uns nicht zu allen Zeiten
An gesegneten heiligen Orten
Unerkannt, oft unbemerkt –
Auch von uns selbst -
Wo das Schicksal uns verband und führte

In den widrigsten Rollen und Gestalten
Auf der großen Bühne endloser Gefühle?
Ich liebte dich in allen Gestalten
Freund wie Feind. Sklave wie Herr,
Vergewaltiger und Liebhaber.

Das geheime Band des Lebens -
Zeigte es uns nicht unser Seelenlicht –
und den Pfad dazu?
Auch im Hass, wo Liebe fehlte
Liebte ich dich.
Und das Herz zersprang.
Musste zerspringen, um heil zu werden.
Ganz. Ja, ganz neu
Geboren im Schoß der Erde.

Am stillsten Ort der Welt
Ruht das Schicksal
In Seiner Hand:
Hoch oben im Norden
Im Niemandsland
Wo das Polarlicht glüht.

Dort - ich alles überwand - und sah
Wie es wirklich vom Schicksal
Gewoben war:

So fein gesponnen ward' der Faden
So reich geführt das Band
Durch Loch und Knoten gleich
Zum schönsten Teppich gewoben -
Wie nur das Leben es verstand
Durch das die Seele reiste. –

So gedeiht am stillsten Ort der Welt
Hoch oben im Norden
Im Niemandsland, in das
Der Nordwind bläst,
Die Seele -
So weiß wie Schnee und rot wie Blut.
Dort weilten wir zwischen den Erdenzeiten.
Dort liebten wir uns

So hingegeben
So fein und leicht
In der einsamsten Hütte am See –

Auf Fellen am Kaminfeuer
Das knisternd uns seine Scheite
Zur Verfügung stellte, -
So glühend und warm.

Wir wurden eins mit unseren Körpern -
Mit unserem Geist.
So weiß wie Schnee und rot wie Blut -
So sanft wie das Sommergras im Wind.
Das alles in unsren Adern schoss
Wie der Strom, der
Den Herzschlag verband
Zur Ewigkeit -
Die Er uns gewährte
Von Leib zu Leib –

Im Rhythmus der Zeit.
Stand sie nicht still? --

Am stillsten Ort der Liebe
Glühten unsere Leiber im Wind.
Verschmolzen wie Gold in Weiß
Zwei Schwänen gleich
Die sich lieben.

Als sie fertig gesungen hatte, blieb es still. Selbst der Hund schien nachzuhorchen. Großvaters Pfeife war ausgegangen. Er saß reglos da und sagte nichts. Nimue stellte die Harfe weg und machte sich an ihr Tagwerk. Großvater brauchte Ruhe, er war schon sehr alt. Er war offenbar wieder in eine andere Zeit gesunken und hing seinen Gedanken nach. Gerne weilte Großvater an dem Ort, wo sie hergekommen waren und lauschte den alten Liedern der Tradition des Sonnen- und des Mondtempels, worin er auch Nimue und ihre Zwillingsschwester unterwiesen hatte. Seine tiefliegenden dunkelblauen Augen unter den dichten grauen Augenbrauen blickten in weite Ferne. Dankend strich er Nimue über ihr blondes Haar. Nimue störte ihn nicht. Sie liebte Großvater, der sie nach dem frühen Tod ihrer Mutter großgezogen hatte. Schon lange weilten sie jetzt hier an diesem einsamen Ort hoch oben im Norden der Erde, in Islandia, der großen weißen Insel, welche die Nebel des Nordmeeres von der übrigen Welt abgeschlossen zu haben schienen. Gab es hier Zeit? Für einen Bruchteil einer Sekunde schoss Nimue dieser Gedanke durch den Kopf.

Nimue ging aus dem Blockhaus, nachdem sie alles aufgeräumt und das dünne Brennholz unter dem Vordach geschlichtet hatte, Richtung Bucht, von deren hohen Klippen man die ganze Meeresenge überblicken konnte. Die Sonne schien kräftig an diesem Frühlingsmorgen und brach durch die Wolken, um sie zu wärmen. Steinig schlängelte sich der Weg an den drei knorrigen Fichten vorbei bis zur Spitze der Landzunge, von wo man eine sehr gute Aussicht hatte: Übers Meer und die ganze Küste der Nordlande hinunter, das zu ihrer Linken lag. Wie viele Boote hier wohl schon an den Klippen gestrandet und wie viele Nordländer auf Schiffen hier wohl vorbei gezogen waren, um Beute in den südlicheren Ländern zu machen?

Die Gischt spritze hoch und ein Tropfen benetzte ihre Hände. Manchmal wünschte und sehnte sich Nimue an einen südlicheren Ort, wo das Meer warm und die Natur fruchtbar ist, wo vielleicht ihr Liebster auf sie wartete. Würde sie ihn erkennen, wenn er kam?

Die Sonne bildete mit ihrem weißen Lichtglanz eine Straße auf dem Wasser, die nach Süden zu führen schien, weit, weit übers Meer. Sanft schaukelte sie auf den endlosen Wellen und lächelte ihr zu. Die Sonne schien Nimue direkt ins Gesicht, und sie atmete ihr Licht ein. Dann setzte sie sich auf die einzige alte Holzbank weit und breit, die ganz verwittert unter der sturmgepeitschten Föhre stand. Hier ließ sich gut ausruhen. Eine Möwe schrie und segelte vorbei. Aiina, wo bist du? Aber die Möwe gab keine Antwort.

Sie erinnerte sich, schon einmal an einer anderen Stelle des großen Ozeans gesessen und auf Aiina gewartet zu haben - oder war es umgekehrt? Jetzt wünschte sie, Aiina käme übers Meer zurück. Aiina war die im Süden geborene von beiden und auf der anderen Seite der Erde daheim. Sie weilte zu dieser Zeit, die Nimue hier im Norden mit ihrem Großvater verbrachte, dort unten… Nimue beschloss zu ihrem Schiff, das in der kleinen Bucht unterhalb des Hauses lag, herunterzusteigen und nachzuschauen, was es geladen hatte. Es kam vor Tagen zurück und legte dort an. Ihr Freund, der riesige schwarze Rabe Abraxas, war aufgetaucht und hatte ihr zugeflüstert, sie solle nachschauen. Nimue konnte innerlich hinschauen, indem sie sich konzentrierte. Das hatte Großvater sie gelehrt. Das Schiff war beladen mit den Schätzen ihrer langen Reisen. Der Kapitän hatte es ihr zurückgeführt.

In vielen Windungen führte eine schmale Treppe über die Klippen und den Steilhang hinunter in die geschützte Bucht, wo ihr Schiff lag. Es war ein Segelschiff mit großen Masten. Sie ging zum Kapitän und bedankte sich bei ihm für seine Arbeit. Dann schaute sie sich um, wollte unter Deck gehen, als sie ihren Großvater rufen hörte. Nimue stieg wieder nach oben.

Großvater war aufgewacht und rief "Nimue, komm bitte. Ich habe eine Botschaft für dich. Sie ist wichtig." Außer Atem kam Nimue wieder oben auf der Veranda an. "Was für eine Botschaft?", fragte sie etwas genervt, denn sie hatte ihr Schiff anschauen wollen. "Es ist Zeit für dich zu gehen. Der große Magier aus dem Norden wartet auf dich. "Dein Auftrag führt dich zu ihm, deine Lehrzeit beginnt jetzt. Meine Zeit ist herum. Sieh nach Norden!" und Großvater hob den rechten Arm und zeigte dorthin, wo der Polarstern lag. Von seinem Finger tropfte plötzlich Blut. "Er erwartet dich schon. Achte auf die Zeichen, sie werden dich führen. Der Weg ist weit. Richte dich nach dem Polarstern. Mach dich auf den Weg!"

"Aber ich wollte mein Schiff anschauen, das vor Tagen ankam", antwortete Nimue etwas verwirrt über diese Eile. "Großvater, du blutest ja", rief Nimue. "Das ist gleich vorbei, mach dir keine Sorgen. Nimm dein Schiff und fahre, bis du auf Festland stößt. Du fährst durch die Zeit und wirst es merken und dich erinnern… Vergiss bitte nicht das Lied des Nordens, das du mir heute noch einmal vorgesungen hast. Es wird dich führen, dein Herz leiten, wenn du Königin bist." Großvater schaute sie sehr ernst und ruhig aus seinen tiefen blauen Augen an. Er segnete sie.

Großvater setzte sich wieder und schlief ein. Nimue wollte keine Zeit verlieren und machte sich auf den Weg. Sie packte ihre Sachen und segelte mit ihrem Schiff, bis richtiges Festland aus dem weißen Nebel auftauchte. Nimue setzte das Schiff in einer sandigen Bucht auf. Mit einem Ruck blieb es stehen. Als sie an Land wollte, spürte sie ihren Körper in seinem ewicht. Die Zeit tropfte auf sie nieder. Ein sanfter Regen begann und ein Regenbogen erschien am Himmel.

Die Flucht

Etwas tropfte auf sie nieder. Marie erwachte mit einem Stöhnen. Ihr Körper schmerzte, der Kopf tat ihr weh und war blutig. Irgendetwas tropfte ständig auf ihren Scheitel. Sie sah nach oben. Ihre Augen hatten sich an das dämmrige Licht gewöhnt, das nur von einem kleinen vergitterten Fenster hoch oben in das Verlies schien. Tropfen rannen von den Steinen und fielen herunter, genau auf sie. Sie rückte zur Seite. Wie war sie nur hier herunter gekommen? Sie kannte den Turm nur von außen. Wo war Philipp, ihr Bruder? Ob er sie finden konnte? Sie fror, es war kalt hier unten. Sie fühlte, dass sie ihre Tasche umhängen hatte. Gott sei Dank, die hatte sie noch bei sich. Sie nahm ihren Umhang heraus. Wie lange war sie schon hier? Sie hatte wohl geschlafen oder war bewusstlos gewesen. Da fiel ihr wieder ein, was vorher passiert und wie sie hierher gekommen war. Sie fluchte. Ihr Gemahl hatte ihr auflauern und sie gefangen nehmen lassen.

„Aufmachen!", rief sie voller Verzweiflung. „Ich will meinen Gemahl, den König sprechen! Aufmachen!" Sie klopfte mit aller Kraft gegen die Tür.

Sie schluchzte. Nichts rührte sich. Sie rollte sich in ihren Umhang ein und setzte sich an die Steinmauer unter das kleine Fenster oben. „Aufmachen!", schrie sie nochmals.

Grabesstille umfing sie. Marie sackte zusammen. Sie war zu Tode erschöpft von all diesen Ereignissen und ihre Widerstandskraft war gebrochen. Die Zeit rannte so zäh weiter wie diese Tropfen, die von dem nassen Stein über ihr herunterfielen.

Ein Licht tauchte in ihrem Inneren auf. Sie hatte etwas geträumt. Aber was hatte sie da geträumt? Dann erinnerte sie sich: ‚Sie war in ihrer uralten Heimat, im Norden gewesen, bei Großvater! Er lebte dort! Ihr wurde warm ums Herz. Wo nur dieses Land lag? Schon öfter hatte sie so geträumt und war jedes Mal etwas erfrischt oder gestärkt aufgewacht. Was sie in ihrem Inneren erlebt hatte, war nicht von dieser Zeit, denn dort lebte Großvater ja, hier war er tot! Der Traum hatte sie in eine zeitlose Dimension des Lebens geführt. Wo die bloß war?' Marie spürte jedenfalls die Wirkung dieser anderen Wirklichkeit.

Marie ließ nochmals den ganzen Traum vor ihrem inneren Auge passieren. Sie weinte vor Freude und dachte an das wunderschöne Lied, das sie Großvater vorgesungen hatte vom „Stillsten Ort der Welt". Das war das Sinnbild für die Kraft des Nordens, so hatte er es ihr erklärt. Großvater sprach gern über die Himmelsrichtungen und ihre Bedeutung für uns. Marie dachte nach. ‚Ja, dort oben war sie wirklich daheim, mehr als sie hier war. Und ein Schiff wartete dort auf sie mit seinen Schätzen. Was das wohl zu bedeuten hatte?'

Plötzlich fuhr sie auf. „Das war's!" Großvater hatte ihr eine Botschaft gesendet oder hatte sie ihn wirklich getroffen? So fühlte es sich zumindest an. „Was sagte er am Schluss, als er sie wegschickte?" Sie konzentrierte sich und holte es langsam aus ihrem Gedächtnis hervor: *„Es ist Zeit für dich zu gehen. Der große Magier aus dem Norden wartet auf dich. Dein Auftrag führt dich zu ihm, deine Lehrzeit beginnt jetzt."*

Genau, der große Magier aus dem Norden, von dem es die Geschichten gab. Natürlich wollte sie Magie lernen! Sie wollte immer schon mehr von diesen Dingen erfahren. Das hatte sie wohl von Großvater, und jetzt wollte sie es umso mehr, wo er tot war. Sie wollte stark werden und Gerechtigkeit für ihn und seine Mörder finden. Marie schluchzte trocken auf.

Sie sah wieder das Blutzeichen im Schlafgemach der Großeltern, wo sie Großvater getötet hatten, unter seiner linken Hand ruhen. Es sah so absichtslos aus oder mühsam mit letzter Kraft und dem eigenen Blut geschrieben: : ein Fünfeck, der Stern der Magier, der nach Norden wies, wie Großvaters Hand und seine Finger mit dem Blut, und diese beiden Buchstaben im Stern, die ein M und ein N übereinander ergaben! „Magicus Nordicus!" Das alles passte zusammen. Das Zeichen und die Botschaft im Traum. Maries Gedanken fingen an, sich zu überschlagen. Ihre alte Energie kehrte langsam zurück. Sie fühlte sich Großvater jetzt ganz nahe. Sie spürte ihre Liebe zu ihm ganz warm in ihren Adern fließen. Daran konnte auch der Tod nichts ändern, im Gegenteil! Sie weinte. Sein Gesicht wachte über ihr. Und Marie beschloss, sich durch nichts abhalten zu lassen und nach Norden zu gehen.

Sie würde den Magier suchen, um bei ihm zu lernen. Und irgendwie würde sie ihn finden, egal wo. Das schwor sich Marie. Denn es war ihr Erbe. Sie war sich jetzt ganz sicher und würde es ihrem Bruder sagen.

Da fiel ihr wieder ein, dass sie hier eingekerkert war und nicht wusste, wann und wie sie hinauskommen sollte. Sie brauchte Hilfe. Irgendwie musste sie sich bemerkbar machen. Gott sei Dank gab es oben das kleine Gitterfenster. Nur wie sollte sie da hinaufkommen? „Wo war Philipp?" Er musste doch merken, dass sie nicht zurückkam.

Und wo war der König, ihr Gemahl Raimond?

Warum hatte er sie überhaupt hier eingesperrt? Sie hatte nichts getan! Sie trommelte gegen die Tür und schrie.

Philipp wartete und ließ die Pferde grasen. Er hielt sich hinter den Stallungen auf der Nordseite des Schlosses im Garten auf, wo ein Gebüsch und ein Mauervorsprung ihn schützten. Ein großer Nussbaum stand davor. Ein Eichhörnchen kam herangehüpft und kletterte auf den Baum immer wieder um den Stamm herum. Dann ließ es sich herunter. Philipp schaute zu. Und dachte an Marie. Wo sie nur blieb? Wo konnte sie sein? Vielleicht war etwas passiert? Irgendwie erinnerte das Eichhörnchen ihn an Marie. Auch sie bewegte sich so fein und so leicht. Und der Baum, wo das Eichhörnchen kletterte? - Was bedeutete er wohl? Großvater hatte auch ihm und Marie zusammen öfter von der *Bedeutung der Zeichen* gesprochen, so wie sie einem im Leben direkt begegneten. Mann musste sie nur verstehen. - Musste Marie auch klettern? Der dicke Baum glich einem Turm, und hier gab es einen Turm. Unsinn, sagte er sich selbst, was assoziierte er da alles? Und wenn es doch ein Zeichen war? Er wusste nicht, wo Marie sich gerade aufhielt. Er musste sie suchen gehen...

Die Grillen zirpten. Plötzlich wieherten die Pferde im Stall. Philipp lugte um die Ecke und sah drei Soldaten vorbeikommen, die ins Schloss gingen. Etwas später ritt ein Soldat weg. Philipp wurde unruhig, was war los? Marie kam nicht zurück und die Soldaten waren ihm verdächtig. Die Sonne begann langsam zu sinken und das Warten wurde unerträglich. Als es dämmerte, ging er um das Schloss und suchte nach dem Nebeneingang. Er fand ihn und schlupfte ungesehen hinein. Drinnen schlich er leise die nächste Treppe hinauf und suchte auf gut Glück die Gemächer der Königin. Schließlich fand er in einem Vorzimmer die verstörte Zofe von Marie, zog sie blitzschnell beiseite, indem er ihr die Hand auf den Mund legte und sie festhielt.

„Wo ist die Königin?", presste er in herausforderndem Ton hervor. „Weiß ich nicht", jammerte die Zofe, „sie haben sie abgeführt und weggebracht". „Wer?" fragte er schnell. „Zwei Soldaten unter Fernandez, dem Oberbefehlshaber des Königs…", antwortete die Zofe verstört.

"Wohin könnten sie sie gebracht haben?", fragte er wieder.

„Ich weiß es wirklich nicht. Fernandez zwang mich, die Königin zu verraten, sie wollten meinem Kind sonst was antun, wenn ich sie nicht holte, sobald die Königin da sei", weinte die Zofe wieder.

„Okay, du wirst niemandem etwas sagen, dass du mich hier gesehen hast. Ist das klar?", fragte er. „Wenn dir dein Leben lieb ist, tust du das auch!" und er hielt ihr das Messer an die Kehle. Dann ließ er sie los.

Die Zofe sank weinend in sich zusammen und nickte: „Natürlich sage ich nichts. Bitte sagen Sie der Königin, dass es mir sehr leid tut, wenn Sie sie finden."

Philipp verschwand ins nächste Zimmer. Es war offenbar Maries Raum. Philipp nahm sich etwas Brot, das dort lag, trank einen Schluck Wein aus der Karaffe und schlich durch die Balkontür nach draußen. Er kletterte im Schutz der Dämmerung an einem Pfeiler hinunter und rannte zurück in den Schutz der Bäume. Er schlich um das Gebäude. „Wo haben die Soldaten sie nur hingebracht?" Philipp kannte das Schloss nur von einem einzigen Besuch. Als sein Blick schließlich auf den Turm fiel, dämmerte es ihm. „Das Eichhörnchen am Baum! Sie muss im Turm sein. Dort gibt es sicher einen Kerker", dachte er.

Philipp schlich sich zum Turm, ging um ihn herum und entdeckte das kleine vergitterte Fenster auf halber Höhe in der dicken Mauer.

Ein großer Stein lag in der Nähe. Er schleppte ihn heran und stieg drauf. So konnte er durchs Fenster hinunterschauen. Es war finster. Er sah nichts. Leise rief er Maries Namen. Nach dem zweiten Mal antwortete tatsächlich Marie. „Philipp, Gott sei Dank, dass du mich gefunden hast! Hol mich hier raus, bitte!", rief sie vorsichtig. Plötzlich hörte Philipp Pferdegetrappel näher kommen. Da kam ein ganzer Trupp angeritten. Höchstwahrscheinlich der König selbst mit seiner Garde. „Da kommt wer. Ich komme später wieder und hole dich hier raus! Mach dir keine Sorgen!", flüsterte er noch schnell und verschwand im nächsten Gebüsch.

Tatsächlich kam König Raimond mit einer Garde Soldaten gerade heran geritten. Ein Soldat versorgte die Pferde im Stall, während die anderen durch das Hauptportal im Schloss verschwanden. Die Lichter wurden überall angezündet.

Philipp ging. Er besorgte ein großes Seil und ein Brecheisen für das vergitterte Fenster. In der Werkammer neben den Ställen wurde er fündig. Philipp war sich sicher, dass Raimond in den Kerker gehen würde, um Marie zu sehen. Er musste warten, bis das geschehen war. Dann konnte er versuchen, sie durch das kleine Fenster zu befreien. Es war groß genug, um sie durchzulassen. Sie würde wie ein Eichhörnchen am Seil hochklettern müssen. Trotz der unglücklichen Umstände musste Philipp lächeln. Wozu ein Eichhörnchen nur gut war."

Marie harrte der Dinge. Sie fror und zitterte. Es wurde kälter. Irgendwann ging die Tür auf und sie bekam auf einem Blechteller etwas zu essen und eine Kerze hingestellt. „Wo ist der König? Ich will ihn sprechen", sagte sie ruhig. Sie hatte sich gefasst.

„Er wird schon kommen", brummte der Wachsoldat und schlug die Tür wieder zu. Irgendwann, die Zeit schien stillzustehen, offenbar hatte der König zuerst gespeist, öffnete sich wieder die Tür. Der König stand mit zwei Offizieren und den Wächtern, die die Kerzenlichter hielten, in der Tür. Auf alle fiel volles Licht. Marie blinzelte, als sie diesen Aufmarsch anschaute. Sie stand auf.

„Guten Abend, meine Königin. Ich hoffe, du hast gut gespeist", sagte Raimond hämisch mit einem kalten Blick auf den Blechteller, der unberührt da stand.

„Nein, habe ich nicht. Was soll das, mich hier einzusperren? Ich bin die Königin!", sprach Marie ruhig.

„Seit wann treibt sich eine Königin in der Nacht herum?", fragte der König mit einem abschätzigen Blick auf ihr Aussehen. „Noch dazu in abgerissenen Männerkleidern", meinte er angewidert.

Marie blieb stumm.

„Du warst wohl in der Nacht auf dem Chateau Bridan?", fragte der König herausfordernd und kalt.

„Ja.", sagte Marie ruhig. „Ich habe mir angeschaut, was deine Soldaten dort angerichtet haben. Ein widerliches und unverzeihbares Massaker", presste sie hervor. Du hast meinen Großvater foltern und ermorden lassen, Großmutter und alle Frauen dort..."

„Schweig! Hier rede ich.", stoppte er sie. „Wo hast Du die toten Frigeaux hingebracht? Und wer hat dir dabei geholfen?" Seine Stimme hätte Luft durchschneiden können.

„Einige mutige Dorfmänner, die dort löschten, halfen mir die Großeltern zu begraben", erwiderte Marie schnell.

„Ha, begraben mit Hilfe einiger mutiger Dorfmänner", äffte er sie nach. „Ach ja?", höhnte er.

„Man sichtete einen Edelmann dort beim Brand, der aber sofort verschwand."Ist er dir nicht begegnet?" Raimond schaute sie durchdringend an.

„Nein", sagte Marie.

„Du wirst verstehen, dass ich dich so nicht weglassen kann. Eine Königin in Mannskleidern, die weglaufen will und nichts als dumme Gedanken im Kopf hat. Das ist eine Gefährdung für das Volk! - Außerdem gehört eine Königin zu ihrem König", lächelte er überlegen und ironisch. „So halte ich dich wenigstens in Gewahrsam und du kannst keine Dummheiten mehr machen."

Und leiser fügte er hinzu, so dass nur sie es hören konnte: „Du solltest jetzt endlich wissen, dass du schon lange nicht mehr meine Königin bist", sagte Raimond gefährlich leise. „Was glaubst du wohl, warum ich meistens in Saragossa weile und meinen Regierungsgeschäften dort im königlichen Palast so verbunden bin, daß ich auch die Nächte meist dort verbringe? Wie schön, dass dir das Landleben immer besser gefallen hat. So waren wir uns ja einig, nicht wahr?", höhnte Raimond.

„Ich habe schon lange eine andere Geliebte, die wesentlich leidenschaftlicher und königlicher ist als du je warst."

Seine Stimme war jetzt lauter und schärfer geworden. „Sie ist von herrschaftlichem Stand und äußerst charmant."

Marie zuckte zusammen und wandte sich angewidert ab.

„Und dann ist sie damit zufrieden, deine Mätresse zu sein? Wirst du mir den Namen dieser Dame vielleicht auch noch verraten?", fragte sie beherrscht und kühl.

„Das ist nicht notwendig", sagte er lächelnd.

„Dich habe ich nur aus Gründen der alten Familientradition geheiratet. Das war so vereinbart und für den Thron zuträglicher, vor allem für die Macht des Königs vor dem Volk, das leider immer noch etwas an eurer Familienfolge, den Frigeaux hängt." Er schüttelte leicht irritiert den Kopf. Seine Stimme erhob sich jetzt:

„Da brachte mir jedoch gerade zur rechten Zeit mein Erster Ratgeber, unser großartiger Bischof Abe d'Albert, der immer die letzten Neuigkeiten aufspürt", Raimond lächelte hämisch, „nun, es kam mir zu Ohren, dass Jacques de Frigeaux mit seiner Familie schon seit langem ein Hochverräter an Aragon und Ketzer unseres christlichen Glaubens ist, der das Volk aufwiegelt und geheime Machenschaften pflegt. – Wusstest du das nicht?", fragte er ganz anzüglich Marie.

Sie hätte ihn anspucken können, so widerlich fand sie ihren Ehemann samt seinem ersten Ratgeber.

„Wie viele Bruderschaften und Rebellen gibt es nicht bereits?" Der König wandte sich betont besorgt an seine beiden Offiziere.

„Jeden Tag bekämpfen wir die Unruhen und spüren die Ketzer und Volksverhetzer auf.", antwortete ein Offizier bestimmt und salutierte.

„Aragon bracht Ruhe und Ordnung", sagte Raimond schneidend. „Dein Großvater hat nur erhalten, was er verdiente. Und das Volk ist damit gewarnt."

Marie sprang auf und schrie: "Du gemeines, widerliches Sch…". Die Offiziere brachten sie zur Ruhe und schlugen sie nieder.

Der König sprach ruhig weiter: „Du wirst hier bleiben als meine Gefangene. Vor dem Volk brauche ich dich. Es wird erfahren, dass seine Königin krank ist. Wenn du die Örtlichkeit wechseln willst", und er zeigte bedauernd auf die nackten Steinmauern des Verlieses, „musst du mir nur den Namen des Edelmannes verraten, der auf dem Chateau Bridan gesichtet wurde. Oder hattet ihr dort etwa ein Stelldichein?", höhnte Raimond noch.

„Ich habe niemanden gesehen", sagte Marie kurz und schwieg. Ihr Atem ging schwer. Hass loderte hoch in ihr.

„Dann überlasse ich dich jetzt diesen Mauern."

Die schwere Tür schlug wieder zu. Die Schritte entfernten sich. Sie konnte sich kaum beruhigen. Das war alles so widerlich. Es würgte sie und ihr war zum Kotzen übel. Vielleicht sollte sie ihrem Gemahl noch ein Andenken überlassen? Aber er war es nicht wert.

Nach einer Weile, wo alles ruhig blieb, hörte Marie ein Kratzen am Fenster. „Marie, alles in Ordnung?" Es war die Stimme ihres Bruders.

„Ja", rief sie leise hinauf.

„Ich habe den Rest mit angehört."

Dann knirschte es bei den Gitterstäben des Fensters. Ein wenig später hatte Philipp es mit dem Brecheisen aufgebrochen. Er ließ das dicke Seil hinunter und bat Marie, es sich um den Bauch zu wickeln und sich daran festzuhalten. Als er es an dem Stein befestigt hatte, begann er, sie hochzuziehen. Wie gut, dass sie so leicht war. Marie stützte sich mit den Füssen ab. So gelangte sie bald nach oben. Er zog sie durchs Fenster. Endlich draußen und wieder frei, fielen sie sich in die Arme.

„Danke", flüsterte Marie. Tränen rannen ihr über die Wangen und sie küsste ihn. So rein fühlte sich ihre Liebe an und sie galt nicht nur dem Bruder. Woher kam das bloß? Eine Erinnerung streifte sie, dass sie sich schon lange kannten und eine tiefe Seelenfreundschaft sie verband.

Marie hatte keine Zeit, sich weder über die seltsam verbotene Liebe zu ihrem Bruder, noch über die Beleidigungen und Verhöhnungen des Königs, ihres eigenen Gemahls, länger Gedanken zu machen. Sie hatten einen nur kurzen Vorsprung, bis man entdecken würde, dass sie geflohen war.

Sie liefen zu ihren Pferden. Marie kannte sich gut aus, und sie wählten versteckte Pfade, bis sie zur Schlossmauer kamen, die den Park umschloss. Hier befand sich ein Spalt, wo vor längerer Zeit Ziegelsteine heraus gefallen waren. Efeu war darüber gewuchert, so dass die Wächter es noch nicht entdeckt hatten. Jetzt würden sicher an den Toren Wachen aufgestellt sein. Marie hatte immer noch ihren Beutel umhängen mit ihren wenigen Habseligkeiten.

Auch Philipp hatte sich inzwischen im Gesindehaus versorgt. Die Zofe des Königs, die Marie eigentlich treu ergeben war, hatte es ihm noch verraten und geholfen.

Im Schutz der Dunkelheit flohen sie unentdeckt in die Berge und suchten einen sicheren Ort für die Nacht.

Der Weg durchs Gebirge

"Wir müssen nochmals zum Chateau", bat Marie eindringlich, als sie schon im Sattel saßen. "Wieso?", fragte Philipp erstaunt und neugierig.

"Ich will noch einmal nach dem Schwert suchen", meinte Marie, "Ich habe da so eine Ahnung. Außerdem hat Großvater mir eine Botschaft hinterlassen. Auf dem Chateau werden sie uns jetzt auch am wenigsten suchen. Es wird dort alles verlassen sein". Marie erzählte ihm kurz, was sie geträumt hatte und wie alles mit dem Zeichen von Großvaters Hand zusammen passte.

Ihr Bruder war überrascht und wusste nicht so recht, was er davon halten sollte. Nun, seine Schwester war immer schon etwas eigensinnig gewesen und hatte oft für Überraschungen gesorgt. Einmal hatte sie ein verletztes Reh heimgetragen, das angeblich mit ihr gesprochen hatte. Sie sah und hörte manchmal Dinge, die andere Menschen nicht sahen. Philipp hatte das als Kind so hingenommen. Großvater hatte sich hingegen um Marie gekümmert, wenn sie sich nicht verstanden fühlte und viel mit ihr über unsichtbare Dinge, wie auch mit Tieren zu kommunizieren, gesprochen. Sie schienen sich in diesem Punkt sehr gut verstanden zu haben. Also, warum sollte Marie nicht von Großvater geträumt und ein Zeichen erhalten haben? Philipp beschloss, es einfach so hinzunehmen, auch wenn es ihm nicht ganz verständlich war.

Diesmal kamen sie, ohne aufgehalten zu werden, im Chateau an, das ruhig und schwer dalag. Die Luft war rein. Sie schlugen in der kleinen Kapelle im Westflügel ihr Nachtlager auf. Todmüde und erschöpft schliefen sie sofort ein. Alles blieb ruhig. Früh im Morgengrauen wachte Marie in Philipps Arm auf. Sanft legte sie ihn beiseite

Doch als Philipp aufwachte, sagte sie: "Geh du im Haus nach dem Schwert suchen, ich suche es im Park."

Sie ging vorsichtig in den alten Garten hinunter Richtung Teich, der in einer Senke zwischen alten Bäumen lag. Sie schaute sich um und lauschte, ob irgendetwas sie ansprach oder ihr ins Auge stach. Sie konzentrierte sich völlig auf das Schwert und erinnerte sich an Großvaters Lehre, was er ihr einmal in einer solchen Situation gesagt hatte. Sie hatte damals, überhaupt keine Ahnung, wo sie etwas suchen sollte.

„Wenn du es nicht weißt, aber den Gegenstand genau kennst, dann konzentriere dich voll auf den Gegenstand und mache dir ein Bild von ihm in deinem Inneren, male. Male es in deiner Vorstellung genauso, wie du deine Bilder in den Sand malst und fühle, wo dieses Bild seine stärkste Kraft für dich entfaltet. Der Gegenstand und Ort müssen ganz zusammenkommen in ihrer Kraft. Dann wirst du es spüren, wenn du daran glaubst", hatte er ihr lächelnd geraten.

Marie machte wieder die Augen auf und lächelte.

Ihre Energie folgte jetzt voller Konzentration ihrer Aufmerksamkeit.

Jetzt hatte sie Großvater verstanden. In der Nähe des Teiches stand eine uralte, knorrige Eiche, in die vor vielen Jahren der Blitz eingeschlagen hatte. Hier waren sie gewesen, als sie darüber sprachen. Früher hatte Marie an ihren Ästen geschaukelt. Später reparierte Großvater den Stamm, der halb ausgehöhlt und verbrannt war und füllte ihn mit Lehm aus, so dass die Rinde wieder geschlossen wurde. Der Baum fühlte sich sehr gut an. Trotzdem schaute sie weiter zum Teich mit dem alten Badehaus und in den anliegenden kleinen Wald. Wo konnte Das Schwert sein? Da hörte sie einen kleinen Vogel zirpen. Er sang und zirpte scheinbar für sie. Sie nahm Verbindung auf, konnte ihn aber nicht entdecken. In Gedanken fragte sie ihn nach seiner Botschaft. Sie schaute wieder zum Baum.

Als Marie auf die Eiche zuging, rauschten ihre Äste. Ein sachter Wind kam auf. Je näher sie der Eiche kam, desto mehr leuchteten ihre Blätter. Marie wischte sich über die Augen. „Woher kam nur dieses

Leuchten in den Blättern? Wo war die Sonne?" Sie ging doch gerade erst über den Hügeln am Meer auf und schien noch nicht hierher. Marie ging um die Eiche herum, fand nichts und schaute nach oben. Der Vogel schien hier oben zu sitzen. Er hörte nicht auf zu zirpen. Sie suchte ihn mit den Augen. Da fand sie ihn hoch oben auf einem kleinen Zweig ganz nahe beim Stamm der Eiche. Fast unsichtbar. Jetzt machte er einen kleinen Satz und sie sah ihn deutlicher. Er war rot auf seiner Brust und hatte oben schwarzes Gefieder. Sehr hübsch sah er aus. Sie lauschte weiter. „Lauschte sie dem Vogel oder ihrer inneren Stimme?"Das war jetzt gleich.

Plötzlich griffen ihre Hände zum Stamm und tasteten ihn ab. Sie spürte seine harte gleichmäßige Rinde und ging ganz herum. Da fühlte sich etwas anders an. Sie spürte eine winzige Ritze, die unsichtbar war. Sie fuhr mit dem Finger entlang und bemerkte, dass diese Ritze den Stamm hoch lief und lang war. Die Rinde rechts daneben fühlte sich etwas anders an. Ob sie aufgesetzt war? Sie bohrte ihre Finger in die Ritze, aber es rührte sich nichts. Konnte hier ein Hohlraum verborgen sein? Wie hatte Großvater ihn versiegelt und wie war er zu öffnen? Sie ging noch näher an den Stamm. Da entdeckte sie über ihrer Augenhöhe einen fein eingeritzten Stern. Es war ein Pentagon. Wieder ein Pentagon, das konnte kein Zufall sein. Sie streckte sich und glitt mit dem Finger über den Stern, dann in die Mitte des Sterns. Zugleich war sie, um sich besser zu strecken, ganz an den Baum herangetreten, dass sie ihn mit dem ganzen Körper schon berührte und ihren Fuß auf eine Baumwurzel stellte, die ganz flach war. Der Stern gab nach, so, als würde er nach hinten in einen Hohlraum gleiten, der genau seiner Form entsprach. Als sie genau nachfühlte, bemerkte sie, dass der Fünfstern genau in dem Moment nach innen geglitten war, als sie infolge ihrer Größe ihren Fuß auf die Baumwurzel genau an dieser Stelle setzte.

Woher wusste Großvater, dass sie eines Tages hier stehen würde und wie groß sie war? Hätte Philipp auf das Pentagon gedrückt, wäre gar nichts passiert. Er war viel größer als sie und wäre nicht auf die Wurzel gestiegen. „Hatte Großvater das bedacht? War das ein Zufall?", schoss es Marie blitzschnell durch den Kopf.

Auf einmal gab es ein leises Geräusch und wie von geheimer Hand öffnete sich eine Baumtür und gab einen schmalen hohen Schrein im Inneren des Stammes frei. Marie war überrascht und sprang nach hinten. Da erinnerte sie sich an die Worte des Großvaters, wie er damals zu ihr sagte:

„Wenn Du ein Wunder erlebst, das du nicht erwartet hast, dass zum Beispiel ein Reh zu dir spricht, dann nimm es erst einmal ganz an. Auch wenn die anderen, die ‚Erwachsenen' es nicht so erleben, so hast DU es genauso gesehen und erlebt! Bleibe dabei! Nur so kannst Du die die Zeichen und Wunder der Schöpfung Gottes erkennen, wenn du daran glaubst. Mach es nicht kaputt mit Erklärungen, wie die Erwachsenen es so gern tun, die das kaputt machen, was neu für sie ist, vor allem Wunder. Deshalb entdecken sie die Zeichen und Wunder nicht. Wenn Du es erst einmal glaubst und Dir glaubst, dann wird sich später von allein die Erklärung dazu finden."

Marie schrie leise auf. Ihre Augen leuchteten. Tatsächlich ruhte hier in einer Halterung wohlverwahrt das alte Schwert in seiner Scheide. Das war wirklich kunstvoll gemacht! Achtungsvoll bedankte sie sich bei ihrem Großvater. Sie zog das Schwert heraus und bewunderte seine Verzierungen und die fremdartigen Zeichen. Als es in der Sonne leuchtete, packte sie es schnell wieder in die Scheide, schnallte sich den Gürtel um und schloss die wundersame Baumtür, was ganz leicht ging. Sie rannte zurück zum Chateau.

Ihr Bruder kam ihr schon entgegen. Er hielt etwas Kleines in der Hand, ein altes, in schwarzes Leder gebundenes Buch. Beide waren sehr überrascht über ihre Funde und zeigten sie sich gegenseitig. Sie beschlossen, am Teich, der geschützt und im Schutz der Bäume dalag, zu frühstücken. Hungrig und mit großem Genuss aßen sie ihr mitgebrachtes Brot, etwas Trockenfleisch und Käse und tranken Wasser. Währenddessen erzählte Marie aufgeregt die Geschichte vom Wunder der alten Eiche und wie sie das Schwert mithilfe dieser Lehre und Technik von Großvater gefunden hatte. Philipp hörte aufmerksam und neugierig zu.

Er selbst war vom Schlafgemach ausgehend durch alle Räume weiter gegangen. „Die Toten sind inzwischen weg. Wahrscheinlich haben die Verwandten sie geholt", sagte Philipp. Dann fuhr er fort: „Im Arbeitszimmer, das ziemlich ausgebrannt war, bin ich schließlich zum alten Schreibtisch von Großvater gekommen, der an der holzgetäfelten Wand stand. Er war schon durchsucht und aufgebrochen. Das Feuer haben die Soldaten anscheinend hinterher gelegt. Das Holz des Schreibtisches war schwarz verbrannt, vor allem hinten. Sogar die Täfelung hatte gebrannt, aber der Schreibtisch stand noch da. Ich zog vorn an seiner Kante, da brach er zusammen und die Rückseite lag oben. Durch den Sturz hatte sich offenbar etwas in der Rückwand gelöst, eine Klappe stand vor. Ich griff in die Nische und entdeckte, dass es wohl ein Geheimfach war, wo sich durch den Brand und Sturz der Mechanismus gelöst haben musste. Vorsichtig untersuchte ich es. Dort zog ich das kleine Buch heraus. Leider ist es auch angebrannt. Aber einiges kann man noch gut lesen."

So beendete Philipp seinen Bericht und reichte das kleine, alte Buch Marie. „Lehrbuch der Alchemie" stand vorn auf dem Deckel.
Vorn lag auch noch ein Brief von Großvater drin. Marie blätterte zuerst im Buch. Sie verstand wenig, vieles war nur noch halb lesbar. Es schienen Sätze und Erläuterungen einer Geheimwissenschaft zu sein, gewisse Praktiken und Naturbeobachtungen und Lehrsätze und Rezepte.
Der Brief begann mit „Lieber Argon" und war wohl an einen Freund gerichtet. Marie überflog den Brief, soweit er lesbar war. Die beiden mussten sich schon lange kennen, Erinnerungen aus der gemeinsamen Studienzeit wurden erwähnt, gewisse Tätigkeiten, ein Versprechen. Saragossa kam mehrfach vor. Was sollte das bedeuten? Der Text war immer wieder unkenntlich. Offenbar war Großvater beunruhigt und wollte diesen Brief seinem Freund Argon zukommen lassen. Aber aus irgendeinem Grund hatte Großvater den Brief nicht mehr abgeschickt. Marie steckte ihn wieder ins Buch. Jetzt war keine Zeit, sich weiter zu vertiefen. Sie war froh, dass sie beides gefunden hatten, auch wenn Buch und Brief noch mysteriös waren. Vielleicht konnten sie später mehr entschlüsseln.
Marie wusch sich etwas im See. Ihre Wunde am Kopf war abgetrocknet und auf dem Weg der Heilung. Philipp tupfte sie noch mit

einer Kräutertinktur ab, die er immer bei sich hatte für Verletzungen. Sein Orden der Schwarzen Raben stellte sie im Kloster selbst her.

„Diese Gemeinschaft widmet sich nicht nur religiösen Zielen, in dieser Hinsicht stammen sie unter anderem von den Zisterziensern ab, sondern auch universellen Zielen, wie dem der Freiheit, Gleichheit und Brüderlichkeit aller Menschen. Das gefällt mir, und scheint mir jetzt sehr notwendig zu sein, wie wir sehen", erklärte Philipp und schaute bedeutungsvoll Marie an. Dann fuhr er fort:" Viele Brüder stammen aus einem Orden, auch der Prior selbst."

„Dann bist du ein Ordensbruder geworden", meinte Marie neugierig.

„Aber einer, der auch kämpft und sich für die Freiheit und den Frieden des Volkes und des Landes einsetzt, was unser König nicht tut, im Gegenteil, er verrät Aragon!", antwortete Philipp höhnisch.

Sie brachen auf. Es war zwei Stunden nach Sonnenaufgang. Sie sattelten ihre Pferde. Philipp gab Marie das Buch mit dem Brief und meinte, sie könne es besser verwenden. Großvaters Schwert hatte sie bei sich. Sie hatte es ja gefunden. Vorsichtig fragte sie ihren Bruder, ob er etwas dagegen habe, wenn sie es behalte.

„Es war für dich bestimmt", meinte Philipp freimütig. „Du hast es gefunden. Ich habe ein gutes Schwert, das, was mir Vater geschenkt hat. Es ist gut für den Kampf. Ich brauche dieses nicht.", sagte er.

Sie beschlossen, die Hauptstraßen zu meiden und nur auf Nebenwegen gemeinsam ihre Reise fortzusetzen. Sie wollten Richtung Nordwesten in die Berge des alten Volkes. So konnten sie die Soldaten und die offiziellen Wegstationen und Kreuzungen umgehen, um ungesehen voranzukommen. König Raimond hatte ihre Flucht sicher bemerkt und schon Soldaten ausgeschickt.

Im nächsten Dorf besorgte Philipp ihr und sich bei einem fahrenden Händler neue Kleider und zwei Kappen. Marie schwärzte sich die Haare mit Ruß und schnitt sie halblang. So wirkte sie wie ein Bursche. Auch hatte Philipp ihr noch einen Bogen besorgt und lehrte sie, mit Pfeil und Bogen umzugehen. An den Abenden, bevor sie schlafen gingen, trainierte er sie, mit dem Bogen zu schießen, was sie als Kind nur spaßeshalber gemacht hatte, und mit dem Schwert umzugehen.

Marie stellte sich gut an, wenn das Training auch hart war. Blaue Flecken und müde Knochen waren der Preis dafür. Philipp schonte sie nicht. Er war gut ausgebildet in den Kampfkünsten und hatte nach dem Krieg Auszeichnungen für seine Bogen- und Schwertkünste erhalten. So konnten sie sich außerdem gut tarnen und deklarierten sich als Jäger des Königs.

Marie wollte nach Norden zum großen Magier, der im Nebelland hinter den großen Bergen in Aquitanien wohnen sollte. Das musste schon fast am Atlantik liegen, wie manche Kaufleuteberichteten. Mehr wusste Marie nicht.

Philipp wollte an der Westküste nach Süden zur Grenze nach Portugal, wo das Kloster seines Ordens lag.

So beschlossen sie, dass Philipp sie bis zu dem großen Wegekreuz begleiten würde, wo sich die Hauptwege des Landes teilten, am Fuß des Chassador, des schneebedeckten höchsten Berges von Aragon. Philipp kannte diese Wegkreuzung von seiner ersten Reise, als er aus dem Krieg heimgekehrt war. Er war sogar auf dem Atlantik, dem großen Ozean gewesen.

„Von diesem Punkt führt der Weg ins flachere Hügelland und schließlich ganz nach Nordwesten an die Küste. Und ab dieser Wegkreuzung wirst du in Sicherheit sein", meinte Philipp zu Marie gewandt, als sie über den Weg sprachen.

Er wollte dann über die Berge zurück an der Westküste entlang sich zu seinem Kloster nach Portugal durchschlagen. Dieser Weg gefiel Philipp, da er das Meer liebte, das schon seine Vorfahren bereist hatten.

Im Dorf Pamplona

Die Zeit verging und sie kamen gut voran. Am sechsten Tag ihrer Reise oder Flucht, wo sie über das Vorgebirge schon mitten in den Pyreneios, dem Zentralgebirge angekommen waren, mussten sie Proviant auffüllen. Auch brauchte Hassard, Philipps arabischer Apfelschimmel, neue Hufeisen. Er hatte sich verletzt, als sie einer Offiziersgarde ausgewichen waren. So nahmen sie am Abend die Straße in ein größeres Dorf, das Pamplona hieß. Dort wollten sie übernachten. Sie waren jetzt weit genug von Saragossa entfernt. Das Volk hier lebte sehr abgeschlossen und ruhig. Als sie in das Hochtal kamen, öffnete sich ihnen eine kleine Ebene, auf der das Dorf lag. Dort kreuzte offenbar auch ein anderer Weg über die Berge, der von Süden hochkam. Sie erspähten ihn aus der Ferne.

Kurz vor dem Dorf hörten sie Lärm auf der Straße. Pferde und ein holpriger Wagen näherten sich aus dem Dorf. Peitschen knallten. Schnell versteckten sie sich hinter der nächsten bewaldeten Böschung, die eine Mulde freigab, wo sie untertauchten.

Langsam näherte sich der Trupp mit Soldaten und Gefangenen. Zuerst kamen berittene Soldaten mit den Proviantwagen, dann die Soldaten, die die Gefangenen zu Fuß antrieben. Marie und Philipp lugten durch die Böschung mit ihrem Wurzelwerk. Marie schaute weg, als sie die Gesichter der Gefangenen sah und ihre zum Teil geschundenen Körper, die notdürftig bekleidet waren und in Ketten marschieren mussten. Sie konnten nichts für sie tun. Plötzlich schreckte sie auf.

Sie schaute noch einmal hin und für den Bruchteil einer Sekunde sah sie eine Gestalt, die sie kannte: ein Gesicht und Augen, die sie schon einmal glühend angeschaut hatten bei ihrer Krönung in der Kathedrale, als sie das Kirchenschiff hinunter mit Raimond schritt. Wie vom Schlag gerührt dachte sie: „Das ist Raphael!" Sie schaute nochmals hin und stieß Philipp in die Seite. „Schau mal nach links, der zweite Gefangene…" Philipp schaute.

„Das könnte Raphael de Berenguar sein", meinte er. „Was zum Kuckuck, macht der da?", flüsterte er. Da rutschte er mit dem Fuß aus, sackte ein Stück tiefer und sein Pferd wieherte, bevor Marie ihm die Hand übers Maul legen konnte. „Still", flüsterte sie beschwörend und streichelte seine Nase. Die Soldaten hatten etwas gehört und blieben stehen. Sie schauten. Zwei von ihnen lösten sich aus der Truppe und kamen auf die Böschung zu. Sie sahen die Straße entlang und schauten dann über die Böschung hinweg. Da unten lief plötzlich ein Kojote. Sie lachten und gingen wieder zurück. Dann verschwand der Trupp sie aus ihrem Blick.

Marie und Philipp atmeten tief durch und schauten sich in die Augen. Sie dankten beide dem Kojoten für sein Erscheinen. Er hatte sie gerettet.

Raphael war ihr beider Freund aus Kindertagen gewesen. Er lebte damals mit seiner Familie auf dem nächsten Anwesen zum Chateau Bridan, dem Chateau du Soleil, wo die Familie de Berenguar wohnte. Sie waren immer sehr freundlich gewesen. Raphael hatte Marie verehrt. Und sie fühlte sich diesem sensiblen Jungen damals sehr nahe, dem sie alles erzählen konnte. Er verstand und liebte sie anscheinend. Sie pflegten eine geheime Freundschaft, die nicht herauskommen durfte, da Marie schließlich Raimond d'Argus versprochen war. Selbst ihr Bruder Philipp hatte diese geheime Freundschaft nicht bemerkt, die aber jäh beendet wurde, als man sie mit 16 Jahren, zwei Jahre vor ihrer geplanten Hochzeit, in eine strenge päpstliche Klosterschule steckte, die weit weg war und sie heiratsfähig machen sollte, wie Vater lächelnd sagte. Sie hatte damals bitterlich geweint und wollte nicht weg. Mutter, sie war übrigens die Tochter ihres Lieblingsgroßvaters, hatte Marie getröstet. Großvater und ein Lehrer aus dem Kloster St. Bernard hatten ihren Bruder und sie eigentlich immer bestens bisher unterrichtet, fand Marie.

„Wir waren gemeinsam im Krieg in Afrika", sagte Philipp heiser. „Raphael hat mir einmal da unten das Leben gerettet. Dann habe ich Raphael aus den Augen verloren. Er wollte zurück nach Saragossa und studieren. Das ist keine drei Jahre her", endete Philipp leise.

„Ich habe ihn nochmals in Saragossa zufällig getroffen", sagte Marie. „Er hat mir damals seine Liebe gestanden. Wir waren beide sehr verliebt und trafen uns heimlich ein paar Mal bei Großtante Iola. Sie hat uns verstanden und es toleriert, dass wir uns sahen. Bei ihr konnten wir uns treffen, miteinander sprechen und heimlich unsere Liebe bezeugen, für die es kein offenes Leben gab. Er schenkte mir diesen Ring."

Und sie zeigte Philipp einen schmalen silbernen Ring mit einem schimmernden Mondstein, der in der Sonne glänzte wie ein Regenbogen. „Dann musste er eines Tages dringend weg. Ich sah ihn nicht wieder", schloss Marie. „Können wir denn nichts für ihn tun?", fragte Marie leise Philipp.

„Ich weiß nicht", meinte Philipp betroffen. „Jetzt müssen wir einmal ins Dorf und uns um die Übernachtung und die Pferde kümmern. „ Ich werde mir überlegen, was wir tun können", antwortete er dann entschlossen. Sie klopften sich den Staub von den Kleidern und brachen auf.

Im Dorf gab es einen Hufschmied, zu dem sie ihre Pferde zum Beschlagen brachten. Sein Feuer war noch heiß und er erledigte gleich das Geschäft. „Was für ein schönes Pferd Ihr habt", sagte er zu Marie und streichelte das Pferd. Tamino wieherte nervös und scharrte mit dem Huf. Sie nickte nur und beruhigte Tamino wieder. Philipp fragte den bärtigen Hufschmied zuerst nach einem Gasthaus.

„Das Gasthaus liegt in der Mitte des Dorfes unübersehbar", antwortete der Hufschmied und lachte laut. „Kennst du auch den großen Magier aus dem Norden, den Alchemisten?", fragte Philipp weiter. Der bärtige Mann kratzte sich und dachte nach. „Ich kenne ihn nicht, aber man erzählt Geschichten von ihm. Die Alten wissen das besser. Fragt nach Grandmere Mathilde. Sie weiß sicher davon und kennt auch das alte Volk. Sie ist eine alte Kräuterhexe."

Der bärtige Hufschmied lachte wieder lauthals, als hätte er einen Witz gemacht und wendete sich wieder seiner Arbeit zu.

Sie bedankten sich und gingen zum Gasthaus. Das Dorf bestand hauptsächlich aus Holz- und Lehmhütten. Ein paar alte Steinhäuser gab es auch. Ein Bach floss vorbei und rauschte. Auf dem Dorfplatz prangte das Gasthaus unter einer alten Pinie.

Ein Schild versprach „La Maison Grande" (Das große Haus). Es war das größte Steinhaus hier. Offenbar war es eine Station für Reisende. Die Straße aus dem Süden und die nach Norden kamen hier schließlich zusammen Die Haustür des Gasthauses öffnete sich schwer. Die Fenster waren etwas windschief, aber sogar mit Glas gefüllt. Sie bekamen vom Wirt ein Zimmer mit Bett und einer Waschschüssel. Sogar Bettzeug gab es. Philipp zahlte mit zwei Silbermünzen. Ein Nachtessen gab es auch: Hirsebrei, Pökelfleisch vom Lamm, ein Stück Brot, sogar Butter, Marmelade und einen Krug Wein. Sie aßen und tranken in der Wirtsstube, während sie leise über Raphael sprachen.

Philipp sprach flüsternd zu Marie und sah sich derweil um, dass niemand lauschte: „Ich glaube, dass sie die Gefangenen in die große Festung Nardun bringen, die mehr im Süden liegt. Sie sind in diese Richtung gezogen. Ich habe noch einmal gefragt. Außerdem habe ich schon gehört, dass politische Gefangene, vor allem die so genannten Rebellen und Ketzer in diese alte Festung gebracht werden." Marie nickte. Philipp fuhr fort: „Ich werde versuchen, wenn sich unsere Wege getrennt haben, auf seine Spur zu kommen. Unsere Bruderschaft arbeitet in diesem Sinne, dass sie sich um solche Leute kümmert. Ich werde ihn frei bekommen. - Das bin ich ihm schuldig", sagte er noch leiser.

Marie nickte dankbar. „Das wünsche ich ihm sehr, dass er freikommt. Und dass du Erfolg haben mögest mit Hilfe deiner Brüder." Sich vorsichtig umschauend fuhr Marie fort: „Wenn du mir dann ein Zeichen senden könntest? Ich weiß nicht wie, aber versuche es bitte!"

„Ich werde es versuchen, wo immer du und ich sein werden", antwortete Philipp fest.

„Beim großen Magier werde ich sein, wenn ich ihn finde", erwiderte Marie entschlossen. Sie aßen weiter.

Auch andere Gäste waren hier, die tranken und lachten. Einheimische wendeten ihre Köpfe, um sie zu beäugen. Mit ihrer grünen Kleidung und der Kappe sahen sie aus wie Jäger oder einfache Edelleute. Man stellte ihnen Fragen. „Wer seid ihr?"

„Francois und Jacques Flandell. Wir gehen nach Norden, nach Frankreich, um Verwandte dort zu besuchen, die krank sind", wich Philipp aus.

Ein breitschultriger Bruder in einer Kutte, der in sich gekehrt wirkte, saß am Nebentisch und hörte jetzt anscheinend zu, auch wenn er in einem Buch las. Philipp schaute sich nochmals um. Am hintersten Tisch saßen zwei Wanderprediger oder zumindest zwei Männer in dunkelbraunen Gewändern mit einem Holzkreuz auf der Brust, die lachten und Späße zu machen schienen.

Das war ein Festessen für Marie und Philipp nach diesen Tagen in der Wildnis unter freiem Himmel. Marie war es nicht gewohnt, ein solches Wanderleben zu führen, aber es gefiel ihr langsam. Als sie satt waren, gingen sie gleich hinauf ins Zimmer. Oben angekommen, schrie Marie: „Ein Bett, juhu!" und warf sich mit einem Sprung hinein. Das Holzgestell krachte. Philipp runzelte die Stirn.

„Nicht so stürmisch, meine Liebe, sonst müssen wir diese Nacht auf dem Boden schlafen". Er lachte und nahm sie in den Arm.

Auch sie lachte und sie freuten sich, zusammen zu sein. Irgendwie fühlte Marie sich frei und genoss es, auf der Flucht zu sein, trotz der schrecklichen Ereignisse, die sie hinter sich hatten. Seit Philipp wusste, wer sie war, hatte er sich ihr nicht mehr sexuell angenähert. Aber sie hielten sich gern im Arm. In der Nacht zog ein heftiges Gewitter auf und es regnete nach diesen schwülen Tagen. Marie kuschelte sich schwesterlich zärtlich an ihren Bruder und schlief bald ein.

Da wachte sie auf. Ein Geräusch hatte sie geweckt. Ihr Herz schlug schnell. Etwas bewegte sich an der Tür. Ihr Schloss, wo sie den Riegel vorgeschoben hatte, quietschte leicht. Irgendjemand war da. Dielen knarrten. Marie war schon aus dem Bett gesprungen. Philipp stellte sich neben die Tür mit seinem Schwert. Dann wurde es wieder leise. Nichts war zu sehen, als sie mit der Kerze das Zimmer ausleuchteten. Sie legten sich wieder nieder.

Grandmere Mathilde

Als sie am Morgen aufstanden, fand Marie einen Zettel, der unter der Zimmertür durchgeschoben worden war. Sie zeigte ihn Philipp: „Reitet nach Norden und umgeht den üblichen Weg am Fuß des Großen Chassador. Nehmt stattdessen den schmalen Weg etwas höher bei der alten Mühle, der dort links nach oben abbiegt. Es gibt zu viele Späher hier." Unterschrieben war der Zettel mit „ein Freund des großen Magiers". Marie schluckte und Philipp steckte den Zettel weg.

„Waren diese Nacht überhaupt ein oder zwei Personen an ihrer Tür gewesen? Es war noch mehr Vorsicht geboten. Von wem kam nur diese Nachricht? Sollten sie ihr trauen? War es der Klosterbruder oder einer der Wanderprediger?"

Zu viele Fragen…, sinnierte Philipp.

Beim Frühstück fragten sie den Wirt, wo sie Grandmere Mathilde finden könnten. Er beschrieb ihnen den Weg zu ihrer Hütte am Ende des Dorfes. Vielleicht konnte sie ihnen weiterhelfen. Als sie sich nach den anderen Gästen erkundigten, erfuhren sie, dass der Klosterbruder und die Wanderprediger schon aufgebrochen waren. „Die Wanderprediger kamen zu Pferd und sind in der Früh sehr eilig aus dem Haus", erzählte der Wirt. Er lachte wieder und meinte: "Zwei komische Vögel".

Grandmere Mathilde wohnte im letzten Haus des Dorfes ganz unten am Bach. „Ein idyllisches Plätzchen hier bei Grandmere", meinte Marie, als sie zu Fuß dort ankamen. Die Grillen zirpten schon kräftig und es war wieder warm. Unter dem Vordach stand ein alter Lehnstuhl, Sie klopften an die Tür. Nach einer Weile öffnete eine alte Frau die Tür. Ihre Gestalt war gebeugt, aber ihr rundes, freundliches Gesicht mit den vielen Falten hatte junge, strahlende Augen.

„Kommt rein", sagte sie ohne Umschweife. „Ich habe euch erwartet". Sie setzten sich an ihren alten Holztisch. Sie servierte ihnen eine

Tasse heißen Tee. Ein Papagei, der auf einer Stange saß, schrie wie ein Adler und wiederholte dann mehrfach „Du Dummkopf, pass auf!"

Marie lachte „Recht hat er." Als sie nach dem Magier aus dem Norden fragten, unterbrach Mathilde sie schon und antwortete: „Ihr müsst den geheimen Pfad nehmen, der an der Mühle abbiegt und durch den Wald führt und sich später nach einer Schlucht im Gebirge scheinbar verliert. Dort gibt es am Ende der Schlucht, wo sie sich öffnet, den Eingang zu einem Höhlenweg, der aus dem Gebirge hinausführt nach Norden, wo es wieder flacher wird. Dort geht es ins Nebelland. Nur der ist sicher. So kommst du zum großen Magier", sagte sie zu Marie gewandt.

„Meidet den Passweg des Großen Chassador. Der ist zu gefährlich jetzt." Sie schaute zu Philipp. „Dort, am Ausgang des Höhlenweges, wo das weite Land beginnt, könnt ihr euch trennen. Etwas weiter gibt es die große Kreuzung der Landeswege. Vorher ist es nicht ratsam.", sagte Mathilde und blickte wieder auf Philipp. „Du gehst nach Süden zum Kloster zurück?", fragte sie plötzlich.

„Ja", sagte er überrascht. Mathilde blickte sie beide eindringlich an: „Passt beide auf. Seltsame Leute sind seit einiger Zeit unterwegs, oft als Prediger oder Ordensleute angezogen. Sie reden nicht viel und tauchen oft unvermutet auf. Sie scheinen einem Abe zu dienen, der in den höchsten Kreisen verkehrt", sagte sie noch.

„Oft sind Leute verschwunden oder waren tot, nachdem diese Männer auftauchten. Das hört man hier." Sie seufzte und fuhr fort: "Das Land hat sich verdunkelt. Schwarze Wolken ziehen auf. Soldaten werden mehr und mehr zusammengezogen aus allen Teilen des Landes. Die ziehen manchmal auch hier vorbei", sagte sie mit einem bedeutsamen Blick zu beiden.

„Deine Verkleidung ist gut, Mädchen", lachte sie schmunzelnd und schenkte Marie einen Apfel, den sie plötzlich in der Hand hielt.

Dann fuhr sie fort: „Der große Magier hatte euch durch einen Freund eine Nachricht übermitteln lassen. Nehmt sie ernst."

„Woher wissen Sie das alles?", fragte Marie vorsichtig.

„Ich weiß es eben, das genügt.", sagte Mathilde und lachte. Wie eine junge Frau bewegte sie sich plötzlich und ihre braunen Augen funkelten wie zwei Sterne.

Sie holte etwas aus einer Schublade, einen Lederbeutel, aus dem sie zwei Steine hervorholte, die sie ihnen gab. Marie gab sie einen daumengroßen, dunkelblauen Stein und Philipp gab sie einen dunkelgrünen Stein. Der Stein fühlte sich sehr schwer und kühl an, dachte Marie. „Das ist der Turmalin Turin und der heißt Ebraphim", sagte die Grandmere zuerst zu Marie, dann zu Philipp.

„Wenn ihr in Not seid, nehmt diesen Stein und reibt ihn." Als Grandmere Mathilde den dunkelblauen Stein von Marie rieb, begann er zu leuchten und warm zu werden. Sandte er nicht auch einen ganz feinen Ton aus? - Marie horchte nach.

„Die Kinder des alten Volkes werden ihn wahrnehmen und euch zu Hilfe eilen.", fuhr Mathilde fort. „Sie leben in diesem letzten, unberührten Teil der Berge um den Großen Chassador. Das ist ein heiliger Berg, der immer weiß ist. Dieses Volk ist meist unsichtbar. Als der Natur verwandte Wesen haben sie andere Aufgaben als wir. Den großen Magier kennen sie gut und er sie. Er ist ihr Freund."

Sie setzte sich wieder hin und schaute sie freundlich an. „Das war alles. Nun geht lieber." Sie bot jedem noch einen paar selbstgebackene Keks zu essen an und steckte ihnen den Rest in die Tasche. Dann schob sie sie durch die Tür. Marie und Philipp fanden sich etwas verdutzt wieder auf der Straße und blickten noch einmal zurück. Das alte Haus sah unbewohnt aus. Kein Schaukelstuhl stand auf der Veranda. Kein Rauch kam aus dem Kamin.

„Seltsam", murmelte Philipp. „Sehr seltsam". Marie betrachtete nochmals den Stein, der unergründlich schimmerte. Dann steckte sie ihn weg. Ihre Gedanken hingen noch dem seltsamen Gespräch nach. "Eine Lektion, die sitzt. Der Weg war jetzt klar.", dachte Marie laut. „Wir müssen ihr wohl glauben. Was sollten wir sonst tun? Wir haben keine andere Wahl."

Philipp nickte nachdenklich. „Offenbar wusste diese Frau genau, wer sie waren und wohin sie wollten. Woher nur? Wer hatte es ihr gesagt? Es gab niemanden. Konnte sie Gedanken lesen?" – Ihm war das unheimlich, dachte Philipp.

„ Sie wird Zauberkräfte haben", meinte Marie, die ihren Bruder beobachtete. „Hexe, sagte doch der bärtige Hufschmied, erinnerst du dich?" - „Ja", sagte Philipp und ging nachdenklich weiter.

Überfall am Bach

Sie holten ihre Pferde und den Proviant ab, den der Hufschmied für sie besorgt hatte, füllten ihre Wasserbeutel am Bach und machten sich auf den Weg weiter ins Gebirge hinein. Sie gingen nach Norden, wo auch der Bach herkam.

Still und nachdenklich brachen sie auf und ritten vorerst am Bach entlang, wo der Weg gut war. „Wo entspringt wohl der Bach?", fragte sich Marie. „Vielleicht stoßen wir auf die Quelle" sagte sie laut. Sie liebte Quellen und hatte zuhause viel an der Waldquelle des Chateau Bridan gesessen, als sie als Kind mit ihren Eltern noch dort wohnte. Das war zu der Zeit, wo ihr Vater noch viel weg war. Er war ein Botschafter des Königs von Aragon gewesen, der viel in Frankreich weilte.

Alles war jetzt sehr ruhig. Sie hörten nur die Vögel und das Rauschen des Baches. Das Gebirge wurde enger und die Bäume knorriger und krummer. Ihre Blätter raschelten leise im Wind. Ein Adler schrie. Nach einer nächsten Wegbiegung öffnete sich das Tal ihrem Blick. Es ging nach dem Anstieg wieder leicht bergab. Sie fanden eine Wiese im Schutz des alten Waldes, die bis an den Bach reichte. Hier machten sie Rast.

Philipp nahm vor allem das Training im Schwertkampf sehr ernst, und Marie parierte so gut sie konnte mit dem Schwert. Sie schwitzte. „Mit dem Bogen bist du schon recht gut, vor allem für eine Frau", lobte Philipp sie lachend. „Deshalb trainieren wir mit dem Schwert." Und er schlug ihr das Holzschwert aus der Hand, mit dem sie übten. „Schau auf den Gegner. Nimm seine Kraft! Nicht Denken!"

Sie schlug wieder zu. „Schon besser", rief Philipp nach der nächsten Runde. Später machten sie ein kleines Feuer, und Marie bereitete eine Mahlzeit zu. Philipp hatte ein Kaninchen mit dem Bogen erlegt, dessen Fleisch sie brieten. Nach dem Essen ging Marie zum Bach abwaschen. Es wurde langsam dämmrig. Philipp legte Holz für das Feuer nach.

Sie bereiteten Ihre Lager für die Nacht neben dem Feuer. Philipp wachte zuerst. Marie schlief sofort mit der einbrechenden Dunkelheit ein.

Da schrie ein Käuzchen zweimal. Philipp lauschte in die Dunkelheit. Von Ferne meinte er Geräusche zu hören, ein Hufschlag womöglich, den er als Reiter gut kannte und der auf felsigem Grund hallte. Wer ritt hier in der Nacht, wenn er nicht sie suchte? Er weckte Marie und sie nahmen ihre Schwerter und Bögen auf und zogen sich mit ihren Pferden über den Bach hinter einen Felsen zurück. Ihr Lager ließen sie mit Gras unter den Decken am Feuer zurück. Im Feuerschein sahen sie, dass es im Dunkeln so aussah, als schliefen sie.

Dann hörten sie nichts mehr. Plötzlich knackten Zweige, und auf einmal tauchten zwei Gestalten aus dem Dunkel auf und sprangen zum Feuer. Sie stachen mit ihren Schwertern in die Decken. Als sie merkten, dass sie da nicht waren, und man sie hereingelegt hatte, schrien sie auf, schauten wild um sich und liefen davon. Kurz darauf hörten Marie und Philipp Pferde, die den Weg zurückgaloppierten. Ihre eigenen, Tamino und Hassard, hatten sie währenddessen nur mit Mühe stillhalten können.

„Die wären wir erst einmal los, diese feigen Hunde", Philipp atmete durch. Marie zitterte und war fassungslos.

„Die haben uns umbringen wollen", rief sie. Sie waren zum Freiwild geworden, Geächtete. Sie war keine Königin mehr, sondern eine Frau in Mannskleidern auf der Flucht! Verfolgt vom ihrem Gemahl, dem König oder diesem Abe d'Albert, oder wer immer das war. Sie verstand das alles nicht und schob die Gedanken weg. Marie musste alles, was passiert war, erst einmal sinken lassen. Die Ereignisse hatten sich in den letzten zehn Tagen überschlagen. Sie fühlte sich bitter und fror. Zitternd nahm sie Philip beim Arm, als sie zurückgingen. Die Pferde folgten. Am Lager wieder angekommen, konnten sie beide nicht mehr schlafen.

„Da auch du im Chateau, als es brannte, wohl gesehen worden bist, Raimond sprach davon, als er mich verhörte, vermutet man uns zu zweit", sagte Marie zu Philipp.

„Wir hätten sie erschießen und vorher fragen sollen, wer sie geschickt hat", sagte Philipp laut.

Marie legte Holz nach. „So haben wir niemanden umgebracht. Das ist besser. Und sie haben uns nicht gesehen, wer immer sie waren.", antwortete Marie.

Was hätte sie nur ohne ihn gemacht? Sie war dankbar und glücklich, Philipp an ihrer Seite zu haben.

„Vielleicht waren esse verkleideten Wanderprediger", mutmaßte Philipp grollend.

Marie zog ihre Decke fester um sich und schlief in der Wärme des Feuers, das im Dunkel glühte, an der Seite von Philipp wieder ein.

Sie schlief, während Philipp traumverloren seinen Gedanken nachhing und Wache hielt.

„Ja, ich liebe meine Schwester", sagte Philipp leise zu sich und deckte Marie gut zu. Seine Gedanken wanderten zu Raphael, zu dem Krieg in Afrika, wo sie mit den Mauren gekämpft hatten. Sie hatten viel von diesem Feind gelernt, wie das wohl immer der Fall ist, wenn man seine Feinde nicht hasst, sondern achtet, dachte Philipp und erinnerte sich an Großvater, der ihm fechten beigebracht hatte und seine Kampfspiele mit Raphael, als sie Kinder waren. Auch er hatte von Großvater gelernt. Und Raphael war immer ein mutiger Kämpfer gewesen, genau wie er.

„Verflucht, das war eine saudumme Idee von dir, Trillo!", wetterte Sargun, der größere und clevere von den beiden Wanderpredigern. Sie waren inzwischen wieder beim Gasthaus in Pamplona angekommen, wo sie gestern Abend die beiden Brüder, Jäger oder was immer die waren, gesehen hatten. Sargun hatte sich den Fuß verstaut bei der schnellen Flucht zu ihren Pferden zurück, als sie bemerken mussten, dass die beiden Brüder nicht am Feuer schliefen, sondern sie in eine Falle gelockt hatten.

„In Gras oder Mist hast du uns stechen lassen, du saublöder Kerl!" und er schubste Trillo beiseite.

„Jetzt kriegen wir noch nicht einmal ein Bett, und Geld haben wir auch keines mehr. Buße sollten wir tun", höhnte Sargun über ihre Tat. „Dabei waren ihre Klingelbeutel so viel versprechend", grollte er weiter. „Hast du seinen Beutel gesehen, als er die 2 Silberlinge zückte und den Wirt bezahlte?"

„Natürlich", brummte Trillo, der kleinere Kerl von den beiden. „Deshalb kam ich ja auf die Idee, die feinen Silberlinge uns in der Nacht von diesen zwei Wandervögeln zu klauen! War wohl eine gute Idee!", keifte Trillo zurück.

„Nein schlecht, weil sie nicht funktionierte." Sargun rieb sich seinen Knöchel.

„Aber die Idee war gut, du wolltest doch auch das Geld. Beide haben sie solche Beutel gehabt. Ich habe es durchs Gewand gesehen", beharrte Trillo.

„Halts Maul!" antwortete Sagun böse. „Lass uns jetzt lieber einen Heuschober zum Schlafen suchen." Und etwas ruhiger fuhr er fort: „Wie gut, dass sie uns wenigstens nicht sehen konnten in der Dunkelheit, wenn sie irgendwo gelauert haben." Sargun stöhnte beim Humpeln.

„So können sie niemandem etwas verraten." Trillo schmollte.

„Wir hatten nur den Auftrag, Ausschau zu halten und Wanderer, allein oder zu zweit, zu beobachten und die zu melden, die verdächtig sind. Vor allem, wenn eine Frau dabei ist", kommentierte Sargun ironisch.

„Es war aber keine Frau dabei", maulte Trillo.

„Trotzdem können wir die zwei betuchten Brüder melden, wenn wir zurückkehren. Ramon will immer alles genau wissen, damit er seinem Abe alles sagen kann", brummte Sagun.

Dann fanden sie endlich einen Stall, wo Heu lagerte, zum Schlafen. Die Schafe darin blökten und glotzten, als die zwei falschen Wanderprediger sich zu ihnen gesellten und es sich im Stroh unter ihren Mänteln bequem machten. Sie schliefen ein inmitten der Schafe, wie Schafe unter Schafen. Auch ihre Stimmen waren eher blökend als wohl klingend, was sich gut fügte.

Im Palast von Saragossa

Saragossa glänzte mit seinen goldenen Dächern und Kuppeln aus der Maurenzeit im Sonnenlicht. Der Ebro floss satt und ruhig durch die Stadt. Das Wasser schimmerte tief blau. Überall sammelten sich am Nachmittag die Menschen an seinen schönen Ufern und Gartenanlagen. Adelige Damen gingen mit Sonnenschirmen in männlicher Begleitung an seinen Ufern spazieren. Schiffe kreuzten langsam und legten an, um auszuruhen, um ihre Fracht abzugeben und wieder neue Ladung aufzunehmen. Verschleierte Frauen warben in der Nacht bunt gekleidet in Hauseingängen um ihre Liebhaber. Saragossa war eine florierende Handelsstadt mit vielen Kaufleuten, die es zu etwas gebracht hatten und das Reisen gewöhnt waren. Wunderbare Waren aus dem Orient wie Gewürze, Seide und feines Porzellan kamen hier an und wurden teuer verkauft.

Im goldenen Thronsaal des Stadtpalastes von Saragossa empfing König Raimond in seiner Amtszeit am Vormittag alle Adeligen und Kaufleute, die auf seiner Liste angemeldet waren. Er sprach Recht und regelte die neuesten politischen Geschäfte der Hauptstadt von Aragon. Der Palast lag am Ebro in einer großzügigen Parkanlage, die maurische, spanische und französische Elemente vereinte. Die Könige von Aragon liebten immer schon exotisches.

Ein Gesandter des französischen Königs war gerade gegangen. Der Diener kam herein und meldete dem König einen neuen Gast, seinen Ersten Ratgeber, Bischof Abe d'Albert, den er schon längst erwartete. Der König hatte dringendes mit ihm zu besprechen nach den letzten Wochen, wo es viele Unruhen und Verhaftungen von Rebellen gab nach dem großen Massaker im Chateau Bridan sur la Mer, das in der Bevölkerung Unmut hervorrief. Seine Soldaten hatten hier nicht gute Arbeit geleistet. Er zog dafür seinen Oberbefehlshaber, Fernandez zur Verantwortung. Zu viele Spuren waren hinterlassen worden. Der Brand zu früh gelöscht. Und dann kam noch die kleine, vorwitzige Königin Marie d'Argout. Nun, sie saß dafür im Verlies des Sommerschlosses. Dort hätte sie schmachten sollen, bis sie vernünftig wurde und gehorchen lernte, ja bis sie ihn anflehen würde, herauf kommen zu dürfen. Raimond atmete durch, um seinen Zorn nicht wieder aufflammen zu lassen.

Denn leider war Marie, Königin von Aragon, wider Erwarten entkommen. Ein unverzeihlicher Fehler. Raimond fluchte nochmals. Diese kleine Hexe kam auf ihren Großvater. In der Öffentlichkeit ließ er bekannt geben, dass die Königin erkrankt sei und absolute Ruhe brauchte. Niemand durfte ins Schloss zu Navarra und sie stören. Auch hatte er überall Soldaten an den Wegestationen postiert und ließ neue Soldaten ausheben, um gegen die aufständischen Rebellen, die freiheitliche Glaubensparolen verbreiteten, zu kämpfen. Die Königin konnte hoffentlich nicht mehr viel Schaden anrichten. Was führte sie nur im Schilde? Und wer hatte ihr zur Flucht verholfen? Er musste es herausfinden, wo sie waren und was sie vorhatten.

„Wo bleibt denn nur der Abe?", fragte er ungeduldig und rief seinen Diener. Er dachte zu viel nach und das schadete seinem Magen.

„Meinen Wein bitte!" Der Diener brachte ihm untertänigst seinen Pokal, in dem ein köstlicher Rotwein glänzte und servierte das Gedeck für die Pause.

In diesem Augenblick klopfte es. „Herein", rief Raimond. Der Schlossdiener führte Bischof Abe d'Albert hinein und verschwand wieder. „Tretet näher, Euer Würden", rief der König.

„Guten Tag, Durchlaucht", sagte Abe d'Albert förmlich und verneigte sich in seiner schwarzen Tracht.

„Kommt näher, mein Freund Abe d'Albert", sagte Raimond aufgeräumt und winkte ihn ganz zu sich. „Was machen die Geschäfte? Und wie geht es mit unserer päpstlichen Allianz?"

„Bestens, danke", antwortete der Abe und schaute mit seinen dunklen kalten Augen den König forschend an. Ein Glas Wein lehnte er dankend ab.

„Ihr habt mich rufen lassen, mein König?" fragte er nach.

„Ja. Wie geht es voran mit Euren Spähern? Haben sie schon etwas entdeckt? Die Ordensbrüder und Wanderprediger sind doch kluge, aufmerksame Leute, die nicht reisefaul sind, oder nicht?" fragte der

König mit einem schärferen Unterton als gewollt. Er war etwas nervös und das war nicht gut. Er nahm noch einen Schluck Wein, das beruhigte ihn.

„Ich habe viele ihresgleichen in diesem Auftrag von der Komturei Montsun und den Klöstern losgeschickt. Ja, ich habe sogar einen Mönch vom Kloster St. Bernhard, Bruder Piere, dazubekommen, der noch Jacques de Frigeaux und seine Familie kannte. Ich habe ihn gewinnen können. Sie alle durchkämmen das Land bis ganz in die Berge und nach Norden und Süden."

„Dann müssen ihre Ausflüge ja bald von Erfolg gekrönt sein und sie finden die flüchtige Königin und ihren untertänigen Befreier, wer immer das war. Besser noch, sie finden zuvor ihre Pläne unauffällig heraus", sagte Raimond bissig und schaute den Abe herausfordernd an.

„Natürlich, so sind alle Brüder und Prediger instruiert. Kein Aufsehen. Sie wandeln im Geiste des Herrn." Der Abe verneigte sich und schlug ein Kreuz. Der König bat ihn, sich zu erheben.

Sie besprachen noch die laufenden diplomatischen Geschäfte und die Bündnispläne der heiligen Allianz mit Rom. Frankreich schaute zu viel nach Aragon. Sie betrachteten dieses freie kleine Land als eine Art Provinz und hatten den König sehr gefördert, was Raimond damals vor seiner Krönung zu schätzen wusste. Frankreich schaute auf die iberische Halbinsel, dessen Vorhut Aragon war.

„Nun für die Päpstliche Gesandtschaft, die in Montsun in meinem Kloster Zargossi wohnt und die Aufwendungen der Komturei, dem König dienstbar zu sein, benötige ich noch Steuergelder und Waren…", sagte der Abe.

„Es sei Euch gewährt. Geht zu meinem Stadtverwalter. Er wird den Schatzmeister anweisen. Ich gebe Bescheid."

„Danke, Durchlaucht". Und mit einem kalt brennenden Blick in seinem kantigen Gesicht, der für ihn so typisch war, verabschiedete sich der Abe und ging hinaus. Für sein Alter ging er zu aufrecht, fast stählern und die schwarze Tracht raschelte an seinen klappernden Stiefeln vorbei, bemerkte Raimond kühl.

„Er ist gut trainiert", sagte er zu sich selbst, als er ihm hinterher blickte. Der König konnte den Bischof nie ergründen. Der Abe war undurchsichtig, aber sein bester Ratgeber und Gefolgsmann, den er von vom königlichen Haus seines Vaters übernommen hatte.

Raimond ging ebenfalls hinaus. Es war Mittagszeit und er war zum Essen mit der schönen Ottilie da Sarcasanza verabredet. Ottilie war seine Auserwählte, seine Mätresse, mit der er sich trotz seiner Bekenntnis zur christlichen Kirche öffentlich zeigte. Sie stammte aus einer angesehenen kastilischen Adelsfamilie, die schon lange in Saragossa ansässig war. Und sie war noch unverheiratet.

Er ließ sich seinen Umhang geben, zog sein Schwert an, ohne das er nie hinausging und zog den Hut auf. Draußen vor dem Tor begegnete er noch dem Abe, der auf seine Kutsche wartete und auf und ab ging.

Die Kutsche, die Raimond Ottilie da Sarcasanza hatte schicken lassen, stand schon vor dem Tor. Raimond nutze die Gelegenheit und stellte die Komtess Ottilie da Sarcasanza seinem Ersten Ratgeber, dem Bischof, vor. Dieser verneigte sich tief, während Ottilie ihm huldvoll ihre Hand aus der Kutsche reichte, die in einem feinen Spitzenhandschuh steckte. Sie lächelte freundlichst, während ihr die kupferfarbenen Locken in die Stirn fielen, als sie den Abe begrüßte: „Guten Tag, mein Bischof, ich habe schon viel von Ihnen gehört!"

Ottilie wusste in jedem Moment ihre Schönheit voll zur Geltung zu bringen, dachte Raimond amüsiert. Das schätzte er ja an ihr. Sie beherrschte alle Regeln der Diplomatie, wenn nicht der Koketterie, was ihre Erziehung in einem französischen Internat noch gefördert hatte.

„Seid gegrüßt, gnädigste Komtessa da Sarcasanza. Es freut mich sehr, Euch endlich kennen zu lernen", gab der Abe lächelnd zurück.

Raimond war überrascht, wie charmant der Bischof auf einmal sein konnte. So hatte er ihn noch nicht erlebt. Kurz entschlossen lud er auch ihn zum Essen ein. Vielleicht war ein Treffen zu dritt für ihn noch nützlich. Der Abe dankte höflich, und sie stiegen zu zweit in die Kutsche ein. „Los", rief der König zum Kutscher. Er hatte wie immer einen Tisch im „Grand Hotel" bestellt, das die feinste Küche in ganz Saragossa besaß.

In Nardun gefangen

Quietschend öffnete sich das Tor zur Festung Nardun. Die schweren Eisenflügel bewegten sich langsam. Und ein neuer Zug mit Gefangenen wurde eingelassen. Die Offiziere riefen die Wärter herbei, um die Gefangenen abzuführen. Ihre Macht noch einmal zeigend, brüllten die Soldaten die Gefangenen an und schlugen sie, wenn sie nicht in der Aufstellung parierten. Viele Gefangene waren erschöpft und konnten sich nicht mehr auf den Beinen halten. Wenn sie umfielen, schlugen die Soldaten sie, bis sie aufstanden, allein oder mit Hilfe eines anderen.

Die alte Festung Nardun lag inmitten der südwestlichen großen Berge der Pyreneios auf einem Hochplateau, das nackt und felsig war. Die Sonne brannte hier unbarmherzig nieder. Die Festung war in der Maurenzeit zu einer großen Burg umgebaut worden. Die vier Wachtürme waren breit und hoch und schauten in alle Richtungen. Nach Westen fast bis zum Atlantik. Meterdicke Mauern umschlossen das Innere und verbanden die Wachtürme zu einer uneinnehmbaren Festung.

Raphael blickte zum Himmel. Schweiß rann über sein ausgezehrtes Gesicht. Die Kleider hingen ihm in Fetzen. Er stützte seinen Nachbarn, der zu fallen drohte. Auch Raphael war wackelig auf seinen Beinen, nachdem sie die letzten Tage kaum mehr Wasser zu trinken erhalten hatten. Sie waren ausgehungert nach den vielen Tagen Fußmarsch. Es hatte nur einmal pro Tag einen wässrigen Getreidebrei oder trockenes Brot gegeben.

Wie viele Tage waren nur vergangen, seit sie ihn mit fünf seiner Brüder verhaftet und mitgenommen hatten? Raphael wusste es nicht mehr. Drei seiner Brüder waren schon tot. Die zwei anderen waren mit ihm hier. Sie waren alle Studenten aus gutem Haus gewesen, die sich für die Freiheit und die Wahrheit in der Religion einsetzten. Ein Gespenst ging umher, nicht nur in Aragon, dachte Raphael grimmig. Die Soldaten des Königs waren Vollstrecker der Inquisition geworden, die frei Denkende und anders Gläubige verfolgte und tötete, seit König Raimond sich mit dem Papst geeinigt und unter Vermittlung seines Ersten Ratgebers, des Bischofs d'Albert, ein heilige Allianz gebildet hatte. Die Soldaten hatten ihn und einige seiner Ordensbrüder der Weißen Raben in der Nähe von Saragossa auf einem kleinen Anwesen aufgespürt und verhaftet. Das geschah, nachdem vorher ein Wanderprediger aufgetaucht und wieder verschwunden war. Ob der spioniert hatte? Dann waren sie einfach als Gefangene, ohne Gericht, ohne Verteidigungsmöglichkeit behandelt und verschleppt worden.

Auf diesem langen Gefangenenmarsch, wo sie an mehreren Stationen immer wieder Menschen abgeholt hatten, waren viele gestorben. Immer wieder wurden Einzelne ohnmächtig oder konnten nicht weitergehen. Die Soldaten hatten sie dann gleich erschossen. Raphael war froh, dass er noch gehen konnte. Jetzt standen sie schon längere Zeit mitten im Hof der Festung unter der sengenden Sonne. Die Offiziere palaverten.

„Brauchen die so lange, um zu entscheiden, in welche Zellen oder Verliese sie uns stecken sollen?" fragte Raphael und lachte heiser. Sein Nachbar grinste, soweit das möglich war: „Sie werden uns noch brauchen, wenn sie uns extra hierher geschleppt haben. Dann können sie uns nicht nur töten", erwiderte der Nachbar mit Galgenhumor.

„Sie haben auch noch andere Methoden, wie wir wissen", antwortete Raphael vorsichtig. Er suchte nach einer Stütze. Sein linkes Bein gehorchte kaum mehr. Da hieß es „Abführen!" Soldaten kamen, die sie abführten. Mehr gestoßen als selber gehend wurden sie in die unterirdischen Verliese und Kammern der Festung gebracht. Hier war es kühl und feucht. Es stank nach Urin und Kot.

Da schrie ein Wärter. „He, du da! Komm mit!" Und er führte Raphael getrennt von den anderen in einen anderen Raum, der etwas abseits lag. „Niedersitzen!", befahl er. So konnte er sich hier wenigstens auf einen Stuhl setzen. Man ließ ihn warten. Nur ein Wächter blieb im Raum.

Raphaels Gedanken schweiften nach Saragossa zurück, zu seinem Leben vor der Verhaftung. Marie, die Königin von Aragon, trat vor sein inneres Auge, wie sie sich das letzte Mal getroffen hatten, bevor er weg musste. Die Bruderschaft hatte ihn auf dieses Anwesen zu weiteren Aktivitäten berufen, die er in der Universität geleitet hatte, da er ein fortgeschrittener Student der Rechte war.

Marie war so schön gewesen. Wie oft seit der Verhaftung hatte er sich ihr Gesicht heraufbeschworen! Nur so hatte er überlebt und sich seine Hoffnung erhalten, sie wieder zu sehen und hier herauszukommen. Er wollte und würde sie wieder sehen, das wusste er. Sie würde auf ihn warten. Er musste einfach überleben! Raphael nahm einen tiefen Atemzug und beschwor ihr ebenmäßiges Gesicht mit den lächelnden, unergründlich grünen Augen, die ihn so bezaubert hatten, wenn sie ihn ansah. Er sah ihren weichen, voll geschwungenen Mund, den er so gern küsste, wenn sie sich ihm zugewendet und er ihr Haar gestreichelt hatte, das in goldbraunen Wellen ihren Nacken herunter floss bis weit über die Schultern. Er hatte sich das oft gewünscht und sie hatte die Haare für ihn gelöst. Im Schutz der Räumlichkeiten ihrer Großtante Iola war das möglich gewesen. Er war Gräfin Iola unendlich dankbar für diese schönsten Stunden seines Lebens.

Als der Gefangenentransport vor dem Dorf Pamplona ankam, hatte Raphael in dieser Nacht sehr intensiv von Marie geträumt. Sie war ihm erschienen und hatte ihm Trost gespendet, als wüsste sie, wo er wäre. Das Gefühl des Traumes hatte ihn mehrere Tage auf dem Fußmarsch der Gefangenen beflügelt, soweit das möglich war.

Die Tür wurde aufgestoßen und ein Offizier trat ein, gefolgt von einem Kirchenmann. Der Wächter verschwand und schlug die Tür zu. Der Offizier setzte sich ihm gegenüber an den Tisch, während der Pater hinter ihm stehen blieb. Der Offizier eröffnete das Gespräch: "Sie sind Raphael de Berenguar, ist das richtig?", fragte er befehlend.

„Ja, das bin ich", antwortete Raphael und bekam Hoffnung. Es war das erste Mal, dass man ihn seit seiner Verhaftung mit seinem Namen ansprach. „Nun, wir haben schon von Ihnen gehört. Ihr Vater, der Graf von Berenguar hat sich für Sie eingesetzt", sprach der Offizier mit ruhiger Stimme weiter und schaute ihn aufmerksam an. „Leider mussten wir ihrem Vater, der in der Komturei Montsun direkt unter der Kontrolle des Bischofs steht, mitteilen, dass Sie mit Ihren Aktivitäten dieser Bruderschaft – wie heißt sie? - an der Universität und in der Provinz Unruhe stiften, das Volk aufwiegeln und falsche Glaubenslehren verbreiten. Wenn nicht noch mehr…?", fragte er anzüglich. „Schwarzmagische Rituale und Hexenkulte wurden doch auch unter solchen Brüdern, wie Ihr es seid, regelmäßig praktiziert." Er lächelte noch anzüglicher. Raphael schwieg. Der Offizier fuhr fort: "Der König, wie sein oberster päpstlicher Ratgeber heben nun diese Unruheherde aus und lassen die auf Abwege Geratenen, wenn sie guten Willens sind, der heiligen Kirche von Rom wieder zu dienen, dieser zuführen. Ansonsten werden sie umerzogen." Der Offizier machte eine gewichtige Pause und schaute ihn eindringlich an. Raphael zuckte.

„"Nun", fuhr er fort, „Ihrem Vater wäre das recht. Er steht ja im rechten Glauben und bittet für sie. Es bedarf nur einer Kleinigkeit", der Offizier genoss die Pause und fuhr fort, „dass Sie uns in diesem rechten Glauben und im Einsatz gegen die Ungläubigen und Volksverhetzer unterstützen und uns Auskunft geben über Ihren Orden, Ihre Brüder, wer dahinter steht, welche Aktivitäten sie planen und so weiter."

Raphael schluckte schwer und sagte nichts.

Der Offizier redete weiter: „Wenn Sie das nicht tun", er wurde gefährlich leise, „dann müssen wir sie einer peinlichen Befragung unterziehen, die der reinen Wahrheit ans Licht verhilft. Denn Gott ist die Wahrheit und wir sind im Namen des Königs und des Bischofs ihre ersten Diener." Dabei schaute er den Kirchenpater an, der eifrig nickte und fromm ein Kreuz schlug.

„Habt Ihr als Aufständischer etwas zu sagen?", forderte der Offizier Raphael auf.

„Ich bin Student der Rechte und der Philosophie. Ich interessiere mich für die Staatskunde und studiere die griechischen Philosophen wie Platon und Aristoteles, um unserem freien Land Aragon als Rechtsgelehrter dienlich zu sein. Ansonsten bin ich ein gläubiger Christ. Meine Brüder sind Kollegen im Studium der Juristerei und des Geistes." Raphael hatte kaum zu Ende gesprochen, da lachte der Kirchenbruder geziert, und der Offizier höhnte lauthals:

„Ein gläubiger Rechtsgelehrter! Sie sind ein rebellischer Rechtsverdreher! Das ist es, was ich weiß." Und nach einer Pause: "Dann müssen wir Ihren Vater wohl enttäuschen", meinte der Offizier scheinheilig.

Mit einem Blick auf den Pater: „Für den rechten Glauben ist der Kirchenvater zuständig. Ihr macht die Inquisitio."

„Ja, natürlich", antwortete der Pater beflissen.

„Sie haben nichts mehr zu sagen?" fragte der Offizier noch kurz zu Raphael.

„Nein", sagte Raphael. Der Wächter trat wieder ein. „Abführen!", befahl der Offizier. Und zu Raphael gewandt: „Wir werden uns wieder sehen, wenn Sie es wünschen."

Damit war die Anhörung beendet.

Man sperrte ihn in ein Einzelverlies, wo es nur Stroh auf dem feuchten Boden gab. Am nächsten Morgen wurde Raphael zu der peinlichen Befragung gebracht, die in einem großen, Angst einflößenden Verlies war, wo ein Feuer brannte und das noch tiefer unter der Erde lag, damit man die Werkzeuge der Inquisition und die Schreie der Befragten nicht mehr bis nach oben durchdringen hörte.

Viele Male gab man hier Raphael die Chance, sich in der peinlichen Befragung der Wahrheit zuzuwenden und der Ketzerei abzuschwören. Die Kirchenbrüder waren erfinderisch in ihren Werkzeugen, die sie im Namen Gottes bedienten. Raphael blieb stumm.

Nach Wochen dieser Haft fühlte er nicht mehr seine Wunden und die zerschundenen ausgerenkten Glieder, den Dreck und die Demütigungen seiner Peiniger. Sein Bewusstsein wurde eingehüllt und glitt in eine andere Wirklichkeit. Raphael bemerkte mit seinem hellen Geist, was seine einzige Chance war, sich zu retten. Immer wieder hielt er sich das Bild Maries vor Augen, ihr liebliches Gesicht und ihren wohlgeformten Körper, wenn er gequält wurde und liebte sie in diesen Augenblicken leidenschaftlich. So setzte er seinen Peinigern kaum Widerstand entgegen und erhielt sich so gut es ging sein Mitgefühl für sie, ohne in Hass zu verfallen. Wenn er es schaffte, hielt er seine Kraft aufrecht und seine Wunden heilten besser. Raphael lernte gezwungenermaßen schnell. Und diese Bewusstseinsveränderung und seine Konzentration auf etwas Gutes und Schönes, was er liebte, halfen ihm zu überleben.

Als Raphael sich im Stroh nicht mehr rührte, ließ man ihn liegen und wartete, ob der Tod oder das Leben siegen würde.

DER WEG ZUM GROSSEN CHASSADOR

Marie träumte. Sie träumte einen Traum, den sie schon mindestens einmal, nämlich vor ihrer Krönung geträumt hatte. Jetzt erinnerte sie sich im Traum daran. Eine dunkle Gestalt ging über eine Brücke. Sie suchte etwas. Sie ging immer weiter. Es war wichtig. Sie suchte weiter. Was suchte sie? Sie suchte den Weg mit den Zeichen, einem wiederkehrenden Stern, der sie zu einer Burg bringen würde, wo es ein Heiligtum gab, das sie finden sollte. Wieder sah sie in der Kathedrale Chartre du Savignon diese feurigen Augen, die umrahmt waren von wildem lockigem Haar. Die Augen schauten sie aus der Dunkelheit beschwörend an, wo alle von Hof und Adel Aragons in der Kathedrale von Saragossa versammelt waren, um ihrer Krönung zur Königin beizuwohnen. Marie versank in diesen Augen. Die Musik spielte noch, als Raimond, der König, sie an seinem Arm langsam durchs Mittelschiff hinunter zum Westportal hinausführte. Diese feurigen Augen gehörten Raphael, der sich im hintersten Kirchenschiff im Dunkel der Menge versteckt hatte, um sie in diesem Augenblick zu sehen. Aber er verschwand aus ihrem Blick, ehe sie ihn mit den Augen verfolgen konnte. Sie suchte ihn und wusste, dass Raphael sie jetzt brauchte. Wo war er nur? Und wo war sie jetzt?

Die Nebelschleier lichteten sich. Marie schaute von oben auf ein Lager. Es war dunkel. Raphael lag dort mit verrenkten Gliedern auf Stroh. Er war fast nackt, sein Hemd in Lumpen. Er war bewusstlos.

„Raphael", rief sie ihn mit ihrer hellen, klaren Stimme. „Raphael, wach auf!" Sie begann zu singen und hüllte ihn mit den Tönen ihres lieblichen Gesangs ein. Sie sang den „Gesang des Westens", der in seinen Tönen eine Heilkraft besaß, die ohnegleichen war und die niemand so gut kannte und ihr so gut beigebracht hatte, wie ihr Großvater. Jetzt erinnerte sie sich an diesen Gesang und sang.

Im Westen stand der Erzengel Raphael. Als „der Heiler Gottes" war er für Heilung und das Genesen von Krankheit und Verletzung zuständig. Marie bat um diese Kraft und verband sich mit ihr, denn Raphael brauchte sie jetzt dringend. Während sie so sang, träufelte sie mit ihren bloßen Händen Balsam in Raphaels Wunden. Der Balsam duftete so wunderbar und war so fein, dass er sich wie Äther oder feiner Goldstaub verteilte und auf die Wunden und zerschundenen Glieder wie ein Film legte. Raphael begann sich zu regen und schlug auf einmal die Augen auf.

„Marie", sprachen seine Augen und schauten sie offen und unverwandt an. Liebe floss zwischen ihren Augen und schuf ein vibrierendes, flimmerndes Band, das sich weit ausdehnte und den ganzen Raum erfüllte, so dass er ganz hell wurde. Der ganze Kerker wurde erleuchtet. Zwei Lichtgestalten fanden hier zueinander und umarmten sich. Sie flossen zusammen zu einer Gestalt und lösten sich dann wieder voneinander.

„Wir werden uns wieder sehen. Werde jetzt gesund", sagte die eine Lichtgestalt, während die andere in den Körper des Liegenden zurückkehrte. Alles verschwamm, und der Kerker verschwand wieder.

Marie war auf dem Weg zur Brücke, getragen von dem Gefühl, Raphael zu Hilfe geeilt zu sein. Sie würde ihn später in der physischen Wirklichkeit an einem bestimmten Ort wieder finden, irgendwo in diesem Land, irgendwann. - Sie würde ihn finden, wenn sie dem Weg der Zeichen weiter folgte, der sie jetzt zuerst zum Magier aus dem Norden führte. Mit der Gewissheit dieser Begegnung wurde Marie wach.

Philipp war schon aufgestanden und hatte Tee mit Bergsalbei gekocht, den er eben gepflückt hatte. „Guten Morgen", sagte er freundlich und lächelte sie an. „Ausgeschlafen?" Sie reckte sich und stand auf. „Guten Morgen, na so halbwegs" gab Marie lächelnd zurück.

„Ich habe von Raphael geträumt, dass er im Kerker in einer Zelle liegt und schwer verletzt ist. Er war bewusstlos. Ich ging zu ihm und gab ihm eine Art Medizin. Ich glaube, er ist in Nardun gefangen", sagte Marie, indem sie den Traum deutlich vor Augen hatte.

„Auf dem Rückweg werde ich über Nardun reiten. Mal sehen, was ich tun kann", meinte Philipp nachdenklich.

Nach ihrem Frühstück sattelten sie die Pferde, versorgten sich mit frischem Wasser und ritten weiter bergan. Bald wendete sich der Weg vom Bach ab und entfernte sich etwas. Das Rauschen wurde leiser. Es wurde trockener und die Vegetation karger. Der Weg führte zum großen Chassador, der hinten am Horizont auftauchte. Auf seiner Spitze lag Schnee. „Ein riesiger Gletscher", sagte Philipp. Sie blieben einen Moment stehen und genossen die Aussichtsstelle auf das Bergpanorama. „Ich habe noch nie einen Gletscher gesehen. Schade, dass wir nicht dorthin kommen", meinte Marie andächtig. Der Berg sah selbst aus der Entfernung schon erhaben aus.

„Ja, aber wir müssen weiter und sollten keine Zeit verlieren. Der Weg zum Gletscher, für den wir nicht ausgerüstet sind, würde uns zu viel Zeit kosten", antwortete Philipp.

Die Landschaft war menschenleer und wurde immer wilder, die Felsen höher. So gingen sie zwei Tage immer Richtung Nordwesten. Nach einer großen Wegbiegung, die eine riesige Linkskurve machte, tauchte plötzlich ein Bach wieder auf. Er rauschte geschwind und kam in Wasserfällen von oben herab gestürmt. Sie stiegen weiter, führten zum Teil ihre Pferde an den Zügeln. Der Pfad wurde immer enger, bis sich die Landschaft wieder öffnete und eine neue Hochebene in Sicht kam. An ihrem Ende stand hinten neben dem Bach, der sich hier mit großer Fließkraft verbreitete, die alte Mühle. Es war ein wunderschönes, abgeschiedenes, ebenes Hochtal. Als sie langsam näher kamen, sahen sie, dass die Mühle seit längerem unbewohnt war. Große Bäume wuchsen dicht am Haus, dessen Dach etwas eingebrochen war. Blaue Waldblumen und Bergveilchen blühten hier überall in großen Flecken. Eine Hochalm, die sehr geschützt lag.

„Ein Paradies", rief Marie aus und pflückte ein paar Blumen.

„Wenn alles anders wäre, würde ich gerne mit dir hier wohnen", schwärmte sie weiter. Philipp schaute sie lächelnd an und runzelte die Stirn. „Dann machst du jeden Tag Feuer, bäckst Brot und versorgst die Schafe und so weiter", neckte er sie.

„Ja, das würde ich gerne. Und Feuer machen kann ich schon", sagte sie stolz.

Philipp lachte. Er stieg vom Pferd. Es war schon Nachmittag und für die Abendrast war das ein guter Platz. Auch mussten sie die Gegend erst erkunden und den kleinen Pfad finden, der an der alten Mühle links hinauf laufen sollte, immer am Berg entlang. Den würden sie nach Grandmere Mathildes Rat nehmen und nicht mehr den offiziellen Weg, der aus diesem Tal rechts an der Mühle vorbei wieder hinausführte, wie er sah, sinnierte Philipp.

Ab jetzt galt es, sich mehr im Verborgenen zu bewegen, weil der offizielle Weg zu gefährlich schien, um sicher an ihr Ziel zu kommen. Das verstand Philipp zwar nicht, hier war es doch absolut ruhig und einsam, wer sollte da vorbeikommen?

Aber es war sicher besser, diesem Rat von Grandmere Mathilde und dem Freund des Magiers zu folgen.

Die alte Mühle

Dann gingen sie zur alten Mühle, die im Schatten alter Bäume stand. Durch die geschützte Lage war die Vegetation hier wieder üppiger. Das Tal schien eingeschlossen durch die Berge, bis auf den einen Weg, der hindurchführte. Sie stiegen durch das hohe nasse Gras, das die Mühle vom rauschenden Bach trennte. Hier mussten früher Bergbauern ihren Bergweizen oder andere Getreide mahlen lassen haben. Da war das Tal sicher noch nicht so zugewachsen. Marie ging zuerst ins Haus hinein, Philipp schaute sich noch draußen nach dem verborgenen Pfad um.

„Vorsicht, es könnte etwas einstürzen", rief er Marie zu. Hier draußen duftete es nach Waldkräutern wie nirgendwo. Hinterm Haus entdeckte er zwischen zwei alten Bäumen und Büschen so etwas wie einen Pfad. Morgen wollte er sich das näher anschauen. Marie schrie und rief, er solle hineinkommen. Es gab im Wohnraum noch eine Art Küche mit Feuerstelle, die intakt zu sein schien. Altes Holz gab es auch noch in diesem Raum, der neben der Mühle lag. Sie inspizierten alles. Oben war der Schlafraum. Die Stiege war kaputt. Trotzdem kamen sie mit gegenseitiger Hilfe hoch. Auf dem Dachboden war es trocken. Das Dach war nur auf der anderen Seite neben der Mühle eingerissen. Wieder unten, bereitete Marie alles vor, dass sie essen und schlafen konnten. Philipp half.

„Wir sind ein gutes Team", meinte sie zufrieden. „Das kenne ich sonst gar nicht."

„Ich auch nicht", antwortete Philipp. Mit einer Kerze und dem Feuer hatten sie genug Licht, um am alten Holztisch, den Marie mit Wasser vom Bach sauber gemacht hatte, zu essen. Philipp hatte ein Kaninchen erwischt, das sie brieten. In diese Idylle fuhr plötzlich ein lang gezogener Schrei. Sie erschraken beide und schauten nach draußen. Dort sahen sie am Himmel zwei große schwarze Vögel über der Mühle kreisen, die wieder verschwanden.

„Was für zwei große Vögel", entfuhr es Marie. Als sie nochmals zum Himmel blickte, sah sie, dass sich ein Gewitter zusammenbraute. - „Gut, dass wir heute Nacht diesen Unterschlupf haben", murmelte Philipp.

Sie gingen wieder hinein. Es wurde rasch dunkel. Als sie sich gerade niederlegen wollten, schoss etwas gegen den alten Fensterbalken und landete auf dem Brett. Als Marie hinschaute, sah sie, dass es dieser große, schwarze Vogel war, der dort saß und ihr direkt ins Auge schaute. Sie erschrak fürchterlich und schrie auf.

Der Vogel schrie, flatterte hoch und flog davon. Seine Schreie waren immer noch beißend. So etwas hatten weder Marie noch Philipp jemals in der Natur erlebt. Marie machte sich Sorgen über diesen Vogel.

"Was bedeutet das, was für ein Zeichen ist das?", fragte sie. Philipp meinte nur: „Beruhige dich! Es ist einfach ein großer Raubvogel gewesen, der vielleicht hier sein Revier hat und einmal nachgeschaute."

„Es war kein normaler Raubvogel, kein Adler oder Bussard, er war viel größer und seine Schwingen länger", murmelte Marie. Sie fühlte sich beklommen und konnte schwer einschlafen. Mitten in der Nacht, als Philipp schlief, hörte sie draußen Zweige knacken, dann wieder, als wäre jemand da draußen, der sie beobachtete. Dieses Eindrucks konnte sie sich einfach nicht erwehren. Sie wollte Philipp noch nicht wecken, es war nur mehr ein Eindruck als eine konkrete Wahrnehmung. Ihr Herz klopfte bis zum Hals.

Sie stand auf und schaute aus der Tür. Allmählich gewöhnten sich ihre Augen an das Dunkel. Sie spähte in das Dunkel hinein. Im Schatten der Bäume in der Nähe des Baches, nur circa einhundert Meter von der Mühle entfernt, meinte sie eine Gestalt wahrzunehmen. Sie bewegte sich nicht. Es kam ihr so vor als schauten sie sich auf diese Entfernung tatsächlich an.

Sie versuchte genauer die Gestalt zu erfassen und schaute sehr konzentriert dorthin. Da hatte sie das Gefühl, dass zwei brennende Augen sie fixierten und zu durchbohren schienen. Ihr wurde ganz übel und heiß, als würde sie innerlich verbrennen. Sie musste diesen Bann brechen, schoss es ihr durch den Kopf. Bewusst lenkte Marie jetzt ihre Aufmerksamkeit um und bewegte sich. Als sie sich rührte und Philipp doch wecken wollte, bewegte sich auch die Gestalt und verschwand einfach.

Marie zitterte und schüttelte sich, als wolle sie etwas entfernen. Sie atmete tief durch. Allerlei Dämonengeschichten fielen ihr ein, und sie spürte, wie die Angst in ihr arbeitete, ja sie lenkte und anfing, ihr Trugbilder vorzugaukeln. Schon sah sie wieder einen Schatten am Fenster. Da knackte wirklich ein Zweig ganz in der Nähe. Ein Holzbalken quietschte. Da flatterte wieder etwas laut auf: Der große schwarze Vogel saß auf einem Dachbalken, wo das Dach offen war und schaute hinein, direkt auf sie. Dann flatterte mit wilder Drohgebärde auf sie zu, als wolle er sie beißen. Marie schrie auf. Dann sah sie nichts mehr. Sie musste sich orientieren. Ob Philipp aufgewacht war?

Marie bemühte sich, die Angst einzudämmen und ihre Gedanken und Gefühle umzuprogrammieren. Sie wusste noch von Großvater, dass Angst, wenn sie die Oberhand gewinnt, seltsame Phänomene hervorruft und den Menschen in den Wahnsinn treiben kann, wenn er ihre Trugbilder für wahr hält und aus Angst noch verstärkt. So konnte Realität entstehen und Furchtbares anziehen, das aufgrund dieser Resonanz wirklich werden konnte. „Wir ziehen etwas an, wenn wir es denken!", hatte Großvater ihr einmal, als sie große Angst hatte, eindringlich gesagt. Das wollte sie nicht.

Sie dachte ganz fest mit aller Kraft, egal was da draußen jetzt war, an ihren „Prinzen Mut", das Bild, das Großvater ihr einst als Kind gegeben hatte, als sie das erste Mal schlimme Angst im Wald gehabt hatte. Der Mut führte sie und half ihr, ihr inneres Licht zu aktivieren und es wieder zu empfinden. Sie holte ihr schönstes Erlebnis aus der Erinnerung hervor und konzentrierte sich auf dieses Licht. Da fühlte sie sich in ihre Mitte einkehren, aus der die Angst sie hinausgeworfen hatte. Alle Sinne waren wach und lauschten in die Natur. Die Angst ging zurück, und die Dunkelheit mit ihren Schatten wurde wieder ruhig.

Philipp schaute sie nur an und fragte jetzt leise: „Was war denn nur los? Du warst ganz erstarrt und unansprechbar, als hätte dich etwas Unheimliches berührt."

Da ging das Gewitter los, dessen Wolken sich vorher zusammengebraut hatten. Sie rückten zusammen. In der alten Küche blieb es Gott sei Dank trocken.

„Hat es auch", sagte sie leise. „Hast du auch den schwarzen Vogel auf dem Dachbalken gesehen?", fragte sie.

„Nein", antwortete Philipp. Da erzählte Marie, was sie wahrgenommen hatte. Philipp lauschte ihr ernst.

„Morgen werden wir nach Spuren suchen, sofern der Regen es zulässt. Dann werden wir uns auf den Weg machen. Ich glaube, ich weiß, wo der verborgene Pfad ist. Jetzt schlaf noch etwas." Sie lagen im Trockenen und schliefen tatsächlich wieder ein.

Am nächsten Morgen sah die Welt wieder hell und frisch aus. Die Vögel zwitscherten und die Sonne schien wieder. Wie ein Alptraum kam Marie die vergangene Nacht vor. Zudem hatte sie noch von einem bösen Zauberer geträumt, der sie bewachte. Sie lachte jetzt und dachte, dass ihr da wohl etwas durcheinander geraten war, schließlich wollte sie zum Magier aus dem Norden, und der war gut und mit Großvater bekannt. Spuren fanden sie keine.

Der Regen hatte alles weggewaschen, wenn etwas da gewesen wäre. Lediglich einen abgeknickten Ast auf halber Höhe eines Baumes sah Marie ungefähr dort, wo sie die Gestalt glaubte wahrgenommen zu haben.

Die Begegnung mit dem alten Volk

Philipp hatte den richtigen Pfad entdeckt. So machten sie sich nach dem Frühstück wieder auf den Weg. Ihre Pferde waren gut ausgeruht und sie kamen trotz des schmalen Pfades gut voran. Er schlängelte sich anscheinend auf halber Höhe am breiten Fuß des Chassador weiter nach Norden durchs Gebirge. Sie kamen höher und es wurde kälter. Jetzt sahen sie mehr Gletscher. Der Chassador, dem sie näher kamen, hatte eine eigentümliche Landschaft. Sie war urwüchsiger und kleiner, aber umso kräftiger wuchs hier alles. Und immer wieder sahen sie kleine Vögel und Salamander. Aber nicht mehr den großen schwarzen Vogel. Sie übernachteten in einer Höhle. Alles blieb ruhig.

Nach einem weiteren Tag verwandelte sich der Pfad in einen Schluchtweg. Es wurde enger und sehr zerklüftet und felsig. Ein alter Flusslauf schien in vergangenen Zeiten sich hier durchgegraben zu haben. Jetzt war alles trocken. Die Schlucht stieg an und nach einer Rechtsbiegung näherten sie sich dem Ende dieser Schlucht, die in einen Kessel mündete. Die Berge drumherum schienen eine Wand zu bilden. Es war kalt. Ihre Pferde waren unruhig. Sie fanden hier wenig zu fressen in dieser steinigen, gebirgigen Gegend. Marie und Philipp gingen auch zu Fuß. Sie suchten Schutz in einer Höhle und übernachteten dort an einem Feuer, das sie mit wenig Holz in Gang brachten. Wo sollte nur der Ausgang sein, von dem Grandmere gesprochen hatte? Führte dieser Höhlenweg aus dem Gebirge hinaus? Es gab viele Höhlen unterschiedlicher Größe hier in dieser Gebirgswand. Das hatten sie schon gesehen. Überall gähnten Löcher. Sie suchten noch bis in den Abend, fanden aber nichts.

„Da können wir lange suchen, wenn wir jede Höhle aufspüren und anschauen wollen", seufzte Marie. „Wir müssen uns etwas anderes einfallen lassen."

Philipp hatte eine Idee. „Es muss einen Zug geben, da ja der Weg durchgeht." Wir können es mit einem kleinen brennenden Scheit probieren und schauen, wo Zugluft auftritt."

„Eine gute Idee", lobte Marie. „Und ich werde mich darauf konzentrieren, wo die richtige Höhle ungefähr liegen könnte und folge meiner Intuition."

Mit diesem Vorsatz legten sie sich schlafen. Am folgenden Tag, der schon kühler und herbstlicher begann, klopften sie auf diese Weise die Gegend mit den vielen Höhlen ab, Philipp mit dem brennenden Scheit vom Nachtfeuer. Marie suchte hingegen mithilfe ihrer Intuition. Irgendwie gab es aber kein eindeutiges Zeichen und sie beschlossen schließlich, eine Mittagsrast einzulegen. Vielleicht hatten sie dann eine bessere Idee oder sahen etwas Neues.

Gerade als sie aufgeben und rasten wollten, rief Marie:

"Komm mal her!" Sie stand ziemlich weit auf der rechten Seite der Bergwand, schon wieder näher zur Schlucht, wo sie bisher nicht gesucht hatten, weil sie sich auf die Höhlen in der Bergwand am Ende der Schlucht konzentrierten. Philipp eilte herbei.

Marie erzählte: „Ein kleiner Vogel führte mich hierher, er flog voraus und wartete auf mich. Ich sah ihn und folgte ihm hierher". Marie zeigte in einen hohen Spalt, einen ganz schmalen Hohlweg zwischen zwei Bergwänden, der sich dünn weiterschlängelte bis er im Dunkel oder eine Art Höhle verschwand. Das konnte man nicht erkennen. „Das könnte er sein!", riefen beide gleichzeitig und lachten.

Sie holten ihr Gepäck, nahmen die Pferde und stiegen in diesen schmalen Hohlweg ein zwischen den meterhohen glatten Steinwänden des östlichen Gebirgszuges, der wohl zum großen Chassador gehörte. Bald wurde es ihnen unheimlich. Sie mussten Ruhe bewahren in dieser Enge eingesperrt zwischen hundert Meter aufsteigenden Felswänden, wo kaum das Sonnenlicht hereinfiel. Jeder Ton, jeder Schritt oder Steinschlag hallte fürchterlich. Das wurde hier bedrohlich. Und die Pferde waren schreckhaft. Wenn sie ausrissen, gab es keinen Platz zum Ausweichen. Mit äußerster Disziplin und Rücksicht auf die Pferde gingen sie vorsichtig hintereinander und blieben ganz still. Nach einer scheinbar endlosen Zeit ohne Orientierung in diesem Felswandhohlweg ging es auf einmal bergab. Es wurde dunkler, und die Felsen schlossen sich ringsum. Sie waren jetzt wohl in einer Höhle angekommen. Der Weg schien weiter zugehen, aber sie sahen nichts mehr.

Sie machten Rast und sprachen leise miteinander, was sie tun sollten. Sie brauchten Feuer oder Licht, sonst sahen sie nichts. Sie hatten aber kein Brennmaterial. Licht gab es nur noch von einer Kerze, wenn sie diese anbrachten. Sollten sie wieder zurückgehen und Holz holen? Das würde Stunden dauern. Auch wussten sie nicht, wie lange es dann vorhielt und wie weit der Weg noch so weiterging.

Marie sagte tonlos: „Hoffentlich kommen wir hier je wieder hinaus und werden nicht lebendig begraben." „Das hoffe ich auch", gab Philipp zurück. „Nicht gerade eine ermutigende Landschaft ist das hier" fuhr er fort.

„Und endlos scheint sie auch zu sein", sagte Marie mit einem Blick ringsum in die Dunkelheit.

Die Angst war jetzt ihr Begleiter geworden. Sie prüfte Marie hart. Philipp erging es genauso.

Da fiel ihnen fast zugleich der leuchtende Stein ein, den Grandmere Mathilde ihnen beiden geschenkt hatte. Marie holte den Turmalin glücklich aus ihrem Gewand hervor. Er schimmerte ganz matt blau. Sie rief ihn beim Namen, Turin, rieb ihn mit dem Finger und dachte an das kleine Volk. Philipp tat es genauso mit seinem grünen Ebraphim. Da leuchteten auf einmal die beiden Steine im Dunkeln, als habe jeder von ihnen ein Licht im Stein entzündet und ein ganz feiner Ton ertönte, zwei feine Töne, die zusammenklangen. Marie atmete erleichtert auf und schaute sich um. Hier war es viel breiter geworden. Sie standen auf Erde mit den Felswänden ringsum, die in einer anderen Farbe, fast bläulich schimmerten. Tamino wieherte und auch Hassard wurde unruhig.

Da hörten sie auf einmal ein feines Gesurre und Gesause. Wie der Wind kamen zwei kleine Männchen herbei, fast hätte Marie Wichtelmännchen gesagt. Sie waren einen guten Meter groß. So klein mit Jacke und Mütze und Stock sahen sie einfach niedlich aus. Marie sollte sofort eines besseren belehrt werden.

„Ihr habt uns gerufen und unsere Steine entzündet? Hoffentlich habt ihr auch einen guten Grund dazu und nehmt nicht unnötig unsere Zeit in Anspruch", schimpfte der eine los und sah sie aufmerksam an. Dabei wackelte er mit seinen großen Ohren und rümpfte die Nase.

„Hier riecht es nach Pferd", sagte er und fuhr fort „Haltet sie bloß ruhig. Wir haben Angst vor Pferden." Der andere nickte eifrig und hüpfte einen Schritt zur Seite. „Nun, guten Tag ihr beide, wer seid ihr denn, Zwerge? Jedenfalls vielen Dank, dass ihr gekommen seid.", versuchte es Marie.

„Pfui, sie hat ‚Zwerge' gesagt! Das sind wir keineswegs", rief der eine. „ Wir sind vom alten Volk aus den Bergen und leben schon sehr, sehr lange hier", antwortete der andere vom alten, kleinen Volk und rauchte seine Pfeife weiter, die er in der Hand hielt.

„Oh, Entschuldigung. Wie heißt ihr denn?" fragte Marie wieder. „Anton und Andreas " sagten beide stolz und klopften sich auf die Brust. Anton stützte sich gewichtig auf seinen Stock. Er war der Wortführer. „Nun, was gibt's", fragten sie nochmals wie aus einem Munde und schauten Marie neugierig an.

„Wir haben uns verirrt und sehen hier im Dunkeln nichts. Wir suchen den Weg hinaus Richtung Nebelland, wo vorher die große Wegkreuzung auf der Nordseite des Chassador liegen soll. Grandmere Mathilde gab uns die Steine mit auf den Weg. Könnt ihr uns weiterhelfen?"

„Ah" murmelten beide, „Grandmere Mathilde, die gute. Die haben wir lange nicht gesehen. Die Steine haben wir ihr vor langer Zeit als Dank geschenkt. Ja, ja, so war's." Und Anton und Andreas endeten auch im Chor. Dann lachten sie und prusteten los.

Philipp schaute sie fassungslos an. „Das war wirklich nett von euch", brachte er schließlich hervor, als er sich gefasst hatte. Das sind aber witzige Kerlchen, dachte er im Stillen.

„Nun, wir können euch helfen und kennen auch den Weg, wie wir alle Wege hierkennen", sagte Andreas gewichtig und Anton nickte eifrig dazu. „Alle Wege", wiederholte er.

„Wie kommen wir denn zum Nebelland, oder besser bis zu dieser großen Wegkreuzung auf der Nordseite des Chassador?", fragte nun Philipp. Aber die kleinen Kerle beachteten ihn gar nicht. Sie hielten sich vorerst an Marie und sprachen zu ihr.

„Der Weg geht hier entlang, ungefähr eine gute Tagesreise, dann öffnet sich der Berg wieder und ihr seid auf der anderen Seite. Das ist ein uralter, natürlicher Tunnel im Berg, den schon die Götter benutzten, als sie noch auf der Erde weilten", sagte Anton gewichtig. „So erzählen es unsere Vorfahren." Wieder lachte er und schaute Marie auffordernd an. Sie schien ihm zu gefallen.

„ Niemand weiß, wie der Weg entstand", fügte Andreas hinzu und wechselte wieder sein Standbein. „Der neue Weg beim Mühlental, den haben die Menschen erst viel später gemacht. Er führt über den Berg und dauert länger. Den alten, verborgenen Weg hier haben alle längst vergessen. Nur wir vom alten Volk und einige wenige kennen ihn noch." Jetzt lachten beide, Anton und Andreas.

„Wir können euch führen und hinausbegleiten", schlug Anton vor. Er war eindeutig der Anführer. „Wir haben genügend Licht und könnten euch auch mit Proviant versorgen", fuhr Anton fort, indem er auf ihre leeren Taschen und die dahingeschwundenen Vorräte schaute.

„Das wäre wunderbar, vielen Dank!", strahlte Marie und schüttelte ihm freundlich die Hand.

„In Ordnung", sagten die beiden wieder einstimmig und verschwanden so blitzschnell, wie sie gekommen waren. Da kamen sie auch schon wieder, bepackt mit Körben voller Vorräte auf dem Rücken. Auch ein dritter, nein halt, es war eine kleine Frau, kam mit und sie stellten sie vor. Es war Antons Frau Wilma. „Guten Tag, ich habe etwas Gutes für euch eingepackt", sagte sie eifrig. Sie schüttelten sich die Hände.

Auch Andreas streckte Marie seine Hand entgegen und sie besiegelten ihre Bekanntschaft. Philipp tat das gleiche und alle stimmten freundlich ein.

„Lasst uns erst einmal essen! Mal sehen, was wir alles haben", sagte Anton auffordernd zu seiner Frau. Die begann, alles Mögliche auszupacken und zu richten. Ein Feuer brannte schnell. Sie hatten

Brot, Fleisch, Käse und wunderbare Kekse mitgebracht, auch eine Art Wein, der süß und köstlich schmeckte. Sehr belebend war diese Nahrung, fand Marie.

Sie aßen alle zusammen und stärken sich für den Weg.

„Wie nennt man euch vom alten Volk denn?", fragte Marie, als sie schon satt war. „Mennen und Weibli", sagte Anton und zeigte erst auf sich, dann auf seine Frau.

„Ah, freut mich. Wir sind Menschen", sagte Marie.

„Das wissen wir", lachte Anton wieder. „Die Menschen und wir vom alten Volk, die Mennen und Weibli, waren ganz früher einmal ein Volk. Vor langer Zeit haben wir uns aber getrennt. Wir haben uns in die Natur zurückgezogen und sind unsichtbar für die Menschen geworden.", sprach er weiter. „Aber wir kennen noch Mathilde, den großen Magier aus dem Norden und einige wenige Menschen, die uns verbunden sind", sagte Anton. Andreas nickte wieder.

„Wie kommt es dann, dass wir euch sehen können?", fragte Marie. „Nun, zuerst einmal glaubt ihr an uns, dass es uns gibt. Das ist wichtig. Das andere ist, dass ihr die Steine von Grandmere Mathilde habt. Über die kommunizieren wir auf der gleichen Ebene und ihr seht uns ganz normal", antwortete Anton gemessen und freute sich, das sagen zu können. „Wenn wir uns kennen, was wir jetzt tun, könnt ihr uns immer sehen, wenn wir uns zeigen", erwiderte Andreas noch eifrig.

„Oh, bitte erzähl uns mehr vom großen Magier aus dem Norden. Wo lebt er genau? Ich suche ihn nämlich", erwiderte Marie gespannt.

„Nun, das ist eine längere Geschichte und die führt fort von hier bis in den Norden". Dabei sahen sich Anton und Andreas bedeutsam an. Ob sie das erzählen durften?

Die Geschichte vom weissen Magier und dem bösen Zauberer

Marie schaute sie interessiert, aber etwas irritiert über den Tonfall, mit großen Augen an: „Dann fangt doch einfach an, wir haben dann auf dem Weg noch viel Zeit", schlug sie vor.

Andreas gab Anton einen Stups und der begann schließlich:

„Nun, es gibt hier eigentlich zwei Magier", sagte Anton bedeutsam und machte erst einmal eine Pause, in der er Marie anschaute. Die war tatsächlich überrascht, genau wie Philipp, der sich jetzt einschaltete: „Wer ist denn bitte der zweite Magier?"

Wilma rutschte etwas unruhig hin und her und sprach: „Muss das jetzt sein, Anton? Ist es nicht besser, nicht von ihm zu sprechen? Er könnte in der Gegend sein". Sie wirkte etwas ängstlich.

„Wer?" riefen Marie und Philipp wie aus einem Munde.

„Nun, der böse Zauberer, der dunkle Magier. Der lebt auch in dieser Gegend um den heiligen Berg Chassador und hat sein Reich auf der anderen Seite des Berges, ganz im Süden. Aber er ist überall und kontrolliert gern das Gebirge und seine Wege. Er kommt und geht ganz plötzlich. Niemand kennt ihn genau oder war je in seinem Reich. Er verbirgt sich sehr gut. Nur seinen Schatten sieht man manchmal, die schwarzen Vögel. Die gehören zu ihm", antwortete Anton bedächtig und ernst.

Marie schluckte und schaute Philipp bedeutsam an. „Dann haben wir vielleicht schon seine Bekanntschaft gemacht".

Und sie erzählte ihnen ihre seltsame Geschichte von der Nacht in der alten Mühle mit dem starken Gewitter.

Die beiden Mennen und das Weibli nickten. „Ja, das klingt ganz so. Der Vogel ist ein Späher. Nehmt euch vor dem oder denen in Acht! und natürlich vordem dunklen Zauberer selbst", sagte Anton.

„Werden wir", sagte Marie, „nur, wie sollen wir uns vor ihm schützen? Wir kennen ihn nicht einmal."

„Nun, er ist eine dunkle Gestalt, kann aber sein Äußeres verwandeln. Insofern muss man ihn so erkennen." Wilma nickte heftig zu dem, was Anton sagte. „Hier seid ihr erst einmal gut aufgehoben. Wir begleiten euch, bis der Tunnel wieder aus dem Berg tritt. Das ist etwa kurz vor der großen Wegkreuzung auf der Nordseite des großen Chassador. Da beginnt das Nebelland oder Aquitanien, wie die Menschen sagen. Und dort wohnt der Magier aus dem Norden. „Du wolltest doch zu ihm?", fragte Anton nochmals auffordernd.

„Ja", sagte Marie. „Weißt du, wo ich ihn finde? Erzähle uns von ihm, bitte!", bat Marie.

Anton erzählte: „Der Magier war nicht immer ein Magier. Er kam als christlicher Kichenbruder eines Tages, das ist schon sehr lange her, über die Berge und wanderte nach Norden. Er fand zufällig diesen alten Weg und machte unsere Bekanntschaft. Damals hatte man ihn weggeschickt oder verbannt, wie die Menschen sagen. Er durfte nicht mehr zurück. Vogelfrei wie er war, beschloss er, zu den alten Druiden ganz in den Norden hinauf zu gehen, um dort ihre Weisheit zu lernen. Er wollte sich ein neues Leben aufbauen und war sehr lernbegierig, die Gesetze und Geheimnisse der Natur zu erforschen. Auch uns fragte er sehr viel, und wir erzählten ihm von unserem Leben und den Pflanzen, um die wir uns kümmern hier am Fuß des heiligen Berges." Wilma nickte sehr gewichtig und reichte Marie eine wunderbar duftende Waldpflanze. "Iss, sie wird dir gut tun nach dem Essen".

Anton fuhr fort: „Erst nach vielen Jahren, es müssen fast 20 Jahre gewesen sein, kam er wieder zurück. Er ließ sich dort im Nebelland nieder, im Schutz der Berge und des feuchten Klimas mit dem vielen Nebel, der vom Atlantik gern aufzieht. So lebte er weit ab von allem, von Aragon und von Frankreich; fast im Verborgenen, wenn die Nebel aufziehen und das Hügelland mit den Sumpfwiesen einhüllen. Manchmal kommen Leute zum Magier, die Hilfe brauchen. Er hat ein sehr großes Heilwissen und eine große Heilkräutersammlung mit Elixieren. Oder es kommen Menschen, wie Du", Anton lächelte Marie zu, „die bei ihm lernen wollen. Und er hilft mit seinen Heilkünsten allen Menschen in der Gegend, auch dem Frauenkloster, das in der Nähe ist. Die ehrwürdige Mutter kennt ihn."

„Kennt er den anderen Zauberer?", fragte Marie gespannt.

„Anton überlegte. "Wir kümmern uns nicht so sehr um die Angelegenheiten von Magiern. Das ist gefährlich.", antwortete Anton vorsichtig. „Wir wissen nur, dass es einmal, ziemlich zu Beginn, als der weiße Magier von den Druiden zurückgekommen war, einen Zusammenstoß zwischen den beiden gegeben haben muss." Andreas und Wilma bestätigten das: „Ja, das haben wir bemerkt."

„Wieso?", fragte Philipp.

„Damals in den Bergen, hier auf der Nordseite, wo der böse Zauberer gern die Wege kontrolliert und seine Machenschaften treibt, müssen sie einmal zusammengetroffen sein. Der weiße Magier ging zum Chassador, Heilkräuter sammeln, die dort vielfach wachsen." Wilma nickt zustimmend: „Sehr viele, wir holen sie auch dort und kümmern uns um sie."

Anton sprach weiter: „Was geschah, wissen wir nicht. Es gab damals einen riesigen Krach und eine Art Feuerexplosion."

„Wir haben nur den Krach gehört und das Feuer und die Blitze gesehen, die aus heiterem Himmel dort sichtbar wurden, wie von Geisterhand geführt", ergänzte Andreas.

„Einige Leute vom alten Volk", verbesserte Anton, „waren damals in der Nähe. Es muss in der Nähe der schwarzen Hütte gewesen sein, einem sehr dunklen Ort, der im Verborgenen liegt, in der Nähe des Wegkreuzes, wo ihr hinwollt." Marie schaute Philipp an und schluckte.

„Also meidet den dunklen Wald dort", sagte Anton zu Philipp. „Das ist ein schlechter Ort, der gefährlich ist..."

„Der weiße Magier scheint aber gut aus dieser Angelegenheit herausgekommen zu sein, oder?", fragte Philipp erwartungsvoll.

„Ja, aber seine Haare sind seit diesem Tag an weiß, und er ist sehr vorsichtig geworden", antwortete Anton den beiden.

„Nun lasst uns gehen, sonst kommen wir nicht mehr weg. Weiterreden und auch schlafen können wir noch später, wenn wir eine Rast einlegen."

Der Tunnelweg

Dann löschten sie das Feuer und verabschiedeten Wilma. Marie bedankte sich für das gute Essen. Und die zwei Mennen vom alten, kleinen Volk gingen mit ihren Rucksäcken und großen Leuchtsteinen, die viel Licht verbreiteten, einer voran und einer hinten. Philipp und Marie folgten zu Fuß mit ihren Pferden. Tiefer und tiefer gingen sie in das Gebirge hinein. Sie hatten ja keine Ahnung, wo sie sich nun befanden. Marie war es etwas unheimlich, so tief in den Bergen zu sein. Auch für Philipp war es ein sehr eigenartiges, dumpfes Gefühl. So etwas hatte er noch nie erlebt. Der Gang, der mitten in den Berg hineinführte, war erst breiter, dann wurde er schmäler und ging etwas bergab. Die Wände aus dem uralten Gestein waren feucht, rochen aber irgendwie gut nach Stein und Erde, dachte Marie. Es war sehr dunkel in der Mitte ihres kleinen Trupps, und ihre Füße lernten den Weg zu fühlen und die Steine abzutasten.

Für die Pferde war es schwierig. Sie waren nervös und brauchten eine sichere Hand, die sie betreute: Ruhe, Gelassenheit und Mut sprachen sie Tamino und Hassard zu. Sie wussten aber, dass sie diese Eigenschaften an die Pferde nur weiter geben konnten, wenn sie selbst ruhig, gelassen und mutig waren, sonst würden es die Pferde nicht annehmen. Das war schwer in dieser Situation und verlangte ein großes Maß an Beherrschung ihrer eigenen Gefühle. Sie hatten den Pferden vorab Lederfetzen um die Hufe gebunden, dass ihre Hufe nicht so auf den Steinen hallten und sie weicher gehen konnten. So blieben sie ruhiger. Anton ging mit der Leuchte voraus, Andreas bildete das Schlusslicht mit seiner Leuchte. Sie kamen immer tiefer in den Berg hinein. Der Tunnel war sicher einige tausend Meter lang. Ab und zu gab es oben im Gestein einen Spalt, so dass Luft und etwas Licht einfielen. In gewissen Abständen erweiterte sich der unterirdische Gang immer wieder zu einer breiteren Stelle oder Höhle, wo sie rasten konnten. Als sie endlich, nach einer längeren Zeit des Gehens in einer größeren Höhle ankamen, rief Anton, ihr Führer: „Wir können hier Halt machen und ein wenig ausruhen. Der unterirdische Weg ist anstrengend. Nur zulange ist nicht gut. Wir haben ungefähr gut die Hälfte geschafft". Marie war sehr dankbar, dass sie Anton und Andreas als Führer bekommen hatten. Ab und zu verzweigte sich der Gang nämlich und sie mussten sich für einen Weg entscheiden.

„Wo gehen die anderen Wege hin?", fragte Marie und holte auf. „Nun, hier gibt es noch viele Höhlen und manche Wege enden einfach. Es ist wie ein Labyrinth. Wir kennen auch nicht alle Wege oder Höhlen, aber wir kennen den Weg hinaus auf die Nordseite des Chassador."

Marie gab sich zufrieden. Plötzlich rutschte sie mit dem Fuß aus und stolperte. Ihr Pferd war dicht hinter ihr und sie riss dadurch an den Zügeln. Tamino wieherte und stieg, so dass der ganze Trupp erschreckte. Philipp griff geistesgegenwärtig nach den Zügeln von Tamino. Aber Tamino wich von selbst aus und schlug mit den Hufen, dich neben Maries Kopf auf, die zur Seite rollte. Schnell rappelte sie sich hoch und streichelte Taminos Nüstern: „gut gemacht, mein Freund, sehr gut!" Erleichtert atmeten alle auf. Philipp hatte Hassard auch wieder beruhigt, der nervös geworden war. So machten sie erst einmal Rast und nahmen sich vor, mit etwas mehr Abstand weiterzugehen. Beim Feuer, wo sie etwas aßen und tranken, erzählten Marie und Philipp ihre Geschichte. Die beiden Mennen vom alten Volk lauschten andächtig und schüttelten dann ihre Köpfe, wobei die Ohren immer wackelten. „Ja, in Aragon hat sich vieles verändert mit dem neuen König und seinen Spähern, die er ausschickt. Es sind dunkle Machenschaften, wo niemand weiß, wer alles mitmischt, selbst in den Klöstern und Kirchen", meinte Anton bedächtig. „Wir haben uns schon vor sehr langer Zeit zurückgezogen und verfolgen alles nur aus der Ferne. Wir sind schon sehr alt."

„Wie alt seid ihr eigentlich?", fragte Marie Anton und Andreas. „375 und 320 Jahre alt", antwortete erst Anton, dann Andreas.

„Oh", meinte Marie. „Das ist wirklich sehr alt. Dafür schaut ihr richtig jung aus!", lachte sie. Die beiden Mennen lachten ebenfalls. „Wir sind aber erst mit 100 Jahren erwachsen und können fast 500 Jahre alt werden", erwiderte Anton.

„Unser Volk ist still geworden in den letzten zweitausend Jahren. Wir sind ganz in der Natur zuhause, für die wir die Obhut übernommen haben. Aber die dunklen Wolken haben auch wir in den letzten Jahren wahrgenommen. Die Bäume und die Pflanzen hier am Fuße des Chassador leiden, da manchmal ganze Felder oder Wiesen einfach verdorren und schwarz werden. Da können wir mit unseren Heilkünsten auch nicht mehr viel helfen. Wir brauchen da meist die Hilfe des großen Magiers, der uns seine Essenzen gibt. Und viele alte Bäume, die ein langes Leben hatten und eine große Sippe zeugten, sterben plötzlich. Damit verlieren wir wichtige Wächter und Hüter in unserem Wald", sagte Anton ernst.

„Seltsamerweise immer dort, wo es besonders viele Heilpflanzen und gute Wiesen mit alten Bäumen und Nährpflanzen gibt. Gesehen haben wir vorher nur die Vögel oder eine dunkle Wolke, die übers Land zog und sich nachher auflöste", ergänzte Andreas empört. „Es ist, als habe einer Gift versprüht oder den Regen selbst vergiftet".

„Als wollten sie uns die Nahrung langsam wegnehmen und die Natur töten mit allem, was wir zum Heilen brauchen", sagte Anton wieder. „Das klingt nicht gut", meinte nun Marie, und Philipp nickte. „Da hat wohl der böse Zauberer seine Hände im Spiel", meinte Philipp. Die Mennen nickten bloß und sagten: "Das sehen wir auch so und haben auch schon den großen Magier um Hilfe gebeten."

Sie gingen weiter und erfuhren noch einige Geschichten, auch noch etwas über das dunkle Land auf der Südseite des Gebirges, wo der Zauberer in einem wilden, unbewohnten Teil des Gebirges hauste, wo bisher niemand seine Behausung gefunden hatte. Dunkle Kräfte der Natur und der Menschen sollten sich dort paaren und dunkle Orte kreiert haben, wo Menschen nicht mehr weg kämen, wenn sie einmal in die Falle gegangen seien. So erzählten es die Mennen.

„Na hoffentlich kommen wir da nie hin", meinte Philipp.

„Hier gibt es solche Orte nicht und die Landschaft ist sauber", sagte Anton ruhig. Dann machten sie sich wieder auf den Weg. Alles verlief glatt. Den letzten Teil des Tunnels ging es wieder langsam bergauf. Irgendwann verbreiterte sich der Gang. Es wurde heller und heller. Endlich traten sie wieder ins Freie.

Die Verabschiedung

Nachdem sie aus den Felsen beim Tunnelausgang herausgeklettert waren, standen sie auf einer kleinen Bergwiese, wo sich links von ihnen der große Chassador mit seiner Nordflanke erhob. So nah hatten sie ihn noch nie vor sich gesehen: sanft stieg er hier über die Bergwiesen und die Baumgrenze an, dann immer steiler, bis schroffe Felswände überhingen, wo darüber der Gletscher thronte. Nie hatten sie ihn so mächtig wie hier empfunden. „Ohhh!", sagte Marie und atmete tief ein und aus.

Die Luft schien von seiner Ausstrahlung erfüllt zu sein. Sie spürte es beim Einatmen. Es roch hier anders als anderswo. Schmetterlinge gab es hier ganz viel und große Bienen. Die Wolken glänzten und der Himmel war blau. „Wahrhaft ein königliches Panorama", sagte Philipp ehrfürchtig und schaute übers Land, wo das Gebirge niedriger wurde und Hügel und Wiesen in Sicht kamen. Der Blick nach Norden war weit. Es schien circa Mittag zu sein und die Sonne stand hoch im Zenit. Hier war es etwas kühler als auf der südlichen Seite des Gebirges.

Marie hielt ihr Gesicht in die Sonne und setzte sich auf einen Felsen. Alle genossen es, hier endlich wieder die Sonne und die wunderbare Luft zu spüren. Anton und Andreas hatten es sich bequem gemacht und eine Pfeife angezündet. Sie unterhielten sich lebhaft. Raphael lag im Gras und hatte die Pferde im Blick, die friedlich und zufrieden grasten. Anton reichte seine Pfeife weiter und auch Marie nahm ein paar Züge: „Das Kraut ist gut und der Rauch wärmt, danke", sagte sie und paffte in die Luft. Anton lachte, nahm die Pfeife wieder zurück und reichte sie Philipp. Auch er dankte und nahm einige Züge.

Marie beschloss, sich beim Alchemisten auch eine Pfeife zu machen, für besinnliche Stunden.

„Jetzt haben wir eine Friedenspfeife geraucht und unsere Freundschaft besiegelt", meinte Anton fröhlich und gutgelaunt. Unsere gemeinsame Reise nähert sich hier vorläufig einem Ende", sagte Andreas in feierlichem Ton. Anton fügte hinzu: „Aber wir sind nicht aus der Welt, ihr wisst ja, wie ihr uns rufen könnt, wenn ihr uns brauchen solltet. Sonst weiß es der große Magier, wo wir zu finden sind. Er kommt manchmal vorbei."

„Wo ist denn jetzt diese Wegkreuzung, wo der Nord-Süd- und der Ost-Westweg sich treffen?", fragte Philipp und richtete sich wieder auf.

„Und wie komme ich dann zum Alchemisten?", fragte Marie.

Anton stand auf und zeigte nach Nordwesten: „Immer hier entlang, den Bergwiesenpfad am Hang, einmal noch links und einmal rechts halten bei der nächsten Gabelung, dann kommt ihr in circa vier Stunden Fußmarsch an der Kreuzung an. Für euch geht's schneller", und er zeigte auf die Pferde. „Dort an der Wegkreuzung gibt es auch eine Herberge", ergänzte Andreas.

„Von dort gehst du, Philipp, nach Süden, und du, Marie, nach Norden", erklärte Anton weiter, „immer der Nase nach." Er lachte. „Das meine ich wörtlich, Marie, du wirst es merken, wenn du dort bist. Du reitest durch Wiesen, bis du an einem Frauenkloster vorbeikommst, das etwas östlich liegt, dann geht es schnurstracks nach Westen." Marie bedankte sich.

Dann packten sie ihre Rucksäcke, nachdem sie etwas gegessen hatten. Anton überreichte Marie bei der Verabschiedung eine wunderbare Blume mit einer großen blauen Blüte.

„Das ist eine Mondnambule, eine Verwandlungsblume. Verwahre sie gut. Wenn du es brauchst, iss ein Blütenblatt. Das verwandelt dich augenblicklich in einen anderen Zustand: Du wirst für andere eine gewisse Zeit unsichtbar. Reibst du hingegen an ihrem Stiel, wirst du sofort wieder sichtbar. Benutze sie nur, wenn du sie brauchst und halte sie sorgsam bei dir. Es ist deine Blume."

„Vielen Dank", sagte Marie. Sie war sprachlos über das wunderbare Geschenk und küsste Anton und Andreas zum Abschied auf die Stirn. Sie schenkte jedem einen leuchtenden Edelstein aus ihrem Armband, das sie jetzt enger knüpfte. Philipp erhielt hingegen ein kleines Messer aus einem edlen Stein mit einer sehr scharfen Schneide. „Die wird nicht stumpf", sagte Andreas und überreichte sie stolz. „ Und außerdem leuchtet der Griff im Dunklen."

„Oh..., vielen Dank", sagte Philipp. „Das kann ich gut gebrauchen". Er gab jedem von ihnen eine schön geprägte Goldmünze, die Anton in den Mund steckte und drauf biss. Seine Augen leuchteten. Andreas machte es ihm nach. „Danke!", sagten sie wie aus einem Munde. Dann verabschiedeten sie sich.

Die Mennen gingen den Weg wieder zurück. Schnell waren sie aus Maries Blick verschwunden.

Langsam ritten Marie und Philipp den Pfad nach Nordwesten. Immer wieder schauten sie zum Chassador auf, hinter dem die Sonne verschwunden war. Diese Begegnung mit den beiden kleinen Mennen vom alten Volk hatte sie beide sehr beeindruckt. „Ob wir die beiden jemals wieder sehen?", fragte Marie Philipp.

„Werden wir sehen", gab er gedankenverloren zurück. Er dachte an die bevorstehende Trennung von seiner Schwester und an seinen eigenen Rückweg zum Kloster. Er seufzte leise. „Ob er Marie je wieder sehen würde?" Auch das wusste er schließlich nicht.

Marie schnupperte, alles duftete so stark. Die Luft war hier sehr würzig. Marie konzentrierte sich auf ihre Sinne. Dann fühlte sie nach, wo das Buch steckte, an das sie jetzt lange nicht gedacht hatte. Ja, es war da, in der Tasche in ihrem Wams. Und das Schwert hatte sie wie all die Tage umgegürtet. Mit ihm fühlte sie sich sicher.

„Es gibt mir Schutz", dachte Marie laut und sah Großvaters Gesicht vor sich.

Liebevoll schaute sie jetzt Philipp an, der traurig wirkte.

„Wir werden uns wieder sehen! Und wir werden in Kontakt bleiben. Irgendwie muss es gelingen", sagte Marie fest und voller Hoffnung. Sie nahm Philipp bei der Hand. Sie schauten sich lange an.

Die Nacht in der Herberge

Der Weg wurde zu einer Straße, die trockener und staubiger wurde. Schließlich kamen sie an dieser großen Wegkreuzung an. Ringsum gab es nur wenige Nadelbäume, mehr Gestrüpp und Gräser. Die Berge waren wieder schroffer. Da es dämmerte, suchten sie nach der Herberge für diese Nacht. Am Morgen würde schließlich jeder seinen Weg aufnehmen. In der nächsten Wegbiegung hinter einem großen Felsen, tauchte die Herberge auf. Sie lag geschützt in einer Bergnische. Ein gemauerter Brunnen war davor mit einem kleinen Drachenbaum, wo sie sich wuschen. Sie versorgten die Pferde im anliegenden Stall und traten in die dämmrige Stube des etwas heruntergekommenen Hauses. Die Fensterläden klapperten. Unfreundlich begrüßte sie der Wirt. Er wies ihnen ein kleines Zimmer mit einem Strohlager an. Aber sie waren froh, noch diese Nacht zusammen zu sein.

Beim Abendbrot, wo sie allein waren, gab es Hirsebrei und Oliven mit Schafkäse. Da trat plötzlich ein Wanderer ein und setzte sich hinten in der Ecke nieder. Er bestellte beim Wirt, der ihn offensichtlich kannte, ein Glas Wein und genoss die Abendstimmung, als die Sonne jetzt durch das Westfenster schien. Er unterhielt sich etwas mit dem Wirt, anscheinend war er ein Bauer aus der Gegend, denn er trug ein einfaches Gewand und einem großen Hut. Sei Gesicht war breit und er hatte wache Augen unter buschigen Augenbrauen. Marie beobachtete ihn. Sonst war niemand da.

Da hatte sie die Idee, den Fremden nach dem Weg zum Alchemisten zu fragen. Vielleicht wusste er genaueres. Philipp winkte dem Wirt und lud den Bauern zu einem Wein ein.

Als Marie ihn fragte, schaute er sie unverwandt an.

„Was wollen sie von ihm?", fragte der Mann auf französisch. Marie wusste nicht recht, wie sie antworten sollte.

In französisch antwortete sie: „Ich suche ihn und will etwas von ihm lernen."

Der Bauer zog die Augenbrauen hoch und lächelte. „Ah", sagte er. Dann werden sie ihn auch finden. Einen genauen Weg gibt es nicht. Er ist auch nicht immer da. Gehen sie durch die großen Sumpfwiesen im Nordwesten dieser Berge und lassen sie das Frauenkloster östlich von sich liegen. Mehr weiß ich nicht", und er wandte sich wieder ab und sprach mit dem Wirt weiter, der etwas bessere Laune bekam.

Früh gingen beide Geschwister auf ihr kleines Zimmer. Schlafen konnte Philipp nicht. Wach lag er neben Marie, die seine Hand hielt. Er dachte an diese erste wunderbare Nacht, wenn sie auch durch das Grauen des Mordanschlages überschattet war, wo er sie vom Pferd geholt hatte. Sie hatten sich in dieser Nacht so selbstverständlich geliebt. Jetzt war alles anders und er wusste nicht recht, was er fühlen sollte und durfte.

Er war durcheinander: „Wie sollte Liebe Sünde sein? Nur weil sie seine Schwester war? Zum Abschied wollte er sie noch einmal fest im Arm halten - und am liebsten nicht mehr loslassen...." Er nahm sie in seine Arme. Sanft küsste er sie auf die Stirn. Sie erwiderte seine brüderliche Zärtlichkeit und schmiegte sich fest an ihn. Marie atmete mit Philipp und er fühlte Maries Atem.

„Morgen trennen sich unsere Wege". Sie genoss diesen Augenblick, mit Philipp verbunden zu sein, sich zu spüren von Leib zu Leib. Beide tauchten ein in diesen Augenblick.

Marie schlief ein und Philipp träumte von einer anderen Zeit:

Da saßen sie nun auf einem Felsen dicht am Meer, wo das Wasser leuchtend grün war und sich kräuselte.

Philipp sah, dass alles dunstig war. Das Land lag in diesem eigenartigen Licht, was er nur von diesem Land Atlantis kannte, in das sein Vater ihn als Königssohn von einem anderen Seereich geschickt hatte. Die Sonne leuchtete weich und milde. Nimue Feodora wollte zurück zum Tempel, wo sie zur Priesterin ausgebildet wurde. Sie war noch sehr jung und bildschön mit ihrem blonden Haar. Ihre wunderbar blauen Augen blitzten. Da drehte sie sich lachend etwas zu schnell um, griff noch nach seinem Arm, verlor das

Gleichgewicht und rutschte aus. Vor seinen Augen fiel sie, ehe er zugreifen konnte, den Hang hinunter. Sie schrie, während ein Felsbrocken sich löste und hinterher fiel. Wie von Sinnen raste er vor, riss sich die Finger auf beim Abstieg und suchte sie. Er hatte sie beim Sturz kurz aus den Augen verloren. Wo war sie hin gefallen? Hatte sie den Absturz überlebt? Er hörte sie nicht schreien oder stöhnen! „Ich muss sie finden, schnell!" dachte er laut – und da sah er sie. Auf einem zerklüfteten Felsen weiter unten lag sie. Sie bewegte sich nicht mehr. Der Felsbrocken lag neben ihr. Als er bei ihr ankam, sah er, dass sie blutete und einige hässliche Wunden hatte. Sie hatte ihr Bewusstsein verloren. Vorsichtig hob er sie hoch, Nimue Feodora stöhnte leise. „Menao, hilf mir". Das war Philipps Name hier. Er trug sie ganz langsam hinauf und brachte sie zur Krankenstation des Tempelbezirks. Die Priesterinnen mit den blauen Halbmonden kümmerten sich um sie.

Das Bild verschwand und ein neues tauchte auf. Nimue Feodora und er liebten sich auf einem Diwan in einem Palastzimmer, wo durch das offene Fenster der Wind wehte und warme Meeresluft hereinbrachte. Sie waren ein Paar und trugen beide hinten, am oberen Beckenrand die gleiche Zeichnung. Er rechts und sie links. Zwei gefiederte Schlangen. Ein wunderbar pulsierendes Gefühl durchflutete ihn. Er hatte sie gerettet und sie lebte. Doch dann wechselte das Bild, und er sah riesige Wogen und Schiffe, die um ihr Überleben kämpften mit einem Ozean, der aus den Fugen geraten war. Wo war seine Liebste hin? Er suchte sie und fand sie nicht mehr. Alles krachte wie in einer Explosion und vieles verschwand im dunklen Meer. Er segelte mit dem Schiff seines Vaters, das an einer ruhigen Stelle gelegen hatte, zurück nach Westen. Ihr Gesicht begleitete ihn und schien den ruhigen Ostwind in seine Segel zu blasen.

Dann wechselte wieder die Szene und ein bärtiger Mann mit schwarzem, wirren Haar hielt Marie in einer dunklen Hütte fest und zwang sie nieder. Er überwältigte sie und versuchte, sie sich gefügig zu machen. Marie wehrte sich, ihre Arme wanden sich und stießen gegen den Mann, sie versuchte zu schreien, doch brachte sie keinen Ton heraus. Philipp erschrak zu Tode und wollte ihr helfen… Dann sah er nichts mehr, er hörte nur noch einen Schrei, der nicht von einer menschlichen Stimme kam. Er war unheimlich.

Philipp schreckte aus seinem Traum hoch, er war nass geschwitzt. Marie lag neben ihm und schlief. Wieder tönte der Schrei, der sich eigenartig lang zog, aber er war weit weg. Was war das für ein Tier? Philipp konnte sich nicht erinnern, es zu kennen. Marie war nicht aufgewacht. Als er aus dem Fenster in die Dunkelheit schaute, sah er den vollen Mond, der groß am Himmel prangte. Nichts rührte sich. War das ein Vogel oder Kojote gewesen? Noch einmal tönte es in weiter Ferne. Der Schrei kam ihm bekannt vor und er klang auf jeden Fall sehr beunruhigend.

Am nächsten Morgen erzählte Philipp Marie den Traum von dem fremden, alten Land, in dem sie sich beide kannten und ein Paar gewesen waren, das sich liebte. Von der Szene mit der Vergewaltigung erzählte er lieber nichts. Er wollte ihr keine Angst machen. Den Schrei erwähnte er jedoch.

Marie hörte aufmerksam zu und merkte, dass dies in ihr auch Erinnerungen an dieses ferne Land aufweckte, dem man den Namen Atlantis gab. Beim Schrei erinnerte sie sich. Diesen Schrei, der so stark Angst auslöste, hatten sie in der alten Mühle von diesem großen schwarzen Vogel das erste mal gehört. Er hatte sich in ihre Seele eingraviert.

„Wir müssen auf der Hut sein", meinte sie bestimmt zu Philipp. „Das war sicher dieser große schwarze Vogel. Der von dem Zauberer, wie Anton uns erzählte."

Philipp erinnerte sich: „Natürlich! Deshalb kam er mir bekannt vor."

Nachdem sie gefrühstückt hatten und gepackt, holten sie ihre Pferde. Der Abschied war da. Sie umarmten sich fest. Philipp hatte Tränen in den Augen. Er küsste sie das letzte Mal, dann den Halbmond, den Marie ihm geschenkt hatte. Sie hielt das Kreuz von Philipp in den Händen und band es um ihren Hals. Es lag auf ihrer Brust. „Wir spüren uns, mithilfe dieses Zeichens", sagte Marie und zeigte auf ihre Brust und das Kreuz.

„Ich werde es immer an meinem Herzen tragen. So sind wir verbunden."

Dann stiegen sie auf ihre Pferde. „Alles in Ordnung?", fragte Philipp leise.

Sie nickte und schluckte.

„Denkst du an Raphael?", fragte Marie. Philipp nickte.

„Ja, ich werde auf meinem Rückweg an Nardun vorbei reiten, es liegt nur einen halben Tagesritt vom Küstenweg entfernt, denke ich. Vielleicht bekomme ich etwas heraus."

Marie nickte und dankte ihm.

Noch einmal winkten sie sich zu, dann verschwand jeder in eine andere Richtung.

Die Sonne war gerade erst aufgegangen und versprach einen schönen Morgen. Die Luft war klar.

Begegnung mit einem Baumelf

Marie ritt nach Norden. Der Weg führte abwärts und es wurde langsam wieder grüner. Die schroffen Berge verschwanden und machten sanften Hügeln Platz, die von Blumenwiesen und auch Sumpfwiesen unterbrochen wurden, wo es einen Bach gab. Viele Bäche schlängelten sich hier auf dieser Seite den Berg hinab. Das große Gebirge war eine Wetterscheide. Es wurde wärmer, je weiter sie hinunter kam. Bunte Schmetterlinge mit wundersamen Zeichnungen begegneten ihr. Bald ritt sie nur durch Wiesen und Wälder, da sie lieber die Pfade als die große Straße nahm. Das war sicherer und schöner. Sie hatte es schon mit Großvater geliebt, durch den Wald zu streifen. Marie ritt so langsam, dass sie die Pflanzen am Wegrand betrachten konnte. Mohn und Salbei, Schafgabe und große Disteln, Veilchen und Anemonen, so viele Blumen. Sie kam mehr und mehr in eine bezaubernde Landschaft, die immer blumenreicher und wasserreicher wurde.

Marie erfreute sich daran und war ganz damit beschäftigt, alles aufzunehmen und aufzutanken. Sie stieg sogar vom Pferd ab und ging zu Fuß weiter, Tamino lose am Zügel. Auch Tamino schnupperte und hatte viel zu tun. Versponnene Bäume, von Efeu und Blumen umrankt, begegneten ihnen auf den Wiesen. Sie hatten eine wundersame Ausstrahlung. Marie fühlte und strich durch die Luft. Ja hier gab es viele Naturwesen. Es war eine eigenartige Schwingung hier. Sie pflückte einen Strauß Blumen. So kam sie tiefer und tiefer in diese Zauberlandschaft, die in ihrem Reichtum und ihren Farben betörend war. Hatten die Mennen ihr nicht gesagt, sie solle ihrer Nase folgen? Das tat sie jetzt. Diese herrlichen und vielfarbigen Düfte! Sie war ganz verrückt und verzaubert. Auf einmal sah sie alles anders, wie mit einem Glanz beseelt. Als es sehr heiß wurde, machte sie Rast an einem Bach, der im Schatten vieler Weiden lag. Sie trank und füllte ihre Wasserflasche auf, setzte sich unter einen Weidenbaum und ließ Tamino grasen. So viele Vögel sangen und das Gras war voller Grillen, die zirpten. Marie nickte etwas ein.

Da sah sie kleine Wesen, die die Blumen versorgten, mit feinen Flügeln in zarten Farben, die schillerten. Die lächelten Marie an und warfen ihr Sonnenstrahlen und Blumendüfte zu. Auch den großen Baumelf der alten Weide am Bach sah sie. Er schillerte in wunderbar hellgrünen, frischen Farbtönen, wie sie so viele noch nie wahrgenommen hatte. Mit seinen Armen nahm er alles von der Umgebung auf und versorgte den Baum nicht nur mit Nahrung, sondern auch mit allen Informationen, welche die Luft mit sich führte.

Der Elf spürte ihre Beobachtung und erzählte ihr: „Ein Baum, der immer an seinem Platz steht und sich nicht bewegen kann, nimmt doch unendlich viel auf im Laufe der Zeit und speichert es ab. So gibt auch er seine Erfahrungen weiter, wie es die Menschen und alle Wesen tun, wenn man ihnen zuhört." Marie hörte zu. Sie hörte den Baum, wie er sang und sich bewegte, während er seine Geschichte erzählte. Marie war beeindruckt: „Wie anders das alles hier aus geistiger Sicht ausschaut!", dachte sie. Was sang er da gerade? Lud er sie nicht ein, weiterzugehen zu einem Schloss, wo die Königin der Wassernymphen wohnte, die er gut kannte, sie und ihr Volk der Wassernymphen. Natürlich wollte sie gerne dorthin gehen!

Unsanft wurde Marie von einer weichen Nase am Ärmel geweckt. Tamino stand neben ihr und zupfte sie liebevoll am Arm. Dann wieherte er leise. „Oh, die Zeit!" Marie rappelte sich hoch und strich ihr dunkelgrünes Jagdgewand glatt. Es war Zeit, weiter zu reiten.

Sie sollte doch an einem Kloster vorbei kommen, kam ihr wieder in den Sinn. Die Sonne stand schon tiefer. Es musste jetzt Nachmittag sein. Dort könnte sie übernachten und nach dem Weg zum Magier nochmals fragen. Bisher war ihr noch niemand begegnet. Sie hatte wohl die Straße weiträumig umgangen. Richtung Nordosten musste sie sich jetzt orientieren. Der Sonnenstand wies ihr den Weg. Marie verabschiedete sich von diesen Zauberwiesen und fand bald wieder einen breiteren Weg. Die Gegend wurde bewohnter, es gab Felder, die bewirtschaftet wurden. In der Ferne tauchten Häuser auf. Nach einer Stunde kam Marie zu einem Dorf und fragte dort einen alten

Bauern, der auf einer Bank neben einem Lavendelfeld saß: „Grüß Gott, Gevatter, wo ist das Frauenkloster?" Sie sprach in Französisch, aber der Alte schaute sie zweifelnd und unwillig an. Dann fragte er nach einer Weile zurück: „Will der junge Bursche dort arbeiten? Es ist ein Frauenkloster!"

Marie begriff und lachte innerlich auf. Sie steckte ja noch in den Männerkleidern. Das musste sich ändern, bevor sie an die Klosterpforte klopfte. Dem Alten sagte sie: „Ja, das will ich. Habe schon in einem anderen Kloster gearbeitet. Und auch als Jäger des Königs", fügte sie schnell hinzu mit Blick auf ihre grüne Aufmachung mit Bogen und dem Schwert unter dem Umhang. Der Alte nickte und schien zu verstehen. „Du kommst von weit her, hinter den Bergen, nicht wahr?"

„Ja", antwortete Marie, „aus Aragon". Der Alte schaute sie neugierig an und begann, sich eine Pfeife zu stopfen.

„Sieh an, das ist ein weiter Weg, den Ihr da zurückgelegt habt. Ab und zu ziehen hier königliche Truppen aus Aragon vorbei, wohl zum Hof des Königs nach Paris.", sagte der Alte.

Marie merkte auf. „Bündnistruppen vielleicht", antwortete sie. Der Alte wies ihr den Weg Richtung Osten, immer der Straße nach: „Es ist nicht mehr weit. Der Name des Klosters ist „Notre Dame Yves Sainte Marie". Marie bedankte sich freundlich und ritt weiter. Das Kloster hieß auch Marie? Was für ein Zufall.

Nun, sie war gespannt, was sich unter diesem Namen zeigen würde. Der Weg war jetzt breit, ab und zu gab es Bäume oder Sträucher. Vereinzelte Gehöfte tauchten auf. Auch Bauern mit Karren, die von Ochsen gezogen wurden. Alle schauten sie an. Marie wurde unruhig. Der Weg hier war zu offen. Wenn nur keine königlichen Truppen oder seltsame Ordensbrüder hier vorbei zögen! Die waren gefährlich in dieser Zeit. Vielleicht suchte man auch schon hier nach ihr.

Bald musste sie irgendwo ihre Kleider wechseln. Da fand sie schließlich eine ruhige Stelle mit einer großen Eiche und einem Gebüsch davor links am Wegrand. Schnell verschwand sie dort, stieg vom Pferd und zog sich hinter dem dicken Stamm im Gebüsch um. Marie war froh, dass ihre Zofe daran gedacht hatte, ihr ein einfaches Frauengewand einzupacken. Sie trug jetzt ein rotbraunes Kleid und zog den dunklen Umhang darüber. Das Schwert hatte sie darunter gegürtet. Die Haare öffnete sie, zog aber den Hut wieder auf. Gerade als sie fertig war, hörte sie Pferdegetrappel und blieb vorsichtshalber im Gebüsch versteckt. Tamino nahm sie dicht am Zügel und legte beruhigend ihre Hand auf seine Nase.

Ein großer dunkler Reiter näherte sich. Er war in einen dunklen Umhang gehüllt mit einer Kapuze über dem Kopf. Sein Pferd war ebenfalls schwarz. War er ein Mönch oder königlicher Gesandter? Marie lugte vorsichtig zwischen den Blättern hindurch. Zum Glück war Sommer und das Laub war sehr dicht. Merkwürdigerweise ritt er langsam und schaute in die Gegend. Marie wurde es unheimlich.

Wie ein Mönch sah er nicht direkt aus, auch nicht wie ein königlicher Kurier, es fehlten die Abzeichen. Sie legte sich flach nieder und brachte auch Tamino dazu, sich niederzulegen. Sie wartete leise. Jetzt blieb der Reiter auch noch vor dem Gebüsch stehen und schaute. Marie gefror das Blut in den Adern. Was sollte sie tun, wenn er jetzt kam? Ihre Hand legte sich auf das Schwert und sie ging in die Hocke. Tamino verstand zum Glück und blieb ganz still. Keine vier Meter trennten sie voneinander. Ob er ein Häscher von Raimond war? Maries Puls raste. Es waren die längsten Sekunden ihres Lebens. Da rumpelte plötzlich ein Ochsenkarren auf den Weg, der aus dem Feldweg zwischen zwei Äckern hervorkam. Der Reiter war abgelenkt und grüßte den Bauern, der den Ochsenkarren führte. Offenbar fragte der Reiter etwas. Dann schaute er sich nochmals um, und beide, Reiter wie Ochsenkarren verschwanden den Weg zurück zum alten Dorf. Marie atmete auf. Große Erleichterung erfasste sie und ein Dank an ihre Schicksalsführung. Sie wunderte sich, wieso der Reiter umgekehrt war.

Erst als er ganz verschwunden war, ging sie wieder auf den Weg zurück. Das Kloster musste ganz nah sein. Zum Glück war es ein Frauenkloster. Sie würde um Quartier für die Nacht bitten.

Tatsächlich sah Marie nach der nächsten Wegbiegung das Kloster auf einer Anhöhe liegen. Silbrig schimmerten seine Mauern und der breite Kirchturm. Es lag etwas versteckt hinter alten Bäumen. Ein kleiner Weg lief darauf zu. Auf der rechten Seite schien ein Wasser zu liegen, das dicht mit Schilf bewachsen war.

Vorbereitungen des Abes in Zargossi

In Montsun, der großen Komturei in der Mitte des Landes Aragon, wo der Bischof Abe d'Albert residierte, war alles ruhig. Die Mittagshitze brannte nieder. Die große Anlage der Komturei war in den letzten Jahren bestens in Stand gesetzt worden. All die alten Mauern und Türme trotzten vor Stärke und Wehrhaftigkeit, auch das etwas abseits gelegene dunkle Kloster Zargossi, das hinter hohen Mauern auf einer steilen Anhöhe verschwand. Nur zwei Türme ragten hinaus, der runde Kirchturm und ein mächtiger viereckiger Wehrturm. Von hier aus hatte man alles im Blick. Die ganze Ebene des mittleren Landes von Aragon, wo viel Getreide angebaut wurde und viele Wege von Norden nach Süden kreuzten.

Gerade wurde das große und schwere Tor von Zargossi eilig von den beiden Dienst habenden Brüdern geöffnet, als eine Schar Soldaten sich näherte und der Anführer laut „Aufmachen!" schrie. Die Soldaten brachten zwei Wanderprediger mit und führten sie herein. „Wir möchten den Herrn Abe sprechen", sagte ihr Anführer, ein Reiter in dunklem Umhang mit herrischer Stimme, die unmissverständlich klang. Der eine Bruder gehorchte und ging los. Eine Mischung aus Soldaten und Mönchen bewegte sich hier im Inneren der Klosteranlage, die mit ihren Ställen, Werkstätten und einer Schmiede mehr einer Festung glich als einem friedlichen Kloster mit Gärten, wo gebetet und gearbeitet wurde. Hier gab es Metallspitzen auf den Mauern und alles war mit Eisen beschlagen. Die zwei in Gewahrsam genommenen Brüder tuschelten und schauten sich um: „So wohnt also unser Herr Abe, recht beachtlich", munkelte der eine, „wollte immer schon mal herkommen".

„Sei still!", maulte der andere. „Ich hab's ja gewusst, dass sie uns kriegen nach all den beschissenen Versuchen, an etwas Kleingeld zu kommen."

Der eine sagte wieder: „Vom Wanderpredigen kann man eben nicht leben!"

„Wie gut, dass wir etwas von den zwei seltsamen Jägersburschen berichten können, die uns in Pamplona begegneten. Hab's ja gewusst, dass die verdächtig sind", kommentierte der andere wieder.

„Ruhe!", donnerte der Anführer dazwischen. „Ihr könnt gleich reden, wenn ihr gefragt werdet!" Da kam auch schon der Klosterbruder zurück. Er führte den Anführer mit dem dunklen Umhang und die zwei Wanderbrüder, die der Anführer vor sich her stieß, nach oben in das Regierungszimmer des Bischofs Abe d'Albert.

Sein Diener kam heraus und empfing sie: „Der Bischof hat gerade eine Besprechung, er wird in ein paar Minuten kommen", sagte er kurz und wies sie an, durch eine große schwarzgoldene Türe zu gehen. Der Klosterbruder klopfte an und als niemand öffnete, führte er die drei hinein. Das Kabinett war leer. Er bat sie zu warten. Der Anführer hielt seine zwei Zöglinge in Schach, die aus dem Staunen nicht mehr herauskamen. „Schau dir diese Spiegel an! Das Gold an den Wänden an und dieser Stuhl da vorn!", flüsterte der größere Wanderprediger.

„Der ist wohl nur für den Bischof bestimmt, wir dürfen stehen, nicht wahr", meckerte der kleinere müde. „Maul halten!", herrschte der Anführer und hob die Hand. Stumm warteten sie in dem schwarz und golden gehaltenen Raum, bis der Bischof eintrat und auf dem großen Stuhl, der mit Gold verziert war, Platz nahm. Ganz in schwarzer Mönchstracht, aber mit Ledergürtel und schweren Lederstiefeln wirkte der Abe eher wie ein hochrangiger Offizier als wie ein Abt oder Bischof. Der Anführer verbeugte sich und zog die zwei mit sich herunter.

„Nun, Carlos, was gibt es? fragte der Bischof mit kalter Stimme den Anführer, den er zu kennen schien."Sprich!", forderte der Abe.

„Wir haben Nachricht von den zwei Entflohenen, vermutlich der Königin und ihrem Retter, wahrscheinlich der Bruder Maries, der nicht mehr auftauchte. Das sind die zwei Brüder, die wir aufgelesen haben in den Bergen, weil sie stahlen. Sie behaupten, diese beiden vor Tagen im Gebirgsdorf Pamplona gesehen zu haben", antwortete der Anführer, richtete sich auf und schlug die Hacken zusammen.

„Sprecht, aber schnell! Ich weiß alles. Eine Lüge lohnt sich nicht", sprach der Abe ruhig, aber mit schneidender Schärfe zu den beiden Wanderpredigern.

„Wir haben uns nur das nötige Kleingeld beschafft, um hierher zu kommen und Euch berichten zu können, wie es der Auftrag an uns Wanderprediger war", beeilte sich der größere der beiden, Sargun, zu sagen.

„Das weiß ich bereits. Aber ihr solltet nicht mit Diebstahl auffällig werden, sondern baldigst jede auffällige Beobachtung eurem Vorgesetzten melden", unterbrach ihn der Abe kurz. „Tatet ihr das?" Die Stimme des Abes war so kalt wie Eis.

„N Nein", stotterte der Trillo. „Doch, sobald als möglich, taten wir es", verbesserte der andere schnell.

„Wer waren die beiden in Pamplona?" herrschte sie der Anführer wieder an, den der Blick des Abes aufforderte, mit dem Verhör fortzufahren.

„Nun, wir sahen zwei seltsame Jäger, ein Edelmann mit seinem Burschen. Die hatten echte Silbermünzen dabei und ritten weiter nach Norden, den Weg zum großen Chassador. Vermutlich nach Frankreich hinüber. Wollten dort ihre Verwandten besuchen, wenn ich recht hörte", fuhr Trillo eilig fort.

„Wie sahen die genau aus?" fragte der Abe wieder.

„Der eine war größer und kräftiger mit braunem Haar, der Bursche etwas kleiner und dünner, das Haar sahen wir nicht. Er trug einen Hut. Beide waren recht jung", sagte der zweite. „Sonst bemerkten wir nichts", beendete er seinen Bericht. Von dem missglückten Überfall sprach er lieber nicht.

„Das reicht", sagte der Abe und zum Anführer gewandt: „Bringt sie hinunter und lasst sie einsperren! Diebstahl wünsche ich nicht, wenn ihr im königlich-päpstlichen Auftrag unterwegs seid".

„Jawohl, Euer Hochwürden", antwortete der Anführer und verbeugte sich wieder. Dann packte er die beiden und schob die jammernden Gestalten hinaus.

„Carlos", rief der Abe noch einmal und winkte den Anführer zurück, während die anderen beiden von zwei Soldaten abgeführt wurden.

„Ja, Euer Hochwürden", antwortete Carlos und wendete sich um.

„Habt Ihr diesen Bruder aus dem Kloster St. Bernhard, der auch h in diesem Gebirgsdorf war und der die falsche Aussage machte, dass er die beiden Entflohenen nach Süden habe gehen sehen statt nach Norden, schon verhaftet und ihn nach Nardun überführt?" fragte der Abe noch.

„Der Bruder Pierre, ja, der wurde verhaftet und auch inzwischen nach Nardun gebracht.", antwortete Carlos und verbeugte sich wieder.

„Danke, das war alles." Der Abe erhob sich und ging wieder aus dem Raum.

Während der Diener des Bischofs die anderen hinausbegleitete, ging der Abe in seine heiligen Hallen, wo es keinen Zutritt für Fremde gab. Nur er allein hatte dorthin Zutritt. Hinter dem Regierungszimmer gab es einen weiteren Raum, in dessen Wand sich eine geheime Tür befand, die in einen Gang mündete und schließlich zu dem Spiegelsaal führte, wo die große Versammlung heute stattfand. Der Spiegelsaal wurde sonst nur für kirchliche Zeremonien geöffnet und wurde dafür von der anderen Seite begangen. Der Bischof kehrte so schnellstens zu seiner Versammlung zurück, die hinter verschlossenen Türen stattfand. Wachen postierten an der Tür.

Der ganze Saal war in Schwarz und Gold gehalten. An den Wänden prangten große Spiegel, in denen sich der ganze Raum widerspiegelte, in der Mitte der große lange Tisch mit seinen hohen Stühlen und den acht Herrschaften, die hier versammelt waren, Ritter oder Mönche in dunklen Gewändern mit Kapuze.

Der Abe kehrte zu seinem Tisch zurück und fuhr nach dieser kurzen Unterbrechung mit dem Gespräch fort: „Was machen die Brüder im Norden, die auf der Spur der Königin sind, Bruder Ramon?"

Der erste der dunklen Mönchsritter mit hoher Stirn und breiten Schultern erhob sich und antwortete: "Sie waren auf der Spur der beiden Flüchtenden, die Richtung Chassador und Grenze unterwegs waren. Dann machten sie ein Anschlag auf der Straße unterhalb des Chassador, aber er traf die falschen. Es waren einfache Kaufleute aus dem Süden. Keine Frau dabei. Sie wurden sogleich dort begraben. Trotzdem verbreitete sich die Nachricht von dem Anschlag in den

Gebirgsdörfern. Späher hörten es dort. Die beiden Gesuchten müssen wohl über einen anderen Weg entkommen sein. Sie wurden nicht mehr gesichtet."

„Es gibt wohl noch einen anderen Weg durch die Berge. Die beiden sind schlauer als wir dachten, aber sie werden nicht entkommen. Habt ihr Späher über die Berge nach Aquitanien geschickt? Ihr müsst auch dort alles bewachen!", gab der Abe ungehalten zurück.

„Natürlich, wie ihr schon sagtet, Euer Hochwürden", antwortete Ramon dienstfertig.

„Vermutlich will die Königin zum großen Magier aus dem Norden, der dort irgendwo haust. Er war ein guter Bekannter ihres Großvaters.", murmelte der Abe sarkastisch. „Ich will sie tot oder lebendig. Diese edle Familie Frigeaux ist mir schon zu lange ein Dorn im Auge. Und jetzt will es sogar selbst der König, weil sie alle, die ganze Familie, Hochverrat begingen, wie man dem König zuflüsterte. So arbeiten wir ganz im Auftrag des Königs", fuhr der Abe kalt lächelnd fort. „Und die heilige Kirche und Frankreich werden uns diese Säuberungen danken. - Also, was macht Nardun? Und habt ihr diesen Ketzerfreund der Familie Frigeaux schon dorthin gebracht, wie hieß er noch?" Der Abe wandte sich an den zweiten Mönchsritter, Sepe.

Der große, hagere Mann stand auf und antwortete bedächtig: "Jawohl, wir haben Raphael de Berenguar aufgespürt und mit seinen Genossen der Schwarzen Raben nach Nardun bringen lassen. Dort haben sie Zeit, im Kerker oder in den Steinbrüchen ihren Glauben zu überprüfen." Alle lachten.

Sepe fuhr bedächtig fort: "Ansonsten sind Schiffe unterwegs und die angeheuerten Piraten haben den Auftrag, von der Seeseite den alten geheimen Tunnel nach Nardun wieder freizulegen und gangbar zu machen, so dass er für die Zufuhr und Abfuhr benutzt werden kann. In Nardun selbst bereitet man auch diesen Weg vor, so dass diese Arbeit zügig vorangeht."

„Sehr gut", sagte der Abe zufrieden. „ Und was macht unser Trainingslager, mit dessen Erfolg wir bald unser ganzes Land bereichern wollen, um die Ordnung wieder herzustellen, Bruder Rambaud?"

Der dritte Mönchsritter stand auf. Er war der kräftigste von allen und verhehlte sein Soldat sein und seine Kampferprobung nicht, die sich in vielen Narben zeigte. Breitbeinig antwortete er: „Euer Hochwürden, wir sind bald soweit. Die Rekrutierten haben die härtesten Wochen ihres Lebens hinter sich." Er kicherte laut. „Unsere besten Männer trainieren sie 12 Stunden täglich. Als Späher getarnt, werden sie bald alle mit besten Waffen und den dunklen Umhängen ausgerüstet ein. Sie werden sich übers Land ausbreiten wie der Flügel eines großen schwarzen Vogels, so dass es für das Volk unkenntlich bleibt, ob sie Männer des Königs oder der Kirche sind. Das stiftet Verwirrung, wie Ihr es wünschtet. Man wird sie an ihren Taten erkennen".

Die anderen lächelten unverhohlen. „Erste kleine Trupps Mönchsritter mit jeweils einem Anführer wurden bereits nach Aquitanien und nach Nardun entsendet", beendete Rambaud seinen Bericht und schlug die Hacken zusammen.

Der Abe nickte zustimmend und schaute mit weitem Blick in die Runde seines Ersten Stabes. Dann sprach er seltsam milde: „Wir kommen langsam weiter. Die dunkle Macht wird das Land überziehen, gleich wie in Frankreich, unserem Verbündeten. Nach dieser Reinigung wird das Land von dem Unrat der Frevler und Verbrecher, die eigenmächtig glauben, handeln zu können, befreit sein. Alles wird unter Kontrolle sein, so dass der wahre Glaube siegt".

Alle schauten zum Abe, ihrem Führer, auf. Sie schworen auf ihren Führer, den Abe, der Bischof und Staatsmann war. Der Bischof sprach zum Volk.

Heroisch breitete der Abe seine Hände aus: „Lasset uns nun beten zu Gott, dem wir dienen...." Alle Mönchsritter erhoben sich und neigten ihr Haupt. Gemeinsam beteten sie, was der Abe sie zu beten gelehrt hatte und schworen am Schluss den Eid: „Nichts, was hier gesprochen und geplant wurde, darf ich anderen Ohren als diesem Stab kundtun, auch nicht unter Androhung von Todesstrafe etwas aus diesem Kreis verraten. Wer etwas aus diesem Kreis verrät, ist dem Tod geweiht."

So wurde es in solchen Gesellschaften immer schon gehandhabt und so auch hier.

Im Kloster Notre Dame Yves Sainte Marie

Marie ritt den Weg hinauf am See vorbei und klopfte an die Eisenpforte. Das Kloster war gut abgeschirmt und sah recht wehrhaft aus. „Vielleicht ist das hier auch notwendig", dachte Marie grimmig. In der schweren Pforte wurde ein kleines Fenster geöffnet und eine Nonne, von der man nur das Gesicht sah, schaute heraus: „Was wünschen Madame?", fragte sie und musterte Marie. „Ich komme von weit her und bitte um Quartier für die Nacht", antwortete Marie.

Das Tor quietschte und wurde ganz aufgemacht. Marie trat mit Tamino am Zügel hinein und fragte: "Gibt es auch einen Platz und Fressen für mein Pferd?" „Ja, Madame", antwortete die Nonne in der schwarzen Tracht und rief einen Laienbruder herbei, der den Stall versorgte. „Thimo, bitte nimm das Pferd und versorge es für die Herrin!", rief sie. Marie gab ihm Tamino. „Sei schön brav, Tamino. Morgen sehen wir uns wieder", flüsterte Marie zärtlich in Taminos Ohr. Und Thimo führte das Pferd bewundernd in den Stall. Die junge Nonne stellte sich vor: „Henriette ist mein Name. Ich habe heute Nachtdienst." Nach einer Pause fügte sie schüchtern hinzu: „Ich bin erst seit einem Jahr hier im Kloster der Zisterzienserinnen de Notre Dame." Sie verbeugte sich freundlich und schaute Marie erwartungsvoll an. „Und wer seid Ihr?"

Marie überlegte kurz, was sie jetzt sagen sollte. Dann entschied sie sich für die Wahrheit: „Ich bin Marie d'Argout von Aragon und komme aus Aragon. Ich bin auf der Durchreise und suche den großen Magier aus dem Norden."

„Oh", sagte die junge Nonne und hielt sich die Hand vor den Mund. „Verzeihung", murmelte sie. „Ich führe Euch auf Euer Zimmer. Wir haben immer etwas für Gäste frei. Das Abendbrot könnt Ihr später unten einnehmen. Neben der Küche gibt es einen Empfangsraum. Die ehrwürdige Mutter, unsere Äbtissin Clarissa wird Euch nach dem Abendessen dann begrüßen". Henriette verneigte sich wieder und ging voraus. Sie gingen am Seiteneingang der Kirche vorbei und traten in das Wohnhaus. Nachdem sie einen langen Flur durchquert hatten, stiegen sie eine Treppe hoch und kamen in einen Schlafbereich. Wieder ging es hinter einem Gebetsraum, wo eine Kerze brannte, eine Treppe hoch und endlich stand sie in ihrer Kammer. „Tut mir leid, etwas anderes haben wir nicht. Alle Schlafkammern sind gleich", sagte Henriette vorsichtig und schaute Marie an.

Marie lächelte: "Die Kammer ist in Ordnung, vielen Dank". Die Nonne verabschiedete sich und fügte noch hinzu: „Ich bereite das Essen vor. Wenn Ihr bitte dann später hinunter kommt zum Essen."

„Danke. Ich komme gerne", sagte Marie.

Als sie weg war, warf sich Marie auf das Bett, freute sich über das saubere Bettzeug und schaute sich in der kleinen Kammer um. Ein Tisch, ein Stuhl, eine Waschschüssel und ein Kleiderhaken über einer Kommode. Und ein einfaches Holzkreuz über dem Bett.

„Der Bräutigam aller Nonnen", murmelte Marie. „Alles, was man braucht. Und Ruhe. Vielleicht gehe ich ins Kloster, wenn alle Stricke reißen", dachte sie mit einem Funken Ernst.

Sie wusch sich, kämmte sich die Haare, die wieder ihre natürliche Farbe erlangt hatten und zog das Kleid wieder an. Das Schwert und den Beutel mit dem alten Buch legte sie unters Bett und ging hinunter.

Im Empfangsraum prasselte ein Feuer im Kamin. Die ganze Einrichtung war aus dunklem Holz gefertigt. Sie setzte sich an den großen, rechteckigen Tisch und bekam frisches Olivenbrot, Käse und Butter. Ein Krug mit Milch und ein Topf Honig standen schon auf dem Tisch. Nicht schlecht, dachte Marie. Dann segnete sie das Essen. Seit langer Zeit erinnerte sie sich wieder daran, dies zu tun, und begann zu speisen. Später kamen noch zwei weitere Frauen, eine ältere und eine jüngere, anscheinend Mutter und Tochter, zum Essen in den Gemeinschaftsraum. Sie grüßten freundlich herüber, setzten sich ans andere Ende des Tisches und unterhielten sich leise. „Madame und Mademoiselle du Chevallier" stellte die ältere Nonne die beiden

Gäste Marie vor, als sie das Essen auf den Tisch stellte. „Sie kommen aus Paris und sind auf der Durchreise", sagte die Nonne zu ihr und stellte dann auch Marie den Damen vor. Das war ihr gar nicht recht, hier bei ihrem Namen genannt zu werden. Aber es war geschehen, sie hatte ihn selbst verraten. Marie biss sich auf die Zunge. Ihre direkte Art und Ehrlichkeit hatten sie schon öfters bei Hofe in unliebsame Situationen gebracht. Jetzt konnte das gefährlich für sie werden. Die Damen lächelten, senkten die Köpfe und sprachen weiter. Die Nonne klopfte mit einer Gabel auf den Tisch: „Das Schweigen während des Essens ist eine Regel unseres Hauses", sagte sie ganz entschieden und ging wieder hinaus. Sofort wurde es still und die beiden Damen aus Paris schauten sich an. Marie musste lächeln.

Später wurde Marie zur ehrwürdigen Mutter gerufen. Als Marie ins Zimmer der Äbtissin trat, verneigte sie sich tief.

„Stehen Sie auf, mein Kind", sagte die Äbtissin freundlich und schaute Marie mit wachen Augen an, die hinter dicken Brillengläsern steckten, die sie sich vors Gesicht hielt. Sie war mittelalt mit krausem, grauem Haar, das unter der Tracht hervor lugte. Die Äbtissin saß hinter einem schweren Holzschreibtisch und schrieb mit einer Feder in ein Buch. Viele Bücher standen hier an den Wänden und lagen aufgeschlagen herum. Marie kam näher.

„Guten Abend, ehrwürdige Mutter", sagte Marie leise. Sie fühlte sich etwas eingeschüchtert im Angesicht der mächtigen Ausstrahlung dieser Frau. „Wie ist ihr Name, mein Kind?", fragte die Äbtissin freundlich. "Marie d'Argout von Aragon", antwortete Marie.

Die ehrwürdige Mutter hob leicht erstaunt die Augenbrauen und schaute sie aufmerksam an. „Marie, die Königin von Aragon?", fragte sie nach.

Marie nickte und bejahte. Sie zeigte ihren königlichen Ring, den sie noch am Finger trug. „Dann haben Sie einen weiten Weg zu uns gemacht. Man hörte durch Kuriere des Königs Raimond, die hier vorbeikamen, dass seine Gemahlin krank sei, was offensichtlich wohl nicht der Fall ist, wie man sieht". Die ehrwürdige Mutter lächelte. „Was führt sie hierher in unser Kloster?", fragte die Äbtissin.

Marie beschloss ehrlich zu sein und der Äbtissin alles zu sagen. Vielleicht konnte sie ihr helfen. Sie wirkte in ihrer Strenge integer und unabhängig.

„Ich bin auf der Flucht vor den Soldaten des Königs. Er tötete die Familie meines Großvaters wie viele andere, die als Ketzer oder des Hochverrats beschuldigt wurden, obwohl sie immer gottesfürchtig waren und treu dem Land Aragon dienten. Eine dunkle Macht geht in Aragon um und breitet sich aus. Ich konnte gerade noch fliehen dank der unvermuteten Hilfe meines Bruders, nachdem der König mich in den Kerker sperren ließ."

Die ehrwürdige Mutter seufzte. „Auch hier geht diese dunkle Macht um, die sowohl den Thron, als auch die päpstlichen Priester der heiligen Kirche ergriffen hat. Wir haben hier vor einigen Jahren ein eigenständiges Frauenkloster eingerichtet, was in dieser Zeit besonders wichtig ist. Es hilft vielen Frauen, gibt ihnen einen Ort der Ruhe, wo sie ihren Glauben wieder finden." Die ehrwürdige Mutter lächelte wieder. „Verstehen Sie mich?"

„Ja, ich glaube schon", sagte Marie etwas beklommen. „Ihre Klostermauern schauen auch recht wehrhaft aus", fügte sie noch hinzu und lächelte wieder.

„In der Tat", sagte die ehrwürdige Mutter, „und das ist auch gut so. Fahren Sie fort mit ihrem Bericht!"

„Der König hat außerdem schon lange eine Geliebte und braucht mich nicht mehr, wie er mir höhnisch im Kerker eröffnete. Wahrscheinlich werde ich bald sogar gestorben sein laut seiner Kundgabe, aber auf jeden Fall, wenn er mich findet und zurückbringen lässt", antwortete Marie trocken. Nach einer kleinen Pause fuhr sie fort, da die ehrwürdige Mutter sie nicht unterbrach: "Mein Großvater Jacques de Frigeaux, hat mir eine Botschaft hinterlassen. Und ein Schwert und ein Buch", fügte Marie zögernd hinzu.

Die Äbtissin unterbrach sie: „Darüber ist es besser, nicht zu reden, mit niemandem! Und zeige es auch niemandem! Hast du verstanden, mein Kind?", erwiderte sie streng.

„Ja", sagte Marie beklommen und nickte.

Marie fuhr leise fort, während ihr die Tränen in die Augen stiegen: „Aus gewissen Zeichen, die Großvater mir hinterließ, konnte ich lesen, dass er wollte, dass ich den großen Magier aus dem Norden aufsuche. Auch ein Traum zeigte mir dies, und ich habe den ganzen Weg der Flucht hierher zurückgelegt, sogar durch den alten Tunnel im Gebirge, um den Magier zu finden", fügte Marie entschieden hinzu. Sie beendete ihren Bericht und schwieg.

„So, so. So ist das", erwiderte die ehrwürdige Mutter bedächtig und dachte nach. Sie stand auf und ging in ihrem Zimmer auf und ab. Marie wusste nicht, ob sie noch weiterreden sollte, wollte das Nachdenken aber nicht stören. So wartete sie.

Schließlich wandte sich die Äbtissin Clarissa ihr wieder zu und stellt sich vor sie hin: „Ich glaube Ihnen, mein Kind", sagte sie ruhig, indem sie Marie ihre Hand fest auf die Schulter legte. Dann schaute sie Marie eindringlich an. „Es ist besser, wenn niemand erfährt, dass Sie hier waren. Ich werde meine Schwestern entsprechend anweisen. Sie werden einen anderen Namen sagen, falls jemand nach Ihnen fragen sollte und sagen, sie seien nach Paris unterwegs."

Die Äbtissin seufzte und schritt durchs Zimmer.

„Es kommen jetzt immer öfter Kuriere vorbei, die Auskünfte wollen, Kuriere oder Soldaten des Königs von Frankreich oder auch von Aragon." Sie wirkte gebeugt wie unter einer schweren Last. Nach einer längeren Pause fuhr die ehrwürdige Mutter fort:

„ Zum Magier müssen Sie morgen früh den Pfad nach Westen reiten, der hinten am Kloster vorbeigeht. Immer weiter, bis Sie in einen Wald kommen. Der Wald wird immer dichter werden. Reiten Sie dem Pfad nach, bis es sumpfig wird. Dort kann Nebel auftreten. Es ist besser, dort zu Fuß weiterzugehen. Der Sumpf hat feste Stellen. Sie müssen nur achtsam sein. Die meisten Menschen fürchten sich vor dem Wald mit den plötzlich auftauchenden Sümpfen und dem Nebel. Sie nennen ihn den verhexten Wald."

Die ehrwürdige Mutter lächelte.

Dann sprach sie weiter: "Dort sind Sie schließlich sicher, brauchen aber alle ihre Sinne, um trocken zu dem großen Stein von Magpud zu kommen. Scheinbar geht dort kein Pfad weiter. Eine große weiße Krähe sitzt auf dem Stein. Greifen Sie in die Mulde des Steins und achten sie auf die Krähe, dann werden sie den rechten Weg durch den Sumpf sehen, der Sie direkt zur Behausung des Magiers führt.

Sein Reich beginnt bei dem Stein von Magpud, der schon seit Urzeiten dort steht und wohl aus der Eiszeit übrig geblieben ist", sagte die Äbtissin bedächtig.

Dann verriet sie noch: „Der Magier bringt uns immer wieder seine Kräuter und Heiltränke, die er fertigt. Er ist ein großer Naturkenner und Heiler. Wenn wir ihn brauchen, rufen wir ihn. Auch für ihn sind die Zeiten gefährlicher geworden.

Solche Menschen wie er sind vom König oder den päpstlichen Priestern nicht gern gesehen. Sie wissen zu viel."

Wieder schaute die Äbtissin Marie eindringlich aus ihren tiefen Augen an. Zum Abschied küsste sie Marie auf die Stirn, segnete sie und wünschte ihr alles Gute für ihren weiteren Weg.

Marie bedankte sich sehr, verbeugte sich und ging hinaus, zurück in ihre Schlafkammer. Gedankenverloren machte sie sich fertig zum Schlafen. Die Worte der Äbtissin hallten noch lange in ihr nach.

Auf dem Küstenweg

Philipp ritt versonnen seinen Weg durchs Gebirge nach Südwesten. Er wollte sein Kloster vor der Grenze Portugals über den Küstenweg erreichen und dabei einen Abstecher nach Nardun machen. Den Küstenweg kannte er schon ein Stück weit, weil er ihn nach seiner Ankunft aus dem Krieg entlang geritten war. Lange dachte er noch an seine Schwester und ihr schicksalhaftes Wiedersehen und an all die Abenteuer, die sie auf der Flucht nach dem Massaker an ihren Großeltern erlebt hatten. Er hoffte sehr, dass Marie heil ankommen und den Magier finden würde. In seinem Herzen spürte er, dass sie es schaffen würde. Sie hatte sich sehr bewährt auf dieser langen, entbehrungsreichen Reise, dachte er zärtlich lächelnd. Philipp ahnte noch nicht, wie die dunkle Macht von Aragon sich immer dichter zuzog und ihrer beider Ankunft verhindern wollte.

Er genoss den ersten Tag seiner Reise allein die wunderbare Gebirgslandschaft mit ihrer wilden Vegetation, die sich langsam zum großen Meer, dem atlantischen Ozean öffnete, wo seine Vorfahren schon zur See gefahren waren. Es wurde windiger und feuchter. Die Luft roch würzig mild. Das Gebirge wurde etwas flacher. In einem geschützten Tal wollte er übernachten. Sein Pferd Hassard begnügte sich mit dem spärlichen Gras hier und schaute sich nach den besten Halmen um. Keiner Menschenseele war Philipp begegnet. Dafür kreiste ein Adler immer wieder über ihm, er musste hier in der Nähe wohl seinen Hort haben. Am Abend stieg er aus diesem Hochtal auf die nächste Bergspitze und schaute sich um. Die Natur lag friedlich da in ihrer Abendstimmung. Er sah sogar mit seinem Adlerblick das Meer im Westen liegen, das blau glänzte und den Sonnenuntergang widerspiegelte, der hier so schön war. „Großvater Jacques hat mich damals als Kind für meine guten Augen und schnelles Erspähen von Wild gelobt und diese Fähigkeit mit mir trainiert, wenn wir im Wald und auf der Jagd waren", erinnerte sich Philipp. Mit einem Funken

Wehmut dachte er an diese Zeit zurück, die ihm jetzt so unbeschwert und leicht erschien.

Als er sich weiter umschaute, sah er im Südosten der Berge, wo es sehr felsig und trocken wurde, die Festung Nardun als winzigen Punkt schimmern, ca. nur einen Tagesritt von hier. Schaute er richtig, wenn er dort den Adler kreisen sah? Jetzt stieß er hinunter, fast wie ein Falke so schnell. Philipp konnte nur einen kleinen Punkt erkennen, der sich entsprechend bewegte. Wollte er ihm etwas zeigen? Er dachte spontan an seinen alten Freund Raphael. In Luftlinie zu Nardun an der Küste erblickte Philipp ein kleines Dorf. Dorthin wollte er morgen früh reiten und sich Proviant besorgen.

Am nächsten Morgen ging es den Küstenweg hinab, wo Philipp das Dorf vermutete. Als er vom Gebirge die Ebene erreichte, sah er es aus der Bucht Rauch aufsteigen. Schwaden standen am Himmel, als die Sonne langsam höher stieg. Er ritt näher. Langsam kam das Dorf, das direkt an der Küste lag, in Sicht.

Philipp freute sich schon, etwas zu trinken und zu essen zu bekommen, Lebensmittel zu besorgen und vielleicht auch Neuigkeiten zu erfahren. Vor dem Dorf ankommend, überraschte ihn die seltsame Stille hier. Auch roch es verbrannt und faulig. Als Philipp hinein ritt und schaute, sah er voller Schrecken, dass die Hütten zum Teil niedergebrannt und rundum alles verwüstet war.

Er sah erschlagene Menschen vor ihren Häusern liegen, tote Kinder an den Rockzipfeln ihrer toten Mütter. Hunde lagen erschlagen auf der Straße. Philipp spürte einen Würgereiz und tiefe Beklemmung in sich aufsteigen: „Wer hatte das getan? Das Land war nicht im Krieg!"

Ganze Netze voller Fische hatte man ausgeschüttet und verbrannt. Die noch rohen, toten Fische, die überall verstreut lagen, stanken in der Sonne faulend. Philipp packte das Entsetzen und er hielt sich den Arm vor die Nase. Er ritt hindurch und suchte nach Überlebenden. Und er suchte nach Zeichen, wer den Überfall hier auf dieses kleine, wehrlose Fischerdorf gemacht hatte. Selbst die kleinen Fischboote, die noch in der Bucht taumelten, waren verbrannt. Als er das ganze Dorf durchquert hatte, blieb er vor der letzten kleinen Hütte, die etwas abseits auf der linken Seite des Dorfes lag, stehen und schaute sie an. Sie schien unversehrt. Als habe man sie in diesem Feuersturm übersehen. Philipp stieg von seinem Pferd ab und betrat die Hütte.

Er brauchte einen Augenblick, bis seine Augen sich an das Dunkel gewöhnt hatten. Neben den armseligen Gerätschaften einer Einrichtung sah er zwei aufgerissene Augen aus dem Dunkel aufleuchten, die ihn anstarrten. Verhaltenes Schluchzen war zu hören. Philipp ging auf diese Augen zu und sah, dass sie einem Jungen gehörten, der etwa zwölf Jahre alt sein musste. Völlig verstört saß er in der Ecke und weinte.

„Sind alle tot! Sind alle tot!", brach es zwischen den Schluchzern aus ihm heraus. Philipp nahm den Jungen in seine Arme und flüsterte: „Ich tue dir nichts. Es ist alles vorbei." „Der Junge schlug die Hände vors Gesicht und weinte: „Mutter ist tot, sie haben sie da draußen erschlagen. Sie befahl mir, hier zu bleiben und mich zu verstecken. Vater ist auch tot, alle sind tot!"

Langsam beruhigte sich der Junge etwas in Philipp Armen. Er führte ihn hinaus in die Sonne an einen ruhigen freien Platz und bot ihm von seinem letzten Trinkwasser an. Dann gab er ihm ein Stück Brot.

„Erzähl, was geschah!", bat Phillip nun, nachdem der Junge sich gestärkt hatte. Und der Junge erzählte. Er hatte Zutrauen gefasst: "Sie kamen in den Nacht auf Schiffen daher. Sie zündeten unsere Boote an. Als unsere Fischer zum Strand liefen, wurden sie niedergemetzelt. Dann fielen diese Männer, es müssen Piraten gewesen sein, in das Dorf ein und machten johlend alles nieder, Frauen und Kinder, jeden Mann. Mutter befahl mir, als wir die Männer im Dorf töten sahen, mich hier zu verstecken. ‚Unsere Hütte ist klein und liegt etwas abseits, vielleicht wird sie verschont', hoffte sie. Ich bat noch, bleib hier, aber sie lief schon hinaus…" Wieder schluchzte der Junge.

„Wie heißt du?", fragte Philipp.

„Manuel", sagte der Junge leise.

„Manuel, das tut mit so unendlich leid. Aber schau, deine Mutter hat dich gerettet." Nach einer Pause fuhr Philipp fort. „Hast du irgendetwas bemerkt an den Männern, wie sahen sie aus, was sprachen sie?"

Der Junge überlegte. „Sie sprachen unsere Sprache, aragonisch, und eine fremde Sprache. Sie schauten wild aus, nicht wie Soldaten, eben wie Piraten", sagte der Junge fest.

Philipp dachte nach. Piraten waren lange nicht mehr hier an die Küsten gekommen seit dem Bündnis mit Frankreich. Was war das für eine neue Teufelei?

„Dann liefen die Piraten dorthinten in die Berge. Und ihre Schiffe, drei waren es ungefähr, verschwanden auch", fuhr Manuel fort. Philipp horchte auf.

„Hast du eine Ahnung, was die in den Bergen wollten? Kehrten sie zurück?", fragte Philipp wieder.

„Nein!", sagte der Junge erschrocken und schaute sich wild um. Auch Philipp schaute.

„Bis jetzt kehrten sie nicht zurück." Dann beruhigte Manuel sich wieder und sprach weiter: "Es gibt eine Legende oder Geschichten darüber, die sagen, dass dort, wo hinter unserer Bucht das Gebirge beginnt, irgendwo eine Öffnung ist, die der Ausgang eines langen, unterirdischen Tunnels ist, der bis in diese alte Maurenfestung führt, die mitten in den Bergen liegt. Das muss früher eine gewaltige Festung und ein wichtiger Ort gewesen sein", meinte der Junge bedächtig, „in den alten Zeiten und in den Kriegen. Deshalb wurde damals dieser lange Tunnel gegraben, um die Festung zu versorgen. Aber auch für die Schmuggler war der Tunnel wichtig. Er war eine geheime Verbindung, die sehr nützlich war.... So erzählen es die Alten", sagte der Junge eifrig.

Philipp lauschte sehr interessiert.

Manuel erzählte noch: „ Aber niemand ging mehr dahin. Der Tunnel soll schon seit langem eingebrochen oder zugefallen sein. Und der Ort sei verhext, sagte Mutter." Manuel schaute Philipp erwartungsvoll an, was er zu all dem sagen würde. Manuels Mutter hatte schließlich immer gesagt, er solle mit den alten Geschichten aufhören, sie seien nicht wahr.

Philipp bedankte sich und sagte: „Das klingt höchst interessant. Ich glaube, da ist was Wahres dran. Und wenn es den Tunnel wirklich gibt, haben manche Leute jetzt ein großes Interesse daran, ihn wieder zu nutzen und diesen Weg gangbar zu machen. Auch die alte

Maurenfestung Nardun ist in Stand gesetzt, als Straflager. Und sie ist das beste Gefängnis in unserem Land", meinte Philipp grimmig und dachte an Raphael und die vielen, die sein Schicksal jetzt teilten.

Er beschloss, den Jungen so schnell wie möglich ins nächste Dorf zu bringen, dass er versorgt würde. Er war anscheinend der einzig Überlebende. Philipp hatte sich vorsichtshalber noch einmal umgeschaut und niemanden mehr entdeckt. Da packte er den Jungen auf sein Pferd. Sie ritten nach Süden, wo das nächste Dorf liegen musste.

Philipp wollte sich dann am nächsten Tag die Lage hier mit dem Tunnel und in Nardun einmal genauer anschauen. Wenn die Piraten noch hier waren und im Tunnel arbeiteten - und das Dorf nur zur Sicherheit niedergemacht hatten, um ungestört ihr Werk zu tun, so konnten sie keine Zuschauer hier gebrauchen und würden weiterhin dafür sorgen. Das ergab ein Motiv für den Überfall und erklärte, wo sie waren. Um mit dem Überfall nicht in Verbindung gebracht zu werden, mussten sie in einer Nachbarbucht ihre Schiffe versteckt haben. Später, wenn Gras über die Sache gewachsen war, und niemand mehr das Dorf besiedelte, konnten sie und ihre Auftraggeber ungestört ihren Geschäften nachgehen, wenn erst der Tunnel wieder funktionierte und Nardun mit dem Meer verband.

„Ein guter Plan", dachte Philipp. „Vielleicht konnte er auch für ihn nützlich sein."

Am grossen Stein von Magpud

Am nächsten Morgen war Marie früh auf den Beinen. Sie sattelte nach dem Frühstück ihr Pferd, wechselte ihre Kleider, gürtete das Schwert um und ritt noch im Morgengrauen aus dem Tor des Klosters, nachdem sie sich von der Novizin Henriette verabschiedet, die sie stumm begrüßt hatte. Eine Frau in Männerkleidern hatte diese noch nicht gesehen. Der Himmel färbte sich gerade erst rosa. Die aufgehende Sonne stand als dunkelroter Ball tief unten am Horizont. Es war kühl und etwas feucht.

Der Weg wurde schnell sandig, als sie sich vom Kloster entfernte. Die Wiesen und Äcker waren schon abgeerntet. Marie war kaum aus der Sicht des Klosters verschwunden und dachte an die Wegbeschreibung der Äbtissin, als sie plötzlich Reiter hinter sich hörte. Erschrocken schaute sie sich um.

Eine kleine Schar sprengte auf sie zu, an deren Spitze sie den großen dunklen Reiter von gestern zu erkennen glaubte, der vor dem Gebüsch gestanden hatte. Die verfolgten sie. Marie begriff dies schnell. Sie ergriff sofort die Flucht und spornte Tamino an. Tamino galoppierte so schnell wie der Wind über den Weg und die Wiesen. Doch die Reiter ließen sich nicht abhängen. Zweige peitschten ihr ins Gesicht. Marie hielt sich gut im Sattel, obwohl Tamino öfter über Hindernisse setzte, wenn Äste oder Steine im Weg lagen. Auf einmal spürte sie einen scharfen Schnitt und wurde aus dem Sattel gehoben. In hohem Bogen fiel sie hart zu Boden. So schnell sie es vermochte, rappelte sie sich wieder hoch und sprang auf Tamino, der Halt gemacht und zu ihr zurückgekommen war.

Doch da waren die Reiter in dunklen Gewändern schon da. Marie zog das Schwert, und auch der erste Reiter hatte sein Schwert gezogen. Sie kämpften. Marie war froh, dass ihr Bruder sie so gut trainiert hatte. Sie konnte standhalten und schlug sich sehr gut, doch dann, in einem kurzen Moment der Unaufmerksamkeit, wurde ihr Arm getroffen. „Tötet sie!" schrie der erste dunkle Reiter auf aragonisch, was Marie im Halbtaumel bemerkte.

Das Blut rann schnell hinunter und Marie wurde schwach. Ein weiterer Hieb traf sie auf der Schulter und am Rücken, als sie sich umdrehen wollte und Tamino zur Flucht antrieb. Wütend schlug sie mit letzter Kraft zurück. Sie verletzte einen Reiter, der zusammenbrach. Ihr Schwert glänzte auf einmal sehr hell in der Sonne und die anderen wichen einen Augenblick zurück. Marie nutzte den Moment zur Flucht und gewann einen kleinen Vorsprung. Dann preschten die Reiter wieder vor.

Marie erinnerte sich an die Blume, die ihr Anton mitgegeben hatte. Sie griff blitzschnell in ihre Brusttasche, wo die Blume lag und riss ein Blatt aus, das sie sofort in den Mund steckte und aß. Dann sah sie einen Augenblick lang nichts mehr, hörte nur die dunklen Reiter wilde Schreie ausstoßen und Hufgetrampel. Die Blume musste ihre Wirkung gezeigt haben und sie unsichtbar gemacht haben. Sie raste den Weg entlang. Von weitem sah sie den Wald und ritt in rasendem Galopp darauf zu, bis ihr klar wurde, dass ihre Verfolger sie nicht mehr sehen konnten. Da wurde sie ruhiger und verlangsamte ihr Tempo. Mit Mühe hielt sie sich im Sattel.

Tamino übernahm die Führung und lief immer tiefer in den dichten Wald hinein. Bald hörte Marie nichts mehr. Die Reiter schienen nicht tiefer in den Wald geritten zu sein. Die alten Bäume knackten und ächzten. Es wurde dämmrig unter dem dichten Laub ihrer dunklen, gefiederten Blätter. Als sie sich sicher fühlte, bat sie Tamino stehen zu bleiben und stieg ab. Ihre Beine versagten, und sie stürzte zu Boden. Unter Aufbietung aller Kraft nahm sie den Beutel, der glücklicherweise nicht durchtrennt worden war, von ihrem Blutverklebten Rücken, zog ein Hemd heraus, zerriss es und verband sich die Wunden auf Arm und der Schulter so gut wie möglich.

Tamino wieherte aufmunternd und leckte mit seiner Zunge über ihren Arm. Marie seufzte, Tränen rannen über ihre Wangen. Sie lobte sich selbst, dass sie sich so gut geschlagen hatte. Es war ihr erster Kampf gewesen und das gleich gegen eine Schar von Soldaten.

Nachdem sie etwas ausgeruht und getrunken hatte, hievte sie sich unter starken Schmerzen wieder in den Sattel und flüsterte Tamino die Wegbeschreibung ins Ohr. Ihr Arm war angeschwollen und etwas taub. Schulter und Rücken brannten. Tamino war sehr klug und würde den Weg finden bis zum großen Stein von Magpud, falls ihr die Sinne schwanden. Langsam kamen sie voran. Tamino bewegte sich sehr vorsichtig. Er spürte, dass es Marie nicht gut ging. Marie blieb im Sattel. Dann wurde der Boden weicher und weicher. Irgendwo rauschte eine Quelle. Wie von Ferne bekam Marie mit, dass sie dort unter fließendem Wasser ihre Armwunde wusch.

Nachdem sie von der Quelle getrunken hatte, wurde sie wieder frischer und gelangte mit Tamino zu Fuß weiter auf dem sumpfigen Waldesgrund. Bald war kaum mehr ein Pfad zu erkennen, doch sie sah den festen Boden aufgrund der verschiedenen Vegetation von sumpfigem und trockenerem Boden. Die Vögel zwitscherten und sangen, als würden sie sie freundlich begleiten.

So gelangten sie immer weiter, bis sie schließlich den großen Stein in der Mitte eines größeren Sumpfes erblickte, der wie eine samtene Lichtung wirkte. Der Stein war grau und schimmerte an seiner Spitze im Sonnenlicht. Vorsichtig näherte sie sich dem großen Stein. Auf einmal aber trat sie daneben und sank fast bis zum Knie ein. Als sie das Bein herausziehen wollte, sank auch das andere Bein etwas ein. Der Sumpf war unberechenbar.

Tamino wurde nervös und tänzelte hinter ihr. Auch er sackte ein. Er wurde immer nervöser und arbeitete mit seinen Beinen im Sumpf. Das hatte er noch nie erlebt! Und das war eindeutig zu viel für ihn!

Er schnaubte und kämpfte mit dem Sumpf. Marie konnte ihn nicht mehr beruhigen, zumal sie die Zügel losgelassen hatte. Sie schaffte es gerade noch, sich selbst an einer großen Baumwurzel festhalten und zog unter Aufgebot aller Kraft sich selbst aus dem Sumpf heraus, erst das eine, dann das andere Bein, das tiefer steckte.

Auch Tamino hatte sich wütend von dem Sumpf befreit, wieder festeren Boden unter den Hufen gewonnen und sprengte davon, zurück in den Wald.

Marie rief verzweifelt: „Tamino, komm zurück! Taminooo!" Aber er gehorchte ihr nicht mehr. Das Pferd verschwand aus ihren Augen.

Marie schluchzte. So war sie jetzt ganz allein, hier am Ende der Welt, wo kein Weg mehr aus dem Sumpf herauszuführen schien. Sie sah nicht die Spur eines Weges, als sie sich umschaute. Ob sie den geheimen Weg und den Magier überhaupt finden konnte? Sie hatte kaum noch Kraft zu gehen. So wankte sie zum Stein und erinnerte sich an die Worte der Äbtissin Clarissa.

Um den Stein war es auf einem schmalen Streifen recht trocken. Marie sank nieder und holte Luft. Das Atmen fiel ihr schwer. Die Rückenwunde schmerzte immer mehr. Der Schnitt des Schwertes musste quer über den Rücken in Brustkorbhöhe laufen und schmerzte jetzt bei jedem Atemholen. Marie war verzweifelt. Ihre Sinne trübten sich. Der Boden fühlte sich sehr kühl an. Dichter Nebel breitete sich aus. Aus diesem Nebel, der Maries Bewusstsein verschleierte, tauchte plötzlich eine Gestalt auf, die aus der Ferne auf sie zukam und Licht brachte.

Marie sah ihren Körper am Boden liegen.

Diese helle, freundliche Gestalt kam näher und näher, bis Marie erkannte, dass es Raphael ist. „Er sieht so gesund und strahlend aus." Marie wunderte sich noch. „Es muss sein Lichtkörper sein." Dieser Gedanke schoss ihr durch den Kopf. Lächelnd beugt er sich zu ihr nieder und streckt ihr seine Hand entgegen: „Steh auf, Marie! Du musst weitergehen. Der Magier wartet auf dich!" Marie reicht ihm ihre Hände. Raphael zieht sie zu sich hoch und umarmt Marie. Sie schaut in seine liebevoll leuchtenden Augen. Eine wunderbare Wärme steigt in ihrem Herzen auf. Da ist die Gestalt verschwunden.

Marie stand tatsächlich auf und begann, nach der Mulde zu suchen, fand aber nichts. „Wo war denn bloß die weiße Krähe?", erinnerte sie sich wieder dunkel. In dem Augenblick, als sie an die Krähe dachte und sie sich vorstellte, erschien sie auf einmal. „Merkwürdig! Oder war es selbstverständlich?", blitzte es durch ihren Kopf.

„Kraw, kraw!", schrie die Krähe und flog heran. Marie dachte an Großvaters Lehre. Jetzt richtete sie ihre volle Aufmerksamkeit auf das Geschehen, wie es von der ehrwürdigen Mutter vorhergesagt worden war. Die Krähe flog über dem Stein und schrie. Dann setzte sie sich auf der Spitze des Steins nieder und beäugte Marie.

Langsam ging Marie um den Stein herum und suchte die Mulde.

„Da ist sie!", schrie sie erleichtert auf. Sie hatte in eine feuchte Vertiefung gegriffen, die von außen in der Höhe nicht sichtbar war.

In dem Augenblick hatte sie das Gefühl, dass es heller würde. Sie spürte eine Art leuchtendes Feld, das auch die Krähe zu spüren schien, denn sie sang auf einmal ganz hinreißend auf zwei langen Tönen, die sie aufwärts zog. Das klang sehr ungewöhnlich für eine Krähe, die vorher nur „kraw kraw" gemacht hatte.

Marie lachte auf. Sie schaute die Krähe an, die jetzt golden auf dem Stein schimmerte. Dann sah sie sich nach dem Weg um, und tatsächlich! Er begann auf einmal links zu ihren Füßen und führte sie linker Hand um den Stein weiter in den Wald, wo sie vorher nichts als Sumpf gesehen hatte.

Mit neuer Energie ging Marie diesen schmalen, doch trockenen Pfad weiter, der so seltsam glänzte. Langsam wurde es schon dämmrig. Weißer Nebel stieg vom Boden auf, ganze Nebelschleier erhoben sich, die sich jetzt mehr und mehr ausbreiteten an diesem Spätnachmittag. Die Luft wurde feuchter und kühler.

Immer wieder schrie ein Vogel. Die Nebel wurden stärker. Doch der Wald war seltsam lebendig und die Zweige bewegten sich überall ganz fein, als würden sie Ausschau halten, wer da kommt, bis Marie sie durch den Nebel dann nicht mehr sah. Plötzlich zog es sich zu.

Ein Wetter zog in einem rasenden Tempo auf. Es donnerte. Es donnerte immer wieder und ein furioses Wetterleuchten begann. Dann kam der Donner immer näher und der Abstand zwischen dem Leuchten und dem Donner wurde immer kürzer. Marie ward unheimlich, und sie ging so schnell sie es mit ihren Verletzungen vermochte.

„Als wollte jemand verhindern, dass ich hier ankomme", schoss es ihr durch den Kopf.

Da ging ein Regen nieder, wie Marie ihn noch nie erlebt hatte, und schon gar nicht zu dieser Jahreszeit im Sommer. Es hagelte dicke Tropfen in einem Tempo, dass sie in kurzer Zeit unter fließendem Wasser lief, das sich auf dem Boden sammelte. Sie wunderte sich nur, dass sie nicht versank. Sie ging, nein, sie watete den Weg weiter. Der Regen peitschte im Wind. Alle Bäume und Äste bogen sich und heulten, als würden sie gleich entwurzelt werden. Die ganze Natur war in höllischem Aufruhr. Marie hielt die Hände vor das Gesicht, hielt den Beutel und das Schwert fest, um sich zu schützen und drückte sich gegen den Wind nach vorn. Sie schrie.

Irgendwie fand sie den Weg, der endlos in diesem Sturm wirkte. Nach einer scharfen Biegung watete sie auf eine Lichtung zu, die mit einem Mal vor ihren Augen auftauchte. Dann sah sie plötzlich ganz klar eine Waldhütte mitten auf dieser Lichtung liegen, die eine sanfte Anhöhe bildete.

„Hurra! Ich habe es endlich geschafft!" Das musste die Hütte vom großen Magier sein.

Je näher sie der Hütte kam, umso mehr beruhigte sich der Sturm. Der Regen wurde sanfter. Strömend nass stieg

Marie langsam die Stufen zur überdachten Veranda hinauf. Hier war es seltsam still und ganz trocken. Ob wer da war? Marie setzte sich auf den Lehnstuhl, der auf der Veranda stand und ließ den Regen etwas abtropfen.

Sie war todmüde und erschöpft. Kein Rauch kam aus der Hütte. Marie klopfte.

Das Geheimnis von Nardun

Nachdem Philipp den Jungen im nächsten Dorf untergebracht und vom Überfall erzählt hatte, war er dort gut versorgt worden und man versprach, sich um den Jungen weiterhin zu kümmern. Philipp war noch am Spätnachmittag aufgebrochen mit frischen Vorräten und vollen Wasserflaschen. Er wollte in die Berge und nachforschen, was es mit dem Tunnel auf sich hatte. Die Begleitung, die man ihm in diesem Dorf anbot, - auch hier wusste man von der alten Geschichte über den geheimen Tunnel-, hatte er dankend abgelehnt. Er ging lieber allein. Den Fischern war das auch nur recht.

Um keine bösen Überraschungen zu erleben, falls die Piraten noch vor Ort waren und der Eingang des Tunnels bewacht wäre, näherte Philipp sich übers Gebirge von Süden. Vorsichtig suchte er das Gelände immer wieder ab, indem er Ausschau nach den Piraten hielt. Endlich aus der Höhe der Fischerbucht, wo das zerstörte Dorf lag, konnte er von einer Anhöhe über das Meer blicken und sah tatsächlich in der nächsten kleinen Seitenbucht zwei Schiffe versteckt liegen. Das sprach für die Richtigkeit der Geschichte des Jungen. Philipp suchte mit den Augen die Gegend ab. Die Piraten mussten von dort aus der Bucht hochgegangen sein. Er bewegte sich jetzt noch vorsichtiger und vermied es, Feuer zu machen. Er suchte jetzt, wo er sich auf der richtigen Höhe glaubte, den Eingang zum Tunnel.

Nachdem er und Marie vor vielen Tagen so intensiv den Eingang zum Höhlenweg am großen Chassador gesucht und ihn schließlich gefunden hatten, war sein Blick schon geschulter. Mit seinen Adleraugen durchbohrte er die Felswände, als könnte er hineinschauen oder an ihren Formationen den Eingang erkennen. Leise pirschte er sich an das Plateau heran, wo er den Eingang vermutete. Seinen Apfelschimmel Hassard hatte er in sicherem Abstand zurückgelassen.

Plötzlich hörte er menschliches Grölen. Schnell versteckte er sich und schaute. Von weiter unten kamen zwei Piraten hochgeklettert. Sie kamen von der anderen Seite, wo ihre Schiffe in der Bucht lagen. Offenbar trugen sie Vorräte hoch, denn sie unterhielten sich laut übers Essen. Anscheinend vermuteten sie hier keinen lebenden Menschen mehr. Philipp schlich sich etwas näher heran, dann blieb er hinter ihnen. Sie würden ihn schon zum Tunneleingang führen.

„Gib mir auch ein Stück Pökelfleisch!" meckerte der eine Pirat lauthals.

„Wir dürfen nicht so viel naschen, sonst haben die anderen nichts. Außerdem merkt es Hassan und der kennt keinen Spaß", antwortete der andere offenbar mit vollem Mund.

„Du isst auch, also gib schon her!", fiel der andere ihm ins Wort.

Ein Gerangel entstand offenbar, denn sie kamen nicht weiter. Philipp hörte Schreie und Schläge. Etwas polterte. Da tauchte plötzlich aus dem Nichts der Adler auf. Offenbar sah er das Fleisch und nutzte die Situation. Er schoss hinab und als er wieder aufstieg hatte er ein Stück Fleisch in seinem Schnabel. Philipp musste grinsen. Da wurde es lauter. Von oben kam offenbar jemand herunter. Philipp versteckte sich weiter hinten. Er hörte laute Stimmen, dann wurde es wieder ruhig. Offenbar hatte ein Aufseher für Ruhe gesorgt.

Später sah er drei Piraten auf das Plateau steigen. Zwei verschwanden hier in einem Loch, neben dem sich schon ein Haufen Steine türmte. Da hatten sie schon einiges herausgeschafft. Draußen vor dem Tunnel machte der dritte jetzt Feuer. Anscheinend war Essenszeit angesagt. Philipp schlich so nah wie möglich heran. Jetzt konnten die Piraten nur noch aus dem Eingangsloch herauskommen und das hatte er gerade im Blick. Er wartete. Nach einer Weile kam eine ganze Mannschaft heraus, es waren circa fünfzehn Männer. Sie versammelten sich ums Feuer, aßen und tranken. Dabei wurden sie etwas lauter. Philipp konnte wieder einige Wortfetzen verstehen. Den Eingang hatten sie anscheinend frei bekommen. Dahinter war der Tunnel wohl frei, aber in der Mitte musste es noch eine Verschüttung geben. So reimte es sich Philipp zusammen.

Jetzt wurde es laut: „Wir brauchen andere Gerätschaften zum Abtransport", schrie einer der Piraten wütend, „sonst sitzen wir nächstes Jahr noch in diesem Loch". Die anderen stimmten laut zu.

„In einem Monat soll es losgehen, dann müssen wir fertig sein", erwiderte eine laute, aber ruhigere Stimme, offenbar der Anführer. Philipp horchte auf und wartete.

Dann gab es auf einmal ein dumpfes Grollen, was die Abendstimmung der Piraten unterbrach. Von weitem konnte man Blitze sehen, dann hörte man fernes, mächtiges Donnern. Es musste ein gewaltiges Gewitter weiter im Norden aufgezogen sein. Auch hier wurde es dunkler.

Philipp hatte genug gehört. Leise zog er sich zurück. Als er Hassard in seinem Versteck losband, ritt er oben herum über die Berge außer Reichweite der Piraten, die noch mit Saufen beschäftigt waren. Er ritt Richtung Nardun und suchte die Linie des Tunnels zu verfolgen, konnte hier oben aber nichts entdecken. Als es dunkel wurde, übernachtete er in einer Höhle. Die Sonne weckte ihn wieder. Nach einem kleinen Frühstück mit Wasser, Brot und getrocknetem Fleisch ritt er weiter. Ein paar Stunden später kam Nardun in Sicht. Es prangte auf dem Hochplateau. Er näherte sich von Westen. Immer wieder spähte er die Lage aus, bewunderte die uneinnehmbaren Mauern der Festung mit ihren Wachtürmen und bemerkte schließlich den Steinbruch, der ein ganzes Stück vor der Festung lag. Hier wurde gearbeitet. Aufseher rannten mit Peitschen herum und trieben die erschöpften Häftlinge an, die halbnackt in der Hitze mit Hacken und Schaufeln arbeiteten und schwitzten. Philipp hielt sich in angemessener Entfernung. Die Aufseher waren weit gestreut und auch von den Wachtürmen hatte man sicher einen guten Blick.

Philipp interessierte, wie lang im Steinbruch gearbeitet wurde. Aber was sollte er allein nur tun? Was konnte er ausspionieren? Zu Raphael konnte er nie vordringen, nicht mal zu dem Steinbruch, der so gut bewacht wurde. Wo würde wohl der Tunnel auskommen, wenn er zur Festung führte? Innerhalb ihrer Mauern? Und wenn ja, wo? Philipp grübelte und suchte nach Lösungen. Er hatte sich in einer Mulde in den Schatten gesetzt, wo sein Kopf von einer Steinplatte geschützt wurde, um die ein karger Gebirgsbaum seine Wurzeln geschlagen hatte.

Raphael schuftete und schwitzte, wie alle seine Genossen hier im Steinbruch. Er wusste nicht mehr, wie viele Tage er inzwischen hier war und wann man ihn endlich mit den Verhören in Ruhe gelassen und dafür zum Steinbruch geschickt hatte. Er war abgemagert bis auf die Knochen. Seine Wunden waren, wenn auch nicht gut, verheilt. Sei Nachbar, der neben ihm schaufelte, flüsterte leise, als der Aufseher bei ihnen wegsah: „Diesen Tunnel gibt es wirklich und sie wollen ihn freilegen. Das kann auch für uns nützlich sein."

Der Aufseher kam näher, hatte aber nichts hören können. Er knallte mit der Peitsche. „Wer hat hier geredet?", schrie er trotzdem und knallte mit der Peitsche. Er schien schlecht gelaunt. Viele hatten die Striemen der Peitsche schon auf ihrem Rücken, auch Philipp hatte sie einmal zu spüren bekommen. Seitdem war er äußerst vorsichtig geworden und schaute sehr genau auf die Aufseher, bevor er einen Redeversuch machte. Die Arbeit war ohnehin hart, das Reden dabei fiel schwer und unterbrechen durfte man nicht.

„Wer?", brüllte der Aufseher nochmals und wollte schon auf Philipps Nachbarn, den alten Bruder Pierre dreinschlagen.

Da rief Raphael: "Ich war's."

„Du wieder?", fragte der Aufseher hämisch und schwang seine Peitsche.

„Ja", sagte Raphael.

Pierre wollte Einspruch erheben, aber Raphael trat ihm auf den Fuß. Genüsslich wartete der Aufseher, um sich an Raphaels Angst zu weiden, aber dessen Miene blieb undurchdringlich. Da knallte der Aufseher mit seiner Peitsche nach einigen Luftschwingen auf Raphaels nackten Rücken nieder, der sofort zu bluten begann, so dünn war seine Haut. Raphael krümmte sich unter dem Schlag, stieß aber keinen Laut aus.

„Schwein!", presste er ohne Stimme nach unten, dass nur Pierre es verstehen konnte, der ihn versuchte zu stützen. Der Aufseher grinste und fragte: "Willst du etwa mehr?"

„Raphael antwortete ruhig, aber mit vor Schmerz zusammengebissenen Zähnen: „Nein". „Dann arbeite gefälligst weiter!" und er stieß ihn in den Dreck. Raphaels Augen funkelten hasserfüllt.

Pierre murmelte unauffällig: „Danke! - Lass den Hass los, sonst frisst er dich auf."

Sie arbeiteten weiter. Circa gegen Sonnenuntergang ging es dann zurück. Im Hof der Festung wurde das Essen verabreicht. Jeder hatte eine Blechschüssel. Einmal am Tag gab es hier eine Suppe oder einen Brei. Das, was es morgens gab, konnte man nicht Essen nennen: eine Pissbrühe und ein Stück altes, vergammeltes Brot.

Der Abend war der noch schönste Moment des ganzen Tages. Ein paar Minuten Ruhe an der Luft, die etwas abkühlte, die untergehende Sonne, etwas zu essen. Die Aufseher waren selbst eher mit Essen beschäftigt als mit Prügeln. Raphael hielt sich jeden Tag daran hoch und genoss diese unbeaufsichtigten Minuten der Essenszeit, wenn keiner Ärger machte und alles geordnet verlief. „Wo soll der Tunnel denn hier herauskommen, Bruder Pierre", fragte er seinen Nachbarn zwischen dem Suppe Schlürfen. Es war der gleiche alte Mann, der im Steinbruch neben ihm arbeitete.

„Ich weiß es nicht. Wir sollten die Augen offen halten. Vielleicht entdecken wir etwas.", antwortete Pierre aus seiner gebeugten Haltung. „Vielleicht kommt bald Hilfe von außen", sagte Raphael.

„Die Bruderschaft weiß schon Bescheid, was hier geschieht unter der Anweisung des Königs, aber in Wirklichkeit unter der Anweisung des Abes", flüsterte Bruder Pierre grimmig.

„Scht", machte Raphael, als sich einige umschauten. Dann wurden sie zurück in ihre Zellen gebracht.

Philipp merkte, dass er etwas eingenickt war. Er hatte gerade von Raphael geträumt, der irgendwo da draußen weilte und wahrscheinlich dort im Steinbruch gearbeitet hatte. Darin war sich Philipp irgendwie sicher. Die Sträflinge hatten unter den Aufsehern den Steinbruch verlassen. Die Sonne ging gerade unter, als Philipp im Wachwerden einen Schatten über sich wahrnahm. Blitzschnell sprang er zur Seite und hatte sein Schwert schon gezogen, ehe er auf seinen Beinen ankam.

Über ihm auf der Steinplatte beugte sich ein Mann vor, der nachsehen wollte, wer da war. Offenbar war ein Aufseher hier spazieren gegangen oder war's ein Pirat? Philipp hatte keine Zeit, darüber nachzudenken. Auch der andere hatte sein Schwert gezogen und sie kämpften erbittert. Philipp machte sich die Felsen zunutze und sprang auf und ab. Der andere war groß und breitschultrig, ein Schlägertyp. Philipp verwundete ihn mit einem geschickten Streich am Oberschenkel. Der andere schrie auf. Hasserfüllt schlug dieser erneut mit dem Schwert heftig zu.

Philipp wich geschickt aus, er stolperte, fing sich wieder, und der andere stolperte über Philipps Bein. Dabei lief er ins offene Schwert hinein. Langsam sank er nieder. Er war tot. Philipp keuchte: „Tut mit leid" und schaute sich um. Zum Glück war niemand sonst heraufgekommen.

Er legte den toten Aufseher unter die Steinplatte. Nachdem er einen Schluck Wasser getrunken und sich etwas gesäubert hatte, beschloss Philipp, am nächsten Morgen direkt zu seinem Kloster zurückzureiten und dort vorzutragen, was er gesehen und herausgefunden hatte. Sie würden gemeinsam eine Lösung finden. Die Machenschaften hier konnten nicht länger unentdeckt und ungesühnt bleiben.

In Der Hütte des weissen Magiers

Nachdem niemand antwortete, drückte Marie die hölzerne Türklinke nieder. Es war nicht abgeschlossen. Sie trat ein und brauchte eine Weile, bis sie sich an das dämmrige Licht gewöhnt hatte. Es war niemand da. Sie schaute sich um und staunte. Überall standen Pflanzen, lagen besondere Steine und standen Essenzen herum. Die Hütte war dicht gefüllt mit allerlei Gegenständen wie Fläschchen, Töpfen und Tassen und Untertassen mit Samen. Es gab eine offene Feuerstelle mit Kamin und fast eine richtige Küche. Die Regale an den Wänden waren sorgsam mit Flaschen und Gläsern gefüllt. Es war ganz gemütlich hier und sauber mit einem großen Tisch, drei Stühlen, einem Bett und einem Lehnsessel, der mit Fellen belegt war. Marie wusste nicht, was sie tun sollte. Der Magier oder wer immer auch hier wohnte, war nicht da. Sie war verletzt, todmüde und völlig durchnässt. Da sie sich kaum noch auf den Beinen halten konnte, legte sie erst einmal ihr Schwert und den Lederbeutel ab, den sie die ganze Zeit auf dem Rücken getragen hatte. Dann legte sie sich vorsichtig auf das große Bett, nur für einen Moment, sie wollte ja wach bleiben, bis der Magier zurückkam, um ihn zu fragen… In der nächsten Sekunde war Marie auch schon eingeschlafen und hatte sich noch im Halbschlaf ein Fell über ihre nassen Kleider gezogen. Sie träumte von Tamino, ihrem wunderbaren Hengst. Er suchte sie und sie rief nach ihm, aber er konnte sie nicht mehr finden.

Sie schlief viele Stunden und begann zu fiebern. Die nassen dreckigen Kleider hatten die Wunden zum Eitern gebracht, die so lange unversorgt geblieben und im Regen völlig aufgeweicht und verklebt waren.

Der große Magier kam endlich in den frühen Morgenstunden müde nach Hause. Er war überrascht, als er Marie hoch fiebernd auf seinem Bett vorfand. So früh hatte er noch nicht mit der Enkelin von

Jacques gerechnet. Und dabei hatte er sich sogar mit dem Zurückkommen beeilt, nachdem er beim alten Volk gewesen war und dort deren Geschichte von dem Treffen mit Marie und Philipp gehört hatte. Er hatte so eine gewisse Ahnung bekommen und war schnellstens vom großen Chassador nach Hause geeilt. Auch das heftige Gewitter im Norden hatte ihn gewarnt, dass da etwas Ungewöhnliches im Gange war.

Grimmig dachte er an seinen Erzfeind, den schwarzen Magier. Als er Marie sah, überblickte er sofort die Situation und wusste, was zu tun war.

Er zog ihr die Kleider aus, legte vorsichtig ihre Wunden frei, die am Rücken sah wirklich böse aus, weil sie eitrig und mehrfach aufgerissen war. Er machte Feuer und kochte Tee und er bereitete einen Sud aus großen Blättern und einer kräftigen Wurzel für sie. Den Sud träufelte er in ihre Wunden und reinigte sie damit. Dann legte er frische Blätter auf und verband die Wunden sauber.

Marie merkte von all dem nichts. Sie schlief fest in ihrem Fiebertraum. Ab und zu zuckte sie hoch und murmelte etwas von Großvater und Zauberwiesen. „Aha", dachte der Magier, war sie dort auch schon gewesen. Ein guter Weg. Wer sie wohl auf diese Spur gesetzt hatte? Das konnte er sich eigentlich denken. Der Magier wickelte Marie in warme Decken und flößte ihr schluckweise heißen Tee ein. Marie atmete schwer. Nach ein paar Stunden ging das Fieber etwas herunter.

Der Magier atmete auf. Das war wohl noch einmal gut gegangen. Nachdem er Marie versorgt wusste, nickte er auf dem breiten Lehnstuhl, der beim Feuer stand, ein und träumte von alten Tagen. Marie brachte ihm ein Stück Vergangenheit heim in sein Exil, das er sich selbst vor vielen Jahren gewählt hatte, damals, als er weit weg gegangen war, nachdem man ihn aus seinem Kloster verstoßen hatte.

Marie träumte und sah einen Mann, der sich über sie beugte und sie versorgte. Sie spürte ihre Wunden und das tat soo gut, versorgt zu werden, wie sie es schon lange nicht mehr erlebt hatte, zuletzt von ihrer Mutter, als sie ein kleines Kind und krank war. Ihr wurde ganz warm. Mutter war auch immer so liebevoll und fürsorglich gewesen, nur war das lange her. Marie hatte so früh heiraten müssen, was sie gar nicht wollte. Sie war vorher glücklich gewesen. Nach ihrer Hochzeit nicht mehr. Und mit diesem Tag entzog man ihr all die Menschen, die sie liebte, Mutter und Großvater vor allem. Aber der war jetzt da und sein liebevolles, schmales Gesicht beugte sich über sie. Er lächelte sie an. Sie sah seine Gesichtszüge ganz genau und studierte sie, jede Falte unter den Augen und um die Mundwinkel, die so gerne lächelten, die Grübchen in den Wangen, - dann verschwammen die Gesichtszüge. Das Gesicht schaute auf einmal ganz anders aus und doch auch ähnlich. Aber runder, voller mit großen, tiefliegenden, grauen Augen und mit grau weißem, längerem Haar. Nein, das war nicht Großvater oder doch? Nein. Aus diesem Gesicht strahlte ihr ein tiefer Ernst entgegen. Sie kannte sich nicht mehr aus. Die Gesichter verwischten sich ineinander. Ihr Körper wurde leicht. Marie wechselte die Region und ging woanders hin, wo sie sich erholen konnte. Ihr Körper brauchte Zeit und ihre Seele Frieden.

Wie lange hatte der Magier Jacques nicht mehr gesehen? Waren es nicht fast 20 Jahre her? Damals war seine Enkelin noch ganz klein und er war sehr stolz auf sie und genauso auf seinen Enkel Philipp gewesen, der drei Jahre älter war. Nur ab und zu hatten sie sich dann noch geschrieben. Und auch das war schon lange her, dass ein Brief hin und her gegangen war. Dabei hatte er, der Magier, eine Brieftaube, Judit, die sehr verlässlich war. Doch jeder hatte soviel zu tun. Und jetzt war Jacques tot. Der Magier seufzte noch im Schlaf auf. Damals waren die Zeiten ruhiger gewesen. Das Land Aragon ging ganz im Handel und in der Schifffahrt auf. Es blühte auf unter dem Tatendrang der Kaufleute und den Entdeckungsfahrten in alle Welt. Jetzt war auch er, Argon, alt geworden. Sein Reich wartete auf Nachwuchs.

Am späteren Vormittag war der Magier schon wieder auf den Beinen. Munter pfiff er ein Lied, während draußen die Vögel sangen. Marie schlief noch. Das hohe Fieber tat seine Arbeit und er hatte eben die Wunden noch einmal frisch verbunden. Das Schwert und den Beutel von Marie hatte er inzwischen unter dem Bett verstaut.

Gerade ging er aus der Haustür auf die Veranda und reckte sich. Er zog sich die Wolljacke fester zu. Der Nebel hatte sich gelichtet und die Sonne schien hell. Dennoch war es etwas kühl hier im Nebelland Aquitanien. Er wollte ein zweites Bett bauen. Das war sicher notwendig, wenn sie länger bleiben wollte. Der Magier, der von großer, kräftiger Gestalt war, hatte hier die Holzarbeit, die er im Kloster schon als junger Mann gelernt hatte, gut brauchen können. Alles hatte er selbst gebaut. Den Garten angelegt, den Schuppen, die Quelle eingefasst, die seitlich von seinem Blockhaus floss. Er suchte jetzt, als er den Garten zum Schuppen durchquerte, nach passendem Holz. Gut sollte es riechen. Er hatte Kiefer abgelagert.

Als er den Schuppen betrat, hörte er seine Schafe und Ziegen. Sie kamen immer her, blökend und meckernd, wenn sie ihn kommen hörten. Ihre Wiese lag hinter dem Schuppen, der einen Spalt hatte, wo sie durchgehen konnten. Der Magier begann mit der Arbeit, suchte die passenden Bretter, maß und sägte.

Zu Mittag betrat er wieder seine Hütte, machte Feuer, setzte Teewasser auf und schaute nach Marie. Wie sie ihn hörte, wachte sie auf und schaute sich bewusst um. Das Fieber war jetzt besser.

„Wo bin ich?", fragte sie matt. Der Magier war an das Bett getreten und setzte sich. Er nahm ihre Hand, die noch heiß war.

„Du bist bei mir angekommen, Marie.", antwortete der Magier ruhig und schaute sie lächelnd an. Marie blickte in seine grauen, tiefliegenden Augen und erinnerte sich. „Endlich angekommen. Und du bist der Magier aus dem Norden?"

„Ja, das bin ich", gab er zurück. Marie lächelte jetzt. „Das ist gut." Ihre Augen schlossen sich wieder. Dann schaute sie ihn nochmals an. So lange war sie gegangen, jetzt war sie da bei ihm. Und sie wusste: „Er war schön, weil sie ihn anschaute und so sah, wie sie ihn sah." Und ihr fiel ein: Wir sind nur in den Augen des Menschen schön, der uns anschaut und so vieles findet, das in ihm und wohl auch im anderen nachschwingt. Es schwingt einfach und fühlt sich sehr gut an. Nennt man das Liebe?", fragte sie sich. Dann wurde sie müde und schloss wieder die Augen.

„Schlaf noch etwas, Marie", sagte der Magier. „Ich mache Tee."

„Woher weiß er meinen Namen, und dass ich kam? Er war nicht erstaunt und fragte nichts", dachte Marie noch im Einschlafen. Sie wollte ihn später fragen.

Am Nachmittag stand Marie etwas auf und sie tranken gemeinsam Tee und aßen Dinkelbrei, Fleisch mit Oliven und Schafkäse. Auch wunderbare Kräuter hatte der Magier aus dem Garten geholt. „Iss sie, sie tun dir gut", versicherte er ihr. Marie schmeckte es sehr gut nach den letzten Strapazen. Ihr Körper kam wieder zu Kräften. Der Magier beobachtete sie aufmerksam. Und sie schaute ihn auch immer wieder an. „Erzähl mir deine Geschichte, wenn du jetzt kannst", forderte er sie später auf.

Und Marie begann und erzählte ihm alles, angefangen, wie sie die Zeichen von Großvater aus seiner Todesstunde gelesen und schließlich sogar das Schwert und Philipp das Buch gefunden hatte. Und was sie alles unterwegs auf ihrer Flucht erlebt hatten, erst zusammen mit ihrem Bruder, dann sie allein. Auch vom Kloster erzählte sie und dem Gespräch mit der ehrwürdigen Mutter, das sie sehr beeindruckt hatte.

„Ja, die ehrwürdige Mutter Clarissa ist eine wunderbare Frau und führt das Kloster sehr selbständig. Wir kennen uns gut. Ich bringe ihr meine Kräuter und Heiltränke und helfe dort manchmal aus", sagte der Magier versonnen.

Dann erzählte Marie von dem Überfall direkt hinter dem Kloster und ihrem ersten Kampf mit diesen dunklen Reitern, die sie töten wollten. Da spürte sie wieder deutlich ihre Wunden und fuhr noch erregt fort: „Sie vermuteten anscheinend, dass ich dort übernachten würde und lauerten mir am Morgen auf. Deshalb zog sich wohl dieser dunkle Reiter, den ich vorher auf dem Weg sah, ins Dorf zurück."

Auf einmal fiel ihr ein, welchen Fehler sie begangen hatte. Wie hatte sie nur so naiv sein können und der ersten Nonne, Henriette, ihren richtigen Namen nennen können? War sie nicht dann beim Essen diesen beiden Damen aus Paris, „Madame und Mademoiselle du Chevallier" vorgestellt worden als Marie d'Argout von Aragon? So hatte ihr Gefühl sie nicht betrogen, dass dies gefährlich war und ihr Name besser nicht genannt hätte werden dürfen. Natürlich hatte es sich nur allzu rasch im Kloster herumgesprochen, dass die Königin von Aragon angekommen war. Und sie wusste doch, dass ihre Feinde überall Spione hatten! So unvorsichtig durfte sie in Zukunft nicht mehr sein. Es hatte sie fast das Leben gekostet.

„Aber Gott sei Dank, das ist noch mal gut gegangen. Du hast dich sehr gut geschlagen und das Glück deines Geschenkes gehabt, die wunderbare blaue Blume des alten Volkes!", meinte der Magier ernst. „Ja", sagte Marie dankbar und dachte an Anton und Andreas.

„Wo sind meine Kleider? Die blaue Blume war in der Brusttasche", fragte Marie nach und bemerkte, dass sie ein großes Hemd vom Magier trug. „Ich habe deine nassen Kleider beim Feuer zum Trocknen aufgehängt", sagte der Magier selbstverständlich.

„Ach ja", sagte Marie, stand auf und holte die Blume aus ihrer Brusttasche. Dabei schmerzte der Rücken noch sehr. Die Blume leuchtete blau und war unverletzt. Marie hüllte sie in ein Tuch, das ihr der Magier reichte und legte sie sorgsam weg.

Dann bedankte sich Marie für seine Hilfe und dass er ihr zugehört hatte. Nur das erste ungestüme Liebeserlebnis mit ihrem Bruder Philipp erzählte sie nicht.

„Wo sind das Schwert und der Beutel übrigens?", fragte Marie. „Ich habe sie unter dem Bett verstaut, hier!" Der Magier holte sie hervor und gab Marie das Schwert und den Beutel. Die legte beides auf den Tisch. „So so, das ist also das Schwert von Jacques de Frigeaux", sagte der Magier versonnen und schaute es sich an, indem er es in die Hand nahm. Die Klinge blitzte. Marie fragte den Magier: „Kannst du mir sagen, was diese Zeichen hier alle bedeuten?" Und sie zeigte auf die Gravuren in der Klinge.

„Nun, das sind Inschriften in einer alten Sprache aus der Satzung der Bruderschaft, der dein Großvater zuletzt vorstand", sagte der Magier langsam.

„Ah", sagte Marie bloß und war überrascht. Sie wusste davon nichts, dass ihr Großvater zu einer Bruderschaft gehörte.

„Aber bevor wir darüber anfangen und das könnte länger dauern, wenn ich dir das erzähle, lass mich dein Bett fertig machen, damit wir diese Nacht beide schlafen können", meinte der Magier schmunzelnd. „Du wolltest doch bleiben, oder?"

„Ja, natürlich, deshalb bin ich gekommen. Wenn ich denn auch bleiben darf", antwortete Marie etwas verunsichert.

„Natürlich", sagte der Magier lächelnd. Und fuhr fort: „Ich wusste ja, dass du kommst. Die Sterne haben es mir verraten."

Marie war verblüfft, wagte aber nicht zu fragen, wieso. „Wie darf ich dich nennen? fragte Marie schüchtern, denn sie merkte, dass sie den Magier noch nicht direkt angesprochen hatte: „Meister?" Der Magier überlegte kurz und sagte schließlich: „Nachdem wir eigentlich verwandt sind und das Du schon zwischen uns fließt, nenne mich einfach bei meinem Namen, Argon."

Sie antwortete wieder verdutzt: "verwandt? - Ja gerne, Argon." Marie stutzte, das war der Name in dem Brief, der im Buch von Großvater lag. Dann musste sie Argon später unbedingt den Brief von Großvater geben… Wieso waren sie verwandt, er und Großvater?

„Das beantworte ich dir später, Marie", sagte Argon, als habe er ihre Gedanken erraten. „Jetzt mache ich das Bett fertig."

„Gerne würde ich dir helfen, wenn…" fügte sie noch schnell hinzu, aber der Magier schnitt ihr schon das Wort ab und sagte: „Das kannst du später, wenn du gesund bist! Jetzt leg' dich nieder. Ich bin bald fertig. Stroh und Wolle für eine Matratze habe ich genug."

Er drehte sich nochmals um, als er schon in der Tür stand und sagte: "Wenn du nähen kannst, nähe diese beiden Leintücher zusammen. Sie werden deine Matratze, die wir dann füllen." Marie machte sich an die Arbeit und legte nur eine Pause ein, wenn der Arm mit der Wunde zu sehr schmerzte.

Am Abend brachte der Magier ihr frisch gefertigtes Bett herein und baute es drinnen auf. Marie war glücklich, als sie ihr neues Bett fertig stehen sah. Es war einfach und schön. Dann stopften sie gemeinsam die Matratze.

„Da müssen wir jetzt auch ein bisschen umräumen, wenn wie zu zweit hier hausen. Solch hohen Besuch hatte ich noch nicht hier", bemerkte der Magier lächelnd. Und dachte sich im Stillen: „Und seit Ewigkeiten keine Frau, die zudem noch so jung und schön ist. Sie könnte auch fast meine Enkelin sein", er seufzte innerlich auf.

Der Magier zeigte Marie eine kleine Kammer, die auf der Rückseite des großen Raumes lag, seine alte Schlafkammer. „Ich habe mich vor einiger Zeit entschieden, mein Lager in der Stube aufzuschlagen, weil es dort wärmer ist im Winter. Meine Knochen brauchen das inzwischen", meinte der Magier schmunzelnd.

„Jetzt passt die Kammer genau für dich."

Marie war dankbar, eine eigene Kammer mit neuem Bett zu erhalten. Schließlich war das hier kein Palast, wie der Magier scherzhaft erwähnte, und Marie hatte ein einfaches, aber sauber und gut gemachtes Bett auf ihrer Reise sehr schätzen gelernt.

Als sie schließlich am Abend nach getaner Arbeit zusammen saßen und gegessen hatten, zündete sich der Magier eine Pfeife an und paffte kunstvolle Rauchwolken in die Luft. Sie saßen auf der Veranda und genossen die Stille der einbrechenden Nacht. Der Mond, der sich wieder füllte, stand schon leuchtend am Himmel. Marie schwieg. Bald würde sie sich mit Hilfe Argons auch eine Pfeife schnitzen. Er hatte noch Holz dafür und verstand ihren Wunsch, der sich beim Abschied von Anton und Andreas vom alten Volk geformt hatte, als sie auf der Nordseite des Chassador angekommen waren. Ob Tamino wohl zum Chassador und zum alten Volk zurückgelaufen war? Aber die mochten ja keine Pferde. Pferde waren zu groß für sie, um nützlich zu sein. Marie seufzte still.

Da begann der Magier: „Du möchtest lernen. Ich spüre deine Fragen. - Nun hat jede Frage ihre Zeit, beantwortet zu werden. Einiges kann ich dir jetzt erzählen, anderes später." Er machte eine Pause und fuhr dann fort: "Vorweg möchte ich dich bitten und das ist sehr wichtig: Wenn du etwas willst und etwas fragen möchtest, frage bitte direkt und ohne Umschweife, was DU möchtest, - nicht was du glaubst, was der andere hören oder gefragt werden will. Beginne nicht irgendwo anders oder den anderen zu **befragen**, was er macht oder will, bevor Du Deine eigentliche Frage stellst, was Du wissen willst…. So viele Menschen tun das, fast die meisten, und es gereicht nicht zum Heil. Viele können nicht richtig fragen, weil sie es nie gelernt haben oder aus Angst. Sie fangen an, andere auszufragen oder gar zu verhören!"

Argon machte wieder eine Pause und zog an seiner Pfeife.

„Hingegen eine einfache und ohne Eitelkeit und Vorbehalt gestellte Frage ist etwas Wunderbares und wird Gehör und Antwort

finden. Den Zeitpunkt können wir dabei nicht immer bestimmen".
Der Magier lächelte Marie an, die neben ihm saß und aufmerksam zuhörte.

„Du hast eben gut gefragt. Ich möchte, dass du dir das bewusst machst und bei dir und anderen darauf achten lernst." Marie nickte beklommen und ging in Gedanken ihre Fragen durch, sie fand solche und auch solche. Dann gab sie Argon den Brief von Großvater und zeigte ihm auch das alte Buch, in dem der Brief lag uns sagte:

„Der Brief ist wohl an dich gerichtet. Wieso sind wir denn verwandt?" Der Magier schaute sich erst den Brief, dann das Buch an und sagte schließlich: „Der ist nicht mehr angekommen. Ja, Jacques hat ihn an mich gerichtet."

Argon machte eine Pause und zog wieder an seiner Pfeife. Er schaute in den Himmel und fuhr fort: „Dein Großvater wusste, dass er bald sterben würde. Er kannte die Machenschaften vom König und von dessen erstem Ratgeber. Jacques schrieb den Brief, um mich an mein Versprechen zu erinnern, das ich ihm gegeben hatte, als er mich vor vielen Jahren darum bat: Seine Enkelin Marie in Obhut zu nehmen, wenn es notwendig würde und sie weiter zu unterrichten. Das, was er nicht mehr konnte. Er schätzte sehr deine aufmerksame Art, mit bestimmten Dingen umzugehen und mit dem Reich des Unsichtbaren in Kontakt zu treten. Und die Dinge zu hinterfragen, das interessiert die meisten nicht.

Du warst seiner Meinung nach die Auserwählte, diese Dinge zu lernen, denen dein Großvater sein Leben gewidmet hatte und auch die Auserwählte, seinen Platz später einzunehmen. Jeder Großmeister sucht sich seinen Nachfolger und unterrichtet ihn. Ob er es dann wirklich wird, hängt noch von vielen Dingen ab. Der Erwählte jedenfalls hat die Möglichkeit, nach Schulung und etlichen Prüfungen die Nachfolge anzutreten als Träger des Wissens. Auch ist es nicht unbedingt der Sohn oder der Enkel, in diesem Fall bist es du, eine Frau. Dein Großvater ahnte anscheinend, dass du die Rolle der Königin aufgeben würdest und weiter suchen würdest. Vielleicht wusste er sogar, dass sein Tod dafür die Entscheidung bringen würde", sinnierte der Magier nachdenklich. „Schließlich hast du auch das Schwert, die Reliquie der großen Bruderschaft gefunden und du hast sie sicher bis hierher gebracht. Du folgtest dem Ruf, der physisch nicht bestimmbar ist. Und du hast mich gefunden, trotz aller Hindernisse." Marie hörte zu.

Argon lächelte leise. „Insofern hat deine Aufgabe schon längst begonnen, für die du ausgewählt wurdest." Der Magier überlegte, dann sagte er noch: „Und diese Aufgabe ist eine, die ein Mann an deiner Stelle nicht erfüllen könnte." Er schaute sie lächelnd, aber eindringlich forschend an. Marie war unsicher. Sie fühlte sich hin und her gerissen.

Dann fuhr er fort: „Meine Aufgabe ist es, dir dabei zu helfen, sie zu finden und zu erfüllen mit allem, was dazu gehört und zu lernen ist." schloss der Magier. Dann erwähnte er noch: „Ach, ja, das Buch war übrigens das von ihm selbst geschriebene Lehrbuch deines Großvaters, aus seinen Jahren des Studiums der Alchemie und der Naturwissenschaft. Ich weiß es, weil wir damals zusammen studierten an der Universität zu Saragossa. Jacques war etwas älter als ich und war mein Halbbruder. Wir haben den gleichen Vater -, aber das ist eine andere Geschichte". Argon paffte Kringel in die Luft und trank einen Schluck Honigwein.

Marie war es heiß und kalt geworden. So viele Neuigkeiten auf einmal über ihre Familie und über sie. Dann war Argon ja eine Art Großonkel. Fühlte sie sich deshalb zu ihm hingezogen und vertraut, bevor sie ihn noch kannte?

Aber daran wollte sie jetzt lieber nicht denken. Marie fühlte sich etwas übergangen bei dem Ganzen, so sehr sie ihren Großvater auch liebte. Mit dünner Stimme meinte sie schließlich: „Aber davon weiß ich gar nichts. Ich dachte, ich muss den Zeichen folgen, nach Norden, zum großen Magier. Das war mein Wunsch. Ich wollte Alchemie lernen, wie Großvater und vielleicht irgendwie seinen Tod rächen oder ihn zumindest sinnvoll machen. Er lehrte mich so vieles und es kam mir immer mehr ins Bewusstsein, dass dieses Wissen mir wichtig war. Notgedrungen lernte ich es dann auf dem Weg auch zu gebrauchen. - - Ich konnte doch nicht mehr mit dem Mörder meiner Familie, die ich liebte, zusammenleben?", schrie Marie auf und weinte. Dieser alte Schmerz saß tief.

„Du hast sehr viel bei deinem Großvater gelernt, Marie", antwortete der Magier sanft, „sonst hättest du mich nicht gefunden und vielleicht auch nicht überlebt. Du hast die erste Lektion eines werdenden Alchemisten schon gelernt: *die dunkle Nacht der Seele durchzustehen und ins Licht zu wenden.* -

Und Dank der Lehre deines Großvaters konntest du deine Energie und Aufmerksamkeit so konzentriert lenken, dass du das Schwert fandest und deine Angst überwinden lerntest. – Das hat dich hierher geführt."

Marie nickte erleichtert und machte eine Pause zum Nachdenken.

„Und ich erinnerte mich die ganze Zeit an Großvater und folgte seiner Botschaft aus dem Traum. - Aber was will ich eigentlich?", brach es jetzt aus ihr heraus. „So einfach funktioniert das nicht!

Selbst wenn ich das Schwert gefunden habe und auch stolz darauf bin und auf Großvater, aber ich folge doch nicht nur seinem Plan, weil Großvater sich das so überlegt hat: ‚auserwählt'. Wo bleibt meine Wahl?" Maries Stimme hatte sich erhoben und sie blickte ihn aufgewühlt und fragend an. „Das kann doch so nicht sein!"

Der Magier ließ ihr Zeit, bis sie sich beruhigt hatte. Der Mond wanderte. Ein paar Wolken überzogen ihn ganz leicht. Die Nacht war sternenklar und mild.

„Nein", sagte Argon. Und nach einer Weile fragte er nur: „Warum bist du zu mir gekommen, was willst du hier, Marie?" Es gab eine Pause.

Marie schluckte. War das nicht klar? Sie wollte zu ihm, um Alchemie zu lernen. Dann überlegte sie. Natürlich hatte sie sich das auch immer wieder gefragt auf der langen Reise, wo sie die klare Entscheidung brauchte, wohin sie ging. Und doch hatte sie nie die richtige Antwort gefunden, obwohl ihr vieles eingefallen war. Und doch wusste sie, dass sie zum Magier wollte! Was trieb sie nur an? -

„Ich will Alchemie lernen. Ich will lernen, warum die Dinge so sind, wie sie sind, und die Menschen sind, wie sie sind und nicht anders, ich will alles besser verstehen. Ich will die Seele und das, was wir Geist nennen, begreifen und die Liebe. Die Liebe finden und mehr sehen von dem, was zwischen Himmel und Erde ist", quoll es aus Marie hervor, "ich könnte so vieles sagen und kann es doch nicht auf den Punkt bringen", brach sie ab. "Ich möchte es bei dir lernen, ich weiß nicht warum, aber es ist klar! – Ist das falsch?" Marie schluchzte auf. Was war nur los mit ihr? Warum taten die Fragen weh und waren so schwer zu beantworten?

Der Magier lauschte und wartete ab. "Also, du weißt es und weißt es nicht. Das sind viele Wünsche nach Erkenntnis und Erfahrung. Ein großes Programm und ein langer Weg. - Was ist deine persönliche Aufgabe?", fragte er nochmals.

"Das zu lernen und das Schwert in Ehren zu halten.", antwortete Marie jetzt einfach und schnäuzte sich die Nase. "Etwas anderes fällt mir jetzt nicht ein", fügte sie noch hinzu.

"Vielleicht sind die Vorstellungen deines Großvaters und die Aufgabe, die er dir zugedachte, eigentlich eins mit deinen persönlichen Wünschen und deiner Aufgabe, auch wenn du noch nicht weißt, was es ist. Könnte das sein?", fragte der Magier vorsichtig. "Denk einmal darüber nach! - Jeder findet immer nur selbst seinen persönlichen Weg und seine persönliche Lebensaufgabe. Ein anderer kann nur dabei behilflich sein." Die Stimme des Magiers war jetzt ganz ruhig und sanft.

Dann erhob er sich aus seinem Lehnstuhl und fügte noch hinzu: "Ein frisch eingegossenes Glas Milch bildet Schaum. Wenn man in das Glas hineinschaut, sieht man zuerst den Schaum, erst dann kommt man zur Milch. Und die Milch wird irgendwo anders produziert, richtig?" "Ja", sagte Marie. Dabei schaute sie ihn irritiert an. Was sollte denn das heißen?

Argon wünschte ihr eine gute Nacht und ging noch spazieren.

Nach ein paar Tagen war Marie wieder ganz gesundet und hatte sich schon in den Haushalt des Magiers eingefügt. Gern übernahm sie die Hausarbeiten, kochte, säuberte das Haus, wusch und half bei den Pflanzen und der Heilkräuterarbeit. So lernte sie schnell, und der Magier hatte Zeit, sie nebenbei zu unterrichten. Alles ging Hand in Hand: die einfache alltägliche Arbeit, die Zubereitung der Salben und Tinkturen, das Versorgen der Tiere und des Gartens, ihre zwanglosen Gespräche mit dem Magier und die Beobachtungen, die ihr Argon immer wieder aufgab. So vergingen Wochen. Marie beobachtete den Kreislauf des Mondes, oft saß sie stundenlang am Abend draußen und schaute in den Mond und in die Sterne. Die Nacht hatte ihre eigene Sphäre und Beredsamkeit, die sie jetzt erst richtig kennen lernte. Tagsüber schlief das in der Natur, was nachts wach wurde und umgekehrt. Marie liebte auch die Nacht. Sie sah in der Nacht so anders, manches besser als am Tag.

Sie wurde mit dem Rhythmus der Natur vertrauter und nahm in ihrem Körper diese Rhythmen stärker wahr. Ihr Zyklus wurde ganz regelmäßig und bei Vollmond hatte sie ihr Mondblut. Auch das Säen und Ernten der Kräuter, die Verarbeitung der Pflanzen lebte ganz in diesem Rhythmus, wie sich auch ihre Speisen danach richteten, die sie entsprechend zubereiten lernte, nach den Tipps des Magiers. Marie merkte, wie Nahrung und Heilkraft zusammenhingen, je nach Sä- und Erntezeit und Zubereitung, was ihr nie zuvor so bewusst geworden war. Ab und zu probierte sie auch ein Rezept aus Großvaters Buch. So hatte sie schon einen kräftigen Einlaufsud gekocht, der alles an Ablagerungen herausholte, was im Darm so festsaß. Das führte dann zur Versetzung des Klos.

Bald fühlte Marie sich im Blockhaus und im Garten regelrecht heimisch. Nach der Hausarbeit, ging sie regelmäßig in den Garten, pflegte die Blumen und Kräuter. Lavendel und Rosmarin und Thymian wuchsen hier besonders kräftig. Alles duftete. Die kleine Bergziege Rosalie war ihr besonders zugetan und kam ihr gerne zugelaufen. Marie musste sie dann von den Blumen und Kräutern vertreiben.

Eines Tages pflückte Marie die schönen weißen Blütendolden des Holunderstrauchs, einer Lieblingspflanze des Magiers, als dieser dazukam. „Ich werde die Blüten einlegen und Saft davon machen", meinte Marie gutgelaunt. Und ein paar Blüten wollte sie als Tischschmuck nehmen. Die Blüten waren sehr zart und dufteten fein, wenn sie auch schnell verfielen.

„Möchtest du die Blüten oder die Früchte ernten, Marie?", fragte der Magier vorsichtig. Marie stutzte. Darüber hatte sie nicht nachgedacht.

"Jetzt wollte ich Blüten nehmen", sagte Marie. Natürlich waren die Früchte des Holunders besonders wertvoll. Argon hatte Saft und Medizin davon im Regal stehen, dachte sie weiter.

„Weißt du, dass ist etwas, worüber es sich lohnt, Gedanken zu machen. Viele Menschen wollen *ihre Früchte ernten*, weil sie ihr Leben lang viel gearbeitet und aufgebaut haben und dann irgendwann meinen, es sei Zeit für ihre Ernte und ihre Früchte. Und dann wundern sie sich, wo die Früchte bleiben. Das liegt daran, dass sie manchmal vergessen, auf die richtige Zeit zu achten, nämlich darauf zu achten, was sie ernten, wenn sie ernten!", erläuterte der Magier ernst.

Marie nickte eifrig.

„Ja, das hatte ich jetzt auch ganz vergessen oder nicht beachtet. Ist logisch, da vergessen wir einfach, den Wachstumszyklus zu berücksichtigen und zu entscheiden, was ich ernten will."

Marie machte eine Pause und betrachtete den Strauch. „Auf die Früchte muss ich länger warten und darf die Blüten nicht brechen, was ich gerade wollte", dachte Marie laut und überprüfte ihre Entscheidung.

Jetzt nahm sie nur eine Handvoll Blüten, um dem Holunder die Zeit der Reife für seine Früchte zu lassen. Diese Entscheidung traf sie nun bewusst, während sie vorher unbewusst gehandelt hatte. Sie war dem Magier dankbar für diesen Hinweis. Argon ging seiner Wege und Marie kümmerte sich ab jetzt genauer um das Wachstum der Pflanzen und um die Ernte.

Jeden Tag genoss Marie den schönen Blick über die weite Lichtung, das kleine Reich des Magiers, wie sie es nannte, das bis zum vorderen Waldrand reichte. Sie genoss den Wind in den Bäumen, der alles lebendig machte und das sanfte Plätschern der Quelle, die sich hinter der Blockhütte in ein steinernes Becken ergoss.

Auf einer Wiese hinten am Waldrand war der alte Esel Asa daheim, der es liebte, ab und zu hinter den Ohren gekrault zu werden. Nachts ertönten regelmäßig seine Schreie. Ein paar Apfelbäume gab es ebenfalls, deren kleine Äpfel der Esel gern fraß.

Nur Ihr eigenes Pferd, ihren schwarzen Hengst Tamino, den vermisste Marie sehr und fragte sich oft, wo er jetzt wohl sein mochte.

Manchmal saß Marie auch in der magischen Stunde bei Sonnenauf- und Untergang ganz still und schaute den Blumenelfen zu, wie sie ihr Werk taten, vor allem, wenn der Tau in den Blütenkelchen hing, waren sie sehr emsig, ihn einzusammeln. Auch Marie tat das manchmal für bestimmte Heilsalben, so hatte es der Magier ihr beigebracht. Sogar die Schafe kannte sie schon alle. Eines Nachts hatte sie neben Argon einem Mutterschaf bei der Geburt ihres Jungen zur Seite gestanden und viel über die Hebammenkunst gelernt.

Diese ganze Zeit lebte Marie sehr zurückgezogen mit dem Magier, der sie viel beobachten und in der Natur arbeiten ließ. Dabei hatte sie viel zeit zum Nachdenken und lernen. Die Jahreszeiten waren sanft. Marie erfuhr, dass die Zeit überhaupt hier anders floss als draußen in der Welt. Sie hatte das Gefühl, ein Jahr sei vergangen, dabei waren es nur Monate. Der Magier hatte ein eigenes geschütztes Reich erschaffen, in dem Raum und Zeit anders waren und viele Lebewesen Platz hatten.

Maries grosse Lehrzeit beginnt

Eines Tages lockte es Marie, einmal weiter hinauszugelangen und die Natur auch außerhalb des Waldrandes zu erkunden. Der Magier spürte das und schlug vor: "Du brauchst neue Kleider. Bisher kennst du nur den südöstlichen Teil meines Reiches, wo du hineingelangt bist durch die Sümpfe des Hexenwaldes, beim Stein von Magpud. Gehen wir morgen früh nach Nordwesten, Richtung Meer. Dort liegt ein Dorf weiter unten, wo du einkaufen kannst und ich auch etwas besorgen muss. Auf dem Weg gibt es auch einiges zu sehen, auch Zauberwiesen", meinte Argon bedeutungsvoll und zwinkerte Marie zu.

Marie freute sich darauf. Sie hatte nur ein Kleid und das einfache Jagdgewand, was beides schon sehr mitgenommen war. Nach Sonnenaufgang wollten sie aufbrechen. Marie richtete sich gerade her, da sprach der Magier: „Wir sollten dein Schwert noch gut verstauen. Dieser Ort ist zwar geschützt, aber man weiß nie. Es gibt sicher einige, denen es viel wert wäre, es zu bekommen", meinte der Magier.

Marie war sofort einverstanden zu fragte: „Und wo?" Der Magier ging in die kleine Kammer und zeigte ihr im Holzboden ein breites, loses Brett. Darunter war Stein. „Aber wo denn da?", fragte Marie wieder.

Der Magier lächelte, er drehte an dem großen flachen Stein, der sich zur Seite zu schieben begann. Darunter war eine kleine Kammer ganz im Stein verborgen. Drei Stufen führten hinunter und man konnte gerade stehen. Es gab eine Truhe und Regale hier. „Hier sind meine Heiligtümer", verriet der Magier. Es gab Schädel an den Wänden, Steine und Kristalle. Ritualgegenstände und einen goldenen Kelch, ein altes Schwert und ein paar kostbare Salben und Drogen, wie der Magier ihr erklärte. Marie legte Großvaters Schwert ins Regal: „Und wenn ich es brauche oder wieder haben will?", fragte sie.

„Dann sag mir Bescheid. Wenn ich nicht da wäre und es ist dringend, dann öffne den Stein, mit folgendem Spruch und er flüsterte ihn ihr ins Ohr. „Ich vertraue dir", sagte er mit einem bedeutsamen Blick in ihre Augen. Marie bedankte sich und errötete leicht.

Der Magier nahm jetzt einen großen Rucksack mit und verstaute dort seine Pfeife. Marie hatte auch ihre Pfeife inzwischen fertig geschnitzt und steckte sie ein, sowie einen Ziegenbeutel mit Wasser. Die Vögel sangen und der Nebel lichtete sich. Die Sonne war schon herbstlicher, ihr Licht weicher. Der Pfad führte hinter dem Schuppen neben der Schafweide weiter nach Nordwesten. Es ging immer weiter. Auf einmal, als der Wald zu ihrer linken Seite immer dichter und dorniger wurde, standen sie vor einer Öffnung, wo man durch den Wald hindurchschauen konnte. Jetzt sah Marie, dass sie sich die ganze Zeit auf einer Stufe befanden wie auf einer erhöhten Insel. Das andere Land, auf das sie jetzt hinuntersahen und wo sie hinwollten, lag regelrecht eine große Stufe tiefer. Wie konnten sie diese Stufe überwinden? Sie zog sich rechts und links entlang, soweit ihr Auge reichte. Fragend richtete sie sich an den Magier, als sie diese Aussicht genossen. „Wo geht es denn hier hinunter? Ich habe noch nicht bemerkt, dass du auf einem flachen Berg wohnst", fragte Marie den Magier vorsichtig.

Der Magier lachte: „Tue ich auch nicht. Mein Reich liegt auf einer großen Landschaftsstufe, ein zwischen den Bergen und der Küste, beziehungsweise dem Flachland liegt. Es ist ein altes Endmoränengebiet, das auf der einen Seite von Sümpfen mit dem Nebel und dem Hexenwald eingesäumt ist und auf der anderen Seite ist diese Stufe, die unüberwindbar scheint, vor allem mit ihrem dornigen Gestrüpp entlang des Abgrundes. So gibt es natürliche Schutzwälle, die zudem noch mit Magie versehen sind, wie du beim Stein von Magpud gemerkt hast, die es gegen unliebsame Eindringlinge schützt", antwortete der Magier erklärend.

„Da hast du dir aber ein gutes Gebiet ausgesucht", sagte Marie bewundernd. Der Magier lachte und meinte: „Als ich von den Druiden kam, hatte ich viel Zeit und habe mir das ganze Land von Norden kommend angeschaut. Da entdeckte ich diesen Platz, der leer und unbewohnt war. Kaum einer kannte ihn, weil er unzugänglich war.

Er war unwirtlich, nur diese eine Lichtung, die wirklich fruchtbar ist. Die Quelle habe ich dann erst gefunden."

Marie dachte an den bösen Zauberer und die Geschichte, von der Anton erzählt hatte und sie dachte daran, dass ihr die Äbtissin den Zauber des Steins verraten hatte, damit sie den Weg fand.

„Der Stein funktioniert nicht bei jedem", meinte der Magier, der ihre Gedanken erriet. „Ich hatte ihn für dich freigegeben, weil du hinein durftest."

Ah", machte Marie erstaunt. „Da hat der böse Zauberer wohl wenig Chance", meinte sie lachend.

Argon unterbrach sie rau. „Sprich nicht von ihm, und niemals leichtfertig. Du weißt nicht, was du sagst! Ich werde dir das später erklären", meinte er versöhnlicher, als er sah, dass Marie erschrocken war.

„Ohne die Ratgeber und Wegweiser wäre ich jedenfalls nicht bei dir angekommen", murmelte sie noch. „Du hast auf die richtigen gehört und sie auch immer gefunden", ergänzte der Magier sie. „Vielleicht gehört das zu meiner Aufgabe. Ich habe viel darüber nachgedacht", sagte Marie.

„Das allein nützt nichts", gab der Magier zurück.

„Wie war das mit der Milch?", konterte Marie. „Ist das so mit den Aufträgen, so wie jeder Mensch sie mitbringt auf die Erde?", fragte sie weiter „Erst sieht man nur den Schaum, später die Milch, wenn man sie kostet. Und noch später erfährt man, wo die Milch herkommt und woraus sie besteht".

„Richtig", sagte der Magier lachend und stieg behend hinab, nachdem er einmal mit der Hand eine Bewegung gemacht hatte, als wischte er etwas hinweg. Marie schaute nur so, wie schnell er auf einmal mitten durch das Dornengestrüpp und den Abhang hinunter wie ein Steinbock sprang. Sie schaute, dass sie hinterher kam. Und sie stiegen einen Pfad hinunter, den Marie vorher nicht gesehen hatte. Auch das Gestrüpp, das dornig war, wich überall aus.

„Wie funktioniert das?", fragte Marie nach Luft ringend, als es schließlich etwas flacher wurde. „Wo kam der Weg her und dass die Dornen zur Seite wichen?"

„Nun", meinte der Magier, als sie kurz in einer Kurve ausruhten:

"*Die Welt ist das, wofür du sie hältst.* So wie du sie siehst, so ist sie in diesem Augenblick. Also achte auf deine Gedanken, denn sie prägen deine Wirklichkeit und achte vor allem auf deine Gefühle. Denn sie leiten im Geheimen deine Gedanken. Wenn Du sie beherrscht -und nicht Sie dich-, wirst Du die Wirklichkeit erschaffen."

Argon machte eine kleine Pause und schaute Marie aufmerksam an. Sie versuchte, dies gerade zu verdauen.

„Das ist ab jetzt deine Aufgabe. Du hast den Weg erst gesehen, als ich ihn erschaffen habe. Wenn du dies beherrscht, kannst du ihn selbst erschaffen, hast du das verstanden?", fragte er lächelnd.

„Vorläufig ja." meinte Marie zögernd. „Ich werde darauf achten."

Argon setzte sich neben sie und sie ruhten etwas aus. Sie saßen auf einem Stein und schauten hinunter. Das Land lag vor ihnen.

„Was siehst du?", fragte Argon. Marie zählte einiges auf, eine Kirchturmspitze, eine Vogelschar, die vorbei zog, Weizenfelder, Häuser, wo sie gerade eben hinschaute. Argon bohrte weiter: "Und erkennst du, wenn du den Blick umlenkst auf etwas anderes, mehr nach links oder rechts schaust oder den Blick weiter oder enger machst, dass du immer etwas Anderes siehst, also auch das zuvor Gesehene anders siehst? – Mach es einmal und schau, was sich tut!"

Marie tat es und Argon zündete sich seine Pfeife an.

„Das ist wahr", meinte Marie glücklich. „Auch ist es jedes Mal anders, je nachdem, ob ich meine Augen auf weit oder scharf stelle. Ich sehe die Dinge immer ein bisschen anders, den Kirchturm, die Weizenfelder... So bewusst habe ich das noch nie gemacht." Marie dachte nach, „aber unbewusst geschieht es von selbst irgendwie. Aber dann mache ich das nicht gewollt, also bewusst", folgerte sie für sich.

„Gut", meinte der Magier. „Eine sehr wichtige Erfahrung, die du gerade gemacht hast, die für alles gilt! Du kannst sie dir weiter zu Nutze machen, wenn du deine Gedanken beobachtest und deine Wahrnehmung dabei bewusst machst."

Argon machte einen Zug aus seiner Pfeife. „Und jetzt stell' dir einen wunderbaren Gedanken vor und schaue mit ihm noch einmal in die Landschaft!", forderte der Magier sie auf. Marie konzentrierte sich und dachte, dass sie Raphael liebte. Sie stelle sich sein Gesicht vor und wünschte ihn herbei. Dann schaute sie wieder.

„Was ist anders?", hakte Argon nach.

„Ich sehe alles viel schöner: die Blumen blühen mehr, die Vögel singen lauter, die Landschaft sieht schöner aus, das Weizenfeld wiegt sich im Wind und die Kirchturmspitze leuchtet in ihren Farben. Ich habe ein besseres Empfinden, dass mich weiterleitet, und sehe, dass die Dinge auch gut sind!", freute sich Marie. „Selbst die dunkle Wolke dahinten sieht nicht bedrohlich aus, sondern eben nur dunkel", meinte Marie.

„Gut gemacht", schmunzelte Argon, denn er bemerkte ihren Gedanken und ihr Gefühl.

„Liebe gebiert Schönheit und produziert Energie, also liebe! Warte nicht darauf, geliebt zu werden, um dann zu lieben! Das ist wichtig! Liebe Du aus deiner ganzen Kraft und Sehnsucht heraus, die Dinge zu erschaffen! Das ist ein großes Geheimnis, was nur wenige Menschen verstehen, geschweige denn beherrschen! Die meisten warten ihr ganzes Leben und stellen immer dumme Fragen, um dem anderen etwas zu entlocken, statt dass sie selbst etwas ehrlich und offen wissen wollten oder es täten!"

Der Magier war jetzt selbst erregter geworden mit seinen Worten, mehr als er vielleicht wollte, stellte Marie fest. Es musste eine sehr wesentliche Erfahrung sein.

Der Magier fuhr fort: „Das lässt sich auf alles beziehen, was dir begegnet, einfach auf alles, was sich dir anbietet. Die Liebe ist eine wunderbare Kraft, wenn sie deine Gedanken leitet und nicht die Angst, die es so viel häufiger tut", sagte der Magier wieder ruhig und ernst. Er sah die dunkle Wolke an, in der jetzt ein schwarzer Vogel kreiste, wenn man genau hinsah.

Und er lauschte auf sein Gefühl und spürte seinen Herzschlag, wenn er Marie ansah. Sie war ihm vom Himmel geschickt worden. Er brauchte sie. Sie erfüllte sein altes Dasein mit Sinn und neuer Zuversicht. So lange war er schon allein, dass er sich nicht mehr erinnern konnte mit einer Frau zusammen gewesen zu sein. Und sein Exil war seine Heimat geworden. Jetzt kam sie, eine junge Königin, die ins Exil ging, um bei ihm zu lernen und ihre Aufgabe bei ihm zu finden. Das Schicksal war wirklich trickreich. Auch er hatte seine Aufgabe mit ihr, gestand er sich schmerzhaft ein, ohne davon etwas nach außen dringen zu lassen. Seine Ausbildung bei den keltischen Meistern hoch oben im Norden hatten ihn in ihrer Tradition, welche die Sonnenlehre und Mondlehre umschloss, vor allem Disziplin und Kontrolle all seiner Regungen gelehrt.

Marie hing ihren Gedanken nach, ob sie wohl jemals Raphael wieder sehen würde und ob Philipp es schaffte, ihn zu befreien oder er sich selbst? Sie dachte an ihren Traum. „Liebe hat ihre zwei Seiten. „Auch das Leiden und die Sorge sind da zu finden, wenn man liebt", meinte sie zu sich selbst in Gedanken.

„Wenn du zu leiden beginnst, wirst du schwach. Lenke deine Gedanken um, *Du wählst deine Wirklichkeit!*", riet der Magier und stand auf. „Wir müssen jetzt weiter!"

Der Magier ging voraus, den Pfad weiter hinunter über Steine und Geröll. Die Bäume und das Unterholz wurden jetzt dichter am Wegrand. Marie ging hinter Argon. Sie trödelte etwas.

Plötzlich hörte sie ein Geräusch, ein Trampeln, dann ein Fauchen, und als sie sich umdrehte, um nachzuschauen, sprang ein großes Tier sie von hinten an. Sie schrie auf und versuchte es abzuwehren, hatte aber keine Chance. Dieses wilde Tier hatte sie umgestoßen und wollte sein großes Maul in ihre Schulter stoßen, da sprang der Magier blitzschnell dazwischen und schlug mit seinem Stock zu und trieb es weg von Marie. Dann stieß er mit seinem Messer zu. Das wilde Tier gebärdete sich wie verrückt, wand sich wie eine Schlange und kämpfte wie ein Wolf. Es versuchte immer wieder, sich festzubeißen, aber der Magier hatte es von Marie weg gestoßen und hielt es mit seinem Stock und dem Messer in Schach. Es biss in seinen wilden Zuckungen in seinen Arm, bevor der Magier ihm das Messer in den Rücken stoßen konnte. Aufjaulend riss es sich los und verschwand mit riesigen Sprüngen. Es glich einem riesigen Eber mit einem Wolfspelz.

Marie war wieder aufgestanden und schaute fassungslos zum Magier. Der hielt sich den Arm, denn die Wunde blutete sehr stark. Schnell riss Marie ein Stück Stoff von ihrem Gewand und verband ihm die Wunde.

„Jetzt musst du mich verarzten", meinte Argon mit einem etwas schiefen Lächeln. „Du hast mich gerettet", meinte Marie erschüttert. „Ich habe das Tier überhaupt nicht kommen hören. Es war plötzlich von hinten da. Was für ein merkwürdiges Tier das war!", sagte sie noch unter Schock.

„Das war kein Tier, jedenfalls kein normales", meinte der Magier entschieden. Aber schnell, hole mir Lavendel und Fingerkraut, ich brauche etwas für die Wunde. Sie könnte von dem Zahn des Ebers vergiftet sein." Er setzte sich nieder. Marie suchte und fand beides. Sie versorgte die Wunde damit. Den Lavendel presste sie über der Wunde aus und legte das Fingerkraut darüber, bevor sie mit dem Tuch die Wunde verschloss.

„Danke", sagte Argon. „Du hast gut gelernt". Marie hatte Tränen in den Augen. „Tut mir leid. Was wollte der Eber bloß?"

„Er wollte dich", sagte der Magier einfach. „Das war eine der Teufeleien des schwarzen Magiers. Er weiß jetzt, dass du bei mir bist. Wir sollten auf der Hut sein. Ich schätze, das war ein Warnschuss", meinte er noch. „Wir sollten jetzt ins Dorf."

Und so gingen sie zügig weiter. Bald wurde der Weg flach und sie waren auf dem Land mit den Weizenfeldern angekommen, wo ein Weg sie direkt ins Dorf führte. Menschen und Ochsenkarren kamen ihnen entgegen. Das Dorf war recht hübsch mit seinen sauberen Fachwerk oder Steinhäusern. Sie fanden einen Dorfplatz mit Bäumen und Blumen. Blumen gab es auch an den Häusern und in den Gärten. Und es gab Geschäfte.

Im Dorf machten sie ihre Einkäufe. Argon besorgte sich noch einen besseren Verband. Auch kaufte er ein paar Lebensmittel, Seife und Papier, ja ein kleines Schreibbuch mit Einband und eine Flasche Wein. Dann ließ er sich die Haare schneiden und den Bart abnehmen.

Der Magier sah gleich viel jünger aus. Man sah jetzt seinen Mund, der vorher im Bart versteckt war. „Sein Mund ist wirklich sehr schön geschwungen", stellte Marie bewundernd fest, als sie beim Barbier zusah. Ohne es zu wollen, stellte sie sich vor, dass er sie küssen würde. Schnell fegte sie den Gedanken weg. Wie kam sie nur auf etwas so Dummes? Er war der große Magier und konnte außerdem fast ihr Großvater sein. Der Magier bemerkte im Spiegel plötzlich ihr Leuchten in den Augen. Das machte ihn glücklich und weckte seine Gefühle als Mann. Das war er schließlich auch. Am liebsten wäre er aufgestanden und hätte sie in den Arm genommen. Aber das stand ihm nicht zu und er wollte die Ebenen nicht vermischen. Sie hatte ihr eigenes Leben und noch alles vor sich. Aber träumen durfte ein alter Mann ja ein bisschen wenigstens. das gestattete er sich und löste den Gedanken wieder auf.

Bei einer alten Bekannten von Argon, Madame Bovar, wurden sie zum Tee eingeladen. Sie war mittelalt und sehr dick, vor allem in der Oberweite. Zum Tee brachte sie Kekse und musterte Marie mit ihren lebhaften braunen Augen, während sie mit Argon redete. Sie sprachen über die dunklen Reiter, die neuerdings überall auftauchten und die Menschen ausspionierten. Manchmal nahmen sie einfach Leute mit. Ketzer und Rebellen wurden überall gesucht. Oder es tauchten Soldaten auf, die auf königlich-päpstlichen Befehl agierten und alles kontrollierten. Die dunkle Macht breitete sich sogar hier im Westen aus, außerhalb von Aragon, wie schon die ehrwürdige Mutter zu Marie gesagt hatte, dachte Marie traurig.

Als Madame nach Marie fragte, woher sie komme, erklärte der Magier beiläufig, dass Marie zum Unterricht komme und eine weitläufige Verwandte, die Tochter einer Cousine sei, die vor ein paar Tagen im Kloster Notre Dame angereist sei.

„Aha, sehr nett, die junge Dame", meinte Madame Bovar freundlich und lobte Maries neues, ockerfarbenes Kleid mit weißem Volant, das sie gerade erworben hatte. „Mag sie die Karten von mir gelegt haben?", fragte Madame Bovar. Marie verneinte, das wollte sie lieber nicht. Ihr reichte das alles, was sie schon erlebt hatte.

Argon schmunzelte.

Nach dem Tee machten sie sich wieder auf den Weg. Es war Nachmittag. Argon hatte noch ein gutes Jagdmesser gekauft, sein altes war beim Kampf mit dem Eber kaputt gegangen. Und er kaufte ein kleineres Messer für Marie. „Vielleicht wäre das Schwert doch gut jetzt hier", meinte Marie vorsichtig und dachte an den Eber.

„Ich denke, es ist in der Hütte gut aufgehoben und wird besser hier nicht gesehen, zudem nicht bei einer Frau", antwortete der Magier. „Zieh das Messer mit dem Gürtel an und stecke es unter den Umhang", sagte er und reichte ihr das Messer mit der Scheide. „Ein Messer braucht man immer." Sie verstaute es unter ihrem Umhang.

Auf dem Rückweg, den sie etwas anders nahmen, gingen sie an wunderbar fruchtigen Blumenwiesen vorbei, wo sie Elfen beobachteten. Dann stieg der Pfad an und sie gelangten durch eine kleine Schlucht, die kein Wasser führte, die besagte große Stufe wieder hinauf. Von unten schaute es aus wie ein Tafelberg, der sich dann in der Vegetation verlor. Jetzt ging der Magier hinter Marie und beobachtete sie.

„Du musst auch hinten Augen haben. Gehe so, dass du immer im Gleichgewicht bist und mit jedem Schritt fest auf deinen Beinen stehst", sagte er zu Marie. „Aber wie soll ich hinten sehen? Das mit dem Gleichgewicht probiere ich gerade.", antwortete sie.

Er stieß sie plötzlich nieder. Sie fiel um und schimpfte leise. Beim der zweiten und dritten Attacke war sie schon geschickter. Sie gab nach, blieb aber standhafter und parierte den Stoß. So übten sie eine Weile auf dem Heimweg.

Dann sagte der Magier: „Du hast vorne zwischen deinen Augen auf der Stirn auch ein „drittes Auge", mit dem du geistig sehen kannst, so wie du auch die Elfen wahrnimmst. Das hast du schon etwas aktiviert. Nun, hinten im Nacken gibt es auch eine Art Auge. Du kennst doch das Gefühl, wenn du zum Beispiel Angst hast, dann kannst du Gefahr dort spüren.

„Ja, das stimmt", sagte Marie. Sie gingen weiter.

Argon fuhr fort: „Du hast dort im Nacken, wo du sensibel bist, direkt unter dem Kopf in der Mitte eine Art Fenster, eine feinstoffliche Öffnung. Dort kannst du aus und einsteigen. Du tust es nachts, um aus dem Körper in die andere Dimension zu gelangen, wenn du träumst. Hier kann aber auch eine andere Macht einsteigen, wenn du nicht aufpasst. Vor allem, wenn du offen bist und nicht merkst, dass du ungeschützt offen bist", sagte der Magier eindringlich. „Du musst lernen, auf dein Fenster zu achten und es zu kontrollieren. Denn es ist öfter offen, als du vielleicht glaubst." Marie war skeptisch.

„Wie soll ich da hinschauen?", fragte sie erstaunt.

„Indem du hin fühlst. Das kannst du doch, oder?" fragte er herausfordernd.

„Na ja, schon. Ich probiere es." Argon blieb weiter hinter ihr und nahm wieder seinen Stock, den er immer bei sich hatte und mit dem er jetzt in die Nähe ihres Nackens glitt und eine Drohgebärde machte. „Was spürst du?"

„Da ist was, direkt vor meinem Nacken", sagte sie.

„In Ordnung. Das war mein Stock", antwortete Argon. Sie drehte sich um. „Geh weiter. Beim nächsten Mal greifst du an, mit dem Messer, sobald du eine Gefahr spürst."

Der Magier trainierte sie auf dem ganzen Rückweg trotz seiner Wunde, bis Marie müde war. So lernte sie, auch mit einem Messer umzugehen. Am Abend kamen sie ohne weitere Zwischenfälle sicher in der Hütte des Magiers an. Marie fiel sofort ins Bett und schlief ein, während der Magier noch auf der Veranda saß und an den Vorfall dachte. Seine Wunde hatte sich Dank der schnellen Hilfe nicht verschlechtert, sondern begann zu heilen.

Am nächsten Morgen überreichte der Magier Marie nach dem Frühstück, als sie aufräumte, das kleine Büchlein mit den leeren Seiten, dass er im Dorf gekauft hatte. „Für dich", sagte er freundlich.

„Danke", sagte Marie und unterbrach ihre Arbeit. „Was soll ich da hinein schreiben?", fragte sie lachend „du verbindest sicher eine Absicht damit."

„Nun, richtig geraten. Ich schenke es dir, damit du ab jetzt wie in ein Tagebuch alles aufschreiben kannst, was du lernst und was dir wichtig ist. Die wichtigsten Sätze, Gesetze, die du lernst und deine Erfahrungen damit. Magst du das tun?", fragte der Magier.

„Gerne", sagte Marie. „das ist eine gute Idee, dann habe ich auch mein persönliches Lehr- und Lernbuch." Sie freute sich und begann später, ihre ersten Erfahrungen einzutragen.

Der Magier bestand darauf, Marie weiterhin mit dem Schwert zu trainieren. Und so kamen beide Schwerter aus der geheimen Kammer wieder ans Tageslicht. Argon war ein guter Lehrer mit dem Schwert und mit dem Stock. Jeden Abend trainierte er sie, wie es vorher Philipp gemacht hatte. Aber Argons Training verlangte von ihr noch andere Methoden. Marie trainierte vor allem ihr Bewusstsein und ihre Wahrnehmungsfähigkeit mit dem Schwertkampf. In jeder Lage musste sie bereit sein und die Gefahr wittern. So lernte sie große Schnelligkeit und ihren sechsten Sinn zu gebrauchen, die Gefahr vorauszusehen. Ihr Nacken entwickelte sich zu einem wichtigen

Organ, etwas zu orten. Die Ohren unterstützen sie in dieser Wahrnehmung, denn sie hörten rundherum sehr genau, welches Geräusch aus welcher Richtung kam.

„Du wirst das noch brauchen, vor allem, wenn du allein unterwegs sein wirst", sagte der Magier ernst zu ihr. „Die Zeiten sind sehr unruhig und dunkel geworden". Bisher waren sie entweder zusammen weggegangen, wenn es Heilkräuter im Wald zu holen galt oder er selbst ging allein weg.

Und der Magier dachte an den Tag nach dem Ausflug ins Dorf, wo er allein im Wald gewesen war und bestimmte Pilze gesammelt hatte: Dort war ihm an einer dunklen Stelle, wo das Wasser in einer Senke stand und der Himmel sich darin spiegelte, der Kopf des Ebers begegnet.

Sein Gesicht war schmerzverzerrt und voller Wut gewesen über den Messerstich. Diese Gestalt wand sich wie eine Schlange, verwandelte sich in viele Zerrbilder, die ihn anzuspringen schienen. Sie spiegelten ihm laufend wilde, drohende Bilder vor, aber es war auch ein menschliches Gesicht, das mal die Züge des Abe d'Albert annahm und mal die des dunklen Magiers, der sein Gesicht hinter einer dunklen Kapuze versteckte. Dann sah er Maries Gestalt, die sich unschuldig im Wald bewegte. Und diese verzerrte Gestalt sprang auf sie zu.

Der Magier murmelte leise: „Was willst du eigentlich, hast du noch nicht genug?" Dann wischte er mit der Hand darüber und die Vision verschwand. Das Wasser war wieder trübe.

Abends rauchte der Magier gern seine Pfeife und studierte den Himmel. Marie leistete ihm Gesellschaft. Es waren meist friedliche Gespräche. Er zeigte ihr Sternbilder, das der Pleijaden, des Orion und andere. Die ganze Michstraße konnte man gut sehen. Marie ging meist zuerst wieder hinein, während der Magier noch aufblieb.

Philipps Ankunft in seinem Kloster

In der sengenden Mittagshitze des siebten Tages kam Philipp endlich in seinem Kloster Isabellas Stift an. Völlig verstaubt und durstig, die Küstenstraße war sehr trocken um diese Jahreszeit, näherte er sich auf dem Felsenweg dem Eingang der Klosterumfassung. Das Kloster lag auf Felsen in der Nähe der Westküste, die hier sehr unwegsam und zerklüftet war. Es befand sich an der portugiesischen Grenze. Die Brüder hatten schon von seiner Ankunft erfahren. So öffnete man ihm, als er auf seinem Pferd heran ritt, das Tor in den Innenhof. Die Mauern dieses Kloster waren sehr alt und auf Felsen aufgestockt worden. Hier war es angenehm kühl und schattig. Ein paar Bäume und Blumenrabatte in der Mitte und die Säulen des Kreuzganges spendeten Feuchtigkeit und angenehmes Klima. Zufrieden stieg Philipp mit einem leichten Seufzer ab und umarmte seinen Bruder Pedro, der ihn schon erwartet hatte.

„Gegrüßt seiest du im Namen des Herren", sagte er lachend und umarmte Philipp kräftig. Der gab den Gruß zurück. „Schön ist es, wieder hier zu sein, in Ruhe und Frieden.", sagte Philipp und schaute Pedro freundlich an, der etwas jünger war als er. „Nun ja", meinte dieser, „Die Zeit ist hier auch nicht spurlos vorbeigegangen, selbst an unserem abgeschiedenen Leben im Kloster nicht. Wir kommen schließlich fast alle aus Aragon. Nur einige sind aus Frankreich und Spanien. Wir haben uns hier zusammengefunden. Viele unserer Brüder sind gefangen genommen worden. Ob nun von unserer Bruderschaft direkt oder von anderen", erwiderte Pedro etwas gedrückt. Dann fuhr er fort, als wischte er einen Schatten weg:

„Es geht allen gleich. Wir sind zu Ketzern und Abtrünnigendes Glaubens geworden, oder einfach Rebellen, weil wir für die Freiheit kämpfen. Wir haben inzwischen selbst Späher eingesetzt, die die Dinge beobachten. Der Abt wird dir später sicher mehr erzählen. Du warst lange fort. Das Unglück von deinem Großvater und seiner ganzen Familie haben wir schon gehört", meinte Pedro voller Mitgefühl, „und dass die Königin seitdem leidend ist und das Bett hütet, wie der König berichten lässt."

„Das ist eine Lüge", sagte Philipp laut und seine Stimme klang erregter als er es wollte. „In den Kerker hat er sie werfen lassen, weil sie selbst nachschauen ging, was passiert war auf dem Chateau Bridan. Wir trafen uns dort zufällig auf dem Weg und gingen gemeinsam hin. So blieben wir zusammen, außer, als sie ihr Gepäck holen wollte. Die Königin wollte aufgrund des Massakers an ihrer Familie den König verlassen, da hat er sie gefangen nehmen lassen, um ihr den Mund zu stopfen. Ich habe sie dort aus dem Verlies befreien können. Wir sind dann gemeinsam in die Berge geflohen und haben einen weiten Weg zurückgelegt. Sie ist jetzt hoffentlich in Sicherheit oben im Norden", schloss Philipp seinen Bericht und wurde wieder ruhiger.

„Dann schaut die Wahrheit mal wieder ganz anders aus als was man zu hören bekommt", sagte Pedro nur, ergriff Philipps Arm und führte ihn hinein ins Gebäude, das die Brüder selbst in Stand gesetzt hatten, nachdem sie es günstig aus dem Besitz der nächsten Residenzstadt abgelöst hatten. Im Speisesaal bekam Philipp noch etwas zu essen und zu trinken, die meisten Brüder waren schon unterwegs zum Mittagsgebet. Nachdem Philipp sich in seiner Kammer gereinigt und umgezogen hatte, erwartete ihn der Abt, Prior Claudius in seinem Arbeitszimmer. Philipp klopfte an.

„Herein", dröhnte eine kräftige Männerstimme und Philipp trat ein. „Ach du bist es, Philipp, tritt näher, wir haben dich schon erwartet! Schön, dich gesund wieder zu sehen", empfing ihn der Prior Claudius herzlich. Er kam auf ihn zu. Sie umarmten sich ebenfalls ganz wie Brüder, linke auf rechte Schulter, das war ihr Gruß.

Dann schauten sie sich an und lachten. Philipp war sein zweiter Mann, der seit Jahren an seiner Seite stand und auch schon mit ihm im Afrikakrieg gekämpft hatte, bis man ihn, Claudius verwundete und für ihn der Krieg beendet war. Später hatten sie sich dann in Saragossa wieder gesehen und gemeinsam die Bruderschaft aufgebaut, weil sie die gleichen Ziele hatten. Auch Claudius sprach Philipp sein Beileid aus. Die Kunde von dem Massaker auf dem Chateau Bridan war durch das Land gegangen. „Das Volk hat Angst. Und das ist es, was sie wollen", sagte der Abt. Er ging gemessenen Schritts durch sein großes Arbeitszimmer, dabei hinkte er nur ganz leicht, wenn am genau hinsah. Seine Verletzung des Beines hatte er gut in den Griff bekommen. Dann fuhr er fort: „Vor allem diese graue Eminenz, der Abe d'Albert muss seine schwarzen Finger tief in diesem Spiel haben. So haben seine und die Männer des Königs ihre Kontrolle über das Land bekommen und verstärken die Verhaftungen im Namen der Sicherheit und der Reinerhaltung des Glaubens immer weiter."

Claudius atmete tief durch. Er war sehr betroffen: „Einmal, vor vielen Jahren bin ich dem Abe d'Albert in Montsun, seiner Komturei begegnet. Er sprach dort Recht und es erfolgten einige Verurteilungen oder besser „moralische Maßnahmen", wie er es nannte. Mehrere Kirchen- und Ordensleute waren zugegen, weil Montsun ein Aushängeschild der Kirche ist. Nun war spontan ein Hass zwischen dem Abe und mir spürbar, als wir uns in die Augen schauten, ohne dass der Abe und ich auch nur ein Wort gewechselt hätten", berichtete der Prior nachdenklich.

„Der Abe ist eiskalt und kennt keine Grenzen, seinen Willen durchzusetzen. Er ist außerordentlich beeindruckend und mächtig, aber seine Macht ist kalt und undurchsichtig. Alle haben sich in dieser großen Versammlung vor seinem Antlitz gebeugt und das erwartet er auch. Er hat seine Untergebenen überall."

Claudius ließ seinen Gedanken freien Lauf. Er war froh, wieder mit einem Menschen seines Vertrauens in dieser schwierigen Zeit sprechen zu können. „Und diese Macht hat das Königshaus übernommen, da diese Art der Führung dem jungen König Raimond in seinem Machtstreben und seiner Unsicherheit entgegenkommt. Der Abe war ja schon sein Erzieher im Königshaus, was nicht viele wissen. Und so ist er die graue Eminenz geblieben", meinte Claudius bedächtig und ernst.

„Das wusste ich noch gar nicht und Marie weiß das sicher auch nicht", unterbrach Philipp den Prior überrascht. „Ja, das macht einiges klarer", sinnierte er.

Und Prior Claudius fuhr fort: „Diese Macht wird täglich schärfer in ihren Maßnahmen, vor allem gegen unsere Bruderschaften, die eine gewisse Selbständigkeit haben. In diesem Zug, alle Maßnahmen der Kontrolle zu verstärken, hat man die alte Maurenfestung Nardun ausbauen lassen. Sie ist jetzt voll befestigt und voller Häftlinge", sagte der Prior ernst und machte eine Pause.

„Ich weiß", antwortete Philipp. „Ich war selbst dort vor Ort und habe im Steinbruch die Häftlinge arbeiten sehen. Ein guter Freund von mir ist vermutlich auch dort gefangen. Ich würde ihm gerne helfen." So brachte Philipp gleich sein Anliegen vor.

„Wir sind in dieser Hinsicht schon am Werk", meinte der Abt. „Wir haben beschlossen, etwas zu tun und dafür haben sich mehrere Bruderschaften eingesetzt. So sind wir nicht allein. Wir hatten eine geheime Situng außerhalb des Landes. Inzwischen wurden Späher aus unseren Orden eingesetzt, die alles beobachten und sich zum Teil sogar in Nardun eingeschleust haben. Einer ist als Häftling, ein anderer als Aufseher dort." Der Abt sprach noch über Details ihrer Pläne, Gefangene freizubekommen und über Maßnahmen, diese unheilvolle Macht zu durchbrechen.

Auch Philipp berichtete jetzt von seinen Beobachtungen und Erfahrungen auf der Reise. Der Prior hörte sehr interessiert zu, als er von dem geheimen Tunnel erfuhr, dessen Eingang Philipp gesehen hatte, als die Piraten dort arbeiteten. „Hast du ihn wirklich gesehen, diesen Tunnel?", forschte der Prior.

„Ja, ich sah den Eingang aus der Entfernung meines Versteckes, aus circa hundert Meter Luftlinie. Außerdem hörte ich die Piraten und sah den Berg Steine, den sie schon hinaus geschaufelt hatten", versicherte Philipp nachdrücklich. „Und es passt alles zusammen: Der Überfall auf das Fischerdorf, genau unterhalb dieses Bergmassivs: zuerst die Zeugenbeseitigung, dann die geheime Operation. Und das, was der Junge, sagte, war schlüssig und bestätigte sich."

Philipp machte eine Pause und erwiderte dann noch: „Also, ich habe da keine Zweifel mehr. Dieser alte Tunnel muss existieren und vor langen Zeiten schon zum Schmuggeln und als Versorgung dieser alten Festung gedient habe. Zu viele Geschichten berichten darüber. Der König oder der Abe sie sind dahinter gekommen und richten ihre jetzt Aktivitäten darauf, was der Festung Nardun eine außerordentliche Stellung verschafft. Ein guter Plan, nicht?" Philipp schaute Claudius herausfordernd an. „Ohne Zweifel, ja. Vielleicht können wir ihn uns auch zu Nutze machen. Alles hat seine zwei Seiten. Wir sollten da mitspielen", meinte der Prior Claudius nachdenklich.

„Das ist es, was auch ich meine", antwortete Philipp befriedigt und tauschte mit Claudius einen langen Blick.

In der nächsten gemeinsamen Bruderversammlung des Ordens beschlossen sie, die Befreiung der Brüder, unter anderem Raphaels, über den Tunnel von Nardun zu starten und diese Aktion, die natürlich sehr heikel war, in absoluter Stille von langer Hand vorzubereiten. Es musste noch ein risikobereiter Späher in die Piratentruppe eingeschleust werden, um die Tunnelarbeiten zu beobachten. Sie brauchten einen genauen Bericht vor Ort und wann er benutzt wurde. Die Operation Nardun musste schließlich eine kleine, zuerst im Verborgenen ablaufende Aktion sein. Alles andere konnten sie sich im Schoß des Feindes nicht leisten. Zumal die Operation durch einen Tunnel, in dem man gefangen war, wenn einmal drinnen, stattfinden sollte. Wenn aber diese Operation gelang, besaß sie eine Durchschlagskraft und würde allen anderen Brüdern, die verstummt waren, Mut machen.

Darin waren sich Claudius und Philipp einig. Aber sie hatten einen großen, machtvoll organisierten Apparat gegen sich, der jede Störung, die ihm auffiel, zermalmte.

Ihr einziger Vorteil jetzt war, dass niemand auf der Gegenseite wusste, dass ihre Tunnelaktivität schon entdeckt war und sie beobachtet wurde. Die Meeresseite dort war eine unwegsame, verlassene Küste, die allgemein kaum von Aragon benutzt wurde. Deshalb gab es da auch wenige Siedlungen. So hatte die Bruderschaft einen kleinen Vorsprung und einen Funken Hoffnung, gegen den machtvollen, hochabgesicherten Arm des Königs und des Abes erfolgreich zu sein. Wenn nicht, bedeutete das den sicheren Tod von allen hier und allen Brüdern in Nardun. Das wussten sie. Der Abe kann kein Erbarmen.

Raphael sollte vorher informiert werden und nach der Befreiung zu ihnen nach Portugal gebracht werden. Philipp würde sein Versprechen Marie gegenüber halten. Das war er ihr und Raphael und sich selbst schuldig, dachte er grimmig und zugleich voller unbestimmter Hoffnung auf eine gemeinsame Zukunft.

Der Geburtstag auf Samhain

Heute war ein besonderer Tag. Marie spürte es schon beim Aufstehen und als sie beim Frühstückmachen nach draußen schaute. Heute war ein besonderer Tag. Die Sonne leuchtete so eigentümlich in den Nebel hinein, der sich nur langsam lichtete. Es war märchenhaft. Und es war eindeutig Herbst geworden. Der Winter, der hier etwas rauer als in Aragon war, wie sie von Argon wusste, stand vor der Tür. Sie trafen seit längerem ihre Vorbereitungen dazu, um gut gerüstet zu sein. Die Hütte war instand gesetzt. Alle Ritzen zwischen den Holzstämmen waren mit Stroh und Moos gestopft. Und Marie hatte viele Vorräte eingekocht, getrocknet und haltbar gemacht.

Da hatte der Magier ihr einmal, als er seine Regale anschaute, lobend auf den Rücken geklopft und gesagt: „So viele gute Dinge habe ich noch vor keinem Winter in meiner einfachen Hütte gehabt! Gut gemacht, Marie". Und sie hatte sich gefreut und war stolz darauf.

Es war Samhain heute, die Sommerwende. Der Übergang zur stillen Jahreszeit, der 31. Oktober mit seiner Nacht zum 1. November. Manchmal hatte der Magier in den ruhigen Abendstunden etwas von den Druiden und seinem Leben dort hoch im Norden auf der Insel St. Galvant erzählt. Auch von den Festen dort und den Ritualen. Sie liebte diesen Einklang mit der Natur und das Miterleben der Rhythmen der Natur und ihre Bedeutung für den Menschen. So konnte sie nie genug davon hören, wenn der Magier seine Geschichten erzählte. Auch die alte Geschichte vom Gral und von König Arthur hatte sie mit großem Interesse verfolgt. Sie lebten hier im Nebelland schließlich auch nach den Naturgesetzen und alten Riten, wie die Druiden sie gelehrt hatten, bevor das Christentum sie verdrängte, dachte Marie und war zufrieden. Es gab wohl noch einige wenige Druiden und Inseln keltischer Lebensweise, die im Verborgenen lagen. Und genau genommen war der Magier ein Druide, wie Marie feststellte, eben ein christlicher Druide.

Heute war Argons Geburtstag, den sie zufällig einmal aufgeschnappt hatte. Der Magier machte ja kein Aufheben um so etwas. Aber sie hatte sich das gemerkt und eine Dinkelkuchen mit Honig und Nüssen gebacken. Den gab es heute zum Frühstück und eine Kerze brannte auch auf dem Tisch. Der Magier war trotz seiner Strenge und Zurückhaltung, die er sonst bei persönlichen Dingen zeigte, gerührt. Schließlich war er schon ein alter Mann, wie er sich entschuldigte, als er sein Gefühl bemerkte.

Marie gratulierte ihm: „Herzlichen Glückwunsch, Argon" und küsste ihn auf die Wange. Als der Magier zurück lächelte, fand Marie, dass er eigentlich gar nicht alt aussah, sondern wie ein stattlicher Mann wirkte mit seinem markanten Gesicht und den hellgrauen Augen. Um den schön geschwungenen Mund hatte sich schon wieder ein Bart gebildet, wie Marie bemerkte.

Zur gleichen Zeit saß der Abe in Begleitung der schönen Comtessa Ottilie da Sarcasanza in einem Cafe in Saragossa. Sie frühstückten zusammen mit Tee, Kaffee und Kuchen. Der König weilte bei den Bündnistruppen in Frankreich an der Nordküste, nachdem er ein Zusammentreffen mit dem französischen König in Paris hatte wahrnehmen müssen, um über die unsichere Lage im Norden zu beraten, wo Frankreich gegen England kämpfte und die Unterstützung Aragons verlangte. Raimond war mit einem Teil seiner Truppen erst nach Paris, dann an die Nordküste gezogen. So war er einige Zeit außer Landes. Indes verwaltete der Abe und die ersten königlichen Minister das Land Aragon.

Comtessa Ottilie war in Anbetracht dieser Lage etwas verwaist und hatte Zeit, sich anderen Dingen zu widmen. Der Abe hatte seit dem ersten Treffen mit ihr und dem König ihre Sympathie gewonnen. Ab und zu trafen sie sich auch ohne Raimond, wenn dieser unpässlich war. Die Comtessa schätzte die stille, unaufdringliche und kluge Art des Abes. Außerdem fühlte sie sich geschmeichelt, dass ein so stattlicher Bischof und erster Berater des Königs sich für sie, die letztlich nur die Mätresse des Königs war, interessierte.

Heute saß Ottilie auf Einladung des Abes mit diesem im Cafe Royal. Er hatte Geburtstag und wollte ihn ein wenig feiern, auch wenn der König außer Landes weilte, wie Bischof d'Albert betonte. So hatten sie schon Champagner getrunken und auf seine Gesundheit und den Erfolg für das Land Aragon angestoßen. Ottilie konnte sehr liebenswürdig und beredsam in ihrer koketten Art sein, wenn sie wollte. Das hatte Raimond öfter betont und auch den Abe vor ihr gewarnt.

In ihren jungen Jahren war Ottilie auf so eine Bekanntschaft wie den Abe stolz, zumal alles ehrenhaft zuging. Er war schließlich ein hoher geistlicher Würdenträger, der zudem in ihren Augen sehr gut aussah. Sie liebte diese männliche Durchsetzungskraft und die klare ruhige Gewalt, mit der er alles regelte. König Raimond verfügte nicht über diese Souveränität, fand Ottilie inzwischen, seitdem sie den König länger und intimer kennen gelernt hatte. Früher hatte Ottilie Raimond genauso für seine männliche Art bewundert. Nun ließ sein Benehmen inzwischen manchmal zu wünschen übrig. Wenn den König etwas ärgerte, dann war er ungehalten und verbarg seine schlechten Gefühle und auch seine Unsicherheit hinter zwanghaftem und aggressivem Benehmen. Das war ihr gar nicht recht. Schließlich hatte sie darunter zu leiden. „

Was für ein Glück, dass wir nicht verheiratet sind", ging es ihr jetzt durch den Kopf. Aber den Abe kannte sie auch nicht in dieser direkten Form, so entschuldigte Ottilie den König auch wieder. Schließlich war sie stolz, die Auserwählte des Königs zu sein, auch wenn er manchmal ein richtiger Kindskopf war, wenn auch ein lieber, fand Ottilie, wenn sie an ihre heißen Nächte in den schönsten Hotels von Saragossa und von Nizza dachte.

Sie lachte innerlich auf. Beziehungen waren ein interessantes Spiel, was sie sich gut leisten konnte, nachdem sie mit sehr gutem Aussehen und genügend Geld dank ihrer guten Familie gesegnet war. Ottilie schüttelte lächelnd ihre kupferfarbenen Locken und überprüfte in ihrem kleinen Taschenspiegel, ob ihre Lippen noch gut genug geschminkt waren. Schnell strich sie etwas Rot nach.

„Entschuldigen Sie mich bitte, Comtessa, ein dringendes Geschäft ruft-", sagte der Abe und stand auf.

Der Abe war eben nach draußen gegangen, da ein Kurier ihn hatte sprechen wollen. So hatte sie Zeit, sich ihren hübschen Kopf über die menschlichen Schwächen zu zerbrechen.

Der Abe war zu ihr immer betont liebenswürdig, auch heute wieder, fand Ottilie. Darauf war sie stolz, wenn er auch manchmal ein bisschen viel fragte über Dinge, die ihn eigentlich nichts angingen. Dafür erwies er sich dann als dankbar, wenn sie ihm anscheinend zufrieden stellende Auskünfte erteilte. Heute hatte er sie schon gefragt, wie sie denn den Verlust des Königs so ertrage oder ob das Alleinsein eine willkommene Abwechslung zu ihrem sonst innigen Beisammensein wäre. Das hatte sie etwas konsterniert und sie wusste nicht recht, was sie darauf sagen sollte. Sie hatte einfach geantwortet, dass sie eine unabhängige moderne Frau sei, die mit beiden Situationen gut zurechtkäme.

Der Abe hatte sie daraufhin angelächelt und gesagt: „Sie sind eine bemerkenswerte Person, Comtessa Ottilie und sehr schön dazu." Und er küsste ihr die behandschuhte Hand. Als hätte Ottilie seine weiteren Gedanken erraten, sprach sie weiter, vielleicht aus ihrer kleinen Verunsicherung heraus: „Ich habe übrigens noch keine Nachricht von König Raimond erhalten, seid er aus Paris abgezogen ist. Hoffentlich wird er sich bald melden."

„Sicherlich wird er das, meine Verehrteste. Er liebt sie doch", antwortete der Abe liebenswürdig.

Ottilie dachte noch über dieses Gespräch nach, da kam der Abe auch wieder herein und setzte sich an ihren Tisch. „Entschuldigen Sie vielmals die Störung, meine Verehrteste Comtess. Es war ein Kurier aus Nardun. Es gab da einen kleinen Aufstand.", erklärte der Bischof und verbeugte sich leicht vor ihr. „Aber das wird sie sicher nicht interessieren, diese politischen Geschäfte und dann noch Häftlinge", sprach der Abe und bestellte noch zwei Gläser Champagner.

„Nein, wirklich nicht", sagte Ottilie kühl und lächelte dann wieder. „Wo waren wir stehen geblieben?" – Herausfordernd schaute sie ihn an und fing seinen Blick ein. Seine schwarzen Augen ruhten einen Augenblick auf ihr. Sie strahlten ein seltsames Feuer aus. „Begehrten sie sie nicht?", fragte sich Ottilie etwas irritiert.

Der Magier sprach zu Marie, als sie Kuchen gegessen und Tee getrunken hatten, und sie schon aufräumen wollte: „Setz dich nieder, Marie, die Arbeit kann jetzt warten. Es gibt wichtigeres heute zu besprechen." Marie war ein bisschen beleidigt, setzte sich aber nieder.

Der Magier fuhr fort: „Am Abend werden wir Gäste haben und ein Ritual ganz nach alter Tradition feiern. Es ist Samhain und ich habe einige Freunde aus dem Wald und der Gegend hier eingeladen."

„Oh", sagte Marie. Sie war sehr überrascht. „Soll ich was vorbereiten?", fragte sie. „Nein", sagte der Magier. „Du brauchst nur dich vorzubereiten", er lächelte zurück als er ihr verdutztes Gesicht sah. Ich mache dieses Festritual nicht, weil ich die druidische Tradition hochhalten will in einem christlich gewordenen Land", sagte der Magier hintergründig, „sondern weil dieses Ritual für dich jetzt notwendig ist, um dich auf deine weiteren Prüfungen vorzubereiten, die kommen werden. Und du sollst sie gut bestehen können", sagte Argon ernst und schaute ihr in die grünen Augen.

Marie war noch erstaunter.

„Der nächste Schritt ist angesagt nach den Übungen, die du schon gemacht hast." Argon machte eine Pause und begann, seine Pfeife zu stopfen. „An meinem Geburtstag werde ich jetzt eine Pfeife rauchen", sagte er und blies genüsslich den Rauch über den Tisch. „Lass uns hinausgehen, ich möchte mit dir sprechen", sagte er noch und ging schon auf die Veranda.

Als sie saßen, begann er: „Kennst du den Nullpunkt oder den Montagepunkt in deinem Erleben?" „Nein", meinte Marie und dachte nach, was er wohl meinte.

„Das ist der Punkt, in dem du warst, als du hier ankamst, so völlig fertig, aber vollkommen du selbst. Es ist der Punkt, wo alles abgleitet und abfällt, was wir so mitschleppen, was vorher scheinbar wichtig war: Alte Glaubenssätze und Annahmen, wie Wirklichkeit scheinbar funktioniert. Und zugleich kristallisiert sich das Eigentliche, das Wesen heraus, eine Form von Nacktheit! Das kann im höchsten Schmerz und in höchster Erschöpfung geschehen, wo du alle Widerstände fallen lässt. Oder es geschieht auf wunderbare Weise in der höchsten Ekstase: Im Akt der Liebe: in der Sexualität zwischen Mann und

Frau. Hier ist es ein erhabener Moment, wo alles zusammenfällt und dich in dir eint: dein Denken, dein Fühlen und dein Handeln. Es ist eine Gabe, diesen Nullpunkt zu erfahren! Wir können uns nur darauf vorbereiten." Der Magier machte eine Pause, seine Stimme hatte sich erhoben.

„Ja", sprach er weiter, „die Sexualität ist unsere größte magische Kraft. - Weißt du das?", fragte der Magier und stoppte für eine Weile. „Aber ich will nicht etwas vorwegnehmen, was später seinen Platz hat", korrigierte er sich selbst. Der Magier ließ Marie Zeit, das zu verdauen.

„Nein", stotterte Marie. „Daran habe ich noch nie gedacht. Aber diesen Nullpunkt, so wie du ihn schilderst, den habe ich tatsächlich erfahren, als ich hier ankam", antwortete sie. „Ich spürte einen senkrechten, goldenen Kanal in meiner Mitte fließen, der mich aufrecht hielt und durch den ich auch atmen konnte, was mir vorher mit der Rückenwunde schwer fiel."

„Ja, das ist unsere mittlere Säule, die uns in der Mitte hält und uns geistig und energetisch versorgt. Das ist ein sehr wichtiger Aspekt der Nullpunkterfahrung", antwortete der Magier ruhig.

„Und vorher habe ich diesen Punkt, glaube ich, auch schon einmal erfahren", sagte Marie leise vor sich hin und sie dachte an ihr sonderbares Erlebnis der Vereinigung mit Philipp.

Der Magier lächelte. „Dann ist es gut. Es ist wichtig, diese Erfahrung ganz bewusst abzuspeichern."

Sie gingen gemeinsam eine Runde durch den Garten. Die Sonne schien jetzt kräftiger. Alle Pflanzen standen im Herbstlaub.

„Hier ist alles in seiner Kraft" und er zeigte auf die Bäume, die Pflanzen und die Erde. „Die Kraft ist zu jeder Jahreszeit eine andere. Immer ist es aber unverkennbar der Baum, die Blume und so weiter. Die Natur braucht sich da keine Gedanken drüber zu machen. Sie IST einfach."

„Wir sind da komplizierter", meinte Marie, „mit unserem Bewusstsein."

„Richtig", sagte der Magier, „dafür haben wir ein Bewusstsein, ein Selbst-Bewusstsein als Mensch. Das ist bei den Tieren und Pflanzen anders gelenkt, noch mehr von außen." Dann fuhr er fort: „Weißt du, wie du in deine Kraft kommst oder in ihr bleibst, wenn du angegriffen wirst?"

Marie überlegte wieder. „Nun, ich konzentriere mich, bin mit voller Aufmerksamkeit da, schaue, dass ich einen guten Stand habe…", zählte Marie auf.

„Das ist ganz schön, aber noch nicht das wichtigste.", sagte der Magier mit ruhiger Stimme und schaute Marie durchdringend an. Sie wartete.

„Woher kommt deine Kraft?", fragte er sie wieder.

„Durch das Training und aus meiner Ruhe, wenn ich bei mir bin", sagte sie vage. „Schon besser", antwortete der Magier.

„Im Nullpunkt kommst du in deine Kraft: sie wird bewusst frei, weil du ganz bei dir bist, auch wenn du das im Zustand des Schmerzes und der Erschöpfung nicht siehst. Wenn du loslässt und das heißt, das annimmst, was ist, dann bist du ganz in deiner Kraft und in dir." Er stoppte wieder und ließ sich Zeit.

Er ging weiter. Marie folgte.

„Anders ausgedrückt: *Alle Kraft kommt von Innen* - und ist in jedem Augenblick verfügbar. Nur aus dir, aus deinem Inneren kommt deine Kraft. Du kannst spüren, auch jetzt im Gehen, wie diese Kraft fließt. Achte auf deinen Atem!"

Marie tat wie geheißen. „Ja, ich spüre mich in meiner Kraft und diesen Kanal in mir. Er erscheint wie meine Wirbelsäule, die oben und unten offen ist", antwortete sie für sich bewusst atmend.

„Diese Kraft kann dir nie von außen, von einem anderen gegeben werden. Auch ein Training kann sie nur formen und modulieren. Es ist deine einmalige, schöpferische Kraft. Sie ist dein Anteil am Höchsten, am Universum. Deine Göttlichkeit", sprach der Magier langsam und gewichtig.

Marie fühlte sich wie in Trance, je mehr sie hin spürte und der Magier neben ihr ging. „Selbst, wenn du gut trainierte starke Muskeln hast, können sie dir nur helfen, deine innere göttliche Kraft auszuüben. Ohne sie ist das ganze Training und die Masse der Muskel wertlos. Es ist wichtig, dass du das genau weißt und fühlen lernst, immer mehr."

Marie nickte und sagte: „Ja, das fühlt sich genau so in meinem Inneren an. Wir haben ja schon mit dieser Kraft gearbeitet." „Genau", sagte der Magier.

„Aber diese Kraft kann dir auch scheinbar genommen werden", sagte er dann. Marie staunte. „Wieso?", fragte sie betroffen.

„Wenn du nicht bei dir bist und dich von falschen Vorstellungen leiten und in die Falle locken lässt. Wenn du dich aufgibst. Aber die Selbstaufgabe kann auch ein Akt der Umkehr und der Befreiung sein! Lass dich also nicht täuschen! Auch von dir selbst nicht! - Wenn du eine Täuschung für die Wahrheit hältst und dich dann aufgibst aus Resignation, dann wirkt die Kraft des Bösen, die versucht, dich dahin zu verführen, dich aufzugeben und dir diese Kraft zu stehlen" antwortete der Magier ernst, fügte dann aber nachträglich brummend hinzu: „was allerdings nie ganz gelingt, aber schweren Schaden anrichten kann."

Der Magier machte eine Pause. „Ich weiß das aus eigener Erfahrung, dem Tiefpunkt meiner Lehrzeit". Er schien in weite Ferne zu sehen.

Marie schluckte und dachte an die bösen Dinge, die sie schon erlebt hatte, das Massaker, den König und den Kerker, die dunklen Reiter, die sie töten wollten, an den Eber, der sie anfiel und den bösen Zauberer, von dem Anton erzählte.

Nach einer Pause fuhr der Magier fort: „Unterschätze das Böse nicht! Ich sagte es dir schon einmal, als du leichtfertig über den bösen Zauberer sprachst, der in den Bergen wohnt und dort sein Reich hat. Er kann aber überall auflauern, auch vor meinen Pforten, aber nicht innerhalb meines Reiches. Da hat er keinen Zutritt", stellte der Magier fest und fuhr fort: „Er ist ein schwarzer Magier. Das heißt, er benutzt dieselben Kräfte wie der weiße Magier, aber verwendet sie ausschließlich zu seinem eigenen Nutzen und gegen andere. Er will nicht heilen, sondern schädigt ganz bewusst Menschen und Natur, um sein Ziel zu erreichen, das meistens ganz an Macht gebunden ist. Nichts ist ihm wirklich etwas wert, was außerhalb seiner selbst und seines Machtzuwachses liegt. Nichts ist heilig. Nichts verschont er, um an sein Ziel zu kommen und benutzt dazu alle Mittel, es zu erreichen. Und alles kann ihm als Mittel dienen. -- Hast du das verstanden?"

Marie schluckte und bejahte. „Soweit einmal. Ich werde es mir aufschreiben."

„Schreibe es vor allem in dein Hirn und ins Bewusstsein. Dort rufe es ab, wenn du es brauchst", sagte der Magier bestimmt und schaute sie freundlich an.

„Wir müssen in die Augen des Teufels schauen lernen und auch das Böse verstehen und es annehmen, wie es ist. Denn es will verstanden sein, wie alles auf dieser Welt." Der Magier seufzte und lächelte schon wieder. -

„Das ist eine große Aufgabe", dachte Marie. Seltsamerweise kam ihr jetzt der Abe in den Sinn, den sie immer gehasst hatte, weil er so wichtig für ihren Gemahl war, was sie Raimond früher angekreidet hatte.

Gemeinsam machten der Magier und Marie draußen auf der Wiese alles für ein großes Feuer zurecht. Sitzplätze, Getränke und leichtes Essen für den Beginn. Dann bereitete Argon einen Heiltrank vor, der aus heiligen Pflanzen bestand, wie er sagte, dessen Rezeptur er aber nicht verriet. Eine Mischung aus San Pedro und einem Pilz.

„Es sind psychoaktive Substanzen drin, die auf bestimmte Weise wirkten, eine natürliche Pflanzendroge. Das gibt es erst um Mitternacht", verriet er ihr. „Heute ist Vollmond, das passt sehr gut."

Dann wurde der Magier wieder ganz ernst: „Dieser Heiltrank aus der Pflanzendroge wird dich über die Schwelle führen und dir andere Sphären zeigen. Er wird dir Gutes und Böses zeigen und vorspielen können. Er aktiviert aber letztlich immer nur etwas aus deinem Inneren. Der Trank ist nur Stimulator des Kräftespiels, das dein Resonanzfeld ist. Aber als solcher ist er ein großer Meister, der uns viel lehrt." Argon machte Pause. Marie schaute bei der Zubereitung des Trankes zu.

„Der Trank kann Trugbilder auslösen und dir Wahres zeigen. Er prüft dich sehr genau, wie du mit diesen Welten umgehst, was für dich wahr ist und wohin du dann deine Kraft lenkst. Die Bilder oder Trugbilder sind Möglichkeiten der Wirklichkeit, die in deinem Inneren auftauchen und sich nach außen spiegeln als Deine Wahrnehmung. Achte auf das, was echt ist! Dein Herz wird es dir sagen. Das Böse verbrennt, wenn du ihm keine Macht gibst und die Trugbilder durchschaust."

Er schaute sie eindringlich an: „Hast du mich verstanden?"

Marie atmete tief durch. „Ich glaube ja, ich werde es mir merken".
Marie ließ es wirken und gab ihren Gedanken freien Lauf.

Nach einer Pause, wo sie mit der weiteren Vorbereitung des Feuers beschäftigt waren und Holz anschleppten, sagte der Magier noch: „Dieses Ritual gibt dir die Möglichkeit, das alles im geschützten Rahmen zu erfahren. Draußen in der Wildnis bist du allein und anderen Kräften ausgesetzt. So lernst du, mit der Wirklichkeit umzugehen…" Hiermit beschloss der Magier seinen Unterricht.

„Geh jetzt! Du hast Zeit zu meditieren und dich auf deinen Nullpunkt einzustellen. Lass deine Kräfte in ihm zusammenfallen auf den Boden deines Selbst. Den fühlst du in der Mitte des Beckens, in der Gegend des Nabels. Und mach dich frei von fremden Glaubenssätzen, Meinungen und Gefühlen anderer. - Auch frei von mir."

Der Magier lächelte und schaute sie freimütig an. „Nun mach schon, du hast frei bis heute Abend!"

Marie ging weg. Sie musste das Gehörte erst einmal verdauen und machte das lieber auf einem Rundgang durch den Wald des Magiers. Dabei dachte sie an den anderen Magier.

In ihr hallten noch die Worte Argons nach, aber in bunten Fetzen erreichten sie ihr Gehirn, während sich all die Informationen still in ihren Geist senkten. Die Kraft der Liebe und des Vertrauens, die sie Argon entgegenbrachte, wirkte mit. Sie lief und lief bis an die Grenzen des Reiches, wo sie den Schutzwall durch eine feine leuchtende Linie erkennen konnte. Dann fand sie einen geschützten Platz, wo sie sich unter einen Baum legte. Hier wollte sie meditieren. Sein dichtes Blattwerk beschützte sie. Es war eine Eiche. Marie sank in die Entspannung und lauschte in die Natur.

„Du bist frei für dich selbst."

„Du bist die Göttin."

„Du wirst neugeboren werden, wenn du dies alles erlebt hast!",
flüsterte ihre innere Stimme.

Die Herausforderung Maries in der Nacht von Samhain

Als Marie wieder aufwachte, sie war wohl eingenickt, hörte sie schon Stimmen und ein Feuer knistern. Schnell ging sie zurück auf die Lichtung, wo die Hütte des Magiers stand. Das Fest schien schon ohne sie angefangen zu haben. Ihr bot sich ein merkwürdiger Anblick: Rund ums Feuer war eine sehr illustre Gesellschaft versammelt. Ein Faun war da und unterhielt sich mit dem Magier. Ein anderer Faun kam gerade aus dem Wald heraus spaziert auf die Lichtung. Sie sah zwei Baumelfen, der eine war anscheinend der von der Bachweide, den sie schon kannte, auch drei Wassernymphen und zwei alte Zwerge waren dort. Sogar ein schneeweißes Einhorn graste in etwas größerer Entfernung vom Feuer. Die zwei vom alten Volk, Anton und Andreas waren gekommen, die jetzt freudestrahlend auf sie zuliefen. Auch andere, größere und kleinere Wesen, waren da, die sie nicht kannte. Alle aßen und tranken etwas.

Manche hatten eine Trommel dabei. Der Faun blies gerade in die Flöte und langsam erhob sich aus dem bunten Reigen ein rhythmischer Trommelschlag, so dass die Erde bebte und die Flötenmelodie sich langsam darüber erhob. Da waren auch schon die beiden Mennen bei ihr und reichten ihr freudig die Hände, jeder nahm eine Hand von ihr und schüttelte sie heftig.

„Guten Abend", sagte Anton. Das ist schön, dich hier wieder zu sehen, so lebendig und gesund! Es freut uns außerordentlich, Marie, dich an Samhain hier treffen zu dürfen!"

„Der Magier hat uns nämlich eingeladen", ergänzte Andreas eifrig und lächelte sie genauso fröhlich an.

„Freut mich auch sehr, euch hier wieder zu sehen! Das ist wirklich eine schöne Überraschung für mich", antwortete Marie lächelnd. Inzwischen hatten sich sogar noch ein Reh und ein Hase zu ihnen gesellt und schauten sich nach etwas Essbarem um.

Dann kam der Magier in glänzender Laune auf sie zu und sagte: „Schön, dass du wieder da bist, Marie, komm, ich stelle dir einige Gäste vor, die du noch nicht kennst", und sie gingen der Reihe nach zuerst zum Faun, der die Flöte niederlegte und sie freundlich begrüßte: „Grüß Gott, Frau Marie", sagte er. Er hatte eine hohe Stimme und lustige Augen, dann gingen sie zu den Zwergen und so weiter. Inzwischen war es langsam dunkel geworden. Das Feuer knisterte hell und die Wärme war angenehm. Fast alle Gäste hatten sich um das Feuer auf die Holzstämme gesetzt oder lagen, standen oder grasten in der Nähe.

„Was feiert man eigentlich an Samhain?", fragte Marie schüchtern den Magier. „So genau weiß ich das nämlich noch nicht. In Aragon kannte es niemand", fügte sie noch hinzu.

Der Magier setzte sich nieder und trank einen Schluck Honigwein.

„Nun, es ist das Fest der Sommerwende, das meint: das Ende vom Sommer und die Begrüßung des kommenden Winters. Samhain ist die Zeit, in der die Natur stirbt, um sich auf Ihre Wiedergeburt im Frühjahr vorzubereiten. Damit ist Samhain ein Schwellenfest, wo sich beide Welten zueinander öffnen: Die Welt der Lebenden und die Welt der Toten, die hinter der Schwelle wohnen, das Reich der Geister. Deshalb ist Samhain auch das Fest der Toten und des Sterbens: Die Totengeister haben in dieser Nacht Zutritt zu uns Lebenden: Die Tore der Anderswelt stehen offen und der Gehörnte, der Gott Cernunos, der Gott des Winters und damit des Totenreichs, heißt uns willkommen. Der Gott des Winters und die Göttin der Fruchtbarkeit fegen in der Legende stürmisch über das Land. Zum letzen Mal feiert man in diesem Jahr die Fruchtbarkeit, die mit dem Sterben konfrontiert wird.

Der Gott des Winters Cernunos, schaut herein und stört die Erntedankfeier, die am Feuer stattfindet, das die Göttin der Fruchtbarkeit mit den Erntegaben hütet. Dieser Gott bricht ein in die Feier und wird entweder willkommen geheißen oder von der Vertreterin des behüteten Lichts verjagt. Dieses Spiel ist immer anders und das macht die Spannung des Festes aus. Die Rolle des Todes, des Zerstörers ist männlich besetzt, mit Cernunos. Er holt sich das Feuer und so das Licht mit den Erntegaben und tötet die lichte Jahreszeit. Diese Rolle ist weiblich besetzt durch die Göttin, die viele Namen haben kann: Ceridwen, Rosmerta. Eigentlich fechten diese zwei Kontrahenten miteinander einen Kampf aus. – Oder anders gesagt: Sie vereinigen sich in einem Liebesakt, was hier das gleiche ist."

Argon schaute Marie aufmerksam an, die erst einmal stutzte. „Ist das wirklich das gleiche?", fragte sie ungläubig.

„Ja", sagte der Magier. Er fuhr fort: „Aus dem Tod des Lichts geht die Wiedergeburt durch das Weibliche hervor, das das Männliche befruchtet hat. Der Winter gebiert den Frühling. Das ist die Geschichte und das Ritual, das sich vollzieht." Der Magier machte Pause und trank wieder einen Schluck. Marie schaute sich um, was die anderen machten.

„Samhain ist kein Fest der Trauer, sondern der Freude! Es wird üppig gefeiert und es ist heilig, da der Kreislauf der Natur als das Werk des Schöpfers geehrt wird", erklärte der Magier feierlich. „Das ist wichtig zu verstehen." Damit beschloss er seine Erklärung und reichte Marie ein Glas Honigwein. Argon zog an seiner Pfeife.

„Und die Gaben der Sommerzeit werden mitgebracht, geopfert und verzehrt. Geopfert werden Getreide, Wein, Obst und Kräuter, eben was wir so haben", ergänzte Anton, der fröhlich an ihre Seite getreten war.

Marie fand das alles wunderbar und sagte: „Ein Fest, das mit wirklich gefällt und das Sinn macht. Und du hast genau an diesem Tag Geburtstag, was für ein Zufall!" Sie lachte Argon an und tanzte um das Feuer. Heute hatte sie sogar ihr neues Kleid angezogen. Der Magier schaute ihr zu. Sie war ja richtig aufgewacht nach dieser schweren Kost am Vormittag.

Der Trommelrhythmus ergriff bald die ganze Gesellschaft. Alle schwangen sich ein, ob tanzend oder sitzend, sie sangen im großen Kreis um das Feuer. Die Melodien wurden reichhaltiger und der Gesang der Elfen und Nymphen schwebte darüber.

Das Feuer, die Trommeln und der Gesang taten ihre Wirkung. Man sah es an den gemeinsam schillernden Farben der Gäste, ihrer

Energiekörper, und an ihrer guten Stimmung im Kreis um das Feuer.

„Alle kommen so auf eine gemeinsame, harmonische Schwingungsebene. So baut sich ein Ritual auf, wo jeder als Teil der Gemeinschaft mitschwingt und doch seine ganz persönliche Erfahrung macht, die von allen getragen wird." Der Magier hatte Marie beim Arm genommen, als sie sich vom Tanzen erholte und führte sie etwas herum. Ihr war ganz heiß geworden.

„Bald nähert sich die Nacht dem Mitternachtspunkt. Der Mond ist voll und steht jetzt ganz im Südwesten, siehst du ihn?"

„Ja", sagte Marie und atmete tief durch. Die Luft war frisch und roch nach Feuer und den Erntegaben, die jeder persönlich ins Feuer geworfen hatte mit entsprechenden Gebeten und Wünschen für das nächste Jahr. Sie gingen ein Stück. Die Dunkelheit umfing sie.

„Es ist Zeit, den Trank zu nehmen. Bist du bereit?", fragte der Magier Marie leise.

„Bleibe gelassen! Die Bilder deiner inneren Wirklichkeit werden sich dir im Außen zeigen und spiegeln. Mit deinem Mut und deiner Kraft bist du imstande, die Wirklichkeit zu ordnen und zu lenken. Bist du zu schwach, so lenkt sie dich. Gib also Acht, dass du immer die Göttin, die Herrin der Situation bleibst. Wenn nicht, rufe mich zu Hilfe, ich werde da sein."

„Wie rufe ich dich um Hilfe?" fragte Marie verunsichert.

„Das weißt du dann schon, mach dir darüber keine Gedanken", antwortete der Magier.

„Viele Menschen nehmen Drogen und schaden sich. Dieselben Mittel sind aber auch Medizin in der Hand eines geübten Meisters. Sie fordern dich und deine Kraft heraus! Dafür gehst du gestärkt aus dem Geschehen heraus. Willst Du das? Es ist dein freier Wille, Ja oder Nein zu sagen."

„Ja", sagte Marie. Da gab der Magier ihr ihren Trank. Er schmeckte bitter und sie nahm ein paar Schlucke davon. Er führte sie auf ihren Platz in den Schutz des Kreises zurück. Dort hatte sie schon ihre Decke liegen und machte es sich bequem.

„Noch etwas", sagte der Magier, „bleib immer wach, schlaf nicht ein! Dann bist du unbewusst und es wird gefährlich. Fremde Kräfte können in dich eindringen und ihre Macht entfalten, wenn du nicht so gut trainiert bist, dass Du auch im Schlaf die Kontrolle über deine Gedanken, Gefühle und deinen Körper hast. Die Gefahr ist nicht so groß, wenn Du wach bleibst."

Marie schaute ins Feuer. Ihr war heiß. Die Trommeln wurden lauter und ihre Rhythmen schneller und wirbelnder. Maries Wahrnehmung wurde langsam stärker und sensitiver. Wo schauten die anderen Gäste hin, als sie tanzten und sich um das Feuer drehten? Genau gegenüber von ihr tauchte ein großer Mann aus dem Wald auf und trat langsam zum Feuer. Er trug ein Geweih auf dem Kopf. Es war der Gehörnte selbst, der Gott Cernunos, sein Gesicht leuchtete. Es trug die Gesichtszüge des Magiers. Er wiegte sich im Rhythmus der Trommeln und unter seinen Händen begann das Feuer zu wachsen, die Flammen wurden riesiger, ja unüberwindbar züngelten sie hoch. Marie wurde es heißer und heißer. Sie versuchte, etwas zurückzuweichen. Der gehörnte Gott auf der anderen Seite des Feuers schaute zu ihr hinüber und fixierte sie mit seinen Augen.

Dann warf er plötzlich etwas in die Flammen: Es war ein großer schwarzer Vogel, den er bei den Füßen hielt und mit ausgebreiteten Flügeln, den Kopf zuerst ins Feuer warf. Den kannte sie doch, das war der schwarze Vogel von der alten Mühle. Sie hörte wieder seinen furchtbaren, lang gezogenen Schrei. Das Feuer spritzte hoch und spukte. Der Schrei erstarb. Dann fraß das Feuer den Vogel, der sich langsam auflöste.

Der Gehörnte lachte laut und dröhnend in die Musik, da hob er seinen Arm. Der wabernde Kreis der Gäste schlingerte unter seinem Lachen und breitete sich aus. Da fühlte Marie sich aufstehen. Ihre Gestalt wuchs. Sie trug ein langes, silbernes Gewand wie der Mond selbst, ja sie war die Göttin und der Gott forderte sie auf, herüberzukommen. Sie warf ihre Gaben ins Feuer, das unüberwindbar schien, ein Bündel Kornähren, die aber nicht von den Flammen verzehrt wurden, sondern sich einfach umlegten und ganz gebündelt einen Pfad bildeten, der das Feuer teilte. Sie sah sich ohne Angst diesen Pfad beschreiten. Sie ging durch die Flammen, die an ihr hoch züngelten, aber sie verbrannte nicht. Auf der anderen Seite hielt Cernunos ihr die Hand entgegen und zog sie an sich. Sie war sein und er drehte sie im Kreis vor sich her wie im Tanz. Und Marie drehte sich und tanzte.

Die Gäste klatschten und feierten sie als Paar. Da wurde seine Hand fester und der Druck größer. Er nahm sie in seinen Willen und zeigte ihr plötzlich ihren Hengst, Tamino, zu seiner Linken ließ er ihn kommen. Die leuchtenden Gesichtszüge des Magiers verschwammen und wurden steinern. Dann verwandelten sie sich in die des Schwarzmagiers, der sein Gesicht hinter einer Kapuze verbarg. Die Hörner fielen ab. Er riss Marie hoch auf das Pferd, sprang hinter sie hinauf und gab dem Pferd die Sporen. Sie sprangen mitten durch das Feuer, Tamino wieherte voller Angst, gehorchte aber, und schon verschwanden sie im Wald. Diese Gestalt, wer immer sich dahinter verbarg, hielt sie fest im Griff. Der Ritt ging durch die Finsternis des Waldes, wo sie nichts mehr sah, nur fest umklammert von dieser fremden Hand auf ihrem eigenen Pferd saß, das nicht mehr ihr gehorchte. Sie bekam keine Luft mehr und die Szene begann sich aufzulösen in der Schwärze der Nacht, bis eine Hütte mitten im Wald in Sicht kam, die erleuchtet war. Er hieß sie absteigen und sie gingen in die Hütte hinein.

Es war hier seltsam hell und dunkel zugleich. Schwarzer Saft klebte wie Honig an den Wänden, an denen scheinbar volle und leere Kalebassen hingen. Spinnennetze hingen in den Ecken und Schlangen wanden sich über den Tisch Eine Räuberhöhle! Es ekelte sie. Die Gestalt lachte höhnisch und warf sie auf einen kaputten Stuhl, der neben dem Tisch stand.

„Du willst es mit mir aufnehmen? Du weißt nicht einmal, wer ich bin", höhnte die Gestalt. Ihre harte Stimme dröhnte vor Lachen, das schepperte und klirrte.

Da verwandelte sich die Gestalt, aus der nur zwei brennende Augen sie anstarrten, in diesen wilden Eber. Der riss seine riesige Schnauze auf und brüllte, dass sie zu Tode erschrak und sich schon als sein Fressen fühlte. Aber der Eber verschwand genauso plötzlich in dunklen Nebenschleiern, wie er aufgetaucht war. Stattdessen saß plötzlich ihr Großvater vor ihr. Ganz ruhig lächelte er sie an. Marie war schockiert und zugleich erleichtert, ihn vor sich zu sehen. Sie schaute in seine Augen zu versuchte zu ergründen, ob er es tatsächlich war. Er schaute sie die ganze Zeit mit gleichem Gesichtsausdruck an.

Marie, wischte sie über die Stirn. War sie jetzt irre? Das konnte nicht sein. Wo war sie überhaupt? Waren das alles Trugbilder? Das Böse in der Person des schwarzen Magiers, der ihr alle Gestalten vorgaukelte? Marie versuchte sich einen Reim darauf zu machen. Sie schloss ihre Augen und öffnete sie wieder. Alles blieb gleich. Sie tastete sich durch die Hütte und wollte hinaus. Der Großvater saß da und sprach lächelnd: „Komm zu mir, Marie". Er hielt ihr freundlich die Hand entgegen.

Plötzlich gab es keine Tür mehr. Sie suchte verzweifelt die Tür, durch die sie hineingekommen war. Als sie keine Tür fand, drückte sie sich mit ihrem ganzen Körper gegen eine Wand, die plötzlich nachgab Die Holzwand ging gummiähnlich auseinander und Marie stand in einem neuen Raum, der gleich wie der erste aussah. Wieder war es hell und dunkel zugleich. Kalebassen hingen an den Wänden und das schaurige Lachen dröhnte ihr in den Ohren. Da sah sie im hinteren Eck der Kammer, halb im Dunkel, Raphael im Stroh liegen mit zerschundenem Körper. Er richtete sich auf und schaute sie hilfesuchend an, als sie näher trat. Marie brach in Tränen aus, als sie ihren Geliebten so sah. Sie wollte ihm schon die Arme entgegenstrecken, da hielt irgendetwas sie davon ab. Sofort zerfiel Raphaels Gesicht und die Gestalt schrumpelte zusammen und verzehrte sich.

Marie sprang mit einem Schrei zur Seite und drückte sich gegen die Wand, die wieder nachgab und sie in einen neuen Raum gelangen ließ, der wieder gleich ausschaute. Sie wurde bald wahnsinnig.

Wo sollte sie noch hin? Da hörte sie ihre Gedanken laut werden, als würde jemand sie laut vorlesen. Das war schlimmer als ein Spiegelkabinett oder Labyrinth, dachte sie spontan und auch das hallte von den Wänden wieder. Und da sah sie ein Spiegelkabinett als Labyrinth und stand mitten drin. Die Hütte hatte sich verwandelt. In ihrer Angst, die sie mehr und mehr ergriff, wurde auf einmal alles schneller. Das Spiegelkabinett begann zu schillern. Die Personen wechselten und tauchten alle irgendwie durcheinander auf. Laut dröhnte das klirrende Lachen des Magiers über allem.

Marie blieb abrupt stehen und hielt sich die Ohren und die Augen zu. Sie konnte nicht mehr weglaufen.

In ihrer höchsten Not fiel ihr instinktiv nur eins ein: Sie ließ alle Gedanken fallen und sammelte sich in ihrer mittleren Säule, nahm einen tiefen Atemzug, dreimal atmete sie ganz tief und stellte sich auf den Nullpunkt ein, der mit der mittleren Säule zusammenfiel, durch die sie jetzt atmete. Sie konzentrierte sich voll auf diese Mittellinie, ließ sie leuchtend und stark werden in ihrem Atem, und in Ermangelung ihres Schwertes, was sie sich jetzt herbeiwünschte, nahm sie diese Mittellinie ihres Körpers, diese senkrechte schmale Achse wie ein Schwert aus sich heraus und schlug das Ganze vor sich mit einem kräftigen Hieb entzwei.

Da hörte sie ein Jaulen und Zähneknirschen und öffnete die Augen: Die Hütte mit ihren Gestalten war verschwunden und sie stand aufrecht und schweißgebadet vor dem Feuer und hielt einen großen, schmalen Stock in der Hand, der an der Spitze noch brannte.

Tief atmete sie auf und schaute sich um. Der Kreis war da und sang, die Trommeln spielten und das Feuer brannte. Marie spürte ihren Körper sehr genau, er hatte sich verändert, glühte und vibrierte. Ihre mittlere Achse war erwacht und wärmte sie von innen. Sie spürte den Nullpunkt in sich ruhen, so wie sie ganz erschöpft war von dieser Anstrengung. Das Steißbein und ihr Nacken hingegen kitzelten leicht. Marie ging eine Runde innen am Feuerkreis vorbei: Sie ging gegen den Uhrzeigersinn, um sich herunterzubringen und orientierte sich wieder am Mond. Im Osten ging sie dann aus dem Kreis hinaus. Hier war es kälter. Der Mond hatte sich verdunkelt.

Plötzlich spürte sie den Magier hinter sich. Ihr Nacken verriet es ihr. Sie spürte seine Nähe und die Ausstrahlung seines Körpers. Ihr wurde heiß und ihr Herz raste. War das eine Täuschung?

Langsam drehte sie sich um und wollte einen Schritt nach vorn machen, da prallte sie in der Dunkelheit schon auf ihn. Sie stand direkt an seiner Brust und er nahm sie in seine Arme. Etwas, was er noch nie so gemacht hatte. Wortlos blieben sie so Körper an Körper stehen und er hielt ihren Kopf an seine Brust gelehnt. Sie atmeten zusammen.

Marie bebte am ganzen Körper und war noch so erregt, dass sie diese Umarmung wie eine Verschmelzung erlebte. Marie wusste instinktiv, dass dies eine Feuerprobe war, die es auch zu bestehen galt. War sie mit diesem Gefühl zur Hure geworden? Nein, ihr Gefühl war rein und sie waren beide im Gleichklang. Sie standen Körper an Körper und die Zeit floss hindurch. Sie wollte empfangen und geben. Das Dunkle, das sie erlebt und gemeistert hatte, floss durch ihre beiden Körper in den Kosmos zurück. Es gebar das Licht wieder neu. Sie spürte und erfuhr Samhain in sich und durch sich selbst: das Wunder der Vereinigung von Licht und Dunkel.

Die Anspannung ihres Körpers löste sich und sie fing an zu weinen. Die Tränen flossen einfach hinaus. Er ließ ihr Zeit und hielt sie.

Dann führte er sie wieder bei der Hand zurück zum Kreis und reichte ihr ein Glas Wasser. Argon nahm eine Feder und fächerte ihr Weihrauch zu, der sie reinigte und schützte. Dann nahm er einen starken Zug aus seiner Pfeife und blies ihr den Rauch der heiligen Tabakpflanze, gemischt mit Heilkräutern in den Nacken, auf die Brust und in den Scheitel, bis ihr innen angenehm warm wurde.

Als das Ritual beendet war, Marie wusste nicht, wie ihr geschah, bildeten alle geladenen Gäste einen geschlossenen Kreis und jeder reichte ihr etwas von seinen Gaben, die sie ins Feuer werfen durfte. Man nahm sie in den Kreis auf und sie tanzten noch einmal um das Feuer. Alle wiegten sich im Rhythmus der Musik. Dann sangen sie ein altes keltisches Lied, was Marie noch nicht kannte. Es klang sehr schön und sehnsuchtsvoll. Schließlich wurde es ruhiger und die Nacht begann sich zu lichten.

Marie war inzwischen todmüde und so nüchtern und zittrig wie kaum je zuvor. „Was war wirklich geschehen und was nicht? - Das kann ich jetzt nicht lösen", beschloss Marie. Sie vertraute dem Magier, da sie bei ihm zur Lehre war.

Beim ersten Morgengrauen, als sich die Gäste verabschiedeten, ging Marie zu Bett und schlief sofort ein.

Die Lehre des Schwertes

Zu Mittag wachte sie erst wieder auf. Großvater machte sich in der Hütte zu schaffen und hatte Tee gekocht, ach nein, nicht Großvater, sondern Argon, der Magier. Beim Aufstehen wischte sich Marie den letzten, schweren Schlaf aus den Augen, bis sie wieder klar im Tagesbewusstsein angelangt war. Das kalte Wasser half ihr und erfrischte sie.

„Guten Morgen", sagte sie, als sie die Küche betrat. „Oh, du hast schon etwas zu essen gemacht, danke sehr", sagte Marie und setzte sich an den Tisch. Sie aß die Gemüsesuppe mit Hirse, die auf dem Tisch stand. Der Magier hatte gerade seine Brieftaube Judit in Empfang genommen, die zum Fenster hineinflog.

„Aha", sagte er als er auf den Brief schaute und fügte zu Marie gewandt hinzu „Ja, habe ich. Es ist jetzt Mittag. Hast du gut geschlafen?" Argon schaute sie an.

„Ja, ich war todmüde. Bin jetzt noch kaum da aus dem Traumreich. Es war eine intensive Nacht, alles in allem." Sie lachte und wurde dann nachdenklich: „Ich habe viele im Traum getroffen, meine ganze Familie, meine Seelenfamilie, glaube ich. Großvater war auch da, Mutter, Raphael und Philipp habe ich gesehen und viele andere. Jetzt habe ich den Eindruck, dass ich etwas beschlossen habe. Aber ich weiß noch nicht recht, was. Irgendetwas ist anders."

Sie dachte nach und trank Tee.

Der Magier schaute sie aufmerksam an. „Ja, das glaube ich auch. Das ist normal nach solch einem Ritual auf Samhain. Du hast dich bewährt und dir deinen Nullpunkt zu Nutze gemacht. Du bist in Deine Kraft gefallen und hast aus ihr heraus gehandelt. Prüfung bestanden!", meinte er wohlwollend.

„Wie meinte er das?" fragte sich Marie.

Dann platzte es aus ihr heraus: „Was an all dem, was ich erlebt habe, ist denn wahr und was nicht?"

„Alles ist wahr", entgegnete bedeutsam der Magier, „es sind nur verschiedene Ebenen der Wahrnehmung, die Du erlebt hast. Vieles ist Spiegel für etwas anderes, so dass gar nicht das, was Du meinst zu erleben, wichtig ist, sondern vielmehr, was es bedeutet."

Dann schaute er Marie wieder ernst an. „Es wird Zeit auszufliegen. Ich kann dich nicht länger in meinem Reich beschützen. Die Wildnis ruft", rief er lachend, schaute aber ganz anders drein. Sein Gesicht war ernst und ein wenig traurig, schien es Marie.

„Ich habe einen Auftrag für dich", sagte der Magier dann. „Du wirst Zeit haben, wenn du ihn erledigst, dich auf deinen Auftrag vorzubereiten und ihn auch zu überprüfen. So ist die ganze Reise natürlich eine Bewährungsprobe, da sich die Dinge draußen zugespitzt haben und die dunkle Macht mehr und mehr um sich greift. Du wirst noch gesucht werden. Es wird gefährlich sein, und du weißt nun, mit wem du es zu tun hast. Nicht wahr?", fragte Argon eindringlich.

Marie nickte und schaute ihm gerade in die Augen.

„Ja, das ist wahr. Aber ich spüre auch den Drang, etwas zu tun und meinem Auftrag nachzukommen. Es wird Zeit, einmal nach draußen zu gehen, die Schutzwälle deines Waldes zu verlassen und zu sehen, was mich dort erwartet. Und ich habe bei dir schon einiges Rüstzeug erworben, was mich schützen sollte, wenn ich allein unterwegs bin", meinte sie halb lächelnd, halb ernst. Denn die Gefahr war ihr durchaus bewusst nach der letzten Nacht und die war nicht die einzige, die Soldaten des Königs und die dunklen Reiter waren überall im Land, auch in Frankreich unterwegs.

„Also, was soll ich tun?" fragte sie dann gespannt.

Argon putzte gerade seine Pfeife und setzte sich nieder. „Nun, ich hätte da wieder eine Ladung Heilmittel und Kräuterelixiere für das alte Volk, habe gerade eine Nachricht von ihnen erhalten, dass sie dringend wieder Nachschub brauchen, weil so viele Felder von dieser schwarzen Krankheit befallen sind. Sie gießen dann verdünnt die Pflanzen mit einer Kräutertinktur, die die Pflanze wieder stärkt, so dass sie sich erholen kann und nicht abstirbt.

Das alte Volk ist zur Zeit sehr mit diesem Kampf gegen das schwarze Gift, beschäftigt. Dann habe ich auch noch Medizin, die ins Kloster muss. Die Äbtissin Clarissa wartet schon darauf. Das könntest du auch für mich erledigen und dies auf dem Rückweg tun. Dabei kannst du dich auch ein wenig umschauen." Der Magier machte eine Pause.

Marie meinte sofort: „Das ist eine gute Idee, mache ich gern. Dann sehe ich wieder Menschen und das alte Volk, das mir schon ans Herz gewachsen ist." Marie fügte noch leise hinzu: „Und vielleicht finde ich auch Tamino. Ich vermisse ihn schon."

Der Magier klopfte ihr auf den Rücken. „Fein! Aber mach noch einen Tag Pause, dass du dich erholst. Dann erkläre ich dir den Weg und werde alle Fläschchen und Kräuter verpacken, wobei du mir helfen kannst, dass sie in deinen Beutel passen. Einen Tag später brichst du auf."

So geschah es. Am nächsten Tag begann der Magier die Elixiere einzupacken und erklärte ihr beim Verpacken den Weg, den sie jetzt anders hinausgehen sollte als wie sie hergekommen war.

„Gehe nicht beim Stein von Magpud hinaus, sondern gehe durch diesem Wald hier immer nach Süden weiter. Das ist der geschütztere Weg, durch meinen Lichtschutzwall im Wald hindurch. Du kennst ihn jetzt. So kommst du dann schon Richtung Zauberwiesen, das magische Stück Land hinter dem Dorf, wo du gefragt hattest. Da ist kein richtiger Weg und darum ist diese Strecke jetzt sicherer. Du findest deinen Weg selbst, wenn du das befolgst und die Richtung, dein Ziel, nicht aus den Augen verlierst. Und von dort ist es nicht mehr weit zum alten Volk. Sie leben überall am Fuße des großen Chassador. Sie werden dich auf der Nordseite erwarten, wo viele Äcker und Bäume sind. Dort wohnen sie in alten Bäumen und Erdhöhlen direkt unter der Erde. Ich sende ihnen eine Botschaft", wies der Magier sie an.

„Und ich habe auch noch den Stein Turin. So kann ich notfalls das kleine Volk rufen", meinte Marie eifrig, die sich schon auf das Abenteuer freute. „Beim Kloster gehe ich auf dem Rückweg vorbei. Es ist es sicher mehr überwacht, wo jetzt die Soldaten überall ziehen. Von dort komme ich dann wieder über den Stein von Magpud hierher, meintest du das?", fragte Marie.

„Ja, das ist, glaube ich, der beste Weg, aber du musst trotzdem sehr vorsichtig sein. Man weiß, dass du hier bist, und Gefahr kann überall auflauern.", sagte Argon bestimmt. „Wir müssen auch noch besprechen, was du mitnimmst", fuhr Argon fort.

„Ganz sicher nehme ich das alte Schwert von Großvater", fiel Marie dem Magier ins Wort. „Richtig", sagte dieser lächelnd. Jetzt ist die Zeit gekommen, es in die Hand zu nehmen. Deine „Flamme" ist entzündet."

Und er holte ihr Schwert hervor und legte es auf den Küchentisch. „Wie meinst du das?", fragte Marie erstaunt.

„Nun alles zu seiner Zeit, warte ein bisschen. Wir beide haben jetzt Zeit und werden uns zunächst die Gravuren einmal genauer anzuschauen. Das wolltest du doch schon wissen, nicht wahr?", antwortete der Magier bedächtig und drehte das Schwert in seinen Händen.

„Natürlich! Ich will ja verstehen, was da drauf steht. Vielleicht hat das dann auch eine Bedeutung und ich nutze das Schwert besser", meinte Marie vage und schaute den Magier erwartungsvoll an.

„Ja, da ist was dran." Er schmunzelte.

„Nun, dann setz dich einmal und schau her. Die letzte Lektion vor deiner Abreise.

Hier oben auf dem Innenrand des Griffs steht in alter Schrift, die noch aus der alten Zeit stammt, ich übersetze:

I „*Folge dem Licht. Denn du bist das Licht. Entzünde dein Licht, dass es in der Welt leuchte!*"

Etwas tiefer, hier auf dem ersten Stück der Klinge steht, ich übersetze:

[Tengwar script line]

II „Nur in der Wahrheit bist du frei. Befreie deinen Geist aus seiner Gefangenschaft!"

und noch etwas tiefer, hier in der Mitte der Klinge steht:

[Tengwar script lines]

III „Vereine die Flamme deines Herzens mit der Flamme deines Schwertes! In dieser Kraft ist sie eins. Durchtrenne und erneuere das, was notwendig ist!".

Der Magier machte eine Pause und schaute Marie lange an. Die atmete tief durch, um es besser zu verstehen.

Dann fuhr er fort: „Das Schwert vermittelt dir seine Botschaft, nimm die Sätze mal einfach, auch ohne sie jetzt ganz zu verstehen, als Mahnung und Erinnerung des Geistes an seine Herkunft."

„Uff", machte Marie und schluckte, „das ist nicht so einfach…Ich schreibe es auf in mein Buch, zur Erinnerung!" Und sie holte schnell ihr Buch und tat es. Der Magier lächelte, meinte aber, „Höre lieber zu und lasse es einsinken in dein Herz! Dort merkst du es dir. Wahre Gedanken kommen aus dem Herzen."

Argon nahm einen tiefen Atemzug und holte etwas weiter aus: "Fangen wir einfach von vorn an: Wichtig ist, dass du das Schwert zuerst einmal als Schwert begreifst! Was ist ein Schwert?"

„Ja, das möchte ich auch gerne wissen.", antwortete Marie und war sehr gespannt, was Argon sagen würde. „Also, es ist nicht einfach nur zum Zuschlagen und Kämpfen da?", fragte Marie nach.

„Genau. Ist es nicht. Zumal dieses Schwert ein Ritualschwert ist, also der Gegenstand eines alten Ritus und trotzdem oder gerade deshalb ist es ein sehr gutes Schwert", meinte der Magier anerkennend. „Aha", meinte Marie und freute sich über die Würde des Schwertes.

„Dieses Schwert zeigt dir, was es für den Menschen bedeutet. Dazu dienen die Inschriften auf dem Schwert: Sie erinnern den Menschen an seine Aufgabe und was er mit dem Schwert lösen kann, wenn er es im rechten Sinne gebraucht. Die Sätze hier gehören zum Codex des alten Ordens, der Lichtbruderschaft des That, wo dein Großvater Mitglied war und zuletzt Großmeister. Und wenn du die Inschrift verstehst, kannst du das Schwert besser führen, weil du seinen Sinn verstanden hast!", erklärte der Magier Marie.

„,Schwert' bedeutet eigentlich: ,*Ent-scheidung*'. So wie es aus der Scheide gezogen wird, um geführt zu werden. *Ent-scheide* dich für einen Weg, eine Sache. Es geht auch um die *Unter-scheidung*. Unterscheide die Geister! Nicht alles ist zu jeder Zeit gut oder böse, richtig oder falsch! Es kommt auf den genauen Sachverhalt und den Zusammenhang an: Ein Mut kann schnell zum Übermut und zur Leichtfertigkeit werden oder er bleibt zaghaft stecken, wenn er durch zu viel Vorsicht gehemmt wird... Entscheide so, worum es gerade geht, was dein Handeln erfordert! Das ist wichtig. Schaue eine Situation im Vollbesitz all deiner geistigen Kräfte an und entscheide dann zu handeln. Hast du das verstanden?" –

„Ja", sagte Marie und lauschte aufmerksam. Das leuchtete ihr sehr ein.

„Das Schwert ist also ein Instrument des Geistes, Dinge auf der Erde zu entscheiden und zu handeln, wo es notwendig ist. Es ist etwas, was die Vernunft gebietet, wenn du dich ihrer selbständig bedienst. –Gebrauche ein Schwert nie ohne **Not-wendigkeit**! Das ist die andere Seite: Vorschnelle Entscheidungen können tödlich sein", mahnte der Magier eindringlich. „Wenn du also das Schwert führst, sei dir bewusst, wozu es gut ist und wozu du es führst! Sonst führe es nicht oder es führt dich!"

„– Erst kommt der Geist, dann die Materie", unterbrach Argon sich selbst und lächelte. „Das hast du sicher schon gehört?" –

„Ja, das stammt von Platon. Großvater hat uns etwas Philosophie gelehrt, was aber dann in der Klosterschule nicht mehr erwünscht war", sagte Marie nachdenklich.

„Ja, ja, so ist das auf der Welt", meinte der Magier scheinbar gedankenverloren und machte eine Pause zum Pfeife holen und stopfen. Auch er war einmal im Kloster gewesen, wo man ihn dann nach Jahren seiner theologischen und naturwissenschaftlichen Studien als Klosterbruder und frisch geweihten Priester verbannt hatte. Man hatte ihn beschuldigt, ketzerische Lehren und Sitten zu tätigen… Und er hatte seine Liebe verloren, die er heimlich und unschuldig geliebt hatte, so jung wie sie damals waren… Dann zündete Argon sich die Pfeife an.

„Was ist der Griff des Schwertes, was bedeutet er?" fragte auf einmal Marie. „Das Schwert besteht aus Griff und Klinge und im Griff steht ja auch ein Satz, eigentlich merkwürdig oder nicht?" –

Der Magier antwortete: „Nun der Griff, ist die Wurzel des Schwertes. Aus ihr erwächst die Klinge. Dieser Übergang muss sehr gut und in einem Stück geschmiedet sein, dass sich der Stamm nicht von der Wurzel trenne, sonst hat er keine Kraft. Und die Klinge muss elastisch wie fest zugleich sein, eben besonders stabil. Der Satz hier bezieht sich auf die Kraft der Wurzel. Er hat eine solche Bedeutung", sagte der Magier, dann fuhr er langsamer fort:

„Deshalb steht hier:

‚Folge dem Licht, denn du bist das Licht. Entzünde dein Licht, dass es in der Welt leuchte!'

Dieser Satz bezieht sich auf unseren Ursprung, wo wir herkommen und wer unser Schöpfer ist und wie er uns gemacht hat: das Licht steht für Gott und unsere Göttlichkeit nach seinem Ebenbild. Es steht für unsere Quelle und unser Bewusstsein, das von der Quelle gespeist wird. Wir haben diesen Bezug zu unserer Herkunft verloren und müssen uns wieder erinnern. Wenn wir uns des Lichtes und unserer Göttlichkeit bewusst werden, dann entzünden wir das Licht: Unser Bewusstsein wird wach und wir gehen unseren Weg in der Welt: Diener des Einen Lichts zu sein! Hast du das verstanden?"

Marie blieb einen Augenblick still und ließ es einsinken. Dann sprach sie langsam: „Ja, ich glaube schon. Über das Licht haben wir ja schon gesprochen. Dieser Vergleich ist sehr überzeugend, das empfinde ich auch so.-

Und der zweite Spruch auf der Klinge: ‚*Nur in der Wahrheit bist du frei. Befreie deinen Geist aus seiner Gefangenschaft und du findest die Wahrheit!*'", zitierte Marie.

„Hängen Freiheit und Wahrheit denn wirklich zusammen? So habe ich das noch nie gesehen! Das waren für mich bisher zwei ganz verschiedene Dinge: Ich will frei sein und suche nach der Wahrheit." Marie schaute den Magier herausfordernd an.

Der Magier erhob das Schwert mit einer Drohgebärde. Blitzschnell hatte er sie im Griff und hielt ihr das Schwert an die Kehle: „Bist du jetzt frei?" –

„Nein", sagte Marie. „Ich fühle mich nicht frei. Du hast mich in deiner Gewalt." Sie dachte nach. „Aber ich wäre frei, mich deiner Gewalt zu beugen oder den Tod zu riskieren, wenn ich mich wehre und meine Freiheit zu erlangen suchte. Bin ich dann nur frei angesichts des Todes?", fragte Marie ernsthaft.

„Du bist frei, wenn du keine Illusionen mehr hast, wenn du der Wahrheit, dass es so ist und nicht anders, ruhig und ohne Widerstand ins Auge siehst und dich dann für einen Weg entscheidest: Dich zu wehren oder zu gehorchen.", antwortete der Magier ruhig.

„Deshalb *hängen Freiheit und Wahrheit* zusammen. Von Etwas frei zu werden, wie die meisten Menschen es sich wünschen, weil sie die Wahrheit nicht kennen, ist unmöglich, wenn du es richtig betrachtest. Du bist jetzt gerade meinem Schwert, das ich auf dich gerichtet habe. Dieses ‚Etwas', mit dem du gerade verbunden bist und nicht frei davon - sei es auch „nur" eine Erfahrung, ist immer im Gedächtnis gespeichert. Es ist als deine persönliche Erfahrung in die Weltenseele eingegangen und von dort auch jederzeit abrufbar. Frei zu sein von Etwas, geht also nicht – außer man will seine Erfahrungen töten. Wenn du frei von etwas werden willst, so nimmst du dir nur etwas weg. Schade um die bereits gemachte Erfahrung! Besonders, wenn sie schlimm oder anstrengend war, willst du sie dann nochmals machen, weil Du sie leichtfertig verworfen hast? – Gott schickt dir keine unnötigen Erfahrungen...", lächelte der Magier.

Dann fuhr er in erhobenem Ton fort: *„Nein, frei zu sein für etwas, das ist die wirkliche Freiheit des Menschen!"*

Argon machte Pause, ließ das Schwert aber noch an Maries Hals.

„In jeder Situation kannst du die Freiheit dazu verwenden, dich zu entscheiden. So formt die Freiheit Deiner Entscheidung in einem fort die Realität, die Dir dann als Wirklichkeit wieder entgegen kommt. *So sind die Gedanken von gestern Dein Schicksal von heute und die Gedanken von heute, Dein Schicksal von morgen.* Dies sind die ehernen Gesetze unserer kosmischen Existenz.

Frei für die Wahrheit, für die enttäuschte Wirklichkeit, sie so zu sehen wie sie ist, ist die wahre Erkenntnis in Freiheit. -

Und in diesem Fall würde ich gehorchen...", lächelte der Magier und spielte dabei mit der Schärfe der Klinge am Hals Maries, so dass sie zwischen Angst und Mut hin und her geworfen wurde, „um weiterzuleben, wenn ich wüsste, dass das andere mein Tod wäre", vollendete der Magier den Satz.

Dann ergänzte er noch: „Und vielleicht wäre dieser Tod zu diesem Zeitpunkt sinnlos. Wem würde das dienen? Mein Licht ginge der Welt mit einem Mal verloren! Das wäre egoistisch oder dumm. Es ist nicht mutig, dumm zu sein."

„Würde ich aber mit meinem Tod Menschen retten, ist es sinnvoll, den Mut aufzubringen und sich notfalls für den Tod zu entscheiden", entgegnete Marie und fuhr vorsichtig fort:

„Ich würde mich vielleicht wehren, auch wenn ich wüsste, dass es mein Tod wäre, um mich an meiner Grenze angesichts des Todes zu erfahren - und das macht vielleicht frei", sagte Marie.

„Du wirst sicher noch Gelegenheit dazu bekommen, das zu testen", gab der Magier ernst zurück.

„Schließlich hattest du heute Nacht einige Male die Gelegenheit, den „kleinen Tod" zu überwinden und hast die richtigen Entscheidungen getroffen."

Nach einer Pause, wo er das Schwert wieder sinken ließ, sprach Argon schließlich weiter: „Das, was dich in der Waage hält und deine

Entscheidung führt, ist der dritte Satz, der am weitesten vorn auf der Klinge steht, also näher zur Entscheidung und zur Handlung selbst, wenn wir in dem Bild bleiben, wofür das Schwert steht:

‚*Eins sei die Flamme deines Herzens mit der Flamme deines Schwertes!*'

In dieser Kraft, wenn beide Flammen eins sind, durchtrenne und erneuere, was notwendig ist!'

Hier sind wir der Wurzel des Schwertes gegenüber: An der Spitze der Klinge: dort, wo gehandelt wird!

Bist du ein Kind des Lichts oder der Dunkelheit? Du kannst es ermessen und unterscheiden, das eine vom anderen, wenn du nachprüfst, ob die Flamme deines Herzens (Gotteslicht) mit der Flamme deines Schwertes (die Tat) übereinkommt! Deine Unterscheidungskraft hilft dir, im rechten Augenblick die richtige Entscheidung zu treffen. In diesem Sinn kannst du etwas (durch)trennen, wie ein Schwert es eben tut, wenn dadurch eine Erneuerung geschieht, die heilsam ist."

Marie dachte darüber nach und prüfte die Schärfe der Klinge.

„Benutze das Schwert deines Geistes und seine materielle Form hier weise, benutze es, um richtig zu urteilen, nicht, um sinnlos Glaubenssätze und Dogmen anderer nachplappernd, Menschen und Dinge zu verurteilen, was so häufig geschieht bei den Menschen", warnte der Magier streng.

„Denn sie lieben es, jemandem blind zu folgen, einem König, Meister, Kirchenvater, dann brauchen sie nicht selbst zu denken. Denken könnte ja anstrengend sein. Und die schlechten Führer wissen das meist auch sehr zu schätzen, weil sie dann alle gut unter Kontrolle haben! So wird im Namen vieler und vor allem im Namen Gottes ständig das Schwert geschwungen und getötet. Sehen wir das nicht gerade wieder in unseren Landen?", fragte der Magier und hatte eine Spur von Wut und Trauer in seiner Stimme.

„Wie oft wiederholt sich das schon in der Geschichte unserer Entwicklung zum Menschen?", fragte der Magier anzüglich.

„Wohl sehr oft", meinte Marie und dachte an den dritten Satz, der ihr sehr wichtig erschien. Ob sie das auch umsetzen konnte, vor allem, wenn sie es brauchte? Das war ein anderes Kapitel, wie sie wusste. Aber sie wollte lernen, es anzuwenden. Erst recht, wenn sie mit dem Schwert unterwegs war. In jedem Falle würde es ihr helfen, im entscheidenden Augenblick die richtige Entscheidung treffen zu können, die Klinge aus der Scheide zu ziehen und sie richtig anzuwenden, das wusste sie jetzt. Sie atmete tief durch. Und das bei all den Gefahren, die da warten konnten.

Der Magier war jetzt offensichtlich ganz bei seinem Thema, denn er meinte noch donnernd: „Also bloß keine „falsche Hingabe" an falsch verstandene Glaubenssätze, von denen wir besser unseren Geist rein halten. Das ist die größte Gefahr."

Marie überlegte, woran er wohl gerade dachte, dass er dies so vehement anschloss.

„Lass dich von niemandem von deinem Weg und deinem Ziel abbringen! Da gibt es viele Kräfte, die das da draußen versuchen werden", warnte er nochmals, denn Argon kannte das sehr gut. Und je höher das Potenzial, desto stärker die Gefahr. Er wollte Marie gerne heil wieder sehen, dachte er betroffen und sah ihre Unschuld und Gutgläubigkeit und was er in seiner Sicht der äußeren Geschehnisse wahrgenommen hatte. Er hatte in der Samhain Nacht tief in die Wasser des Lebens geschaut, als er sie innerlich begleitet hatte auf ihrer Reise.

„Es muss ein innerer Impuls da sein, der mir sagt, das ist richtig und der mich völlig frei macht davon, was die anderen sagen oder von mir wollen", dachte Marie, da ihr klar wurde, wie wichtig dies sein würde, wenn sie draußen allein unterwegs war, in einem Land wo Ketzer und Menschen gesucht wurden, die vogelfrei oder geflohen waren wie sie, die Königin von Aragon.

Etwas ruhiger fuhr der Magier noch fort: „Diese ‚falsche Hingabe' an ein falsch verstandenes Ziel ist nämlich eine der treffsichersten Fallen für gutgläubige Menschen, die es gut machen wollen! Eine ‚falsche Treue' zu einer übernommenen Wahrheit. Die Menschen hängen sich gerne an etwas Fixes, dass ein Höherer als sie selbst vorgibt und be- und verurteilen dann gerne andere damit…Unter solchem Banner wurde schon viel verurteilt oder gemordet. Solche Dinge geschehen in kritischen Zeiten schneller."

Der Magier schaute sie eindringlich an und fuhr mit dem Finger über die Klinge des Schwertes. Sie schien scharf zu sein.

Dann sprach er weiter: „Finde das richtige Mittel der polaren Qualitäten wie Mut und Vorsicht, Blitzesschnelle und Besonnenheit, Selbstlosigkeit und Selbsttreue und so weiter, wie du sie schon lerntest und dich in diesen Zwillingseigenschaften übtest, soweit das hier möglich war. Jetzt kommt die Prüfung auf Bewährung draußen…-

- Und ", Argon sparte ganz gegen seine Art heute nicht mit Ratschlägen-, „sei dir selbst treu! Das ist als erstes wichtig. Prüfe so all die Dinge, die dir begegnen!" –

Er machte wieder eine Pause und war offensichtlich woanders, wie Marie aufmerksam beobachtete.

„Nun, deshalb lebe ich hier im Norden, fern von Aragon, meiner Heimat", spottete der Magier leicht und beendete seine Lektion. Er wandte sich ab und ging hinaus.

Er hatte sich in seiner Vermittlung auch in seine Emotion hineingeredet, wie er selbst bemerkte, sein eigenes Schicksal, das des Andersseins und der Verfolgung, hatte ihn wieder eingeholt, was Marie aber nicht störte. Im Gegenteil, sie fand es menschlich und es zeigte ihr etwas Persönliches vom Magier, was mit seiner Geschichte zu tun hatte, und so merkte sie sich das, was er sie lehrte, umso besser.

Marie begann ihre Sachen zu packen und die Hütte aufzuräumen. Schließlich wollte sie Argon alles geordnet überlassen, wenn sie morgen früh aufbrach. Der Nachmittag war hereingebrochen und die Sonne stand schon tief. Sie machte einen kleinen Rundgang draußen und versorgte die Tiere mit Futter. Marie liebte die Stunde der Dämmerung, die langsam aufzog und alles in ein weiches, fast überirdisches Licht tauchte. Sie genoss diese Stille und die Idylle hier, wo alles an seinem Platz war, und Mensch, Tier und Naturwesen in Frieden miteinander lebten. Wie würde es draußen sein wenn sie morgen aus diesem geschützten Reich aufbrach? Ihr Bauch war unruhig und ihr Solarplexus vibrierte.

In der Nacht schlief sie schlecht und träumte von lauernden Sümpfen und Fallen. Sie sah schwarze Löcher auf sie zukommen und suchte schließlich Raphael. Sie hatten sich doch versprochen, sich zu finden. Wieder sah sie diese Fetzen von dem langen Weg über eine Brücke, wo sie nach einem Zeichen suchte, ihn zu finden. Und sie spürte Raphaels traurigen, brennenden Blick auf sich ruhen, als sie nach der Krönungsmesse vor drei Jahren aus der Kirche hinaus schritt. Dann sah sie ihn wieder in dieser Festung Nardun liegen.

Plötzlich hörte sie seine Stimme, die ihr sanft ins Ohr flüsterte: „Ich gehe bis ans Ende der Welt, um dich zu finden, egal wo du bist, wir werden uns wiedersehen." Marie weinte vor Glück, als sie dieser Botschaft lauschte. Sie fühlte das gleiche in ihrem Herzen, das sich zitternd mit dem nächsten Atemzug weitete.

In der Früh nahm alles seinen gewohnten Lauf. Argon war sehr schweigsam. Sie auch.

Als sie die Hütte mit ihrem Gepäck schließlich verließ, hatte sie einen großen Umhang übergezogen und einen Stock in der Hand. Der Umhang verdeckte das Schwert. Sie ging jetzt in Männerkleidung, die sie sich zurecht genäht hatte und glich einem einfachen Wanderer mit Hut, der die Haare verbarg, die sie sich auch ein Stück zumindest abgeschnitten hatte. Sie wollte möglichst unauffällig reisen in dieser Zeit. Auch die Blume und den Stein trug sie bei sich.

„Ich bin bald wieder da, circa in fünf Tagen", meinte Marie sicherer, als sie sich fühlte. Als sich Marie nicht mehr umwandte, spürte sie Argons brennenden Blick auf sich ruhen, der ihre Gestalt begleitete.

Auf der Reise zum alten Volk

Mit einem Lied auf den Lippen schritt sie durch den Wald nach Süden. Die Sonne schien jetzt immer kräftiger von Osten durch und wärmte sie. Vögel flogen auf, wenn Marie kam und auf einen Zweig trat, der knackte. In einer Wasserlache erblickte sie ihr Spiegelbild, einen jungen Burschen im Jagdgewand. Sehr gut! Die Bäume rauschten, als würden sie ihr Adieu wünschen, wo sie vorbeizog. Die Baumelfen zeigten sich hier von ihrer lieblichen Seite und tanzten in großen Bewegungen in den Ästen und Blättern, wenn der Wind anhob und durchfuhr. Das war ein lustiges Spiel für sie mit Bruder Wind. Es war auch Maries Wald geworden, den sie kannte und liebte.

Bald kam sie in unbekanntere Gefilde und zur Lichtschutzschranke, die wie ein Gürtel um das Reich des Magiers gelegt war. Sie konzentrierte sich auf das Feld und passte ihr Schwingungsniveau an. Dann sprach sie die Formel für den Durchlass und ging hindurch. Es gab keinen Widerstand, wie sie ihn einmal gespürt hatte, als sie das Feld aus Neugier berühren wollte. Marie fand ihren Weg durch den Wald, auch wenn es keinen gab. Sie ging nach Sonnenstand.

Das Land veränderte sich jetzt, sie gelangte auf Äcker und Wiesen, menschliche Siedlungen lagen in der Ferne, links musste bald das Dorf liegen, wo sie gefragt hatte. Nur, was war hier geschehen? Maries Augen schauten sich um: Es sah so verbrannt aus, viele Pflanzen waren schwarz. Manche Felder waren anscheinend abgebrannt. Hatten hier Soldaten nachgeholfen oder war das diese Pest, die aus der Luft kam, wie das Andreas und Anton vom alten Volk schon gesagt hatten? Sie wusste es nicht und ging weiter. Als sie eine Pflanze auf dem Feld untersuchte, es war eine Sonnenblume, die voller Kerne noch in ihrem Blütenkelch stand, zerbröselte alles unter ihren Händen. Die Kerne waren kaputt. „Oh weh, das wird eine große Missernte geben, wenn das vielfach auftritt!" Marie dachte an die Menschen.

Als sie einen Weg entlang ging, der auf eine Straße zuführte, sah sie Bauersleute auf einem Ochsenkarren, die den Weg entlang fuhren. Sie schauten bedrückt und niedergeschlagen drein. Der Mann, der den Ochsen führte, schlug mit der Peitsche auf ihn ein und war offensichtlich übel gelaunt.

„Geh, geh, du alter Ochse", brüllte er laut und das Kind auf dem Wagen, an der Brust der Mutter, schrie und weinte. Schnell schritt Marie vorüber. Sie konnte nichts tun und so warf sie wenigstens der Mutter mit dem Kind einen freundlichen Blick zu, was der Mann böse kommentierte. Sie beeilte sich, weiterzukommen, bevor er die Peitsche für sie schwang und womöglich losließ.

Marie richtete sich nach Süden auf die Zauberwiesen aus, wo sie sie noch vermutete. Nach einer Wegkreuzung bog sie links in die hohen Wiesen ab, die ihr vertraut vorkamen. Hier hatte sie auch guten Sichtschutz. Einen Weg musste sie allerdings selbst suchen. Die hohen Wiesen sahen verändert aus, weil so viel kaputt war. Der Himmel hing schwer und bleiern hinunter. Es könnte Regen geben.

Sie beeilte sich und bedauerte sehr, dass sie nicht Tamino bei sich hatte. Er würde ihr hier das Vorwärtskommen sehr erleichtern. Allerdings müsste sie dann auch die Kleidung wechseln, sonst sähe es aus, als hätte sie ihr eigenes Pferd geklaut, dachte sie belustigt und schaute an sich herunter. Innerlich rief sie nach Tamino und konzentrierte sich auf seine Gestalt und sein Wesen, so dass sie ihn ganz deutlich vor sich erscheinen sah. Hoffentlich konnte er sie hören! Sie glaubte es.

Mit der Zeit wurde die Natur wieder kräftiger und bunter. Marie sah die Berge näher rücken, und der große Chassador tauchte mit seinem schneebedeckten Gipfel aus den Wolken auf. Die ganze Landschaft wirkte kräftiger und die Luft würziger. Das war sicher dem Werk des kleinen Volkes zu verdanken, dachte Marie dankbar. Bald musste sie da sein.

Dieses Gebiet kam ihr vertraut vor: da sah sie schon den Bach dahin fließen und die Zauberwiesen mit ihrer Vielfalt an Blumen und Tieren vor sich liegen. Doch wie sie näher kam, bemerkte sie traurig, dass auch hier Zerstörungen waren, allerdings nur einzelne, als hätte jemand bewusst hier Hand angelegt, um diese Landschaft zu stören.

Einzelne große Bäume waren kaputt oder am Absterben, manche Wiesenstücke lagen verdorrt da, wobei etwas weiter weg noch alles in Ordnung schien. Komisch sah das aus. Sie ging zu den Bachweiden, fand den Platz, wo sie vor Monaten ausgeruht hatte und siehe auch da: genau die Weide, wo sie den Baumelf gesehen hatte, stand ohne Blätter nackt und weiß da.

Tot schaute sie aus, ihre Zweige waren weiß und zum Teil geknickt. Marie berührte den Baum und weinte.

Da erblickte sie plötzlich den Baumelf, der ganz verzweifelt unten bei der Wurzel hing und sich dort anklammerte. Er konnte offensichtlich nicht verstehen, wieso sein Baum kaputt war. Etwas Leben schien er noch in der Wurzel zu haben und der Baumelf jammerte vor sich hin. Schließlich war er ja mit dem Baum, der wie sein Körper war, über seine Silberschnur verbunden. Und die atmete noch ein bisschen.

Marie bückte sich, schaute ihn an und sprach: „Oh, lieber Baumelf. Warte, ich befreie dich. Dein Baum ist ja fast tot. Du kannst nichts dafür. Komm, ich helfe dir! Und dann werden wir einen neuen Baum zu finden, den du betreuen kannst, einen jungen, der noch viel wachsen muss und noch keinen Baumelfen hat wie dich".

Sie nahm als Hilfsmittel einen Stein, bat den Baumelf, darauf Platz zu nehmen und brachte ihn zu einem ganz jungen Weidenbaum, weiter flussabwärts. Als Baum und Elf einwilligten, legte sie dort den Stein ab und ließ dem Baumelf Zeit, sein neues Zuhause zu erkunden.

Er bedankte sich glücklich.

Dann schaute sich Marie nochmals den Baum an, denn er war nicht einfach schwarz wie die anderen Pflanzen, die sie schon gesehen hatte, wo das Übel anscheinend aus der Luft kam. Er war anscheinend resistent geblieben, aber es hatte einer Hand an ihn gelegt. Marie entdeckte einen tiefen Schnitt in der Rinde des Baumes ziemlich weit unten. Der Schnitt ging ganz herum und bildete einen sauberen Kreis. Und er war breit. Das bedeutete, der ganze Baum war von seiner Nahrung abgeschnitten, man hatte seine Zufuhr und seinen Lebensnerv durchtrennt! Das konnte kein Zufall sein! Sie spürte Trauer in ihrem Herzen.

So berührte sie den Baum nochmals und sprach zu ihm:

„Du hast Deine Aufgabe erfüllt. Geh zurück zum großen Geist der Natur. Vergib den Menschen, die so etwas tun. Sie wissen nicht, was sie tun!"

Marie war schockiert und schaute bei anderen Bäumen nach, sie ging bis zum Waldrand dieser Wiesen und fand an vielen Bäumen, vor allem auch an prachtvoll gewachsenen Eichen und Buchen das gleiche Phänomen, den gleichen Schaden. Wer ging so zu Werke? Der dunkle Magier?

Marie war empört und konnte sich nicht vorstellen, wozu ein Mensch so etwas machte. Es war für gar nichts gut, außer zu schaden und diese verletzten Bäume, denen man zuerst fast nichts ansah, langsam sterben zu lassen. Richtig teuflisch, dachte sie und zog weiter.

Am Wasser hörte sie wieder die liebliche Musik der Nymphen, die sie einluden, in ihr Reich zu kommen. Es war ein betörender Gesang, der sich sanft in das Wasserplätschern des Baches mischte, den sie entlang ging. Der Gesang lud zum Verweilen ein. Marie ließ sich nicht betören, sie grübelte über das absichtliche Töten der Natur nach und richtete ihre Aufmerksamkeit auf ihr Ziel, weiter zum alten Volk zu kommen. Die wollte sie danach fragen. Vielleicht wussten die schon mehr.

Da hörte sie auf einmal ein Wiehern aus der Ferne. Und tatsächlich raste ein Pferd auf sie zu, so schwarz wie die Nacht und preschte in rasendem Galopp heran. Dicht vor ihr blieb das Pferd stehen, wieherte laut und stieg hoch.

„Tamino, Taminoo", schrie Marie außer sich vor Glück. Sie hatte es schon nicht mehr zu hoffen gewagt, jetzt war er da. Sie umarmte ihn, legte ihre Hände auf seine Nüstern und streichelte zärtlich mit ihrer Wange seine Nase. Auch er war offensichtlich glücklich, seine Herrin wieder zu sehen, rieb seine Nüstern an ihrem Oberarm und Umhang und stupste sie freundlich mit der Nase.

„Wo warst du nur?", flüsterte sie zärtlich in sein Ohr und untersuchte ihn. Etwas zerzaust wirkte er. Er musste durch dick und dünn gelaufen sein, dachte sie, sonst wirkte er gesund. Hier gab es auch wirklich genug Gras. Und die Weiden waren einsam. So hatte ihn kein anderer eingefangen. Vielleicht hatte er sich mit den Elfen und Nymphen unterhalten und die hatten ihn beschützt vor fremder Hand. Tamino wieherte, als wollte er sagen, dagegen hätte er sich auch gewehrt. Er war schließlich ein ausgewachsener Hengst! Der Sattel war weg, den musste er abgestoßen haben. Aber sie konnte auch ohne Sattel reiten und stieg mit einem gekonnten Schwung von einem Stein auf.

So ging es dann gemeinsam weiter. Marie war glücklich, das brachte ihr Zeitgewinn und bessere Aussichten…

Beim nächsten Hof, wo sie in einer Scheune übernachtete, besorgte sie sich einen neuen Sattel und Zaumzeug. Soviel Geld hatte sie dank ihres Bruders und des Magiers noch bei sich.

Am nächsten Tag erreichte Marie mit Tamino die angehenden Berge und näherte sich dem Höhenweg, der unterhalb des Chassador verlief und anstieg. So glaubte sie, am Abend dort beim alten Volk anzukommen, das direkt am Fuße des Chassador wohnte.

Notfalls konnte sie im Dunkeln ihren Stein betätigen und das kleine Volk rufen.

In der schwarzen Hütte

Da begann plötzlich ein starker Regen loszugehen, der ihr fest ins Gesicht schlug. Es wurde immer unwegsamer in diesem Regen, selbst im langsamen Reiten. Auch schien es schon so dunkel zu werden, als würde der Tag sich neigen, was Unsinn war. Es lag einfach am schlechten Wetter. Aber Marie beschloss, eine Rast in dieser Herberge einzulegen, die konnte nicht mehr weit sein und lag an diesem Weg, wenn sie sich richtig erinnerte. Dort hatte sie auf dem Hinweg mit Philipp ihre letzte Nacht verbracht. Diese Herberge war zwar etwas schäbig, aber sie bot Unterschlupf und war nicht sehr besucht. Endlich, nach zähem Vorankommen, kam diese Herberge. Marie stand plötzlich vor diesem Haus mit dem Brunnen davor. Der Regen war noch immer so heftig, dass sie kaum die Hand vor den Augen sah. Marie band Tamino lose unterm Verandadach an und ging hinein. Mit Schwung stieß sie die alte Holztür auf und stand im Gastzimmer. Es war dämmrig und niemand zu sehen.

Marie ließ sich triefend nass vor der Theke nieder und versuchte, den Regen etwas abzuschütteln. Wie Tamino schüttelte sie sich. Wo war nur der Wirt?

Da spürte sie einen eisigen Hauch hinter sich im Nacken. Das machte sie sofort hellhörig und abrupt drehte sie sich um, obwohl sie nichts gehört hatte. Und tatsächlich stand da ein großer Mann mit Bart vor ihr, der schwarz gekleidet war. Nein, eigentlich stand er hinter ihr und schaute sie nur an.

"Guten Tag", sagte er dann auf französisch, ohne sein Gesicht zu bewegen. „Guten Tag", sagte Marie ebenfalls auf französisch und etwas förmlich. Jetzt musste sie in ihrer Rolle bleiben, ermahnte sie sich selbst. Sie wusste nicht, wer das hier war. Marie versuchte sich zu erinnern, ob so der Wirt ausgesehen hatte. Nein, so sah er ganz bestimmt nicht aus. Der Mann hier in schwarz war vornehmer und strenger.

„Ich habe Sie gar nicht kommen hören. Ist der Wirt nicht da?", fragte sie weiter, „Ich würde gern etwas zu trinken bestellen."

Der Mann ging hinter die Theke und fragte, was sie haben wolle. „Einen heißen Tee, bitte", sagte Marie mit möglichst dunkler, kräftiger Stimme. Ihr wurde langsam etwas unheimlich. Auch merkte sie, dass sie nicht gut schauspielerte, hier so allein vor diesem seltsamen Mann.

Der Mann gab ihr den heißen Tee vom Feuer und kam wieder zur die Theke. „Ich vertrete gerade den Wirt", meinte er mit einem kalten Lächeln und musterte sie. „Weit gereist, Mann?"

"Ja", sagte sie vage. „Ich bin auf dem Weg zum Kloster, will dort als Gärtner arbeiten." -

„Aha", kam nur zurück. Der Mann blieb still stehen.

Marie trank ihren heißen Tee an der Theke. Sie wollte baldigst wieder weg.

Der ganze Innenraum flimmerte schon vor ihren Augen. Oder lang das an diesem funzeligen Licht an der Decke? Auch wurde ihr jetzt ganz heiß nach dem Tee. Auf einmal trat der schwarze Mann dicht auf sie zu. Marie wich einen Schritt zurück. Seine Ausstrahlung war äußerst unangenehm: gewalttätig und kalt. Sie machte einen Angriff nach vorn und fragte bestimmt: „Wer seid Ihr, wenn Ihr nicht der Wirt seid?" Sie fühlte sich bedroht durch seine Gegenwart.

Da fing der schwarze Mann an, zynisch zu lachen. „Du kennst mich nicht? – Aber meine Königin, ich kenne dich! Die Verkleidung kannst du dir sparen, Marie, Königin von Aragon. Oder sollte ich sagen, Schülerin des großen Magiers aus dem Norden? Oder angehende Alchemistin, wie wäre es recht?"

Seine Stimme war vor Hohn immer höher gestiegen. Jetzt kam er noch näher, griff ihr unter das Kinn und zog ihr den Hut ab.

„Soso, nicht hässlich, das junge Kind, an dem Argon so hängt."

Er musterte sie und kostete die Situation aus. – Nach einer Pause nahm er wieder etwas Abstand. Marie hatte es die Sprache verschlagen, sie rang nach Luft und versuchte ihre Fassung wieder zu finden.

Da konterte dieser Mann mit seiner scharfen Stimme: „Auch du kennst mich längst."

Marie ahnte es bereits. Es fiel ihr jetzt wie Schuppen von den Augen.

„Wir sind uns schon mehrfach begegnet, zuletzt in der Nacht von Samhain..." Wieder lachte er so schäbig und schrill.

„Ich bin Zyan, der dunkle Zauberer oder Magier, wie man mich nennt." Er weidete sich an ihrem Entsetzen. „Du bist hier in meinem Haus gelandet, in der schwarzen Hütte, nicht im Wirtshaus", sagte er dann, als er ihren suchenden Blick zur Tür bemerkte.

Wieder lachte er höhnisch auf. „Da hast du dich wohl etwas verguckt! Aber die Hütten schauen ja auch alle so ähnlich aus bei diesem Regen", schnarrte seine harte Stimme. „Du kommst hier nicht hinaus, solange ich es nicht will, hast du verstanden?", sagte er jetzt bedrohlich leise.

Marie schluckte schwer, ihr Puls raste und sie suchte krampfhaft einen Ausweg, den sie nicht sah. So schnell konnte sie gar nicht bei der Tür sein. Und er war der dunkle Magier. Wie konnte sie sich nur gegen diese dunkle Macht zur Wehr setzen? Dass sie keine Chance hätte, demonstrierte er ihr die ganze Zeit. Er war sich seiner Macht anscheinend absolut sicher. Marie versuchte Zeit zu gewinnen. Was hatte sie gelernt? Ihr Gedächtnis schien leer. Sie musste irgendwie zur Ruhe und wieder bei sich ankommen.

„Ich sollte dich zu deinem König nach Aragon zurückbringen, der hat schon ein Kopfgeld auf dich ausgestellt. Bedauerlicherweise weilt er noch immer in Nordfrankreich. Und so wäre das Volk froh, seine Königin zurückzubekommen. Der Bischof d'Albert führt in der Zwischenzeit die Geschäfte."

Der dunkle Magier tat, als denke er nach und genoss Maries Unsicherheit und Angst. „Nun, ich habe da eine bessere Idee", fuhr er gelassen und kalt fort. „Ich mache dir ein Angebot. Deshalb habe ich dich heute in meine Hütte eingeladen."

Er breitete einladend die Arme aus und schaute Marie besitzergreifend an, als sie ihre Augen hob und ihm ins Gesicht schaute.

Sie schauderte vor seinem Blick. Dann zwang sie sich, durch die Angst hindurchzugehen und den Kontakt zu halten. Sie hatte noch ihr Schwert, was unentdeckt unter dem schweren Umhang hing und auch die Blume in ihrer Brusttasche. Mit einem tiefen Atemzug vergewisserte sie sich ihrer Standfestigkeit und stellte sich breitbeinig in ihren Männerkleidern vor ihn hin.

„Was für ein Angebot habt Ihr denn für mich?", fragte sie herausfordernd zurück.

„Du könntest bei mir in der schwarzen Hütte viel mehr lernen als bei Argon in seiner weißen Hütte", gab er fast freundlich zurück. Für einen Augenblick dachte Marie, dass er eine gewisse Ähnlichkeit mit Argon habe. Nur diese Schwärze in allem machte ihn scheußlich.

„Nun, was sollte ich bei dir lernen? - Ich lerne gut bei Argon", gab sie tapfer zurück.

„Bei mir lernst du wirkliche Magie und wie du Macht erlangen kannst. Ich kenne die Gesetze und weiß, wie ich sie mir zunutze machen kann, um die Dinge so zu lenken und zu beherrschen, wie ich das will! Das hat Argon nie gelernt. Der träumt nur von einem guten Leben und zieht sich vor der Welt zurück. Der lebt doch nur in seinen Illusionen über das ‚Gute' und wie man alles überwindet, um frei zu sein' und solchen Unsinn. Dabei ist er gar nicht frei!"

Zyan lachte auf und funkelte sie mit seinen schwarzen Augen an. „Der hat noch gar nichts begriffen von der wirklichen Welt. Wenn Du Magie und Macht zu Deinem Vorteil nutzen willst, so lern es und tu es, ohne auf irgendetwas Rücksicht zu nehmen! Die Welt ist böse und gemein – und wer stärker ist, der siegt." Zyan lachte wieder spöttisch und hart.

„Bei mir lernst du, die Natur und die Menschen zu beherrschen, ihnen deinen Willen so einzupflanzen, dass sie dir blind folgen. Macht und Magie sind unweigerlich verknüpft! Hast du das verstanden?" Seine Stimme klang durchdringend und schrill.

„Ja", sagte Marie fest. „Danke für das Angebot, aber das will ich nicht. Ich bin mit Argon zufrieden."

Da krachte es und der dunkle Magier veränderte seine Gestalt und war von einer zur anderen Sekunde über ihr. Sie ging in die Knie. „So, du lehnst mein Angebot ab? Wirklich?"

Er packte sie um den Hals und presste sie gegen die Wand. Dunkel und wild sah er jetzt aus, wie der Teufel persönlich.

„Du kleines Ding wagst dich mir zu widersetzen? Mein großzügiges Angebot abzulehnen?", schrie er sie an und durchbohrte sie mit seinen Augen.

Sie blieb fest und hielt stand: „Ja", sagte sie. „Ich will deine Macht nicht. - Woher hast du nur solchen Hass angesammelt?", fragte Marie leise.

Der Magier ließ sie etwas los und lachte hysterisch auf. „Hass? - Du weißt nicht mal, was Hass ist!", sagte er herausfordernd.

„Nein", gab sie zu, „wahrscheinlich weiß ich das nicht. - Aber die Menschen kennen den dunklen Magier und sehen seine Taten, die schwarze Pest auf den Feldern, die Vögel, die vor einem Unglück auftauchen…", warf Marie ein.

Zyan schnitt ihr das Wort ab: „Die Menschen wissen nur von einem Magier, dem aus dem Norden. Mich kennt niemand, nur das kleine Volk ahnt es, aber das ist gleich", sagte er mit einer wegwerfenden Geste. "Ich kann die Meinung des Volkes so lenken, dass man bald erfährt, was dieser Magier aus dem Norden so alles anrichtet, weil er verrückt geworden ist."

Höhnisch lachte der Magier Zyan auf, seine stechenden Augen fixierten sie kalt. Er sonnte er sich in ihrem Erstaunen.

Marie verneinte und sagte fest: „Das werden die Menschen nicht glauben und das alte Volk auch nicht."

Der dunkle Magier starrte sie zwingend an: Also was ist, ich habe nicht ewig Zeit! Zum letzten Mal, nimmst du mein Angebot an?"

„Nein", sagte Marie nochmals.

„Dann wirst du die Konsequenzen zu spüren bekommen", sagte der dunkle Magier jetzt wieder bedrohlich und funkelte sie an.

„Du kommst hier nicht mehr raus. Diese Hütte hat schon mehr Menschen verschluckt und nie wieder hergegeben", hauchte er ihr bösartig ins Gesicht.

Er ergriff sie mit der einen Hand am Hals, die wie ein Schraubstock war, mit der anderen wollte sie an sich ziehen. Da spürte er ihren Gürtel mit dem Schwert. Marie schlug ihm so ins Gesicht, so dass er reflexartig seine Hand von ihrem Hals löste. Sie schrie jetzt zum ersten Mal aus Leibeskräften so laut auf, mit all der Kraft, die sie aufbringen konnte: „Taminoo!!"

Zugleich sandte sie Tamino in ihrer Verzweiflung telepathisch einen Befehl. Und da hörte sie schon seine Hufe. Er wieherte und schlug mit seinen Hufen die Tür ein. Für einen Augenblick wurde der dunkle Magier von dem Einkrachen der Tür abgelenkt und wandte seinen Blick zur Tür. Das reichte ihr.

Sie wand sich aus seiner Umklammerung heraus, ergriff blitzschnell ihr Schwert und schlug auf ihn ein. Sie trennte sich regelrecht vom Magier ab, indem sie auf seine Hand und ihren Umhang einschlug.

Er schrie überrascht auf, sprang zur Seite und hielt sich seine blutende Hand. Marie nutze diesem Moment und rannte zur Tür, die eingetreten war. Tamino stand da. Wild schaute er hinein, wo seine Herrin war. Die Zügel hatten sich gelöst.

Marie sprang auf, schrie „Hüü" und schon ritt sie im Galopp davon, in die Dunkelheit hinein. Der Regen hatte inzwischen aufgehört. „Du hast mich gerettet", flüsterte sie in Taminos Ohr und sie verschwanden in der einbrechenden Nacht.

Im Nachhinein registrierte Marie noch, das sich bei dem Schwerthieb, der auf etwas Hartes an Zyans Finger gestoßen war, etwas aus dem Schwertgriff gelöst haben musste. Es war auf den Boden gefallen. Als sie sich erinnerte, kam es ihr so vor, als sei es ein goldener Ring mit einem Rubin gewesen, wie sie flüchtig beim Wegrennen bemerkte, aber keine Zeit hatte, nach ihm zu schauen.

„Schade", dachte sie jetzt. Der Ring war wohl von Großvater dort im Schwertgriff versteckt worden. Sie fühlte mit einer Hand den Schwertgriff ab und spürte eine feine Metallkappe vorm am Griff, die noch offen stand. Sie schloss sie mit dem Finger und es schnippte geräuschlos zu. Jetzt hatte sie den Ring an den Magier verloren.

Etwas später sah Marie die eigentliche Herberge am Wegrand liegen. Grau und schlecht beleuchtet lag sie da in der Dunkelheit, als sie im Galopp vorbeiraste. Der dunkle Magier hatte sie gut getäuscht und hereingelegt.

Aber sie hatte dieser Falle entwunden, dachte sie froh und war glücklich, auf Taminos Rücken zu entkommen.

Gefangennahme im Kloster Isabellas Stift

Der Tag war gerade erst angebrochen. Die Brüder hatten ihr Morgengebet verrichtet und saßen gemeinsam im Speisesaal, wo man heute das Meer rauschen hörte, da meldete der Wache haltende Bruder: „Soldaten im Anmarsch, ein ganzer Trupp!" Er stand atemlos in der Tür, die er aufgerissen hatte.

Schnell wurden gewisse Vorbereitungen getroffen und der Prior erschien vor den versammelten Brüdern. „Ihr wisst alle, was ihr zu tun habt! Denkt an euren Eid. Wir sind Teil einer großen Gemeinschaft und jetzt kommt es auf uns alle an, auf jeden Einzelnen von euch und auf sein Durchhaltevermögen. Wir verantworten uns nur vor dem Höchsten und vor der Bruderschaft." Er schaute ernst und unbewegt jeden Einzelnen an und segnete sie.

Dann entließ er die Brüder: „Geht nun an eure Arbeit!"

Claudius nahm Philipp zur Seite und sprach leise: „Nimm du meinen Platz ein und führe sie. Führe du die Befreiungsaktion in Nardun durch und setze ein Zeichen. Wir bleiben verbunden. Es gibt keine Flucht mehr für mich."

Und er gab ihm den Gruß der Bruderschaft: Von Herz zu Herz, von Arm zu Arm! Auf immer verbunden, Bereit zur Tat! Er umarmte ihn so ein letztes Mal.

Der Soldatentrupp hatte das Tor durchritten und saß im Innenhof ab. Vier bewaffnete Soldaten kamen herein mit dem Befehl:

„Wir müssen das Kloster unter Quarantäne stellen und haben den Auftrag alles zu durchsuchen, wo ist der Abt?" Claudius meldete sich und ließ sich abführen. Sie nahmen ihn mit. Er musste den Offizieren alles zeigen, was er an Material in seinem Arbeitszimmer hatte. Die anderen Brüder wurden von den Soldaten bewacht und gingen ihrer Tätigkeit unter Aufsicht nach. Philipp wurde von einem Offizier verhört und gab Auskunft über das Kloster und seine Tätigkeit, was den Offizier nur wenig interessierte: „Was wird hier also gemacht?", fragte der Offizier herrisch nach.

„Wir üben uns in Armut und Demut in der Wohltätigkeit, in der Krankenpflege, haben einer Station mit Heilmitteln und Kräutern, was ihnen ein Bruder zeigen kann. Unser Orden ist in der heiligen römischen Kirche verankert und in ihm herrschen Gebet und Schweigen". Philipp zeigte auf ihre Kirche, die sich auf der linken Seite des Innenhofs erhob. Der Offizier schaute ihn misstrauisch an, gab sich aber zufrieden. Er ließ ihn unter Wache stellen.

Alle Brüder benahmen sich ruhig und diszipliniert. Keiner ließ sich seine Angst anmerken. Geschichten über solche Verhaftungen hatte man genug gehört.

Nach einer stundenlangen Durchsuchung kamen die Soldaten mit einem Arsenal an Flaschen, Medizinen, Büchern und Skripten wieder hinaus. Sie schrien laut ihre Befehle. Der Abt wurde in Handfesseln abgeführt. „Abt Claudius, Vorstand dieses Klosters ist unter Gewahrsam gestellt, bis alles untersucht worden ist", verkündete der Oberoffizier laut und ließ ihn abführen.

Die bewaffneten Soldaten bestiegen wieder ihre Pferde, verluden ihre Beute und nahmen Claudius als ihren Gefangenen mit. Roh wurde er voran gestoßen und angewiesen zu folgen. Man zwang ihn gefesselt auf ein Pferd, das geführt wurde und band ihn dort fest.

Philipp tauschte noch einen langen Blick mit Claudius, ehe die Soldaten mit ihm durch das Tor entschwanden.

Beklemmende Stille lastete über dem Hof und im Kloster. Philipp zog sich zurück in das Arbeitszimmer des Abts.

Gestern erst war er von einer erfolglosen Erkundung von Nardun wiedergekehrt, wo es ein paar Tage zuvor einen Aufstand gegeben hatte, der blutig niedergeschlagen worden war, wie man gehört hatte. Und heute die Durchsuchung und Verhaftung. „Gab es da einen Zusammenhang? Was wusste der Abe und seine dunklen Reiter, die jetzt, wo der König abwesend war, seine Geschäfte führten, von ihnen?", fragte sich Philipp.

Gestern war er in die Berge nach Nardun geritten, um den Späher Bartos zu treffen, der Aufseher dort in Nardun war.

Gewöhnlich trafen sie sich kurz vor der Zeit, wo die Häftlinge am Abend auf dem Heimweg vom Steinbruch zur Festung unter Bewachung zurückgingen. Das war die ruhigste Zeit, da alle von der Arbeit unter der heißen Sonne erschöpft waren. In einem Versteck, gut verborgen von einem Steinmassiv, konnten sie üblicherweise ein paar Worte wechseln oder Philipp erhielt einen Zettel.

Bartos letzte Nachricht war gewesen, dass der Tunnel inzwischen frei sei und bei Vollmond dort Waren oder Gefangene durchgeschleust würden, vom Meer und von der Festung aus. Offenbar gab es Menschenhandel und Schmuggel, weil schon Schiffe gekommen waren, auf die man Gefangene und Kisten transportiert hatte. Das hatte der Späher am Meer gesehen.

Bartos hatte noch gewettert: „Von irgendwoher muss der König und dieser Abe ja sein Geld haben. Soviel lässt sich durch Steuer und Ländereien ja gar nicht eintreiben, was sie für ihre Machenschaften verbrauchen".

Diesmal war es anders gelaufen. Philipp wartete, aber der Aufseher Bartos kam nicht. Und weil nichts geschah, schaute Philipp sich vorsichtig um. Aber er sah nur den Gefangenentransport, die Kolonne, die müde zu Fuß ging mit allen Aufsehern. Dabei erblickte er auch Raphael, der sehr abgemagert war. Am liebsten hätte er ihm laut etwas zu geschrien. Bartos aber war nicht dabei. Später schlich Philipp dann bis zur Festung vor und hatte von einem sicheren Felsen aus dort hinauf gespäht, ob er irgendetwas entdecken konnte.

Da sah er zu seinem Entsetzen und er hatte gute Augen, dass dort oben auf der Umfriedungsmauer ein Kreuz stand, auf dem ein Leichnam hing, der übel zugerichtet aussah. Er war an den Füssen aufgehängt worden. Ob das Bartos war?

Philipp ging näher heran. Ja, es schien Bartos zu sein. Philipp spürte eine große Beklemmung in sich aufsteigen. Es wurde langsam dunkel und niemand war zu sehen. Er untersuchte den Boden vor der Mauer unter dem Kreuz. Da, wie es der Zufall es wollte, sah er auf einmal ein kleines, helles Zettelchen in einer Felsennische liegen. Schnell hob er es auf, bevor die nächste Windböe kam und verschwand wieder hinter den Felsen. Als er ein Stück weiter ging und nach Spuren suchte, sah er auf einmal viele Leichen übereinander in einer Felsenbucht liegen. Sie mussten von oben einfach hinuntergeworfen worden sein. Es hatte wohl einen Aufstand gegeben. Philipp wurde es schlecht. Einige Kojoten machten sich an den Leichen zu schaffen. Schnell zog er sich zurück.

Als er in Sicherheit war, las er den Zettel: „Nächsten Vollmond gibt es nächsten Transport über den Tunnel". Der Zettel war abgerissen, ob noch mehr draufgestanden hatte, wusste er nicht. Sie mussten ihn nach dem Aufstand erwischt haben. Das alles musste gerade erst geschehen... Er bedankte sich innerlich für diesen Zufall, der ihm diesen Zettel in die Finger spielte.

Philipp ritt zurück und kam spät in der Nacht im Kloster an. Er hatte nur kurz mit Prior Claudius sprechen können: „Lass uns doch die Befreiungsaktion zwei Tage später durchführen. Das hat einen Überraschungseffekt", hatte er noch vorgeschlagen.

Claudius hatte noch nicht fix geantwortet. - Und jetzt war er verhaftet.

„Was sollte er nur weiter tun? Nichts war sicher. Er wusste nicht, in wieweit Raphael etwas von der Befreiungsoperation mit bekommen hatte. Und er wusste auch nicht, was die Befehlshaber von Nardun aus Bartos noch herausbekommen hatten."

Philipp zermarterte sich das Gehirn. Seine Gedanken quälten ihn.

„Was taten die Soldaten wohl mit Claudius, wo brachten sie ihn hin?" Philipp wusste das alles nicht. Und doch musste er die Operation weiterbringen, abbrechen wollte er sie auf keinen Fall! Er hatte es Claudius und auch Raphael versprochen. Aber er trug die Verantwortung für alle, die an diesem Plan mitarbeiteten und ihr Leben riskierten.

Philipp vergrub sich einen ganzen Tag im Arbeitszimmer. Dann fasste er einen Entschluss.

Auf Der Festung Nardun

Raphael lag am Abend in seiner Zelle und versuchte sich auf Marie zu konzentrieren. Wo war sie wohl? Glücklicherweise hatte er vor einiger Zeit durch Bartos erfahren, der mit seinem alten Freund Philipp und seiner Bruderschaft in Kontakt war, dass sie lebte und geflohen war, anscheinend in den Norden zum großen Magier. Oft stellte er sich vor, was sie gerade tat. Manchmal träumte er von ihr. Das war sein einziger Kontakt, auf den er sich verlassen musste. Und das war sein Lebenselixier, hier wieder heil herauszukommen.

Man brauchte hier in Nardun sehr viel Durchhaltevermögen, um am Leben zu bleiben. Alle seine Brüder waren inzwischen tot. Nur der alte, zähe Bruder Pierre lebte noch und war an seiner Seite, wenn sie im Steinruch arbeiteten.

Raphael hatte von Bartos gehört, dass die Bruderschaft, wo Philipp war, plante, sie mit Hilfe des Tunnels zu befreien. Bartos arbeitete für sie. Erst mühsam hatte Raphael sein Vertrauen erworben und sie hatten sich etwas angefreundet. Raphael war seitdem sehr wachsam geworden, denn die Gefahr war groß, hier entdeckt zu werden, wenn man etwas wusste. Traurig dachte er an Bartos. Dann war dieser blöde Aufstand vor ein paar Tagen beim Verlassen der Festung geschehen.

„Ein reines Selbstmordkommando", dachte Raphael erbittert, „das den anderen auch nur den Tod brachte". Er war noch immer völlig fertig davon. Es tat ihm so leid wegen Bartos und den anderen, die mit getötet worden waren. Und dann hatte man Bartos auch noch als Abschreckung für alle dort vorn auf der Mauer aufgehängt. Es war einfach widerlich. So hatte er den einzigen realen Bezug zur Außenwelt verloren und einen tapferen Verbündeten. Tiefe Enttäuschung machte sich seit dem Niederschlagen des Aufstandes und Bartos Ermordung bei ihm breit. Das schwächte Raphael und er wusste das. Er brauchte, wie alle anderen hier, jeden Energiefunken, den er aufbringen konnte. Er hatte diesen Aufstand nicht gewollt und hatte sich distanziert, weil er auf die Tunneloperation der Bruderschaft hoffte.

Die Bestrafungen waren hier grausam und allgemein. Jeden Tag, wenn sie draußen im Hof das Essen bekamen, schaute er sich vorsichtig um, ob er irgendetwas erspähen konnte, was auf den Tunneleingang schließen ließ. Pierre war auch findig und hatte scharfe Augen. Bei einer Wachhütte mit Klokammer, ziemlich außen im Innenhof, nahe der Felsenmauer, bekam er schließlich einen gewissen Verdacht. Sie war neu angelegt und mit starken Brettern gut geschützt, was nicht üblich war. Leider hatte er dort noch nicht genauer schauen können, da es ihnen verboten war, das Klo dort zu benutzen. Es war nur für die Aufseher eingerichtet.

Am nächsten Morgen wurden sie sehr früh aus den Zellen geworfen. „Voran, ihr faules Pack!", schrien die Wärter und stießen sie an, schneller durch die Gänge zu gehen. Manche fielen zu Boden und schlugen sich an den Felsen das Bein auf.

Ein Mann vor Raphael fluchte: „Ihr Scheißkerle" und erhielt dafür einen Fußtritt. Draußen auf dem Hof gab es wieder die wässrige Schleimsuppe. Es war noch kühl und vor Sonnenaufgang.

„Was ist nur los?", murrte ein Gefangener, als er neben Philipp im Stehen seine Suppe löffelte.

„Und diesen Fraß kriegt man kaum noch runter. Ist heute mal wieder besonders schlecht", beklagte ein anderer Häftling daneben, der auch eine Wunde am Bein hatte.

„Heute gibt es noch einen Gefangenentransport, der am Abend hier eintreffen soll. Da sollen wir wohl fertig und in den Zellen sein, um nichts mitzukriegen", murmelte Raphael vorsichtig zwischen den Löffeln Suppe. Das hatte er eben von einem Aufseher aufgeschnappt, als der sich mit einem anderen unterhielt.

Vielleicht tat sich bald was. Bartos hatte so etwas angedeutet mit Vollmond und einem Transport, den sie abwarten müssten, kurz bevor man ihn erwischte.

Heute Nacht war Vollmond. Ein Aufseher kam in die Nähe von Raphael. Er schaute ihn an.

Da wurde es Raphael schlecht und er musste erbrechen. Er wand sich in Krämpfen und spuckte. Der Aufseher, den er vorher mit einem Ring bestochen hatte, das letzte, was er noch hatte, holte ihn heraus und rief: „Komm mit! Nicht hier!" und führte ihn zur besagten Hütte, die am Rande des Hofes lag. Schnell verschwand Raphael dort auf dem Klo, für das er den erstaunten Wärter bestochen hatte, während dieser Wache hielt.

Sofort war er wieder normal und schaute sich um. Da lag ein großer flacher Stein am Boden neben der Klööffnung, wo frisch drum herum gescharrt worden war, wie Raphael mit den Fingernägeln bemerkte, als er am Boden kratzte. Den Stein konnte er nur wenig bewegen, merkte aber, dass durch die Öffnung ein Luftzug aufstieg, er warf ein Steinchen hinein das lange klapperte. Tatsächlich, da schien etwas hinunterzugehen. Er rückte den Stein zurück.

Schnell war er wieder draußen und schaute noch eben zur Mauer, welche Himmelrichtung es war. Es war Westen und da lag das Meer. Und er wusste von Pierre, der die alte Geschichte kannte, dass sich der Tunnel vom Meer hochzog.

Mit einem großen Seufzer der Erleichterung ließ er sich von dem Aufseher, der Tabak kaute und nichts bemerkte, wieder zurück zur Häftlingsgruppe führen. Jetzt war ihm besser.

Er würde auf alle Fälle gewappnet sein. Nur: „Wie sollte ihn eine Nachricht erreichen?", dachte Raphael und grübelte. Bartos war tot. Der Befreiungstrupp, wenn sie kamen und in der Hütte der Tunnelausgang war, würden sie doch nicht die Zellen stürmen. Der Weg war viel zu lang und bewacht. Besser war, sie hier draußen beim Essen zum Beispiel zu erwischen, dachte er bei sich.

Raphael grübelte noch den ganzen Tag im Steinbruch alle Möglichkeiten einer Befreiung durch, die er sich vorstellen konnte. Er war hin und her gerissen zwischen Hoffnung und Zweifel.

Es blieb ihm nichts anderes übrig, als zu warten. Und das war für einen Mann wie Raphael schwer.

Der Rückzug des alten Volkes

Marie ritt durch die Dunkelheit immer weiter auf das Gebirge zu. Sie kannte die Strecke von der Hinreise. Der Chassador musste irgendwie zu ihrer Rechten liegen. Sie wusste nicht, ob sie verfolgt würde und wo das kleine Volk nun war. Und weil sie nicht weiterwusste, rieb sie den Turmalinstein, den sie sich aus ihrer Tasche fingerte. Er leuchtete auf, aber dann verblasste er wieder. Marie wunderte sich. Das war doch beim letzten Mal anders gewesen. Da hatte er so lange geleuchtet, bis Anton und Andreas da waren. Sie rieb nochmals und musste aber zugleich auf den Weg achten. Er leuchtete wieder und verblasste. Seltsam, dachte sie und wurde unruhig. Was sollte sie tun? Als es stärker bergauf ging und der Weg mühsamer wurde, beschloss sie, hinter einer Kurve eine Rast einzulegen und sich die Gegend trotz der Dunkelheit genauer anzuschauen. Sie hatte im Dunkeln inzwischen besser zu sehen gelernt, da sie das Wesen der Natur intensiver wahrnahm. Sie sah nicht nur die Oberfläche, wie die meisten Menschen, sondern ebenso, wie in einer zweiten Ebene, was dahinter lag.

Marie stieg vom Pferd ab und lauschte. Alles war ruhig. Keine Spur vom kleinen Volk. Da schaute sie sich nochmals das Schwert in Ruhe an und suchte die Metallklappe. Aber sie fand sie nicht mehr, jedenfalls keine Öffnungsmöglichkeit. Sie war wohl sehr gut eingearbeitet. Seltsam, dachte Marie, wirklich ein gutes Versteck. Als sie einen geschützten Platz hinter einem großen Baum fand, der abseits vom Weg war, band sie Tamino dort fest und suchte nochmals die Gegend ab. Aber sie fand gar nichts, kein Loch und keine Höhle. Dann sah sie nach dem Stein. Der Stein sah ganz normal aus.

Da sie in der Dunkelheit nichts mehr ausrichten konnte, übernachtete sie einfach hier am Baum zwischen seinen Wurzeln. Sie rollte sich in ihren Mantel, der inzwischen halbwegs trocken war.

Als die Sonne aufging und Marie die Augen aufschlug, sah sie, dass sich auch hier in der Natur der Berge viel verändert hatte. Viele Pflanzen waren schwarz geworden oder fast abgestorben und gräulich. Das machte sie traurig. Offenbar machte diese schwarze Pest oder besser das Wirken des dunklen Magiers auch vor dem heiligen Berg, dem Chassador, wo das alte Volk hauste, nicht halt. Der Baum war glücklicherweise gesund, unter dem sie Rast gemacht hatte. Und er war sehr alt.

Aus Freude, ihn gesund zu sehen, schaute Marie ihn genauer an. Sie liebte alte Bäume. So segnete sie ihn im Namen des Höchsten und wünschte ihm ein langes Leben. Das hatte sie vom Magier gelernt, Dingen Ihren Segen zu geben. Es war ein Akt der Liebe und Verbindung, wie auch der Rückverbindung zum Höchsten.

„Wir alle können segnen, nicht nur die Priester", hatte Argon ihr einmal gesagt. „Zu segnen, ist ein geistiger Akt, den jeder Mensch in Ehrfurcht und Liebe vollziehen kann. Man hat es uns nur fälschlicherweise verboten, weil die römische Kirche allein dieses Recht beansprucht". So ging es Marie durch den Kopf und sie segnete immer öfter. Es war ein wunderbares Gefühl, genau wie das innerliche Danken für etwas, was ihr Gutes widerfuhr. Es lohnte sich, darauf zu achten. Ja, indem sie gab, wie im Segnen, gewann sie noch Kraft dazu.

Marie befühlte gerade seine dicken Wurzeln, da bemerkte sie eine Aushöhlung zwischen einer Wurzel und dem Erdreich. Sie grub mit ihren Fingern nach und hatte bald ein größeres Loch freigelegt, das sich nach innen weiter durchzog.

„Da müsste etwas sein", dachte sie aufgeregt. „Ein Tierloch oder etwas anderes? Was sollte sie tun?"

Instinktiv rief sie hinein: "Hallooo!" Dann hielt sie den Stein hinein und rieb ihn. Und wie ein Wunder: er leuchtete jetzt und hielt hier drinnen sein Leuchten. Marie wurde ganz aufgeregt. Ob sie einen Zugang entdeckt hatte? Aber er war recht eng, und so klein waren die Mennen und Weibli nun auch wieder nicht. Sie wartete, was geschehen würde. Der Stein leuchtete noch…

Sie hoffte nur, dass der dunkle Zauberer jetzt nicht unterwegs war und nach ihr suchte. Aber der würde sicher durch den Ring, den

Großvater so gut im Griff des Schwertes versteckt hatte, abgelenkt sein. - Schade! Es tat ihr sehr leid, ihn schon verloren zu haben, bevor sie ihn gefunden hatte. Vielleicht hatte er ihr aber auch das Leben gerettet. Schließlich war der Zauberer ihr nicht gefolgt.

Das fiel ihr jetzt alles ein, wo sie auf irgendeine Nachricht vom alten Volk wartete. Indessen blieb sie im Versteck unter dem alten Baum. So hatte sie auch den Weg im Blick und hoffte, dass das alte Volk sie bald finden würde, und sie von der Bildfläche verschwinden konnte.

Endlich, ihre Geduld war schon fast am Ende, spazierte da so ein Zwerg, Verzeihung, ein Menne die Wiese hinunter, mit einer Pfeife in der Hand und kam auf sie zu. Es war Andreas. Freudig begrüßten sie sich und Marie war sehr froh, Andreas gefunden zu haben. Auch Tamino wieherte einmal, schließlich kannte er Andreas auch, zumal er ihn ein paar Mal in den Zauberweiden angetroffen hatte, wo diese kleinen Leute allerdings einen großen Bogen um ihn machten. Andreas setzte sich nieder und hielt Marie seine Pfeife entgegen, wovon sie gern einen Zug nahm.

„Danke sehr, wenn ich auch noch nicht gefrühstückt habe", bemerkte Marie. „Bei uns kannst du später frühstücken", erwiderte Andreas zuvorkommend und sprach weiter: „Allerdings sollten wir hier nicht lange verweilen, die Straße ist unruhig geworden. Es ist besser für uns beide, hier bald zu verschwinden. Weißt du, seitdem wir uns getrennt hatten, ist hier viel passiert, wie du vielleicht schon gesehen hast. Der böse Zauberer erledigt sein Werk auch hier bei uns. Und das ist auch nicht ohne Folgen für uns geblieben."

Andreas machte sorgenvoll eine Pause und zog an seiner Pfeife.

„Viele aus unserem Volk sind jetzt krank. Sie vertragen die Luft und die Pflanzennahrung nicht mehr. Es liegt ja das Gift oder was immer sich so fein ausbreitet, wie ein feiner Grauschleier überall drüber, am Anfang noch unsichtbar. Und der Regen spült es in die Erde, was wir in unseren Höhlen auch merken, deshalb entlüften wir jetzt gut."

Andreas lächelte und seine kleinen grünen Augen funkelten wie Edelsteine: „Ein Luftkanal war das Erdloch beim Baum, in das du gerufen hast und durch das wir dich hören konnten. Auch den Stein sahen wir von weitem leuchten."

„Aha", sagte Marie. „Dann habe ich ja Glück gehabt. Vorher fand ich euch nicht und auch der Stein leuchtete nicht recht, was mir große Sorgen machte."

„Ja, das liegt wohl daran, dass wir uns mehr zum Chassador zurückgezogen haben, um noch in Ruhe leben zu können. Und diese schwarze Pest beeinträchtigt auch die Strahlung des Steins, der eine saubere Umgebung braucht, um seine Kraft zu entfalten, - eben wie wir!"

Andreas schaute Marie kummervoll an und seufzte tief.

„Von unseren Mennen und Weibli sind viele krank. Deshalb sind nicht mehr viele unterwegs. Komm einfach mit. Ich zeige dir unser kleines Königreich. Da hat der böse Zauberer noch keinen Zutritt. Hier hat er uns ja schon fast verjagt-", erwiderte Andreas und war schon vorausgegangen.

Marie und Tamino folgten. Sie gingen querfeldein.

Bald wurde die Luft reiner, die Bergwiesen mystischer und der Nebel stieg von den feuchten Wiesen im Sonnenlicht auf. Marie freute sich. Hier gefiel es ihr. Tamino offensichtlich auch. Er wollte immer wieder fressen, wovon sie ihn wegbringen musste, weil sie rasch weiter kommen wollten.

Schließlich kletterten sie hinter einen großen Felsen, der am oberen Ende einer steilen Wiese lag. Da bewegte Andreas eine Seite dieses Felsens, indem er irgendwohin griff, und es öffnete sich eine Art Tür, die einen Durchschlupf bot. Für Marie war er gerade groß genug, aber für Tamino .

„Er muss hier bleiben", sprach Andreas. „Er passt nicht durch den Gang. Lass ihn am besten auf dieser Wiese, nahe am Wald. Das ist ein geschützter Ort und es gibt genug Gras", schlug er vor.

Marie flüsterte Tamino etwas ins Ohr und er schaute sie an: „Ok", schien er zu sagen „ich bleibe hier und warte auf dich, bis du wieder zurück bist. Dann komme ich wenigstens jetzt auch mal zum Fressen!" Sie streichelte noch seine Nase.

Dann gingen die beiden, Marie und Andreas, in den Felsengang hinein. Und die Tür schloss sich wieder. Trotzdem war es hier nicht ganz dunkel, staunte Marie.

„Wir haben ein besonderes Licht, das von den Steinen ausstrahlt", meinte Andreas nur und ging forsch voran.

Immer wieder gab es Luftschächte und etwas Tageslicht, das von oben herein fiel. Es war ein umfangreiches unterirdisches Gangsystem, aber anscheinend nicht sehr tief unter der Erde, wie die Lichteinfälle glauben ließen.

Als sie das Andreas sagte, lächelte der nur: „Es geht tiefer, als du glaubst. Das Licht täuscht dich." Dann kamen Höhlen und Eingangstore, wo überall schon die Leute vom alten Volk wohnten, wie Andreas ihr stolz zeigte. Sie hatten schöne, verzierte Tore gemacht, hinter denen es erleuchtet war.

„Die meisten unserer leute haben einen eigenen Zugang nach oben", klärte Andreas Marie auf.

Dann kamen sie endlich in eine hell erleuchtete, riesige Höhle, die so hoch wie ein Dom wirkte und wie ein Garten gestaltet war, der sehr schön angelegt war mit Blumen und Pflanzen, die unterirdisch in diesem weichen Licht der leuchtenden Steine wuchsen.

Sogar ein Brunnen plätscherte in der Mitte.

„Das ist ja richtig schön hier!", staunte Marie, „fast wie ein unterirdisches Schloss…", und sie schaute sich um.

Hinter diesem Garten lag ein mächtiges Gebäude mit Eingangstor, eingebettet in eine Fassade mit großen Fenstern, die an ein Schloss erinnerte. Alles unterirdisch, aber wunderschön aus Lehm und mit bunten Steinen gemacht.

Die Entscheidung im Schloss

„Das ist unser Schloss", sagte Andreas stolz, „und ich führe dich jetzt zu unserem König Fristan, dem Großen." "Er ist der älteste Bruder von Anton, den du bereits kennst, lächelte Andreas verschmitzt. Du bist übrigens schon angemeldet. Der König erwartet dich."

Als sie an das Tor klopften, wurden sie von einem Diener eingelassen. Marie hatte jedes Zeitgefühl verloren, seitdem sie hier unten war. Wieder gingen sie durch schön erleuchtete Gänge, wo kleine Kuckucksuhren hingen, die alle paar Minuten schlugen, was Andreas sehr witzig fand. Der Diener, der ganz bunt gekleidet war, ging mit einem bunten Steinleuchter voraus. Das fand Marie lustig. Irgendwie würde das hier kleinen Kindern sehr gut gefallen, dachte sie bei sich.

Da kamen sie zu einem großen Saal. Am oberen Ende standen ein goldener Thron und weiter davor ein großer, goldverzierter Tisch mit vielen Stühlen. Alles war hell erleuchtet und verziert mit Edelsteinen und Mosaiken.

Der alte König kam herunter und begrüßte Marie mit tiefer Stimme: „ Guten Tag, mein Fräulein, oh, Verzeihung, Königin Marie". Der dicke König lächelte Marie freundlich an, blickte dann kurz zu Andreas, der darauf hin verschwand.

„Guten Tag, König Fristan", sagte Marie zuvorkommend, „vielen Dank für diese Einladung. Es freut mich, Sie kennen zu lernen".

„Ganz meinerseits", erwiderte König Fristan. Er bat sie, Platz zu nehmen. Sofort wurde aufgedeckt und die köstlichsten Speisen aufgetragen. Marie bekam ein Glas Milch und ein Glas Honigwein gereicht, was sie gerne annahm. Dann naschte sie an den üppigen Früchten.

Da kamen auch schon Anton und seine Gattin Wilma hereingestürmt. Mit einem freudigen „Hallo, Marie" wurde sie begrüßt und die beiden schüttelten ihr eifrig die Hände. So hatte sie Anton an der rechten Hand und Wilma an der linken. Alle setzten sich und begannen zu essen.

„Gut zu essen ist in unserem Königreich das wichtigste", meinte Anton noch zwischen dem Essen und schielte zu seinem Bruder, dem dicken König in seinem roten Rock, der nur nickte, bevor er sich wieder ein saftiges Stück Braten nahm und herzhaft hineinbiss. Marie kostete vom duftenden Brot mit Nüssen, dass die Weibli vom alten Volk hervorragend zubereiteten.

Als die ganze Gesellschaft langsam gesättigt war, begann der König: „Nun, wir haben dich hergerufen, um mit dir etwas zu besprechen". Da erinnerte sich Marie wieder, weshalb sie eigentlich hier war und packte alle Medizinen und Flaschen vom Magier aus, die er ihr gut verpackt mitgegeben hatte.

Oh, das ist sehr großzügig vom großen Magier Argon, vielen Dank!", meinte der König und Anton wie aus einem Munde. Man bemerkte, dass sie Brüder waren.

„Das wird uns weiterhelfen und auch den Pflanzen, soweit wir sie versorgen können". Bedeutungsvoll schauten sich die Vier vom alten Volk an und wendeten dann ihren Blick zu Marie.

Der König begann: „Wir haben nämlich nach langem Ratschluss entschieden, mit dem nächsten Jahr, wenn es hier nicht wirklich besser wird, uns zurückzuziehen in die Tiefen der Erde und nicht mehr zurückzukehren. Das bedeutet: heimzukehren, woher wir einmal ursprünglich gekommen waren vor sehr langer Zeit…".

Der König nahm einen tiefen Atemzug und schaute Marie ernst an. Er fuhr fort: „Damals kamen wir mit dem Wunsch, den Menschen zu helfen, die Natur hier auf der Erde zu pflegen und uns um vieles zu kümmern, was hier auf der Erde lebt. Wir sind nämlich das alte Drachenvolk der Erde. Unser Wunsch war es, friedlich hier auf der Erde mit allen Lebewesen zusammenzuleben."

Der König machte eine gewichtige Pause. Marie schaute nur und schluckte. Eine Träne rollte ihr über die Backe. Sie war sehr betroffen.

Der König fuhr fort: „Jetzt sind viele von uns krank, die Natur geht trotz unserer Fürsorge kaputt, ihre Pflanzenelfen weinen und schreien. Wir, die wir das hören, leiden sehr darunter. Der böse Zauberer tut alles, die Natur und uns zu schädigen, weil er die Menschen treffen will, um seine Macht auszudehnen. Doch die Menschen bemerken das noch kaum. Und sie haben uns schon längst vergessen."
-Der König machte wieder eine Pause, um Luft zu holen. Anton fügte schnell hinzu: „Bis auf einige".

Der dicke König seufzte nur und fuhr fort: „Richtig. Und so hat sich für uns die Situation dramatisch verändert. Unsere Zeit auf der Erde läuft ab." König Fristan blickte zu Anton und zu Marie.

Anton meldetet sich jetzt: „Das wollten wir dir als dem ersten Menschen sagen. Und dem Magier, der das auch noch nicht weiß, da dieser Beschluss erst vorgestern gefasst wurde."

Marie war erst einmal sprachlos und sagte: „Danke, dass ihr mir das mitteilt. Ich fühle mich geehrt, dies von euch als erste zu erfahren. Doch können wir irgendetwas tun, dass ihr diesen Entschluss noch aufhebt?", fragte Marie bang.

„Es wäre für mich und uns Menschen, die wir an euch glauben, ja eigentlich für alle sehr schade, euch hier zu verlieren. Ihr seid unsere Freunde und Verbündete im Kampf gegen diese Schädigungen und Machenschaften. - Wer soll denn dann eure Arbeit tun? Wer kennt sich noch aus mit den vielen Pflanzen und mit ihrer Pflege, so dass sie auch ihren himmlischen Duft allen Lebewesen spenden, die sich daran erquicken?"

Die vier nickten bedächtig und berieten sich.

„Nun, wir sehen da eigentlich nur eine Lösung oder Möglichkeit, wie es sich bis zum Ende des Frühjahrs verbessern kann", antwortete der König. Bedächtig schaute er Marie mit seinen grün funkelnden Augen an.

Dann sprach er weiter: „Wir glauben, dass es eine Möglichkeit auf Verbesserung der Lage gäbe, wenn du wieder Königin sein würdest und die Dinge in die Hand nähmest, jetzt wo…"

„Aber das geht doch nicht!", warf Marie ganz aufgeregt und empört dazwischen. „Der König hatte mich verhaftet und tötet mich, wenn er mich wiedersieht und wenn nicht er, dann dieser Abe, sein erster Ratgeber und ..."

„Beruhige dich, Marie!", sprach König Fristan.

„König Raimond ist tot, bei den Bündnistruppen in Nordfrankreich im Kampf gegen England gefallen, laut Berichten, die wie von dort erhalten haben", meinte er gewichtig. „Wir haben auch dort Verbündete unseres Volkes wohnen, mit denen wir in Kontakt sind."

„Aber, das kann doch nicht sein!", murmelte Marie ganz erstaunt und war bestürzt. Damit hatte sie nie gerechnet. Raimond tot? Was würde jetzt passieren? Ergriff der Abe vielleicht die Macht? Er beherrschte ja schon die Truppen und die Kirche, dachte sie zornig. Es gab keinen Erben und sie war geflohen. Ob sie zurück musste, um ihre Pflichten als Königin... - Maries vorbeirasende Gedanken wurden unterbrochen.

„Das Volk fragt und ruft nach der Königin, haben wir gehört", fuhr nun Anton behutsamer fort: „Die Zofe hat die Wahrheit ans Tageslicht gebracht, als man an sie wegen ‚Eurer Krankheit' herantrat und die Staatsdiener sie vom Tod des Königs benachrichtigten. Man durchsuchte das Landschloss. Dann breitete sich diese Nachricht von eurer Flucht schlagartig aus. Die Staatsdiener kehrten so unverrichteter Dinge zum Palast nach Saragossa zurück, wo der Bischof d'Albert offiziell den Tod des Königs bekannt gab und zur Trauer aufruft. In einigen Tagen soll angeblich der Leichnam des Königs überführt werden und das Begräbnis sein. So hat es der Abe als erster Ratgeber und nun in seinem Amt als Thronverwalter angeordnet."

Auf Maries ungläubigen Blick versicherte der König: „Wir haben diese Informationen aus erster Hand. Viele Naturwesen und das kleine Volk, was überall ist, sind unsere Verbündeten, wie gesagt. So sind wir immer im Bilde. Auch, wenn uns die Menschen nicht beachten, wir beachten und beobachten sie!", sagte er stolz.

Marie lächelte, musste sich aber erst einmal setzen und diese Neuigkeiten verdauen. Sie fühlte sich völlig überrumpelt.

Wo war nur der Magier? „Argon, jetzt brauche ich dich", flüsterte Marie leise.

„Ist es überhaupt sicher, dass König Raimond tot ist?", fragte sie nochmals vorsichtig, „und seit wann?" Anton antwortete mitfühlend:

„Gestern erhielten wir diese Nachricht von seinem überraschenden Tod nach einer schweren Kriegsverletzung. Französische Reiter aus Nordfrankreich übermittelten das gestern früh wohl dem Abe."

Marie dachte nach.

„Ihr glaubt also, ich sollte jetzt zurück auf den Thron und mich zu diesem Abe begeben, der den Thron verwaltet", meinte Marie zweifelnd. Und sollte meine Ausbildung und den Magier hier im Norden zurück lassen..." - Marie brach ab.

Ihre Stimme versagte und sie schluckte ihre Tränen hinunter. Sie fühlte sich ganz unwohl. Wieso reagierte sie überhaupt so heftig? Sie brauchte doch gar nicht zu tun, was der König und Anton ihr vorschlugen, wenn sie nicht wollte und außerdem noch um ihr Leben fürchtete wegen des Abes, sagte sie zu sich selbst wütend.

„Wir glauben einfach, dass es gut für Aragon wäre, für die Menschen, die Natur und den Frieden, wenn du wieder auf den Thron zurückkämest und selbst regieren würdest. Der Abe ist nur ein Verwalter und auch ein Kirchenmann, der dich nicht behindern darf", sprach der König in seiner vollsten Überzeugung.

Marie lachte auf. Sie war sich da nicht so sicher.

Jetzt dachte sie an den dunklen Magier, der sie sicher verfolgen würde, weil er sie unter seine Kontrolle oder besser in seinen Besitz, lebendig oder tot, bringen wollte. Das hatte sie gestern unmissverständlich gespürt.

Und doch schien der König nicht unrecht zu haben, das Volk und Aragon brauchten sie jetzt in dieser schweren Stunde.

Marie war verzweifelt. Selten hatte sie sich so hin und hergerissen gefühlt bei einer Entscheidung. Selbst in der schwarzen Hütte war es letztlich klar gewesen, was sie zu tun hatte. Und sie hatte Mut bewiesen. Aber jetzt, brauchte sie nur Mut im Angesicht des Abe? Oder etwas anderes?

Sie bat: „Ich muss mich zurückziehen und etwas ausruhen, bevor ich weiterreise. Ich werde darüber nachdenken."

"Sehr wohl", meinten alle vier aus einem Munde.

„Wir danken dir fürs Zuhören und wünschen eine gute Rast", schloss der König und verließ den Thronsaal. Anton brachte Marie in ein Gemach, wo ein schönes Himmelbett stand. Sofort fiel sie hinein, machte einen tiefen Seufzer und holte Luft: „Danke, Anton." –

„Rufe mich, wenn du gehen willst", erwiderte Anton und zog sich ebenfalls zurück.

Sofort fiel Marie in einen kurzen Schlaf. Sie war sehr erschöpft, nicht zuletzt noch von den gestrigen Strapazen in der schwarzen Hütte.

Nach einer Weile fuhr sie auf einmal hoch, als sie das Gesicht des Magiers aus dem Norden vor sich glaubte zu sehen: „Marie!", rief er. „Bleibe bei dir und erinnere dich!" Seine Augen schauten sie ernst an. Als wollte er noch etwas sagen, war sein Gesicht doch schon wieder im Nebel verschwunden.

Marie wurde richtig wach und dachte nach. „Was sollte sie tun?" Diese Entscheidung bohrte. Die Worte des Königs und Antons hatten sie sehr getroffen und an ihre Aufgabe erinnert, die sie mit ihrer Krönung zur Königin an Raimonds Seite damals auf sich genommen hatte, dem Volk eine gute Königin zu sein und sich in guten wie in schlechten Tagen um die Belange und das Wohl des Volkes von Aragon zu kümmern.

Sollte sie also diese Reise abbrechen und sich nach Aragon und zu ihrem Volk begeben, das auf sie wartete? Oder wollte sie jetzt den Auftrag des Magiers aus dem Norden weiter ausführen und zu ihm zurückkehren?

Marie lauschte sich selbst. Sie machte sich so frei wie möglich von all den Gedanken, was zu tun sei und den alten Programmierungen, die ständig durch ihren Kopf rasten und sie hin und her rissen…

Plötzlich schrie ein Vogel kreischend auf.

Marie schrak hoch und erinnerte sich an die alte Mühle und ihre Ablenkung durch die Angst. Jetzt spürte sie, dass dies eine ähnliche Situation war: Sie fühlte sich von ihrer Pflicht gerufen, ihrer Königswürde gerecht zu werden. Gleichzeitig aber stellte sich ihre Liebe dagegen und gebot ihr leise, den Auftrag des Magiers zu Ende zu bringen und zu ihm zurückzukehren. Sie wollte dies nicht wegen ihrer eigenen Sicherheit, also aus Vernunftgründen tun, sondern weil sie dort noch etwas zu erledigen hatte….

Plötzlich dämmerte es ihr: Sie wollte letztlich beide Dinge zusammenbringen. Nur musste sie beachten, alles zu *seiner* Zeit zu tun.

Das hatte sie von Argon gelernt und sie erinnerte sich an die Übungen in den Zwillingseigenschaften, wie Mut und Vorsicht an der richtigen Stelle und zur richtigen Zeit einzusetzen sind.

Falsch eingesetzt, führen sie ins Verderben, das eine wie das andere, hatte Argon sie gewarnt. Und sie erinnerte sich auch an seinen wohl gemeinten Rat, echte Verantwortung und Treue von falscher Verantwortung und falsch verstandener Treue zu unterscheiden. Dies gehörte zur Lehre des Schwertes.

Und da hatte sie ihre Entscheidung: „Sie würde jetzt nicht als Königin nach Aragon zurückkehren, sondern ihren Auftrag beim Magier erfüllen und ihre Lernaufgabe dort zu Ende bringen. Erst wenn ihre Ausbildung abgeschlossen war, würde sie in der Lage sein, wieder als Königin ihrem Volk und Aragon zu dienen. Jetzt würde sie unverrichteter Dinge langsam zugrunde gehen, weil die richtige Zeit für sie noch nicht gekommen war." Das wusste Marie jetzt.

Zu einem späteren Zeitpunkt würde sie tatsächlich nach Aragon zurückkehren und ihre Aufgabe als Königin wahrnehmen. Diese Situation würde kommen, dessen war sie sich gewiss. Jetzt war dies aber nicht der richtige Zeitpunkt. Denn jetzt war der Abe am Zug und hielt die Fäden Aragons in der Hand. Daran konnte sie im Moment nichts ändern. Ihre Macht und ihr Mut reichten dazu nicht aus. Maries Entschluss war gefasst.

Sie rief nach Anton. Dann teilte sie ihm und dem König ihren Entschluss mit.

Der König und Anton waren sehr betrübt und schüttelten die Köpfe: „Sehr schade, wirklich sehr schade. Wir hatten gehofft und dich hierhin eingeladen, weil wir glaubten, dir diesen Wunsch und Ratschlag übermitteln zu können, dass du deine Aufgabe jetzt wieder wahrnimmst und damit Aragon und uns retten könntest. So willst du das also jetzt nicht tun. Dann müssen wir wohl unserem Beschluss folgen und die Erde verlassen.", meinte der König gewichtig und traurig.

Auch Anton schaute Marie vorwurfsvoll und enttäuscht an. Sie verstanden Maries Entschluss nicht.

„Auch wenn ihr das nicht versteht, ich diene so allen, die ich liebe und meinem Auftrag am besten. Die Liebe ist manchmal unbequem und tut vielleicht weh. Ich liebe euch und werde für euch immer da sein. Mein Entschluss steht."

Damit beendete Marie das Gespräch.

Sie verabschiedete sich mit den Worten: „Ich werde euer Anliegen nicht aus den Augen verlieren und bedanke mich für euren Rat und diese Informationen."

Der König verabschiedete sie: „Du warst und bist uns willkommen, jederzeit. Wir sind da, wenn du deine Meinung ändern solltest, solange wir noch hier auf der Erde sind. Grüße den Magier von uns und berichte ihm alles. Gute Reise!"

Dann führte Andreas und der Diener sie wieder aus dem Schloss heraus, durch all die unterirdischen Gänge zurück, bis sich schließlich die Steinpforte öffnete und sie wieder im gleißenden Sonnenlicht stand.

Tamino empfing sie fröhlich wiehernd und stupste sie zärtlich mit der Nase. Marie atmete durch und machte sich auf den Weg zum Kloster, den Andreas ihr noch kurz erklärt hatte. Zum Abschied winkte er ihr noch und war dann blitzschnell verschwunden.

Der Rückweg zum weissen Magier

Marie genoss die Wärme und das Tageslicht. Die Zeit war hier anscheinend langsamer vergangen als beim alten Volk unter der Erde. Es war höchstens kurz nach Mittag. Marie ritt kleine, verborgene Pfade hinunter zum Kloster, vermied jedoch das Dorf, weil sie dort Soldaten oder dunkle Reiter befürchtete und kam schließlich nach einem langen, schnellen Ritt an der Pforte des Klosters Notre Dame an. Die Kleider hatte sie unmittelbar vor dem Kloster getauscht und stieg im Frauengewand vom Pferd, als sie an die Pforte klopfte. Es war später Nachmittag, die Sonne stand als dunkelroter Ball tief am Himmel. Eine Schwester öffnete ihr und begrüßte Marie freundlich. Sie hatten sie wohl schon erwartet.

„Ich möchte zur ehrwürdigen Mutter, Äbtissin Clarissa", sagte Marie. Die junge Schwester führte sie direkt hinauf.

„Gestern kamen schon französische Soldaten und brachten Neuigkeiten zur ehrwürdigen Mutter. Zurzeit ist hier viel los", meinte die Schwester nebenbei, als sie die Stiege hinauf gingen. Dann traten sie vor das Arbeitszimmer der Äbtissin.

Als die Schwester anklopfte, erschallte ihre dunkle Stimme kräftig: „Herein!" und die Schwester öffnete die schwere Holztür und ließ Marie eintreten. Dann verschwand sie.

Umständlich erhob sich die ehrwürdige Mutter und ging langsam auf Marie zu. Mit einem seltsam strengen Blick begrüßte sie Marie mit förmlichen Worten: „Guten Abend, Königin Marie von Aragon. Schön, dass Ihr gut angekommen sind. Gebt mir nur die Medizin. Wisst Ihr, dass der König tot ist und man Euch in Aragon erwartet?"

Dabei funkelte sie Marie ganz seltsam, fast böse an. Ihre Stimme vibrierte und kippte fast in eine höhere Tonlage, weil sie presste.

Marie war irritiert. „Was war los? Wieso war die Äbtissin so seltsam und sprach sie so förmlich an und das mit ihrem Königstitel, der gar nicht hier im Kloster genannt werden sollte?"

Höflich begann Marie zu antworten: „Guten Abend, ehrwürdige Mutter. Ja, ich habe das schon gehört..." Und noch während sie sprach, beschlich sie ein ganz unangenehmes Gefühl: hier stimmte etwas nicht.

Und alles, was sie gehört hatte, von den Soldaten bis zur Äbtissin, fiel blitzartig in einem Punkt zusammen und ergab ein Bild, dass die Äbtissin ihr offensichtlich etwas anderes sagen wollte als was sie sagte. Marie sah, dass der Vorhang hinter der Äbtissin sich etwas bewegte.

Instinktiv griff Marie zum Schwert und ließ den Beutel mit der Medizin fallen, als auch schon hinter der Äbtissin drei Soldaten mit gezückten Schwertern aus dem schweren Vorhang hervor preschten, die alte Frau umstießen und auf Marie zu rannten.

Dank ihres guten Trainings schaffte sie es, die drei in Schach zu halten und sich ihrer Haut zu wehren. Marie war wieder hellwach. Zumindest konnte sie jetzt einmal richtig das Schwert ausprobieren und ihre Schwertkunst unter Beweis stellen. Aber es hätten ja nicht gleich drei sein müssen, wenn sie auch etwas schwerfällig waren, dachte sie.

Marie sprang mit einem Satz auf den Schreibtisch und da sie sehr wendig war, steckten die Soldaten mehr Hiebe ein als sie. So versuchten die drei, sich zur Tür zurückzuziehen.

Ein Soldat blutete stark am Oberarm, ein anderer am Bein. Die Äbtissin hatte die Medizin in Sicherheit gebracht und öffnete vorsichtshalber die Tür.

Sie hatte jetzt ein schweres Holzkreuz in die Hand genommen, das neben der Tür hing, und drohte damit die Soldaten, zu erschlagen. Die Soldaten ergriffen die Flucht durch die Tür und verschwanden laut fluchend. Die Äbtissin schrie etwas hinaus.

Man verschloss die Türen hinter den Soldaten und es gab Befehl, niemanden mehr hereinzulassen. Auch das Außentor wurde nach deren Flucht dicht gemacht.

Marie blutete und die Äbtissin versorgte die Wunde.

„So, das haben wir noch mal gut hinbekommen!", meinte Clarissa wohlwollend und schaute auf Marie. „Wozu so ein Kreuz doch gut ist. Und die Medizin haben wir auch gerettet."

Marie musste wider Willen lachen.

„Ja, Gott sei Dank haben wir das geschafft!", schnaufte Marie und fuhr fort: „Ihr wart zu seltsam, da stimmte etwas nicht. Danke für diese Warnung."

„Ja, da stimmte kräftig etwas nicht. Die Soldaten hatten mich seit gestern unter Gewahrsam genommen und mich mit ihren Dolchen bedroht, ja nichts zu verraten. Sie lauerten Euch hier auf. Von irgendwoher wussten sie anscheinend, dass ihr hier vorbeikommen würdet. Mir waren die Hände gebunden. Verzeiht mir diese Falle in meinem Arbeitszimmer", sprach die Äbtissin mit düsterer Miene.

Etwas aufgelockerter sagte sie: „Aber ihr habt euch gut geschlagen. Wer brachte euch das bei?", fragte die ehrwürdige Mutter, mit einem Unterton der Neugierde. „Der Magier Argon", antwortete Marie schlicht. Der Verband war fertig.

„Ja, der Magier", antwortete Clarissa versonnen. „Der hat viele Fähigkeiten. Vielen Dank für seine Medizin. Richtet ihm das bitte aus."

Dann bestellte die ehrwürdige Mutter das Abendessen auf das Zimmer.

„Ihr esst doch diesmal mit mir? Nach diesem Schreck braucht Ihr eine Stärkung", wandte sie sich an Marie.

„Ja, gerne", gab Marie zurück und ließ sich müde auf einen Stuhl sinken.

„Diese Nacht seid ihr unser Gast. Entspannt euch jetzt!" Die Äbtissin hängte das Kreuz, bei dem sie sich laut bedankte, wieder auf seinen Platz und ging zu ihrem Stuhl.

„Was der Herr so alles anschauen muss, selbst in einem Kloster", meinte sie lächelnd.

„Nicht alle Nonnen sind wohl so schlagkräftig mit dem Kreuz wie Ihr, ehrwürdige Mutter", erwiderte Marie schlagfertig zurück. „Der Herr muss sich jetzt wohl überall ganz schön was anschauen bei dem, wie die Menschen sich aufführen!"

Dann aßen sie gemeinsam im Kerzenschein nach einem Tischgebet, das die Äbtissin sprach.

„Also, du weißt schon, dass der König tot ist, getötet in Nordfrankreich bei dem Bündniskrieg?"

„Ja", sagte Marie. „Das kleine Volk teilte mir dies heute mit."

„Nun, diese Soldaten waren aragonische von den Bündnistruppen und hatten, soweit sie es sagten, eigentlich den Befehl, dich sofort zurückzubringen nach Saragossa. Wohl ein Befehl des Abe, des jetzigen Thronhüters", meinte die Äbtissin etwas ironisch und nahm noch etwas von dem eingelegten Kürbis in süß saurer Sauce mit gerösteter Sesam.

„Es ist nicht gut, jetzt zurückzukehren. Es ist höchstwahrscheinlich eine Falle.", fuhr die ehrwürdige Mutter fort und schaute Marie forschend an. „Oder wie sehen deine Pläne aus?"

„Ich sehe es genauso. Jetzt diene ich niemandem damit, zurückzukehren. Ich werde erst meine Ausbildung beim Magier vollenden und dann zum rechten Zeitpunkt nach Aragon zurückkehren", antwortete Marie bestimmt und kaute auf dem Bauernbrot mit Schafkäse und Sesam weiter.

„Es schmeckt vorzüglich", meinte sie zwischen den Bissen.

„Sehr gut", erwiderte die Äbtissin und nickte nur. „Es bleibt abzuwarten, was sich zwischen den Aufständischen, den Bruderschaften und den königlich päpstlichen Truppen tut. Die Emotionen haben sich schon sehr hochgeschaukelt. Es gibt überall Unruhen, die blutig niedergeschlagen werden. Die große Festung Nardun soll übervoll sein, vor Tagen gab es einen Aufstand dort, der niedergeschlagen wurde. Die Bruderschaften haben sich zusammengeschlossen und planen einen größeren Befreiungskampf nach den kleineren Gefechten. Das überbrachte mir ein Bruder des Klosters von San Sebastian.

Und die haben Verbindung bis nach Portugal. Allerdings sind auch schon Äbte verhaftet worden", meinte Clarissa ernst. Niemand ist sich seiner Haut mehr sicher. Die Truppen sollen schon Menschen nach Übersee verschiffen, munkeln manche Kaufleute, die hier beim Dorf vorbei ziehen." Die Äbtissin schüttelte den Kopf und schaute Marie bedeutungsvoll an.

Marie dachte an Raphael und betete, dass er am Leben sein würde. Sie segnete ihn im Geiste und seufzte.

Schließlich verabschiedete sie sich und bedankte sich für das Gespräch und die gute Speise. Langsam schlich sie die Treppe zum höheren Stock hinauf und schlief in ihrem Bett sofort ein.

Am nächsten Morgen gab ihr die Äbtissin noch etwas für den Magier mit, besondere getrocknete Blumen und einen guten Käse und Schinken zum Dank für die Medizin.

Die Äbtissin segnete Marie, bevor sie das Kloster verließ. Diesmal ritt Marie sehr vorsichtig. Sie nahm nur Waldwege oder ging quer durchs Feld, um von dem Hauptweg abzukommen, den sie kannte. Immer wieder schaute sie zurück und lauschte. Die Begegnung mit den Soldaten und der Kampf gestern Abend saßen ihr noch in den Knochen. Aber es blieb ruhig.

Als der Hexenwald schon in Sicht kam und Marie sich freute, unbehelligt bis zum Magier zu kommen, da verdüsterte sich auf einmal der Himmel: Ein Schwarm Vögel näherte sich.

Als Marie genau hinschaute, erkannte sie, dass es die großen, schwarzen Vögel waren. Sie schrien böse und flogen im Konvoi. „Schon wieder die Boten des dunklen Magiers!"

Wo kamen die Vögel nur plötzlich her? Marie duckte sich und spornte schon Tamino an. „Schneller, Tamino!" flüsterte sie ihm leise ins Ohr. Tamino verstand.

Sie galoppierten wie der Wind im großen Zickzack auf den Wald zu. Der erste Vogel stieß herunter, verfehlte sie aber knapp, da sie einen Haken schlug. Tamino war aufgeregt, gehorchte aber. Die Vögel mochte er auch nicht.

Da erreichten sie den schützenden Wald. Die Vögel schrien, blieben aber über den Wipfeln, kreischten und flogen wieder davon.

Marie folgte dem Pfad, der durch den dichten Wald und die Sümpfe führte. Diesmal kam sie schneller als beim ersten Mal beim Stein von Magpud an. Den Sumpf meisterten sie zu zweit ohne einzusinken, selbst Tamino benahm sich vorbildlich.

Marie dachte schon an die Krähe und sah sie, bevor sie noch in Sicht kam und sich auf den großen Stein setzte. In diesem Augenblick erschienen über ihr wieder die schwarzen Vögel. Hier war eine Lichtung. Der Stein lag frei. Die Vögel versuchten, hinunter zu kommen.

Da erhob sich die große Krähe und stieg in den Himmel. Sie schrie laut und breitete ihre goldenen Flügel weit aus, die auf einmal riesig groß waren und ein seltsames Licht aussandten. Da wurden mit einem Mal die schwarzen Vögel kleiner und verschwanden. Marie atmete auf.

Dann fasste sie in die Vertiefung, und der goldene Pfad tat sich auf.

Sicher ritt sie auf Tamino durch die Nebel, die immer dichter wurden. In der letzten Abenddämmerung kam Marie schließlich auf der großen Lichtung an, wo Argons Hütte lag. Marie stieg vom Pferd und lief die letzten hundert Meter zu Fuß. Tamino entfernte sich und fand sein Fressen auf der Wiese, die köstlich schmeckte. Marie bedankte sich bei ihm. Er hatte sie schließlich gerettet. Und im Sumpf war er diesmal auch nicht stecken geblieben und weggelaufen vor lauter Schreck wie damals.

Der Magier kam aus seiner Hütte heraus. Er hatte Tamino gehört. Marie freute sich sehr und war sehr erleichtert, wieder hier zu sein. Sie lief auf Argon zu, der die Stufen von der Veranda herunter schritt. Breitbeinig stand er da. Seine Augen lachten, als er die Arme öffnete und Marie in Empfang nahm.

„Da bist du ja wieder", sagte er zärtlich und konnte seine Freude kaum verbergen, während er sie an seine Brust drückte.

„Ja, da bin ich wieder nach diesen anstrengenden und ereignisreichen Tagen", sagte Marie lachend.

„Und das ist also Tamino, dein wunderbarer Hengst, den du tatsächlich wieder gefunden hast", meinte der Magier schmunzelnd. „Darf ich mal raten? Er war bei den Zauberwiesen?"

„Ja", sagte Marie, „woher weißt du das?"

„Nun, ich weiß es", sagte Argon einfach und führte sie in die Hütte, aus der der Rauch aufstieg. Ein Feuer brannte im Ofen und es gab sofort heißen, guten Kräutertee aus Bergsalbei und ein gekochtes Essen aus Kartoffel, Karotten, Ei und Speck mit vielen Kräutern. „Ich bin gerade fertig geworden und du kommst wie gerufen", rief der Magier.

Jetzt perlte alles, was Marie angesammelt hatte, langsam von ihr ab und sie fühlte sich glücklich und zuhause.

Nach dem Essen zündete der Magier seine Pfeife an, auch Marie holte ihre Pfeife hervor und sie setzten sich auf die Veranda und rauchten ihre Kräuter. Als der Rauch in den Himmel stieg und sich mit den Wolken vermählte, erzählte Marie ihm alles, was sie erlebt hatte, vom dunklen Magier und ihrer Begegnung in der schwarzen Hütte, vom Verlust des Ringes und vom Beschluss und Wunsch des alten Volkes... bis zu den Vögeln, die nach dem Kloster auftauchten und sie noch verfolgt hatten.

Als Marie schließlich geendet hatte, sagte der Magier versonnen: „Das hast du gut gemacht. Ich habe es geahnt, dass diese Begegnung mit dem dunklen Magier dir bevorstand. Die Zeichen sagten es, und Zyan liebt den Kampf. Und jetzt geht es auch um dich. Er will dich besitzen, das ist es, was dahinter steckt, tot oder lebendig, das ist egal. Er erträgt auch nicht, dass du bei mir bist und lernst."

„Warum hast du mich eigentlich losgeschickt, wenn dieser Kampf abzusehen war?", fragte Marie irritiert, „wir hätten ja auch zusammen gehen können."

„Du hattest einen Auftrag, dich in der Lehre des Schwertes zu bewähren und du hast es getan. Du hast „Die Lehre der Entscheidung und der Unterscheidung" gemeistert. Deine Entscheidung war von großer Bedeutung für dich, - wenn du auf die Konsequenzen schaust. Das war dein Auftrag auf dieser Reise", antwortete der Magier.

Marie war aufgeregt.

„Und wofür habe ich die Medizin mitgehabt? War das unwichtig?", fragte sie herausfordernd.

„Der Botengang, die Medizin abzuliefern, war das äußere Kleid, um es zu tun und doch war es wichtig. Auch das äußere Geschehen hat seine Bedeutung und steht mit dem inneren Geschehen in Resonanz. Das ist in dieser Synchronizität nur nicht gleich ersichtlich. Verstehst du das?", fragte der Magier nochmals und schaute Marie durchdringend aus seinen tiefen grauen Augen an.

„Na ja, wohl. Muss ich ja auch", sagte Marie noch nicht ganz überzeugt und überlegte, was sie gelernt hatte und was er wohl meinte.

„Wir stehen alle in einer Entwicklung und können uns dieser nicht entziehen. Wenn wir das tun und zögern, hat das seine Folgen. Und du hattest diesen Weg gewählt, als du zu mir hierher kamst. Also beklage dich jetzt nicht über die Folgen des Weges. - Erfreue dich lieber an den Früchten, die du jetzt mitgebracht hast! Deine Schwertkunst hat entscheidende Fortschritte gemacht und dein Mut, die Dinge mit eigenen Augen anzusehen.", sprach der Magier sehr bestimmt.

Er nahm einen Zug aus seiner Pfeife und machte eine Pause.

„Du hast ein Kapitel abgeschlossen und bald steht etwas Neues an.", erwiderte er und stand auf. Er leerte seine Pfeife und ging zu den Tieren.

Marie blieb sitzen und dachte nach. Sie genoss die Lichtung, die so ruhig und friedlich im Abendlicht da lag. Das tat ihr gut. Dann nahm auch sie ihre gewohnte Arbeit auf und räumte die Sachen weg und alles, was sie dabei hatte. Sie ging in ihre Kammer. Jetzt schlief sie wieder in ihrem eigenen Bett und träumte in dieser Nacht von Raphael. Wann würde sie ihn endlich wieder sehen? Der Traum ließ sie lange suchen. Es war zermürbend, weil sie nicht wusste, wo, und nach welchen Zeichen sie suchen sollte. Seine Gestalt saß irgendwo in der Ferne und wartete. Nur seine dunklen Augen schauten sie immer wieder an.

Am nächsten Morgen begann ein wahrhaft neuer Tag mit frischem Wind und einem klaren Himmel. Marie fühlte sich trotz des zähen Traumes frisch und wie neugeboren.

Der Magier lächelte sie an. „Guten Morgen, Marie".

„Guten Morgen, Argon", antwortete sie freundlich. Und sie begannen ihr Tagwerk. Der Tag verlief ruhig.

Am nächsten Morgen bei der Arbeit im Garten nahm Argon das Gespräch wieder auf, nachdem eine Zeit Stille geherrscht hatte.

„Auch hier ist auch einiges in diesen Tagen passiert", begann Argon ruhig das Gespräch.

Während er kleine Setzlinge festband, erzählte er: „Du warst kaum fort, da muss es passiert sein, wo du die Lichtschranke meines Schutzwalles im Wald durchquertest, als ich einen Angriff spürte. Ich richtete meine Aufmerksamkeit auf diese Grenze, sah sie und bemerkte einen Schwarm Vögel, der im Angriff darauf zuflog und in die Lichtschranke geriet. Sie versuchten in mein Reich einzubrechen. Es waren die schwarzen Vögel des dunklen Magiers."

„Ich habe sie gar nicht bemerkt!", warf Marie aufgeregt ein. „Als ich ging, war es ganz ruhig. Aber ich habe auch nicht zurückgeschaut!"

Argon erzählte weiter: „Zyan wollte offensichtlich den Moment nutzen, wo du hindurchgegangen warst. Die Lichtschranke schließt sich nicht so schnell und der Schutzwall ist dann sensibel. Für fremde Wesen ist er dann leichter zu durchbrechen. Übrigens können die Vögel sehr plötzlich und lautlos auftauchen. Es sind Schattenvögel, die direkt dem dunklen Magier unterstehen. Sie arbeiten mit der Kraft des Schattens und können dort zerstören, wo das Licht nicht stärker ist und standhält." Argon machte Pause und lehnte sich an einen großen Baum. Marie setzte sich zu seinen Füßen.

„Es war ein kleiner Einbruchsversuch", scherzte der Magier jetzt und fuhr dann ernster fort: „Ich hatte allerdings erst einmal Mühe, weil der Angriff überraschend kam, es war ein ganzer Schwarm großer Vögel rauszubringen! Das konnte ich nur, indem ich die Spannung der Lichtschranke erhöhte und auf eine andere Schwingungsfrequenz brachte.

So vertrieb ich sie zuerst, indem ich diese Kraft dort fokussiert einsetzte. Dann erhöhte ich das ganze System des Lichtschutzes und machte den geschlossenen Kreis wieder dicht. Er liegt schließlich wie ein großer magischer Kreis, eigentlich ist es ein Feld, hier um mein Reich, das mit einer Lichtglocke versehen ist, so dass auch der Flugraum geschützt ist. Andernfalls hätte es der dunkle Magier längstens zerstört."

Argon lehnte sich zurück an den Baumstamm und schloss die Augen. „Diese Reparatur, möchte ich sagen, hat mich viel Kraft gekostet und das Feld schwingt jetzt höher und dichter als vorher. Vielleicht ist dies eine Anpassung an die neue Zeit", Argon lächelte sie jetzt wieder an.

„Du hast durch die Bewältigung deiner Aufgabe auf der Reise deine Schwingungsfrequenz von selbst erhöht, so dass du am Stein von Magpud keine Schwierigkeit hattest, den goldenen Weg zu sehen. Die Krähe hätte es mir sonst gemeldet", erklärte Argon lobend.

„Aha", sagte Marie, „Ja, es ging alles glatt. Ich war dafür sehr dankbar, nachdem die Vögel aufgetaucht waren".

Da sie zum ersten Mal genaueres über diesen Schutzwall der Lichtschranke hörte, - bisher hatte sie es einfach hingenommen, er war schließlich ein Magier-, fragte Marie jetzt ziemlich betroffen:

"Warum brauchst du das denn alles? Ist der dunkle Magier so mächtig?" - Und als sie Argon genauer anschaute, fragte sie weiter: "Und warum tut er das bloß, will er dich vernichten?" Marie schaute Argon ernst an, wie er reagieren würde.

Argon machte eine Pause und atmete einmal tief ein und aus. „Das ist eine lange Geschichte. Lass uns etwas durch den Wald gehen. Dann erzähle ich dir etwas davon.

Die Geschichte des Magiers aus dem Norden

Schließlich gingen sie an einem Tümpel vorbei, wo viele Vögel badeten, da begann der Magier seine Geschichte: „Du hast Zyan in seiner schwarzen Hütte schon kennen gelernt. Er unterschätzte dich und du nutztest weise diesen Moment, um zu entkommen."

„Woher weißt du das so genau?", fragte Marie wieder etwas irritiert.

„Ich kann es sehen, wenn du es erzählst. Und ich kann es, davon abgesehen, einsehen, wenn ich mich auf den Nullpunkt konzentriere. Außerdem sind wir verbunden…" lächelte der Magier. „Du siehst, es gibt viele Möglichkeiten, Dinge wahrzunehmen, auch, wenn es so aussieht, als wäre man nicht dabei." Argon schaute sie herausfordernd an.

Marie dachte an ihre Träume von Raphael und Großvater, wo sie ebenfalls etwas wahrgenommen hatte, das real war und auf das sie sich verlassen hatte, sonst wäre sie nicht hier.

Dann sprach der Magier weiter: „Zyan, der dunkle Magier besitzt große Macht, die er benutzt, um andere unter seine Macht zu bekommen und sie zu beherrschen. Und das je mehr, umso besser. Da wir uns schon sehr lange kennen und ich mich ihm immer widersetzt habe, will er mich vernichten. Das hat er bis jetzt nicht geschafft.

Auch unser großes Duell bei seiner schwarzen Hütte damals, als ich aus dem Norden heimkam, ging unentschieden aus. Da hatte er mich überrascht, es aber nicht geschafft, mich zu besiegen. Das alte Volk sah die Auswirkungen des Kampfes."

Argon lächelte leicht und wurde wieder ernst: „So hasst er mich, und das schon sehr, sehr lange."

Argon räusperte sich. Es fiel ihm nicht leicht, von sich zu erzählen. Langsam fuhr er fort: „Zyan versuchte schon auf viele Arten, mich zu vernichten und zu töten. Letztlich erwarben er und ich – und wir sind uns nicht unähnlich, aber das ist eine andere Geschichte - diese Kräfte aus der Notwendigkeit dieses Kampfes heraus:

Ich wurde ein weißer Magier, er wurde ein schwarzer Magier. Uns unterscheidet lediglich die Absicht und der Wille, was wir erreichen wollen und wem wir dienen. Ich diene dem Licht. - Er dient der Dunkelheit. So haben die Wege uns komplett getrennt und in schärfste Opposition gebracht. Ich halte Frieden. Er will Krieg. - Aber so entstanden schon immer die Welten dieser Welt, denn sie sind aus Licht und Dunkel gemacht. Aber allein das Licht ist fähig, die Dunkelheit zu erleuchten." -

Argon schwieg.

Marie wirkte bedrückt. „Ja, so verhielt sich der dunkle Magier. Und dieses Verhalten kommt mir auch sonst noch bekannt vor, meinte sie leise. „Auch dieser Abe, Bischof d'Albert, handelt so ähnlich und deshalb habe ich ihn immer abgelehnt. Er will nur Macht und strahlt einen kalten Hass aus."

Argon erwiderte nichts. Er war in Gedanken versunken.

Dann fuhr Argon hoch und sprach mit dunkel glühenden Augen weiter: „Und Zyan nahm mir das Liebste, was ich auf dieser Welt einmal hatte: Murielle, meine große Liebe. Wir waren damals heimlich verlobt und fühlten uns für einander bestimmt. So empfanden wir es, als wir uns kennen gelernt hatten. Ich gelobte ihr damals ewige Liebe. Murielle war ganz jung, siebzehn Jahre alt, unschuldig und ohne Widerstand, als Zyan sie vor meinen Augen zu Tode quälte und mich regelrecht bei ihrem Tod zuschauen ließ. Das war die schlimmste Folter, die ich mir vorstellen konnte. Er hatte Murielle und mich in seine Gewalt gebracht und das Ganze so trickreich eingefädelt, dass wir beide absolut machtlos waren. Das konnte er immer schon gut", berichtete Argon heiser.

Seine Stimme versagte. Dann machte er eine Pause, und Marie spürte seinen alten, tiefen Schmerz aufsteigen.

„Heute noch höre ich sein höhnisches Lachen, nachdem er sie vergiftet hatte und mit dem er sie vor meinen Augen sterben ließ, ohne dass ich etwas tun konnte. Ich wollte ihn töten für diesen Mord, aber ich tat es nicht. Zyan wollte nur mich treffen, Murielle war ihm gleich. Er tötete sie deshalb, weil ich ihm nicht gehorchte und mich ihm nicht anschloss. Damals begann die schwerste Zeit meines Lebens."

Der Magier machte wieder eine Pause und schloss kurz die Augen.

„Ich war schon im Kloster zur Schule gegangen und ging dann fix ins Kloster, wo er mich auch noch weiter verfolgte und den Prior später gegen mich einnahm. Um mich selbst nicht im Hass und in der Rache zu verlieren, sondern den Weg des Lichtes weiter zu gehen, studierte ich wahnsinnig viel und beschäftigte mich Tag und Nacht mit den magischen Wissenschaften. Das war eine schwere Prüfung nach Murielles Tod. Ich lernte schließlich Alchemie und traf in Saragossa deinen Großvater, Jacques, den ich vorher nicht wirklich kannte. Ich war damals am Boden zerstört, wie du dir vorstellen kannst. Meine Gefühle bekamen unheimliche Macht über mich und drohten mich umzubringen. Da ich aber dem Weg des Lichtes unbedingt folgen wollte, gewann ich schließlich den Kampf mit mir selbst und lernte meine Gefühle zu beherrschen. Das lenkte meine Kraft um. So lernte ich schließlich aus Blei Gold zu machen, ich lernte Dunkel in Licht zu verwandeln, Hass in Liebe zurückzuführen. So wurde ich ein Alchemist."

Marie schaute durch die grauen Augen des Magiers hindurch und sah ihn in einer anderen, sehr alten Zeit, wo er auch ihr Lehrer war und sie beide in Liebe verbunden waren. Marie schaute mit großen Augen, die woanders weilten und staunte.

„Ja, habe ich nicht auch Alchemistin werden wollen? Und doch hatte ich nie danach gefragt!"

Argon fuhr fort: „Zyan war inzwischen bei der Kirche in hohe Ämter eingeweiht worden und besaß innerhalb der Kirche große Macht. Aufgrund der andauernden Hetze Zyans gegen mich wurde ich schließlich aus dem Kloster verbannt und ging nach Norden, auf die Insel St. Galvant. Ich war rastlos geworden und fand dort bei den Druiden Ruhe und Frieden. Und eine Gemeinschaft, die nicht so erstarrt war, wie unsere in den Klöstern. Das heilte mich. So blieb ich fast zwölf Jahre dort im hohen Norden und lernte von den druidischen Brüdern ihre Sonnentradition, bevor ich wieder herunterkam und mich dann hier niederließ. Hier gründete ich schließlich mein eigenes Reich."

Argon beendete so seinen Bericht und schaute Marie offen in die Augen. Er hatte das schmerzhafteste Stück seiner Vergangenheit preisgegeben. „Warum tue ich das?", fragte er sich leise. ‚Sorgte er sich nicht um Marie? Wie glücklich war er, sie nach dieser kleinen Reise heil wieder zu sehen! Und erinnerte sie ihn nicht irgendwie an Murielle? -Ja, er liebte sie.' - Das gestand er sich ein und verschloss es tief in seinem Herzen, so dass nichts an die Oberfläche drang.

Zyan ahnte es wohl längst. Und doch musste auch Marie ihren Weg gehen. Er konnte sie nur vorbereiten, nicht schützen. Auch diese Erkenntnis tat weh.

Marie war jetzt gerührt und betroffen zugleich. Sie wusste nichts zu sagen, schaute ihn nur an und schwieg. Auch der große Magier hatte also seine Geschichte.

„Das habe ich alles nicht einmal geahnt und es tut mir wirklich unsagbar leid. Mir fehlen die Worte", antwortete Marie schließlich sanft und hatte Tränen in den Augen.

„Es hat mich zu dem gemacht, der ich heute bin. Das muss dir nicht leid tun. Das Schicksal des Menschen ist seine Stärke, die er nutzen kann, wenn er es will", antwortete der Magier schlicht. -

„Warum ich dir das erzähle, das ist die Frage!" Der Magier hatte seine Stimme erhoben. Marie schaute ihn erstaunt an.

„Das weiß ich nicht. Das habe ich mich auch gerade gefragt", antwortete Marie. Der Magier schaute in weite Ferne und schwieg.

„Was ist die stärkste Kraft des Menschen?", fragte der Magier plötzlich. Marie war abermals verdutzt.

„Was ist die stärkste Kraft?", fragte er nochmals bestimmt. Marie schwieg. „Denke darüber nach. Hier beginnt deine neue Lektion."

Der Magier wendete sich um und ging weg. Argon und Marie waren inzwischen wieder bei der Hütte angekommen. Marie richtete ein Essen her. „Was sollte die stärkste Kraft sein? Doch eigentlich Überlebenstrieb", dachte Marie spöttisch, als sie die Kartoffeln schälte. Natürlich wusste sie, dass Argon das nicht gemeint hatte. Argon versorgte noch die Schafe und Ziegen. Der Esel schrie und war anscheinend ärgerlich, so wie er schrie.

Die Befreiung durch den Tunnel

Philipp hatte viele Tage allein und zurückgezogen im Arbeitszimmer des Prior Claudius verbracht. Das Kloster und seine Brüder hatten den normalen Alltag wieder aufgenommen, wenn auch alle bedrückt waren und die Sorge um Abt Claudius sie beschäftigte. Philipp war eines Tages nach Saragossa gereist und hatte Informationen eingeholt und sich auch mit einem alten Studienfreund beraten, dem er vertraute. Aber den Abt Claudius hatte man inzwischen entgegen der ersten Information nach der Durchsicht der beschlagnahmten Dinge nicht freigelassen, sondern ihn auf die Festung Nardun gebracht. Das hatte Philipp von seinem Freund, der manchmal mit den Klosterbrüdern des Abes aus Zargossi verkehrte, erfahren.

So hatte sich Philipp jetzt entschlossen, die Befreiungsaktion durch den Tunnel allein mit seinen Brüdern zum nächsten Vollmond, wie er schon Claudius in der Nacht vor der Verhaftung vorgeschlagen hatte, durchzuführen. Das stand im Raum und Claudius kannte ihn.

„Komm", sagte er an einem frühen Morgen zu Pedro, seinem jungen Freund und Bruder, „lass uns auf einen Erkundungsritt in die Felsenbucht reiten, um von dort den Tunnel zu inspizieren!"

„Ok", sagte Pedro eifrig, „Dann sattle ich gleich die Pferde".

Da es ein schöner Wintertag war, sehr mild hier im Süden, erreichten sie schon am Mittag zu Pferd die Felsenbucht mit dem abgebrannten Fischerdorf. Alles war inzwischen überwuchert. Niemand war da. Die verfallenen Hütten starrten mit ihren Pfosten und kaputten Dächern in den Himmel. Viel Gras war über die Holzbalken und Mauerreste gewachsen. Als Philipp und Pedro ins Gebirge aufstiegen, fanden sie auf dem nächsten Hochplateau mühelos den Eingang in den Tunnel. Philipp hatte sich den Platz gemerkt und die Piraten oder Soldaten, wer auch immer hier verkehrte, hatten den Eingang nur grob mit einer Holzwand zugemacht und einen Felsbrocken und Äste vorgeschoben. „Gut, dass sie sich so sicher fühlen, sonst hätten sie Wachen hier gelassen", meinte Philipp zufrieden. Nachdem sie den Tunnel freigelegt hatten und noch die Lage erkundeten, fragte Pedro etwas ängstlich: „Sollen wir hier wirklich hineingehen?"

„Ja", sagte Philipp fest. Drinnen war es stockfinster. Leise schlichen sie sich hinein und gingen den Gang weiter, der etwas eng war. Philipp hatte eine Fackel entzündet. „Wie weit sollen wir denn gehen?", fragte Pedro wieder. „Das könnte gefährlich werden."

Er fühlte sich offensichtlich unwohl und lief nur langsam hinter Philipp her. „Soweit, wie wir eben kommen und wenn wir es schaffen, bis zum Ende, wo wir dann keinen Lärm machen dürfen", meinte Philipp munter.

Er klopfte Pedro auf die Schulter: „Keine Angst! Wir passen auf. Die werden uns nicht entdecken. Ich muss wissen, wie es hier aussieht, bevor wir diese Aktion starten, die ziemlich lebensgefährlich ist", antwortete Philipp.

„Ich habe keine Angst", meinte Pedro eilig, „nur…"

„Schon gut!", sagte Philipp lachend. Sie gingen weiter. Der Tunnel wurde breiter und höher. Er machte eine lange Kurve nach rechts und stieg schließlich langsam bergan. Nach immer wieder neuen Windungen wurde es wieder enger und niedriger. Dann standen sie vor einer steilen Treppe, die hochführte. Philipp leuchtete aus. Oben lag eine schwere Steinplatte. Von irgendwoher spürte er einen feinen Luftzug. Hier musste es sein. Er stieg die Treppe hinauf und kratzte und drehte an der Platte. Sie ließ sich anscheinend bewegen. Pedro, der weiter hinten stand, drängte auf Rückzug: „Komm, lass uns wieder abhauen! Wir sind irgendwo in Nardun.", flüsterte er leise hinauf. Philipp lauschte. Da nichts zu hören war, es mussten ja fast alle im Steinbruch sein, schob er mit aller Kraft die Steinplatte etwas zur Seite. Es fiel schwaches Licht hinunter und er sah von unten das Wärterhäuschen und das Klo. Vor der Hütte hörte er einen Soldaten patrouillieren. Schnell schob er die Platte wieder leise zurück. Sie befanden sich hier an der Westseite, wahrscheinlich sehr nahe an der Außenmauer, wie er von hier unten vermutete. Über ihm war dicker Fels und dahinter war die Treppe, die hochging.

Auf dem Rückweg hörten sie auf einmal ein Geräusch hinter sich. Pedro schrie leise auf und Philipp drehte sich abrupt um. Aber scheinbar war etwas von der Wand oder der Felsendecke gebröckelt, sie sahen nur eine Ratte vorbeihuschen. Pedro atmete auf. Philipp merkte sich die Zeit, die sie brauchten. Er zählte genau die Schritte, es waren über 3500 Schritt. Unbehelligt traten sie wieder aus dem Tunnel heraus und standen im hellen Sonnenlicht, das jetzt über der Bucht glitzerte, wie sie von einem Felsen aus sehen konnten. Philipp setzte sich nieder, machte einige Notizen und schmiedete seinen Plan. Schließlich ritten sie vor Dämmerungseinbruch nach Hause, zum Kloster zurück.

Ungefähr zur gleichen Zeit wurde im Steinbruch von Nardun ein heimliches Gespräch geführt. Heute arbeiteten viele Gefangene auf der untersten Sole, wo es kühler war. Die Aufseher hatten sich oben hingestellt und schauten hinunter auf die Gefangenen, ihre langen Peitschen in der Hand. Immer wieder hörte man unvermutet eine auf surren und zuschlagen.

Abt Claudius, der von seinen Verhören und dem Transport nach Nardun noch etwas mitgenommen war, hatte hier in Nardun schnell die richtigen Bekanntschaften gemacht. Zufällig war er in der Nähe von Raphael in eine leere Zelle gekommen und sie hatten sich auf dem Weg schon kennen gelernt. Als Claudius zum ersten Mal bei der Essensverteilung den Namen Raphael hörte, hatte er aufgehorcht und zu ihm Kontakt aufgenommen.

„Raphael de Berenguar?", fragte Claudius leise in seine Blechschüssel hinein. Er wusste ja von Philipp, dass dieser hier war.

„Ja", hatte Raphael verblüfft geantwortet. „Herzliche Grüße von Philipp de Frigeaux", gab Claudius zurück mit einem vorsichtigen Blick auf die Wärter. Raphael stand jetzt an seiner Seite und aß belanglos vor sich hin, während er fast lautlos, ohne den Mund zu bewegen, flüsterte: „Wer seid Ihr?"

„Claudius, der Prior vom St. Isabellas Stift. Bartos kam von uns…", zischte Claudius mit dem Löffel Brei vor dem Mund. Da kam ein Wärter an und beäugte sie misstrauisch. Claudius nahm eine andere Stellung ein.

Ein paar Tage später fanden sie sich wieder auf der unteren Sole des Steinbruchs. Raphael rückte beim Loshacken der Steine immer näher an Claudius heran, dessen Rücken ganz rot war unter seinem zerrissenen Hemd. „Bartos gab uns noch Bescheid, bevor er ermordet wurde", flüsterte Claudius nach unten, ohne zu Raphael aufzuschauen. Er hatte sich von seinem anderen Nachbarn entfernt.

„Es gibt diesen Tunnel, beim nächsten Vollmond hatten wir schon geplant...", erwiderte er noch schnell. Raphael antwortete geschickt zwischen den Schlägen: „Ich kenne den Tunneleingang, ist beim Wärterhaus, westlich der Mauer." Claudius schaute kurz anerkennend auf. „Das trifft sich gut. Du kennst den Ort, ich vermutlich die Zeit. Wir sollten nur aufmerksam sein - und beten. Philipp wird die Operation durchführen", murmelte Claudius zwischen zwei Schlägen. Dann schubste er Raphael und tat so als würde er mit ihm streiten, denn es waren zwei Wärter auf sie aufmerksam geworden, die näher kamen. Eine Peitsche schnalzte los. Auf dem Rückweg in ihren Ketten, als der Mond schon blass sichtbar wurde, flüsterte Claudius beim Betreten der Mauern, als er an Raphael vorbeikam:

„In vier oder fünf Tagen hier beim Abendessen im Hof, vermute ich. Philipp kannte Bartos. Lass uns da zusammen bleiben." Raphael nickte unmerklich und sie tauschten einen festen Blick aus.

Im Kloster ließ Philipp alle Vorbereitungen treffen, um in vier Tagen, zwei Tage nach Vollmond, fertig zu sein und die Befreiung durch den Tunnel durchzuführen. Zehn Brüder hatte er ausgewählt, die mit ihm gingen. Sie trainierten hart Tag und Nacht mit Schwert und Bogen. Zwei Tage später, als Vollmond war, beobachtete ein Späher vom Kloster, den Philipp losgeschickt hatte, was sich in der Bucht tat. Und tatsächlich wurde dort eine Lieferung mit Kisten und Waffen antransportiert und auf dem Rückweg Menschen aufs Schiff geführt. Offenbar Gefangene, die man abtransportierte. Die Aktion dauerte circa drei Stunden. Dann war alles wieder ruhig. Keine Wachposten.

Am vierten Tag brachen dann elf Männer rechtzeitig vom Kloster auf. Zu Pferd ritten Philipp und seine Männer schwer bewaffnet und in dunklen Umhängen mit drei weiteren Pferden zur Bucht. Sie versteckten ihre Pferde im Gebüsch des Hochplateaus unweit vom

Eingang. Dann erkundeten sie die Gegend um den Tunnel, kamen wieder zurück und warteten. Die Luft war rein. Philipp hatte sich währenddessen den Tunnelausgang in Nardun noch einmal von unten angeschaut. Alles war frei. Nur wie es oben sein würde, das wusste niemand genau. Philipp nahm geistig mit Claudius Kontakt auf, was er von ihm gelernt hatte, und sendete ihm telepathisch seinen Plan und die Zeit. Für einen kurzen Moment sah er sein Gesicht vor sich leuchten, das ihm zunickte. Auch wie sie das Häuschen stürmten und die Befreiung starteten. Zwei Brüder fielen im Kampf. Dann verschwand das Bild wieder. Philipp blickte zu seinen Leuten und betete. Mochten sie alle am Leben bleiben! Auch mussten sie unbedingt zur rechten Zeit dort sein. Claudius, Raphael und wer immer dabei war, mussten am richtigen Platz sein, in der Nähe der Hütte. Raphael war sicher da, das spürte er.

Philipp und seine Männer warteten, bis es Zeit wurde zu gehen. Philipp hatte alles genau berechnet. Sie wollten genau beim Dunkelwerden und zur Essensverteilung dort oben sein. Ein Bruder blieb hier beim Tunneleingang als Wachposten zurück. Dann gingen sie los, bewaffnet mit Fackeln, Messern und Schwertern. Große Spannung lag in der Luft. Keiner redete beim Durchqueren des Tunnels und sie kamen gut voran.

Raphael und Claudius hatten ihr Essen in ihrem Blechnapf schon erhalten. Pierre schloss sich ihnen später an. Unauffällig waren alle drei auf die Westseite gelangt und hielten sich in der Nähe des Wärterhauses auf. Spannung breitete sich in Raphaels Körper aus. Zufällig tauchte da der Wärter auf, der Raphael schon einmal auf das Klo gelassen hatte.

Spöttisch fragte der nach: „Hey, Bruder, ist's so weit, drückt's dich nicht?" Da nutzte Raphael den Moment, hielt sich den Bauch, würgte und stotterte: „Doch, ich hab's schon wieder. Ich kann's nicht mehr drinnen halten." Und er kotzte ihm vor seine Füße. Der Wächter sprang zur Seite und schimpfte. Dann guckte er sich um, schloss das Wärterhäuschen auf und ließ Raphael wieder aufs Klo.

„Geh, und beeil dich aber", sagte er, sperrte die Tür wieder zu und postierte sich in sicherem Abstand von der Kotze. Raphael warf noch einen versteckten, triumphierenden Blick Richtung Claudius und

Pierre: „Glück gehabt!" Claudius und Pierre hielten sich möglichst unauffällig in der Nähe des Wärterhäuschens auf, während sie aßen. Da ertönte auf einmal der Schrei eines Adlers. Zweimal ertönte er.

Alles drei erkannten diesen Schrei und wussten, dass der nur von Philipp sein konnte. Sie mussten also da sein. Raphael begann sofort, als er in der dunklen Hütte stand, die Steinplatte zu schieben. Er war unter Hochspannung. Die Zeit schien stillzustehen. Da hörte er endlich ein Kratzen und auch von unten wurde geschoben. Schnell war der Stein weg, und die Männer sprangen hoch. Philipp und Raphael fielen sich in die Arme. „Danke dir", sagte Raphael mit Tränen in den Augen. Sie durften keine Zeit verlieren.

Da klopfte schon der Wärter und schrie. „Komm raus! Oder bist du ins Klo gefallen?" Er lachte grob. Da stießen die neun Brüder die Tür auf, überwältigten den Aufseher, der mit einem Streich niedergestreckt wurde. Claudius und Pierre warfen ihre Teller nieder, rannten zur Hütte und wurden sofort rein gelassen. Das blieb nicht unentdeckt und ein riesiger Tumult entstand: Gefangene wie Aufseher rannten auf das Wärterhaus zu.

„Haltet die Flüchtenden! Macht alle nieder!", brüllte der Oberaufseher und schlug sich alle niederstreckend nach vorne durch. Die Wärter prügelten auf die Gefangenen drein und stießen sie aus dem Weg. Sie drängten mit Stöcken und Schwertern zum Wärterhaus, wo sich schon ein Auflauf gebildet hatte. Raphael, Claudius und Pierre wurden schnell die Treppe herunter gelassen, während die bewaffneten Brüder kämpften und ihnen den Rücken frei hielten.

„Komm", schrie Raphael und zog den alten Pierre mit sich, der nicht so schnell war. Philipp und die neun Brüder verteidigten draußen das Haus. Einige Gefangene wollten noch mit, wurden aber sofort von den Wächtern getötet, keiner von ihnen kam mehr durch. Viele Wächter hatten sich vor der Hütte versammelt und kämpften mit den Brüdern. Die Schwerter klirrten. Soldaten kamen dazu gelaufen. Schreie und Blut vermischten sich in der Luft. Zwei von Philipps Leuten fielen vor der Hütte.

„Hinein", schrie Philipp jetzt. Unter heftigem Kampfgeschrei zogen sich die Brüder nach innen zurück und verbarrikadierten die Tür mit dem großen Stein und mehreren Holzbalken. Glücklicherweise war die Hütte aus kräftigem Holz gebaut. Da wurde die Hütte auch schon von außen angezündet und brannte. Draußen schrien alle durcheinander. Die Tür wurde langsam aufgebrochen. Schwerter bohrten sich durch die Ritzen. Ein Bruder schrie auf, weil es seinen Arm erwischt hatte. Die Brüder rannten so schnell sie konnten nacheinander die Treppe hinunter und sperrten noch einmal den Eingang von unten ab mit einem anderen Stein, den sie vorher auf Philipps Befehl mühsam heran geschleift hatten.

Jetzt begann der Wettlauf durch den Tunnel. Die drei Gefangenen aus Nardun hatten einen gewissen Vorsprung, der sich aber durch Pierre langsam verringerte. Die acht Brüder und Philipp hatten sie bald eingeholt und gemeinsam drängten sie weiter. Philipp und seine zwei besten Kämpfer gingen hinten und bildeten das Schlusslicht. Da hörten sie auch schon die Soldaten durch den Tunnel näher kommen und brüllen. Aber sie hatten offenbar kein richtiges Licht, keine Fackeln dabei, was sie etwas hinderte. Sie schimpften und schrien fürchterlich herum, weil sie sich anscheinend gegenseitig stießen. Trotzdem kamen sie unaufhaltsam näher und holten den Vorsprung der Brüder auf. Hinten begann schon der Kampf. Die Schwerter klirrten und es hallte von den Wänden. Das konnte Raphael nicht mit anhören. Er ließ sich von einem Bruder das Schwert und eine Fackel geben und ging nach hinten zu Philipp. Der war auch schon verletzt. Raphael drängte ihn nach hinten und ging selbst vor. Gemeinsam hielten sie die Soldaten in Schach. Noch ein Bruder fiel. Die Soldaten rannten einfach über ihn weg. Es gab kein Zurück.

Philipp trieb die anderen vorwärts: „Weiter weiter!" Laufend und kämpfend kamen sie dem Ausgang immer näher. Da fiel Claudius und es entstand ein Gedränge über ihm. Schnell hatte er sich wieder auf den Beinen. Der Kampf wurde dadurch heftiger und war jetzt hautnah für alle. Die Waffen hatten sie verteilt, so dass alle sich wehren konnten. Das war notwendig, denn der Gang wurde jetzt breiter. Das Licht von außen fiel schon hinein. Alle kämpften in einem Durcheinander mit Schwertern und Fackeln. Glücklicherweise war die Vorhut der Soldaten bis jetzt nicht so groß.

Philipp ließ den Adlerschrei wieder ertönen, diesmal für seine Wache. Als sie draußen anlangten, versuchten sie noch, das Holztor gegen die Soldaten vorzuschieben und zündeten es mit den Fackeln an. So brannte der Eingang und die Soldaten waren etwas behindert, sie anzugreifen. Der Wächter hatte die Pferde schon geholt und hielt sie fest. Die Brüder nutzen den kleinen Vorsprung und bestiegen schleunigst ihre Pferde. Auch Raphael, Claudius und Pierre bekamen ein Pferd. Und bevor die Soldaten noch mit ihren Schwertern wieder losschlagen konnten, rasten sie auf ihren Pferden davon. Die Soldaten schrien und tobten laut fluchend hinter ihnen, konnten sie aber nicht mehr erreichen.

Niemand begegnete ihnen. Niemand hielt sie auf. Es war dunkel und nur der Mond leuchtete ihnen den Weg. Ungehindert kamen alle im Kloster an. Mehrere Brüder waren verletzt, einer schwer getroffen. Sie wurden auf die Krankenstation gebracht. Auch Philipp wurde versorgt, er hatte eine tiefe Verletzung an der Schulter. Die Nacht war kurz.

Am nächsten Tag, wo alle zusammenkamen, sprach Abt Claudius zu seinen Brüdern: „Ich bedanke mich bei allen, die bei dieser gefährlichen Befreiungsaktion mitgemacht haben und ihr Leben einsetzten, um uns zu befreien." Ein zustimmendes Gemurmel ertönte.

„Und wir trauern um die, die für uns ihr Leben ließen."

Claudius verneigte sich. Raphael und Pierre schlossen sich an.

Eine Schweigeminute in stillem Gedenken folgte für die Gefallenen. Dann fuhr Claudius fort: „Und ganz besonders bedanke ich mich bei meinem Bruder Philipp, ohne den diese Tunnelaktion nicht gelaufen wäre. Er führte mutig und sicher, ohne eine definitive Nachricht aus Nardun zu haben, diese Operation durch und übernahm die Verantwortung dafür, was meine Aufgabe gewesen wäre."

Claudius umarmte Philipp. „Nun, Gott war uns gnädig und hat uns einen recht glücklichen Ausgang beschert", lächelte Claudius noch. Claudius richtete seinen Dank auch nach oben. Er wusste, dass diesem Unternehmen auch noch andere Kräfte beigestanden hatten.

Dann wurde beschlossen, sobald es ging, das Kloster zu verlassen und sich in die Einsiedelei St.Gotthardin zurückzuziehen, die gut versteckt in den Bergen lag. „Es wird hier wohl bald von Soldaten nur so wimmeln. Macht alles fertig!" Claudius beendete die Versammlung und alle wussten, was zu tun war.

Die Lehre von der stärksten Kraft

Irgendwie erinnerte Marie sich, dass sie schon einmal über *die stärkte Kraft* flüchtig gesprochen hatten. Ganz in Gedanken ging ihr die Arbeit leicht von der Hand. Jetzt briet sie das Gemüse und schwenkte Süßkartoffeln in der Pfanne. Die Liebe war für sie die wichtigste Kraft, aber vielleicht war Liebe auch alles, was es an Beziehung gab, nur verschieden ausgeformt? Sie dachte wieder an Raphael und an Philipp, ihren Bruder, und auch an Argon, zu dem sie ebenfalls eine ganz eigene Liebe verspürte. Sie wusste nicht, was sie von der Liebe halten sollte, die so unterschiedlich sein konnte, selbst einem Mann gegenüber.

„Die stärkste Kraft des Menschen" – da fiel es ihr ein: „das ist die Sexualität! Sexualität: die Sehnsucht nach dem anderen Geschlecht, dem Partner! Die Sehnsucht nach Liebe. Sexualität und Liebe, wenn sie eins sind, bilden die stärkste Kraft im Menschen!" So überschlugen sich plötzlich Maries Gedanken, die aus ihrer Empfindung entsprangen und auf alles zurückgriffen, was sie erlebt hatte.

Langsam sagte Marie dann zu Argon, als sie mit dem Essen fertig waren: „Sexualität ist die stärkste Kraft des Menschen".

„Richtig", sagte der Magier ruhig. *„Sexualität ist die stärkste, bewegende und verändernde Kraft."* Er schaute sie an.

„Deshalb erzählte ich dir dieses Stück meiner Geschichte. Sexualität hat mein Leben bewegt. Sie hat mich angetrieben, mich zu verändern. Ich habe alle Seiten von ihr erlebt: Wenn ich liebe, entfaltet Sexualität ihre besondere Kraft, dort, wo du eins mit dem anderen Geschlecht wirst, wo sich alle deine Sinne öffnen und erhöhen, um den Anderen wahr zu nehmen. Du siehst deinen Partner mit neuen Augen: Du nimmst ihn nicht nur physisch, als schönen Menschen, du nimmst ihn vor allem geistig und energetisch wahr. Du bist in der Lage, sein Licht zu sehen und damit Dein eigenes Licht zu spüren!

Sexualität bewegt dein Sein: Von der biologischer Fortpflanzung, über die Entfaltung deiner Kreativität in die höchsten Empfindungen der Liebe. Und das alles fließt durch unsere Körper, wenn wir mit allen Sinnen da sind: ‚*Wir spielen*'.

Gerade im Liebesakt selbst zeigt sich das Spiel auf höchster Ebene: Wir sind frei. Geist setzt sich in Körper um. Das ist eines der Wunder des Höchsten, wie sich Körper und Geist verbinden in der Liebe, die zwei Menschen sexuell vereint.

Der Sexus ist der erste und stärkste Ausdruck des Menschen, wo er ganz er selbst ist, frei und ganz offen zugleich."

Marie unterbrach: „Das heißt: *Sexus und Spirit gehören zusammen und sind nur zwei Seiten derselben Medaille?*" fragte Marie und wartete gespannt. –

„Genau", sagte Argon und machte eine bedeutungsvolle Pause.

Dann sprach er weiter, als ob er sich an etwas erinnerte:

„*Das ist das Geheimnis der Polarität.* Beides zusammenzubringen, ist unsere Aufgabe.

Gleitet eines davon ab oder trennen wir die Seiten der Medaille, oben und unten, geraten wir ins Ungleichgewicht, was zu Verlust und Machtkampf führt. Dieses Geheimnis gilt es zu verstehen. Da waren wir in früheren Zeiten oft viel näher dran."

Argon schien in Gedanken versunken. Er dachte an Atlantis.

Marie dachte an ihre Erfahrungen und schwieg.

Da sprach Argon plötzlich weiter: „So führt Sexualität, wenn sie isoliert benutzt wird, oft ins Verderben. Wenn sie nur in fleischlicher Lust hängen bleibt, ohne seelisch angebunden zu sein, verkümmert der Mensch, weil er seinen Körper vom Geist und der Seele trennt.

Die Energie, die der Körper in der Sexualität erzeugt, dient in Wirklichkeit dazu, um mit Körper, Seele und Geist auf eine höhere Schwingung zu gelangen. Wird die hoch geschaukelte Energie nicht richtig weiter geleitet, erschöpft der Körper und verliert an Energie.

So schaut der Mensch, wo er die fehlende Energie wieder bekommen kann.

Da aber sein Geist von seinem Körper getrennt ist, beschafft er sich die Energie über die Materie allein. ‚Was ich nicht habe, nehme ich mir!' Darauf beruhen letztlich alle Machtkämpfe. ‚Ich will etwas,

was der andere hat!' So muss die falsche Macht von der Vergewaltigung bis zum Krieg immer mehr haben."

Und nach einer Pause fuhr er fort: „Was glaubst du, passiert mit DIR, wenn Du jemand etwas gegen seinen Willen weg nimmst?"

Marie dachte kurz nach: „Kurz bin ich voll, wie wenn ich zu viel gegessen habe. Dann aber fühle ich eine Leere in mir aufsteigen, denn ich spüre genau: Das ist nicht meins!" antwortete Marie.

„Ja, so ist es! Je mehr du glaubst vom anderen zu besitzen, desto mehr verlierst du deine eigene Kraft. Das ist das Trauma unserer Zeit! Jeder will sich auf Kosten anderer mehr Energie beschaffen!"–

Argon machte eine Pause und ließ Marie Zeit.

„Das habe ich gerade erlebt, in der dunklen Hütte", meinte sie leise.

Und sie besann sich: "Ich habe beide Seiten dieser Kraft erlebt, *nur* Sexualität und Sexualität *in Liebe*", meinte sie vorsichtig. „Ich kenne nur die gezwungene Sexualität mit Raimond, die jedes Mal eine Vergewaltigung war und-", sie stoppte und fragte nur sich selbst:

„Was war die Nacht mit Philipp? Wie war das gekommen? Es war doch Liebe, die sich fast instinktiv der Sexualität bedient hatte. Aber warum?" –

Dann fragte sie laut, da sie in Argons Augen las, dass er von ihrem Erlebnis mit Philipp wusste: „Ist nicht die „erlaubte" Sexualität mit meinem Mann Raimond die Vergewaltigung gewesen und die scheinbare „Vergewaltigung" durch Philipp Liebe gewesen?

Ist Inzest ohne zu wissen, dass er Dein Bruder ist, wenn es in Liebe geschieht, wirklich Sünde?", fragte sie aufgeregt und ein wenig empört.

„Nein, das ist es nicht", meinte Argon ruhig und schaute sie an.

Von ihrem Mann wurde sie beraubt. Von Philipp wurde sie beschenkt! Sie war verwirrt, wollte aber nicht weiter nachfragen.

Argon fuhr wieder fort: „Sexualität hat aber noch eine Kraft, die oft nicht gesehen wird, weil dies negativ belastet ist: Das ist die „unerfüllte Sexualität", die noch auf Erfüllung wartet oder verhindert ist. Das ist ein schmerzhafter Weg! Und wie alle schmerzhaften Wege bringt er reiche Früchte. Hier leiten die Sehnsucht nach dem geliebten Menschen deine Entwicklung, die Sehnsucht nach gegenseitigem Geben und Empfangen! So sammelt sich diese Kraft der Sehnsucht in immer höherer Dichte in dir an. Dies schärft und trainiert das Bewusstsein, den rechten Weg zu finden, diese Kraft zu kanalisieren.

Das ist sehr wichtig", meinte Argon mit eindringlicher Stimme, „und nicht als etwas Schlechtes zu sehen! Es ist ein Engpass, der zu meistern ist! Und das bedeutet: frei zu werden von drängenden Vorstellungen und Programmen, die dich fixieren wollen. Frei zu werden von den eigenen Wünschen, sie zu prüfen und dabei das Ziel nicht aus den Augen zu verlieren. Das bedeutet: offenbleiben, ohne sich aus Trauer und Resignation innerlich abzuschneiden vom göttlichen Fluss der Energie, der immer da ist! Ein Fehler, den viele machen!", sagte der Magier bedächtig und fuhr dann nach einer Weile des Nachdenkens fort:

„Der Umgang mit der Sexualität in ihrer Kehrseite ist ein gefährliches Spiel, wo viele versagen, weil sie es nicht aushalten und sich das Erwünschte mit Gewalt beschaffen.

Das Geheimnis der sexuellen Kraft ist: diese Durststrecke im Leben zu überwinden und frei zu werden, wie in einem Gang durch die Wüste!"

Argon schaute Marie genau an.

„Das kenne ich teilweise schon", antwortete Marie nachdenklich und in ihr begann sich erst versteckt, dann immer deutlicher, eine Kraft auszubreiten, die sie unwillkürlich erröten ließ.

Der Magier atmete tief durch und sagte: „Dann geh da weiter!"

Argon ging bedächtig auf und ab und hielt die Arme auf dem Rücken verschränkt, dann nahm er das Gespräch wieder auf:

„Beide Seiten erlebt zu haben, bringt schließlich Ausgeglichenheit und Glücklichsein. Nur so, nicht anders gelangt die sexuelle Kraft des Menschen, wenn sie mit Liebe genährt ist, voll zur Reife.

„Ist es nicht schön, Sehnsucht danach zu haben, deine Energie verschenken zu wollen, weil du soviel davon hast, dass Du sie abgeben möchtest?" - So wirst du zum Ernährer für viele. Du lebst die Fülle, weil du keinen Mangel hast."

Argon schaute mit offenen Augen Marie voll an, die sehr aufmerksam zugehört hatte. Seine grauen und ihre grünen Augen tauchten ineinander. Und ein Strom des Erkennens floss hin und her. Marie fühlte sich etwas verwirrt. Sie war plötzlich irgendwo mittendrin. Alte Bilder von Argon, aber auch von Raphael und Philipp tauchten auf und purzelten durcheinander.

Sie hörte auf einmal Argons Stimme aus einer anderen Zeit weiter sprechen und sie unterrichten. Und jedes Wort drang wie ein Klang in ihren Körper ein, der sie warm erfüllte. Alles war, wie es zu der damaligen Zeit eben war, voller Licht und Farben. Der Tempel leuchtender und sie selbst durchlässiger. Sie saßen im großen Tempel des Einen Lichts mit der heiligen blauen Flamme in der Mitte, die immer brannte. Alles war riesig hier. Viele Schüler, die zu Priestern und Priesterinnen ausgebildet wurden, lauschten der Stimme des Hohepriester, Rayon, nein Argon, der gerade über das Geheimnis der Polarität sprach. Und das war es, was sie hierher gebracht hatte, um es zu lernen. Sie kannten sich alle, wie sie in ihren blauen Gewändern da saßen und lauschten. Sie hatten sich demselben Dienst des Lichts verschrieben. Marie sah viele Gesichter wieder und lehnte sich an jemanden an, der neben ihr saß. Es war Raphael. Sie war glücklich hier zu sein. Und daneben sah sie auch Philipp sitzen. Sie waren alle Seelengeschwister, die hier zusammen gekommen waren. Auch andere gehörten dazu, die ihr vertraut vorkamen. Sie lernten zusammen die Sprache des Höchsten zu verstehen und die Erde in dieser Kraft zu gestalten.

Da klang es von ferne an ihr Ohr Argons Stimme: *„Sexualität hat drei Wege, die für jeden zu meistern sind:*

Den *ersten Weg der Sexualität* kennst du schon. Liebe verbindet sich ganz spontan von selbst und natürlich mit Sexualität. Du bist verliebt und lernst dein Licht kennen in den Augen des Anderen. Und du siehst das Licht des Anderen, wenn du ihn liebst. Das zieht dich an. Sexualität entfaltet sich unschuldig auf dem Grund der Seele, die sich des Körpers bedient.

Das ist die erste Stufe, wo die Vereinigung im Unbewussten geschieht.
Der zweite Weg der Sexualität geht weiter und sucht die Verschmelzung zweier Individuen. Sexualität sucht Partnerschaft, die Seelenverwandtschaft, wo sich zwei treffen und ergänzen wie zwei Hälften, die zusammengehören. Ein „Teil" sucht seinen „anderen Teil", der genau zu ihm passt, wie das der Schöpfungsmythos vom „Kugelmenschen" berichtet:

Der Mensch war ursprünglich ein „Kugelwesen". Er war rund und vollkommen und ruhte in Gott. Als er schließlich aufmüpfig wurde und selbst erkennen wollte, wer er ist, teilte Gott ihn in männlich und weiblich. Beim Eintauchen in den Inkarnationszyklus, in unsere duale Welt, wurde er so vom Schöpfer in zwei Hälften geteilt, was unser Leben auf den Pfad der Polarität schickte. So entstand erst Sexualität: aus dieser Trennung in männlich und weiblich. Wie alles geteilt wurde, alles in Licht und Dunkel oder drinnen und draußen... Beide Hälften begannen, sich zu suchen und zu lieben, um sich wieder zu vereinigen, weil sie einfach zusammengehörten, wie sie es empfanden. Denn sie waren eine Seele.

Ein Mensch, der so empfindet, hat das Leid der Ur-Trennung an sich erfahren, das Wesen der Polarität, die unsere Grundbestimmung ist. Hier setzt sein Streben ein, auf den Weg zu kommen, der ihn zur Einheit zurückführt. Das ist der geheime Mechanismus, ohne den uns Gott nicht in die Freiheit und die völlige Gottesferne entlassen hätte. Wir geraten in die Verwicklungen des Lebens, um schließlich den Weg der eigenen Entwicklung zu wählen."
Der Magier machte wieder eine bedeutungsvolle Pause und schaute nach Marie, die aufmerksam nach innen lauschte und zugleich hier und dort weilte. Ihre Augen verrieten es, und der Magier wusste, welche Seite ihrer Seele anklang, da er sie mit ihr teilte.

Marie sah plötzlich, wie das Licht des Tempels sich verdüsterte und graue Männer mit Kapuzen über dem Kopf den Tempel stürmten. Sie zertraten die heilige Flamme und überrannten alle Anwesenden, die sie niederstachen und ermordeten. Sie richteten ein Blutbad im heiligen großen Tempel an, das der Hohepriester Rayon noch zu verhindern suchte, indem er Hilfe holte, andere Hohepriester und Priester erschienen. Jetzt sah Marie auch ihren Großvater in weißem Gewand hereinstürmen. Aber auch er und alle anderen wurden niedergestochen und getötet. Die Mörder entwendeten das Heiligtum, den großen, schwingenden Kristall mit dem blauen Licht. Das Bild verblasste. Marie sah sich lange Zeit später an der Küste dieses Landes stehen. Die Schiffe schaukelten unter ihnen, der Vulkan rauchte und Philipp hielt ihren Arm. Sie verabschiedeten sich und mussten gehen, auch wenn sie ein Paar waren, jeder in eine andere Richtung. Auch dieses Bild verblasste und verwandelte sich.

Argon war jetzt offensichtlich in Fahrt: „Sexualität ist übrigens eins der spannendsten Themen überhaupt, - mein Lieblingsthema, auch wenn ich nicht so ausschaue", bemerkte er lachend auf Maries erstaunten Blick und erklärte weiter, ohne seinen Fluss zu unterbrechen, „denn es trägt den Menschen auf seinem Weg bergauf:

„*Der zweite Weg der Sexualität* lässt mich das Licht des Anderen in besonderer Weise wahrnehmen: Es gibt da diesen einen Menschen, der dieses Licht für mich trägt, das ich in ihm sehe.

Hier, wo mein Herz sich erhebt, verschwindet alles andere rundum und wird unwichtig. Dieser eine Mensch passt ganz besonders zu mir und lässt mich ganz und heil werden. Seine Berührung erlaubt meinem Geist sich zu erheben und gibt mir die Chance, Dinge zu tun, die vorher nicht möglich waren.

Raum und Zeit heben sich auf in dieser starken Du-Erfahrung, wo das Ich die Welt als eins erlebt.

Alles ist in ein großes, weißes Licht getaucht. Alle Sinne sind eins und offen. Ich bin zugleich außer und in mir: Ich bin voll existent.

Diese Liebesbegegnung ist eine tiefe sexuelle Vereinigung, die eine ungeheure Kraft freisetzt: die göttliche Schöpfungskraft, die sich in einem Liebesakt wie in einem Schöpfungsritual eröffnet. Das ist das Potential, das die Sexualität mit sich bringt."

Argon machte eine Pause und wischte sich über die Augen:

Er sah für einen Moment seinen und Maries Körper ineinander geschlungen und vereinigt in hellem Mondschein auf einer Lichtung. Ihre Körper leuchteten golden im Licht des Mondes und strahlten in das nächste Universum, zu den Sternen ihrer Heimat. Und wie er es kontrollierte, löste sich das Bild sofort wieder auf und verschwamm in dunkler Nacht.

Argon brauchte einen kleinen Moment, dann hatte er sich wieder im Griff.

Gelassen erklärte er:

„Viele Traditionen sprechen hier von *Seelenverwandtschaft* oder von der *Dualseele*. Die Dualseele hat aber nicht nur zwei, sie kann auch drei oder mehr Seelen umfassen!

Die inkarnierten Zwillingsseelen kennen sich, fühlen sich zueinander sehr hingezogen und haben Erinnerungen, die sie miteinander teilen, wenn sie einander begegnen. Das ist der Weg, auf dem du dich gerade befindest und suchst-", beendete der Magier seinen Unterricht zu Marie gewandt, die ihn mit großen Augen offen und fasziniert ansah:

Auch sie sah zwei verschlungene Leiber auf einer Lichtung ruhen, die in den goldenen Spiegel der Zeit schauten. Sie waren eins hier im weißen Mondlicht am Spiegelteich.

Da sammelte sie sich und war wieder ganz da.

Marie schaute sich in der Hütte um. Sie sollte jetzt aufräumen. Das Essen stand kalt in seinen Töpfen herum. Langsam erhob sie sich. Der Magier ging Holz holen. Das Feuer brauchte Nachschub. Es wurde schon kalt.

Marie war etwas durcheinander und ziemlich aufgerüttelt. Irgendwie war viel Energie freigeworden. Ihr war heiß, obwohl das Feuer ausgegangen war. Draußen hörte sie einen Kuckuck rufen und auch der Esel Asa schrie. Er war heute Abend penetrant.

Als Marie mit dem Abwaschen fertig war, musste sie noch einmal an ihre Liebe Raphael denken und ihre Sehnsucht nach ihm wuchs. War er nicht der Mann, dessen Licht sie sah und der auf sie wartete? Waren sie nicht in diesem Leben für einander bestimmt? Und doch saß er in dieser Festung und war gefangen. Sie wusste nicht, ob er herauskam und ob ihr Bruder wohl sein Versprechen hielt. So sinnierte Marie und während sie in Gedanken bei ihm weilte, hatte sie das Gefühl, ihn als freien Mann auf sich zukommen zu sehen. Und sie stellte sich ihre sexuelle Vereinigung vor, die noch nicht möglich gewesen war, obwohl sie es beide gewollt hätten. Raphael wollte sie damals nicht bei ihrer Großtante kompromittieren.

Mit Raimond, ihrem Königsgemahl hatte sie nur eine Sexualität erlebt, die rein körperlich gewesen war. Sie hatte sich immer verloren gefühlt und war nachher sehr traurig gewesen. Aber sie hatte es auch nicht anders gekannt, so jung, wie sie geheiratet hatte. Sie hatte Raimond nie geliebt und er sie auch nicht. Es war eine reine Pflichtübung gewesen. Sie wollte nicht mehr daran denken.

Der Magier kam jetzt wieder hinein und legte das Holz auf. Als das Feuer wieder richtig prasselte, setzte er sich neben sie und nahm behutsam ihre Hand. Marie war inzwischen sehr still geworden und kuschelte sich in die Decke auf dem Schaukelstuhl nahe zum Feuer.

Argon schaute sie an: „Der zweite Weg ist der, den alle suchen, die in ihrem Seelenpotential erwachen. Sie suchen *die große Liebe.*

Aber das sind noch nicht viele, die sich dieser Kraft bewusst sind", sagte der Magier bedeutungsvoll.

„Hier beginnt unsere Arbeit, die der Bruderschaft des Lichts." Argon zog an seiner Pfeife, die er sich gerade entzündet hatte. Seine grauen Haare hatten sich etwas gekräuselt vom feuchten Nebel draußen und umrahmten sein lebendiges und durch feine Linien gezeichnetes Gesicht ein.

Seine grauen Augen leuchteten: „Ob sie auch das Licht sah?", fragte er sich still. Er sah es in ihr.

„Es wird nun deine Aufgabe sein, Marie, diese Kraft in dir zu allererst selbst zu erkunden und zu erfahren. Wie willst du Sexualität in ihrer vollen Kraft erfahren, wenn du dir selbst deiner vollen Sexualität noch nicht bewusst bist? Du bekommst sie nicht vom anderen." - und er schaute sie an.

Marie war nun tatsächlich überrascht und fuhr aus dem Lehnstuhl auf: „Sich selbst erkunden?" Sie hatte bisher nur an den Mann gedacht, nicht an sich selbst.

Argon klärte sie auf: „Dann erst gelingt Sexualität in der Liebe zwischen Mann und Frau, die sich voll bewusst wird. In der Kraft dieser Liebe beginnst du dir deine Realität zu erschaffen."

Marie staunte nur und fragte: „Wie soll ich das tun? Hier ist niemand außer dir und mir."

Der Magier aber sprach weiter, als wäre ihr Einwand nicht da: „Du wirst deinen Weg selbst finden. Lass dich von innen heraus leiten. Höre auf deine innere Stimme. Dann findest du, was du suchst."

Damit beendete Argon das Gespräch und stand auf.

Er musste allein sein und ging in die Nacht hinaus.

Sein Leben hatte sich verändert, seit Marie bei ihm war, und er hatte sich auch verändert, dachte er bei sich.

Marie ging schlafen. Sie fühlte sich etwas alleingelassen und führungslos. Was sollte das jetzt? Dafür war sie eigentlich nicht hergekommen, um sich so etwas sagen zu lassen, dachte sie.

In der Nacht träumte sie wieder den gleichen Traum wie vor der Krönung, wo sie über die Brücke ging und nach den Zeichen suchte, die sie an einen Ort leiten sollten, wo sie etwas erwartete.

Die Einkehr ins Selbst

Die nächsten Tage und Wochen vergingen zwischen ihr und dem Magier recht schweigsam mit ihrer alltäglichen Arbeit. Um in Übung zu bleiben, trainierte der Magier sie wieder im Schwertkampf, und sie übte sich noch mit Pfeil und Bogen. Das lenkte sie etwas ab und schenkte ihr gute Konzentration und Kondition. Die Öffnung am Schwertgriff, wo der Ring von Großvater wohl versteckt war, hatte sie mit Argons Hilfe später gefunden. Aber der Ring war weg, beim dunklen Magier.

„Glaubst du, dass ich ihn je wiedererlangen werde?", fragte Marie den Magier. Argon äußerte sich nicht dazu.

„Lass es auf dich zukommen", meinte er nur, als sie das Schwert wieder weg packte.

Auch mit Tamino verbrachte Marie viel Zeit und ritt manchmal die Grenzen ab, wobei Tamino sich auch selbständig machte und mit den anderen Tieren in Argons Reich Kontakt aufnahm. Mit den beiden Einhörnern verstand er sich anscheinend besonders gut. Manchmal erblickten der Magier und Marie sie zusammen, friedlich im Wald grasend.

Marie musste das, was sie von Argon gehört und selbst erlebt hatte, erst verdauen und wie Puzzlesteine in ein Bild fügen. All das arbeitete auf mehreren Ebenen. Sie wollte sich nicht versperren. Dafür vertraute sie Argon viel zu sehr. Auch darüber dachte sie nach, wenn sie allein war. Wie stand sie überhaupt zu ihm?

Obwohl er schon alt war, hatte sie nicht nur die Gefühle, die sie bei Großvater kannte. Manchmal war er schroff und dann wieder spürte sie seine Fürsorge und Liebe. Er war ihr Lehrer. Und als solchen achtete sie ihn sehr. Sie sollte sich nicht solche Gedanken machen, wies sie sich selbst zurecht.

„Gedankenkontrolle!" - hatte der sie Magier gelehrt.

Marie suchte die Einsamkeit jetzt mehr. Auch spürte sie in ihren Körper hinein und lauschte auf seine Stimme.

Sie fühlte sich seit dem Gespräch anders, jeden Körperteil intensiver, vor allem ihre Brust und ihren Unterleib, über die sie sich ganz stark mit Mutter Erde verbunden fühlte. Offensichtlich hatte sich ihr Bewusstsein inzwischen verändert: Gern legte sich Marie jetzt einfach auf den Erdboden, mit dem Bauch zur Erde, ganz gleich, welches Wetter war und atmete ihren Duft ein.

Die Erde vibrierte und veränderte sich ständig, genau wie sie. Wie von einer Mutter fühlte sie sich dort umschlungen und an ihre Brust gedrückt. Und aus diesen Brüsten flossen Mich und Honig. Sie sah ein Bild üppigster Natur vor sich und spürte das Gras, die Wurzeln und Wildkräuter unter sich wachsen. Und genauso spürte sie sich.

Auch nahm Marie das Spannungsfeld zwischen ihren beiden Polen oben und unten wahr: ihre Brüste, das Feld des Herzens, und ihr Geschlecht, das Feld des Bauches, wo die erste Empfindung saß.

Die Gefühle wanderten von unten nach oben, von dem Bauch in die Brust, und von der Brust in den Bauch, wenn sie sich voller Liebe fühlte und erregt war. Dann setzte sie sich still hin und ließ ihre Säfte fließen.

Oder sie setzte ihre Kraft um und tanzte im Wald zu ihrer eigenen Musik, die in ihr erklang. Ihre Gedanken und inneren Bilder begannen, Körperreaktionen auszulösen, die sie beobachtete. Diese Zeit gehörte ganz ihr, wo sie im Wald allein weilte und sich oft unter einen Baum legte.

Jeden Tag sprach und betete sie zu Gott. Das war schon Teil ihres Lebens geworden, auch ihre Meditation in der Natur.

Marie hatte gelernt, in der Meditation sich Gott ganz zu öffnen, das hieß „sich zur Verfügung zu stellen", wie ihr Argon erklärt hatte.

Mit jedem Atemzug Luft, so stellte sie sich vor, atmete sie göttlichen Odem ein, was ihre Energiekörper auffüllte und sie mit der göttlichen Kraft verband, die durch sie immer hindurchfloss, wenn sie es erlaubte und sich nicht versperrte. Im Ausatmen reichte sie diese Kraft dann weiter. So konnte sie eins werden mit dieser göttlichen Kraft. Das öffnete all ihre Kanäle, vor allem ihre große mittlere Säule, die über diesen großen Atem mitversorgt wurde. Dafür öffnete sie ihre Tore oben und unten, oben am Kopf und unter dem Damm, um sich an den Kreislauf des Kosmos, an Himmel und Erde anzuschließen.

Marie erlebte, wie jedes Wesen durch eine Nabelschnur mit dem Kosmos und seiner göttlichen Kraft verbunden war. Nur der Mensch hatte die Möglichkeit, sich dieser energetischen Anbindung bewusst zu verwehren oder sie anzunehmen. Das war seine Freiheit, der sich viele Menschen nicht mehr bewusst waren, dass es ihre freie Entscheidung war, die sie unbewusst jeden Tag trafen, ihre Tore zu öffnen oder zu verschließen. Ärger und Zorn, Wut und Trauer verschlossen diese Tore. Frieden, Gelassenheit und Freude öffneten sie.

Immer wieder fühlte sich Marie in besonderen Momenten, wenn sie offen war und ihre Energie hochlud, von einem *goldenen Lichtstrahl* berührt, der durch ihr Geschlecht in sie fuhr und sie leuchtend und kraftvoll durchdrang. Das war ein erhebendes Gefühl und stärkte ihr Selbstvertrauen.

So entdeckte sie mithilfe dieses Lichtstrahls ihr wahres Geschlecht und begann, sich wirklich mit jeder Zelle ihres Körpers als Frau zu fühlen. Sie empfing und gab weiter. Wenn die Zeit kam, spürte sie sich wie Mutter Erde, die ihre Früchte hervorbrachte. Das war, wenn ihre Brüste und ihr Geschlecht anschwollen und sie in ihrem Zyklus stand. Das Gefühl der Hingabe und der Empfängnis breitete sich über ihren Körper aus und befruchtete ihren Geist.

Argon hatte schon recht gehabt. Jetzt wollte sie diese intensive Phase der eigenen Beziehung zu sich und ihrer sexuellen Kraft nicht mehr missen. Dies Phase eröffnete ihr ein heiliges Feld, was sie ganz für sich selbst entdeckte und nur in Absprache mit Gott, der ihr Zeuge wurde.

„Es ist eine reine und heilige Kraft! – Und sie steht ganz im Gegensatz dazu, was die römische Kirche daraus gemacht hatte!", sagte sich Marie. Dieser Wahrheit wurde sie gewiss.

„Die Kirche mit ihrer Moral hatte aus ihrer eigenen Verderbtheit heraus diese Kraft der Sexualität verdammt und mit Verboten und Schmähungen besudelt, was die Inquisition zeigte. Die Kirche musste sich vor sich selbst schützen", sprach Marie grimmig vor sich hin und dachte an die Verfolgung der Bruderschaften und ihrer Familie.

„Was für ein Glück, dass ich hier nur mit Argon lebe, sonst wäre ich wohl schon auf dem Scheiterhaufen gelandet", dachte sie still und teilte ihre Überlegungen dem Baumelf mit, der ihr lauschte, als sie unter dem Baum saß.

Sie musste dann lachen, wenn sie ihn ansah und beobachtete, denn er hatte so gar nichts damit zu tun.

„Hier ist alles *natürlich* und fließt in *seinem Fluss* einfach weiter, egal was die Menschen tun", hauchte der Elf und bewegte sich in den grünen Blättern, als der Wind einfuhr.

In der Natur wenn sie in Meditation war, stieß sie immer wieder auf diesen leuchtenden, goldenen Strahl, der einfach auftauchte und sie innerlich durchdrang, wenn sie es erlaubte. Sie wusste nicht, wo er herkam und was er bedeutete, aber sie nahm dieses Phänomen wahr und spürte sein wunderbares Wirken. Ihre „mittlere Säule", der große Energiekanal neben der Wirbelsäule, wurde offensichtlich gut versorgt und kraftvoller, auch ihre Öffnung nach oben und nach unten, zu Himmel und Erde.

War der goldene Strahl ein Symbol männlicher Kraft? Vielleicht ein Produkt ihrer Sehnsucht? Oder göttlicher Natur, ein Geschenk Gottes? Er war jedenfalls ein wunderbarer Begleiter. Marie bekam keine Antwort. Sie ließ es auf sich beruhen und erfreute sich daran in unschuldiger Lust.

Die Wochen zogen dahin, und der milde, ruhige Winter in Aquitanien nördlich der großen Berge näherte sich der Wintersonnenwende. Marie studierte jetzt den Wandel des Lichts. Die Sonne hatte immer flacher ihren Kreis gezogen und kürzere Phasen angenommen. Mit Argon beobachtete Marie den Sonnenstand in den Himmelrichtungen.

Am Tag der Wintersonnenwende brach das Licht morgens durch den Wald, der eine Schneise hatte, und durch ein Loch in der Holztür des Magiers, so dass der gebündelte Lichtstrahl mitten auf den Küchentisch fiel wie eine Sonnenuhr.

Das passierte am frühen Morgen des 22. Dezembers, als der Magier Marie geweckt hatte.

„Was für ein Zufall, wie kommt das Licht denn hier herein?", fragte Marie ganz aufgeregt, „so etwas habe ich noch nie gesehen!" -

„Das habe ich speziell so eingerichtet beim Bau der Hütte und des Tisches, dass der erste Lichtstrahl durch das Loch hindurch fällt und sich in der noch dunklen Hütte niederschlagen kann", antwortete Argon schlicht und wandte sich zur staunenden Marie.

„Es ist ein ganz weißer Lichtstrahl und wunderschön!", flüsterte Marie und tauchte ein in diesen Strahl.

„Das ist die Geburt des Neuen Lichts im Neuen Jahr, wie es die alte Sonnentradition lehrt", erklärte ihr der Magier.

Eine ganze Weile blieb es still zwischen ihnen. Sie betrachteten den Strahl, bis er weiterzog.

„Bisher habe ich dieses Ereignis nur allein hier erlebt", bemerkte Argon. „Heute feiern wir es zusammen."

Und er machte mit Marie heute einen ausgiebigen Spaziergang ins Dorf. Sie tranken auch eine heiße Tasse Tee bei Madame Bovary, die sich über ihren Besuch sehr freute.

Als die Sonne wieder kräftiger wurde und die Tage wieder länger, entstand in Marie der Wunsch nach einer neuen, größeren Reise. Sie wollte jetzt ihrer Aufgabe draußen nachkommen und endlich Raphael suchen, was immer sie dabei erwarten würde.

Ihre Sehnsucht trieb sie an, aber auch der Gedanke und das Gefühl, das Raphael frei sein könnte und es zeit war, sich wiederzusehen. Sie wusste nicht, wie und wo, eigentlich wusste sie gar nichts, aber ihre innere Stimme sagte: „Suche ihn und du wirst ihn finden! Du hast die Zeichen erhalten." – Marie dachte an ihren Traum.

Es war viel Zeit, mehr als ein halbes Jahr vergangen, seit sich ihre Wege getrennt hatten, Philipps und ihrer.

Im Dorf unten hatten die jungen Männer von einem Ausbruch aus Nardun durch einen geheimen Tunnel erzählt, aber es gab keine offizielle Bestätigung dazu. Marie hatte jedenfalls Hoffnung und wollte Richtung Süden ziehen. Schließlich konnte sie so auch ihren Bruder in seinem Kloster an der Küste besuchen, wenn sie Raphael nicht finden sollte. Sie würde den Magier bitten, ihr den Weg zu weisen. Er kannte sich in den Bergen sehr gut aus. Und notfalls war das alte Volk war jetzt auch noch dort. Und Marie dachte an deren Frist des Rückzuges, der unausweichlich näherrückte, wenn nicht etwas geschah.

Marie scheute sich etwas, dem Magier ihren Reisewunsch zu eröffnen, schließlich würde sie ihn für längere Zeit verlassen, was ihr auch weh tat. So sehr hatte sie sich an ihr neues Zuhause gewöhnt.

Er spürte es und kam ihr zuvor: „Habe ich es dir nicht schon gesagt? Es wird Zeit, dass du dich auf deine Reise machst und deiner inneren Stimme folgst, also Raphael suchst. Du liebst ihn doch?", sagte Argon und schaute ihr klar in die Augen.

„Im Schwert bist du gut geübt und in der Kunst des Bogens auch, und das Wetter passt auch. Also, worauf wartest du noch?", fragte er lächelnd und schaute Marie freundlich an. Sie schluckte.

„Dein Auftrag wartet auf dich." Argon wusste, dass er sie nicht festhalten und nicht länger beschützen konnte.

Er hatte getan, was er konnte. Er hatte sie vorbereitet für ihre schweren Aufgaben, die da draußen außerhalb seines Schutzfeldes warteten.

Marie war froh, dass Argon es aussprach und sie begann, ihre Reise vorzubereiten.

Die Suche nach Raphael und die Gefangenschaft

Endlich war es soweit. Marie wollte aufbrechen. Das Wetter hatte sich stabilisiert. Langsam wurde es wärmer und die Sonne kletterte höher, um ihren Kreis zu ziehen.

In ihren Träumen, die ihr immer klarer wurden, hatte sie Raphael gesehen, einmal sogar in großen Wirren mit Philipp zusammen bei einer Umarmung in einer kleinen Hütte, wo Raphael glücklich lächelte. Er musste frei gekommen sein. Schickte er ihr nicht manchmal Gedanken und suchte er sie nicht auch? Sie musste diesen Weg aus dem Traum finden. Der schien ihr das rechte Zeichen: Marie sah sich wieder über die Brücke gehen und den Zeichen folgen, die sie zu einer alten, verfallenen Burg führten.

Mit ihrem von Großvater vermachten Schwert bewaffnet und ihrem Lederbeutel trat Marie in Wanderkleidern aus der Hütte und rief: „Taminoo".

Tatsächlich, er kam auf ihren ersten Ruf auf sie zu galoppiert und schüttelte seine lange Mähne, als er vor ihr stehen blieb. Anscheinend wusste er, dass es losging.

Marie verabschiedete sich von Argon, der mit ihr hinausgetreten war, und sprach: „Ich werde wieder kommen, ganz sicher, egal, was passiert. Meine Aufgabe hier ist noch nicht zu Ende. Das weiß ich. Ich danke dir für alles." Sie schaute den Magier mit Tränen in den Augen an. So ganz sicher war sie trotz ihrer eigenen Worte nicht. Sie hoffte, dass alles gut ging.

Dann küsste sie ihn auf die Wange und umarmte ihn fest. Er segnete sie im Namen des Höchsten und hielt sie eine Weile an seiner Brust. Da durchstrahlte Marie eine tiefe, innere Kraft und Sicherheit, die schwer in Worten auszudrücken war.

„Danke", sagte sie nur und nahm einen tiefen Atemzug an seiner breiten Brust, dann trennten sie sich. Marie sattelte Tamino. Sie ritt ruhig davon und nahm die Strecke durch den Wald.

Marie wollte sich mehr westlich durch die Berge schlagen und Richtung Süden halten. So hatte der Magier es ihr geraten. Irgendwie sagte ihre Intuition, dass die Richtung zu Philipps Kloster richtig war und sie unterwegs auf Zeichen achten sollte, um diese Brücke oder was sie bedeuten mochte, zu finden.

Als sie schon ganz im Wald verschwunden war, stand der Magier noch lange draußen und lauschte in den Himmel. Er liebte sie. Sie würde sich jetzt beweisen müssen in dem, was sie bei ihm gelernt hatte. So war es auch eine Prüfung für ihn. Hatte er ihr genug beigebracht? Hatte sie auch alles richtig verstanden? Hatte sie durch das Kennenlernen ihrer Sexualität ihre Person so stärken können, dass sie dem Kommenden standhalten konnte? Dunkle Ahnungen streiften ihn.

Nach dem Begräbnis des Königs Raimond von Aragon, das mit feierlichem Zug in Saragossa stattgefunden hatte, entschloss sich der Bischof Abe d'Albert, mit zwei seiner ersten Mönchsritter, Ramon und Rambaud nach Frankreich zu reisen. Als der offizielle Thronverwalter von Aragon wollte er den König von Frankreich begrüßen und die aragonischen Bündnistruppen heimholen, die zum großen Teil noch in Nordfrankreich lagerten, wo Ruhe eingekehrt war.

Bei der Beerdigung, wo der Abe selbst die Begräbnisfeier in der Kathedrale gehalten hatte, nahm er die Gelegenheit war, der schönen Comtessa Ottilie da Sarcasanza sein tiefstes Beileid auszusprechen und ihr in ihrer Trauer ein wenig religiösem Trost zu spenden.

Jetzt noch musste der Abe befriedigt grinsen, als er an ihr Gespräch dachte, wo Ottilie ihn aus tränennassen Augen hoffnungsvoll ansah.

„Ihr seid jetzt wieder frei, meine verehrte Comtessa. Der König, Gott habe ihn selig und nehme ihn zu sich in sein Reich, hat Euch doch nicht das bieten können, was Eurer Schönheit und Ehre würdig ist", flüsterte ihr damals der Abe in verhaltener Trauer zu.

Ottilie tat es trotzdem um den König sehr leid tat, wenn er auch manchmal sehr aufbrausend und kindsköpfig gewesen war. Sie tat einen schweren Seufzer und schnäuzte in ihr blütenweißes Taschentuch.

Dann hatte sie der Bischof, der jetzige Thronverwalter, nach Hause geführt. Zum Glück, dachte Ottilie, hatte sie den Bischof in der letzten Zeit zum Freund gewonnen, der ihr versprach, an ihrer Seite zu stehen, wenn sie ihn brauchte. Irgendwie war er wie ein väterlicher Freund, der ihr seine Verehrung und Wertschätzung kundtat. „Womöglich stehen wir uns schon näher, als ich und er es bis jetzt wahrhaben wollten?", fragte sie sich leise und musste lächeln, als sie durch ihr Tor trat und die Allee hinauf spazierte.

Ein Priester und noch dazu ein so hoher Würdenträger würde mir schon sehr gefallen. Wie hatte der Abe das gemeint? Ein Diener öffnete die Tür ihres elterlichen Chateaus in Saragossa.

Der Bischof war mit seinen Begleitern schon in Paris angekommen. Unmittelbar nach seiner Ankunft ließ er sich in das kleine Gefängnis außerhalb von Paris führen. Es lag innerhalb einer alten Festung auf dem Lande, nordöstlich von Paris, Chateau du Pronne.

Seine beiden Begleiter hatte er in Paris am Hof zurückgelassen und betrat nun allein die Gefängnismauern. Ein Wärter führte ihn sofort, als er das königliche Siegel des französischen Königs zeigte, in das gewünschte Verlies.

Die Eisentüre quietschte, als der Wärter sie ihm öffnete.

„Guten Tag, mein König", sagte der Abe betont freundlich und jovial.

Raimond erhob sich mühsam von seinem Lager. Er hatte eine Verletzung an der Schulter, die notdürftig verbunden war. Sein Gesicht war grau geworden in der nun schon Wochen andauernden Haft. Schweigend starrte der König seinen ersten Ratgeber, den Abe mit fiebrig glänzenden Augen an.

Dann sagte er schließlich, als das Leben in seinen Körper zurückkehrte, mit sich aufbäumender Stimme: „Lassen Sie mich sofort frei! Ich bin der rechtmäßige König von Aragon und Sie haben nicht das geringste Recht, mich hier zu inhaftieren. Ich hatte keine Anhörung, nichts! Wo ist der König von Frankreich? Was ist mit unserem Bündnis? Wollen Sie mich etwa totschweigen und hier verrotten lassen?!"

Raimonds Stimme überschlug sich. Er zitterte am ganzen Körper vor Wut und musste Luft holen.

Der Abe schaute ihn kalt an und blieb in großem Abstand vor ihm stehen.

„Und was haben Sie meinen Truppen erzählt und was dem Volk?" schrie Raimond mit glühenden Augen, in denen der Hass loderte. König Raimond kam drei Schritte auf den Abe zu und reckte sich empor, soweit das mit der Verletzung möglich war.

„Und was sagt nun der französische König Charles dazu?", zischte er dem Abe mühsam beherrscht ins Gesicht.

„Er braucht mich schließlich und meine Truppen für seinen dummen Krieg gegen England. – Seine Soldaten haben mich nach der Schlacht, wo ich verwundet wurde, einfach hierhergeführt und eingesperrt! Offiziell hieß es, ich würde zum Leibarzt des Königs gebracht. Und meine Leibgarde wurde entführt! Das ist Hochverrat und Rebellion, viel schlimmer, als was in Aragon passiert!" schrie er dem Abe entgegen und sah aus, als wollte er zuschlagen.

Der Abe blieb unbeweglich stehen und schaute ihn nur an.

Dann sackte König Raimond etwas ein und flüsterte heiser:

„Ich habe das alles nicht gewollt! Sie haben mich überhaupt hier hingeschickt! Das war ihr Plan, für den Sie den französischen König offensichtlich gewonnen haben, Sie Verräter, Sie Mörder!"

Raimond schrie wieder, bis ihm Schaum vor den Mund trat. Langsam sackte er wieder zusammen. Mit dem Fuß stieß er den Blechnapf mit seinem Essen weg und spuckte auf den Boden, vor die Füße des Abes.

Der Abe wartete schweigend. Ein kleines Lächeln spielte um seinen Mund. „Ihr habt nicht unrecht, mein König. Aber ein bisschen mehr Form, bitte! Ihr seid der König".

Raimond brach in ein irres Hohngelächter aus, bis er husten musste.

Der Abe fuhr mit der Hand über seine reine Weste und räusperte sich. „Der französische König weiß Bescheid. Er beauftragte mich, die aragonischen Geschäfte durchzuführen und ich versicherte ihm unsere Truppenstärke, die sich in der letzten Zeit auch effizient verbessert hat, dank meiner Vorsorge." Der Abe lächelte freundlich.

In Raimond stieg wieder der Hass hoch. Er konnte es einfach nicht fassen und keuchte: „Und ich habe geglaubt, dass Sie mein bester Ratgeber sind! Sie waren mein Lehrer, ich kenne Sie von Kindesbeinen an! Bei meinem Vater, dem König, gingen sie ein und aus. Ich habe mich auf Sie verlassen!" Die Stimme kippte ihm weg.

„Und das jetzt!", schrie er weiter. „Betrogen haben Sie mich, ausgenutzt und verraten..." Raimond zitterte am ganzen Leib und schwankte zwischen Wut, Hass und Trauer. „Umbringen will ich ihn!", dachte Raimond, aber auch da versagte er. Er fühlte sich kraft- und machtlos. Er war am Ende.

Der Abe schaute ungerührt zu und wartete, bis der Anfall vorbei war.

Ja, er kannte Raimond gut und wusste um all seine Schwächen. Schließlich hatte er ihn erzogen. Die Königsmutter Annabella hatte ihm damals freie Hand gelassen, dachte der Abe befriedigt. Und schön langsam hatte er bekommen, was er wollte.

„Ihr habt nicht unrecht, mein König", wiederholte sich der Abe mit seiner beherrschten, kalten Freundlichkeit und fuhr fort: „Allerdings, habt Ihr nicht dasselbe mit Eurer Königin Marie gemacht? Nur gelang es ihr zu fliehen. Wie bedauerlich", seufzte der Abe und betonte gleichzeitig: „Ein Glück für sie.- Ich schätze nur, dass Euch, mein König, dieses Glück nicht zuteil wird" und er schaute sich im Verlies um, das ganz abgeschlossen ohne eine Fenster war.

Raimond heulte fast vor Wut in seiner unterdrückten Unbeherrschtheit.

Ungerührt sprach der Abe weiter und kam etwas näher, da sich der König inzwischen wieder hingesetzt hatte: „Nur wisst Ihr den Grund noch nicht, den ich Euch jetzt gerne verraten werde, nachdem Ihr hier noch viel Zeit zum Nachdenken haben werdet, bis Ihr das Zeitliche segnet" und er zeigte auf die schlecht verheilte und eiternde Wunde des Königs, die einen roten Strich bildete.

„Ich werde Euch einen Arzt schicken." Raimond versuchte trotz seiner schlechten Verfassung dem Abe an die Gurgel zu springen.

Aber der Abe, der eine stählerne Kondition hatte, schob ihn einfach zur Seite.

„Lasst das, oder interessiert Euch die Wahrheit nicht?", fragte er kühl. „Übrigens seid Ihr mein Sohn und nicht der des alten Königs, wenn ich mich nicht irre. Eure Mutter Annabella, Gott habe sie selig, sie war eine schöne und kluge Frau, hatte seiner Zeit ein Verhältnis mit mir, als ihre Ehe mit dem König nicht so lief, wie sie sich das wohl vorstellte.-Na ja, das kennt ihr ja!

Neben Marie hattet ihr ja ebenfalls eine schöne Frau, die Comtessa, wenn ich nicht irre! - Annabella also, Eure Mutter, sie gestand mir eines Tages, kurz vor Eurer Geburt, dass Ihr in Wirklichkeit mein Kind seid. Und sie bat mich, ein Auge auf Euch zu halten, und so blieb ich in der Familie und erzog Euch zum König. Jetzt nehme ich mir nur, was mir zusteht und auf das ich lange gewartet habe. Da ist der Vater doch vor dem Sohn dran, oder nicht? Und ist es nicht besser, die Zügel vollkommen in der Hand zu halten, bevor man die Macht ergreift, was meint Ihr?"

Der Abe machte eine Pause und ließ Raimond Zeit, diese Wahrheit zu verdauen. Der König starrte ihn aus irren Augen an und war absolut fassungslos.

„Ist das wahr?", fragte er tonlos. „Und dann behandelt ihr mich so als Euren eigenen Sohn? Das ist der blanke Hohn. Ich habe Euch alle Ehren zukommen lassen." Er verstummte. Dann begann er auf und ab zu gehen, indem er nervös an seinen Händen fingerte.

„Was wollt Ihr?", fragte Raimond jetzt beherrscht und blieb vor dem Abe stehen. Seine Augen fixierten ihn: „Habt ihr nicht genug bekommen und schon genug angerichtet? Auch die Königin ließ ich letztlich auf Euren Rat inhaftieren und ihre Familie ausrotten! Ihr brachtet mir die Zeichen ihres Verrats, dieser Frigeaux, die Ihr so sehr hasstet!"

„Richtig", antwortete der Abe kühl. „Endlich versteht Ihr. Die Frigeaux sind mir schon lange ein Dorn im Auge, vor allem dieser Jacques de Frigeaux, dieser Anführer der Ketzer. Großmeister nannten sie ihn!", höhnte der Abe laut. „Sie, diese Familie und ihre Freunde haben mich zu dem gemacht, was ich war, bevor ich begann, meinen Plan durchzusetzen um mir den Platz zu sichern, der mir zusteht!"

Der Abe war lauter geworden, seine Stimme klirrte. Und seine schwarzen Augen fixierten den König kalt: „Und davon wird mich niemand abhalten, kein König und kein Volk. Das Volk will nur betrogen und mit fester Hand geführt werden! Wie Schafe sind sie, die dem Führer folgen." Der Abe wischte sich mit der Hand über die Stirn.

Raimond starrte ihn sprachlos in ohnmächtiger Wut an: „Sie wollen König werden?"

„Mehr als das. Ich will das ganze Land zwischen den Meeren beherrschen: das Land und das Volk. Und ich bin auf dem besten Wege, mein Ziel bald erreicht zu haben.", sprach der Abe mit fester, beherrschter Stimme. Er hatte sich in Kontrolle.

„Übrigens, hat man in Saragossa vor drei Tagen Ihr Begräbnis gefeiert. Das Volk weinte um sie, auch die schöne Comtessa Ottilie da Sarcasanza, der ich Trost schenkte für ihren schweren Verlust."

Raimond war wieder außer sich: „Sie scheuen vor gar nichts zurück, Sie Schwein!"

„Ihr seid bei den Bündnistruppen im Kampf gegen England gefallen. Ein ehrenhafter Tod, was wollt Ihr?", erwiderte der Abe ruhig. „Und Euer Begräbnis war sehr prunkvoll", verkündete der Abe weiter mit feierlicher Miene und schüttelte den Kopf.

„Also, ich muss mich jetzt verabschieden und wünsche Euch das Beste, mein König, adieu. Die Geschäfte warten!" Der Abe klopfte an die Eisentür.

Raimond starrte ihm sprachlos und mit brennenden Augen nach. Er konnte das alles nicht glauben. War er in einem schlechten Traum? Er wollte aufwachen, aber er konnte nicht. Er fühlte nichts mehr. Er fühlte sich nur noch wie tot.

Als der Wächter die Tür wieder verschlossen hatte, befahl der Abe dem Oberaufseher: "Im Namen des Königs von Frankreich, tötet ihn! Es ist der falsche König von Aragon."

„Jawohl, Euer Hochwürden", antwortete der Oberaufseher. Doch er tat es nicht. Er traute sich nicht, den König von Aragon zu ermorden, denn er hatte seinen Siegelring gesehen, und König Charles hatte vor drei Wochen nur seine Inhaftierung angeordnet. So gab er den Befehl nicht weiter.

Eine Woche später starb König Raimond von Aragon im Gefängnis des Chateau du Pronne. Ob er an seiner Wunde, die sich entzündet hatte oder an gebrochenem Herzen starb, war nicht zu entscheiden. Selbst der Arzt hatte nichts mehr machen können, den der Oberaufseher ihm noch einen Tag zuvor, geschickt hatte, als der König im Fieber fantasierte. Der Abe hatte natürlich nichts von einem Arzt gesagt, als es noch Zeit war, die Wunde zu versorgen. Da der Abe nicht sicher war, ob der Oberaufseher den Befehl zur Tötung auch weiter gab, wusste er aus seiner Erfahrung, dass in diesem Fall der König sicher an seiner Wunde sterben würde.

Der Abe wusch sich die Hände und ging hinaus. Er spürte, dass er zurück sollte. Die Königin Marie, die im Norden bei diesem Magier Unterschlupf gefunden hatte, erregte seine Aufmerksamkeit. Sie war sein nächstes Ziel. Er musste sie finden.

Marie hatte den ersten Tag eine gute Strecke gegen Süden geschafft. Dann hatte sie kurz in den Bergen, am Fuße des Chassador, halt gemacht und Anton vom alten Volk getroffen. Er hatte ihr Essen und einen wunderbaren Umhang mitgebracht, leicht, warm und fast unsichtbar in der Natur. „Für dich, meine Liebe, du wirst ihn vielleicht brauchen auf deiner langen Reise", sprach Anton wohlwollend und reichte ihn Marie. „Wunderbar ist der, vielen Dank", antwortete sie freudig und zog ihn über. Natürlich hatte sie auch den Turmalin und die blaue Blume nicht zu Hause vergessen, sondern trug sie in ihrer Leibweste bei sich.

Dann verabschiedeten sie sich. Marie verließ das Gebiet vom alten Volk und zog weiter nach Süden. Es war Mittag und der Himmel war sehr blau. Marie folgte auf ihrer Suche nach Raphael ihrer inneren Stimme und den Bildern aus ihrem Suchtraum, wie sie ihn nannte. Etwas anderes hatte sie auch nicht.

Dieser Traum war ihr immer wieder erschienen und musste eine Bedeutung haben. Im Traum war die Landschaft vor der Brücke und der alten Burg, die dahinter lag, wild gewesen, aber die Berge nicht so hoch. Und die Landschaft sah südlicher aus als hier. Daher ritt Marie auf Tamino weiter über den Bergpass nach Süden hinunter. Das musste die Straße gewesen sein, die Philipp genommen hatte, dachte sie. Wann würde sie ihn wieder sehen? Wehmütig dachte sie an ihren Abschied zurück und überlegte, ihn in seinem Kloster zu besuchen. Marie nahm die Straße. Es war zu dieser Jahreszeit noch recht ruhig hier. Nur ein paar Kaufleute begegneten ihr zu Pferd mit Lasttieren. „Guten Tag und gute Reise" grüßten die Kaufleute sie freundlich und zogen vorbei.

An einer Weggabelung konnte Marie sich nicht entscheiden und dachte verzweifelt: „Welchen Weg soll ich nur nehmen, den rechten oder den linken?" Marie blieb stehen.

Da schaute sie intensiv mit verändertem Blick erst in die eine, dann in die andere Richtung. Sie konzentrierte sich ganz auf das Feld, das vor ihr lag und fragte: „Ist das der richtige Weg für mich, um Raphael zu finden?" Mit einem Mal wurde die Landschaft feurig und bekam Zungen. Energiezungen, die sich bewegten und alles, die Form der Steine und Pflanzen in ein eigenartiges Licht tauchte. Das war der linke Weg und Marie entschied, diesen zu nehmen, nachdem sie der andere Weg nicht an Energie für sie gewann. Langsam ritt sie bergab und die Berge wurden flacher. Sie konnte an einem Aussichtspunkt über das Land schauen, was hinter den Bergen im Süden lag. Wildes Land breitete sich aus. Wieder auf dem Weg sah sie zu ihrer Linken einen Bach fließen, der breiter wurde.

Ein Stück weiter unten führte eine alte Holzbrücke auf die andere Seite. „Juhu!", jubelte Marie innerlich auf. Die Brücke schaute tatsächlich so ähnlich aus wie die im Traum. Ein schmaler Weg ging dort weiter und wand sich etwas bergauf. Ein dunkler Vogel streifte einen Moment ihren Blick, der hoch in der Luft stand und davonflog. Kurz hatte sie ein Gefühl von ‚Gefahr', hörte aber nicht darauf.

Marie wandte ihren Blick wieder hinunter und untersuchte die Brücke nach einem Zeichen. Und tatsächlich war im Geländer mitten auf der Brücke ein Stern seitlich innen eingeritzt. Und der Stern kam ihr bekannt vor, obwohl sie nicht wusste, wieso. Er war aus einem Strich und hatte sieben Ecken. Der siebte Strahl zeigte nach unten, auf den Weg. Als sie weiter ritt, sah sie rechts eine mit Efeu überwachsene, alte Mauer, die den Weg weiter nach oben lief. Nach der nächsten Wegbiegung, die eine enge Kurve machte, stand sie auf einmal auf einem Hochplateau, das sich öffnete und rundum mit Felsen eingeschlossen war. „Das musste es sein!", durchfuhr es Marie.

Die Vegetation war wild. In der Mitte hinten stand halb verdeckt von Bäumen eine alte Burg, die mit einer großen Mauer umschlossen war. Ein Turm ragte seitlich hinauf, wo der Fels abschüssig war. Freudig ging sie weiter, denn es schien die Burg aus ihrem Traum zu sein. Die Zeichen waren klar. Nur wo sollte Raphael sein oder gab es hier ein weiteres Zeichen? War er vielleicht hier gewesen? Das hatte der Traum nicht gelöst. Die Burg war verfallen. Sie wollte nachschauen. Wie sie das Burggelände betrat und den Innenhof der Burg anschaute, lag links die alte Kapelle, rechts stand eine große Eiche, und alles war von Mauern und verfallenen Gebäuden eingesäumt.

Marie ließ Tamino grasen und band die Zügel locker an die Eiche. Sie ging zu einer Mauer, kletterte hinauf und schaute drüber. Hier war die Felsenseite und der Berg fiel steil hinunter. Sie hatte einen wunderbaren Blick über das Land.

Plötzlich ergriff sie plötzlich eine merkwürdige Stimmung, sie spürte etwas Dunkles, Unheilvolles. Marie dachte an alte Geschichten von Burgen und glaubte zu spüren, was hier auf der Burg zu ihren Lebzeiten passiert war, und das war nichts Gutes! Dann betrat sie die Kapelle, die noch gut erhalten war. Sie ging tiefer hinein auf den Altarstein zu, der in der kleinen Apsis stand.

Da schloss sich plötzlich die Türe. Marie schrie auf. Wie konnte das sein? Sie hatte den Wind nicht bemerkt. Sie schaute sich um. Es war dämmrig hier und roch muffelig. Da tauchte eine Gestalt wie aus dem Nichts auf und kam lautlos auf sie zu. Sie hatte eine Kapuze über dem Kopf und trug einen Umhang. Marie hatte so eine Gestalt auch im Traum gesehen, auf der Brücke. Aber sie hatte sich nie enthüllt. Maries Puls raste und ihr Herz schlug bis zum Hals. Sie hatte Angst. Was sollte sie tun? Oder war es vielleicht Raphael?

Vorsichtig ging sie einen Schritt vor, die Hand direkt am Schwertgriff und fragte leise in den Raum: „Raphael?" Die Gestalt kam auf sie zugeschritten und direkt vor ihr entblößte sie ihren Kopf.

„Raphael!", rief Marie voller Freude, als sie sein Gesicht erkannte. Die wilden lockigen Haare und die dunkel leuchtenden Augen. „Marie", sagte er lächelnd. Und sie schlossen sich in die Arme.

„Wie schön, dass ich dich wiedersehe", flüsterte er in ihr Ohr. Als sie ihn wieder losließ, beschlich sie ein merkwürdiges Gefühl.

Sie hatten sich solange nicht mehr gesehen. Er hatte sich verändert, war härter geworden in der Gefangenschaft, dachte Marie. Sein Körper fühlte sich ganz anders an als früher. Auch die Hände.

Beklommen schaute sie ihm ins Gesicht. Sein Gesichtsausdruck verriet nichts Auffälliges. Er lächelte und streckte ihr die Hand entgegen. „Komm mit", sprach Raphael und wollte sie nach hinten ziehen. „Wohin?", fragte Marie. „Lass uns lieber nach draußen gehen, dort ist es warm und sonnig", entgegnete sie.

Aber Raphael ging nicht vor. Er zog sie nach hinten. „Ich habe hier ein Zimmer eingerichtet, als ich auf der Flucht war", sprach er leise und eindringlich. „Komm". Seine Hand hatte Maries Hand gefasst und zog an ihr. Plötzlich kam ihr seine Hand vor wie ein Schraubstock. Sie kam nicht mehr los. Er versuchte, sie an sich zu ziehen und zu küssen. Seine Hände spannten sich um ihre Brüste und um ihre Taille, er drückte sie gegen sich und versuchte vor dem Altar, wo er sie gegen drückte, ihr die Kleider abzustreifen.

Verärgert wandte sie sich zu ihm und sah ihm ins Gesicht.

„Raphael, was soll das?", entfuhr es ihr laut.

Da sah sie, als sie sich ganz auf sein Gesicht konzentrierte, wie die Konturen anfingen zu wandeln. Sie bildeten Schlieren, verschwammen und die Gesichtszüge verschoben sich. Die energetische Ausstrahlung wurde sichtbar: dunkle Wolken und Felder breiteten sich aus. Die Gestalt nahm einen anderen Zug an. Marie erschrak zu Tode und riss an ihrer Hand. Vor ihr stand der dunkle Magier Zyan und lächelte sie steif an. Sein schwarzes Haar und seine schwarzen Augen glühten dunkel.

„Lassen Sie mich los!", schrie sie wild. „Sie haben mich getäuscht und betrogen!"

„Und du läufst mir zum zweiten Mal in meine Hände. Aber diesmal entkommst du mir nicht!" erwiderte er hart. Alle Türen und Fenster waren zu. „Die Illusion hat sich leider ein bisschen zu früh aufgelöst", meinte er gleichgültig, wobei er enttäuscht war, sich nicht gleich ihrer sexuellen Kraft bedient haben zu können, wo sie noch voller Gefühl war. „Du hast die Täuschung früher, als ich dachte, bemerkt. Das machte es für mich schwieriger, sie zu halten. Aber die Illusion von Raphael war mir doch gut gelungen, oder nicht?"

Marie war ein paar Schritte zurückgetreten und schaute ihn sprachlos an.

„Gib mir das Schwert, sofort!", sprach er herrisch, zückte sein Schwert und hielt es ihr an den Hals. Die Klinge ritzte gerade noch ihr Kinn. Das war so blitzschnell gegangen, dass Marie keine Chance hatte, zu reagieren! Sie war in der Falle! Langsam zog sie ihr Schwert aus der Scheide. ‚Jetzt habe ich keine andere Wahl', dachte sie, und hielt es ihm entgegen. Er streckte die andere Hand aus und nahm es an sich. Dann umfasste er sie wieder mit seiner Schraubstockhand und zog sie von der Kapelle ein paar Stufen hinunter in einen angrenzenden Raum. Er schloss die Tür ab und stieß sie grob auf einen Stuhl. Daneben stand ein Bett. Der Raum war spärlich möbliert, es gab keine Fenster, nur dicke Mauern. Ein Verlies. Marie atmete ein paar Mal kräftig durch, um ihren Schock zu überwinden.

„War das alles eine Falle gewesen? Und ihr Traum? Wie konnte das sein? Hatte das ihr der schwarze Zauberer in den Kopf gesetzt, um sie einzufangen?", fragte sie sich völlig fertig. Alle möglichen Gedanken schossen durch ihren Kopf. „Hatte ihre Intuition, die sie geführte, sie so betrogen oder sie sich in ihr getäuscht?" Marie war verzweifelt. Tamino konnte ihr auch nicht helfen. Und der weiße Magier war weit weg. Wo war nur Raphael? Sie weinte, so alleingelassen fühlte sie sich jetzt, wo sie dringend Hilfe brauchte.

Der dunkle Magier fesselte sie an den Stuhl. Die Schnüre schnitten ihr ins Handgelenk. Dann stand er vor ihr und spielte an seinem Ring.

„Das ist Großvaters Ring. Er gehört Jacques de Frigeaux. Und er war in seinem Schwert", schrie Marie laut auf. Der Ring war ein goldener Reif, auf dem ein goldenes Quadrat saß mit einem Rubin, der eine Kugelform hatte. Wunderschön sah er aus und leuchtete in dem spärlichen Licht von zwei Kerzen, die der dunkle Magier entzündet hatte.

„Nun, jetzt gehört er mir, wie er es schon lange sollte", antwortete Zyan ruhig und lächelte zynisch. „Und das Schwert auch." Das

Schwert von Marie hatte er in sicherer Entfernung auf einen Tisch gelegt, da er sein eigenes am Gürtel trug.

„So, da hätten wir also die Schwert- und Ringträgerin, auf die Argon so große Stücke hält. Er hat dich ja gut beschützt, was?" Wieder lachte der dunkle Magier höhnisch auf und hatte sich vor ihr aufgebaut. „Jetzt gehörst du mir und wirst dich mit deinen dummen Tricks nicht mehr retten. Soviel hat er dir leider nicht beigebracht, der gute Magier, sonst wärst du nicht hier. Das hier ist mein Reich und ich habe viele Späher. Warum ist das Täubchen bloß ausgeflogen? Wegen ihres Geliebten?" Wieder lachte er bösartig auf und schillerte in seiner ganzen schwarzen Gestalt, die sich begann zu verändern.

Marie schaute ihn angewidert an. Plötzlich sah sie, wie er sich so bewegte in seinem bösartigen Lachen, dass Zyan der Abe d'Albert war! Er sah genauso aus wie der Abe, den sie aus Saragossa von Raimond kannte! Sie war fassungslos.

„Sie sind der Abe! Der dunkle Magier ist also der erste Ratgeber des Königs!", schrie sie voller Empörung und außer Fassung über so viel Bösartigkeit und dunkler Zaubermacht, die hier am Werk war. Jetzt verstand sie einiges besser. Ihr fiel es wie Schuppen von den Augen. Und dieser dunkle Magier alias Abe hatte ihr Königreich mit Hilfe Raimonds gelenkt. Und ihn hatte der Abe wahrscheinlich auch noch auf dem Gewissen, dachte sie. Ob er jetzt etwa auch noch König werden wollte? Wie gut, dass sie nicht zurückgegangen war!

Aber jetzt saß sie böse in der Falle. Marie atmete durch und versuchte, in ihren Nullpunkt zu kommen. Aber es gelang ihr nicht. Intensiv sendete sie Argon gedanklich eine Botschaft, dass er ihr helfen möge. Das hatte er ihr noch vor dem Weggehen angetragen:

„Ruf mich, wann immer du in Not bist oder mich wirklich brauchst. Ich werde kommen und dir helfen!" Nur, wie sollte das gehen? „Du bist so weit weg" erinnerte sie sich und seufzte.

Zyan pfiff jetzt, dass es Marie in den Ohren weh tat, und sie hörte einen Vogelschwarm anfliegen. Der Magier sperrte die Tür auf. Die Vögel waren anscheinend in die Kapelle eingedrungen, denn ein großer schwarzer Vogel stand vor der Tür und kam herein gestelzt. Er hatte einen großen, schwarzen Schnabel, schaute sich um und flatterte mit seinen mächtigen Schwingen. Marie fürchtete sich, er sah recht bedrohlich aus der Nähe aus. Der dunkle Magier fütterte ihn mit einem Stück Fleisch, das der Vogel gierig fraß, dann setzte er sich auf die Schulter des Zauberers, die Lederklappen hatte.

„Das ist Onyx, mein Wächter. Er wird auf dich aufpassen, wenn ich weg muss. Hast du verstanden?"

„Ja", sagte Marie. Dann fasste sie Mut und sprach mit fester Stimme weiter: „Was willst du überhaupt von mir, willst du mich töten? Dann mach es jetzt!"

Der dunkle Zauberer lachte laut auf. Dann sagte er gefährlich leise: „So einfach machen wir uns das nicht. Nicht wahr, Onyx? Wir lassen sie jetzt ein bisschen schmoren, dass sie weiß, wer hier der Herr ist." Wieder lachte er bösartig. Der Vogel stieß einen kreischenden Laut aus und flatterte mit den Flügeln.

Marie dachte an die alte Mühle und ihre Angst. „Jetzt bin ich viel mehr dran", bemerkte sie sarkastisch.

„Ich will dich! Und mit dem Magier teile ich dich nicht. Wenn du gehorchen lernst, kannst du mit mir leben. Ich hatte dir schon in der schwarzen Hütte ein Angebot gemacht, was du abgelehnt hast. Wenn du nicht gehorchst, werde ich Methoden haben, dich gefügig zu machen. Du bleibst meine Gefangene hier." Zyan fixierte sie mit seinen Augen, bis sie nicht mehr wusste, wohin sie schauen sollte.

Dann packte er seine Tasche, nahm ihr Schwert und ging hinaus, nachdem er dem Vogel etwas zugeflüstert hatte. Von außen schloss er die Tür ab. Marie war am Boden zerstört. Jetzt ließ er sie gefesselt und noch dazu mit diesem Vogel allein zurück!

„Aufmachen, lassen sie mich raus! Wo gehen sie hin?", schrie sie ihm hinterher. Aber sie bekam keine Antwort. Der große Vogel beäugte sie und hielt Wache.

Raphael wachte aus dem Schlaf auf. Er hatte von Marie und seiner Suche nach ihr geträumt. Er setzte sich im Bett auf und vergewisserte sich des Traumes: So lebendig stand Marie noch nie vor ihm in seinen Träumen, obwohl er schon oft von ihr geträumt hatte. Diesmal aber hatte sie ihre Hände ausgestreckt und ihr Mund stand weit offen. Schrie sie ‚Hilfe'? So schien es ihm, als er den Traum noch einmal auf der Gefühlsebene durchging, die am meisten von seiner Botschaft verriet. „Was muss ich tun, um ihr zu helfen?" fragte sich Raphael.

Da erinnerte er sich, dass er vorher im Traum auf einem Weg war, wo er eine alte Brücke sah und schließlich zu einer Burg geführt wurde. Das verfallene Gemäuer stand noch lebendig vor ihm und zog ihn automatisch an, hineinzugehen und Marie zu suchen... Es war dunkel, und der Ort wirkte unheimlich und bedrohlich.

„Ob sie in dieser Burg ist? Was tat sie nur dort? Und was soll ich tun?", fragte er sich. Er wusste nicht einmal, wo dieser Ort sein sollte. Es war doch nur ein Traum.

„Sollte Marie nicht beim Magier im Norden sein?", fragte Raphael am nächsten Morgen Philipp beim Arbeiten. Philipp hatte ihm das neulich erzählt, als sie hier in der Einsiedelei mitten in den Bergen angekommen waren. Alle Brüder hatten das Kloster St. Isabellas Stift, kaum waren sie nach der Befreiung dort angekommen, unter ihrem Abt Claudius wieder verlassen, um sich vor den Soldaten in Sicherheit zu bringen. Die Tunnelbefreiung hatte den Kampf jetzt offen gelegt und würde blutig geahndet werden. Das wussten alle. Die Einsiedelei lag gut versteckt und niemand kannte sie. Claudius hatte sie eines Tages vor vielen Jahren entdeckt und sie wieder mit Hilfe einiger Brüder aufgerichtet. Das war noch in der Zeit vor dem Bau von Isabellas Stift gewesen.

„Ja", sagte Philipp, „das war ihr Plan." Jetzt erzählte Raphael Philipp von seinem Traum: „Ich hatte ihn schon einmal geträumt. Immer suche ich nach Marie auf einem bestimmten Weg, der über eine Brücke und auf eine alte Burg führt", sagte Raphael bedrückt zu Philipp. „Aber diesmal schien sie Hilfe zu brauchen, so kam es mir vor", ergänzte er noch unsicher.

„Ich glaube eher, dass sie noch beim großen Magier ist. So etwas hörte ich auch, als ich in einem Kloster einmal nachfragte. Aber vielleicht ist es auch anders. Ich weiß es nicht und würde sie auch sehr gerne wieder sehen. Aber jetzt haben wir hier viel zu tun und müssen den Widerstand organisieren. So will es Claudius. Achte auf dein Gefühl und wie sich die Botschaft des Traumes weiterentwickelt. Mehr kann ich dir nicht sagen", antwortete Philipp ruhig und ging wieder an die Arbeit.

Der Traum ließ ihm aber keine Ruhe. Immer wieder musste er an den Hilfeschrei Maries denken, so als würde es aus seiner eigenen Seele heraus ‚Hiiilfeee' rufen! Raphael wollte Marie suchen und sie endlich wieder sehen, sobald es von der Gemeinschaft und ihrer Arbeit hier in der Einsiedelei möglich war. Es gab noch einiges dringend zu richten, und alle waren sehr angespannt. Die Einsiedelei lag versteckt in einer Bergnische, fernab der Wege und verborgen von Bäumen und Felsen in einem kleinen Hochtal. Es gab eine Quelle und viel Stein, um die Mauerschäden zu reparieren. Ziegen und Schafe liefen hier wild herum, die sie einfangen wollten.

Bei der Arbeit hatte Raphael sich langsam erholt und war wieder zu Kräften gekommen. Er hatte Zeit, über Marie und seine Zukunft nachzudenken. Er würde Marie so lange suchen, bis er sie gefunden hatte, ob sie beim Magier war oder anderswo, daran glaubte er fest.

Philipp hatte ihm auch erzählt, dass Marie ihn um Hilfe gebeten hatte für Raphaels Befreiung, was Philipp getan hatte. Dafür war er ihm ewig dankbar.

Als die Aussenarbeit fertig war und die Brüder mit der Organisation des Widerstandes beschäftigt waren, sprach Raphael mit Claudius. „Gehorche deiner inneren Stimme, was jetzt dein Weg ist. Wenn es Marie zu suchen gilt, tue das, sonst komm mit uns in den Widerstand. Du kennst das Schicksal unserer Brüder, überleg es Dir gut!" hatte Claudius zu ihm gesprochen. „Beides ist wichtig! Welches Du wählst, kannst nur Du entscheiden!

Ein paar Tage später war Raphael mit Pferd und Vorräten ausgerüstet unterwegs. Dankbar hatte er das von Claudius angenommen.

„Viel Glück und grüße Marie von ihrem Bruder", sagte Philipp bei der Verabschiedung und umarmte ihn fest. „Danke, werde ich", versprach Raphael und ritt davon.

Er nahm die Spur auf, indem er sich zuerst Richtung Norden wandte. Am ersten Tag erschien ein Adler am Horizont und flog nach Norden, bis er aus seinem Blick verschwand. Er folgte ihm.-

Marie versuchte sich zu fassen. Langsam wurde sie ruhiger und half sich mit einer guten Atmung, was mit den Fesseln nicht leicht ging, ins Gleichgewicht zurückzukommen. Sie musste wieder klar denken und ihre Fähigkeiten in Besitz nehmen. Wie viele Stunden war sie jetzt schon allein? Die Zeit schien stillzustehen. Der Vogel war ruhig geblieben. Er stolzierte nur herum oder pickte etwas Essbares vom Boden auf. Aber er bewachte sie offensichtlich. Solange sie ruhig blieb, war der Vogel auch ruhig. Marie versuchte, ihre Handfessel zu lösen und wand sich mit ihren Händen. Es rieb sehr stark, aber sie lockerten sich und schließlich schlupfte sie heraus.

„Was sollte sie jetzt tun?" Maries Gedanken hetzten durch alle Möglichkeiten. Sie fingerte nach dem Turmalinstein und der Blume und dachte an das alte Volk. In dem Augenblick, wo sie ein Blatt der Blume gegessen hatte und den Stein rieb, erschien der dunkle Magier. Er trat höhnisch lachend durch die Tür, als wäre er nie fort gewesen. Marie merkte, dass der Zauber nicht wirkte.

„Glaubst du etwa, dass ein Zauber des kleinen Volkes hier in meinem Reich wirksam sein kann?", fragte er mit klirrender Stimme und schaute Marie von oben an. „Glaubst du wirklich, dass ich mich von solchem Kinderkram herumkriegen lasse?" Seine Augen funkelten. Er band sie los mit den Worten: „Mach hier sauber und richte das Essen. Das habe ich mitgebracht."

Zyan reichte ihr einen Beutel mit Waren. Marie gehorchte und räumte auf, machte sauber und richtete ein Essen. Dann befahl ihr der Zauberer, sich zu setzten. Es gab Brot und Fleisch, Käse, Oliven, Salz und Wein. Marie hatte kaum Hunger und aß nur ein paar Bissen mit Blick auf den dunklen Magier, der sein Essen verschlang und schnell fertig war.

Marie blieb gefangen und meist gefesselt. So vergingen ein paar Tage. Was wollte er nur? Marie verlor die Zeit.

„Bist du nun bereit, mir zu dienen?", fragte der dunkle Magier nach dem Essen plötzlich und gefährlich leise. Er war aufgestanden und vor sie hingetreten. Marie wusste nichts zu sagen. Zyan packte sie und zog sie hoch.

„Gib mir eine Antwort!", fauchte er sie an. Marie schwitzte.

„Nein!", sagte sie dann und gab ihrer Stimme Nachdruck. Er schlug ihr ins Gesicht und stieß sie an die Wand. Sie blutete etwas. Dann ließ er aus einem Tonkrug, der an der Wand hing, eine schwarze Schlange sich herauswinden. Sie kam auf Marie zu und richtete sich vor ihr auf. Marie blieb ruhig stehen, atmete flach und sammelte all ihre Kraft. Da sah sie den Tod in Gestalt eines jungen Mannes etwas entfernt neben sich stehen, der sie freundlich anschaute. Marie versuchte, an ihren Nullpunkt zu gleiten, indem sie sich einfach fallen ließ. Sie sprang innerlich über ihren Abgrund der Angst. Der Tod kam jetzt näher. Sie fürchtete ihn nicht. Er war ihr freundlich gesinnt und schien für sie hier zu sein. „Was ist dein Rat?", fragte sie.

Marie schaute zur Schlange, die sie in ihren Bann zu ziehen versuchte. Die Formen veränderten sich jetzt, und die Schlange schwoll an in einer schwarzen Wolke. Sie bekam einen Bauch und Brüste. Plötzlich stand ein junges Mädchen von dunkler Gestalt vor Marie, das ganz blass und fahl war. Die Mädchengestalt flatterte wie ein ausgehauchter Geist und sprach mit tonlosen Worten: „Ich soll dir sagen: Das geschieht dir, wenn du nicht gehorchst. Er saugt deinen Geist aus. Ich bin nur noch ein Schatten und gefangen in der Schattenwelt." Marie stutzte und schaute die Gestalt genauer an. Freundlich fragte sie die Gestalt: „Wer bist du?"

Da verwandelten sich die Farben. Die Gestalt füllte sich mit ihrem Mitgefühl und wurde kräftiger, während sich ihre Farben in blaue und rosa Töne veränderten. „Ich bin Ma…" Die tonlose Stimme erstarb und ehe sie zu Ende sprechen konnte, war sie weg.

Der Zauberer stand stattdessen in seiner schwarzen Kleidung unmittelbar vor Marie und blies ihr seinen Atem ins Gesicht.

„Ich habe schon viele solcher Mädchen gefangen und benutzt. Den Rest ihres Geistes habe ich hier gesammelt". Höhnisch lachend zeigte er auf die Tongefäße an der Wand. Seine Hände griffen nach ihr. „Das Gleiche wird mit dir geschehen. Also, willst du mir jetzt gehorchen?", sprach er leise und fixierte ihre Augen mit seinem stechenden Blick, der sie nicht losließ.

Marie bekam kaum Luft und spürte ihren Widerstand schwinden. Sie fühlte sich ausgeliefert. „Ja", hauchte sie in ihrer Verzweiflung, um einen Moment Luft zu bekommen.

Da reichte der dunkle Magier ihr ein Glas mit Wein und sagte: "Trink". Marie trank einen Schluck. Alles schien im Augenblick egal. Der Wein schmeckte bitter. Sie fühlte sich leicht benebelt und ihr wurde schlecht.

Marie wich einen Schritt zurück. Zyan beobachtete sie aus den Augenwinkeln. Er wollte langsam zu seinem Ziel kommen. Er hatte endlich diese auserwählte Enkelin von Jacques, die Königin und

Lieblingsschülerin von Argon, die Schwertträgerin, die sich ihres Auftrags noch nicht bewusst war und die einzige Frau, deren Kraft er haben wollte, bei sich gefangen. Jetzt war er kurz vor seinem Ziel. Er wollte ihre Kraft, die sie ihm nur über ihre Sexualität geben konnte, die sie ihm aber freiwillig geben musste, sonst verlor sich diese Kraft. Das wusste er, da er es auch oft genug anders probiert hatte. Freiwillig, auch wenn er ein bisschen nachhalf, wie das seine Art war, dachte er lächelnd. Er beobachtete sie. In den Wein hatte er etwas eingemischt.

Marie setzte sich auf das Bett nieder. Nur einen Moment ausruhen, dachte sie und versuchte, sich zu sammeln. Was geschah hier? Sie fühlte sich schon ähnlich wie dieses Mädchen. Ob das ihre Zukunft war? Und der Zauberer ihr das vorgespiegelt hatte? Der Zauberer bediente sich ihrer Illusionen oder vielmehr, er zwang seine eigenen perversen Bilder in ihr Gehirn hinein. Das dachte Marie und wusste nicht mehr, was richtig und was falsch war.

Plötzlich spürte Marie ihren Körper wachsen und anschwellen. Sexuelle Lust überkam sie. Sie wollte gar nicht – und doch konnte sie sich nicht dagegen wehren! Marie kannte sich nicht mehr aus. Das war doch nicht sie? Hatte er ihr etwas in den Wein gegeben? Beobachtete er sie deshalb jetzt so ruhig?

Wie ein gefangenes Tier stand sie auf und wollte weglaufen. Schwankend erhob sie sich. Ihre Wangen mussten gerötet sein. Das spürte sie und dass ihr Blut in Wallung geriet. Ihr war heiß. Sie war nicht mehr Herrin ihrer selbst und wusste, dass sie das schnellstens ändern musste. Da wurde sie aufs Bett gestoßen. Zyan streifte ihr halb die Kleider ab. Marie spürte den Zauberer über sich kommen. Sie wollte sich wehren und schreien, aber es ging nicht. Sie spürte die Lust, die sie nicht wollte, die ihren Körper auf Empfangen einstellte und die ihre Schenkel öffnete, so dass er eindringen konnte. Sie wurde fast wahnsinnig, weil sie sich gespalten fühlte. Er unterwarf sie und begann, ihre Lust und ihre Säfte zu steigern und aufzusaugen.

In diesem Augenblick erschien Marie der goldene Strahl. Er kam auf sie zu und offenbarte in seinem Leuchten das Gesicht des großen Magiers, Argon. Und eine Kraft, die vorher weg gewesen war, kehrte vielfach in sie zurück.

Marie schrie auf, so laut sie konnte. Sie schrie solange, bis sie sich wieder ganz spürte und spuckte dieses Zeug aus, dem Magier mitten ins Gesicht. Ihr ganzer Körper ging in Abwehrstellung und sie schlug sich mit einer schnellen Drehbewegung frei, was ihr in diesem Augenblick gelang, da der dunkle Magier zu überrascht war, um sie zu halten. Das hatte er noch nie erlebt!

In diesem Augenblick wurde die Tür aufgestoßen, und Raphael stand mitten im Raum mit erhobenem Schwert.

Er überblickte schnell die Situation, schnappte Marie und drängte sie weg, bevor er auf den Zauberer losging, der auch sein Schwert gezogen hatte. Marie hatte blitzschnell ihren Umhang übergeworfen und griff geistesgegenwärtig nach ihrem Schwert, das noch auf dem Tisch hinten lag, und nach den Ring, den der Zauberer heute zufällig dort abgelegt hatte, weil er ihn beim Essen gestört hatte.

„Dankeschön", dachte sie und hatte ihn schon übergestreift. Beim Hinausrennen warf Marie die Weinflasche mit diesem Trank um, der sie vergiftet hatte. Schnell ergriff sie die noch fast volle Flasche und warf sie in dem Augenblick, wo Raphael ihr den Weg freigab, dem Zauberer mitten ins Gesicht. Die Flasche zerbarst in tausend Scherben. Der Wein lief ihm in die Augen und stoppte den Kampf zwischen den beiden. Sein Gesicht war blutig und von zahlreichen Schnittwunden durchzogen. In diesem Augenblick schlug Raphael dem Zauberer das Schwert aus der Hand und stach zu. Der dunkle Magier ging schwer getroffen zu Boden.

Da waren Marie und Raphael auch schon draußen und liefen durch die Kapelle. Die Vögel waren zum Glück nicht da. Zyan hatte sie heute nicht geholt. Marie lief hinaus und rief nach Tamino. Er kam tatsächlich angaloppiert, als hätte er nur auf sie gewartet. Es war noch hell. Raphael war schon auf seinem Pferd. Sie sprang auf ihr Pferd. Sie galoppierten den Weg hinunter. Nach der der ersten Kurve war die Burg außer Sicht. Sie atmeten auf und ritten noch ein Stück weiter über die Brücke zurück und schlugen bei der letzten Weggabelung vor der Brücke den anderen Weg ein. Er führte sie nach Westen und bald veränderte sich die Landschaft. So ritten Raphael und Marie auf die schon untergehende Sonne zu, bis sie das Gefühl hatten, aus dem Gebiet des dunklen Magiers draußen zu sein.

Die Wiedervereinigung

Sie standen auf einer felsigen Anhöhe, die den Blick freigab über das weite Land. Die Sonne sank. Endlich fielen sie sich in die Arme und begrüßten sich. Marie weinte vor Freude und Raphael flüsterte immer wieder glücklich „Marie, wie gut, dass ich dich gefunden habe!" und hielt sie fest umschlungen. Er war so froh, dass er seinem Traum gefolgt war. Dann setzten sie sich nieder. Er legte den Arm um Marie und streichelte sie. Marie spürte seinen Körper atmen und ließ all diese Scheußlichkeiten von dem dunklen Magier an sich abgleiten. Sie war glücklich, endlich den richtigen Raphael, ihren Geliebten, in den Armen zu halten und sich ihm öffnen zu können.

„Ich hatte keine Ahnung, wo du warst, nur diesen Traum, und der wies mir den Weg zu dieser Burg." Raphael konnte sein Glück noch nicht fassen, sie gefunden und gerettet zu haben und er erzählte ihr seine Geschichte und von seinem Weg zur Burg, auf dem er die richtigen Zeichen erhalten hatte. „Ein Adler begleitete mich, der mir immer wieder vorausflog. Ich hatte das Gefühl, dass er mich führt. So sprach ich mit ihm und bat ihn, mir bei der Suche nach dir zu helfen. Und dann kam irgendwann die alte Holzbrücke wie aus dem Traum, die mich zur alten Burg führte, wo ich dich dann schreien hörte. Ich hatte schon verzweifelt gesucht und mich überall umgeschaut. Gerade war ich in der Kapelle, als ich dich schreien hörte. Welch ein Zufall und Glück!", schloss Raphael dankbar und schaute sie glücklich mit strahlenden Augen an.

„Ich hatte ebenfalls einen Traum und ging dich suchen. So gelangte ich auf die Burg, wo aber der dunkle Magier, der übrigens der Abe d'Albert ist, auf mich wartete und mich gefangen nahm mit einer teuflischen List. Und Marie erzählte Raphael ihre Geschichte.

Raphael verschlug es die Sprache, als er von den Machenschaften des Abe alias des dunklen Magiers zu hören bekam: „Das ist also derselbe Mensch! Die teuflischen Taten sprechen für sich. Ist auch wie aus einer Hand…" Raphael schüttelte den Kopf und dachte an Nardun und die Verfolgungen und Verhaftungen durch die Mönchsritter, was er selbst erlebt hatte.

„Dann haben wir ihn ja beide in ganz verschiedener und doch gleicher Art kennen gelernt", meinte Raphael grimmig. „Wir müssen ihm Widerstand leisten und Aragon befreien", sprach er weiter wie für sich und dachte an Claudius, Philipp und die Brüder.

Marie nickte versonnen. Raphael bestellte Marie die Grüße von Philipp. Sie bedankte sich und sie freute sich, von ihrem Bruder ein Lebenszeichen zu haben. Versonnen spielte sie mit ihrem Ring und war froh, durch diese Gefangenschaft und Befreiung schließlich den von Großvater versteckten Ring wieder erobert zu haben und sie schaute ihn das erste Mal so richtig an. Wunderschön war er gearbeitet mit seinem goldenen Quadrat und dem runden Rubin darauf eingelassen, der genau in das Quadrat hineinpasste.

„Eine Quadratur des Kreises, so wirken beide Elemente zusammen", dachte Marie für sich. Als sie ihn vom Finger zog, entdeckte sie, dass innen eine Inschrift war. Danach wollte sie Argon fragen, wenn sie wieder bei ihm war. Sie konnte diese alte Schrift nicht lesen. Es war dieselbe wie am Schwert!

Wie sie jetzt da saßen und in den Sonnenuntergang blickten, verstand sie plötzlich ihre Schicksalsführung und diese wunderbare Fügung, wie sich alles ausgegangen war. Ihre Intuition hatte sie letztendlich doch richtig geführt und Raphael und sie zusammengebracht!

Sie war nur zu kurzsichtig gewesen, war unachtsam geworden ob der Freude, „Raphael" wiederzusehen, was der Magier natürlich sofort zu seinem Vorteil nutzte. Dann hatte sie das Schlimmste erwartet, und genau damit konnte sie getäuscht werden. Geschickt nutzte der schwarze Magier, der in ihr wie in einem offenen Buch lesen konnte, ihre eigenen Schwächen. Wie hatte sie nur so naiv sein können? Aber auch die Täuschung und dass sie darauf hereinfiel, gehörte zum Plan. Und sie war froh, den goldenen Strahl so gut trainiert zu haben. Das hatte ihr, als alles verloren schien, genau im richtigen Moment das Leben gerettet!

‚Geh hinaus und lerne Deine eigene Sexualität kennen!' Das hatte sie damals vom Magier noch nicht ganz verstanden. Jetzt hatte sie begriffen! Es hatte sie letztlich mit Raphael zusammengeführt, das erkannte sie und war froh. Sie hatte eine Menge gelernt! Dieser schwarze Magier wollte doch glatt ihre Seele stehlen! Noch einmal ging sie so einem Seelenräuber sicher nicht mehr auf den Leim. Das würde sie sich merken.

Hatte nicht der weiße Magier gesagt: *„Es gibt eine unsichtbare, immer wirksame Führung, die unser Schicksal lenkt, auch wenn eine Sache scheinbar verloren scheint. Es ist trotzdem genau das Richtige!*

Es ist noch nicht das Ende. Und oft gewinnt etwas vor dem Ende noch eine andere Bedeutung, als wir vorher meinten und in unserer Kurzsichtigkeit nicht sehen konnten!"

Marie sann darüber nach, wie fein ihre Fäden gesponnen waren und auch der Magier Argon wohl mitgewirkt hatte. Alles war Teil dieses Ganzen. Argon war ihr in der letzten Sekunde erschienen, bevor der dunkle Magier sie ganz in seine Gewalt bekommen hätte. Und er hatte sie an ihre Kraft erinnert und ihr auch welche gegeben. Marie dankte ihm dafür und war glücklich. Sie wusste nun, dass Argon immer ein Auge auf sie haben würde.

Gemeinsam ritten Marie und Raphael den Weg weiter und suchten eine Unterkunft für die Nacht. Schließlich schlängelte sich der Weg noch einmal bergan. Er wurde schmäler und hinter der nächsten Biegung schrien beide plötzlich vor Überraschung auf.

„Was ist das?", kam Marie Raphael zuvor. Sie sahen nochmals eine kleine Holzbrücke vor sich liegen, die über einen Bach führte. Sie war kleiner als die erste Brücke, aber dieser zum Verwechseln ähnlich. Marie stieg vom Pferd und untersuchte das Geländer. Tatsächlich, auch hier fand sie den gleichen Stern, nur war er andersherum in der Richtung des siebten Strahls eingraviert. Er zeigte nach oben, nicht nach unten. Marie stutzte und lachte. Jetzt hatte sie verstanden. Wer trieb da nur sein Spiel mit ihnen? Fast gleich und doch nicht gleich. Hatte nicht Argon vom Siebenstern und dessen Bedeutung gesprochen?

„Unsere Entwicklung über zwei Beine, aus der Erde, dann zwei Arme und immer höher steigend zwei Flügel, die die Seele bekommt und schließlich der Siebte Strahl, der sich mit der Sonne vereint, wie es in der Apokalypse des Johannesevangeliums steht. Wenn nun der siebte Strahl nach unten steht, wird das Licht in die Erde gedrängt: Der schwarze Magier, das Böse"- sie hätte es erkennen können!

„Alles Gute aber drängt von unten nach oben zum Licht!" Ihr goldener Strahl kam immer von unten durch sie hindurch und stieg nach oben auf! Die Spitze schaut nach oben! Also hatten sie hier keine Gefahr zu erwarten – das Gegenteil, dies war der Weg ins Licht.

Sie ritten weiter. Nachdem sie Raphael von dem Zeichen des Sterns auf der Brücke erzählt hatte, waren sie beide sehr gespannt, was sie weiter vorfinden würden. Und tatsächlich: als sie an einer mit Efeu überwucherten Mauer entlang kamen, sahen sie oben auf der Kuppe eine Burg liegen. Als sie oben ankamen, stand das kräftige Abendrot genau über dieser Burg. Der Eingang glühte noch im letzten Sonnenlicht. In den Mauern hing noch das alte Holztor, das sich quietschend ein Stück öffnete, als sie gemeinsam schoben. Offensichtlich war diese Burg noch lange bewacht worden. Die Außenanlage war dicht gehalten und notdürftig repariert. Die Burg wirkte sehr alt. Älter als die andere Festung, wo sich der dunkle Magier, der Abe d'Albert, einquartiert hatte. Und trotzdem wirkten sie fast wie Zwillingsburgen. Leise und sehr aufmerksam betraten sie den Innenhof.

Der Himmel direkt über ihnen war dunkelrot und schickte seine letzten Strahlen in das Blattwerk des alten Baumes, der hier prangte. Es war eine Platane mit riesigen Blättern und bis zum Boden geschwungenen Ästen. Marie und Raphael fühlten sich verzaubert von der Abendstimmung auf dieser Burg, die ganz anders trotz der äußeren Ähnlichkeit mit der anderen Festung wirkte.

„Wer hat nur zwei so ähnliche Burgen gebaut?", fragte Marie.

„Die können aus der Zeit des alten Ordens stammen, dessen Ordensritter hier überall verteilt in den Pyreneios solche Burgen und Klöster errichteten und ihr Wissen dort deponierten oder Orte des

Schutzes bauten", meinte Raphael versonnen, der über seine Bruderschaft darüber einiges wusste.

Natürlich hatte er auch über den Siebenstern Bescheid gewusst, freute sich Marie über ihr gemeinsames Wissen. Sie gingen auf ihrem kleinen Rundgang auch in die Kapelle, wo Marie etwas zurückblieb und erst die Hand ans Schwert legte.

Aber die Kapelle war ruhig und freundlich. Niemand war vor Ort. Sie atmete auf. Der alte Schock saß ihr noch in den Knochen. Hinten, neben der kleinen Apsis, in der alten Sakristei, entdeckten sie eine Quelle, die schön eingefasst war und stetig in ein altes kleines Steinbecken strömte, von dem sie wieder abfloss.

Raphael schöpfte mit der Hand das Wasser. „Das Wasser ist gut!", sprach er, nachdem er probiert hatte. Auch Marie trank.

„Sehr gut", meinte sie. „Das ist sicher eine Heilquelle." Sie folgten dem Wasserlauf nach draußen und entdeckten hinter der Sakristei in einem Vorraum noch ein steinernes Wasserbecken, durch das das die Quelle floss. Das war wohl für die Burgbewohner gewesen war. Sie nahmen beide ein Bad! Marie zog sich frische Kleider an, die sie in ihrem Beutel noch bei sich hatte.

Später legten sie sich mit ihren Decken, die sie den Pferden abnahmen, unter den großen alten Baum und schauten in die Dämmerung hinein, die bald dem Sternenhimmel Platz machte. Es war warm und windgeschützt hier. Raphael berührte Marie ganz vorsichtig und lernte ihren Körper wieder kennen. So nah und ganz für sich waren sie sich noch nie begegnet. Er streichelte ihr Haar, ihren Hals und fuhr mit seinen Fingerspitzen tiefer über ihre Brüste. Er streichelte sie und erkundete diese wunderbaren Rundungen, die sich ihm darboten.

All seine Träume und Vorstellungen, mit denen er seine Gefangenschaft überlebt hatte, waren nicht das, was er jetzt lebendig spürte. Marie leuchtete für ihn. Ihr ganzer Körper strahlte Wärme aus und duftete. „Wie lange hatten sie auf diese Begegnung und Vereinigung gewartet", fragten sich Raphael und Marie jeder für sich. Der Mond zog auf und leuchtete in seinem Rund. Der Baum raschelte mit seinem schützenden Blattwerk sanft im Wind.

Marie atmete tief und fühlte ihren Körper vibrieren. Jeder Muskel entspannte sich. Wie lange hatte sie sich nach Raphael und seiner Berührung gesehnt? Sein schönes, ebenmäßiges Gesicht leuchtete ihr entgegen, wie er sich über sie beugte und sie küsste.

Sie nahm seinen Kopf in ihre Hände und streifte durch seine Locken, über sein Gesicht und fuhr die Konturen seines Gesichtes mit ihren Fingerspitzen langsam ab. Seine Lippen waren sanft und teilten ihren Mund, der sich öffnete und sich ihm darbot, genauso wie ihr ganzer Körper. Ihre Brüste wurden schwer.

Raphael küsste sie, ihre Knospen, aus denen Milch und Honig zu tropfen schienen. Ihr Leib drängte seinem Leib voller Hingabe entgegen. Er nahm sie, drang sanft zwischen ihren Schenkeln in sie ein, so wie sie ihn ganz aufnahm und umschlang. Er gab ihr seine Kraft. Ihre golden schimmernden Körper wurden eins, verschmolzen in dem Liebesakt zu einem Tanz, den noch größer und strahlender ihre Seelenkörper in der anderen Dimension tanzten. Raphael und Marie tauchten ein in die Weltenseele. Ein großes Licht bereitete sich aus und berührte den Himmel. Marie tauchte ein in dieses große weiße Licht, das sie aufzulösen schien und alles zum Schwingen brachte.

Sie sah das Licht sich ausbreiten und fühlte sich weit und offen wie nie zuvor. Ihr Körper hatte keine Grenzen mehr und eine große Kraft stieg im Augenblick ihrer Vereinigung in ihr auf. Durch alle Energiezentren hindurch nach oben. Ihre Lust und ihre Liebe verschmolzen mit dem Bewusstsein, sich selbst ganz mit jeder Faser des Bewusstseins zu spüren und zugleich Raphael in all seiner männlichen Kraft, dem sie sich hingab und ihn ganz in sich aufnahm.

Es gab keine umherirrenden Gedanken und Gefühle mehr. Alles war *ein* großer Gedanke und *ein* großes Gefühl, das der Kosmos mit ihnen teilte. Sie weilten bei den Sternen und der Klang der Weltenseele floss durch sie hindurch. - Und sie flossen in die Weltenseele ein.

Dann befand sich Marie mitten in den Bergen auf einer schönen Burg, die wunderbar verziert war mit Symbolen und Figuren, und hielt Ausschau. Sie stand auf der großen Mauer, der Bergfried ragte rechts daneben hoch. Ihre langen dunkelblonden Haare wehten im Wind. Links von ihr stand Raphael und hielt ihre Hand. Sie war vornehm gekleidet, genau wie Raphael, und sie unterhielten sich vertraulich. Da drang von unten eine Stimme hinauf. Es war ihr Vater, der sie rief. Die Szene wechselte. Ihre ganze Familie lebte auf der Burg, die von ihrem Großvater, einem alten Templer erbaut worden war. Die Burg stand in vollstem Leben, überall schliefen Menschen, als sie angegriffen wurden. Marie sah einen wilden Angriff auf die Burg, wo ihre Familie ums Leben kam. Unter den Angreifern, die die Burg stürmten, entdeckte sie das Gesicht des Abes mit wildem Ausdruck. Er führte die Soldaten an, die alles niedermachten und anzündeten. Die Bilder verloren sich. Dann fand sie sich auf einer grünen Wiese wieder, wo Tamino graste. Sie wanderte zwischen Bächen und Blumen, da kam Raphael ihr entgegen. Sie feierten zusammen die Mittsommernacht zwischen den Bäumen im Reich der Elfen. Marie war glücklich. Auch diese Bilder verschwammen und der Traum verblasste gegen Morgen.

Als Marie wieder aufwachte, begann ein neuer Tag. Die Sonne färbte gerade den Himmel zartrosa und gelb. Die Vögel sangen. Marie schlug die Augen auf. Raphael lag an ihrer Seite und hatte noch den Arm um sie gelegt. Es war frisch. Seine Wangen leuchteten im Morgenrot. Marie küsste ihn auf die Augen und kuschelte sich noch etwas an ihn. Im Halbschlaf lächelte Raphael sie glücklich an und zog sie an sich. Eine Weile dösten sie vor sich hin und die Gedanken flossen frei.

Alles tauchte auf, was sich in der letzten Zeit ereignet hatte.

Marie fragte sich, wo sie jetzt hingehen sollte: zum Magier zurück oder mit Raphael in sein Kloster. Oder sollten sie einfach zusammen weggehen? Solche Gedanken schossen durch ihren Kopf.

Beim Frühstück, das Marie mit dem wenigen zubereitete, was Raphael vom Kloster noch bei sich hatte, begannen sie darüber zu sprechen, was wohl jetzt zu tun sei und was die Zukunft bringen könnte. Das kleine Feuer prasselte. Der Tee war heiß und sie saßen im Freien auf dem großen Platz im Innenhof, von wo sie alles überblicken konnten. Die Burg war geheimnisvoll schön und Marie fühlte sich irgendwie heimisch. Da erinnerte sie sich auf einmal an ihren letzten Traum und erzählte ihn Raphael.

„Ja, ich habe auch das Gefühl, dass wir uns schon lange kennen und für einander bestimmt sind. Dein ganzer Körper ist mir irgendwie vertraut und sehr lieb", sagte er leise zu Marie und schaute lange in ihre grünen, lächelnden Augen.

Als sie fertig gegessen hatten, nahm er ihre Hand und fragte: „Willst du meine Frau werden? Auch wenn ich kein König bin und du eine Königin?"

Marie nahm seine Hand und antwortete ruhig: „Ja, das ist auch mein Wunsch." Sie holte Luft und sprach nachdenklich weiter:

„Der König ist tot. Also kann ich heiraten. Nur was jetzt die Zukunft bringt, weiß ich nicht. Noch gehe ich nicht zurück nach Aragon. Und du kannst es auch nicht. Meine Aufgabe beim Magier ist noch nicht beendet und ich möchte mit ihm sprechen. Und was mit dem Abe ist, wissen wir nicht. Er hat große Kräfte und vielleicht ist er nicht tot, sondern nur verletzt. Dann ist er bald wieder an seinem Platz".

Raphael nickte bedächtig. „Ja, ich weiß. So sehe ich es auch. Meine Aufgabe ist, so denke ich, momentan im Widerstand. Ich sollte zu Claudius und den Brüdern zurückkehren und mich ihnen anschließen. Sie organisieren sich mit anderen Bruderschaften, um die Macht des Abes und seiner Mönchsritter und Soldaten zu brechen.

Ich könnte dich später, vielleicht in ein paar Monaten, wenn es wieder ruhiger ist, beim großen Magier abholen. Oder du sendest mir eine Brieftaube vom Magier in die Einsiedelei St. Gotthardin. Da werden sie wissen, wo ich bin."

„Ja, so können wir in Verbindung bleiben", meinte Marie. „Das ist das wichtigste. Lass uns noch ein bisschen zusammenbleiben, wo wir uns gerade erst wiedergefunden haben. Hier ist es gerade ruhig", lächelte sie ihn an. Sie küssten sich und gingen traumverwandelt eine Weile spazieren.

Die Quelle spendete ihnen gutes Wasser. Sie hatten so viel zum Austauschen und zu erzählen, wo sie sich so lange nicht gesehen hatten! Raphael erfuhr alles aus dem Leben von Marie und Marie lauschte Raphaels Leben. Später erlegte Raphael einen großen Hasen, das sie über dem Feuer brieten und verzehrten. Sie waren Tag und Nacht zusammen. Drei Tage verbrachten sie so und liebten sich.

Dann wurde es zu gefährlich, hier noch länger zu weilen. Sie konnten entdeckt werden. Marie und Raphael sattelten ihre Pferde und verabschiedeten sich.

Jeder brach in eine andere Richtung auf. Und jeder hatte einen Beutel Wasser von dieser Quelle dabei, die eine wirklich besondere Quelle war, wie Marie festgestellt hatte.

Nach drei Tagen schnellen Ritts, wo sie die Straßen mied, kam Marie wieder zum großen Chassador und ritt durch die Zauberwiesen, die sich etwas erholt zu haben schienen. Der dunkle Magier schien nicht da gewesen zu sein. Vielleicht war er wirklich tot. Aber sie wollte sich nicht darauf verlassen. Marie schaute zu den Weiden am Bach, wo sie den Baumelfen verpflanzt hatte und siehe da, der junge Baum war unter seiner Obhut mächtig gewachsen und gediehen. Marie freute sich, den Baumelfen wiederzusehen.

Er begrüßte sie freudig „Hallo, Königin Marie, wie geht es dir? Mir geht es gut hier an meinem neuen Platz." Und er wehte kräftig mit seinen Armen. Die Blätter klingelten ganz fein.

Marie lachte und winkte ihm zu.

Da kam die Königin der Wassernymphen auf einmal an. Der Elf hatte sie gerufen. Sie wollte endlich Marie kennenlernen, von der sie nun schon viel gehört hatte.

„Ich bin Feodora, die Königin der Wassernymphen. Wir möchten euch auf unser Schloss entführen", rauschte sie ganz fein und ihre Stimme gluckste am Schluss wie Wasserperlen, die aufspritzen. Sie lud Marie ein auf ihr Schloss im Bach, das an seiner allertiefsten Stelle lag. „Aber wie soll ich denn dahin kommen?", fragte Marie etwas überrascht. „Ich muss auch bald weiter, zurück zum Magier", meinte Marie außerdem. Die Nymphe schaute sie an und verspritzte feine Wasserperlen.

„Folge mir einfach, du kannst dich hier hinsetzen und mir ins Wasserreich folgen, wenn du mich einfach anschaust und deine ganze Aufmerksamkeit und Energie hierhin richtest…Es braucht nicht viel Zeit".

Marie tat wie geheißen und folgte der Wassernymphe mit den Augen und ihrer gelenkten Aufmerksamkeit. Schon tauchten sie in den Bach, es ging ganz leicht. Maries Geist hatte sich vom Körper gelöst.

Sie wusste selbst nicht, wie ihr in diesem Moment geschah. Sie fühlte sich leicht und frei. Die Anstrengungen der letzten Tage fielen von ihr ab. Das Wasser perlte und umfloss sanft ihren feinen Körper. Die Welt im Wasser nahm eigene Formen an. Marie sah nicht nur viele bunte Fische, Krebse und Schnecken an Steinen, sondern bald tauchte eine ganze bunt leuchtende Stadt auf, wo ihr viele kleine Wassernymphen entgegen schwammen, die rot, blau und grün schillerten.

So wurde sie in einen Palast geführt und man reichte ihr die wundersamsten Speisen, Früchte, Pasteten, kleine Fische gebraten und glibberige Süßspeisen. Überall glitzerte buntes Glas in wunderschönen Formen und Ornamenten. Marie erfreute sich daran. Die Nymphen nahmen sie bei der Hand und führten sie zum Tanz. Auf einmal fühlte Marie einen Stich in ihrem Herzen und horchte auf.

„Ich muss zurück", sagte sie glucksend. „Vielen Dank für die Einladung. Der Magier ruft mich".

Feodora bedankte sich für ihren Besuch: "Alles Gute auf deinem weiteren Weg!" Und schon tauchte sie auf ihrem Platz wieder auf.

Tamino stand neben ihr. Seltsam erholt und noch etwas benommen von diesem Unterwasser-Erlebnis ritt Marie weiter, bis sie schließlich in den großen Wald kam, der an Argons Reich grenzte.

Bald fand sie ihren Weg und gelangte immer tiefer hinein, bis sie den Lichtwall wahrnahm. Sie breitete die Arme aus, erhöhte ihre Schwingung und ritt hindurch. Mit den letzten Sonnenstrahlen kam sie auf der Lichtung an. Es dämmerte.

Trotzdem sah sie, dass etwas anders war. Die Hütte hatte einen Schaden und auch der Garten und die Pflanzen. Es sah nach diesen schwarzen Flecken und Löchern aus, die sie auch außerhalb dieses Reiches wahrgenommen hatte. Dies trug die Handschrift des dunklen Magiers. Über allem lastete noch etwas von den dunklen Wolken oder der eigentümlich schweren Atmosphäre, die sie schon kannte.

Argon war nicht zu sehen. Beunruhigt schaute sie sich um und ließ Tamino frei, der sich wiehernd davonmachte.

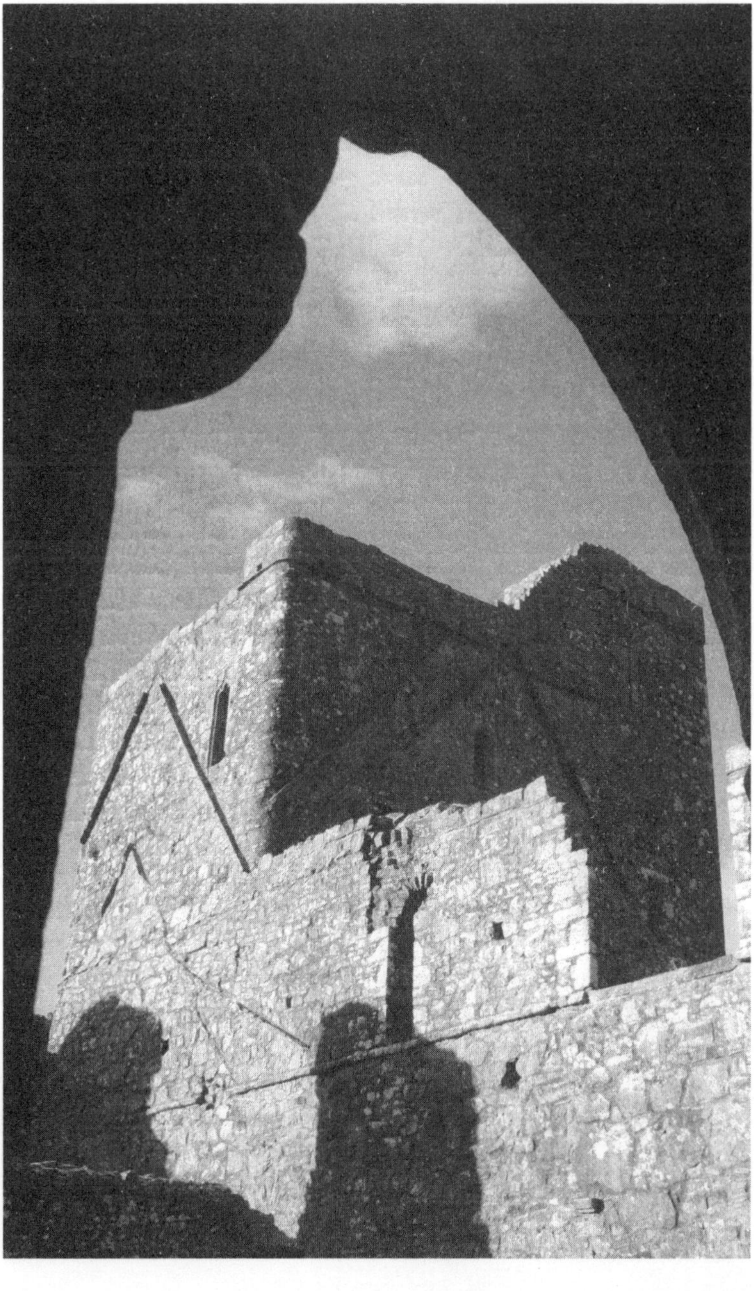

Wieder beim Magier im Norden

Als Marie in die Hütte trat, lag der Magier auf seinem alten Bett neben der Küche. „Argon", rief Marie bestürzt und trat an sein Lager. „Marie", sprach der Magier matt und lächelte sie an. „Schön, dass du wieder da bist."

„Was ist passiert?", fragte Marie und schaute auf seine Wunden am Körper, die nicht gut aussahen. Sie war entsetzt, wie er zugerichtet war und spürte ein starkes Gefühl aufsteigen. Sie bemerkte, wie sie ihn liebte, Argon, den weißen Magier, der ihr mehr als ein Lehrer geworden war. Am liebsten hätte sie ihn in den Arm genommen.

„Es waren die Vögel vom dunklen Magier. Diesmal sind sie eingedrungen, ein ganzer Schwarm. Sie haben mich angegriffen und hatten schon Schaden angerichtet, bevor ich sie alle mit letzter Kraft wieder hinaus brachte. Sie drangen beim Stein von Magpud ein, als ich die goldene Krähe verarztete, die verletzt war.

So war ich abgelenkt und bemerkte die Vögel zu spät, als sie schon im Angriff waren und herunterkamen. Und die Lichtschranke, der Schutzwall war offen, weil ich gerade hergekommen war und am Grenzstein stand. Die Krähe konnte auch nichts tun, ich versorgte gerade ihren Flügel. Sie haben uns genau im falschen Augenblick erwischt.

Zyan hat ein Gespür für so etwas und hat sie sehr gut abgerichtet, seine Vogelbrut und seine Verbündeten. Sie sind nur seine Vorhut…" der Magier brach ab und hustete.

Sie musste seine Wunden versorgen und suchte sich die Sachen dafür zusammen.

„Wann ist das geschehen?", fragte Marie besorgt und nahm schon etwas für die Wundversorgung. Auch das Spezialelixier, das sie gegen die Schäden des Magiers genommen hatte, als sie zum alten Volk gegangen war. „Ja, diese Tinktur bitte, und nach der Wundversorgung das spezielle Heilelixier. Gottseidank haben wir noch eine Flasche. Ich muss das wieder neu machen", antwortete der Magier schwach.

Er konnte sich kaum rühren und schien Fieber zu haben. Marie tat ihr Werk, so wie sie es von Argon gelernt hatte.

„Wie lange ist das her?", fragte Marie, während sie ihn versorgte.

„Gestern oder vorgestern kamen die Vögel. Die Wunden sind mit dem Gift infiltriert, das die Vögel im Flug verspritzen", meinte er wieder matt. „Ich konnte die Wunden nur notdürftig versorgen…"

Argon trat mit seinem Bewusstsein etwas weg, und Marie träufelte Argons Spezialelixier jetzt auf die Wunden. Sie versorgte seine Brust zuerst, wo es ihn am ärgsten erwischt hatte.

Argon schlug wieder die Augen auf und wollte Marie anweisen: „Säubere die Wunden gründlich und träufle die Tinktur richtig ein, dann die Kompressen drüber, bitte."

„Ich bin schon dabei. Die Wunden reagieren positiv auf dieses Heilelixier", erwiderte Marie.

„Wenn ich weg trete, wecke mich auf!", sprach Argon noch langsam. „Ich darf nicht einschlafen. Ich muss mein Bewusstsein halten. Das Gift muss raus. Gib mir bitte etwas zu trinken."

„Ja, natürlich!", antwortete Marie besorgt und tat wie geheißen. Sie betreute Argon so gut wie möglich.

Später saß sie an seinem Bett und hielt seine Hand. Sie betete. Hoffentlich hatte sie alles gut gemacht und der Magier überstand diese Krise. Wenn sie merkte, dass er wegschlief, weckte sie ihn und erzählte ihm etwas von ihrer Reise, vorab nur die schönen Erlebnisse. Sie wollte ihn nicht belasten.

Am nächsten Tag ging es Argon etwas besser. Die Wunden, deren Verbände sie alle paar Stunden erneuerte, begannen zu heilen. Und Argon blieb jetzt wach. Sein Fieber sank. Marie versorgte auch den Garten. Die Pflanzen dort begannen sich ebenfalls zu erholen. Marie sammelte die schwarzen abgestorbenen Blätter ein und verbrannte sie alle. Das Wetter blieb frühlingshaft mild und der Himmel war wieder klar.

Einige Zeit später gingen Argon und sie gemeinsam hinaus. Argon war wieder auf den Beinen und hatte sein altes Leuchten in seinen Augen wiedergefunden. Sie reparierten gemeinsam das Dach und beseitigten den Rest der Schäden. Aus den Heilpflanzen, von denen nur ein Teil abgestorben war, stellten sie die entsprechenden Tinkturen her, so dass die Vorräte wieder aufgefüllt waren.

„Für die Spezialtinktur gegen das Gift des dunklen Magiers brauchen wir allerdings noch eine besondere Pflanze, die weiße Mondblume, die nur im Frühsommer wächst und zu Vollmond voll erblüht. Da müssen wir noch etwas warten", meinte Argon zu Marie.

„Was ist das für eine Blume?", fragte Marie. „Nun, du wirst es sehen, wenn wir sie dann in einiger Zeit, wohl im Juni zu Vollmond im Wald suchen gehen. Sie wächst, wo es feucht ist, in der Nähe von Wasser. Sie hat sieben weiße, ovale Blütenblätter, die sich nachts zu Vollmond öffnen.", antwortete Argon.

„Dann ist sie wirklich eine besondere Blume. Das habe ich noch nie gesehen", meinte Marie erstaunt.

„Das ist sie", erwiderte Argon, „sonst hätte sie nicht diese Verwandlungskraft, sogar das Gift von Zyan zu neutralisieren."

Als sie Pause machten, erzählte Marie Argon nun ihre ganze Geschichte, von ihrer Täuschung, der Gefangenschaft beim dunklen Magier und schließlich der Befreiung durch Raphael, der den dunklen Magier niederstrecken konnte.

Dann fragte Marie herausfordernd: „Wusstest du eigentlich, dass der dunkle Magier der Abe ist?"

„Ja", sagte Argon ruhig und fuhr fort, um ihrer Frage zuvorzukommen: „aber es machte keinen Sinn, es dir vorher zu sagen. Es hätte nur Angst und mehr Abhängigkeit ausgelöst."

„Aha", antwortete Marie skeptisch. Nach einer kleinen Pause fragte sie vorsichtig weiter: „Glaubst du, dass der dunkle Magier tot ist?"

„Nein", antwortete Argon und schaute sie ruhig mit seinen klaren, grauen Augen an. „Er schickte seine schwarzen Vögel nach eurer Flucht los, für deren Aussendung er immer noch genug Kraft hat, auch wenn sein Körper schwer verwundet ist. Nach einer Zeit wird er sich genauso erholt haben, wie ich jetzt, und seinen Geschäften und Machenschaften mit verstärkter Kraft nachgehen. Er hat seine Helfer und Verbündete, die ihm bedingungslos dienen. Das zeichnet eine solche Macht, wie er sie hat, aus, ohne das kann sie nicht funktionieren", erklärte er Marie.

Marie schluckte. Sie war enttäuscht, obwohl sie es geahnt hatte. Dann fragte sie weiter, denn das interessierte sie am meisten:

„Und wie wusstest du, dass ich in diesem Moment, wo mich Zyan fast ganz in seine Gewalt brachte, dringend Hilfe brauchte? Ich sah dein Gesicht innerlich ganz klar vor mir. Es leuchtete auf und es sandte mir diese Kraft, mich trotz des Trankes zu widersetzen und so zu schreien, dass ich spontan zu meiner Kraft und mehr zurückfand.

Hast du es gefühlt wie ich es fühlte, dass du mich brauchst, als ich heimkam? Da bemerkte ich einen Stich im Herzen und wusste, dass du mich riefst." Marie holte Luft und schaute den Magier an.

„Ja, das ist wahr. Du hast es ganz richtig gespürt", dankte Argon lächelnd Marie. „Und wie funktioniert das, sich so zu verständigen?", fragte Marie nachdenklich weiter.

„Ich hörte deinen Hilfeschrei und sah dich in deiner Situation. Du sendetest mir ja ein Signal. Wir können uns so verständigen, weil wir verbunden sind. Es funktioniert wie Sender und Empfänger. Man muss nur die *richtige Frequenz* einstellen.

Bin ich auf dich eingestellt, ist mein Empfang offen und du erreichst mich. Im kritischsten Moment schickte ich dir meine Hilfe auf dem Weg, der der schnellste ist: *geist-energetisch*", meinte Argon.

„Was soll das heißen?" fragte Marie. „Nun, ganz einfach", antwortete Argon, du riefst mich mit deinen Gedanken ja so laut, das das nicht zu überhören war. Ich empfing deinen Ruf und wusste dann, wann der richtige Augenblick war, da ich auf dich eingestellt war.

Ich sammelte sofort alle meine Gedanken und konzentrierte mich voll und ganz auf dich! Wie ich aussehe, hast du dir ja sicherlich gut genug vorstellen können?"

„Na klar weiß ich, wie du aussiehst" erwiderte Marie. „So konnte ich in einem Moment direkt vor dir in Erscheinung treten!" sagte der Magier. „Was, du warst wirklich da?" rief Marie erstaunt. „Wie machst du das?"

Argon dachte nach. „Lass es mich in einem Bild erklären", sagte er dann. „Du kennst das doch, wenn ich eine Botschaft wegschicke mit meiner Brieftaube?"

„Ja, natürlich, aber was hat das damit zu tun?" runzelte Marie die Stirn. „Nun", setzte Argon fort, „wenn ich als Sender eine Taube wegschicke, dann öffne ich ihr Häuschen, gebe ihr eine Botschaft mit und diese wird dann von einem bestimmten Empfänger erhalten, der ebenfalls ein Häuschen für diese Brieftaube geöffnet hat, um sie einzulassen. Diese Brieftaube fliegt nur von dem einen Sender zu dem einen Empfänger. Warum?"

„Das habe ich mir noch gar nicht so richtig überlegt", sinnierte Marie. Der Magier fuhr fort: „Du kannst dich doch erinnern, als wir einmal miteinander gemeinsam auf der Wiese da draußen waren. Da hörtest du plötzlich den Schrei eines Cou Cou, eines seltenen, sehr scheuen Vogels, den du schon von Großvater her sehr gut kanntest!"-

„Richtig", erinnerte sich Marie an diese seltsame Situation. Nach dem Schrei wollte sie ganz stolz Argon den Vogel zeigen. Direkt rechts neben ihr hatte er gerufen. ‚Schau, ein Cou Cou', ganz nah! Doch zu ihrem Erstaunen konnte sie weit und breit keinen Vogel finden. Der Vogel schrie wieder! Ganz deutlich! Rechts gleich neben ihr. Doch da war wieder nur der Magier, der augenscheinlich etwas im Gras suchte, aber kein einziger Vogel. ‚Bin ich jetzt verrückt?' hatte Marie sich gefragt. Sie konnte sich das bis heute nicht erklären.

Ruhig erklärte Argon: „Damals hatte ich den Schrei des Vogels für dich nachgeahmt. Genau die Tonhöhe, die Art und den Rhythmus seines Vogelrufes."

„Das warst also du?", Marie konnte es nicht fassen, so echt hatte sie den Cou Cou gehört. „Also, war dieser Vogel nun real für dich?"

„Ja, natürlich, ich dachte schon, ich sei verrückt und höre Dinge, die es gar nicht gibt. Für meine Ohren war er real, für meine Augen nicht. Das brachte mich ganz durcheinander."

„Also warst du bis jetzt von der Realität dieses Vogels überzeugt", stellte Argon sachlich fest. „Als Du den Magier in Gestalt von Raphael Dir entgegenkommen sahst, war Raphael in diesem Moment für dich real?" "Natürlich, hätte ich ihn sonst umarmt?" sagte Marie.

"Irgend etwas an seiner Stimme kam dir seltsam vor?" fragte Argon. "Ja, wenn ich mich genau erinnere. Ich beachtete es nicht. So groß war die Freude, Raphael getroffen zu haben." "Du ranntest ihm ja schon mit einer so deutlichen Vorstellung von Raphael in seine Arme, dass er sich dieses Bild nur aus dir heraus zu nehmen brauchte, um sich für dich sichtbar in Raphael zu verwandeln und dich so zu überwältigen. So hatte er leichtes Spiel".

"Jetzt versteh' ich" rief Marie. "Wenn also Sender und Empfänger ganz aufeinander eingestellt sind, wie bei den Brieftauben, dann *formt sich Realität* oder *Realität bildet sich neu* über die geistige Kraft, die Sender und Empfänger austauschen, wie ich am eigenen Leib in deinen Beispielen erlebt habe."

"Und ich konnte dir nur so meine Hilfe schicken, dass du sie selbst nutzen konntest. Mit dem Pferd wäre ich wohl um einiges zu spät gekommen." "Danke", sagte Marie berührt.

Argon machte eine Pause und fügte dann hinzu: "Außerdem wusste ich, dass Raphael nahte." Marie schaute ihn sprachlos an und Argon fuhr fort: "Hat er nicht auch seine Zeichen erhalten?"

"Ja, er hat die Nacht vorher geträumt und ist von einem Adler geführt worden, dem er folgte! Bist du denn überall dabei?"

"Nun, der Adler gehört zu meinen Verbündeten", erklärte er Marie geheimnisvoll lächelnd.

Marie lachte. "So sind wir alle verbunden und kommunizieren, alle, die die gleichen ‚Brieftauben' haben und ihr „Häuschen" geöffnet ", resümierte sie glücklich und machte sich an die Arbeit, ein Essen vorzubereiten. Der Magier ging nach draußen.

Die Tage verstrichen und alles nahm seinen gewohnten Ablauf. Die Spuren des Angriffs waren verblasst. Der Magier hatte die Grenzen des Lichtwalls neu gesichert.

Als sie kurz vor Frühlingsanfang einen Besuch im Dorf machten, erreichte sie die Kunde über einen Sieg der Aufständischen.

Der junge Neffe von Madame Bovary unterhielt sich im Laden mit dem Besitzer und erzählte gerade, als Marie und Argon eintraten, „dann haben die Aufständischen, die sich wohl mit den Bruderschaften verbündet haben, die Soldaten in mehreren Ortschaften um Saragossa geschlagen. Das Volk hat gejubelt und die Rebellen gefeiert. So habe ich es aus Saragossa von einem Freund, der dabei war, gehört. Stell dir das nur vor!" schwärmte er. Der ältere Besitzer antwortete ruhig: „Und was macht der Thronverwalter, dieser Abe? Der schaut doch wohl nicht tatenlos zu! Ich würde mir da keine Illusionen machen, mein Junge..."

Als Argon und Marie eingekauft hatten, gingen sie wieder hinaus. Marie dachte an Raphael und wie es ihm wohl ging.

„Können wir nicht deine Brieftaube in die Einsiedelei schicken und nachfragen?", fragte Marie Argon. „Das wäre jetzt zu gefährlich von hier. Du spürst es aber in deinem Herzen, wie es ihm geht. Fühle hin! Was sagt es dir jetzt?", erwiderte Argon. –

„Er lebt – und es geht ihm gut", meinte Marie froh, als sie hin spürte. Sie spürte ihn in ihrem Herzen.

Auf dem Rückweg, der ruhig verlief, der Abe hat jetzt sicher andere Sorgen, dachte Marie befriedigt, kam sie nun doch zum Thema, weshalb sie eigentlich auf die Reise gegangen war:

„Nun, ich habe Raphael endlich gefunden und meine Erfahrungen mit ihm in der Sexualität gemacht. Ich weiß jetzt, was Liebe ist und welche Kraft dabei Sexualität haben kann, wie es alle Sinne weckt und steigert zu einem einzigartigen... –", sie überlegte, um das rechte Wort zu finden, „*Seinsgefühl*... – oder Hingabe", begann Marie etwas schüchtern und doch euphorisch.

Jetzt musste sie Luft holen, der Weg war steil. Dann sprach sie weiter: „Ich habe das Leuchten in seinen Augen gesehen. Sein ganzer Körper strahlte, bevor wir uns vereinigten. Wir sind füreinander bestimmt und wollen, wenn alles vorbei ist, heiraten. Er hat mir sogar einen Heiratsantrag gemacht", schloss sie glücklich. Sie machte einen Moment Pause und dachte nach.

Da Argon sie nicht unterbrach, ergänzte sie noch: „Ich habe auch dieses weiße Licht, dieses Gefühl von Ekstase vom Ich und Du erfahren und kennengelernt. – Und was ist jetzt?", endete Marie und schaute den Magier herausfordernd an.

„Jetzt kann vieles sein, dass hängt von dir ab", antwortete Argon und blickte Marie genau an. Seine grauen Augen ruhten auf ihr und drangen tief in sie ein, so dass Marie sich schon etwas unwohl fühlte. Dann sprach er: „Es ist wunderbar, dass du all diese Erfahrungen machen konntest. Merke sie dir gut, denn sie führen dich weiter, nicht nur in der Liebe zu Raphael." Argon machte eine längere Pause.

„Nur: Was ist jetzt wirklich dein Ziel und wie willst du es erreichen? Denke darüber nach!", schloss der Magier ruhig und schritt weiter.

Argon schwieg nun und so nahmen sie schweigend ihren Weg. Zugleich arbeitete in Marie die Vorstellung, wie sie dieses Ziel nur erreichen sollte. Sie konnte eben nicht einfach zurück, wieder Königin sein und Raphael heiraten. Der Weg war ihr versperrt in Anbetracht der ganzen Situation, selbst wenn das Volk es wollte, wie König Fristan es gemeint hatte.

Der Abe regierte Aragon mit seinen Soldaten, hatte sich wohl mit dem französischen König verbündet und bekämpfte intensiv die Rebellen und Bruderschaften, um selbst das Land zu regieren. Und er verfolgte sie, Marie persönlich. Am Abe kam sie nicht vorbei. Entweder musste sie ihn vernichten oder er würde sie vernichten, was er schon versucht hatte. Und sie wollte noch ihre Lehre beim Magier fertig machen. Noch fühlte sie sich nicht bereit zu gehen und diesen Kampf aufzunehmen, von dem sie nicht einmal wusste, wie er überhaupt funktionieren sollte. Marie fühlte sich niedergeschlagen.

Da fing es plötzlich an zu regnen. Der Himmel hatte sich zugezogen und es war ganz dunkel geworden. Blitzschnell waren die Steine nass und rutschig, wo sie gingen. Sie stiegen gerade das letzte steile Stück bergan. Der Magier ging voraus. Marie rutschte aus und schlug sich das Knie an. Sie schimpfte leise vor sich hin.

Die Sicht war schlecht und der Regen wurde dichter. Schnell waren sie durchnässt. Immer wieder rutschte Marie und der Knöchel tat ihr schon weh vom Umknicken. Der Abstand zum Magier vergrößerte sich.

„Wieso ging er so flott? Rutschte er nicht?", fragte sich Marie ärgerlich. „Wie konnte der Alte schneller und sicherer sein, als sie, die junge, gut trainierte Marie. Langsam wurde sie wütend. Wieso musste es ausgerechnet jetzt regnen und sie dauernd ausrutschen? Je mehr sie diese Gedanken besetzten, desto schlechter ging es voran. Nur mühsam kam sie hinterher. Der Abstand wurde noch größer.

Da blieb der Magier stehen, wartete und schaute sie an. „Was ist?", fragte er.

„Der dumme Regen hindert mich! Alles ist so nass, dass ich dauernd rutsche!", schimpfte Marie.

„Nun, nicht der Regen, sondern deine Verfassung, dein negatives Gefühl zum Regen lässt dich ausrutschen! Je mehr du dich ärgerst, desto schlimmer wird es. Dein Körper reagiert auf deinen Geist: Im Ärger und in Wut trennst du dich ab von dem, was ist und was du tust - das kostet schon viel Energie - und zugleich bist du gebunden, weil du weitergehen musst und willst! Oder nicht?

Das ist teuflisch, weil du ja und nein zugleich sagst. Du sabotierst dich selbst!! Und dein schlechtes Gefühl, das du an alle weitergibst, frisst deine Energie auf! Wie solltest du da noch gut gehen können?", erwiderte der Magier bestimmt.

Marie schnaufte auf. Sie verstand. Wofür hatte sie an der Kontrolle ihrer Gefühle gearbeitet, wenn sie jetzt so versagte? Sie atmete ein paar Mal tief durch und lies ihren Ärger über den Regen und schließlich über sich selbst los.

„Nimm den Regen an, liebe ihn, auch seine Nässe, und was er damit tut! Warst Du nicht auch ein bisschen nass, als Du Dich mit Raphael vereinigt hast? Und es war gut so?

Auch das ist Liebe,- *eine Liebe, die sich mit allem verbindet und es annimmt!* Und nimm vor allem dich an!"

Argon schmunzelte und fuhr fort: „Auf diese Weise geht es ganz leicht. Der Regen kam genau richtig! Er kam für dich, denn du wolltest diese Lehre annehmen!" Marie schaute erstaunt auf. Ja, jetzt ging es auf einmal ganz leicht und fast ohne zu rutschen voran.

Als sie wieder auf der Lichtung des Magiers ankamen, antwortete Marie Argon auf die zu Beginn des Weges gestellte Frage: „Ich möchte gerne meine Ausbildung bei dir fertig machen und dann nach Aragon zurückkehren und meine Aufgabe als Königin wieder wahrnehmen. Ich weiß, dass ich den Abe dafür vernichten muss. Er oder ich! Es gibt keinen Kompromiss! Und nur so kann ich mit Raphael zusammenkommen. Davonlaufen will ich nicht", meinte Marie bestimmt ging schnell ins Haus.

Sie musste sich erst einmal trocknen und setzen. Sie brauchte etwas Zeit. Erst die Unsicherheit über ihr Leben, dann der starke Regen... Bisher hatte sie sich nicht sehr um ihre Zukunft gekümmert.

Schließlich war sie weggegangen und hatte alles verlassen, um hier beim Magier im Norden zu sein. Jetzt tauchten all die Fragen nach einer Zukunft gedrängt vor ihr auf, wo sie mit Raphael, den sie liebte, weiterleben wollte. Und sie persönlich? Außerhalb dieser Liebe? - Sie wurde sich plötzlich ihrer selbst in einem ganz anderen Ausmaß bewusst als je vorher.

Früher war alles vorbestimmt gewesen. Dann war sie aus der Not heraus, dass Raimond Großvater und ihre Familie ermorden ließ, ihrer spontanen Vision gefolgt, die aber ihre alte Liebe war. Sie wollte Alchemistin werden. Dennoch oder gerade deshalb fühlte sie sich zerrissen. Hier lebte sie ihr Leben mit Argon und wollte noch mehr lernen. Und liebte sie nicht auch Argon? Hatte es nicht Momente seltsam tiefer Übereinstimmung zwischen ihnen gegeben, nach Samhain, wo sie ihre Prüfung bestanden hatte zum Beispiel?

Marie fühlte wieder seine Brust, seine Umarmung, und wie sie ganz darin aufging. Schnell wischte sie den Gedanken und das Gefühl weg. Das stand ihr nicht zu! Und da war Raphael, ihr Geliebter!

Doch wie sollte sie den Abe vernichten? Das konnte sie doch gar nicht! Wie sollte sie überhaupt mit Raphael zusammenkommen? Eigentlich wusste sie gar nichts mehr und konnte sich nicht vorstellen, wie sie weiterleben sollte. Marie fühlte sich richtig niedergeschlagen. Der Magier ließ ihr Zeit, zu sich zu kommen und blieb draußen.

Als Marie drinnen in der Küche saß und Feuer gemacht hatte, grübelte sie eine Weile vor sich hin. Da drehte sie plötzlich an ihrem Ring, den sie die ganze Zeit in ihrer Tasche verwahrt hatte. Sie hatte den Ring über Argons Verletzung ganz vergessen und ihn noch nicht dem Magier gezeigt. Sie lief hinaus.

„Argon", rief sie und ging zu ihm. Es hatte aufgehört zu regnen. Die Sonne schien wieder und die Wolken waren weg. Er stand draußen bei den Ziegen und reparierte den Zaun. „Schau, ich habe den

Ring von Großvater wiedergefunden!", rief sie wieder strahlend und zeigte ihm den Ring, der in der untergehenden Sonne leuchtete.

„Zyan oder der Abe", sie schüttelte den Kopf, weil es sie wieder durcheinander brachte, „wie soll ich den dunklen Magier bloß nennen? - Er hatte ihn mir ja in der schwarzen Hütte geraubt. Der Ring lag dann zufällig auf dem Tisch, als er mich gefangen hielt, und ich mit Raphael flüchten konnte. So nahm ich ihn an mich, als Raphael mit Zyan kämpfte."

Marie reichte Argon den Ring. Argon schaute ihn sich genauer an. „Und was bedeutet seine Inschrift hier?", fragte Marie und zeigte nach innen.

Argon las die alte Schrift laut vor:

‚Im Geist geht nichts verloren. Alle Beziehungen der Liebe sind ewig'."

Er schaute Marie an.

„Das klingt wunderbar", meinte Marie und erwiderte den Blick. Einen Augenblick verloren sich ihre Blicke in einer Tiefe, die Marie nicht kannte.

Dann wies der Magier auf den Ring und erklärte: „Der Ring symbolisiert den Kreis, der unendlich ist, das Symbol der Vollkommenheit und der Göttlichkeit. Und er ist das Zeichen für unsere immerwährende Verbindung und Liebe zu Gott und untereinander, wie die Inschrift sagt.

Und das Quadrat ist das Zeichen für unsere Erde und was wir hier zu tun haben. Beide Körper, der Kreis wird zur Kugel und das Quadrat hier zum Quader, passen ganz genau ineinander.

Beides gilt es zu vereinen. Das ist die Ur-Aufgabe unseres Lebens, die Polarität, in der wir alle stehen. Und der Ring stellt in seiner Form – Ring mit Quader und Kugel - diese Aufgabe in ihrer Vollendung dar." Argon strich noch einmal über den Ring, dachte kurz an Jacques und gab Marie den Ring wieder zurück.

„Verstehst du die Symbolik jetzt?", fragte er noch und ging an die Arbeit zurück.

„Ja, ich glaube schon", antwortete Marie und betrachtete den Ring noch, bevor sie ihn wieder einsteckte.

„Bin gleich fertig. Gibt es schon was zu essen?" fragte der Magier noch im Umdrehen. Marie nickte. „Ja, ich mache es jetzt", antwortete sie und ging in die Hütte, wo sie Zeit hatte, über alles nachzudenken.

Nach dem Abendessen setzte sich der Magier auf die Veranda. Marie kam hinzu, nachdem sie abgewaschen hatte. Sie lauschten wie so oft auf die Natur und betrachteten den Himmel.

Der Magier rauchte seine Pfeife. „Zyan oder der Abe", sagte der Magier leise vor sich hin und paffte Rauchwolken in die Luft, die gut rochen. „Ja", griff Marie das Wort wieder auf, „Ich weiß nicht mehr, wie ich diesen Menschen nennen soll. Dieses Doppelleben verwirrt mich. Wer ist er eigentlich wirklich?" Marie machte eine Pause und schaute den Magier an.

„Muss ich ihn nicht kennen, bevor ich - noch wieder mit ihm kämpfen muss?", fragte sie vorsichtig nach. „In der Tat, das musst du!", antwortete Argon und schwieg voller Gedanken.

Der Magier begann nach einer Weile wieder zu sprechen: "Nun, ich kenne den Abe d'Albert oder Zyan, wie er sich als dunkler Magier nennt, sehr gut. Das sagte ich bereits." Marie nickte ihm zu und wurde sehr aufmerksam.

Die Augen von Argon verdunkelten sich und auch seine Stimme wurde dunkler. „Wir haben miteinander schon seit Ewigkeiten Krieg, in diesem Leben zumindest, seit wir beide erwachsen wurden und völlig getrennte Wege gingen. Ich erzählte dir bereits davon und auch, dass dein Großvater Jacques de Frigeaux ein Halbbruder von mir ist. Wir haben denselben Vater. Aber ich habe eine andere Mutter. Ihr Name war Riccarda Flaubert. Nun, Zyan heißt mit Geburtsnamen Albert Flaubert und er hat die gleiche Mutter wie ich, mehr noch, er ist mein Zwillingsbruder." Argon machte eine Pause.

„Was?", rief Marie aufgeregt, „das ist aber eine Überraschung! – Dein Zwillingsbruder ist der Abe d'Albert - dann seit ihr alle drei, mit meinem Großvater zusammen, Brüder - durch denselben Vater! Kaum zu glauben!" Marie beruhigte sich erst langsam und musste diese Neuigkeit verdauen. Sie schaute den Magier neugierig an. „Erzähle nur weiter, ich höre."

„Unsere Mutter, Madame Flaubert war nicht mit deinem Urgroßvater verheiratet, sondern seine Geliebte. Sie war auch nicht adelig und wir lebten in recht einfachen Verhältnissen. Unsere Mutter hatte allerdings schon magische Fähigkeiten, die sie wohl weitervererbte in unterschiedlicher Art", Argon grinste leicht, „und die sie auch benutzte, um etwas Geld zu verdienen. Sie war etwas heilkundig und half bei Geburten, tat aber auf Wunsch auch Kartenlegen, Handlesen und ähnliches. Heute würde man sie als Hexe bezeichnen und verbrennen. Gott holte sie freundlicherweise rechtzeitig zu sich."

Argon lächelte etwas und schaute Marie eindringlich an. Dann fuhr er mit seinem Bericht fort: „Dein Urgroßvater, er hieß übrigens Adolphe de Frigeaux und war ein stattlicher Mann -"

„Ja, ich weiß! Großvater erwähnte es einmal", warf Marie interessiert ein.

„Er versorgte unsere Mutter immer wieder mit Geld. Er wusste damals, dass sie Zwillinge von ihm bekommen hatte. Aber diese Verbindung blieb geheim. So lernte ich deinen Großvater eben auch erst an der Universität zu Saragossa kennen. Jacques kam dann drauf, dass wir Brüder sind, er hat es von seinem Vater herausgefunden. Meine Mutter sagte es mir später an ihrem Sterbebett, als ich fragte, wer nun unser Vater ist. Das hatte sie auf seinen Wunsch immer geheim gehalten." Argon musste tief durchatmen.

Dann sprach er weiter: „Albert oder Zyan, wie er sich selbst als dunkler Magier nennt, fand das selbst schon früher heraus und hat die Frigeaux deshalb immer gehasst. Viele seiner Machenschaften und Ambitionen beruhen auf seinem Hass und Minderwertigkeitsgefühl, dass er sehr gut kompensiert hat. Durch seine Fähigkeiten, die er sich erwarb, vor allem die Fähigkeit, Menschen nach seinem Willen zu lenken, hatte er nach dem Studium der Theologie, - er studierte ja anfangs im gleichen Kloster wie ich -, gute Beziehungen in kirchlich konservativen Kreisen.

Später bezog Albert am aragonischen Hof die Stellung des Ratgebers, dann des Erziehers des jungen Königs Raimond, da der Bischof von Saragossa, den er sehr gut kannte, ihn empfohlen hatte. Später, als er schon Abt in Zargossi war, wurde er dann sogar als dessen Nachfolger Bischof zu Saragossa.

Das Studium über den Eintritt in ein Kloster hatte wohl unserer Vater, Adolphe de Frigeaux, verlangt und auch bezahlt. So erzählte es mir unsere Mutter jedenfalls am Sterbebett. Nun, aus Albert ist das geworden, was du kennst. Jetzt ist er sogar Thronverwalter oder besser, der Thron ist in seiner Gewalt.

Er wird bald seine Ziele erreicht haben. Etwas fehlt ihm noch" – Argon seufzte und schaute mit weitem Blick in den Himmel.

„Albert führte schon seit seiner Jugend dieses Doppelleben und hatte im südlichen Gebirge seinen Sitz und sein Experimentierfeld. Meine Geschichte dazu kennst du. Wir sind, da ich seine Ambitionen und Leidenschaften nicht teilte, vor allem nicht die der Vernichtung der Familie Frigeaux, immer Todfeinde geblieben. Er hasst mich deshalb." Argon atmete tief durch.

„Jacques und ich blieben hingegen Freunde bis an sein Lebensende", beendete Argon seinen Bericht und schaute Marie lange an.

Marie fiel wieder ihr Traum vom Großvater im weißen Land des Nordens ein, wo er sie losschickte, den Magier zu suchen.

Sie schwieg und ließ alles vor ihrem inneren Auge passieren. Beide schauten sie in den Himmel und sahen den Mond im Süden stehen. Es war Halbmond und er leuchtete mit einem großen Hof zu ihnen herüber.

„Dann sollte ich wohl ungefähr wissen, worauf ich mich noch gefasst machen kann.", meinte Marie mit leiser Stimme.

„Nur Philipp und ich sind übrig geblieben von der Familie Frigeaux. Und ich bin zudem noch Königin. Aber auch Philipp ist in großer Gefahr. So lange es mich gibt, kann er nicht König werden und nicht auf den Thron. Was für ein Glück, dass ich noch lebe!" meinte sie sarkastisch.

„In der Tat! Das hast du gut hinbekommen. - Jetzt weißt du, was auf dich zukommt, wenn du Königin sein willst. Es ist immer gut, die Gefahr und die Hindernisse richtig einzuschätzen, wenn man auf sein Ziel schaut", erwiderte Argon lächelnd.

„Gute Nacht!" Dann verschwand er im Wald.

Der Abe und der Überfall auf das Kloster Notre Dame

Nach seinem Besuch in Frankreich beim französischen König und den Bündnistruppen, die er teilweise wieder überführen ließ durch seinen Mönchsritter Rambaud, hatte sich der Abe d'Albert schon seit Tagen auf sein Kloster Zargossi zurückgezogen.

„Der Bischof Abe d'Albert und jetziger Thronverwalter ist auf Exerzitien in seinem Kloster und nicht zu sprechen. Voraussichtlich ist er wieder in einer Woche im Regierungspalast", verkündete würdevoll sein erste Minister Sarkossi, ein großer Mann in roter Staatsuniform, als einer der adeligen Herrschaften aus Saragossa und Mitglied des Stadtrates, der Graf du Compte, den Abe zu sprechen wünschte.

„Und wo ist die Königin? Weiß man das schon? Oder wird sie nicht mehr ins Land gelassen?", fragte der Graf du Compte anzüglich. Er sprach das aus, was einige seines Gesellschaftskreises schon vermuteten.

„Das wissen wir nicht. Darüber kann ich keinerlei Auskunft geben, Monsignore Graf du Compte", versicherte der Minister beflissentlich. „Dann werde ich in ein paar Tagen wiederkommen", versicherte der Graf. Er wandte sich ärgerlich um und ging hinaus.

Der Palast von Saragossa wirkte leer seit dem Tod des Königs. Immer mehr Menschen fragten auch wieder nach der Königin, die nicht mehr gesehen wurde. Ihre Gefangennahme und Flucht aus dem Sommerschloss hatte dem Volk nicht länger verheimlicht werden können. Die Regierungsgeschäfte liefen jedoch weiter und wurden von den Mönchsrittern des Abes d'Albert, des Thronverwalters, betreut. Alles war in der Hand des Abes, selbst in seiner Abwesenheit. Trotzdem gab es Ärger. Die Aufständischen, angeführt durch die

Bruderschaften, wurden immer rebellischer und fanden Zuspruch beim Volk. Das Volk duckte sich inzwischen unter den Machenschaften der königlichen Truppen oder der Mönchsritter, die überall im ganzen Land Angst erregten und gegen die Aufständischen grausam wüteten. Es gab keine Gesetze mehr. Seit dem Ausbruch aus Nardun waren alle bisherigen Maßnahmen verstärkt worden. Ramon, der erste Mönchsritter und engster Vertraute des Abes, führte mit Hilfe von Sepe und Rambaud die Ermittlungen und Truppeneinsätze im ganzen Land, auch in Frankreich, im nördlichen Grenzgebiet Aquitaniens, das noch eine selbständige Provinz war. Dort konnten sie auf die Hilfe durch die Bündnistruppen zurückgreifen. Jedoch hatten sie die Flüchtigen noch nicht aufgespürt.

Auf Prior Claudius vom Isabellas Stift, den Adeligen Raphael de Berenguar und Bruder Pierre waren unterschiedlich hohe Belohnungen ausgesetzt worden. Und natürlich auf Philipp de Frigeaux, auf den der Abe das höchste Kopfgeld ausgesetzt hatte, seit er vermutete, dass er der Anführer der Befreiungsaktion war. Der Abe wußte ja, dass Philipp eine potentielle Gefahr für ihn bedeutete, da er mit der Königin Marie der einzige überlebende Frigeaux war. Diese Frigeaux mussten endgültig vernichtet werden! Was konnte er dafür, dass sein Vater mit einer Mätresse, einem Abschaum aus dem niederen Volk, ihn und seinen Zwillingsbruder gezeugt hatte. Niemand sollte das erfahren. Nur so konnte er auf den Thron, der ihm zustand! Sein Bruder, der Verrückte, war in den Bergen, mit dem wollte er sich später beschäftigen. Von Marie brauchte er noch etwas – das wusste er, er war ja selbst ein potenter Magier der dunklen Macht. Dann war sie wertlos wie die vielen kleinen Frauen, denen er diese Kraft bereits geraubt hatte, um sich wieder aufzutanken. Dann konnte er sie töten und der Thron gehörte ganz ihm. „Wenn das Volk nur wüsste..." lachte er süffisant, als er sich diese Gedanken in seinem Bett machte, wohin ihn das Schicksal gezwungen hatte.

Im Kloster Zargossi ging alles seinen gewohnten Gang. Die Sicherheitsmaßnahmen waren jedoch auch hier sehr verstärkt worden. Auf den Mauern und Türmen standen zu jeder Tages- und Nachtzeit Wachen. Überall wurde kontrolliert, auch im darunter gelegenen Dorf. Jeder brauchte einen Passierschein. Ramon ritt mit seiner Garde den

Weg zum Kloster hoch. Gerade hatte er in der umgebauten Festung des Dorfes Zargossi ein paar Gefangene vom letzten Truppeneinsatz in Aquitanien abgegeben. Einen der vier Hauptgesuchten, Frigeaux oder Berenguar hatten sie leider nicht erwischt, obwohl sie einem kleinen Trupp dieser Bruderschaft aus Portugal, vom Isabellas Stift verfolgt hatten, die sich im Norden neu formierten, wo noch andere Brüder hinzustießen. „Da braut sich was zusammen, was zerschlagen werden muss", dachte Ramon bei sich. Dann kam er am Kloster an.

Ramon wurde von den Wachen durch das große, eiserne Tor gelassen. Er stieg vom Pferd ab. Der Aufsicht habende Bruder grüßte ihn: „Guten Tag, Monseigneur Ramon!"

„Ich muss den Abe sofort sprechen!", forderte Ramon in herrischem Ton.

„Jawohl", sagte dieser und führte ihn ins Haus.

„Der Bischof d'Albert ist krank. Er liegt zu Bett. Ich werde nachfragen", versprach der Bruder und führte ihn hinauf, wo sich die Gemächer des Abe befanden. Bruder Laurant, der persönliche Diener des Abes erschien. Er war klein und stimmlos. Irgendwann hatte man ihm die Zunge herausgeschnitten.

Mit einer Geste bedeutete er Ramon mitzukommen und führte ihn weiter. Schließlich standen sie vor einer breiten, dunklen Tür. Der Bruder klopfte. „Herein", ertönte die Stimme des Abes, die heute etwas matter als üblich klang. Ramon trat ein und verneigte sich. Sein Schwert hatte er beim Bruder Laurant zurückgelassen. Der Abe lag hoch aufgerichtet in seinem Bett, mit Kissen gut gepolstert. Die schweren Vorhänge waren zugezogen. Es war dämmrig. Der Abe hatte die linke Brust und Schulter verbunden.

„Ihr habt mich rufen lassen, mein Bischof Abe? Was ist Euch passiert, Ihr seid verwundet?", fragte Ramon nach und richtete sich wieder auf.

„Tretet näher, mein Freund Ramon", sagte der Abe sanft, aber bestimmt. Er lächelte mit dünnen Lippen, und Ramon trat zum Bett.

„Nun, ich hatte einen kleinen Unfall unterwegs. Aber es ist schon auf dem Weg der Besserung. In ein paar Tagen bin ich wieder in Saragossa." Der Abe machte eine Pause. Ramon bemerkte trotz des Dämmerlichtes, dass sein Gesicht Schnittwunden trug, die am vernarben waren. „Das ist es gut."

„Die Königin, der ich auf der Spur war, hält sich im Norden, bei diesem Magier auf. Sie kann aber auch mit einem dieser Brüder, diesem Raphael de Berenguar oder ihrem Bruder Philipp unterwegs sein. Habt ihr dort in Aquitanien gesucht und diese Brut aufgespürt, so wie ich es befohlen hatte, nachdem diese Vögel vom Isabellas Stift ausgeflogen waren?", fragte der Abe ziemlich scharf.

Ramon trat einen Schritt zurück und baute sich breitbeinig auf. „Jawohl, mein Abe, das taten wir und stießen bei Bredes auf eine Schar Brüder, die sich dort gerade mit anderen Brüdern vereint hatte. Als wir sie verfolgten, gewannen sie einen Vorsprung und kamen wider Erwarten im Kloster Notre Dame Yves St. Marie unter. Dieses Kloster ist sehr wehrhaft und wir konnten es nicht einnehmen. Als wir das Tor des Klosters aufbrachen, haben wir viele von diesen Gesellen gefangen nehmen können, wobei sie es aber, wenn auch nur unter hohem Verlust, wieder sicherten", verteidigte sich der erste Mönchsritter.

Dass sogar Nonnen mitgeholfen und seinen Leuten Pech und ihren Latrineninhalt auf den Kopf geworfen hatten, verschwieg Ramon peinlichst, da ihm die Niederlage sehr unangenehm war.

„Das ist schlecht, dass du dich von ein paar Brüdern in einem Frauenkloster abwehren ließest, mein Freund. Wozu habe ich euch ausbilden lassen?", entgegnete der Abe gefährlich leise und funkelte Ramon mit kalten Augen an.

Ramon schwieg betreten und sagte dann: „Das wird nicht wieder vorkommen. Ich kümmere mich darum."

Der Abe fragte weiter: „War einer dieser drei geflohenen Häftlinge von Nardun dabei, oder gar dieser Frigeaux? Seine Stimme hatte einen unangenehm fordernden Ton und war leicht erhoben, wie Ramon bemerkte. Er schwitzte.

„Ich glaube ja. Raphael de Berenguar führte den Trupp. Ich hörte seinen Namen fallen. Auch war dieser Abt Claudius dabei. Sie hatten ein Treffen mit einer anderen Bruderschaft und wollen sich in Saragossa zu einem größeren Angriff vereinigen. So brachten wir es aus den Gefangenen heraus. Wir ließen sie singen". Ramon grinste böse.

„Gut", erwiderte der Abe wieder in seinem Element. Er hatte so etwas vermutet. „Sie planen einen Großangriff. Dann werden wir sie damit vernichten. Sie müssen ja zusammenkommen. Suche überall mit deinen Leuten und den königlichen Soldaten dieses Lager in Saragossa. Krempel jeden Hof, jedes Chateau um. Und vor allem", jetzt flüsterte der Abe, „bring mir diesen Frigeaux mit diesem entflohenen Berenguar lebendig und zwar schnell! Und die Königin, dieses Flittchen am besten auch, sonst muss ich mich wieder um sie kümmern! Mit denen rechne ich selbst ab. Die anderen töte!"

Der Abe atmete langsam durch und fügte noch hinzu: „Verpasse dem Kloster Notre Dame einen Denkzettel und lass es bewachen. Da geht kein Raphael oder Claudius mehr ein und aus."

Die Stimme des Abes hatte sich erhoben und zitterte in ihrem eisigen Klirren, wie es dem Abe zu eigen war. Er atmete stärker und hielt sich die Brust, die ihm auf der linken Seite noch immer weh tat. Wieder sah er diesen Einbrecher und Dieb vor sich, der ihn mit dem Schwert angriff, wo er mit seiner ganzen Aufmerksamkeit bei der Königin war und sie gerade soweit hatte, dass sie ihm gehorchte. Er würde sie alle töten, nachdem er sich geholt hatte, was er wollte, dachte der Abe grimmig.

„Jawohl", sagte Ramon zufrieden. „Ich brauche unsere Leute und alle verfügbaren Kräfte zwar in Saragossa, um das Zentrallager der Aufständischen aufzuspüren, werde aber über Sepe oder Rambaud einen Trupp nach Aquitanien schicken."

Der Abe nickte nur noch und wies ihn an, abzutreten. Dann rief er seinen Diener, Bruder Laurant. Laurant trat ins Zimmer und verbeugte sich. „Hol mir die Flasche mit dem Wundelixier aus dem Schrank." Laurant tat wie geheißen und trat mit der Flasche ans Bett.

Der Abe hatte seinen Verband über der Brust und Schulter schon begonnen, aufzumachen. Laurant half ihm und legte den alten Verband weg. Er brachte neues Verbandsmaterial, während der Abe selbst sein Elixier auf seine Wunde träufelte, die direkt über dem Herzen lag. Und sofort begann sie, sich zusammenzuziehen und zeigte neue Heilansätze. Es war eine tödliche Wunde gewesen, die Raphael de Berenguar ihm mit seinem Schwert in der Sekunde beigebracht hatte, wo er unaufmerksam gewesen war, da er sich schon bei der Königin am Ziel glaubte, erinnerte sich der Abe. Er knirschte mit den Zähnen, als er an diesen Raphael dachte.

In seiner Behausung auf der alten Templerburg hatte er gerade noch rechtzeitig dieses Elixier zur Hand gehabt und es aufgetragen, da er es immer bei sich trug, sonst hätte die Wunde auf das Herz übergegriffen. Das konnte sofort das Blut stillen und die Wunde so weit zusammenziehen, dass keine weitere Blutung mehr eintrat. So konnte er sich vor dem Tod retten. Um sich für diese Schmach zu rächen, stellte sich der Abe nur Raphaels Gesicht vor, schickte tödliche Gedanken und vergiftete ihn so. Sie sollten ihn in jeder Situation treffen, wo er kämpfen musste. Wie tödliche Pfeile würden diese Gedanken, die der Abe jetzt nährte, gegen ihn agieren, um sie dann im passenden Moment in eine gegnerische Hand übergehen zu lassen. So dürfte dieser Berenguar nicht mehr allzu lange leben. Der Abe war ärgerlich und verzog vor Schmerz sein Gesicht. Das Elixier brannte, aber es leistete wunderbare Arbeit. Die Stichwunde über dem Herzen hatte sich schon von innen heraus gut geschlossen. Laurant legte den neuen Verband an und wartete noch auf einen Befehl. Der Abe ließ sich noch sein Gesicht versorgen. Dann nickte er nur und sagte: „Du darfst gehen". Laurant verstaute das Elixier, nickte ergeben und verschwand eilig.

Er würde bald wieder aufstehen können und sein Gesicht war auch verheilt, dachte der Abe befriedigt. Zugleich dachte er in kaltem Hass an Marie, die jetzt seine Todfeindin war, da sie zu seiner Schmach geführt hatte. Der Abe probierte: Jetzt schon konnte er seinen linken Arm wieder bewegen. Zufrieden lehnte er sich zurück und schloss für einen Augenblick seine Augen. In diesem Moment der Ruhe, die er sich nicht oft gönnte, da er aufgrund seines Doppellebens immer sehr viel zu tun hatte, um seine machtvollen Pläne weiterzutreiben, lief sein Leben in einem Film vor ihm ab. Alle Menschen begegneten ihm, die er im Laufe der Zeit vernichtet hatte, Kloster-Brüder, seinen alten Abt, Murielle, Jacques und seine Familie, sein eigener Sohn Raimond, und viele mehr. Da tauchte sein Bruder Argon vor seinem inneren Auge auf und schaute ihn an.

Sofort wischte er diese Eindrücke weg und ging in die Zukunft. Er hatte sich ein Bündnis mit dem französischen König und mit dem

Papst gesichert, das er unter dem König noch herbeigeführt hatte. Er hatte den alten Orden, die Bruderschaft des That, der die Frigeaux und zuletzt Jacques angehörten, mit Hilfe der römischen Kirche und des Königs zerschlagen. Und er würde, wenn er den ganzen Widerstand der Rebellen brach, Herr über dieses Land Aragon werden, Herr über den Glauben und die Gesinnung des Volkes.

Er würde entscheiden, was recht ist und was nicht. Und er würde eine **neue schwarze Bruderschaft des rechten Glaubens** aufbauen, wo er jetzt schon den Grundstein in Zargossi gelegt hatte. Nichts anderes würde es mehr geben. Genussvoll verweilte der Abe hier einen Moment mit seinen Gedanken. Dank seiner Begabung, Menschen nach seinem Willen zu lenken, stand ihm dann auch Frankreich und die heilige römische Kirche offen. Das Feld seiner Macht über Land und Volk schien sehr ausbaufähig.

Befriedigt und lustvoll erregt konzentrierte sich der Abe auf seine Heilung. Die Königin Marie, an die er noch kurz dachte, würde er sich spätestens, wenn sie wieder auf den Thron wollte und sich dem Widerstand anschloss, holen, ihr ihre Energie nehmen und sie dann töten. Wenn sie vorher getötet wurde, würde er es auch verkraften – es gab ja noch andere Frauen, wie die schöne Comtessa, die ihn schon anbetete und nur auf ihn wartete. Aber Marie d'Argout war schon etwas Besonderes – das wollte er sich nicht nehmen lassen! Die letzte Frigeaux! Langsam, Schritt für Schritt, würde er ihr die Kraft rauben.

„Es war doch herrlich, wie töricht und naiv sie mir auf diese ‚Raphael-Illusion' hereinfiel!" dachte er befriedigt. Noch einmal würde sie ihm nicht entkommen. Die hat schon zu viel Glück gehabt, dachte der Abe grimmig. Dann gönnte er sich etwas Heilschlaf.

Ein paar Tage später hatte der weiße Magier entschieden, zum Kloster zu gehen. Er hatte eine Botschaft von der ehrwürdigen Mutter erhalten. Marie wollte mit.

„Lass uns Tamino nehmen, so sind wir schneller und sicher", bat sie den Magier. „Ok, wenn er uns beide trägt, dann rufe ihn!", sprach der Magier und machte alles fertig. Sie hatten einige Flaschen Medizin und Verbandsmaterial bei sich. Offenbar hatte es einen Überfall gegeben. Als sie auf Tamino, der kein Problem mit zwei Reitern hatte, beim Kloster ankamen, sahen sie, dass die Pforte und die Klostermauern teilweise zerstört und verbrannt waren.

Die ehrwürdige Mutter empfing sie gleich unten. Sie leitete die vielen Hände an. Alle Nonnen und Schwestern waren mit den freiwilligen Helfern beschäftigt, die Schäden am Kloster und an der Kirche zu reparieren. Die Arbeiten gingen gut voran. Clarissa begrüßte den Magier und Marie herzlich: „Willkommen! Vielen Dank, dass Ihr so schnell gekommen seid! Oben in der Krankenstation liegen die Verwundeten. Lasst uns hinaufgehen!" „Gerne", antwortete der Magier und Marie nickte.

Damit ging die Äbtissin Clarissa schon voraus. Unterwegs erzählte sie: „Gestern morgen wurden wir von verbündeten französischen und aragonischen Soldaten angegriffen, einem Kontrolltrupp, der anscheinend alles angreift, wo er Aufständische vermutet. Die Zeiten sind schlimm geworden und die Soldaten werden immer roher. Besonders diese ‚Mönchsritter', pfui Teufel, so eine Brut! Statt dem Herrn zu dienen, dienen sie dem Satan!" sagte sie grimmig.

„Direkt zuvor hatten wir hier einige Brüder aus dem Süden aufgenommen, die vom St. Isabellas Stift kamen und sich hier in der Gegend offenbar mit anderen Brüdern getroffen hatten. Sie flohen vor den Soldaten und suchten Schutz. Ich kenne nämlich den Abt Claudius und sie überbrachten mir seine Botschaft." Die ehrwürdige Mutter machte eine Pause, um Luft zu holen. Dann stiegen sie die Treppen hinauf. „In diesen Zeiten habe ich Aufnahme nicht verwehren können, obwohl wir ein Frauenkloster sind... Das ist meine christliche Pflicht der Nächstenliebe. Sie müssen ja wohl nicht Nonnen werden", lachte sie. „Die Brüder haben den Angriff zwar erfolgreich abgewehrt, nicht zuletzt dank unserer wehrhaften Mauern und einiger beherzter Nonnen."

Äbtissin Clarissa musste lächeln, als sie an die Latrineneimer dachte, die ihre Nonnen hinuntergeschüttet hatten neben den Pechkübeln. „Wohlweislich hatten wir Nonnen für solche Eventualitäten schon etwas hergerichtet. Das war zwar nicht besonders christlich und freundlich, aber sehr erfolgreich!" Dann seufzte die Äbtissin: „Aber Verwundete hat es trotzdem gegeben. Die Soldaten waren ja in der Übermacht." Clarissa lächelte grimmig vor sich hin und dachte daran, dass ihre Tat, den Brüdern des Widerstandes Schutz zu gewähren, nicht ungesühnt bleiben würde. Der Abe wusste spätestens jetzt, wo sie stand. Aber wusste er das nicht sowieso? Nicht umsonst hatte sie sich damals vor zwanzig Jahren dieses Kloster ausgesucht, als sie sich in ihrem Orden selbständig machen wollte. Der Papst hatte es damals genehmigt. Wehmütig dachte die Äbtissin daran zurück. Jetzt galt es, der Macht die Stirn zu bieten, die alles Gotteswerk mit Füßen trat.

Da waren sie auch schon in der Krankenstation angekommen. Marie klopfte das Herz bis zum Hals. Sie wusste ja, dass ihr Bruder Philipp und Raphael vom Isabellas Stift kamen, das unter Abt Claudius stand, und im Widerstand waren.

Eine Nonne öffnete die Tür und ließ sie hinein. Es herrschte Dämmerlicht. Mehrere Menschen lagen in Betten, die der Reihe nach standen und durch Vorhänge getrennt waren.

Sie gingen hindurch und traten unter der Führung der Äbtissin an ein hinten an der Wand stehendes Bett, das ganz abgetrennt war.

Äbtissin Clarissa stellte ihnen den Befehlshaber dieser kleinen Gruppe vor: „Das ist Raphael de Berenguar, der die Brüder anführte und mir die Grüße von Abt Claudius überbrachte." Die Äbtissin nickte Raphael freundlich zu, schaute aber zugleich besorgt in sein Gesicht und legte ihm die Hand auf die Schulter. Raphaels Kopf war ganz verbunden und sein Gesicht leichenblass. Er wirkte schwach. Seine Augen glänzten fiebrig. Da stellte die Äbtissin die beiden Besucher vor, den Magier aus dem Norden und Marie.

Marie schrie leise auf. „Raphael, du bist hier?" In ihrer Überraschung und Freude, ihn lebendig zu sehen, hatte sie sich Raphael schon ganz zugewandt, der sie vollkommen überrascht und glücklich anschaute. Beide waren in ihren Anblick versunken und Marie hatte Raphaels Hand ergriffen. Ein glückliches Lächeln umspielte Raphaels Lippen.

Der Magier sah das Leuchten in ihren Augen und schaute von einem zum anderen. Das also war Raphael, dachte er sich zufrieden, von dem er schon viel gehört hatte.

Die Äbtissin stellte fest: „Die beiden scheinen sich ja gut zu kennen." - „Ja", sagte Raphael leise. „Vielen Dank, dass Ihr sie geholt habt." Der Magier schaute Raphael eindringlich an und bemerkte leise zur Äbtissin: „Den hat es aber böse erwischt. Seine Augen verraten mir, dass da etwas faul ist. Da ist nicht nur der Körper schwer verletzt!"

Der weiße Magier sah genauer hin und spürte das dunkle Energiefeld, das Raphaels Kopf umgab. Sein eigenes Energiefeld war bewusst gestört worden. Argon sah und fühlte diese tödlichen Gedanken seines Zwillingsbruders, des Abes, die Raphael in diesem Kampf infiltriert und getroffen hatten. Gottseidank nicht tödlich, dachte Argon, der die magische Kraft seines Bruders kannte und selbst schon gespürt hatte.

Raphael war ein ausgezeichneter Kämpfer, das sah er. Und auch die Liebe von Marie wird ihm ein Schutz gewesen sein, dachte der Magier noch, als er schon seine Elixiere und Verbandssachen auspackte, die er mitgebracht hatte. Einen Teil gab er der Äbtissin.

Raphaels Kopfverletzung an der Schläfe war tief und hatte gerade noch Auge und Ohr verschont. Die Äbtissin assistierte und nahm mit vorsichtigen Händen den Verband ab, der schon blutdurchtränkt war. Sie hatte einen Tag vorher nur eine Notversorgung machen können, da ihr bei so vielen Verletzten das Verbandsmaterial ausgegangen war. Der Magier holte sein spezielles Wundelixier heraus und begann, die Wunde, die bis zum Knochen reichte, damit zu versorgen. Sofort schlossen sich die Wundränder, die Entzündung ging zurück und es begann zu heilen. Marie schaute zu und hielt Raphaels Hand. Raphael bemerkte die Gedanken Argons und erinnerte sich wieder an die Kampfszene, wo es ihn erwischt hatte. Das war vor dem Haupttor der großen Klostermauer gewesen, als sie es sichern wollten.

Raphael sprach mit leiser Stimme zu Marie: „Die Soldaten hatten das Haupttor des Klosters gerammt und fielen gerade ein. Ich sicherte es mit anderen Brüdern. Ich war abgelenkt und einen Moment unaufmerksam. Es kam plötzlich so etwas wie ein dunkler Nebel über mich. Da traf mich ein Pfeil, der mein Bein durchbohrte. Ein Schmerz durchzuckte mich wie ein Blitz. Ich bemerkte zu spät, wie mich mehrere Soldaten angriffen. Ein großer Kerl, es war deren Hauptmann, hieb mit seinem Schwert auf meinen Kopf zu. Ich konnte gerade noch ausweichen, sonst wäre ich wohl nicht mehr hier." Raphael lächelte vorsichtig. Die Wunde schmerzte. Er hielt die Augen geschlossen. Argon tat sein Werk. Als sie fertig waren, atmete auch die Äbtissin erleichtert auf. Raphael war am schwersten verwundet worden. Er hatte schon draußen viel Blut verloren, bevor sie ihn hineingebracht hatten, wo die Äbtissin ihn sofort versorgt hatte. Mit dem anderen Material schickte sie jetzt zwei Nonnen los, welche die anderen Männer versorgten. Auch der Magier schaute noch zu den übrigen Brüdern und half, wo er gebraucht wurde. Dann setzte er sich nochmals zu Raphael, der inzwischen ein wenig ausgeruht hatte. Marie hatte seine Beinwunde versorgt. „Dieses Elixier ist sehr stark und wird dir deine Kraft wieder bald zurückgeben", sprach Argon zu Raphael. „Es beschleunigt nicht nur die Wundheilung, sondern neutralisiert auch das Gift, das dir gedanklich infiltriert wurde." Argon schaute Raphael an, der überrascht aufschaute.

„Was?" fragte er nur. Marie hatte es verstanden. Auch sie hatte dieses Feld um Raphaels Kopf bemerkt und war erschrocken gewesen. „War es der Abe?", fragte Marie vorsichtig und schaute Argon an. Der nickte nur. Raphael blickte von Marie zu Argon.

Dann erklärte Marie Raphael: „Der Abe oder Zyan, der dunkle Magier, den du auf der Burg bei meiner Befreiung niedergestochen hattest, ist nicht tot. Er hat dir seine Rache geschickt: tödliche Gedanken oder eine Art Fluch, könnte man sagen, der dich im Kampf treffen sollte durch die Hand des Feindes. Hätte ja auch fast funktioniert. Du hattest einen Schutzengel."

Raphael lächelte Marie an und ergriff ihre Hand. „Ja, den sehe ich gerade vor mir." Dann wandte sich Raphael an den Magier: „Vielen Dank, mein Herr für das Wundelixier und vor allem für die Aufklärung. Jetzt verstehe ich die plötzlich aufgetretene, dunkle Wolke, bevor es passierte, die meine Aufmerksamkeit trübte. So etwas kannte ich vorher nicht.

„Du kannst mich wie Marie Argon nennen", erwiderte der Magier kurz und reichte Raphael seine Hand, die dieser ergriff.

„Wenn du darum weißt, dass eine solche Kraft dich angreift, kannst du sie ab jetzt auch selbst neutralisieren. Du kannst seine vergifteten Gedanken, die wie Pfeile kommen, einfach zurückschicken und nicht mehr an dich heranlassen. Dadurch wird Dein eigenes

Schutzfeld nicht mehr zerstört und eingenebelt. Du baust dein eigenes Schutzfeld auf und stärkst es", erklärte der Magier freundlich. „Das wäre übrigens sehr wichtig, da Zyan, oder mit seinem anderen Namen der Abe d'Albert, es sicher wieder probieren wird." Raphael schloss die Augen. „Ich werde daran denken", sagte er ruhig.

Marie blieb noch bei ihm sitzen, während sich die Äbtissin und der Magier zurückzogen, um die Situation zu besprechen. Das Kloster musste gesichert werden, da der Abe sicher Rache üben würde. Argon hatte ihr seinen Schutz zugesagt, so wie er das mit seiner Kraft vermochte. Der Saal lag wieder im Dämmerlicht. Alle schliefen. Nur Marie und Raphael unterhielten sich leise. „Ich stelle mir dein Gesicht vor und dann sehe und fühle ich dich wirklich", sagte Raphael leise. „Das hat mir schon oft Kraft in schwierigen Situationen wie in Nardun gegeben."

„Ich mache es genauso", antwortete Marie mitfühlend. „Ich sah dich in Nardun." Raphael lächelte sie an: „Da warst du mir auch nahe." Marie fuhr fort: „So können wir uns immer begegnen und Botschaften schicken, unabhängig von Raum und Zeit, auch wenn wir uns nicht sehen können. Wir müssen uns nur ganz auf die Schwingung des anderen konzentrieren. Und wenn du vor meinem geistigen Auge auftauchst, weiß ich, dass du mir etwas sagen willst. Ich werde mich dafür offenhalten. Ich habe es mit Argon gelernt und erlebt. Er hat mir beigebracht, mich auf den anderen so zu konzentrieren, dass das wirklich klappt. So arbeiten wir gemeinsam. Wo zwei verbunden sind, gibt es auch Kontaktmöglichkeit über ihre **Kraft der Verbindung**. *Im Geist geht nichts verloren'*, nur aufgreifen müssen wir es, daran glauben und es tun", gab Marie weiter, was sie selbst gelernt hatte.

Raphael, der diesen geistigen Kontakt selbst schon erfahren hatte, nahm begierig alles auf, was Marie ihm erzählte. Sie austauschten noch einiges aus, um in Verbindung zu bleiben, wenn Raphael zur Bruderschaft nach Saragossa zurückkehren würde.

Da erhob sich Raphael etwas aus seinen Kissen. Marie beugte sich hinab. Er flüsterte ihr leise ins Ohr: „Der Widerstand plant einen großen Aufstand. Viele Brüder haben wir inzwischen vereint und ziehen wir noch zusammen. Der Abe wird nicht mehr lange regieren. Das

Volk will dich und wir werden dafür sorgen, dass du zurückkehren kannst", versprach Raphael mit leiser, aber eindringlicher Stimme.

Seine Augen glänzten wieder fiebrig. Marie drückte seine Hand und bedankte sich. Dann verabschiedete sie sich und versprach: „Schlaf jetzt! Ich bleibe da, bis es dir besser geht. Morgen komme ich wieder, gute Nacht."

Marie fand den Magier und die Äbtissin beim Nachtmahl. Sie hatten sich in das Arbeitszimmer der Oberin zurückgezogen, das Marie schon gut kannte. „Schön, dass du kommst, Marie. Hier, nimm und iss!", sprach die Äbtissin und unterbrach ihr Gespräch mit Argon.

Sie reichte Marie das Brot, das sie selbst herstellten. Hungrig nahm Marie von dem guten Olivenbrot, etwas Käse und eingelegte Früchte, die süß sauer waren. Auch Nüsse in Honig standen auf dem Tisch. Die Äbtissin Clarissa hatte Gläser geholt und brachte noch eine Flasche Wein. Anscheinend ist heute ein besonderer Tag, dachte Marie. Sie hatte hier noch keinen Wein gesehen.

„Das ist eine Flasche Chablis du Croix aus Soins", sagte die Äbtissin stolz und schenkte drei Gläser ein.

Der Magier schaute auf und lächelte die Äbtissin überrascht an. „Dann scheinen wir heute etwas zu feiern", erwiderte er freudig.

Auf Maries fragenden Blick antwortete die ehrwürdige Mutter: „Dieser Wein kommt aus Soins, aus einem Zisterzienserkloster, dessen Abt ich gut kenne. Sie machen den ältesten und besten Chablis weit und breit. Vor vielen Jahrhunderten entdeckten die Zisterziensermönche die besten Lagen für diese Traube in Burgund. Und seitdem wird er dort in Soins von den Zisterziensern angebaut."

„A votre sante! Gott zum Wohl!", sprach sie. Da erhoben sie die Gläser und stießen an. Der Wein schmeckte köstlich und hatte einen ganz eigenen, mineralischen Geschmack, der zugleich vollmundig und mild war, wie Marie überrascht feststellte. „Köstlich", sagte sie. So einen Wein hatte sie selbst in Aragon als Königin noch nicht getrunken.

Auch Argon äußerte sich lobend: „Wunderbar, Clarissa, das ist ja eines deiner vielen Schätze!", und er lächelte sie an. Marie bemerkte zu ihrer Überraschung, dass die Augen des Magiers und auch die der ehrwürdigen Mutter seltsam aufleuchteten. Marie schaute genauer hin. Ja, dort zwischen den beiden gab es offenbar eine starke Verbindung. Schließlich kannten sie sich schon sehr lange, dachte Marie bei sich und wusste zugleich, dass dies nicht der Grund dafür war. Sie fühlte einen Anflug von Eifersucht und packte dieses Gefühl schnell wieder weg. Das gehörte sich nicht. Und liebte sie nicht Raphael?

Der Magier wandte sich an Marie und schaute sie an: „Morgen werde ich einen Schutzwall um das Kloster errichten. Ich werde ein Nebelfeld erzeugen und es um das Kloster legen, ähnlich wie ich es bei meinem Reich auf der Ostseite, beim großen Stein von Magpud, getan habe. Da es nicht weit von meinem Reich entfernt ist und die Landschaftsschwingung hier ähnlich ist, wird es wohl gehen. Danach wird das Kloster schwer zu finden sein. Soldaten suchen nicht gern und mögen keine dichten Wälder und keinen Nebel", lächelte Argon. „Da fürchten sie sich."

Sehr gut", meinte Marie und kaute noch auf ihrem Brot. Auch die Äbtissin nickte befriedigt. Offenbar hatten sie schon darüber gesprochen. „Abt Claudius versprach mir außerdem, sobald als möglich einen Schutztrupp seiner Leute zu schicken, die die Mauern und das Gelände bewachen sollen. Gottseidank haben wir hier genug Platz."

„Wenn die Nebelwand funktioniert, wird es wohl nicht mehr notwendig sein", meinte der weiße Magier und schaute Clarissa an.

„Ich bräuchte allerdings auch zeitweilig eure Hilfe. Eine vereinte Kraft wirkt stärker", erklärte Argon nur. „Natürlich, gerne", sagten beide Frauen wie aus einem Mund.

„So bleiben wir noch ein paar Tage, bis alles erledigt ist und du kannst Raphael ein wenig pflegen", lächelte Argon. „Ja, das möchte ich. Aber ich würde dir auch gerne bei diesem magischen Nebelwall helfen, Argon", schloss Marie. „Ja, da gibt es einiges zu tun und auch zu lernen für dich", erwiderte Argon. Er lächelte beide Frauen an und bat, sich zurückziehen zu dürfen. So höflich hatte Marie ihn selten erlebt, dachte sie belustigt.

An den nächsten drei Tagen wurde es immer diesiger und dunstiger. Der Frühsommer brachte hier in Aquitanien oft Regen. Das machte sich Argon zunutze und verstärkte diese Wettersituation. Es wurde feucht und die Nebel zogen auf. Marie arbeitete mit Argon und lernte viel über Wetter und Klima und wie es zu beeinflussen ist. „Schon die alten Ägypter konnten Wetter machen und nutzten ihre großen Pyramiden dafür", erklärte Argon Marie, die nur staunte. „Sie hatten ihre geistigen Fähigkeiten und Verbindung zum Kosmos noch nicht vergessen wie wir heute." In gut drei Tagen hatten sie das Hauptfeld des Nebels kreiert. Vier weitere Tage brauchten sie zur Stabilisierung. Das Geheimnis, wie er den Nebel erzeugte, wollte Argon nicht preisgeben. Argon wusste viel über alte Zivilisationen und deren Wissen zu erzählen, sogar über Atlantis und noch ältere Zivilisationen. Marie hatte sich in alten Erinnerungen schon an mehreren Orten wie auch Atlantis wiedergefunden, auch mit Menschen, die sie liebte. Aber dennoch blieb es ein Geheimnis für sie, wie alles zusammenhing und wo die Menschenseele sich immer wieder fand, um zu lernen und sich weiter zu vervollkommnen auf ihrer großen Reise.

Auf der Krankenstation ging Raphael schnell seiner Genesung entgegen. Dank Maries Betreuung und ihrer Kraft der Liebe, die sich heilend auswirkte, hatte er bald seine alte Konstitution wieder. Auch den anderen dort ging es rasch wieder besser dank des Wunderelixiers vom weißen Magier. Marie pflegte mit ein paar Nonnen die ganze Krankenstation. Alle waren mit der Medizin Argons versorgt worden.

„Darf ich etwas von dem wunderbaren Heilelixier mitnehmen zu unseren Brüdern?", fragte Raphael Argon, als dieser am Tag von Raphaels Abreise nach ihm schaute. „Wir werden es in nächster Zeit sicher dringend brauchen, da der Kampf zwischen Rebellen und den Soldaten immer heftiger wird. Bei uns gibt es auch heilkundige Brüder, aber so etwas haben wir nicht. Ich werde es Claudius zeigen."

Argon überlegte. Dann griff er in seine Tasche und holte eine Flasche von dem Wunderelixier heraus. Er reichte es Raphael und sprach: „Pass gut darauf auf! Es ist sehr kostbar. Ich werde dann neues machen. Bitte schön." Raphael bedankte sich herzlich und steckte die Flasche sorgsam weg. Seine Augen leuchteten.

Dann verabschiedete er sich von Marie. Sein ganzer Trupp wartete draußen und wollte aufbrechen. „Claudius erwartet uns dringendst in der Nähe von Saragossa. Ich werde dich holen lassen, sobald es eine Entscheidung gibt. Sende mir ein Zeichen, wie es dir geht. Ich weiß dich jetzt sicher beim Magier." Er lächelte Argon an und verabschiedete er sich auch von Argon und der Äbtissin.

„Wir bleiben in Kontakt." Raphael umarmte Marie und küsste sie. Marie nickte stumm. „Grüße meinen Bruder Philipp herzlichst von mir. Ich hoffe auf ein Widersehen", sagte sie noch. Sie hatte Tränen in den Augen und betete für Raphael, als er mit seinen Brüdern abzog.

„Wir benutzen den unsichtbaren Gang durchs Gebirge, den hat uns Philipp gezeigt. Der ist geschützt, weil die Soldaten ihn anscheinend nicht kennen", rief Raphael ihr noch zu, als er aufs Pferd stieg.

Jetzt hatte Marie auch wieder Zeit für Tamino. Als sie ihn aus dem Stall holte, wieherte er ganz erregt, schaute er sie etwas vorwurfsvoll an und stupste sie an der Schulter. Sie streichelte seine Nase. „Ja, tut mir leid, dass du hier so eingesperrt warst. Ich hatte zu tun. Jetzt geht's wieder nach Hause!" Dann striegelte und sattelte sie ihn. Nach einem herzlichen Abschied von der Äbtissin, „Gott segne und behüte Euch!" sprach sie und gab ihnen ein Segenszeichen auf die Stirn, waren Marie und Argon wieder auf dem Heimweg.

Jetzt ging es durch die dichten Nebenfelder, die direkt am Kloster begannen, so dass man von außen nichts mehr sehen konnte. Da fragte Marie nochmals nach: „Wieso kennt der Abe diesen unsichtbaren Gang durchs Gebirge eigentlich nicht, er ist doch sonst so bewandert hier?" Argon zog an seiner Pfeife, die er sich nach der intensiven Arbeit im Kloster gönnte. Er saß hinter ihr auf Tamino, der im Schritt ging, und antwortete: „ Er hält nichts vom alten Volk und hat sich nie um deren Dinge und deren Wissen gekümmert. So hat er ihn nie entdeckt. Das alte Volk bewacht ihn gut. Nur wenige Menschen, die mit dem alten Volk verkehren, kennen ihn."

Marie weilte in Gedanken beim alten Volk und sagte: „Ich hoffe, dass es nicht weggehen wird, und dass sich die Machtverhältnisse in Aragon bald wandeln. Mögen die Bruderschaften und Rebellen Erfolg haben", erwiderte Marie hoffnungsvoll und nachdenklich. „Wir werden sehen", schloss Argon, ohne mehr preiszugeben.

Bald kamen sie aus dem Nebel heraus und betraten den dichten Hexenwald, wo sie wieder geschützt waren. Über den Stein von Magpud, wo die goldene Krähe wachte, gelangten sie das Reich des Magiers.

Der magische Kreis am Spiegelteich

Die Zeit näherte sich der Sommersonnwende. Argon und Marie waren sehr mit dem herstellen von Heiltinkturen und Kräutermedizin beschäftigt. Täglich gingen sie in den Wald oder brauten in der Küche die Medizinelixiere und Tinkturen, die Marie dann sorgsam abfüllte. „Wir werden sie noch brauchen", hatte der Magier gemeint.

„Bald wird es Zeit für das Sammeln der Mondblume. Zur Sommersonnwende werden wir es tun. Da ist genau Vollmond dieses Jahr. Das ist genau die richtige Zeit", sagte Argon zufrieden. In den nächsten Wochen kam eine Gesandtschaft vom alten Volk durch den Wald zu ihnen. „Wie passieren sie den Schutzwall?", fragte Marie neugierig, als drei Mennen auf einmal auf der Lichtung standen.

„Nun, sie können es wie du. Ich kann mich auf sie verlassen und habe ihnen den Durchgang gewährt", antwortete Argon. Da wurde der erste von ihnen, Theofas vorstellig: „Wir brauchen dringend neue Medizin für unsere Mennen und Weibli und die Natur", meinte Theofas, der jüngere Bruder von Andreas und Anton.

„Herzliche Grüße auch von unserem König. Er ist sehr besorgt und plant den Rückzug unseres Volkes wohl zur nächsten Tagundnachtgleiche, wenn es nicht besser wird", meinte er besorgt.

„Der dunkle Magier hat wieder stärker zugeschlagen mit seinen schwarzen Vögeln. Überall tauchen die inzwischen auf. Neben unseren Leuten, die krank sind, ist auch viel Wald betroffen, ganze Felder und Wiesen, auch am Fluss die Zauberwiesen, ", meinte Theofas traurig." Marie erinnerte sich an die Zauberwiesen und was sie dort schon gesehen hatte. Sie konzentrierte sich und schickte aus ihrem Herzen Gedanken des Segens dorthin.

Dann gab Argon der Gesandtschaft von der Medizin drei Flaschen mit, wofür sich diese herzlich bedankte und ihnen einen großen Kuchen schenkte, den die Weibli gebacken hatten. Sie verabschiedeten sich. Etwas später kam ein Ruf aus dem Kloster. Ein Gesandter der Äbtissin wartete am Stein von Magpud. Der weiße Magier sah ihn sofort. Nur Menschen mit einer speziellen Erlaubnis durften seine Lichtschutzschranke passieren, die übrigen warteten üblich an der Grenze. „Was ist denn dort los?", fragte Marie aufgeregt.

„Wir brauchen Medizin, da es umliegend vermehrt Überfälle und Gefechte gab. Dem Kloster ist nichts passiert. Der Schutz hält", erwiderte der Gesandte dem Magier. So ging Argon selbst und brachte die Medizin zum Stein von Magpud. Als er wiederkehrte, sagte er: „Ich habe es kommen sehen. Mein Bruder ist sehr aktiv und er hat viele Helfer und Bedienstete. Überall gibt es jetzt Kämpfe, von Aragon bis Frankreich und Aquitanien, bis hier ins Nebelland hinein. Wir haben nicht zu viel Medizin gemacht." Argon setzte sich nieder und zog sein Jagdmesser, um es zu reinigen.

Dann fuhr er bedächtig fort: „Auch Zyans schwarze Vögel sah ich. Sie flogen zahlreich über mein Reich. Das andere Dorf auf der Westseite braucht bald Hilfe. Dort greifen die schwarzen Vögel schon Menschen an. Alles nähert sich langsam dem Höhepunkt. Er will den Widerstand anscheinend in einem Schlag auslöschen. Das hier ist Vorgeplänkel. Er plant etwas. Ich spüre seine Gedanken…", schloss der Magier dunkel und blieb in seine Gedanken versunken. Die Klinge seines schönen Druidenmessers, das er nach dem Kampf mit dem Eber wieder repariert hatte, leuchtete, als er Kräuter für einen Tee schnitt.

Marie war besorgt und machte sich Gedanken. Oft dachte sie, was wohl ihr Part im Ganzen war. Wie sollte sie nur den Abe vernichten, um wieder Königin zu sein? Oder würden es ihr Raphael, Philipp und die anderen Brüder mit ihren Widerstandskämpfen abnehmen?

So wie Raphael es ihr gesagt hatte? Sie wusste es nicht und sah noch keine Lösung. Viel hatte sie in der letzten Zeit von Argon gelernt. Ihre Konzentration, die Beherrschung ihres Körpers, ihrer Gefühle und Gedanken und die geistige Arbeitskraft waren gewachsen. Ihr Wissen in Kräuterkunde und Elixieren auch. Sie sah das Licht in den Dingen dieser Welt. Sie konnte sich telepathisch mit Raphael und mit Argon verständigen. Die universellen Gesetze hatte sie studiert und die Magie geistigen Wirkens erfahren. Fleißig schrieb sie ihre Erfahrungen über diese Gesetze und das geistige Wirken in der Natur, wie Argon es ihr beigebracht hatte, in ihr Büchlein, das ihr Argon zu Beginn ihrer Lehrzeit geschenkt hatte. Oft las sie abends bei Kerzenschein darin. Sie hatte dort mit den Lehren ihres Großvaters angefangen, so dass sie alles gesammelt hatte. Es machte sie glücklich, ihr eigenes Lehrbuch zu haben, wie sie es bei Großvater gesehen hatte.

Der Morgen der Sommersonnwende begann mit starkem Nebel, der sich langsam vom Boden weg lichtete. Die Natur sah frisch und geheimnisvoll aus. Marie war unruhig und ging eine Runde durch den Garten. Es duftete nach Lavendel, der zahlreich in seiner blauen Blüte stand und nach Rosmarin. Der wilde Oregano und Thymian hatte ganze Felder gebildet und die Kräuter reckten ihre zarten Stängel in den Wind.

„Feiern die Druiden die Sommersonnwende nicht mit Feuer und heiligen Tänzen?", fragte sie Argon, als sie wieder drinnen in der Hütte war und dachte an Samhain zurück, wo sie eine wesentliche Erfahrung im Mysterium der Nacht gemacht hatte.

„Es wird heute anders sein", antwortete der Magier kurz. Wir nähern uns dem Ende deiner Lehrzeit und bald wirst Du zurückgehen, um deine Aufgabe zu erfüllen - und Raphael wiederzusehen…", antwortete der Magier ruhig und ging seiner Arbeit nach.

Zu Mittag setzten sie sich mit dem Essen auf die Veranda. Es gab Mangold mit Rahm und Hirsebrei mit kleinen Himbeer- und Waldfrüchten. Als sie genussvoll ihre Mahlzeit aßen, für Argon war das einfache Essen, wo er die Zutaten selbst aufgezogen hatte, immer das beste, fragte er nachdenklich: „Erinnerst du dich noch an die stärkste Kraft im Menschen? Wir sprachen davon vor deiner zweiten Reise!"

„Natürlich", sagte Marie. Sie steckte sich gerade den letzten Bissen Hirse mit Himbeeren in den Mund. „Die Sexualität und ihre Kraft in der Liebe. Du sprachst noch von einer dritten Stufe, von der ich nichts weiß."

„Richtig", sagte Argon. „Wir sprachen bis jetzt nicht darüber. Jetzt ist es Zeit." Argon machte eine Pause und reinigte nach dem Essen wieder sein Jagdmesser. Vor allem nach diesen wunderbaren

Himbeeren, den framboises, die du gepflückt hast", lächelte Argon Marie zu. Dann fuhr er fort: „Hier geht es nicht mehr um Sexualität an sich, oder um die Liebe zwischen Mann und Frau, sondern um die ganz spezielle geistige Verwandlungskraft durch alle Körper, das heißt durch alle Lichtkörper und Energiezentren hindurch. Nun, in der Tat beginnt diese Kraft der Verwandlung im physischen Körper und insofern hat sie doch wieder etwas mit der Sexualkraft zu tun." Argon lächelte leicht.

„Wie soll ich mir das vorstellen?", fragte Marie verwirrt. „Doch und doch nicht mit der Sexualkraft zu tun?" „Wie war das erste kosmische Gesetz?", fragte Argon nach.

„Der Geist formt die Materie und Geist existiert vor der Materie", antwortete Marie.

„Denke an deinen Traum von Großvater aus dem fernen Land im Norden. War er real oder nicht?" hakte Argon nach.

„Ja, irgendwie schon, doch eigentlich nicht. Aber er brachte mich hierher", sagte Marie.

„Also doch real, er hatte eine physische Auswirkung und war richtig, oder?" erwiderte der Magier. „Ja", sagte Marie.

„Also ist Geist und geistiges Wirken, was nun mal unsichtbar ist, real." - „Richtig", sagte Marie.

„Den Beweis hast du, wenn du an die Nebel denkst, die wir um das Kloster legten und den Schutzwall hier", ergänzte der Magier. „Du hattest ja selbst mitgewirkt beim Kloster und das Ergebnis erfahren. - Nun, kommen wir zum dritten Weg der Sexualität.

Der dritte Weg offenbart ihre volle Kraft. Hier ruht ein Geheimnis. Das Geheimnis von Geist und Materie. Es ist die Erweckung des Geistes im Körper: Die Umwandlung des Körpers durch den Geist.

Dafür gibt es an sich verschiedene Wege, aber der schnellste und stärkste ist, wenn derjenige bereit ist, ein Akt, der eine Einweihung ist. Was Einweihung heißt, weißt Du?" - „Ja, antwortete Marie, *es ist die Bewusstwerdung in einer neuen Entwicklungsstufe und das neue Erwachen in dieser.*" „Sehr schön gesagt", lobte der weiße Magier Marie. „Die dritte Stufe der Sexualität bedeutet, dass das Bewusstsein durch eine Verwandlung geht, durch die es in große karmische Zusammenhänge einsehen kann und der Seele vollen Raum im Körper gibt. Das bedeutet eine *veränderte Wahrnehmung der Wirklichkeit!*"

Argon machte eine Pause und betrachtete Marie, um die Wirkung seiner Worte zu prüfen. Marie ließ die Worte in sich nachschwingen und lauschte nach innen. „Das klingt wirklich erhebend und sehr spannend."

„Das ist es tatsächlich", lächelte Argon. „Und woher weiß man, wann die Zeit für diese Umwandlung gekommen ist?", fragte sie nachdenklich.

„Nun, das werden wir sehen. Es zeigt sich im Tun.", erwiderte Argon kurz. Er dachte nach. Dann erläuterte er noch, was ihm offenbar am Herzen lag:

„Diese ‚*Umwandlung*', das ist übrigens die eigentliche Alchemie, wird von einem Eingeweihter einleitet, da sie üblicherweise in einem Ritual vollzogen wird. Sie ist *eine universale, heilige Handlung,* die es zu allen Zeiten auf dieser Erde gab. Sie bietet die Möglichkeit für einen Quantensprung, einem *Sprung aus der üblichen Wirklichkeit hinaus in eine universelle Wirklichkeit.*"

„Was bedeutet das?", fragte Marie.

„Dein Ich, Marie, ist ein Teil dieser universellen Wirklichkeit. Und diese wird auch ununterbrochen durch Dich verändert!" „Das heißt also", setzte Marie fragend fort, „dass ich mit jeder Handlung Verantwortung für die Veränderungen im gesamten Universum trage?" - „Ja, antwortete Argon bedeutungsvoll.

„Deshalb ist *dieser Augenblick des Eintauchens in die universelle Wirklichkeit magisch und heilig. Er erneuert die Rückverbindung zum Göttlichen.* Wir erfahren eine Toröffnung in neue geistige Welten, die vorher noch verschlossen waren. Ja, wir sehen durch die Bewusstseinsschleier hindurch: Wir erwachen! Und die *Liebe in allem* wird sichtbar! Denn sie ist die einzig wirkliche Kraft. Du liebst nicht nur eine andere Person, sondern du bist die Liebe selbst." Argons Stimme sank wieder und zitterte noch etwas.

„So erregt habe ich ihn noch nie gesehen", dachte Marie bei sich. Argon machte eine Pause, räusperte sich und schaute eindringlich zu Marie. Diese erwiderte den Blick aus seinen tiefen grauen Augen und senkte dann ihren Blick, so, als wollte sie in sich selbst hinein schauen. Es arbeitete in ihr. Sie spürte, dass Argons Worte sie getroffen hatten und in ihr einen Gleichklang auslösten, einen Widerhall, den sie noch nie gespürt hatte und der ihr doch vertraut vorkam, als hätte sie es schon einmal früher, vor sehr langer Zeit, gewusst und erlebt. Dieser Klang weckte ihre Seele.

„Dass du die Liebe in den ersten beiden Stufen der Sexualität erst beherrschen lernen musstest, verstehst du jetzt?"

„Ja", nickte Marie einverstanden.

„Ohne deine meisterhaft gelöste Erfahrung der Liebe mit deinem Geliebten Raphael in der zweiten Stufe der Sexualität wäre die dritte Stufe nicht möglich. Du würdest es missdeuten und dich enttäuscht abwenden. Deshalb ist jetzt erst der richtige Zeitpunkt, wenn du das willst.

„Bist du bereit dafür?", fragte Argon schließlich nach einem längeren Schweigen. „Dein Weg wartet auf dich."

„Ja", sagte sie fest und sonst nichts. Alles vibrierte in ihr. Sie dachte an den Moment auf Samhain, wo nach ihrer inneren Reise Argon hinter ihr gestanden war und sie in seine Arme genommen hatte.

Als die Stunde der Dämmerung anbrach, packte Argon einige Sachen, unter anderem etwas aus seiner verborgenen Kammer, und Decken zusammen und schickte sich an, in den Wald zu gehen, der hinter der Lichtung lag. „Die Mondblume wächst tief im Wald in der Nähe von Wasser. Das Elixier ihrer Blütenblätter wird zu Vollmond gewonnen. Das brauchen wir. Es wirkt transformierend und reinigend bei Vergiftungen, wie ich schon sagte. Wir werden die Mondblume beide suchen gehen. Der Vollmond ist hell genug. Die Mondblume strahlt einen feinen, zartweißen Duft aus. Gehe der Nase nach. So wirst du sie finden. Wir werden uns dort, wo sie wächst, wieder treffen. Ich gehe voraus. Ich habe noch einiges vorzubereiten. Komm du in ein bis zwei Stunden nach", meinte Argon zu Marie, die etwas verdutzt dastand.

Damit hatte sie nicht gerechnet.

„Ok", sagte sie dann, „ich komme nach. Hoffentlich finde ich dich." „Gewiss!", rief er schon im Gehen und verschwand darauf bald im Wald. In der Zwischenzeit verrichtete Marie ihre Hausarbeit, versorgte die Tiere und zog sich um. Sie zog ein sauberes Kleid an, obwohl sie das sonst nie tat, wenn sie in den Wald ging. Die Sonne war untergegangen und der Mond begann im Osten aufzusteigen. Die Grillen zirpten. Die Luft war noch warm. „Jetzt habe ich auch noch eine Suchaufgabe bekommen", dachte Marie laut.

„Hoffentlich finde ich überhaupt die Stelle, wo diese Mondblume wächst, und hoffentlich wartet an dieser Stelle auch Argon."

Zwei Stunden später war Marie unterwegs. Es war inzwischen ganz dunkel. Nur der Mond leuchtete über ihr. Er war voll und schimmerte silbrig weiß. Munter ging Marie allein. Als sie die Weide des Esels passierte, begann er ganz fürchterlich zu schreien und ging ein Stück mi ihr. „Nun habe ich wenigstens meine Begleitung", dachte sie schmunzelnd.

Der Wald wurde dichter. Der Mond schien durch das Blattwerk und warf seine weißen Schatten manchmal bis auf den Boden. Die Nacht gab ihre eigene Sicht: Die Bäume zeigten viel von ihrem Wesen, wie sie sich als dunkle Schatten im Wind wiegten. Ihr knorriger Wuchs und ihre geschwungenen Äste traten deutlich hervor. Es war eine laue Sommernacht. Immer wieder schrie ein Vogel auf, wo sie vorbeischritt und sie hörte das typische Knacken kleiner Äste, wenn Tiere vorbei huschten. Es war unheimlich hier mitten im Wald. Und sie war allein. Aber Marie liebte diese Stille. Immer wieder schaute sie auf weiße Flecken, wo das Mondlicht aufleuchtete.

Aber sie fand keine Mondblume. Eine Stunde ging sie kreuz und quer durch den Wald und suchte, wo der Boden feuchter wurde, nach Wasser. Dunkel erinnerte sie sich, dass sie einmal auf einem Rundgang einen kleinen Tümpel im Wald gesehen hatte. Der schwoll bei Regen sicher an. Und die letzten Tage hatte es geregnet. Marie schmeckte die Luft und spürte die Feuchtigkeit, die stärker wurde. Ihre Füße traten auf weichen Waldboden. Sie ging weiter, der Nase nach. Bald nahm sie einen feinen, unbekannten Duft war.

Und da sah sie schon im Mondlicht eine breit geschwungene Fläche glänzen. Und davor, wie in einem Halbkreis, sah sie helle, weiße

Flecken. Freudig ging sie weiter. Im Näherkommen sah sie, dass es zarte Waldblumen mit weißen Blütenblättern waren. Und die glänzende Fläche war ein kleiner See, wie sie ihn so breit hier noch nicht gesehen hatte. Je näher sie kam, desto leiser wurde es um sie.

Eine eigenartige Stille lag über dem Wasser, das im offenen Mondlicht milchig weiß glänzte. Die Waldlichtung war wunderschön in diesem Licht. Marie war beeindruckt und blieb einen Augenblick stehen, um alles in sich aufzunehmen und sich damit zu verbinden. Sie atmete tief ein. Dann ging sie auf ein Blumenfeld zu, bückte sich und schaute eine einzelne Blume an. Sieben ovale Blütenblätter säumten ihre Mitte, die klein und fest war. Die Blätter waren zart und schneeweiß. Als sie sich erhob, erblickte sie Argon, der auf sie zukam.

Er hatte sie schon erwartet und führte sie schweigend, indem er ihr seine Hand reichte, an seinen Platz. Er hatte einen Kreis gemacht, wo Decken lagen. Auch sein goldener Kelch stand hier, seine Pfeife und eine Flasche mit Quellwasser. Sie setzten sich nieder und schauten auf das Wasser, das ein paar Meter weiter vor ihnen begann.

Ringsum waren Blumenflecken. „Willkommen hier am Spiegelteich und im magischen Kreis der Mondblumen. Sind sie nicht faszinierend? Nur zu dieser Zeit bei Vollmond blühen sie so wunderbar weiß und duften. In den Nächten davor bleiben ihre Blütenkelche, die schon in Knospe sind, geschlossen und nach Vollmond verwelken sie schon", sprach Argon leise. „Siehst du ihr Leuchten?"

„Ja", sagte Marie und schaute. Eine Zeitlang saßen sie einfach nebeneinander und schwiegen. Dann leitete Argon sie an, das reine Blütenwasser zu gewinnen: „Es ist wichtig, dass die Mondblume ihre Information aus der Blüte an das Quellwasser abgibt. Bitte sie darum. Gieße das Quellwasser über die Blüten und fange es auf. Pflücke nur noch eine Blüte, die dazu bereit ist und lege sie dann in dieses Wasser. Dann schenke ihnen deinen Dank: Singe oder sprich zu ihnen, während du dies tust!". Argon machte es ihr vor. Marie tat wie geheißen und bald gewann sie ihr Blütenwasser, während sie leise dazu sang.

Argon goss etwas in seinen Kelch, sprach ein Gebet und reichte ihr den Kelch. „Bist du bereit?" – „Ja", sagte Marie und nahm den Kelch. „Trink! Spürst du das Licht?"

„Ja", sagte Marie und trank. Dann trank auch Argon. Eine Weile saßen sie so. Argon hatte ihre Hand ergriffen. Marie spürte allmählich die Wirkung des Mondblumenelixiers. Ihr wurde ganz leicht und sie fühlte sich licht und durchlässig. Marie verlor das Gefühl für die übliche Zeit. Dafür erwachte ein anderes Zeitgefühl, das jenseits unserer Zeitrechnung liegt. Sie schaute in den Himmel und auf den Mond, um den sich jetzt leichte Wolken bildeten, die weiß beleuchtet davon zogen. So spürte sie auch ihre Seele ziehen.

Ihr Blick veränderte sich. Der Himmel entwickelte sich zu einem großen Gewölbe. Die Erde unter ihr breitete sich nach unten wie eine Schale aus und ließ ihre Blumen sprießen. Eine große Ruhe ergriff sie, die erfüllt war vom Duft und dem weißen Leuchten der Pflanzendevas der Mondblume.

Sie sah und spürte die Energie der Blumen. Ein Wogen und Raunen. Die Devas und Elfen tanzten auf der Wiese. Marie spürte Argon neben sich, seinen ganzen Körper und seinen Atem, der bis in seine Fingerspitzen bebte. Sie rückte etwas näher und lehnte sich an seinen breiten Rücken, der ganz warm war. Wie sie hin spürte, hatte sie den Eindruck, in diesen Rücken einzutauchen und in eine große Weite zu fallen. Sie atmeten zusammen. Und ihr Atem fand den gleichen Rhythmus. Nie hatte sie Argon so vollständig in seiner männlich-geistigen Kraft wahrgenommen. Diese Kraft war stark und ihr Feld breitete sich weit hinaus aus.

Argon drehte sich ihr zu und legte den Arm um sie. „Schau auf die Wasseroberfläche. Auf ihren Glanz, wo sich der Mond und der Himmel mit all seinen Bewegungen spiegelt. Das Wasser ist die Grenzfläche zwischen Himmel und Erde. Es spiegelt das Licht." Marie folgte seinem Blick und schaute auf die silbrig glänzende Wasseroberfläche. Ihre Augen konzentrierten sich auf das Wasser, während ihr Blick alles einfing, was ringsum war. Dann veränderte sich ihr Blick.

Maries Bewusstsein blieb hellwach und zugleich fühlte sie sich etwas schläfrig. Ein seltsam euphorisches Gefühl erfasste sie. Sie atmete tief durch und achtete auf ihren Atem. Marie hatte Vertrauen und fühlte sich ganz geborgen. War es nicht Zeit, alles geschehen zu lassen, was von selbst geschah und aus ihren Tiefen auftauchte? Der Himmel wachte über ihnen. Die Erde hielt still und umfing sie.

Nachdem sie das Bild des schimmernden Wassers in sich aufgenommen hatte, legte sich Marie ganz nieder und verschmolz mit dem Geist der Erde, so wie sie es oft allein getan hatte. Ihr ganzer Körper war die Erde. Ihre Brust dehnte sich aus und bebte. Marie spürte mit jeder Zelle ihres Körpers, der atmete und sich ausdehnte, bis er den Himmel berührte, dass sie sich nach diesem sehnte. Da fühlte sie Argon, der mit seinem Körper den ihren sanft berührte.

Der Himmel berührte die Erde. Wie hatte sie sich nach ihm und dieser Berührung gesehnt in den Tiefen ihrer Seele, die jetzt aufzusteigen begann. Argon und Marie berührten sich und verschmolzen mit ihren Körpern und Lichtkörpern, wie Himmel und Erde zusammenkommen und sich küssen....

Sie spürte seine männliche Kraft und doch war es vollkommen anders als mit Raphael. Es war ein übergeschlechtlicher Akt, der alle Leidenschaft transformierte. Und doch vereinigten sie sich. Sie tauchte in andere Bereiche. „Komm, ich zeig dir etwas!", tönte es aus Argon, und sie verstand ihn ohne Sprache. Er umschlang sie und sie gab sich ganz hin. Alles öffnete sich und der Himmel färbte sich bunt. Er wurde ganz hell. Eine unendliche, sich sehnende Kraft stieg aus ihrem Becken auf und erfüllte ihre Wirbelsäule von unten bis oben.

Alle Energiezentren vibrierten und ließen diese Kraft aufsteigen. Sie schwangen in ihrem Rhythmus und vereinigten sich in dieser entfesselten Energie zu einem einzigen Lichtstrahl.

Marie fühlte sich nicht mehr als fest umrissene Person wie zuvor, sondern sie war ein kreisendes Rad im Himmelslicht. Das Rad wurde größer und sie konnte alle seine Speichen wahrnehmen. In jeder Speiche und jedem Zwischenraum erblickte sie ein Leben.

Jede Speiche gebar das neue Leben und im Zwischenraum erfüllte es sich. Marie sah sich in vielen Gestalten und Rollen: Vielfach wurde sie Priesterin, die in Tempeln lebte und lernte, wurde verbannt oder verbrannt, war Klosterfrau oder Rebellin, Heilerin, die die Krieger ihres Landes versorgte oder sie fand sich in Städten wieder, wo sie das Leben einer Kurtisane gewählt hatte und die Freudenhäuser und Männer kennenlernte, die Liebe suchten. Sie war Gelehrte und Abenteurerin. Sie fand sich an der Schwelle des Zeitalters in Atlantis, später in Ägypten, in Griechenland und in Indien; bei den

Kelten, den Indern und bei den roten Menschen, den Indianern, die auf dem neuen und doch uralten Kontinent lebten und die Hüter der Erde waren. Viele Gesichter, viele Zeitalter und Kontinente, die aus dem Wasser aufstiegen und wieder untergingen. Aber sie war immer sie selbst, Marie oder Nimue, oder welchen Namen man ihr gerade gab in ihren jeweiligen Lebensumständen. Sie sah sich aus dem Licht kommen und das Licht verlieren, um es dann wieder aufzunehmen und es selbst zu entzünden. Sie sah ganz klar ihre große Lebensaufgabe, die vielen Lernaufgaben und verschiedenen Themen, die sie gewählt hatte. Mit all diesen Themen suchte sie nach den Formen der Liebe und der wahren Erkenntnis und verlor sie genau so, wie sie sie auch wieder fand. Sie sah die Menschen, die ihr dabei behilflich waren, die, die sie liebte und die, welche sie liebten, im Guten wie im Schlechten. Und sie sah Menschen, die sie nicht mochte oder gar gehasst hatte, wie die, welche sie vernichten wollten.

Alles verkehrte sich mehrfach in ihrer Sicht. Gutes war gut, aber vieles, was die Menschen als gut erachten, sie früher als gut annahm, war nicht richtig gut. Böses diente letztlich immer dem Guten und verhalf ihm zum Ziel. Es war der notwendige Gegenpol zum Guten. Marie begriff: da, wo sie ablehnte, da waren ihre starken Lehrmeister. Und sie sah ihren Tod, wie er immer wieder zu ihr kam als ihr Freund, der sie wieder mitnahm in das Reich des Geistes.

Sie sah ihr ganzes Leben, das viele Leben, Sehnsüchte und Hoffnungen gehabt hatte. Und sie sah, dass es allen Menschen so erging und sie alle verbunden und eins waren. Alle Seelen waren eingebunden in dieses Rad der Erkenntnis, das so lange drehte, bis es sich zum *Rad des Lebens* zurückverwandelte: wenn der Kelch des Lebens geleert war. All diese Speichenbilder flirrten, wie das Rad sich drehte, an ihr vorbei aufwärts in der Bewegung einer Spirale, die schließlich zu einem Tunnel wurde. Das Tempo wurde schneller. Am Ende wartete nur noch gleißendes, weißes Licht.

Jetzt war sie angekommen.

Sie stand auf einer Wiese vor einer goldenen Stadt mit wunderbaren Türmen und elfenbeinfarbenen Dächern. An den Mauern und Fenstern schimmerten Edelsteine in allen Farben. Als sie vor das Stadttor kam, öffneten sich seine beiden Flügel und sie durfte eintreten. Die beiden Torwächter öffneten das Tor für sie, zu ihrer Linken war es Raphael und zu ihrer Rechten Argon. Beide trugen einfache, doch königliche Gewänder. Sie lächelten sie an und begleiteten sie vor. Marie war glücklich und trat auf den Platz der goldenen Stadt.

Da stand vor ihr mitten in diesem von oben herab fallenden gleißend weißen Licht ein großer Engel, nein, es war die blau und weiß leuchtende Gestalt Jeshuas, die sie kannte. Jesus, der Christus, erwartete sie hier und wies sie ein. Er reichte ihr die Hand mit einem Lächeln, das alles hier überstrahlte. Sie ergriff demütig und voller Freude diese Hand. Dann ging sie in diesem Licht auf.

Marie fand sich auf einer anderen Ebene wieder. Sie sah eine Schlacht. Vor den Toren von Saragossa. Da sah sie, was vorher geschah: Viele königliche Truppen ritten durchs Land und spürten die Rebellen auf. Die Einsiedelei in den Bergen wurde überfallen und zerstört. Die Brüder versteckten sich auf dem Chateau du Soleil von Raphael. Die Waffenlager an dem Ebro bei Saragossa wurden in Brand gesteckt und alle Brüder niedergemacht, die dort waren. Ein Arbeiter an den Schiffsdocks hatte das Versteck verraten. Er wurde aufgehängt. Die Brüder flohen und formierten sich neu.

Ein ganzes Heer zog auf, um das Lager der Aufständischen zu vernichten. Diese zogen sich in die bewaldeten Hügel vor Saragossa zurück. Der Moment der Schlacht nahte. Raphael hatte ihr eine Botschaft gesandt. Da sah sie sich auf Tamino mit ihrem Schwert in der Hand zwischen die Fronten reiten. Das Schwert hielt sie erhoben. Es leuchtete –Die Szene brach ab und verschwamm.

Marie tauchte ein in den See, in dem die Mondblumen sich spiegelten. Alles floss durch sie hindurch. Das Wasser durchflutete sie. Golden wie die Morgendämmerung trat sie aus dem Wasser ...

Marie erwachte. Oder wechselte sie einfach den Bewusstseinszustand? Sie war wach. Ihr ganzer Körper vibrierte. Argon war an ihrer Seite und hatte ihr eine Decke übergelegt. Sein Gesicht schimmerte golden. Sein Kopf trug einen Heiligenschein. Sie sah seinen Lichtkörper. Er bedeutete ihr das gleiche, als sie fragte. Sie schaute ihn an, ihre grünen Augen trafen seine grauen Augen. Ihr Lächeln tauchte sie ein in ein warmes Licht. Der Himmel lichtete sich. Marie spürte die Liebe, die zwischen ihnen erstrahlte. Die Morgendämmerung zog auf. Die Mondblumen begannen sich zu schließen. Nachdem sie noch lange auf das Wasser geschaut und die Stille genossen hatten, ging die Sonne langsam am Horizont auf und warf ihre ersten Strahlen über das Wasser. Die Vögel zwitscherten und tirilierten in den Ästen um sie herum. Sie begrüßten den neuen Morgen.

Da packten sie alles zusammen. Argon hatte das Blütenwasser in einer Flasche sorgsam verschlossen. Im Sonnenaufgang gingen sie zur Hütte zurück. Auf dem Weg durch den Wald erzählte Marie Argon, was sie zum Schluss gesehen hatte und fragte, wie sie das verstehen solle. „Da hast du kurz in die Zukunft geschaut", erwiderte Argon schlicht. „Das schult die Aufmerksamkeit für das, was noch kommen wird."

Als Argon sehr schweigsam blieb, gingen Marie die Erlebnisse der Nacht durch den Kopf und sie bemerkte, dass sie sich sehr kräftig und voller Energie fühlte. Ihr ganzer Körper war erfüllter. Ihr Rücken hatte eine neue Kraft bekommen und genauso ihre Verbindung zwischen oben und unten. Sie spürte es in ihrer ganzen Gestalt.

Da fragte sie schließlich Argon, als sie ihn anschaute und vorsichtig seine Hand ergriff: „Hast du das nur für mich gemacht oder hat es dir auch etwas - hm - gebracht, also hast du es auch gemacht, weil du mich liebst oder…? Ich weiß nicht recht, wie ich das fragen soll", beendete sie leise.

„Ich verstehe dich sehr gut", antwortete Argon und drückte ihre Hand. „Die Frage ist ganz natürlich. Nun, ich habe es für Dich gemacht. Aber ich habe auch etwas davon gehabt, wie du meintest", er lächelte, „so etwas ist immer ein vollkommener Austausch. Und ich liebe dich. Aber ich hätte dies nicht aus dem Grund tun können, meine Liebe zu dir zu befriedigen. Das wäre absolut falsch gewesen, wenn ich in der Leidenschaft gewesen wäre und nicht ganz Dich im Auge gehabt hätte. Gemeinsam sind wir eingetaucht in die All-Liebe Gottes. Wir haben zusammen sozusagen den Saum des Gewandes der göttlichen Liebe berührt. Deine Energiezentren haben sich alle geöffnet und die gefiederte Schlange aufsteigen lassen.

Und du hast sie gehalten. Das war sehr gut", erwiderte Argon genauso vorsichtig und schaute Marie liebevoll und ernst an.

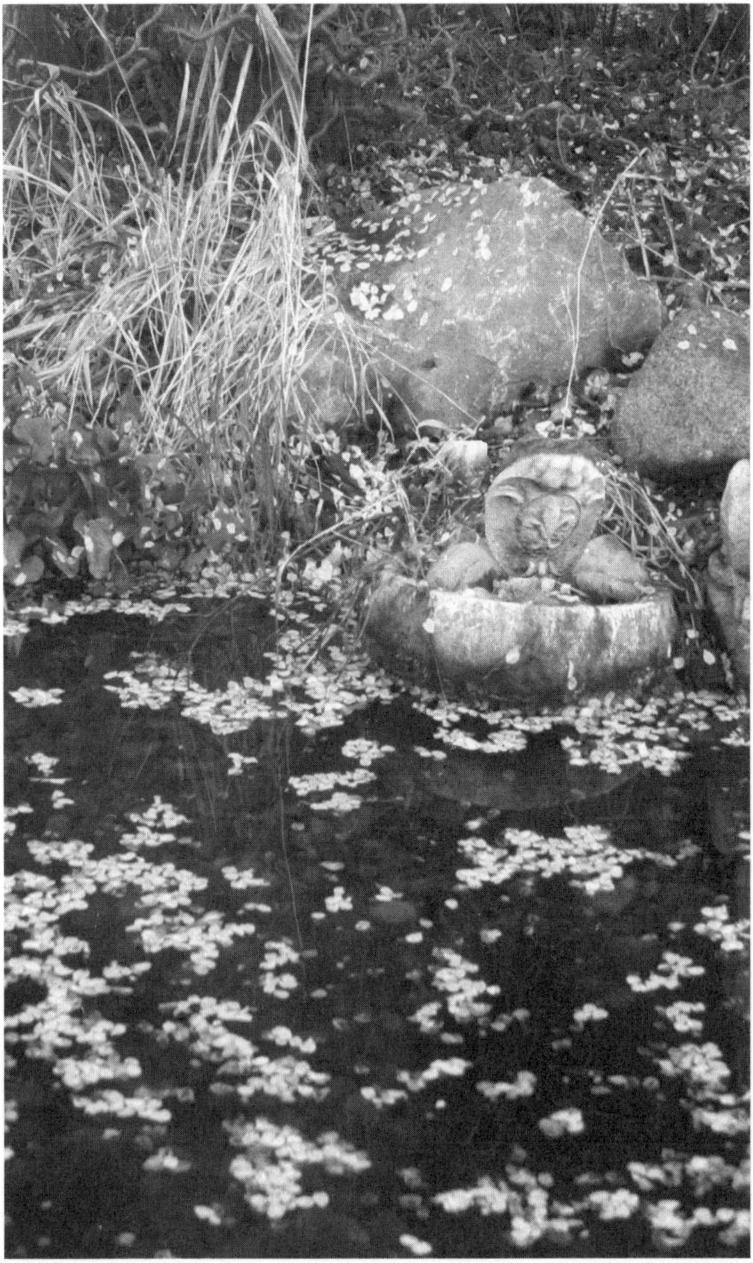

Die Schlacht von Saragossa

Die nächsten Tage gingen ruhig dahin. Marie und Argon hatten das gewohnte Leben in der Hütte des Magiers wieder aufgenommen. Es herrschte von dieser Nacht an eine andere Stimmung zwischen ihnen, wie Marie bemerkte. Doch sie hätte schwer beschreiben können, was es war. Sie war sehr ruhig und liebevoll, auch wenn Marie Argon in seiner manchmal abrupten Art nicht immer verstand. Maries Seele war gereift und erwacht, was sich auch in ihrem Körper ausdrückte, er war etwas voller geworden.

Marie übte sich mit Argon wieder im Schwertkampf. Die Schlachtszene, in die sie in der Nacht eingesehen hatte, hatte sich in ihre Seele eingraviert, wie alles andere auch. In ihren Mußestunden schrieb sie in ihrem Buch und verzeichnete alles, was ihr an ihren Erfahrungen wichtig war. Marie versuchte sich zu sammeln. „Die inneren Dinge sind nicht leicht zu beschreiben. Schließlich sind sie nicht sichtbar, wie es das Wesen des Geistes mit sich bringt. Erst seine Folgen werden für die Menschen sichtbar", schrieb sie in ihr Tagebuch.

Manchmal fragte sie Argon um Rat, um das richtig zu beschreiben, was passiert war. Marie war dankbar für die Ruhe. Sie genoss diese schönen Tage des Sommers, der hier in voller Blüte stand, hier im Nebelland Aquitaniens, das in seinem Inneren so sonnig war. So konnte sie die Geschehnisse der Sommersonnwende sich verarbeiten lassen. Eines Morgens brannte es Marie nun doch unter den Nägeln, bei Argon nachzufragen, was denn nun wirklich in dieser Nacht geschehen war.

Marie begann etwas unsicher: „Argon, darf ich dich fragen, was in dieser Nacht nun wirklich geschehen ist?" Argon setzte sich nieder. Er putzte gerade seine Flaschen und den Kelch, da sie vorher das kostbare Mondblütenwasser noch verarbeitet hatten. Da sprach er zu ihr:

„Eigentlich ist es ganz einfach, wenn du alles zusammensiehst: Du hast dich erkannt und deine vielen Seelenanteile eingeholt, indem du in das große Rad deines Lebens geschaut hast und es vor deinem inneren Auge passieren ließest. Und du bist das geworden, was du bist! Nicht mehr unbewusst, sondern in deinem vollen Bewusstsein. Das heißt, du konntest alte Erfahrungen integrieren und jetzt über dieses Wissen verfügen. Es ruht in dir. Dadurch konnte dein Geist über deine Seele vollständig in den Körper inkarnieren, so wie es in unserem Einswerden auch geschah, wo wir uns wie Himmel und Erde vereinigten. Deine gefiederte Schlange, die Kundalinikraft, wurde dabei geweckt. Das war eine Einweihung, die dich höher steigen ließ. Was du jetzt damit machst, wie du dieses Bewusstsein und diese Kraft nutzt und anwendest, obliegt deiner vollen Verantwortung. Alles hat seine zwei Seiten, wie du weißt."

Argon endete und schaute sie einmal kurz, aber forschend an. Marie nickte und sagte: „Danke. Ja, das passt zu meinem inneren Gefühl." Dann schwieg sie und ging wieder ihrer Arbeit nach.

Argon sagte nichts mehr, und sie bleiben beide recht schweigsam in den folgenden Tagen.

Argon ging einmal allein ins Dorf auf der Westseite, um Medizin zur Verfügung zu stellen. Es gab dort Vogelschäden und Verwundete aus den Kämpfen, die überall stattfanden.

Marie quälte indessen immer wieder dieser Gedanke an eine mögliche Schlacht und den Werdegang der Rebellen und ihrer Aufstände. „Was war wohl mit Raphael geschehen und wie ging es Philipp? Sollte sie nicht jetzt an ihrer Seite sein? Marie fühlte sich hin und hergerissen in ihrer Entscheidung, was nun jetzt ihre Aufgabe war.

Zugleich liebte sie Argon, obwohl oder gerade weil er gar keine Ansprüche an sie stellte und die Sache für ihn klar war, dass sie ging. Das verunsicherte sie und sie geriet, obwohl sie sich an Raphaels Seite sah, immer wieder ins Wanken, wo ihr Platz war und was sie wollte: hier bei Argon bleiben oder zu Raphael und den Rebellen gehen?

Und wann war überhaupt der richtige Zeitpunkt zum Gehen? Raphael hatte versprochen, sie zu holen. Sollte sie warten? - Sie wusste es nicht und fühlte sich trotz ihrer Liebe zu Argon wie in einer Quarantäne. War sie hier fertig? Argon gab ihr keine Antwort. Und sie traute sich auch nicht, das zu fragen. Sie wollte es selbst entscheiden. Etwas hielt sie jedoch zurück.

Argon unterwies sie noch in folgendem, wie es die Druiden ihm beigebracht hatten: „Fertige dir jetzt deine *„Vier Gegenstände der Kraft"*. Wie du weißt, sind es die Symbole für die Herrschaft über die vier Elemente, so wie sie auch im Menschen angelegt sind: Feuer, Wasser, Luft und Erde. Sie sind die Symbole für: Geistige Kraft, Gefühl, Intellekt und Beziehung zur Materie.

Du solltest sie zur Verfügung haben, wenn du sie brauchst. Sie sind die Attribute deiner Kraft und der geistigen Felder, die du dir erobert hast. So pflegten es die Druiden und viele andere Völker zu tun. Zwei Gegenstände hast du dir schon erworben: das Schwert und den Ring von deinem Großvater." Argon schaute Marie auffordernd an. Die nickte nur.

Da fuhr er fort: „ Es fehlen dir also noch zwei, die du inzwischen ebenfalls erworben hast: der *Kelch"*, und er zeigte auf seinen Kelch, den sie benutzt hatten, „und der *Stab*. Jeder Magier hat seinen Stab oder Stock. Sogar Zauberer in Märchen haben bereits einen Stock!" Lächelnd beendete Argon seine Ausführung und schaute Marie in die Augen. Wieder sah Marie sein Leuchten, das ihm so eigentümlich war.

Marie war erstaunt und sagte: „Richtig, das hatte ich ganz vergessen. Gerne fertige ich jetzt zuerst einmal einen Stab für mich. Das heißt aber auch, dass du glaubst, dass ich bald gehe." „Wir werden sehen", antwortete der Magier nur und hüllte sich in Schweigen.

Marie begab sich an die Arbeit. Zunächst suchte sie an vielen Stellen einen passenden Holzstock. Sie fand ihn schließlich unter Kiefern bei einer echten, alten Pinie. Diese Pinie schätzte sie schon lange wegen ihrer guten Pinienkerne, die sie gerne zum Essen verwendete. Auf dem Weg zur Pinie sprach sie bereits im Stillen:

„Liebe Pinie. Meine Intuition führt mich zu dir. Du hast mir schon so viele gute Kerne gespendet. Hast Du vielleicht auch einen Stab der Kraft für mich? Ich will dich segnen dafür." Wie der Zufall es wollte, lag heute, als sie vorüber ging, ein passender Ast für sie am Boden, der schon trocken war. Er hatte eine ganz leichte, sanfte Biegung und war sonst gerade. Sie bedankte sich bei dem alten Baum, der ein Knarren der Freude von sich gab und segnete ihn. Später bearbeitete Marie den Stock und verzierte ihn mit Symbolen und Zeichen, die ihr wichtig waren und ihr Wesen spiegelten. Das sollte ab jetzt ihr eigener Kraftstab sein.

In einer Woche war sie fertig und zeigte ihn voller Stolz Argon: „Schau, ich bin fertig geworden!" Und Argon nahm den schön gefertigten und honigfarben geölten Pinienstab in seine Hände und begutachtete ihn. „Sehr schön ist er geworden und passt genau zu dir!" Lächelnd reichte er ihn Marie zurück. „Jetzt musst du ihn nur noch aufladen, dass er Kraft hat. Das ist Aufgabe jeden Magiers oder Alchemisten. Und du bist doch jetzt eine Alchemistin?" Argon lächelte Marie an.

„Ja", antwortete Marie überrascht, „wenn du meinst, dass ich es schon bin." Dann leitete Argon Marie an, wie sie es machen muss. „Wir haben jetzt zufällig", er deutete zum Himmel, „die richtige Zeit und Sternenkonstellation dazu, dass es gut funktionieren kann", erklärte der Magier. „Wie funktioniert das denn?", fragte Marie. „Es gilt die kosmische Energie, eine Art von Elektrizität, einzufangen und durch dich hindurch zu leiten, wobei du als Person der Transformator bist. Diese Kraft gilt es in den Magierstab hineinzuleiten und zu versiegeln. Unter Argons Anleitung lud Marie ihren Stock auf. Dann legte sie ihn sorgsam verpackt an einen guten Ort.

Später kam Marie noch einmal. „Da ist noch etwas", erwiderte Marie. Sie war etwas bedrückt. „Ich habe wieder von der Schlacht geträumt. Aber es bricht immer ab. Diesmal sah ich mich deutlicher. Aber es gab kein Zeichen, was ich jetzt tun sollte. Oder dass die Zeit gekommen ist...", sprach Marie. Argon schien nachdenklich. Er schaute scheinbar in die Leere. So holte er sich seine Informationen, wenn er geistig ‚nachschaute' und sich mit dem kosmischen Wissen verband. „Es wird diese Schlacht geben und sie steht bald bevor." Dann räusperte er sich und sagte noch: „Bleibe wachsam. Vielleicht erhältst du bald ein Zeichen, das dir eine Entscheidung bringt."

Nach dem Abendessen, Marie war noch beim Abwaschen, kam der Magier in die Küche zurück und stellte etwas auf den Tisch, das verhüllt war. „Schau her, Marie. Das ist für dich!", sprach er laut. Marie drehte sich überrascht um und trocknete sich die Hände ab. „Oh, was ist das?", fragte sie und ging auf den Tisch zu. „Nimm das Tuch weg!", antwortete Argon. Marie tat wie geheißen und stieß einen Überraschungsschrei aus: „Das ist ja dein goldener Kelch, aus dem wir das Mondblütenwasser getrunken haben! Ist der für mich?", rief sie entzückt und schaute Argon fragend und glücklich an.

Sie konnte es kaum fassen. „Jetzt ist er dein Kelch, Marie", sagte Argon nur. Seine grauen Augen schauten liebevoll zu ihr. Sie ging auf ihn zu und umarmte ihn. Er hielt sie fest an seiner Brust, und sie atmete tief durch. Es war so gut, an seiner Brust zu ruhen, dachte sie still. Dann nahm sie den Kelch in ihre Hände und schaute ihn genau an. In der Nacht war es dunkel gewesen und sie hatte ihn noch nie richtig betrachtet.

Er war wunderschön geschwungen, sich oben öffnend wie ein Blütenkelch und in der Mitte unten zusammengehalten von einem eingravierten Band, auf dem eine Blüte aus Edelsteinen saß, die sechsblättrig war. „Danke vielmals, Argon. Ich weiß gar nicht, was ich sagen soll", erwiderte Marie und hatte Tränen in den Augen.

„Ich habe ihn auch von den Druiden geschenkt bekommen. Er ist schon sehr alt und von Meister zu Schüler weitergereicht worden.

In unserer Tradition ist es üblich, dass der Meister dem Schüler gegen Ende der Lehrzeit eine Gabe aus seinen persönlichen Schätzen mit auf den Weg gibt. So bleibt die Verbindung aufrecht und ein Teil des Meisters wird über diesen Gegenstand immer den Schüler begleiten." Argon setzte sich an den Tisch und erzählte noch vieles aus der Schule der Druiden.

Raphael, Claudius und Philipp waren mit ihren Mitbrüdern gerade noch rechtzeitig aus der Einsiedelei entkommen, bevor der Angriff begann. Ein Späher, der von seinem Ausguck übers Land schaute, hatte sie gewarnt, dass ein ganzes Heer im Anmarsch war. Aus einem Versteck beobachteten sie, wie die Soldaten mit Wutgeheul und Kampfgeschrei blind angriffen und alles in Schutt und Asche legten.

Zu spät hatten die Soldaten bemerkt, dass niemand mehr drinnen war. Da schlugen sie erst recht alles kaputt und zündeten das Haus an. Anschließend begannen sie auszuschweifen. „Wir sind verraten worden", flüsterte Philipp zu Raphael. „Das hatten wir ja schon öfter", gab dieser zurück. Dann verschwanden sie im Dunkel der Nacht. Ihre

Pferde hatten sie glücklicherweise auf einer weiter entfernten Bergwiese stehen. Sie ritten zu dem alten Landgut der Berenguars, dem Chateau du Soleil. Dort war Ruhe eingekehrt, was der alte Verwalter Raphael gesagt hatte, nachdem die Mönchsritter es vor Wochen und Monaten schon mehrfach untersucht hatten und nichts vorfanden.

Da die Brüder auch das Volk gewinnen wollten und an vielen Orten auftauchten, um Rebellen zu rekrutieren, war Spionage kaum zu vermeiden und zählte zu ihrem Risiko. Auch hatten sie auf Claudius Vorschlag langsam unter das Volk gebracht, dass die Königin Marie von Aragon lebte und zurückkäme, wenn die Brüder gesiegt und den Abe, den unrechtmäßigen Thronbesetzer mit seiner Gefolgschaft vernichtet hätten. Philipp hatte sich in den vielen Kämpfen um Saragossa, aber auch in den Dörfern, wo sie Brüder fanden oder königliche Waffenlager plünderten, mehrere Wunden, aber vor allem eine böse Wunde am Schwertarm zugezogen.

Als Raphael aus dem Kloster Notre Dame im Norden zurückkam und das Elixier des Magiers mitbrachte, gab er es Philipp und konnte auch viele andere damit heilen. „Danke", sagte Philipp. Er dachte an Marie und den unbekannten Magier aus dem Norden. „Du hast dich verändert, seit du dort warst", meinte Philipp zu Raphael nachdenklich, als dieser in der Einsiedelei seine Wunde verarztete. „Marie hat dich verzaubert. Du bist ganz anders." „Das mag sein", erwiderte Raphael und ließ das so stehen. Natürlich sehnte er sich nach Marie. Er hatte viel während seiner Genesung dort im Kloster gelernt.

Claudius war schwer beschäftigt und fast nie zu sehen. Wenn er nicht unterwegs war, vergrub er sich in seinem Arbeitszimmer. Er hatte viele Orden mobilisiert und die Bruderschaften im Namen von Aragon gegen den Abe unter einem Banner vereint. Das hatte Erfolg gezeigt, wenn auch immer wieder Orden und Klöster aufflogen und von den königlichen Truppen des Abes niedergemacht wurden.

Alle Brüder um Claudius waren schon von den vielen Kämpfen und Scharmützeln oder den Überfällen zermürbt. Sie waren ständig in der Not, sich organisieren und bewaffnen zu müssen. Pedro, Pierre, Raphael, Philipp und all die anderen hatten so viele Brüder sterben sehen und selbst Menschen töten müssen, wie dies im Krieg so ist. Und das war schließlich ein Krieg, noch dazu im eigenen Land und gegen eigene Leute. Alle sehnten endlich eine Entscheidung herbei, wo ein Machtwechsel stattfinden konnte. Claudius Pläne hatten sich bis jetzt noch nicht erfüllt. Er wollte den Regierungspalast stürmen, den Abe absetzen und dem Volk die Wiederkehr der Königin verkünden. Raphael war das nicht so recht, er wollte Marie da nicht im Spiel haben.

Das, was alle hier im Orden noch aufrecht hielt, war die Disziplin des Ordens und ihr Gebet, soweit es möglich war, dies zu tun. Und eine gewisse Hoffnung auf Erfolg. Jetzt waren sie nach mehrfacher Zerstörung ihrer Behausung im großen Chateau und Landgut der Berenguars gelandet, was zurzeit sicher schien. Prior Claudius und Raphael hatten verordnet, dass kein Feuer gemacht werden durfte und sich alle so ruhig wie möglich verhielten. Ein paar hundert Brüder hatten sich hier schon zusammengefunden und lebten auf engstem Raum. Andere, die dazukamen oder in Saragossa nach den Geschäften und dem Waffenlager schauten, übernachteten auch in den Höhlen der Hügel auf der Meerseite vom Chateau. Die Hügellandschaft mit ihren schroffen Felsen und Höhlen zum Meer, wo Raphael jeden Winkel kannte, bot ihnen Schutz. Viele der Brüder übten sich hier in den Kampfkünsten. Claudius legte besonderen Wert auf die Ausbildung von Bogenschützen.

Heute Nacht sollten sich alle, die beim großen Befreiungskampf von Aragon dabei waren und mitkämpfen wollten, auf dem Chateau du Soleil treffen. Das Treffen war für zehn Uhr in der Nacht angesagt. Alle Äbte der mitwirkenden Bruderschaften hatte Claudius dafür eingeladen. Sie sollten im Laufe des Abends ankommen. Raphael brach am Morgen mit einigen Leuten, unter anderem dem jungen Pedro, nach Saragossa zu den Docks am Ebro auf, um das Waffenlager zu kontrollieren, wo heute eine neue Ladung ankam. Der Tag war etwas diesig und sie ritten in der Früh, wo es wenig Kontrollen gab. Alle waren in dunkle Gewänder gleich den Mönchsrittern gehüllt.

Im Waffenlager am Ebro angekommen, wurden die Kisten mit Schwertern und Bögen gerade verstaut. Bruder Santos, der Verwalter, gab Raphael sofort Bericht: „Alles in Ordnung jetzt. Wir haben sicher abladen können. In der Früh sah ich schon Soldaten über den Quai gehen. Dann ist alles ruhig geblieben. Die Kisten sind gerade unter den anderen Waren, die hier lagern, versteckt worden." Santos zeigte eine Kiste, deren Inhalt Raphael überprüfte.

„Danke, Santos. Dann kommen wir übermorgen. Claudius will die Kisten nach dem Treffen morgen in der Nacht zum Chateau transportieren", erwiderte Raphael. „Ok, sie werden bereit sein", erwiderte Santos zuvorkommend. Dann ritten sie wieder zurück. Es gab noch viel zu tun bis zum großen Treffen heute Nacht.

Auf dem Rückweg legten sie in den ersten Hügeln, als sie die Ebene um Saragossa verlassen hatten, eine Rast ein. Raphael setzte sich unter einen Baum und schaute in die Sonne. Da flog ein kleiner roter Vogel an, wie er ihn zuletzt auf der alten Burg mit Marie gesehen hatte. Er zwitscherte und schlug mit den Flügeln, als er sich auf einem Ast in seiner Nähe niederließ. Raphael schaute ihm zu, da schlug das Bild plötzlich um und er sah Marie in einem weißen Gewand vor sich stehen. Sie schaute ihn eindringlich an, hatte beide Arme erhoben und sprach: „Große Gefahr ist im Anmarsch. Ihr seid mit eurer Planung zu spät. Der Abe ist in Zargossi längstens gerüstet und weiß um eure Pläne. Er entsendet heute alle seine Truppen, die auf Saragossa zureiten und marschieren, um euer Waffenlager auszuheben und dann das Chateau zu stürmen. Er will euch beim Treffen zerschlagen. Nutze deine innere Fähigkeit und schau selbst nach Zargossi, in den Spiegelsaal, wo alle um den Abe versammelt sind…"

Mit diesen eindringlichen Worten und einem Lächeln auf den Lippen verschwand Maries Gestalt wieder. Raphael fasste sich an den Kopf, sein Herz raste und er war ganz benommen. So etwas hatte er noch nicht erlebt. Er riss sich zusammen und konzentrierte sich mit seiner ganzen Aufmerksamkeit, so wie Marie es gesagt hatte, auf den Spiegelsaal in Zargossi. Den Abe wagte er nicht ins Visier zu nehmen, das war zu gefährlich. Der würde so etwas merken.

Raphael schloss die Augen, stellte sich darauf ein und sah in den Spiegelsaal. Er hatte tatsächlich die richtige Frequenz getroffen:

Im schwarzgoldenen Spiegelsaal saßen der Abe und seine acht Ersten Mönchsritter. „Wir haben unser Treffen heute vorverschoben, weil wir die Pläne der Aufständischen kennen und ihnen zuvorkommen wollen, um sie jetzt alle zusammen ein für alle Male zu vernichten", sprach der Abe, der ganz schwarz gekleidet war, in gewohnter

Disziplin mit seiner eiskalten, fast klirrenden Stimme. Dann forderte er Ramon auf zu berichten. Ramon erhob sich. „Sie haben eine Waffenlieferung in die Docks bekommen und haben heute Nacht ein Treffen mit allen Bruderschaften und Rebellen auf diesem Chateau der Bedeguars. Dann werden dort circa 2000 bis 3000 Männer sein und ebenfalls dort übernachten. Wir sollten heute noch mit allen Truppen, die wir zusammengezogen haben, losmarschieren und in der Nacht in Saragossa das Lager stürmen, um dann im frühen Morgengrauen auf das Chateau zu kommen. Wir werden es weitläufig umringen und absperren, dass nichts mehr hinaus und hineinkommen kann und es dann stürmen. Sie werden überrascht und nicht gerüstet sein, so dass wir alle niedermachen können", schloss der erste Mönchsritter seinen Bericht und grinste böse.

Der Abe schaute in seine Runde: „So soll es geschehen! Jeder geht auf seinen Posten und kontrolliert seine Leute. Alle Truppen ziehen um circa fünfzehn Uhr ab. Wir sind jetzt in der absoluten Übermacht mit fast 8600 Mann. Diesmal schlagen wir endgültig zu. Niemand wird uns entkommen, niemand von diesen Ketzern und Rebellen. Niemand soll am Leben bleiben. Saragossa soll sehen, wie es da oben raucht! So wird das Volk ruhig werden. Vernichtet alles und macht das ganze Land dem Erdboden gleich. Kein Halm soll bei diesen Berenguars mehr wachsen!" D'Alberts Stimme klirrte vor kaltem Feuer.

Raphael hatte genug wahrgenommen. Er wurde hinausgeworfen aus der Szene und saß unter seinem Baum. Seine Hände zitterten noch. Blitzschnell rief er seine Brüder zusammen und sie ritten hoch. Auf dem Chateau angekommen ging Raphael sofort zu Claudius.

Auch Philipp rief er dazu. Dann erzählte er ihnen hinter verschlossenen Türen alles, was er erlebt und wahrgenommen hatte. Inzwischen reisten schon vereinzelt Brüder und ihre Äbte an. Jeder hatte die Auflage bekommen, zu einer anderen Zeit einzutreffen und die Wege durch Saragossa zu meiden. Eindringlich sah Raphael von einem zum anderen, als er mit seinem Bericht geendet hatte. Claudius und Philipp schauten sich an. Eine hohe Spannung lag im Raum. Claudius atmete durch. Er ging jetzt auf und ab durch den Raum. Die Zeit der Entscheidung drängte. Unten bereitete man alles für das

Treffen und die Speisung der vielen Menschen vor. Zugleich wurden die Wege hier oben in den Hügeln überwacht und der Weg in die Tiefebene von Saragossa. „Und jetzt sollen wir alle Pläne umstoßen auf eine Vision oder Prophezeiung hin, die du eben unter einem Baum mit einem Vogel gehabt hast?" Claudius Stimme erhob sich und kippte. „Kann es nicht eher sein, dass du eingeschlafen bist und geträumt hast? Das Gefühl spielt einem manchmal wilde Streiche", erwiderte Claudius noch und seine Augen funkelten.

Er wusste nicht, was er davon halten sollte. Raphael baute sich vor ihm auf und schaute ihn ernst und eindringlich an.Dann erwiderte er ruhig: „So wahr ich hier stehe und mit dir rede, das war alles die reine Wahrheit! Ich habe es wirklich gesehen, dass in Zargossi der Abe und seine Männer dies planen. Es hat sich vollkommen gedeckt mit dem, was Marie mir gesagt hatte und reichte noch weit darüber hinaus. Sie kommen in der Nacht und das mit circa 9000 Mann! Wir dürfen das nicht verschlafen!" Raphael konnte seine Erregung nicht länger unterdrücken und holte tief Luft. Er schlug vor:

„Was wir jetzt nur noch voraus haben, ist, das wir wissen, dass sie kommen und unsere Pläne kennen. Jetzt können wir umdisponieren und sie im Morgengrauen vor den Hügeln, in der Ebene von Saragossa empfangen. Wir sollten auch sofort die Waffen holen, dass die Truppen nichts vorfinden und wir hier gerüstet sind. Wir haben dann genug Bögen für mindestens 400 Bogenschützen, die wir auf den Anhöhen der Hügel platzieren können. Wir verstecken uns im Wald der Hügel und können dann überraschend von dort angreifen. Und wir haben gute Bogenschützen unter unseren Leuten!"

Auffordernd blickte er zu Claudius und dann zu Philipp.

„Das ist wahr. Und jetzt bei dem großen Treffen haben wir genug Zeit, die Leute zu instruieren, alle Waffen auszuteilen und uns vorzubereiten, wie wir die Soldaten empfangen", meinte Philipp, der sich offenbar schon damit angefreundet hatte. Er sah die Dinge sehr praktisch. „Claudius", meinte er vorsichtig, „wenn es so ist und sie tatsächlich auf dem Weg sind, um uns hier anzugreifen, dann haben wir keine Chance mehr, wenn wir die Nacht verschlafen. Wir kommen nicht mehr zu deinem Plan, den Regierungspalast in zwei Tagen zu stürmen und das Volk zu gewinnen. Wir sind dann tot", meinte er in seiner sachlichen Art. „Lass uns vorbeugen! Lass uns auf Raphaels Vision oder was immer das auch für eine Eingebung war, hören! Ich kenne meine Schwester und weiß, dass sie seltsame Dinge sehen oder übermitteln kann. Ich habe das selbst erlebt, wie sie aus einem Baum das Schwert hervorzauberte. Und jetzt hat sie noch bei diesem Magier gelernt. Raphael hat beide im Kloster gesehen, als sie ihn mit diesem Wunderelixier gesund pflegten." Philipp schaute erst Raphael, dann Claudius in die Augen und machte eine Pause. Claudius lenkte ein. Die beiden hatten recht.

„Wir können nichts verlieren, wenn wir umschwenken und uns jetzt auf diesen Angriff vorbereiten, um ihm zuvorzukommen!", beendete Philipp noch seinen Bericht. „Ist schon gut", meinte Claudius und schaute Raphael freundlich und nachdenklich an. Ich glaube dir. Es ist momentan das einzige, was wir sinnvoll tun können, auch wenn es nur auf die Gefahr hin ist, dass dieser Angriff möglich wäre. Und in den Regierungspalast werden wir schon noch kommen…"

Er lächelte wieder. „Also, worauf warten wir? Wir haben einen gewissen Vorsprung, das ist unser Kapital! Und wir werden sie gut gerüstet empfangen. Philipp, kümmere dich um die Gäste und sichere die Mauern und das Gelände! Raphael, besorge du bitte schnellstens die Waffen aus Saragossa! Um zehn Uhr treffen wir uns alle in der großen Halle unten. Ich werde die Anführer und Äbte informieren" Claudius zog sich zurück.

Alles ging jetzt seinen Lauf. Raphael schickte einen Trupp, um die Waffen zu holen, sobald die Nacht hereingebrochen war. Die Späher waren auf ihrem Posten. Alles wurde gesichert. Die Gäste versorgt und informiert. In den frühen Abendstunden wurde es immer voller im Innenhof und in der großen Halle. Von überallher strömten die Bruderschaften, Rebellen, Anführer und ihre Männer, und wer immer sich noch eingefunden hatte, an diesem Ereignis, wo sich das Schicksal Aragons entscheiden sollte, mitzuwirken.

„Hoffentlich kommen alle. Wir werden dann wenigstens knapp 3000 Männer haben, wenn der Abe wirklich mit 9000 königlichen Soldaten hier aufzieht", meinte Philipp leise zu Pedro, der in der Halle stand. „Ich glaube, dass alle kommen werden. Jetzt sind schon weit über tausend Menschen hier und es strömt. Und die Waffen treffen auch gerade ein. Sieh, da kommt Raphael mit den Wägen und Kisten!", erwiderte Pedro. „Dann sollten wir zumindest genug Bögen und Schwerter haben. Und mit Gottes Hilfe -." Philipp eilte erleichtert Raphael entgegen.

Die Nacht war aufgezogen. Der Mond stand mit etwas mehr als seiner Hälfte am Himmel. Die königlichen Truppen des Abes marschierten unter den Mönchsrittern mit ihrer Reiterei vorweg von der Landseite auf Saragossa zu. Fast hatten sie die Stadt erreicht. Der Abe blieb noch auf Zargossi. Er würde später mit seiner Eskorte auf seinem Pferd Drachenwind folgen. In Saragossa hatte man schon diese riesige Truppenformation aus der Ferne erblickt und sich aus Angst ganz zurückgezogen und in seinen Häusern verschanzt.

Zu Beginn der Nacht fiel Sepe mit einem Teil des Heeres in Saragossa ein und brandschatzte das Lager am Ebro mit allen Hallen, jedoch ohne Waffen zu finden. Unmittelbar zuvor war Raphael dort gewesen und sie hatten alles entfernt, wenn auch Santos, der Lagerverwalter etwas überrascht gewesen war. Wütend kehrte Sepe mit seinen Leuten zum Heer zurück, das vor den Stadttoren lagerte und wartete. Er gab Ramon Bericht: „Es waren keine Waffen zu finden. Wir haben das Lager komplett durchkämmt und dann alles in Brand gesteckt, falls noch irgendwo etwas war. Und Santos natürlich auch, diesen Dummkopf", meinte Sepe lässig zu Ramon, der auf seinem schwarzen Pferd saß. „Weiter!", ordnete dieser an.

„Wir haben keine Zeit zu verlieren!" Das ganze Heer setzte sich in Bewegung Richtung Osten zum Hügelland.

Marie hatte sich früh zu Bett begeben. Der Kelch stand neben ihrem Bett. Sie machte noch ihre Eintragungen ins Buch und schlief sofort ein. Mitten in der Nacht wachte sie auf. Jemand klopfte an ihre Tür. „Herein", rief sie und dachte, es sei Argon.

Lautlos öffnete sich die Tür, doch Großvater Jacques trat an ihr Bett: „Guten Abend Marie", sagte er freundlich. Marie schaute ihn an und brachte nichts heraus, so leuchtend schaute er aus. „Es wird Zeit für dich". Großvater wies nach Osten. „Sie brauchen deine Hilfe und erwarten dich dort vor den Toren Saragossas vor Ankunft des siebten Tages. Eine ganze Armee ist angetreten gegen unsere Bruderschaften. Es geht um das Schicksal von Aragon. Du bist die Königin.

Reite los! Nimm das Schwert und den Ring! Das wird dich schützen. Reite morgen, wenn die Sonne aufgeht und komme von Nordosten, wenn du von den Hügeln in die Ebene nach Saragossa reitest!" Ehe Marie etwas erwidern konnte, waren der Großvater und das Licht auch schon wieder verschwunden. Sie blieb allein mit ihren Fragen zurück und schlief wieder ein.

Am nächsten Morgen erzählte sie Argon, was sie gesehen hatte. Er schien nicht sonderlich überrascht. „Ja", sagte er nur, „es ist jetzt Zeit für dich, deinen Auftrag zu erfüllen. Bist du bereit?"

Argon lächelte sie an. Marie atmete tief durch und merkte, dass sie eine andere geworden war. Jetzt gab es kein Wenn und kein Aber mehr. Kein Gedanke, ob sie genug gelernt hatte. Ob die Zeit reichte, ob sie es schaffen konnte … Es war ihr Auftrag und sie würde gehen. Sie war gerüstet.

Nach dem Frühstück packte sie wortlos ihre Sachen, den Ring steckte sie an, das Schwert gürtete sie um. Eine Flasche vom Heilelixier nahm sie mit und verstaute alles gut.

„Nimm auch deinen Stab mit", meinte Argon, „du wirst ihn vielleicht noch brauchen. Magier kämpfen auch mit ihren Stäben."

„Danke", sagte sie und packte ihren aufgeladenen Pinienstock ein. Sie zog den leichten, dunklen Umhang, den sie vom kleinen Volk geschenkt bekommen hatte, über ihr Gewand und setzte sich den Hut auf. Sie wollte schnell und unerkannt reiten. Argon erklärte ihr den kürzesten Weg in die Ebene von Saragossa.

„Wir sehen uns wieder!" Damit verabschiedete sich Marie von Argon, der noch erwiderte: „Hab keine Angst und hasse ihn nicht! Dann bist du sicher." Sie nickte: „Ich danke dir. Leb wohl!" Sie umarmten sich. Marie rief Tamino herbei, der frisch die Wiese herunterkam.

Dann galoppierte sie los. Tag und Nacht. Mit kurzen Pausen, wo sie je ein paar Stunden schlief.

Am sechsten Tag in der Früh, wo sie schon fast das Ende der Berge erreichte, sah sie mit ihrem zweiten Gesicht, das sie seit der Nacht am Spiegelteich besaß, dass Gefahr im Verzug war. Die Pläne der Aufständischen waren verraten worden. Sie sah, was in Zargossi im

Spiegelsaal beschlossen wurde und sie sah das Chateau du Soleil – und warnte jetzt Raphael.

Mitternacht war überschritten. Der Mond breitete sein Licht über die Ebene, da fing es leicht an zu regnen. Die Spannung über dem Chateau und über Saragossa war gestiegen und erreichte langsam den Höhepunkt. Auf dem Chateau hatte man alles vorbereitet. Die Bogenschützen waren von Raphael in Stellung gebracht in den Hügeln vor Saragossa. Alle Wächter und Späher waren auf ihren Posten. Es waren gerade 2800 Mann hier oben.

„Die Verbündeten aus Saragossa sind nicht mehr gekommen", murmelte Pedro zu Philipp, der auf vorderstem Posten auf die Ebene von Saragossa hinunterblickte. „Das Heer da unten hat sie verschreckt. Ein Teil der Truppen haben die Lagerhallen angezündet", meinte Philipp und zeigte auf die Rauchwolken vom Ebro.

„Bald wird das Heer da sein. Wie ein Wurm quält sich diese schwarze Schlange mit ihren Schilden durch die Ebene", erwiderte Raphael, der gerade hinzutrat und hinunter spähte, wo man die Truppen im Mondlicht an ihren Schilden erkennen konnte. Zwei Stunden später waren alle in Stellung. Im Halbkreis auf den Hügeln mit Blick auf Saragossa, das Chateau im Rücken, warteten alle auf ihren Posten. Claudius führte die Bogenschützen und das Mittelfeld der Kämpfer. Vor Jahren hatte er aus Asien kommend, diese Kunst in seinem Kloster eingeführt. Raphael führte die rechte Flanke, Philipp die linke Flanke der Aufständischen, die zu einem Teil beritten waren. Raphael und Philipp waren die besten Reiter und Schwertkämpfer. Claudius hatte das wegen seiner schweren Beinverletzung aufgegeben.

„Macht voran! Treibt eure Männer an! Bleibt zusammen!", schrie Ramon, der das Kommando führte, die anderen Mönchsritter an, die ihre Leute weiter anfeuerten. Die Fußtruppen wurden angetrieben. Alle waren schwer bewaffnet und schleppten an ihren Schilden, die im Mondlicht reflektierten.

„Sie können uns sehen, wenn sie Posten haben. Der Mond scheint hell. Die Fußtruppen sind zu langsam. Was sind das nur für Soldaten?" schrie Ramon wieder, schwang eine Peitsche und ritt selbst zurück. Die Stadt lag schon hinter ihnen und qualmte von den Docks in den Himmel. Er ließ vorrücken und die Front verbreitern. Bald würden sie den Schutz der Hügel erreichen. Es nieselte.

Als die Truppen endlich in Reichweite waren, gab Claudius den Startbefehl. Er brüllte: „Angriff, Bogenschützen!" Und der erste Pfeilhagel startete. Die Schilde der schwarzen Schlange duckten sich überrascht. Weitere Pfeilregen folgten. Kurz gab es einen Einhalt. Damit hatten die Truppen nicht gerechnet. Dann hörte man auch unten ein Gebrüll. Die königliche Reiterei rückte vor und griff an. Die Schlacht hatte begonnen. Die Bogenschützen taten ihr Werk.

Dennoch rückten die Soldaten weiter vor, wenn auch mit großen Verlusten. Da entließ Claudius sein Mittelfeld der Kämpfer, Reiter und Fußtruppen, die hinunter zogen. „Reiter vor", brüllten dann auch Raphael und Philipp und rückten mit ihren Flanken vor, die Reiter links und rechts voran. Beide Fronten prallten jetzt mit voller Wucht aufeinander. So wie in jeder Schlacht hörte man von überall die Kampfschreie der Männer und die Schreie des Todes. Die Schwerter klirrten laut und bedrohlich. Sie verwundeten und töteten, was ihnen in die Quere kam. Männer fielen wie niedergemachte Grashalme und jeder gab sein Blut hin, um in diesem Kampf sein Bestes zu tun im Auftrag dessen, der ihn befahl. Raphael und Philipp waren schon mitten im Kampf auf dem Schlachtfeld bei ihren Leuten angekommen und führten sie von hier an den Flanken. Die Zeit verstrich unendlich langsam.

Der Abe stand dunkel und schwarz im Hintergrund seiner gewaltigen Truppen. Er hatte sich auf der rechten Seite positioniert, die den Bergen zugewandt war. So schaute er über die Ebene, in die Berge und nach Saragossa. Er hatte den vollen Überblick. Die Nacht schritt fort und der Morgen graute bald. Der Mond wurde blasser. Seine königlichen Truppen und die der Mönchsritter waren in der absoluten Überzahl und kämpften unter der Aufsicht der obersten Mönchsritter. Trotzdem, die Aufständischen hielten sich gut, nicht zuletzt dank ihres Überraschungsangriffs aus den Hügeln. Die Verluste waren auf beiden Seiten groß, bei den Soldaten noch größer.

Der Abe knirschte mit den Zähnen, als er die Lage überblickte. Wer den Aufständischen seinen Plan nur verraten hatte, das konnte er sich schon denken...

Als die ersten Sonnenstrahlen über den Hügeln im Osten auf die Ebene fielen und der Himmel sich golden färbte, erschien im Osten eine helle Gestalt auf einem schwarzen Pferd. In rasendem Galopp kam diese Gestalt näher. Raphael erblickte sie als erstes, da sie auf seiner Seite war. Er zog sich auf seinem Pferd etwas zurück und schaute genauer hin. Wer ritt da allein in eine Schlacht hinein? Beim Näherkommen sah er, dass die helle Gestalt eine Frau war. Ihr helles Haar leuchtete. Und ein Schwert glitzerte in ihrer Hand, in dessen Klinge sich die Sonne brach. „Marie!", durchfuhr es ihn wie ein Blitz. Er war schockiert und bewegt. Die Königin kam zurück.

Etwas später schienen auch die Kämpfenden die Gestalt auf dem Pferd zu bemerken, die zwischen Saragossa und den Hügeln auf das Heer zuritt. „Was wollte sie nur?", fragte sich Raphael und ritt ihr gerade entgegen, um sie zu schützen. Da war auch schon Philipp an seiner Seite und schrie, „Ist das etwa Marie?" Er schwang sein Schwert. „Was macht sie da?" Dann brüllte er los und ritt in die Menge: „Die Königin naht, die Königin ist da!" Und in der ganzen Menge gab es einen Tumult und die Nachricht verbreitete sich wie ein Lauffeuer. Alle schauten jetzt. Die leuchtende Gestalt mit dem blitzenden Schwert in der Sonne hatte den Kampfplatz fast erreicht –

Es war die Königin, denn sie hatte das Schwert! Das goldene Schwert, von dem die Sage von Aragon berichtete! Lange hatte niemand mehr dieses Schwert gesehen und kein König hatte mehr dieses Schwert geführt! So hatte man es mit der Zeit für eine Legende gehalten. Nur wenige der älteren Menschen aus Aragon und Saragossa wussten noch über das goldene Schwert Bescheid, das Siegel des obersten Eingeweihten und Königs des Landes. So war es bei der Gründung Aragons verlautet worden.

Die königlichen Truppen fühlten sich wie gelähmt, als sie die Königin mit dem goldenen Schwert heran reiten sahen. Die Brüder frohlockten.

Da trieb der Abe vor Hass funkelnd mit seinen Mönchsrittern die Soldatenmenge mit aller Gewalt an. Der Kampf entfachte von neuem. Die Rebellen und Aufständischen hatten mit dem Erscheinen der wahren Königin Auftrieb bekommen, während die königlichen Truppen und Mönchsritter geschwächt waren. Der Abe sah das alles, löste sich von seinem Heer und ritt auf die Königin zu. Währenddessen führten die Mönchsritter die Schlacht mit aller Härte weiter. Ein Teil peitschte die eigenen Männer an, die der Mut verlassen hatte, während der kleinere Teil der schwarzen Ritter sich dem Abe anschloss.

Auf den Mauern und Dächern Saragossas war man nicht unkundig geblieben. Das Volk hatte von dort die Schlacht im Morgengrauen erspäht. Jetzt, wo man auch von dort die Königin mit dem goldenen Schwert kommen sah, wurden die Tore aufgerissen und die Menschen strömten heraus. Sie waren mit allem, was sie hatten, bewaffnet und richteten sich in ihrer angestauten Wut gegen die königlichen Truppen des Abes. Ein heilloses Durcheinander entstand, wobei die Truppen des Abes in die Enge getrieben wurden und immer mehr den Mut verloren. Viele von ihnen waren verunsichert, trotz der Gewalt der Mönchsritter.

Marie hatte, als sie die Dächer von Saragossa von weitem erblickte und die Schlacht sehen konnte, ihr Tempo erhöht. Die Schlacht war in vollem Gang. Sie trieb Tamino an und zog, als sie die Kampfszene sehen konnte, ihr Schwert. Die ersten, kräftigen Sonnenstrahlen stärkten ihr den Rücken und funkelten auf ihrem Schwert. In dem rasenden Galopp verlor sie ihren dunklen Umhang und den Hut. Ihre Gestalt leuchtete im hellen Gewand, das sie darunter trug. Sie konnte nichts mehr denken, ihr Puls raste.

Ab jetzt geschah alles von selbst. Und doch verlangsamte sich die Zeit auf Zeitlupe, wo sie jede Aktion überdeutlich wahrnahm. Sie ritt von der rechten Seite zwischen die beiden Fronten. Zugleich schaute sie Richtung Saragossa und die Berge. Sie sah das Schlachtfeld mit den Soldaten und den aufständischen Brüdern, mit dem Zulauf des Volkes. Da erblickte sie aus den Augenwinkeln den Abe oder Zyan, der schon auf sie zuritt. Seine bedrohliche Haltung verriet seinen ganzen Hass. Er hatte sich von den königlichen Truppen gelöst. Ein kleiner Teil seiner Mönchsritter folgte ihm.

Die Königin blieb vor dem Heer stehen, mit Tamino, der sich stolz aufbäumte, und rief mit erhobener Stimme: „Hier spricht eure Königin. Im Namen des Volkes von Aragon und im Namen des Herrn! Hört auf zu kämpfen, Bruder gegen Bruder! Haltet ein und macht Frieden!" Doch Marie kam nicht dazu, weiter zu reden, wenn auch die Menge der Kämpfenden innegehalten und sich zu ihr hingewandt hatte.

Der Abe kreiste sie mit seinen Mönchsrittern ein. Sie hatten ihre Schwerter gezückt. Da durchstieß zuerst Raphael den Kreis und erhob sich mit seinem Schwert gegen die vollbewaffneten schwarzen Ritter, um Marie zur Seite zu stehen. Wenig später war Philipp an seiner Seite und sie schlugen sich zu zweit mit den schwarzen Ritter, die sich jetzt etwas vom Abe abgespalten hatten.

Von hinten erschien Claudius, der es sich nicht nehmen ließ, als er die Königin erblickte, sich ein Pferd geben zu lassen und ebenfalls in diesen schwarzen Haufen zu reiten, wo sich jetzt gerade das Schicksal von Aragon entschied. Er schoss mit seinem Bogen gezielt auf die ersten Ritter der Abe und traf eins, zwei, drei von diesen hochausgebildeten, mit Schwert und Ketten kämpfenden Mönchsrittern. Als er dort ankam, zog er sein Schwert an der Seite von Raphael und Philipp und kämpfte mutig weiter, bis ihn einen Kette erwischte und vom Pferd schleuderte.

Marie stand plötzlich nur noch dem Abe gegenüber. Die schwarze wogende Menge verschwand vor ihren Augen. Mit vor Hass brennenden Augen hatte der Abe sie ins Visier genommen und trieb sein Pferd auf sie zu. Er fixierte sie mit seinen Augen und richtete jetzt seinen Stock auf sie, den er als Magier bei sich hatte. Marie wich diesem ersten Angriff aus und richtete ihren Stab gegen den Magier.

Er parierte den Schlag. Der Abe kam näher. Sie umkreisten sich und richteten wieder ihre Stöcke auf einander. Marie fühlte sich, wenn so ein Blitz sie traf, aus ihrem Körper hinaus gestoßen. Diese Kraft schien sie weg zu schleudern, sie war aber stark genug, sich im Sattel zu halten. Marie wehrte seine Angriffe ab und schoss über ihren Stab diese geballten und scharfen Energieladungen zurück.

Atemlos hatten einige Kämpfer innegehalten und folgten voller Spannung dem Geschehen. Nicht einmal Philipp und Raphael griffen ein. Das war ein Kampf, der ihre Erfahrung übertraf. Was geschah da? Die Stöcke von Marie und Zyan, dem Abe, funkten und blitzten bis weit in den Himmel. Sie warfen Flammen aus. Jeder hatte seine ganze Kraft in den Stock gelegt und ließ sie fokussiert gleich Blitzen los. Keiner konnte den anderen vernichten. Der Schlagabtausch wurde immer härter. Zyans Stock rauchte und nebelte sie ein. Da traf sie sein Stock mit einem Blitzschlag so heftig auf der Brust, dass sie vom Pferd gestoßen wurde.

Einen Augenblick bekam Marie keine Luft mehr. Die Menge erschrak. Hatte der Abe Marie, ihre Königin, besiegt? Durch ihr eisernes Training war sie jedoch wieder blitzschnell auf den Beinen. Sie zog ihr Schwert. Da war der dunkle Magier schon über ihr mit seinem Schwert. Sie kämpfte mit Schnelligkeit und Geschick, um sich seine Kraft zu Nutze zu machen. Die Schwerter klirrten und rieben sich aneinander in immer neuen Formationen. Marie wand sich aus seinem Hebelgriff heraus, der ihr fast das Handgelenk brach. Der Abe schlug mit vehementer Kraft zu. Eine Frau würde ihn nicht besiegen! Sein Zorn kannte keine Grenzen. Sein Hass sprühte und entzündete sich noch mehr. Marie fiel, rollte ab und strauchelte. Und wieder kam er von oben auf sie zu mit erhobenem Schwert. Er grinste ihr jetzt direkt ins Gesicht und wollte zustechen, den tödlichen Stoß endlich vollziehen. Sein Gesicht war siegesgewiss.

Der Himmel verdunkelte sich und die Menge stöhnte unter dem aufgepeitschten Kampf des Heeres. Das Volk blutete, stand aber den Brüdern zur Seite, die wieder Luft bekamen.

Da erinnerte sich Marie der Worte Argons, er erschien ihr vor ihrem inneren Auge. „Bewahre dich vor Hass. Hasse ihn nicht!", hatte er noch beim Abschied gesagt. Mit großer Ruhe, aber blitzschnell ergriff Marie in letzter Sekunde ihr Schwert, das ihr aus der Hand gefallen war und richtete es nach oben, um sich zu schützen. Sie wusste, dass es jetzt gleich für sie zu Ende war.

Der Abe hatte sich an seinem eigenen Hass vergiftet. Wie blind beugte sich der Abe im gleichen Augenblick zu ihr herunter. Die schwere Gestalt strauchelte. Seine Augen blickten sie starr und fragend an. Mit seinem Schwert noch in der Hand, das er auf sie gerichtet hielt, ging er langsam, wie in Zeitlupe, neben ihr zu Boden. Ihr Schwert hatte sein Herz getroffen. Seine Hand zuckte noch einmal und wollte zustechen. Das Blut tropfte auf Marie und sie schleppte sich zur Seite. Da war auch schon Raphael neben ihr und hob sie hoch. Der Abe, der dunkle Magier, lag am Boden und war tot.

In diesem Augenblick seines Todes brach ein schweres Gewitter los, es donnerte und blitzte gewaltig, dass es am Himmel nur so zuckte, als die Blitze herunter schossen. Dann hörte man von Ferne einen riesigen, dumpfen Krach. Die ganze Erde bebte. In Zargossi, dem Sitz des Abes, war der Blitz eingefahren und es brannte. Die Erde war aufgerissen und hatte das Kloster in zwei Hälften geteilt. In den Bergen, wo das alte Volk das Gewitter und auch das Beben der Erde wahrnahm, sah das alte Volk, wie sich die dunklen Schatten auflösten, die so lange auf den Pflanzen, Bäumen und Wiesen gelegen hatten. Wie ein Bann, der gelöst wurde, verschwand alles und die Natur klärte sich.

Ein paar Minuten später hatte der Himmel seinen Kampf beendet und die Sonne brach wieder hervor und tauchte das Schlachtfeld in ein goldenes Licht.

Raphael half Marie, die vielfach verletzt, aber lebendig war.

„Bring mir mein Pferd", bat sie ihn leise. Er tat wie geheißen. Mit letzter Kraft saß sie auf Tamino auf. Sie ritt vor die noch immer kämpfende Menge. Sie erhob ihr Schwert und rief mit erhobener Stimme, soweit ihre Stimme sie trug: „Der Kampf ist beendet! Der Abe ist tot. Macht Frieden und kümmert euch um die Verletzten."

Raphael und Philipp, Claudius fiel am Schluss des Kampfes und erlag seinen Verletzungen, waren an ihrer Seite, als sie bewusstlos zusammensank. Dann konnte sie sich an nichts mehr erinnern.

Der Kampf war beendet. Die Brüder sorgten dafür, dass der Befehl der Königin ausgeführt wurde. Philipp übernahm die herrenlos gewordenen Truppen und führte sie geordnet zurück. Raphael kümmerte sich um Marie, versorgte sie mit dem Elixier des weißen Magiers, denn sie hatte viel Blut verloren. „Sie hat ein kleines Lächeln auf den Lippen, als würde sie schön träumen", dachte Raphael und küsste Marie zart auf den Mund. Dann brachte man sie in die Hände eines Arztes, der aus Saragossa ankam und die Wunden verband und fachgerecht versorgte.

Später zog Raphael sich mit den Brüdern zurück zum Chateau, um die übrigen Verwundeten zu versorgen. Die Sonne stand hoch am Himmel und tauchte Aragon in warmes Spätsommerlicht, als alles seinem Ende zuging.

Sieg und die Rückkehr der Königin

Marie wachte auf. Sie lag in einem weißen Bett mit feiner Bettwäsche, die gut duftete. Als sie die Augen aufschlug, sah sie ihre alte Zofe an ihrer Seite sitzen. Sie war eingenickt. Als Marie sich rührte, wachte auch die Zofe auf und begrüßte Marie überschwänglich: „Meine Königin! Wir freuen uns so, dass Ihr lebt und jetzt bald wieder gesund seid. Wir haben Euch alle vermisst! In Eurer Tasche haben wir Eure Medizin gefunden, und der Herr de Berenguar hieß sie uns anwenden. Er brachte Euch hierher. Der Arzt war auch da. Es ist alles in Ordnung. Willkommen in Eurem Schloss in Saragossa!" Marie schaute sich um. Tatsächlich! Sie war in Saragossa in ihrem Schlafzimmer, und die Sonne schien herein. Etwas verwirrt nahm sie alles zur Kenntnis und versuchte sich zu erinnern. Sie war weit weg gewesen. Marie schloss wieder die Augen, und die Zofe ging Tee holen.

Da sah Marie das Schlachtfeld und wie sie nach dem Kampf und ihrem Aufruf zum Volk zusammengesunken war. Sie war nicht bewusstlos gewesen oder doch? Nun, nur für die äußere Welt. Sie lächelte. Denn sie weilte auf der anderen Ebene.

Da sah sie in die Augen des alten Volkes, das in einem großen Zug aufmarschiert kam. Sie brachten ihr Geschenke und Blumen mit. König Fristan verkündete laut, als sie vor ihr standen: „Du hast es geschafft. Genau einen Tag, bevor wir mit dem Rückzug beginnen wollten. Jetzt bleiben wir hier auf der Erde, Marie. Alles ist gut. Du hast den dunklen Magier besiegt. Wir wünschen der Königin von Aragon alles Gute!" Sie lächelten und winkten ihr zu.

Auch der weiße Magier, Argon, war mitgekommen. Er tauchte jetzt hinter ihnen auf und die Mennen und Weibli machten ihm Platz. Er kam auf sie zu. Argon lächelte. Sein Lächeln strahlte sie an, wie sie es immer so geliebt hatte. Er nahm sie in die Arme und küsste sie. „Gut gemacht, Marie, Alchemistin von Aragon." Und sie tauchte ein in seine Kraft, die sie erfrischte.

Jetzt schlug Marie die Augen auf und lächelte. Ja, sie fühlte sich tatsächlich frisch.

Als die Zofe ihr den Tee brachte, wollte sie aufstehen. "Aber meine Königin", meinte die Zofe entgeistert, „Ihr müsst Euch noch ausruhen. Der Arzt hat das verordnet und kommt später wieder."

„Ich fühle mich gut", sagte Marie und stand langsam auf. Ihre Beine waren noch etwas wackelig, aber es ging. „Wie lange habe ich geschlafen?", fragte sie noch.

„Drei Tage und drei Nächte", antwortete die Zofe vorsichtig. „Jetzt gibt es Frühstück. Ist das recht?"

„Gut, dann bringe das Frühstück, bitte." Marie bekam Gebäck, Butter und Kaffee und viele kleine Leckerbissen mit Tomaten, Käse und Fleisch. Nach dem Frühstück versuchte die Zofe es wieder:

„Ihr müsst Euch jetzt schonen, meine Königin. Die Wunden sind kaum verheilt. Soll ich den Arzt rufen?"

„Nein. Ich habe viel zu tun. Bitte lass mir ein Bad ein und bringe mir frische Kleider." „Jawohl", erwiderte die Zofe und ging das Bad einlassen. Marie genoss das Bad nach so langer Zeit. Mit dem Heilelixier beträufelte sie selbst ihre Wunden. Bald war sie frisch angezogen und sauber, in einem schönen Kleid, wie es sich für eine Königin geziemte. Und schon wieder in Stiefeln schritt sie die große Treppe hinunter und ging zum Stall. Sie schaute nach Tamino.

Er begrüßte sie freudig. „Der Stall passt dir nicht sonderlich, nachdem Du so frei beim Magier herumgelaufen bist, nicht wahr?"

Marie streichelte Tamino und er nickte mit dem Kopf. Da kam schon der Verwalter und verbeugte sich vor ihr.

„Meine Königin, was wünscht Ihr?" Ach ja, sie musste jetzt umdenken. Hier nahm man ihr die Arbeit ab. „Sattelt mir Tamino, ich will ausreiten!", sprach sie zum Verwalter, der sich sofort an die Arbeit machte. Dann ging sie nochmals in den Palast und befahl dem Ersten Diener, ihr eine Eskorte mitzugeben und einen Arzt. Außerdem ließ sie Nahrungsmittel, Medizin und Verbandsmaterial einpacken. Dann ritten sie los. Marie wollte zum Chateau du Soleil. Sie wusste ja, dass Raphael und die Bruderschaft ihr Lager dort aufgeschlagen hatten. Zu Mittag kamen sie oben in den Hügeln an. Das Chateau lag unberührt da. Der Kampf war anscheinend nicht hier oben angekommen, dachte sie.

Als sie vor dem Haupteingang abstiegen, wurde die Türe schon aufgerissen und Raphael lief ihr entgegen. „Marie, wie schön, dass du kommst! Das habe ich nicht erwartet. Ich dachte, du kurierst dich in Saragossa aus. Hat der Arzt dir schon erlaubt, aufzustehen?"

Sie lachte und fiel ihm in die Arme. „Nein, ich habe es mir erlaubt!" Da lachte er und schaute sie besorgt an. Dann pfiff er durch die Zähne. „Schön siehst du aus, wie eine Königin." Sie umarmten sich fest. Die Diener und den Arzt schickten sie inzwischen hoch zu den Brüdern, alle Sachen dort hinzubringen und sich um die Verwundeten zu kümmern. Ein Bruder, den Raphael rief, begleitete die Delegation nach oben. Dann befahl Raphael seinem Hofverwalter, zwei Stühle und einen Tisch herzubringen und Tee aufzutragen.

„Komm, lass uns niedersetzen!", forderte Raphael sie auf und wies ihr einen Stuhl an. So setzten sie sich in den schattigen Innenhof des Chateaus. Raphael begann: „Viele von unseren Mitbrüdern und Verbündeten sind schon wieder weg. Zurück in ihre Klöster oder zu ihren Dörfern, wo sie herkamen. Jetzt bringen sie wenigstens eine gute Nachricht mit heim. Aber komm, erzähl mir deine Geschichte und was du jetzt vorhast, wo du wieder Königin bist", forderte Raphael Marie auf, während sein Verwalter Tee servierte.

„Gleich", erwiderte Marie. „Sag zuerst, wie geht es Euch und den Verwundeten?"

„Nun", sagte Raphael und sein Blick trübte sich, „wir haben Prior Claudius verloren, einen wunderbaren Menschen und Freund von Philipp und mir." - „Das tut mir leid. Wie geht es Philipp? Ich sah ihn nicht gar nicht mehr", unterbrach Marie, sich zugleich entschuldigend. „Ihm geht es gut. Er führt die königlichen Truppen zurück und kümmert sich um ihre Ordnung und Versorgung. Ohne den Abe und die Mönchsritter waren sie führerlos. Er wird bald zurück sein.", erwiderte Raphael.

„Das ist gut. Dann fahre nur fort." Marie lächelte ihn an.

„Claudius war es, der den ganzen Widerstand in den Bruderschaften organisiert und geleitet hatte. Er fiel in der Schlacht leider noch ganz zum Schluss, als er sich wider Erwarten zu uns auf die rechte Flanke geschlagen hatte, um uns bei diesem Kampf gegen die schwarzen Mönchsritter zu unterstützen, als du mit dem Abe beschäftigt warst. Und das, obwohl er seit seiner Kriegsverletzung keinen Schwertkampf mehr geführt hatte. Er lehrte die Kunst des Bogenschießens in seinem Kloster. Claudius traf vorher mit seinem Bogen noch viele von diesen furchtbaren, schwarzen Lakaien des Abes, aber am Schluss holten sie ihn vom Pferd und machten ihn nieder. Wir hatten keine Chance mehr, ihm zu helfen..."

Raphael schüttelte den Kopf. „Aber wir rächten ihn. Die acht obersten Mönchsritter sind tot wie der Abe." Er wischte die Erinnerungen zur Seite. „Wir haben Claudius gestern ehrenvoll auf unserem kleinen Waldfriedhof begraben." Raphael wischte sich eine Träne aus dem Auge.

„Das ist sicher ein schöner Platz", erwiderte Marie mitfühlend. „Wir wollen ihn in Ehren halten. Ich lasse sein Kloster Isabellas Stift wieder aufbauen, - wie alle Klöster, die der Abe niedermachte, um den Widerstand der Bruderschaften zu brechen", versprach Marie ernst.

Dann erzählte sie Raphael ihre Geschichte. Und er lauschte verwundert, auf welche Weise Marie aufgebrochen und gerade noch rechtzeitig in die Schlacht geritten kam, um den Abe herauszufordern und den Kampf zu beenden." Das Volk hat dich erkannt und strömte aus Saragossa", meinte Raphael noch verwundert. „Es war wohl das golden leuchtende Schwert von Großvater. Das ist das alte Schwert, dem magische Kräfte nachgesagt wurden...", erwiderte Marie nachdenklich. „Und es hat mir gestern das Leben gerettet."

„Ohne deine und Gottes Hilfe wären meine Brüder heute nicht mehr am Leben. Ich danke dir für dein Kommen. Das habe ich dir noch gar nicht sagen können", meinte Raphael leise.

„Ich habe nur meinen Auftrag erfüllt", sagte Marie ebenso leise. Dann fragte sie plötzlich: „Willst du mich noch heiraten? So wie du es auf der Burg fragtest?" Raphael wurde leicht rot. „Darf ich um die Hand der Königin von Aragon anhalten?" -

„Ja", erwiderte Marie fest und schaute ihm tief in seine blauen Augen. Und er nahm sie in die Arme, und sie küssten sich.

Nachdem sie nach den Verwundeten geschaut und das Elixier vom weißen Magier zum Einsatz gebracht hatten, wollte Marie weiterreiten: „Kommst du mit? Ich muss noch einen Besuch machen. Über die Berge nach Norden, zu Argon, dem weißen Magier. Ich möchte mich verabschieden und meine Sachen holen. Dann bin ich bereit, Königin zu sein und zu heiraten", meinte sie lachend.

„Klar, ich komme mit", antwortete Raphael und ließ sich seine Sachen packen. Die Eskorte hieß Marie dableiben und für die Verwundeten sorgen. Sie sollten die notwendigen Dinge aus Saragossa besorgen und im Schloss Bescheid geben.

Im letzten Augenblick, als sie schon aufbrechen wollte, erschien Philipp auf seinem Pferd Hassard. Im Eiltempo kam er angeritten. „Da habe ich euch wohl gerade noch erwischt?", rief er vom Pferd und sprang hinunter. „Marie – endlich" und schon lagen sie sich in den Armen. „Wie schön, dass du gesund bist", flüsterte er und drückte sie noch mal an sich.

„Wie schön, dass *du* gesund bist und dich schon um die Truppen gekümmert hast", erwiderte Marie freudestrahlend. „Darf ich sie dir gleich übertragen? Du scheinst mir der geeignete Oberbefehlshaber unserer königlichen Truppen zu sein."

Philipp lachte: „Vielen Dank für dein Vertrauen und deinen schnellen Entschluss! Das nehme ich gerne an."

„Das halte ich auch für eine sehr gute Idee. Du bist der geeignete Mann dafür", erwiderte Raphael freudig und sie umarmten sich.

„Und übrigens, wir werden heiraten", sagte Marie und nahm Raphael bei der Hand. „Das habe ich schon fast erwartet", erwiderte Philipp lächelnd und schaute auf beide.

Nach einer Pause meinte Marie: „Wir sollten unbedingt das Chateau Bridan von Großvater wieder aufbauen und Leben dorthin bringen. Es ist so schön. Was meinst du dazu?" Sie schaute Philipp an. „Eine gute Idee, das wollte ich dich auch bitten. Ich würde gerne dort wohnen und mich niederlassen, wenn ich nicht bei den Truppen bin, wenn das jetzt meine neue Aufgabe ist", erwiderte Philipp.

„Wunderbar", sprachen Marie und Raphael wie aus einem Munde. „Wenn du nach Saragossa gehst, vertritt mich bitte und erkläre meinen Ministern, dass ich oder besser wir in circa siebzehn Tagen zurück sein werden. Lasst uns dann alle zusammen kommen, um das Königreich Aragon wieder aufzubauen! Es soll wieder ein unabhängiges Königreich werden, so wie es immer gedacht war. Ein neues Zeitalter beginnt jetzt. Und in gut drei Wochen soll Hochzeit sein", sprach Marie mit Blick auf Raphael in feierlichem Ton zu Philipp. Und sie schauten sich in stillem Einvernehmen an. Das hatte Marie noch auf dem Herzen gelegen. Und das Schicksal Aragons lag allen Drei am Herzen - und in ihren Händen. Dann verabschiedeten sie sich.

„Wir reiten noch einmal in den Norden, zu Argon, dem großen Magier", sagte Marie, als sie schon auf den Pferden saßen.

„Ok, dann erwarte ich euch in circa siebzehn Tagen in Saragossa und lasse alles vorbereiten. Gute Reise!" Damit verabschiedete sich auch Philipp.

Nach circa sieben Tagen kamen Marie und Raphael in der vertrauten Landschaft Aquitaniens an. Als sie am Kloster Notre Dame vorbeiritten, merkten sie, dass die Nebel verschwunden waren. Auch der Sumpf des Hexenwaldes war trockener geworden. Beim Stein von Magpud, wo die große Krähe wachte, öffnete sich der Weg dann von selbst. Da standen sie schon auf der Lichtung vor der Hütte des Magiers, aus dessen Schornstein es rauchte.

Marie stürmte diesmal die Verandastufen hinauf, da öffnete sich die Tür und Argon trat hinaus. Marie fiel ihm direkt in die Arme. „Wie schön, dass du gekommen bist", schmunzelte der Magier und strich Marie über das Haar. „Ich wollte dich unbedingt noch sehen und mich verabschieden, bevor-", sie brach ab. Da hielt der Magier Marie vor sich hin und schaute sie erst einmal richtig an.

„So schön wie eine echte Königin, wobei das Kleid etwas schmutzig geworden ist. War der Sumpf noch zu viel?", fragte Argon heiter. Dann begrüßte er freundlich Raphael und lud sie beide ein: „Nehmt Platz in meiner einfachen Hütte. Ich habe euch schon erwartet. Beim Stein von Magpud sah ich euch und öffnete den Weg hierher. Ich habe gerade Tee gekocht, Bergwiesentee."

Marie konnte sich jetzt nicht länger zurückhalten: „Hast du alles gesehen, was vor Saragossa geschah an diesem Morgen des siebten

Tages, nachdem ich weggeritten war?", fragte Marie gespannt, obwohl sie die Antwort schon wusste. „Ja, habe ich. Ich war bei dir. Du hast den Abe im Kampf besiegt und er ist tot, wie seine acht Lakaien des Bösen", sprach Argon bedächtig und schaute erst Marie, dann Raphael ruhig an. „Ihr habt gut gekämpft, wahrlich. So konnte ich auch die Nebel von Notre Dame entfernen. Es besteht jetzt keine Notwendigkeit mehr für einen solchen Schutz eines Klosters, das für jeden ein Ort der Zuflucht sein sollte. Mein Reich bleibt allerdings mit dem Schutz des Lichtwalls." „Verstehe ich", erwiderte Marie und schaute nachdenklich aus dem Fenster der Hütte.

Sie tranken Tee und aßen Trockenfrüchte und Keks, die Marie noch gemacht hatte. Argon legte sie stolz auf den Tisch. Marie kamen verstohlen die Tränen. Es würde nie wieder so sein wie vorher. Ihre Lehrzeit war beendet und ihr Zuhause würde jetzt in Aragon sein.

Raphael bemerkte die Rührung von Marie und griff die Unterhaltung wieder auf. „Die Hütte ist wunderbar und vor allem, weil Marie bei Ihnen so lange daheim war und hier ausgebildet wurde", entgegnete Raphael Argon. „Wir waren beim Du und Argon", meinte der Magier schmunzelnd. Marie schaute von einem zum anderen. Sie liebte diese beiden Männer, so unterschiedlich sie auch waren, über alles. Dann ging sie noch einmal in ihre alte Schlafkammer, nahm den Kelch und brachte Raphael ihr Buch, das er sich anschauen durfte, Den Kelch packte sie vorsichtig ein und schaute Argon nochmals liebevoll dankend an.

Als sie ihren Tee getrunken hatte, eröffnete Marie ihr Anliegen: „Argon, ich möchte dich gerne bitten, dass du mitkommst und mit uns diese Reise nach Saragossa machst. Du wirst in Aragon rehabilitiert werden. Das verspreche ich als Königin von Aragon. Und in Aragon hat das Königshaus, nicht die römische Kirche zu sagen. Wenn du wolltest, könntest du ein Kloster haben. So viele Orden sind führerlos geworden. Mehr noch, ich möchte dich bitten, mein Erster Ratgeber am Königshof zu werden. Und ich biete dir den Platz des Abes in seiner Rolle als Bischof und als königlichem Ratgeber an. Wenn die Machenschaften und Verbrechen des Abe bekannt gemacht werden, wird die römische Kirche, die so lange den Abe gedeckt hat, dem Königshaus von Aragon hierin nicht widersprechen können."

Es herrschte einige Minuten Schweigen. Marie schaute eindringlich zu Argon. Der Magier vom Norden zog die Augenbrauen hoch und holte Luft. Dann schaute er sie an. Damit hatte er nicht gerechnet. „Was Marie einfiel, seitdem sie gerade erst wieder Königin war", dachte er.

Dann begann Argon langsam: „Den Platz von d'Albert möchte ich nicht einnehmen. Es wird sich ein neuer Bischof finden. Ratgeber will ich dir gerne sein, sofern du mich wirklich brauchst" und er schaute lächelnd von Marie zu Raphael. „Einen hast du ja schon an deiner Seite. Aber du hast eines vergessen: Du bist jetzt fertig mit deiner Lehrzeit bei mir. Ich habe die Aufgabe fortgesetzt, die Jacques, dein Großvater begonnen hatte. Das hatte ich ihm damals versprochen. Er war der Großmeister des Einen Ordens, der der älteste hier ist und aus dem die anderen erwachsen sind, der That-Orden. Du bist zu mir gekommen und wolltest diese Aufgabe wahrnehmen, brachtest das Schwert mit dem Ring mit, den du später entdecktest. Du hast deine Prüfungen bestanden und bist im Besitz seiner Insignien. -

Und du beherrschst die *Kunst der Umwandlung* vom Dunklen ins Licht. Du bist die neue Großmeisterin. Und als solche ermächtigst du dich selbst. Was brauchst du da noch mich?" Marie schluckte und schaute nicht so glücklich drein.

„Es ist niemand mehr da, der dich einführen oder ernennen könnte. - Jacques ist tot. Und mit ihm viele andere aus diesem Orden. Der Plan, das alles auszulöschen, ging fast in Erfüllung." Argon schaute Marie lange an.

Sie hatte fast das Gefühl, nein, sie sah, dass Großvater neben ihm stand und seine Worte mitführte: „Als Königin erfüllst du nun diese Aufgabe in einer besonderen Weise, wie kein anderer vor dir sie erfüllen konnte! So war es anscheinend schon von deinem Großvater gedacht, dass er dich erwählte, als noch das Haus d'Angus das Land führte. Jetzt gelangen Regierung und geistige Führung wieder in eine Hand. Du gehörst zur Familie Frigeaux, die schon bei der Gründung Aragons dabei war. Jetzt ist es Zeit, wiederzukehren.

In dir vereinen sich beide Kräfte zum Wohl des Landes und seiner Menschen. Du hast die Möglichkeit, geistige Gesetze in irdische zu verwandeln und für ihre Einhaltung zu sorgen, indem du Oberhaupt der Bruderschaften, der geistigen Intelligenz - und Königin bist. *So dient die Materie wieder dem Geist und nicht, wie es verkehrt worden war, der Geist der Materie.* Das ist eine Störung der kosmischen Ordnung des Lichts, der auch du unterstehst und vor der du dich verantwortest. So kann ein neues Zeitalter beginnen."

Argon schwieg jetzt. Marie schaute nach innen. Ihr Brustkorb hob und senkte sich. So hatte sie das noch nicht gesehen. Sie hatte noch gar keine Zeit gehabt, darüber nachzudenken seit der Schlacht. Jetzt wusste sie, warum sie hergekommen war.

Raphael ergriff ihre Hand. „Du bist nicht allein. Die Bruderschaften werden sich neu formieren. Wir können jetzt, wo der Widerstand gegen diese grausame Herrschaft alle geeint hat, ihre Kräfte neu vereinen. Philipp und ich haben darüber schon gesprochen. Dafür war dieser Krieg und all das Leid in unserem Land zumindest gut, dies bewusst zu machen und einer Einigung und Neuordnung Platz zu machen."

„Danke", sagte Marie, „Das wird notwendig sein, um alles wieder aufzubauen."

„Ich brauche frische Luft", sagte Marie und stand auf. Alle gingen hinaus auf die Lichtung, die jetzt in der Nachmittagssonne glänzte.

„Ich möchte dich noch um etwas anderes bitten, Argon", sagte Marie. Dabei schaute sie liebevoll auf Raphael, der nickte. „Vermähle du uns in der Kathedrale von Saragossa. Argon schaute lächelnd auf und betrachtete sie beide. „Möchtest du das auch, Raphael?"

„Ja", sagte Raphael fest, „ich könnte mir niemand besseren vorstellen, der dies in Maries und meinem Sinne täte."

„In Ordnung, das kann ich gerne tun. So werde ich mit euch reisen, um mir alles einmal anzuschauen. Ich war schon sehr lange nicht mehr in meiner alten Heimat", antwortete Argon heiter und lächelte beide an. „Aber mein Reich wird hier bleiben und ich werde zurückkehren", ließ er sich nicht nehmen zu sagen.

„So dürfte der Hochzeit hoffentlich nichts mehr im Wege stehen", meinte Marie noch und dachte kurz an Raimond, ihren ehemaligen Königsgemahl.

Da erinnerte sich Raphael, was Claudius über einen Kontakt nach Frankreich herausgefunden und ihnen in der letzten gemeinsamen

Sitzung vor der Schlacht eröffnet hatte. Er sprach: "König Raimond ist übrigens nicht damals im Krieg gegen die Engländer bei den Bündnistruppen gefallen. Er wurde nach einer Verletzung durch das Komplott des Abes mit dem französischen König in ein abgelegenes Gefängnis gebracht und dort gefangen gehalten. Der Abe muss kurz vor seinem Tod noch bei ihm gewesen sein. Raimond wurde dann angeblich wahnsinnig und starb an seiner Wunde." Marie und Argon schwiegen.

„So ist er bestraft genug gewesen. Und er hat mir den Weg für die Liebe freigemacht", meinte Marie leise.

Zwei Tage später brachen sie auf. Argon hatte alles versorgt und Anton vom alten Volk die Pflege seiner Tiere und Pflanzen anvertraut. Als sie beim Kloster Notre Dame Yves Sainte Marie vorbeikamen, begrüßten sie die ehrwürdige Mutter, die wieder ganz in Höchstform war. „Ich begrüße herzlichst die Königin und ihre beiden Ersten Ritter", meinte sie scherzhaft. Argon grinste und sagte: „Mir fehlt nur noch das Pferd dazu."

„Wir danken Euch alle für diese Befreiung, die schon ihre positiven und friedvollen Auswirkungen zeigt.", erwiderte die Äbtissin ernst. Dann unterhielten sich die vier lebhaft bei einer dargebotenen Jause im Innenhof. Schließlich gab Äbtissin Clarissa ihnen Geschenke und Wegzehrung für die Reise mit.

„Grüßt mir das Land Aragon", meinte sie noch zum Schluss. Dann ließ sie ein edles, weißes Pferd aus ihrem Stall bringen und reichte die Zügel Argon. „Für dich, mein Lieber. Das ist Windfeuer! Ein königlich prächtiges Tier aus päpstlichen Beständen. Dass du auch wieder zurückkommen kannst." Sie hatte eine Träne im Auge.

„Danke vielmals", Clarissa", erwiderte Argon gerührt und umarmte sie kurz, um ihr dann die Hand zu küssen.

Dann nahm Argon Windfeuer in Besitz und sprach zu ihm. Das Tier horchte auf und wieherte sanft. Sie verabschiedeten sich und brachen zu dritt auf nach Saragossa. Windfeuer galoppierte zuerst allen davon. Das ließ sich Tamino aber nicht lange gefallen und holte auf. Kopf an Kopf rasten sie über die Wiesen Aquitaniens.

„Ich brauche ein neues Pferd", meinte Raphael lachend. Sein Rotfuchs war schon alt. Claudius hatte ihn Raphael noch geschenkt. „Du wirst ein neues Pferd bekommen, wenn du König bist", rief Marie ihm zu.

Ihre Reise bescherte ihnen noch einmal warmes Spätsommerwetter. Der Herbst mit seinen Früchten und Ernten stand vor der Tür. Überall sahen sie auf den Wiesen die Bauern, welche die Ernte einholten, das letzte Heu und die Tiere versorgten. Das Land erholte sich, die Bäume trugen gute Frucht. Endlich erreichten sie die Tore Saragossas. Vom letzten Kloster, wo sie übernachtet hatten, sandte Marie eine Brieftaube zum Königspalast mit einer Nachricht für Philipp, dass sie in drei Tagen ankämen.

Philipp ließ darauf hin einen großen Empfang vorbereiten und dem Volk Bescheid geben, dass die Königin zurückkäme. Man öffnete ihnen die Stadttore und mit großem Jubel begrüßte das Volk Königin Marie und an ihrer Seite Raphael und Argon.

„Heil der Königin", „Lang lebe die Königin", „Gott segne die Königin", schrien die Menschen am Straßenrand und winkten mit weißen Tüchern, als sie in die Stadt einritten. Sie ritten direkt zum Königspalast am Ebro, wo Philipp und der ganze Hof sie erwarteten. Es gab Essen auf allen Straßen für das Volk und Musik.

Vor dem Schloss empfing Philipp sie zuerst: „Marie, Raphael, endlich seid ihr wieder hier. Herzlich willkommen", rief er in seiner ungestümen Art und umarmte sie. Dann stellte Marie Argon vor: „Philipp, das ist Argon, der große Magier aus dem Norden, mein Lehrer und jetzt Erster Ratgeber" und zu Argon gewandt: „das ist mein Bruder Philipp, der mich aus dem Kerker befreite und mich auf meinem Weg zu dir begleitete." Beide Männer begrüßten sich herzlich mit der Umarmung der Bruderschaft.

Später feierte man im Schloss die Ankunft der Königin und ihre Verlobung mit dem designierten König, Raphael de Berenguar. Argon, als Erster Ratgeber, feierte mit und unterhielt sich prächtig.

„Alles passt zu seiner Zeit", sagte er zu Marie, als diese besorgt nach ihm schaute. Später kümmerte er sich um die Vorbereitung der Vermählung. Die Feierlichkeiten sollten am elften September stattfinden. Fünf Tage vorher wurde die erste Ratsversammlung im

Regierungssaal des Palastes abgehalten. Viele Ämter wurden neu besetzt, vor allem in der Rechtsprechung. Argon und auch Philipp standen mit Rat und Tat zur Seite bei allem, was in Aragon entschieden werden musste. Marie war zugleich von den Vorbereitungen für die Hochzeit voll in Anspruch genommen. Endlich war es soweit.

Die Glocken im Kirchturm der Kathedrale von Saragossa läuteten. Selbst die ganz tiefe Glocke, die nur selten zu hohen Anlässen angeschlagen wurde, erklang und tönte mit ihrem tiefen feierlichen Ton bis in den letzten Winkel der Stadt. Das ganze Volk war auf den Beinen. Jeder wollte der Hochzeit der Königin und der Krönung Raphaels beiwohnen.

Die Kirche hatte die Rehabilitierung Argons nach anfänglichen Widerständen letztlich unter dem Druck der Königin und nach Entlarvung des ehemaligen Bischofs d'Albert genehmigt.

Als Marie in königlich weißem Kleid mit Raphael an ihrer Seite in die Kathedrale einschritt, tönte neben den Glocken auch die Orgel mit ihren vollen Registern. Das Volk jubelte.

Kinder streuten Blumen auf den Weg, bevor Marie und Raphael darüber schritten. Der Kircheneingang war ein einziger Blumenteppich, als sie in die Kathedrale eintraten. Marie bedankte sich mit ihrem wunderbaren Lächeln, was sie später als die ‚lächelnde Königin' berühmt machen sollte. Die ganze Kathedrale war voll mit Menschen.

Glücklich drückte Marie ganz vorsichtig Raphaels Arm und flüsterte ihm zu: „Bei meiner Krönung sah ich dich damals hinten im Mittelschiff stehen. Du starrtest mich im Dunkel mit brennenden Augen an. Davon habe ich immer wieder geträumt, als ich dich suchte. Und ich wünschte mir, mit dir durch diesen Mittelgang zu schreiten. Jetzt hat sich dieser Wunsch erfüllt." -

„Ich habe es mir auch gewünscht, als ich dich damals so anstarrte, wo du an Raimonds Arm hier hindurch schrittest, und ich aus deinem Leben verschwinden musste", flüsterte Raphael leise zurück, während sie durch den Gang des Mittelschiffs langsam nach vorn zum Altarraum schritten.

Die wunderbaren Bogenfenster der Kathedrale zu beiden Seiten oben und unten glänzten in all ihren herrlichen Farben. Allen voran die vornehmlich rot blau gehaltene Rose mit dem Christusbild über der Eingangstür im Westen, die sie beim Eintreten eben durchschritten hatten. Das Sonnenlicht fiel jetzt direkt dort hinein und erleuchtete durch die Fensterrose den Weg zum Altar. Die ganze Kathedrale war dadurch in ein erhabenes Licht getaucht. Argon, der die Kathedrale gut kannte und auch ihre Bedeutung, welche die Templer ihr bei der Erbauung in all ihren Formen und Farben verliehen hatten, hatte mit Marie diese Zeit genau ausgewählt.

Es war jetzt sechzehn Uhr. Das Licht der Nachmittagssonne brach sich in allen Fensterscheiben, was die Mosaikbilder und Ornamente hervorhob, die lebendig wurden und ihre Geschichte erzählten. Die Kathedrale war wahrlich ein Tempel Gottes, *ein neues Jerusalem*, wie es die Erbauer nannten, das die Geschichte der Schöpfung und Menschwerdung in all seinen Kunstwerken erzählte. Dieses Gotteshaus hatte das ganze Wissen der Menschheit in diesen erhabenen Wänden, grandiosen Säulen und Bogengängen verbaut und brachte es zum Erklingen.

„Wahrlich, ich bin ein Mensch! Und nur der Mensch schafft das Königreich Gottes auf Erden!", dachte Marie andächtig, als sie hindurch schritt und ein Schauer ihr den Rücken hinunterlief.

Überall hatten die Menschen Lichter entzündet. Philipp saß in der ersten Reihe und schaute stolz auf seine Schwester und Raphael, seinen besten Freund. Keine Spur von Eifersucht oder Neid war in seinem Gesicht, das rein war. Marie bemerkte, dass er nicht allein war. Neben ihm saß eine wunderschöne, junge Frau im dunkelroten Kleid, die ihm gerade lächelnd etwas zuflüsterte.

„Das ist doch die junge Comtessa Violetta di Varola!" erinnerte sich Marie und nickte beiden wohlwollend zu. Vor dem Altar empfing sie Argon im violett goldenen Gewand des Bischofs von Saragossa, dessen Stelle er übernommen hatte. Er hatte das Amt für die Zeit der Hochzeit und Krönung angenommen.

Argon segnete Marie und Raphael. Das Ritual begann. Der Ordenschor der Kathedrale sang Motetten und ergänzte jede Handlung des Bischofs auf wunderbare Weise mit einem mehrstimmigen Gesang. Marie liebte diese Musik sehr und war glücklich, sich mit ihrem geliebten Mann vereint in dieser Sinfonie aus Klängen und himmlischen Farben der Schöpfung wieder zu finden.

Argon stand vor den beiden und leitete das Ritual. Marie sah Argon in seine hellen grauen Augen, als er zu ihr sprach: „Und willst Du, Königin Marie Sophie d'Argout von Aragon, diesen Mann, Raphael de Berenguar, zu Deinem Dir anvertrauten, rechtmäßigen Gemahl nehmen? Dann antworte mit Ja."

Marie wandte sich zu Raphael und sprach mit fester, reiner Stimme: „Ja, ich will." Sie nahm den goldenen Ring und steckte ihn an seinen Finger.

Dann setzte Argon fort: „Und willst Du, Raphael de Berenguar, die Königin Marie Sophie d'Argout von Aragon, zu Deiner Dir anvertrauten, rechtmäßigen Gemahlin nehmen? Dann antworte mit Ja."

Raphael wandte sich zu Marie und sagte ein klares, festes: „Ja, ich will." Er nahm den zweiten goldenen Ring von einem Samtkissen, das der Bischof hielt und steckte ihn an ihren Finger.

Marie und Raphael gaben sich das Sakrament der Ehe, wie es ursprünglich im Sinne des Christentums gemeint war.

Dann küssten sie sich - und ein goldenes Zeitalter begann.

Dr. phil. Ruth Koelbl

1961 in der BRD geboren. Doktor der Philosophie. Studium der Musik, Philosophie und Pädagogik. Frühe Schriften zur Musik und Gedichte. Graduiertenförderung. Klavierpädagogin.
Sie ist Lehrerin, selbständige Therapeutin und Schriftstellerin. Lebt mit ihrer Familie in der Nähe von Graz.

Seit 1990 intensive Beschäftigung & Ausbildungen in holistischen Heilweisen. Besonders widmete sie sich der Erforschung des Bewusstseins und bewusstseinserweiternder Techniken.

In gemeinsamer Arbeit entwickelte sie mit Dr. med. Wolfgang Koelbl die international bekannt gewordene energetische Methode der Transpersonalen Klangtherapie *nach Dr.med.Kölbl®* einer tiefenwirksamen psychdynamischen Methode, in Verbindung mit Trancetechnik und schamanischen Elementen. 1999 Produktion der CD Weltenklang. Mitbegründerin & langjährige therapeutische Mitarbeit im Gesundheitszentrum für Ganzheitsmedizin in Bad Blumau, Austria.

Sie unterstützt andere Menschen auf ihrem Weg der Persönlichkeitsentwicklung und ganzheitlichen Heilung mit Schwerpunkt der transpersonalen Klangtherapie und holistischer Körperarbeit wie Esalen® Bodywork, Hawaiian Lomi Lomi Nui, Thai Yoga, Geistige Lehren wie Huna und schamanische Techniken.

Mit ihrem Mann gründete sie 2005 das Institut HELIANKAR bei Graz für Energetische Medizin und transpersonale Klangtherapie. 2008 Gründung des Verlages Heliankar. Sie gibt seit vielen Jahren neben therapeutischen Sitzungen Seminare. Sie leitet gemeinsam mit Dr. med.Wolfgang Koelbl die „Schule für Bewusstes Sein", eine neu entwickelte Ausbildung für „Bewusstes Sein und Medizin im 3. Jahrtausend", die sich an spirituell und an persönlicher Entwicklung & Verantwortung interessierte Menschen mit Führungskompetenz richtet. Sie lebt ab September 2009 mit ihrer Familie in der Dominikanischen Republik.

SBS (Schule für Bewusstes Sein) und TPK (Transpersonale Klangtherapie *nach Dr. med. Kölbl*) werden als Ausbildungszyklen in Europa angeboten. Infos unter: www.heliankar.at

Bisher von der Autorin erschienen:

Die Baumfrau
Der Sprung in die Wirklichkeit

Die Baumfrau folgt dem Ruf der Natur und führt Sie durch den Falkenstein tief in das Innere der Wirklichkeit, in die Welt jenseits von Raum und Zeit. Sie überschreitet die Grenzen des physisch-rationalen Ichs und gelangt in die Dynamik von Leben und Tod, wo sich das innere Wissen um die Herkunft, die Erinnerung an die Vergangenheit (Inkarnationen) enthüllt. Es sind Wurzeln, die sich tief in die Erde gegraben haben. Hier findet sie die Quelle ihrer Kraft, die von indianischer Herkunft bis nach Hawaii reicht...

Im Auffinden und Durchleben dieser Erfahrungen, die sich mit dem Jetzt und dem jetzigen Leben durchmischen, erfährt sie das Potential der Seelenkraft, das im Lauschen und vertieften Schauen hörbar und sichtbar wird und in der Krone des Baumes erblüht. Dieses Potential ist jedem Menschen zugänglich, der seine Sinne und vor allem den inneren Sinn entdeckt.

Das Verhältnis von Innen und Außen kehrt sich um: die Innere Wirklichkeit ist die eigentliche . Die Baumfrau springt in den Abgrund der Wirklichkeit, wo die Flügel der Liebe sie an das gewünschte Ziel tragen.

ISBN 978-3-9502556-2-1
Gebundene Ausgabe, 368 Seiten
Preis: € 19,90 (A), 19,50 (D)
Neuerscheinung 2009 im Verlag Heliankar
Bücher des Inneren Wissens

Das Hohe Lied der Erde

Eine Rückbesinnung auf unsere geistige Herkunft ist heute lebensnotwendiger denn je. Wir sind aufgefordert zu begreifen, dass Mensch und Erde aus einem Stoff sind und nur in einer gelungenen Beziehung überleben und aufsteigen werden. Die visionären Balladen mit ihren Bildern sind eine Liebeserklärung an die Erde und ihre sieben Dimensionen. Sie vermitteln deren göttliches Wirken. Das öffnet uns die Tore himmlischer Liebe und das Geheimnis der Erde.

Das Hohe Lied der Erde ist das Tor zwischen Himmel und Erde, wo Vergangenheit und Zukunft verschmelzen und alles möglich wird. Es enthüllt das innere Wissen, ein Schatz, der in uns ruht - der wartet, von uns geborgen zu werden. Das Hohe Lied der Erde zeigt den göttlichen Weg dazu: „Empfange, dann wirst Du geben aus der Fülle Deiner Kreativität!"

Geschenkbuch für besinnliche Stunden

ISBN 978-3-9502556-1-4
Paperback, 60 Seiten in Farbe (Bilderdruck)
Fotogestaltungen und Balladen
Preis: € 12,90 (A), 12,50 (D)
Erschienen 2008 Heliankar Verlag
Bücher des Inneren Wissens

Die Neun Pforten
der Erkenntnis

offenbaren den weiblichen, intuitiven Weg des Geistes: Inneres Wissen aus der Hingabe an die eigene Göttlichkeit zu gewinnen. Das wahre Wissen, wer ich bin.

Wie dieses Wissen gewonnen wird, davon erzählt diese außergewöhnliche Geschichte: Die Reise durch neun Leben und neun Pforten der Erkenntnis.

Diese Reise ist die Entdeckung einer über Jahrtausende laufenden Entwicklung: Abstieg und Aufstieg der Seele Eine Reise von Atlantis bis heute. Die Heldinnen des Geschehens sind die beiden Lichtgestalten Nimue und Aiina, die sich in vielen Gestalten und Leben neu begegnen. Diese Reise schildert den eigenen spirituellen Reifungsprozess, den jeder Mensch in seiner Entwicklung meistert.

Sieg und Niederlage kehren sich um. Die Schleier des Todes werden gelüftet. Jede Pforte ist der Durchbruch zu einer neuen Stufe des Bewussten Seins.

Empfindsame Gedichte voll wilder Schönheit spiegeln die Herzensfülle, Sehnsucht und Liebe auf dieser Reise. Ein Kristall, der sich in vielen Facetten zeigt, so wie das Leben ihn schliff.

ISBN 978-3-9502556-0-70
Paperback, 318 Seiten
Preis: € 19,90 (A), 19,50 (D)
Erschienen 2008 im Heliankar Verlag
Bücher des Inneren Wissens

Die CD Weltenklang

bietet Klangformationen an, die rasch und leicht in Tiefenentspannung führen und transzendente Erfahrungen ermöglichen. Eine innere Reise in neue Klangwelten.
DIE MEDITATIONS - CD zum Buch „Die Baumfrau"
Mit tibetischen Klangschalen, Kristallschalen, Gongs, Monochord, Koto, Klangpyramide, Glocken, Trommeln, Oceandrum, Synthesizer, Gesang. (70 Minuten.)

TITEL:
Creation of Sound
Tanz des Lichts auf den Wassern
Weltenklang
Wanderer zwischen den Welten
Im Zaubergarten
Besinnung
Auferstehung

Preis: € 20,00 nur im
Heliankar Verlag, *Bücher des Inneren Wissens*, erhältlich